古書の来歴

ジェラルディン・ブルックス

JN091294

伝説の古書『サラエボ・ハガダー』が発見された——深夜のその電話が、数世紀を遡《さかのぼ》る謎解きの始まりだった。容赦ない焚書《ふんしょ》と戦火の時代にありながら、この本は誰に読まれ、守られ、現代まで生き延びてきたのか？　調査を依頼された古書鑑定家のハンナは、ページに挟まった蝶の羽や、羊皮紙に染み込んだワインの一滴を手がかりとして、美しい古書の歩んできた歴史をひも解いてゆく。その旅路には、激動の世を懸命に生きる人々の姿があった——科学調査に基づく謎解きの妙と、哀惜《あいせき》に満ちた人間ドラマが絡み合う、第２回翻訳ミステリー大賞受賞作！

登場人物

〈一九九六年〉

ハンナ・ヒース……古書鑑定家

オズレン・カラマン……サラエボの国立博物館の主任学芸員《クストス》

ヴェルナー・ハインリヒ……ウィーンに住む古書鑑定の第一人者

サラ・ヒース……ハンナの母。著名な外科医

アミタイ・ヨムトヴ……エルサレムに住むイスラエル人の古書鑑定家

〈一九四〇年　サラエボ〉

ローラ……ユダヤ人の十五歳の少女

セリフ・カマル……国立博物館の文献管理責任者

〈一八九四年　ウィーン〉
フランツ・ヒルシュフェルト……………ユダヤ人の医者
フロリエン・ミトル………………………製本職人。ヒルシュフェルトの患者

〈一六〇九年　ヴェネチア〉
ジョヴァンニ・ドメニコ・ヴィストリニ……カトリックの教区司祭
ユダ・アリエ………………………………ユダヤ教のラビ

〈一四九二年　タラゴナ〉
ダヴィド・ベン・ショーシャン…………ユダヤ教徒の能書家
ルティ………………………………………ダヴィドの娘
ルーベン……………………………………ダヴィドの息子
ロサ…………………………………………ルーベンの妻
ミハ…………………………………………製本職人

〈一四八〇年　セビリア〉

ザーラ……………………………………黒人の奴隷
ホーマン……………………………………細密画家
ヌラ……………………………………総督の妃
ネタネル・ハーレヴィ……………………………ユダヤ人の医者
ベンヤミン……………………………………ネタネルの息子

古書の来歴

ジェラルディン・ブルックス
森嶋マリ訳

創元推理文庫

PEOPLE OF THE BOOK

by

Geraldine Brooks

Copyright © Geraldine Brooks, 2008
All rights reserved including the right of reproduction
in whole or in part in any form.
This edition is published by TOKYO SOGENSHA Co., Ltd.
Japanese translation rights arranged with Viking,
a member of Penguin Group (USA) Inc.
through Tuttle-Mori Agency, Inc., Tokyo
Map © Laura Hartman Maestro, 2008
Hebrew calligraphy generously provided by Jay S. Greenspan

日本版翻訳権所有
東京創元社

目次

古書の来歴

すべての学芸員に捧《ささ》げる

書物が焼かれるところでは最後には人も焼かれる

――ハインリッヒ・ハイネ

クホルム
サンクト・ペテルブルク
ロシア
モスクワ
バルト海
ポーランド
ワルシャワ
ラハ
ミリャツカ川
サラエボの荒廃（1996）
ウィーン（1894）
ブタペスト
ルーマニア
ブカレスト
ボスニア
サラエボ
(1940/1996)
ブルガリア
黒　海
トルコ
ギリシャ
アテネ
シリア
イスラエル
ダマスカス
地　中　海
エルサレム
(2002)
カイロ
ナイル川
サウジ
アラビア
リビア
ヤドヴァシェム
（ホロコースト博物館）
エジプト
紅海

『古書の来歴』における
サラエボ・ハガダーの軌跡
北 海
英国
ロンドン
ウィーンの
リングシュトラーセ
パリ
ドイ
ミュンヘン
フランス
セビリアの宮殿
大 西 洋
ヴェネチア
(1609)
ポルトガル
マドリード
タラゴナ
(1492)
イタ
スペイン
カハル
(共同体)
セビリア
(1480)
旅の始まり
カサブランカ
モロッコ
チュニジア
タラゴナ
トリポリ
サハラ砂漠
アルジェリア
タラゴナの
伝統あるシナゴーグ
Illustrated map by Laura Hartman Maestro 2007

ハンナ　一九九六年春　サラエボ

I

最初に断わっておくが、それは普段の仕事とはかなり異なっていた。

私はひとりで仕事をするのが好きだ。清潔で、静かで、明るく、温度も湿度も一定で、必要なものがすべてそろった研究所で。とはいえ、ときには研究所以外での仕事を引き受けるのも、業界の人間ならほぼ知っている。そうせざるをえないとき、たとえば、博物館が移送する品に保険をかけたがらないとき、あるいは、個人の蒐集家《しゅうしゅうか》が所有物を人に知られたくないときなどには。さらに、とくに興味を引かれたものがあれば、地球の裏側へでも私は飛んでいく。そういったことを考えても、やはりその仕事は異例ずくめだった。街のど真ん中にある銀行の会議室で仕事をするのも初めてなら、ほんの五分前までその街の住人が銃を撃ちあっていたというのも初めてだった。

それに、私のホームグラウンドである研究所では、警備員がつねにすぐそばをうろついていることなどない。いや、研究所が属する博物館では、警備のプロが静かに巡回しているが、彼らは私の職場を侵《おか》そうとは夢にも思わないはずだ。だが、ここでは事情がまったくちがった。警備の人数は計六人。ふたりは銀行の警備員で、ふたりは銀行の警備にあたっているボスニアの警察官、残るふたりはボスニア警察を監視している国連の平和維持軍の兵士だった。全員がボスニア語やデンマーク語で、音割れする無線機にがなりたてている。けれど、それだけでは足りないということなのか、国連のハミッシュ・サジャンもいた。ハミッシュ・サジャン――私が初めて出会ったスコットランド人のシク教徒は、ハリスツイードのスーツに藍《あい》色のターバンという粋《いき》ないでたちだった。その出身と宗教の組み合わせは、国連でも唯一彼だけだ。私はサジャンからボスニア人たちに注意してもらった――十五世紀の手書きの本がまもなく運ばれてくるはずの部屋のなかでは、絶対に煙草《たばこ》を吸わないでくれと。それ以降、その場の雰囲気はさらに張りつめていた。

かく言う私も、そろそろ不安になっていた。すでに二時間近く待たされて、私としてはその時間をできるだけ有効に使った。警備員の手を借りて、会議用の大きなテーブルを窓のそばの明るい場所に移した。実体顕微鏡《けんびきょう》を組み立てて、書画カメラ、探針、メスなどの必要な道具を用意した。ゼラチンをやわらかく保つためにビーカーを保温器に載《の》せ、でんぷん糊《のり》、麻糸、金箔《きんぱく》を並べ、その隣にグラシン紙の封筒を置いて、幸運にも本のあいだに何かがはさまっていた場合に備えた。たまたまはさまっていたパン屑《くず》を分析すれば一冊の古書についてどれだけのことがわかるか――それはもう驚嘆に値する。ほかにも、何種類もの子牛革のサンプルと、色合いもきめも異なる手漉《てす》きの巻紙を用意して、古書を置く受台には緩衝材《かんしょうざい》を敷いた。あと必要なのは本だけだった。

「どれぐらい待てばいいんですか？」と私はサジャンに尋ねた。サジャンは肩をすくめた。

「国立博物館の職員がまだ来ないんだろう。本は博物館のものだから、銀行の職員が勝手に金庫から取りだすわけにはいかない。博物館の職員が立ち会っていなければならないんだよ」

じっとしていられずに、私は窓へ向かった。そこは銀行の最上階だった。オーストリア＝ハンガリー帝国の意匠《いしょう》を凝らした化粧漆喰《しっくい》の銀行の外壁は、その街のどの建物にも負けず劣らず穴だらけだった。窓ガラスに触れるとひやりとした。季節は早春で、銀行の入口の傍らの小さな庭にはクロッカスが咲いていた。だが、その日は早朝に雪が降って、丸い花びらの縁《ふち》が白く凍っていた。まるで小さなカップに入ったカプチーノのようだ。とはいえ、雪のおかげで部屋全体が明るくなり、仕事をするには最適だった。もし、ほんとうに仕事に取りかかれるならばの話だが。

手持ち無沙汰で、持参した巻紙——麻紙——をいくつか広げて、金属のローラーで平らに伸ばしていった。大きな紙の上を転がるローラーの音は、シドニーの自宅で聞く波の音にそっくりだった。ふと、手が震えているのに気づいた。それでは仕事に差《さ》し支《つか》える。

手——それは私のいちばんのチャームポイントではない。荒れて、節くれだち、私の手首につながっているようにはとうてい見えない。自慢じゃないが、手以外の部分同様、手首だって細く滑《なめ》らかなのだ。母と最後に口喧嘩《くちげんか》をしたときには、掃除人の手だと言われた。それ以来、のっぴきならない用件で母と会って、〈コスモポリタン・カフェ〉でお茶をしなければならないとき——ごく短時間の、お互いにつららのような態度で臨《のぞ》む会合——には、リサイクルショップで買ったいかにも掃除人風の手袋をはめている。まあ、〈コスモポリタン・

カフェ〉はそういう皮肉な振る舞いを軽く受け流してくれる人がいるシドニーで唯一の場所なのかもしれない。少なくとも、母はそうだった。その手袋に似合う帽子をプレゼントしてあげようか、とかなんとか言って。

雪に反射した光を受けると、私の手はいつにも増して悲惨だった。軽石を使って牛の腸から脂肪をこそげ落とす作業のせいで、あかぎれだらけなのだ。シドニーに住みながら、長さ一メートルの子牛の腸を手に入れるのはそう簡単ではない。二〇〇〇年のオリンピックに向けた都市整備計画で、ホームブッシュにあった食肉加工場は立ち退きを余儀なくされて、以降、子牛の腸を入手するのに私はとんでもない奥地にまで車を走らせなければならなくなった。そうして、ようやく目的地に着いても、動物保護団体のせいでやたらと警備が厳重になったその場所には、すんなりとは入れてもらえない。それはさておき、食肉加工場の従業員たちからは、私はやや変人だと思われているようだが、なんて失礼な、と彼らを責めるつもりはない。なぜ長さ一メートルほどの子牛の虫垂《ちゅうすい》をほしがる者がいるのか――答えを即座に思いつく人はなかなかいないだろう。けれど、もし五百年前のものを相手に仕事をするなら、五百年前にそのものがどのようにして作られたかを知らなければならない。それが私の師であるヴェルナー・ハインリヒの信念だった。顔料《がんりょう》のすりつぶし方や、下塗り用の白色顔料の混ぜ方を本で学ぶこともできるが、すべてを真に理解するには実際にやってみるしかない――それが師の口癖なのだ。〝荒金《あらがね》〟や〝小重《こじゅう》〟（ともに金箔の製造工程の名称）ということばの意味をほんとうに理解したければ、実際に金を叩《たた》いて伸ばし、また叩くという作業を繰り返すしかない。

その箔打ち作業は、たとえば、表面がつるつるになるまで磨いて紙のようにやわらかくした子牛の腸など、金箔が貼りつかないものに金をはさみこんで行なう。そういった作業の末に、厚さ数千分の一ミリ弱の金箔を数枚と、あかぎれだらけの手を得るというわけだ。

ざらついた老女のような手が少しでも滑らかに見えるようにと、私は拳《こぶし》を作った。それは震えを止めるためでもあった。前日にウィーンで飛行機を乗り継いだときから緊張していた。いや、旅なら慣れっこだ。オーストラリアに住んで、大昔の書物の保存修復という仕事に積極的に関わっていくにはそうせざるをえない。といっても、普通なら、私は特派員が戦争のニュースを発信している国には行かない。そういった場所にわざわざ出向いて、その国で起きたことをまとめてすばらしい本にする人がいるのは知っている。そんなことができる人はきっと〝自分にだけは何も起こらない〟と信じている楽観主義者か何かなのだろう。いっぽう、私は正真正銘の悲観主義者だ。どこかに狙撃手がひそんでいる国に行ったとしたら、そのライフルの照準のど真ん中にいるのは自分に決まっている。

飛行機が着陸するまえから、これから戦争中の国に降りたつのだと痛感させられた。ヨーロッパの空につねに低く垂れこめている灰色の雲を抜けたとたんに眼下に現われたアドリア海沿いの黄土色の瓦《かわら》の家並みは、一見なんの変哲もないようだった。シドニーの群青《ぐんじょう》色の海に三日月形に広がるボンダイビーチ沿いに並ぶ赤い屋根の見慣れた光景を見おろしているのと大差なかった。けれど、よく見ると、ここではほぼ半分の家が家ではなくなっていた。虫歯だらけで抜け落ちた歯列のように、ふぞろいに積みあげられた石が地面から突きでているだけだった。

　飛行機が山を越えようとして乱気流に襲われた。ボスニアを横断するときにはもう下を見ていられず、私は窓のシェードを下ろした。隣に坐《すわ》った青年――カンボジアのスカーフを巻いて、マラリア患者のように痩《や》せているからには、まずまちがいなく国際援助要員――は窓の外を見たがったが、私は青年のシェードを上げてくれという身ぶりを無視して、逆に質問してごまかそうとした。

「サラエボには何をしに？」

「地雷の撤去」

　私は思わず皮肉の利《き》いた冗談を口走りそうになった。〝商売繁盛ね〟とかなんとか。けれど、そのときばかりは言いかけたことばを呑《の》みこんだ。まもなく飛行機が着陸した。大半の乗客同様、青年もすぐさま立ちあがると、早くも人が列を成している通路に体を押しこんで、頭上の荷物入れを探った。うしろに立っている男性の鼻をへし折りそうになっているのにも気づかずに、大きなリュックサックを背負った。ここにもまた、なんの前触れもなくいきなり横を向くはた迷惑なバックパッカーがいたというわけだ。ボンダイビーチのバスに乗ればいつでもお目にかかれるタイプが。

　飛行機の搭乗口が開くと、乗客が糊で貼りついているかのようにそろって前進を始めた。坐っているのは私だけだった。大きな石を呑みこんで身動きが取れなくなった、そんな気分だった。

「ドクター・ヒース?」乗客が降りてがらんとした通路を見まわりにきたキャビン・アテンダントに声をかけられた。

〝いいえ、それは私の母です〟ということばが喉まで出かかったところで、自分のことだと気づいた。オーストラリアでは博士号を誇示《こじ》するのは愚《ぐ》の骨頂だ。飛行機の予約にも、もちろん、私は名前のまえに〝ミズ〟としかつけなかった。

「国連の護衛が滑走路で待機しています」なるほど、そういうわけか。この仕事を引き受けるとすぐに、国連というものが誰彼《だれかれ》かまわず可能なかぎり派手に扱いたがるのに気づかされた。

「護衛?」呆《ほう》けたように鸚鵡《おうむ》返しに尋ねた。「滑走路で?」迎えを寄こすとは言われたが、てっきり、綴《つづ》りが微妙にちがう名が書かれた紙を持った無精なタクシー運転手に出迎えられるのだろうと思っていた。キャビン・アテンダントはいかにもドイツ人らしい完璧な笑みを浮かべると、身を乗りだして窓のシェードを上げた。外を見ると、アメリカの大統領が乗りそうな大きなバン――黒いガラスの防弾車――が三台、飛行機に横づけされていた。普通ならそれを見てほっとするのかもしれないが、私はおなかのなかの石がさらにずしりと重くなっただけだった。三台のバンの向こうに広がる伸び放題の草地には看板が掲げられ、いくつもの国のことばで地雷に注意を促していた。紛争のさなかに滑走路をはずれたとおぼしき巨大な輸送機の錆《さ》びついた機体も見えた。私はキャビン・アテンダントのにこやかな笑顔に目を戻した。

「休戦が守られているか、きちんと監視されてると思ってたけど」と私は言った。

「そうです」とキャビン・アテンダントはきはきと答えた。「ええ、ほぼ毎日。荷物をお運びしましょうか？」

私は首を振ると、屈《かが》みこんで、まえの座席の下にそっと押しこんでおいた重い鞄《かばん》を引っぱりだした。航空会社は押しなべて乗客が何本もの尖《とが》った金属を機内に持ちこむのを嫌うものだが、ドイツ人は個人の仕事というものを尊重するらしく、チェックイン担当者も私の言い分を理解してくれた。道具が持ち主と離れ離れになってヨーロッパじゅうを旅して、その間、仕事ができずにひたすら待っていなければならないのを、私がどれほど嫌っているかということを。

私は仕事が大好きだ。何はともあれ、それに尽きる。だからこそ、世界一の臆病者のくせに、この仕事を引き受けたのだ。正直なところ、迷いはなかった。この世でもっとも謎めいていて、かつ、もっとも稀少《きしよう》な古書を扱うチャンスを断われるわけがなかった。

その電話は午前二時にかかってきた。シドニーで暮らしていると、そういうことはとくにめずらしくはない。とはいえ、そのせいでときどき無性に腹が立つこともないわけではない。世界的に名の知れた研究所を併設している博物館の館長や、株価指数をいつでも一セント単位まですらすら言える社長といった賢い人たちが、通常、シドニーはロンドンより九時間、ニューヨークより十四時間進んでいるという単純な事実を、なぜ憶《おぼ》えていられないのかと。

アミタイ・ヨムトヴは頭脳明晰《めいせき》だ。私の同業者のなかでもっとも頭がいいと言っても過言《かごん》ではない。それでも、エルサレムとシドニーの時差を計算できないようだった。

「シャローム、ハンナ」アミタイは生粋《きっすい》のイスラエル人特有の訛《なま》りで、いつものようにハンナの〝ハ〟を喉の奥でこするように発音した。「きみを起こしたりしていないよな？」

「まさか、アミタイ」と私は言った。「毎晩、午前二時でも起きてるから。一日で最高の時間よね」

「いや、それはすまなかった。だが、サラエボ・ハガダーが発見されたのをきみも知りたいんじゃないかと思ってね」

「嘘でしょ！」私はいきなり目が覚めた。「すごいビッグニュース！」たしかにそのとおりだった。とはいえ、そのビッグニュースを普通の人が目を覚ましている時間にEメールで読むこともできる。アミタイがなぜわざわざ電話をかけてよこしたのか見当もつかなかった。

アミタイはいかにもイスラエル人らしくつねに冷静沈着だが、このニュースには興奮していた。「絶対にどこかにあると思っていたよ。爆弾を落とされようが、かならず生き延びるとね」

サラエボ・ハガダーとは、中世のスペインで作られた有名な稀少本だ。ユダヤ教があらゆる宗教画を禁じていた時代に、ヘブライ語で書かれたその手書きの本には挿絵がふんだんに使われていた。出エジプト記にある戒律〝汝《なんじ》、いかなる偶像も造るなかれ〟によって、中世のユダヤ教徒は宗教的な美術品をいっさい作らなかったと考えられていたが、一八九四年、全ページに細密画が描かれたその本がサラエボで発見されると、それまでの通説がくつがえり、美術史の教科書が書き換えられたのだった。

一九九二年にサラエボが包囲され、博物館や図書館が戦闘の標的にされると同時に、その古書の行方《ゆくえ》はわからなくなった。ボスニアのイスラム政府がそれを売って武器を買ったという噂も流れた。いや、モサドの工作員がサラエボ空港の地下トンネルを使って極秘で国外に持ちだしたという噂もあった。といっても、私はどちらの噂も信じていなかった。その本も吹き荒れた焚書《ふんしょ》の嵐に巻きこまれ、オスマン帝国の土地の権利書や大昔のコーラン、スラブ語の巻物などとともに強力な爆弾に焼かれて、サラエボの街に降った灰の雪になってしまったのだろうと思っていた。

「だけど、アミタイ、この四年間、その本はどこにあったの？　なぜ、いま出てきたの？」

「〝過越《すぎこ》しの祭〟を知ってるだろう？」

もちろんだ。友人がビーチで開いた過越しの祭――宗教的精神からは完全に逸脱したにぎやかなピクニック――で飲んだ赤ワインの二日酔いを、そのときの私はまだ引きずっていたのだから。過越しの祭の日の正餐《せいさん》をヘブライ語で〝セデル〟といい、そのことばはもともと〝秩序〟という意味だ。それなのに、私の場合はここ数年、その祭の夜は無秩序もいいところだった。

「ゆうべ、サラエボのユダヤ人コミュニティではセデルを食した。なんとも劇的なことに、そのさいちゅうに問題のハガダーが出てきた。ユダヤ人コミュニティの指導者は、その本がいまもこの世に存在しているのはサラエボの多民族主義の存続の象徴である、という声明を出した。いったい誰があの本を守ったと思う？　博物館の文献部門主任学芸員のオズレン・カラマンという男だよ。激しい砲撃のさなかにあの本を救ったんだ」アミタイの声がふいに掠《かす》れた。「想像できるかい、ハンナ？　イスラム教徒が命がけでユダヤの本を守ったんだよ」

武勇伝にいたく感激するとはアミタイらしくなかった。おしゃべりな同僚がかつてうっかり口を滑らしたことによれば、以前、兵役に服したアミタイが配属されたのは、イスラエル人が単に〝部隊〟と呼ぶ超極秘の特殊部隊だったらしい。私が初めてアミタイに会ったときには、除隊してから何年も経《た》っていたが、その体形や態度には驚かされたものだった。アミタイはウエイトリフティングの選手にもひけを取らない立派な体と、鋭い警戒心を持ちあわせていた。話をしているときには相手の目をまっすぐ見るが、それ以外は、つねに周囲に目を配り、些細《ささい》なことまで何ひとつ見逃さない、そんなふうに思えた。かつて所属していた〝部隊〟について私が尋ねると、アミタイは本気で腹を立てたようで、ぶっきらぼうに言った。「そんなところにいたときみに言った憶えはない」と。けれど、私はおおいに興味をそそられた。古書の鑑定や修復を生業《なりわい》にしている元特殊部隊員にお目にかかれることはまずないのだから。

「で、その親切なイスラム教徒の学芸員はその本をどうしたの？」と私は尋ねた。

「中央銀行の地下にある貸金庫に入れた。それが羊皮紙にどんな影響を及ぼすか、きみならよく知ってるだろう。少なくともこの二年間、サラエボでは誰もどんな暖房機も持っていなかった。さらには、鉄の金庫ときてる……鉄だよ、よりによって。いまもその本はそこにある。ああ、考えるのもおぞましい。とにかく、国連は本の状態を誰かに調べさせて、必要な修復作業を行なう用意がある。サラエボという街がふたたび活気づくように、早急に博物館に展示したいと考えているんだ。そんなときにたまたま、来月にテート美術館で行なわれるセミナーのプログラムにきみの名を見つけてね。きみが地球のこっち側に来るなら、仕事を引き受けてくれるんじゃないかと思ったわけだ」

「私が？」その声は悲鳴に近かった。謙遜《けんそん》は嫌いなのではっきり言うが、たしかに仕事はかなりできるほうだと自負している。けれど、いま聞かされた話は、古書界の第一人者となる千載一遇のチャンスで、そんなチャンスを何年も虎視眈々《こしたんたん》と狙い、かつ、ヨーロッパにより強いコネを持つ者が、少なくとも十人はいるはずだった。私は尋ねた。「なぜ、あなたがやらないの？」

アミタイは誰よりもサラエボ・ハガダーを知っていた。その古書に関する論文まで書いているのだ。実物を扱えるチャンスがめぐってきたとなれば、ものにしたくてうずうずしているはずだ。アミタイは大きなため息をついた。「この三年間、セルビア人はボスニア人のことを狂信的なイスラム教徒だと言いつづけてきた。そのせいなのか、ひと握りのボスニア人がそのことばどおりの行動を取るようになった。そしていま、彼らを支援しているサウジアラビア人が、この仕事をイスラム教徒と敵対するイスラエル人に任せることに反対している」

「そうだったの、アミタイ、残念ね……」

「しかたがないさ。ほかにも似たような境遇の者はいるからな。連中はドイツ人にもこの仕事を任せたくないらしい。いや、実は、最初にヴェルナーに話を持っていったんだ。怒らないでくれよ……」怒る気などさらさらなかった。ヴェルナー・マリア・ハインリヒ大博士は私の師であるだけでなく、アミタイに次ぐヘブライ語の書物の世界的な権威なのだ。だが、アミタイが言うには、そもそもドイツがスロベニアとクロアチアの両方を国として認めたことが紛争の発端であるとして、ボスニア人はドイツに対して反感を抱いているとのことだった。「それに、国連はアメリカ人にもこの仕事を任せる気はない。合衆国議会はユネスコの活動を批判してばかりいるからね。そんなことから、きみが適任だと思ったんだ。オーストラリア人に激しい感情を抱いている者はいないから。それに、先方にはきみの能力はまんざらでもないと言っておいた」

「究極の誉《ほ》めことばをありがとう」それから、私はまじめな口調でつけくわえた。「アミタイ、この恩は一生忘れないわ。ほんとうにありがとう」

「あの本をきみがきちんと鑑定することで、この借りは返してもらうよ。きみがしっかり仕事をすれば、私たちはほんものそっくりの複製品を作れる。できるだけ早く写真を送ってくれ、よろしく頼む。それに、報告書も、いいね?」

そのときが待ちきれないという思いがアミタイの口調に表われていた。ふいに、私は有頂天になっているのが申し訳なくなった。それでも、尋ねなければならないことがひとつだけあった。

「アミタイ、本はほんとうにほんものなのよね？　あの国の紛争中に噂か何かを耳にしたとか、そんなことは……」

「いや、その点は問題ない。文献部門の主任学芸員のカラマンとその上司である博物館館長がまちがいなくほんものだと証言している。きみの仕事は専門的な技術を用いてその事実を裏づけること、ただそれだけだ」

専門的な技術──さあ、それはどうだろう……。たしかに私の仕事は専門的な技術を無数に要求される。適切な知識を有し、これまでの経験から身につけた細かい手作業をこなさなければならない。科学と職人技を融合させなければならないのだ。とはいえ、それだけではなかった。過去への感覚も欠かせない。歴史的背景と想像力を組みあわせて、書物を作った人の頭のなかを探るのだ。そうすれば、誰がどんな方法で作ったのかがわかることもある。そんなふうにして、人類の叡智《えいち》という砂箱に、わずかな砂粒を注《つ》ぎ足す──それがこの仕事の醍醐味《だいごみ》だった。サラエボ・ハガダーには山ほどの疑問点がある。そのなかのひとつでも私に解くことができるのだろうか……。

もう眠れなかった。そこでスウェットに着替えて、外に出た。こぼれたビールと揚げ物の饐《す》えたにおいが漂う夜の通りを歩いて、海岸へ向かった。海岸は地球の半分を覆う大海からの涼風が吹きつけ、それに運ばれてきた潮のにおいに満ちていた。季節は秋で、さらに週の半ばということもあり、夜の海岸はがらんとしていた。酔っ払いが何人か、サーフ・クラブの壁に寄りかかり、ひと組のカップルがビーチタオルの上で抱きあっていた。こっちを見ている者はひとりもいない。私は波打ち際を歩きだした。艶《つや》やかな黒い砂浜に波が押し寄せて、きらきらと輝いていた。私はいつのまにか走りだし、寄せる波に追われて、子供のように跳びはねていた。

それが一週間前のことだ。その後はビザの申請や航空券のリコンファーム、国連のお役所的な手続き、さらには、脂汗が出そうなほどの不安感といったものに、当初の興奮は徐々に埋もれていった。スーツケースの重みによろめきながら飛行機のタラップを下りるあいだも、こういう仕事をするためにがんばってきたのだからと自分に言い聞かせなければならなかった。

周囲を山脈に囲まれた空港に降りたつと、巨大なボウルのなかに立っているような気分になったが、山に目をやる暇もなく、青いヘルメットをかぶったスカンジナビア系とおぼしき長身の兵士が、真ん中のバンから飛びおりてきて、私の荷物をつかんで車のうしろに放りこんだ。

「丁寧に扱って！」と私は言った。「壊れものが入ってるんだから」それに対する兵士の答えは私の腕をつかんで、バンのバックシートに押しこめることだった。そうして、乱暴にドアを閉めると助手席に飛び乗った。オートロックがかかる鈍い音がして、次の瞬間には運転手がアクセルを踏んでいた。

「こんなの初めて」私は精いっぱい平静を装って言った。「古書の修復家が防弾車に乗る機会はめったにないもの」兵士からも、馬鹿でかい車のハンドルにしがみついているやつれた民間人――カメのように首を縮めている運転手――からも返事はなかった。色つきの窓の向こうを荒廃した街がうしろに流れて、砲弾の破片で穴だらけのビルが霞《かす》んでいた。車は大砲を撃ちこまれて洞穴《どうけつ》のようにぱっくり口をあけた穴をよけて、装甲車のキャタピラで割れたアスファルト道路を弾みながらも、かなりのスピードを出していた。ほかには車はほとんどなく、大半の人が徒歩だった。痩せこけて、見るからにくたびれ果てた人々が、早春の寒気《かんき》から身を守ろうとコートのまえをぎゅっと合わせていた。まもなく、子供のころに遊んだドールハウスと見まちがえそうなアパートが立ち並ぶ一帯に入った。前面の壁がなく、部屋のなかが丸見えだった。あたりの建物はひとつ残らず、砲撃で壁が崩れ落ちていた。それでいて、ドールハウス同様、壁のない部屋に家具が並んでいた。バンがそのまえを通りすぎると、そんな建物にも人が住んでいるのがわかった。雨風を凌《しの》いでくれるのは風にはためく数枚のビニールシートだけ、そんな状態だというのに。それでも、洗濯物が干してあった。無残に砕けたコンクリートから突きでたひん曲がった鉄骨に紐《ひも》を渡し、そこで洗濯物が翻《ひるがえ》っていた。

てっきり、問題の本がある場所に直行するものと思っていた。だが、予想に反して、その日は長たらしく無意味な会合で終わることになった。まずは文化的な問題など考えたこともない国連の役人全員に会い、次に博物館の館長、最後に政府の役人の一団と顔合わせをした。大きな仕事を任された緊張感から、そもそもその夜は熟睡できそうになかったが、会合で飲んだ何杯もの濃いトルココーヒーもそれに追い討ちをかけた。手の震えが止まらないのは、もしかしたら睡眠不足のせいかもしれない。

　無線の雑音がふいに大きくなって、全員がいっせいに立ちあがった。警官、警備員、サジャンまでもが。銀行の役員がドアの鍵を開けると、V字隊形らしきものを組んだ警備員の一団が部屋に入ってきた。真ん中に、すすけたジーンズ姿のひょろりとした若い男がいた。それが私たちをこれほど待たせた博物館のずぼら者のようだった。とはいえ、その人に腹を立てている暇は私にはなかった。その人がしっかりと抱えた金属の箱のほうが気になってしかたなかった。箱がテーブルの上に置かれると、蓋が粘着テープで厳重に閉じられて、何ヵ所か蠟《ろう》で封印されているのが見えた。私は持参したメスを、箱を持ってきた男性に渡した。男性は封を切って、蓋を開けた。そうして、幾重にも重ねたシルクペーパーを開くと、私に本を手渡した。

Ⅱ

美しい稀少本を手がけるときはいつもそうだが、その本に触れたとたんに、私の心は激しく揺さぶられた。電線に触れてしまったような、生まれたばかりの赤ん坊の頭を撫《な》でたような不可思議な感覚だ。

百年のあいだ、その本に触れた古書保存修復家はいないのだ。本を置く場所はすでに用意してあった。一瞬、迷ったが、ヘブライ語の本であることを思いだして、背を右側にして発泡プラスティックの緩衝材の上に置いた。

閉じた状態では、とくに目を引く本ではなかった。ひとつには、過越しの祭の正餐のテーブルで使い勝手がいいように小ぶりに作られているからだ。装丁《そうてい》はごく普通の十九世紀のもので、かなり汚れて傷《いた》んでいた。華やかな挿絵が描かれた古書であることを考えれば、作られた当時はそうとう立派な装丁がされていたはずだ。上等なヒレステーキを紙皿で供するレストランはまずないのだから。製本師は表紙に金箔や銀細工を用いたにちがいない。いや、象牙《ぞうげ》や真珠層で象嵌《ぞうがん》模様を施したかもしれない。だが、目のまえにある本は長い年月のあいだに何度か装丁しなおされたのだろう。この古書に関する現存する唯一の資料によれば、前回この本が世に現われたのは、一八九〇年代のウィーンだった。不幸にも、そのときにずいぶん手荒な扱いを受けている。当時のオーストリアの製本師が小口《こぐち》（本の背を除いた三方の辺）を大幅に切って、古い装丁もすべて剝《は》ぎとってしまったのだ。いまでは、誰も——ことに主要な博物館に属する専門家なら誰も——決してしないようなことをしてしまったのだった。それによって、想像もつかないほど多くの情報が失われたはずだ。オーストリアの製本師は稀少本に不釣合いな、ごく普通の厚紙で装丁しなおしたが、トルコ風の花模様のその紙もすでに色あせて変色していた。それでも、角《かど》と背には子牛革を使っていたが、こげ茶色の革もいまは擦《す》りきれて、その下の灰色の板が見えていた。

ひび割れて擦りきれた角を中指でそっと撫でた。これからの数日で、私はそういった部分を修復することになる。板の角を指でたどると、思いがけない発見があった。製本師は板の端に一対の留め金をつけるための溝と、小さな穴を開けていた。羊皮紙の書物では、紙を平らに保つために留め金をつけることはめずらしくない。とはいえ、目のまえの本に留め金はなかった。それについても詳しく調べなければ——私は頭のなかにメモした。

本がぐらつかないように緩衝材の位置を調節してから、表紙を開くと、身を乗りだして、破れた見返し（表紙の裏側）をじっくり見ていった。破損部分はでんぷん糊と同種のリンネル紙で修復できそうだった。だが、オーストリアの製本師が使った麻の綴《と》じ糸がほつれて、切れそうになっていた。ということは、一度本をばらして、新たに綴じあわせなければならない。私は深く息を吸うと、本文のページを開いた。そこからが本題だった。そこから、五百年の歳月を生き延びた本に過酷な四年間がどんな影響を及ぼしたかが明らかになるはずだった。

雪明かりを受けて、鮮やかな色がきらめいた。青――真夏の空のように真っ青な青。その顔料は、はるかアフガニスタンの山々を越えて旅したラクダのキャラバンによって運ばれた貴重なラピスラズリをすりつぶしたものだ。白――混じりけがなく、滑らかで不透明な顔料は、華やかさでは青に劣るが、作るにはそれよりはるかに手がかかる。この絵が描かれた当時、白い顔料は相変わらず古代エジプトで考案された方法で作られていた。鉛《なまり》の棒を古いワインと一緒に、肥《こ》やしの詰まった小屋に入れておくのだ。私も一度だけ、ベルヴュー・ヒルの母の温室で実験してみたことがある。母が注文した有機肥料が積まれているのを見て、誘惑に勝てなかったのだ。酸っぱいワインに含まれる酸が鉛に作用して酢酸塩ができ、それが肥やしから発生する二酸化炭素と結びついて、鉛白《えんぱく》の主成分である塩基性炭酸塩ができる。もちろん、母は発作《ほっさ》を起こした。貴重な蘭《らん》に何週間も近寄れないと言って。

私はページを繰《く》った。さらに目が眩《くら》んだ。とはいえ、本に描かれたみごとな絵を芸術として鑑賞するわけにはいかなかった。いまのところはまだ。まずは科学的に分析しなければならない。サフランから作られた黄色が使われていた。美しい秋の花、学名クロクス・サティウス・リンナエウスの花に三本しかない貴重な雌《め》しべがサフランで、それは当時もいまも値の張る貴重品だ。いまでは、鮮やかなその色は分子式が$C_{44}H_{64}O_{24}$のカルテノイド系の色素クロシンであるとわかっているが、これほど深みのある美しい色の化学顔料を人はまだ作れずにいる。鮮明な黄緑色と赤も使われていた。炎のような赤色は〝虫の緋色《ワーム・スカーレット》〟、ヘブライ語で〝トラアット・シャニ〟と呼ばれ、木に寄生する虫を潰して、灰汁《あく》で煮て抽出した顔料だ。のちに、錬金術師が硫黄《いおう》と水銀からそれにそっくりな赤色を作る方法を編みだしたが、そのときもその色の名は〝小虫〟という意味の〝ヴェルミクルム〟と名づけられた。この世にはそう簡単には変わらないものもあるというわけだ。いまでもその色はヴァーミリオンと呼ばれているのだから。

変化——それは大敵だ。書物にとっていちばん望ましいのは、温度、湿度などの環境がつねに一定であることだ。だが、この本はこれ以上ないほどの劇的な変化を経《へ》てきた。きわめて困難な状況で持ちだされて、準備も予防措置もないままに急激な気温の変化にさらされてきた。ゆえに、羊皮紙が縮み、顔料がひび割れて、剝《は》がれているのではないかと心配だった。ところが、予想に反して顔料はしっかり定着して、絵が描かれたその日のままに澄んで、鮮やかだった。擦りきれた装丁とは対照的に、挿絵に使われた金箔は輝いていた。五百年前の金箔師は、それよりずっとあとのオーストリアの装丁師より、自身の仕事に関する知識が豊富だったのだろう。絵には銀箔も使われていて、それは案の定、酸化して、灰色になっていた。

「ここも修復するんですか?」尋ねたのは、博物館職員のひょろりとした若い男だった。その指が開かれたページのかなり汚れた部分を指していた。近づきすぎだ。羊皮紙は生もので、人の体に付着したバクテリアで腐食することもある。私は肩の位置をずらして、その人が手を引っこめて、うしろに下がらなければならないようにした。

「いいえ。もちろんそんなことはしません」私は目も上げなかった。

「でも、あなたは修復家だから、てっきり……」

「保存修復家です」私は相手のことばのまちがいを正した。いまここで、稀少本の保存修復に関する定義を長々と論じるつもりはなかった。「いいですか、あなたはここにいる。ええ、あなたの立会いが必要だと言われました。でも、私の仕事の邪魔をしないでくださるととても助かります」

「ええ、そうでしょうね」私の厳しい口調とちがって、穏やかな声だった。「でも、あなたにもわかってもらわなければならない。ぼくは主任学芸員《クストス》で、この本の管理を任されてるんです」

クストス。一瞬の間ののちに、そのことばの意味を思いだした。私は顔を上げて、傍らに立つ男性を見た。「えっ、あなたがオズレン・カラマン？　この本を救った……」

国連の担当者サジャンが飛んできて、あわてて謝った。「申し訳ない、紹介が遅れて。あなたが早く仕事を始めたくてうずうずしているようだったので。あらためて紹介します……ボスハンナ・ヒース博士、こちらはオズレン・カラマン博士。国立博物館の主任学芸員で、ボスニア国立大学の学芸員課程の教授も務められている」

「それは……すみません、失礼なことを言って」と私は謝った。「もっと年配の方かと思っていたので。国立博物館の主任学芸員というからには」口には出さなかったが、そういう地位にある人が、これほどみすぼらしい格好をしているとは思ってもいなかった。皺《しわ》くちゃの白いTシャツに、擦りきれた革のジャケットというでたちで現われるとは。ジーンズにも穴があいている。さらには、梳《と》かしてもいなければ、きちんとカットされてもいないくしゃくしゃの巻き毛が眼鏡《めがね》にかかっている。おまけに、眼鏡は真ん中あたりにビニールテープが巻いてあった。

オズレン・カラマンが眉を上げた。「あなただって、この仕事を任されるにはずいぶん若いんじゃないかな。まあ、ぼくのことを勘ちがいするのはしかたないと思うけど」オズレンは真顔で言った。たぶん年齢は三十歳ぐらい――私と同年代だろう。「とはいえ、ヒース博士、お手数だけど、これから何をするつもりなのか教えてくれないかな」そう言いながら、カラマンはサジャンをちらりと見た。その視線が多くを物語っていた。国連はこの件ではボスニアのために力を貸していると考えている。このハガダーが適切に展示されるように出資しているのだと。いっぽうで、国宝級の所蔵品となれば、よそ者に指揮を執《と》らせたがる者はいない。どうやらオズレン・カラマンは自分がないがしろにされていると感じているようだった。私はといえば、そういうことにはこれっぽっちも関わりたくなかった。ここにいるのは一冊の本を調べて適切な処置を行なうためで、どこかの学芸員のエゴのためではない。それでも、オズレン・カラマンには国連がなぜ私を選んだのかを知る権利があった。

「本の状態をきちんと把握してからでなくては、どこまで手をくわえるかは決められない。でも、ひとつだけ言えるのは、化学薬品を使って汚れをすっかり落とすとか、新品同様の修復を求めて私を雇う人はいないということ。私はその手の修復作業を非難する論文を山ほど書いているから。古書に手をくわえて、作られたときの状態にまで戻すのは、その本の歴史を尊重してないと思うの。先人から引き継いだときの状態を受け入れるべきだと私は考えている。その古書の歴史の証《あかし》でもある許容範囲内の損傷や、磨耗《まもう》を受け入れるべきだと。だから、古書が支障なく取り扱えて、研究できる程度に修復することが自分に課せられた使命だと思ってる。つまり、修復は必要最低限にすべきだと。たとえばここ——」私はヘブライ語の流麗な文字の上に広がった茶褐色の染みを指さした。「この部分の微細なサンプルを取って分析すれば、何の染みかがわかるはず。一見したところワインの染みのように見えるけど。いずれにしても、きちんと分析すれば、染みがついたときに、この本がどこにあったのかという手がかりが得られるかもしれない。たとえいまはわからなくても、五十年後、百年後には科学技術が進歩して、未来の保存修復家が突き止めてくれるはず。でも、染みを損傷と見なして、化学的な処理で消してしまったら、染みがついたときの状況はこれからも絶対にわからない」私は深く息を吸った。

オズレン・カラマンが当惑気味にこっちを見ていた。私はふいにばつが悪くなった。「ごめんなさい、そんなことはあなたもよくわかっているはずよね、ええ、もちろん。でも、私はそういうことがすごく大切だと思ってて、いったん話しはじめると……」さらに墓穴《ぼけつ》を掘っているのに気づいて、口をつぐんだ。「とにかく、問題はこの本を調べるために私に与えられた時間は一週間しかないということ。だから、一分一秒でも惜しいの。すぐに仕事に取りかかりたい……今夜は六時まで作業できるんでしたよね？」

「いや、正確にはちがう。六時十分前には、本を持っていかなければならない、銀行の警備員の交代時間のまえに、金庫に戻さなければならないから」

「わかりました」私は椅子をテーブルに引きよせた。そうして、長いテーブルの向こう側に陣取っている警備の一団に向かって頭を傾《かし》げた。「人数を少し減らすなんてことは？」

カラマンはくしゃくしゃの頭を振った。「申し訳ないが、いまいる者は全員ここに留まる」

思わずため息が漏《も》れた。私は人ではなく、ものを相手に仕事をしている。材料、繊維など、本を形作るさまざまなものが好きで、書物に使われている革や紙、鮮やかな土性顔料に詳しく、大昔の顔料の毒性だって知っている。もちろん、でんぷん糊についても、相手をうんざりさせるほど詳しく話す自信がある。何しろ、でんぷん糊の最適な粘度を知りたくて、半年のあいだ日本に住んで、配合の仕方やら何やらを学んだのだから。

さらには、羊皮紙をこよなく愛している。数世紀も持ちこたえるほど丈夫でありながら、ほんの一瞬の不注意で台無しになってしまうほど脆《もろ》いのが羊皮紙だ。おそらく、今回の仕事がまわってきた理由のひとつに、私が羊皮紙に関する論文を多数発表しているということがあったはずだ。ゆえに、毛穴の大きさと散らばり方を見ただけで、目のまえにある羊皮紙が、かつてスペインの山に生息し、すでに絶滅した毛の濃い羊の皮から作ったものだとわかった。その地方の羊皮紙職人のあいだで、その種の羊の皮を使うのが流行した時代を知っていれば、問題の古書がアラゴン王国とカスティリャ王国の連合が成立した時期から百年以内に作られたと推測できる。

羊皮紙はもちろん革だが、見た目や感触は革のそれとはまったくちがう。なぜなら、蛋白《たんぱく》質《しつ》の繊維が引き伸ばされて平らになっているからだ。濡《ぬ》れると、繊維はそもそもの立体に戻ろうとする。本が金属の箱に入れられていたことから、私は結露を心配していた。さもなければ、移送中に雨に濡れたのではないかと。だが、その種のダメージはほぼ見られなかった。ただし、かなり昔のものとおぼしき気候による損傷が見られるページがいくつかあり、顕微鏡で調べると、立方体の結晶がひとつ見つかった。塩化ナトリウム――いわゆる一般的な塩のようだった。本をわずかに損なった水は、過越しの祭のセデルのテーブルで使われるエジプトの奴隷の涙を象徴する塩水かもしれない。

当然のことながら、書物は材料だけでできているわけではない。人の心と手による芸術品でもある。金箔師、石をすりつぶして顔料を作る者、能書家、製本師――そういった人々を感じるときほどの幸せはない。静まりかえった部屋にいると、ときに彼らが語りかけてくる。意図を打ち明け、それが私の仕事の助けになる。善意による監視の目を注いでいる学芸員や、無線からつねに低い雑音を響かせている警官のせいで、古書の親切な精霊たちが現われないのではないかと心配だった。精霊たちの協力が私にはどうしても必要なのだ。山ほどの疑問があるのだから。

第一に、これほど高価な顔料が用いられている古書は、宮廷や大聖堂で使用するために作られたものが多い。ところが、ハガダーは家庭で使うものだ。ハガダーという書名は、ヘブライ語の〝語る〟という意味を持つ動詞の語根 hgd から派生したもので、出エジプト記の物語を親から子へ語り継げという教えからきている。とはいえ、語り継ぎ方は千差万別で、各家庭で行なわれるこの儀式は、何世紀ものあいだにさまざまなユダヤ社会で独自の変化を遂げてきた。

だが、この本が作られたのは、大半のユダヤ教徒が絵画的表現は戒律に背くと考えていた時代で、なぜこのハガダーだけがいくつもの細密画で彩られているのかは謎だった。当時、高度な絵画技術を学べる立場にあったユダヤ人が、腕前を披露するためだけに挿絵を描いたとは考えにくい。また、絵の様式はキリスト教徒の絵師が描いたものに似ていなくもない。それでいて多くの絵が、ミドラシュ（古代ユダヤの聖書注解書）やユダヤ教の聖書解釈に基づいて描かれている。

ページをめくった。とたんに、何よりも学術的な考察を誘発する絵が目に飛びこんできた。それはある家族を描いたものだった。服装から察するにスペインに住むユダヤ人の家族が、過越しの祭のセデルのテーブルについていた。テーブルにはその祭ならではの食べ物が並んでいる。ヘブライ人がエジプトを脱出する前夜に、パン種を入れずに大いそぎでパンを焼いたことに由来する種なしパン《マッツォー》。さらに、死の天使がユダヤ教徒の家を通りすぎるようにと、戸口の側柱に羊の血を塗ったことを記念する骨つきのすね肉も描かれている。家長《かちょう》はゆったりと椅子の背にもたれて――ゆえに奴隷ではなく自由市民だ――黄金の杯でワインを飲んでいる。隣で、幼い息子も杯を持っている。母親はその日のための上等なドレスに身を包み、宝石のついたヘッドドレスを着けて、穏やかに坐っている。このハガダーを作らせた家族の絵かもしれない。だが、そこにはほかにも女性がいた。漆黒の肌にサフラン色の長衣をまとった女性がマッツォーを手にしていた。召使にしては立派な身なりで、ユダヤ教の祭に参加しているアフリカ人女性が何者なのか、一世紀のあいだ学者たちはさまざまな憶測をめぐらせてきた。

たっぷりと時間をかけて一ページずつじっくり眺めて、それぞれの状態を詳しくメモしていった。羊皮紙を繰るたびに、緩衝材をずらして位置を調節した。本にストレスを与えない――古書の保存修復の第一の鉄則だ。とはいえ、この本を所有していた人々は堪《た》えがたいストレスを経験したにちがいない。大虐殺、異端審問、流刑《るけい》、戦争。

ヘブライ語のその古書の最後のページに、ヘブライ語でもなく、筆跡もそれまでとはちがう一行だけの文が記されていた。〝レヴィスト・ペル・ミ――ジョヴァンニ・ドメニコ・ヴィストリニ、一六〇九年〟――ヴェネチア様式で書かれたラテン語で、訳せば〝私によって精査された。ジョヴァンニ……〟ということになる。ローマ教皇が行なった異端審問の検閲《けんえつ》官が自らそのことばをそこに記さなければ、まずまちがいなく、この本はその年にヴェネチアで燃やされていたはずで、アドリア海を渡ってバルカン半島にたどり着くことはなかったにちがいない。

「なぜ、この本を救ったんだ、ジョヴァンニ？」

私は眉間《みけん》に皺を寄せて、顔を上げると、そのことばを発した学芸員のオズレン・カラマンを見た。オズレンはすまなそうに肩をすくめた。仕事の邪魔をして私を怒らせたと思ったのだろうが、実は私は驚いていた。オズレンが口にしたのは、まさに私の心のなかに浮かんだ疑問そのものだった。とはいえ、その疑問に答えられる者はいない。同様に、どのように、あるいはなぜ、いつ、この本がこの街にたどり着いたのかを知る者もいなかった。一八九四年に発行された一枚の領収書が、コーヘンなる人物がサラエボの博物館に本を売ったことを示している。けれど、売り主にあれこれ尋ねようとした者はいなかったらしい。その後、第二次世界大戦が勃発し、サラエボに住むユダヤ人の三分の二が殺されて、ユダヤ人居住区が略奪されると、尋ねようにも、この街にコーヘンという姓の者は残っていなかった。また、第二次世界大戦中にイスラム教徒の学芸員がこの本をナチから救ったが、どんな手段を使ったのか、わかっていることは少なく、矛盾点も多かった。

一回目の検分のメモをすべて取り終えると、8×10サイズのフィルムをセットした大判カメラを用意して、表紙から順に撮影を始めた。保存修復作業に取りかかるまえに、すべてのページを写真におさめて書物の現状を正確に記録するのだ。さらに、保存修復作業が終了して、製本しなおすまえにも、もう一度すべてのページを写真に撮る。ネガはイスラエルのアミタイに送ることになっていた。それをもとに、アミタイは世界各国の博物館で展示される精巧な複製本と、一般の人が手に取って眺められる複製本の製作を指揮するのだ。普通は専門のカメラマンが撮影を行なうが、国連がこの街の有力者全員のお眼鏡にかなうカメラマンを見つける手間を省いたせいで、写真撮影も私が行なうことになったのだった。

写真を撮り終えると、身を乗りだして、メスに手を伸ばした。椅子に坐りなおして、片手で頬杖《ほおづえ》をつき、反対の手をのど（本の綴じの部分）の上で漂わせた。いざ保存修復作業に取りかかろうとして、自己不信に陥《おちい》るのは毎度のことだ。メスが光を反射してきらりと光ると、母のことが頭に浮かんだ。母がこんなふうにためらっていたら、手術台の上の患者は無用な血を流すことになる。といっても、オーストラリアの脳神経外科界の最上位に君臨する医師である母は、自己不信とは無縁だった。どの時代の慣習もすべて軽視する権利が自分にはあると考えている母は、結婚などという煩わしいことはせず、父親の名も誰にも明かさずに私を産んだのだった。ゆえに、私はいまだに自分の父親が何者なのか見当もつかずにいる。母が愛した人？　それとも、母が利用した人？　どう考えても、後者の可能性のほうが高かった。母は自分の描いたイメージどおりに私を育てるつもりだった。なんとも滑稽《こっけい》な話だ。母は金髪で、一年じゅうほどよく日焼けしている。いっぽう、私は黒っぽい髪に、ゴート人並みの青白い顔。さらには、母はシャンパンが好きで、私は缶ビールをそのまま飲むのが好きときている。

娘が人の体ではなく本の修復を選んだことを、母がよしとする日が永遠にやってこないのは、私もとっくの昔に気づいていた。母にしてみれば、化学と古代近東言語学の両方で私が得た優等の学位など、鼻をかんだティッシュペーパーと大差ない。化学での学士号と美術品の保存修復学での博士号さえ、母にとってはなんの意味もないのだ。私が使う紙と顔料と糊を、母は「幼児のおもちゃ」と呼んだ。「医者になっていれば、いまごろはインターンを終えているはずなのに」私が日本から戻ると、母はそう言った。「いまのあなたの年には、私はもうチーフ研修医だったわ」ハーバードを卒業して帰国した私に、母が言ったのはそれだけだった。

ときどき私は、かつて保存修復作業を担当したペルシアの細密画に描かれた人物になったような錯覚を抱く。高いバルコニーから、あるいは格子《こうし》越しに、無表情ないくつもの顔につねに見つめられているちっぽけな人になってしまったような。とはいえ、私の場合、こっちを見つめているのはいくつもの顔ではなく、たったひとつ、唇をぎゅっと結び、蔑む目つきの母の顔だった。

三十歳になって、ここでこうしているいまも、母は私と私の仕事のあいだに割りこんでくる。母の苛立《いらだ》ちと批判的な視線を思いだして、ようやく私は奮起した。メスを綴じ糸の下に滑りこませる。貴重な書物のページがあっさりはずれた。最初の一葉《フォリオ》を手に取ると、綴じられていたあたりからごく小さなものがはらりと落ちた。落ちたものを黒貂《くろてん》の毛のブラシで慎重にスライドグラスに載せると、顕微鏡にセットした。しめた！　半透明で翅脈《しみゃく》のある昆虫の羽だった。この世は節足動物の世界でもある。それを考えれば、この羽がどこにでもいる昆虫のもので、何かの手がかりになることはないかもしれない。だが、もしかしたら稀少な種で、ごく限られた地域にしか生息していない昆虫の可能性がないわけではない。あるいは、すでに絶滅している虫かもしれない。後者であれば、この本がたどった軌跡の一部が明らかになるはずだった。私は羽をグラシン紙の小袋に入れて、出てきた場所を記したラベルを貼った。

数年前、綴じの部分から出てきた羽根ペンのわずかな削りかすが、物議をかもしたことがある。削りかすが発見された書物は、各聖人に捧《ささ》げたとりなしの祈りが記された、目を見張るほど美しい小ぶりの祈禱書《きとうしょ》で、おそらくは時禱書《じとうしょ》の一部だと考えられていた。所有者である有名なフランス人蒐集家は、趣味で美術作品を集めている米国の石油王に、ひと財産とも言える額でその古書を買わないかと持ちかけていた。フランス人蒐集家はその書が一四二五年ごろにパリで活躍した〝ベッドフォードの巨匠〟と呼ばれる細密画家によって描かれたものであるという鑑定書を持っていた。だが、私はどこか釈然としなかった。

通常、羽根ペンの削りかすから何かがわかることはまずない。羽根ペンにめずらしい鳥の羽根を使う必要などないからだ。長い距離を飛ぶ鳥の強い羽根でありさえすれば、丈夫なペンができる。時代ものの映画の登場人物が、目もあやなダチョウの羽根でものを書いているのを見るたびに私は笑わずにいられない。第一に、中世のヨーロッパをダチョウの大群が闊《かっ》歩《ぽ》していたはずがない。第二に、ものを書くときには羽根をほぼそぎ落として、一本の棒のような状態にして使うものなのだ。そうすれば、綿毛などが飛んで文字を書くのに邪魔になることもない。だが、そのときばかりは、問題の古書から出てきた羽根ペンの削りかすを鳥類学者に調べさせると私は主張した。その結果、何がわかったか……。削りかすはノバリケンというアヒルの羽根のものだった。ノバリケンはいまではどこにでも生息しているが、一四〇〇年代には事実上メキシコとブラジルにしかいなかった。一六〇〇年代初頭に、ようやくヨーロッパに持ちこまれたのだ。つまり、件《くだん》のフランス人蒐集家は何年ものあいだ複製品をほんものだと言い張っていたというわけだ。

二番目の一葉をそっと持ちあげながら、擦りきれた綴じ糸を抜くと、糸に長さ一センチほどの細く白い毛が付着していた。拡大鏡で絵を確かめると、スペイン人の家族のセデルの絵の綴じに近い部分にわずかな顔料の欠損が見られ、白い毛はそこから剝がれたものだとわかった。外科手術用のピンセットで糸から毛をそっと剝がして、新たなグラシン紙の小袋におさめた。

部屋に大勢の人がいては仕事の邪魔になるというのは、結局のところ取り越し苦労だった。仕事を始めたとたんに、周囲に人がいることは私の頭からすっかり抜け落ちた。部屋には人の出入りがあったはずだが、私は顔も上げなかった。そうして、光が薄れはじめてようやく、休憩もせずに丸一日仕事をしていたのに気づいた。そのとたんに、緊張から全身がこわばっているのを感じ、同時に、激しい空腹感に襲われた。私は立ちあがった。すぐさま、オズレン・カラマンがおぞましい金属の箱を手に隣にやってきた。私はばらした本を慎重に箱におさめた。

「この箱はすぐにでも変えてください」と私は言った。「温度の変化による影響を考えれば、金属は最悪だから」羊皮紙を平らに保つためにガラス板を載せて、さらに小さなベルベット地の砂囊《さのう》を置いた。私が道具をきれいに拭いて、整理していると、オズレンは蠟と印と紐で箱を封印しはじめた。

「ぼくたちの秘蔵品から何がわかったのかな?」とオズレンが本の入った箱のほうに頭を傾

げながら言った。

「五百年前に作られた本としては驚異的だわ」と私は言った。「ここ数年の不適切な取り扱いによる損傷もほぼ見あたらない。この本が何を教えてくれるのか、いくつかの微細なサンプルを分析してみるつもり。それだけで、あとは安定した状態を確保して、装丁しなおすだけよ。見てのとおり、あれは十九世紀末の装丁で、物理的にも構造的にもそうとうがたが来ているから」

オズレンは箱に覆いかぶさるようにして、蠟の上に博物館の刻印を押した。オズレンがわきにどくと、今度は銀行の担当者が銀行印を押した。紐でぐるぐる巻きにして、蠟で封印して厳重に箱を閉じたのだから、中身を不当に取りだそうとする者がいたら即座にそれとわかるはずだった。

「きみはオーストラリア人だそうだね」とオズレンが言った。私はため息を押し殺した。丸一日仕事に没頭したせいでまだ気持ちが高揚していて、世間話をする気分ではなかった。「あんなに若い国の人が、よその国の大昔の宝物の面倒をみるなんて、なんだか妙な気がするよ」私が答えないと、オズレンはさらに言った。「そういう国で育ったから、かえって、文化的なものに飢えてるのかな?」

すでに無礼な態度を取っていたので、今度はそうならないように努力することにした。といっても、ほんのわずかな努力だが。若い国だから文化がないという考え方は前時代のものだ。オーストラリアには世界のどの国にもひけを取らないほど古くから引き継がれてきた芸術がある。オーストラリアの先住民アボリジニは、ラスコーで人類が初めて絵筆を手にして何を描こうか思い悩むよりはるか以前、つまりは三万年ほどまえから、住居である洞穴の壁に洗練された絵を描きつづけてきたのだ。とはいえ、そういったことをオズレンに一から講義するのはやめておくことにした。「なるほど」と私は言った。「だったら、こう考えてくれるかしら、移民の国オーストラリアは世界でも有数の多民族国家だと。オーストラリア人のルーツは限りなく深くて広いの。だから、ある意味で、あらゆる国の文化遺産を私たちは有している。もちろん、あなたたちの文化も」とはいえ、私が子供だったころ、ユーゴスラビア人は旧世界の因縁を新大陸にまでしつこく持ちこんだ唯一の移民グループだったことは黙っていた。それ以外の国からの移民はみな、強い日射しに屈するように昔の遺恨をきれいさっぱり忘れたのに、セルビア人とクロアチア人だけはいつまでも旧世界を引きずって、互いのサッカークラブに爆弾を投げあって、クーバーピーディーといった地の果ての町――灼熱《しゃくねつ》の地上を避けて地下で暮らす町――でも激しく攻撃しあった。

オズレンは辛辣《しんらつ》なことばを素直に受け止めて、箱越しに私に微笑《ほほえ》みかけさえした。なかなかかいい笑顔だ。それは認めよう。スヌーピーの生みの親チャールズ・シュルツが描く漫画のように、口角が上がっていると同時に下がっているような笑顔だった。

警備員の一団が立ちあがって、本を運ぶオズレンに付き添った。その一団について、私も装飾的な長い廊下のさきまで歩き、そこからオズレンと警備員が大理石の階段を下りて、金庫室へ向かうのを見つめた。警備員のひとりが金庫室の扉の鍵を開けていると、オズレンが振り返って声をかけてきた。

「よければ、一緒に夕食をどうかな？　旧市街《バシチャルシア》にレストランがある。先月、再開したばかりだ。正直、味は保証しないけど、ボスニア料理がどんなものかはわかる」

私は断わりかけた。それはいつもの癖だった。けれど、ふと考えた。断わる理由がどこにある？　ホテルのうら寂しい小部屋で味も素っ気もないルームサービスを頼んで、なんだかわからない肉を食べるよりはずっとましだ。それに、情報収集にもなる。オズレン・カラマンによる救出劇は、いまやサラエボ・ハガダーの歴史の一部で、当時の状況をもっと詳しく知りたかった。

私は階段の上でオズレンを待った。金庫室が密封されるシューという音と、金属のバーがスライドする音が響いた。力強く、いかにも頼もしい音。少なくとも今夜は本は安全だ。

III

オズレンと並んで暗い通りに足を踏みだしたとたんに、私は身震いした。日中に雪はほぼ解けたが、日が暮れて気温が下がり、月は分厚い雲に隠れていた。街灯はひとつもついていなかった。腹のなかに石を抱えているような感覚が戻ってきた。歩いて旧市街へ行こうというオズレンのことばを聞いたときもそうだった。

あのとき私は言った。「ねえ、ほんとうに大丈夫？　国連の担当者に車で連れていってもらったほうがいいんじゃない？」

オズレンは食欲が失せるにおいを嗅いだかのように、わずかに顔をしかめた。「彼らが乗りまわしてる大型のバンは旧市街の狭い通りでは不便だ。それに、あのあたりでは、ここ一週間以上誰も撃たれてないしね」

すばらしい。涙が出そうなほどすばらしい。私は国連のスカンジナビア系の兵士と激しく言いあっているオズレンを尻目に見ながら、内心では、オズレンが何を言おうと、国連の担当者が護衛なしでの私の外出を許さないことを祈った。残念ながら、オズレンは説得が得意らしく、かつ、かなりの頑固者のようで、結局は徒歩で出かけることになったのだった。

オズレンは大股で歩き、それについていくために、私はかなり早足で歩くはめになった。歩きながら、オズレンは勝手に観光案内らしからぬ案内——地獄のガイド——を始めた。破壊された建物について懇切《こんせつ》丁寧に解説してくれた。「あれは大統領官邸。ネオ・ルネサンス様式で、セルビア人の格好の標的だ」さらに数ブロック歩いた。「あれはオリンピック博物館の残骸。あっちはかつての郵便局。これは大聖堂で、ネオ・ゴシック様式。去年のクリスマスには深夜のミサが行なわれた。といっても、昼の十二時にだけど。なぜって、当然のことながら、自殺志願者でもないかぎり真夜中に外出する人はいなかったから。その左側がシナゴーグとモスクで、右側は正教会。どれにも礼拝に行く人はいない。すべてが百メートル以内に位置して標的を狙い撃ちにするにはもってこいの場所だからね」

ある日突然、シドニーがこんなふうにめちゃくちゃになったら——幼いころから見知った場所が壊されて、瓦礫《がれき》の山になったら、どんな気持ちだろう、そんなことをふと思った。ある朝、目覚めると、北シドニーの住人がハーバーブリッジにバリケードを築いて、オペラハウスを砲撃しているのを目の当たりにしたら……。

「街を歩きまわれるなんてちょっと贅沢《ぜいたく》よね」と私は言った。「ここでは四年間も人々が狙撃手から逃げまわっていたんだから」少しさきを歩いていたオズレンがふと立ち止まった。「そうだね」とオズレンは言った。「たしかに」そっけない返事にオズレンはバケツ一杯分の皮肉をこめていた。

オーストリア゠ハンガリー帝国時代に作られた広い道は徐々に狭まり、オスマン帝国時代の石畳の路地に姿を変えて、腕を伸ばせば両側の建物に手が届くほどになった。建物も二分の一の縮尺で建てられたように小さく、狭い場所にひしめきあっていた。まるで、パブを出て家へ帰ろうと、寄りかかりあいながら千鳥足で歩いている酔っ払いのようだった。そのあたりはセルビア人の銃の標的からはずれていたらしく、一見したところ、被害がやや少なかった。イスラム寺院の尖塔《ミナレット》から、指導者《ホジャ》が信者に晩禱《アクシヤム》を呼びかけていた。私のなかでは、その種の声はカイロやダマスカスといった暑い場所に結びついている。歩くたびに霜がザクザク鳴って、モスクのドームや石造りの柵のあいだに雪が解け残っているような場所ではなく。いや、その昔、イスラム教徒は北に勢力を伸ばして、ウィーンのとば口までやってきたのだからと、私は自分に言い聞かせた。サラエボ・ハガダーが作られた当時、中世の暗黒時代にあってイスラム教の巨大な帝国は黄金時代を迎え、キリスト教徒によって拷問され処刑されていたユダヤ人は、科学と詩が花開いた場所で平穏な暮らしを送っていたはずだった。

サラエボの小さなモスクのホジャは年老いていたが、声はよく通り、揺るぎなく、冷たい夜気に朗々と響きわたった。呼びかけに応じたごく少数の老人が、玉石敷きの中庭をとぼとぼと歩き、教えにしたがって、泉の氷水で手と顔を洗った。私はしばらく立ち止まって、老人たちを見つめた。さきを歩いていたオズレンが振り返って、私の視線を追った。「この老人たちのことだよ」とオズレンが言った。「セルビア人が考える過激派イスラム教徒とは」

オズレンが選んだレストランは暖かく、にぎやかで、肉の焼ける香ばしいにおいに満ちていた。入口のドアのわきに飾られた写真には、野戦服を着て、大きなバズーカ砲を担いでいるレストランの店主が写っていた。私はチェヴァプチチ（小ぶりの俵型にまとめた挽肉を焼いて、野菜と一緒に平たい円形のパンにはさみ、ヨーグルトソースをかけた料理）を注文した。オズレンはコールスローサラダとヨーグルトを頼んだ。

「それってちょっと禁欲的よね？」と私は言った。

オズレンはにっこり笑った。「小さいころから菜食主義なんだ。包囲のあいだはそれで助かった。何しろ肉なんてなかったから。といっても、手に入る青物だって、そのへんで摘《つ》んだ草ぐらいのものだった。雑草スープ。それがぼくの得意料理になったよ」オズレンはビールを二本注文した。「でも、包囲のあいだもビールは手に入った。この街の醸造所は一度も閉鎖されなかったから」

「それにはオーストラリア人も敬意を払うわ」と私は言った。

「さっききみに言われたこと……この国からオーストラリアへ移住した人の話がいまも頭を離れない。実際、博物館の資料館には、紛争の直前までオーストラリア人が大勢やってきたからね」

「ふーん、そうだったの」私はビールをひと口飲んだ。なんとなく石鹼《せっけん》のにおいがするような気がして、上の空で答えた。

「彼らはいい服を着て、下手《へた》くそなボスニア語を話してた。似たような人たちがアメリカからも来たよ。そうだな、平均すると一日に五組ぐらい。自分の祖先について調べにくるんだ。資料館ではそういう人たちにあだ名をつけた。アメリカのテレビドラマの黒人の名にちなんでキンタ・クンテって」

「クンタ・キンテでしょ」と私は言った。

「そう、それだ。自分のルーツを探してるからクンタ・キンテ。彼らは一九四一年から四五年の官報を見たがったけど、パルチザンの祖先を探しているわけではなかった。左翼の末裔《まつえい》だなんて冗談じゃないというわけだ。誰もが、自分の祖先は狂信的な民族主義者にちがいないと決めつけてた。自分の先祖はチェトニク（セルビアの民族主義団体員。第二次世界大戦中には枢軸国の侵入に抵抗すると同時に、チトー率いるパルチザンと対立した）にしろウスタシャ（アンテ・パヴェリッチが組織した民族主義グループ。のちにパヴェリッチは傀儡国家「クロアチア独立国」の指導者となり、セルビア人やユダヤ人の大量虐殺を行なった）にしろ、第二次世界大戦中の虐殺者側にいたと考えてるんだ。そういう人たちの末裔であるのを望むなんて想像できるかい？　当時、彼らがカラスの大群……いやその、不吉なことの前触れだと気づいていたらと思うよ。でも、あのころは自分の国に狂気の時代がやってくるとは思いたくなかった」

「サラエボの人たちが紛争をまったく予測していなかったなんて、ある意味で感心させられたわ」私にとってそれはしごく当然の感想だった。ある日突然、邪魔な外来種を排除するように、あるいは、畑に入ってきたウサギを農民が片っ端から撃ち殺すように、隣人にあっさり撃たれるかもしれない――そんな状況に置かれたら、戦争になることぐらいわかりそうなものなのに。

「そうなんだよ」とカラマンは言った。「何年もまえにレバノンが分裂するのを見て、ぼくたちは言ったものだ。〝あそこは中東だからね。過激なんだよ〟とね。それから、ドゥブロヴニク（クロアチア南部の市）が炎上するのを見ても、〝ぼくたちのサラエボはちがう〟と言った。みんな本気でそう思ってたんだ。ふたりにひとりは異民族同士の結婚で生まれた子であるこの国で、この街で、どうして民族紛争が起きるんだって。誰も教会なんかに行かないこの街で、どうして宗教戦争が起きるんだって。ぼくにとってモスクは祖父母の時代の古風で趣《おもむき》のある博物館みたいなものでしかない。観光名所のようなものだ。たしかに、一年に一度ぐらいはモスクに行って、唱名《ジクル》を見たりはしたかもしれない。ダルウィーシュの踊り（イスラムの神秘主義の修道者が法悦状態に入るための激しい踊り）なんかも見にいった。劇場に行くような気分でね。きみたちのことばではなんと言うんだっけ？　そうだ、パントマイムを見るようなものだった。親友のダニロはユダヤ人だけど、割礼《かつれい》も受けてない。ここには儀式に則《のっと》って割礼を行なうモヘルもいない。あ、嘘だと思うなら、この街の床屋に行ってみるといい。とにかく、ぼくの両親はふたりとも左寄りで、ああいう儀式は野蛮だと考えてた……」オズレンはことばを濁すと、ふた口でビールを飲み干して、さらに二本注文した。

「ハガダーを救った日のことを教えてくれる？」

オズレンは顔をしかめて、両手を見つめた。斑紋《はんもん》のついたラミネート加工のカフェテーブルの上に手を広げて置いていた。指は長く繊細だった。もっと早く、そのことに気づかなかったのが意外だった。オズレンに無礼な態度を取り、私の大切な羊皮紙を無骨な手で触られたらたいへんだと思ったときに気づかなかったとは。

「まずはわかってもらいたい、たったいまぼくが言ったことをね。ぼくたちは戦争をよしとしてるわけじゃない。かつて、ぼくらのリーダーはこんなことを言った。〝ふたつの意見がなければ戦争にはならない。ゆえに、われわれが戦うことはない〟と。ここでは、ぼくたちの大切な街、オリンピックが行なわれた理想の街サラエボでは、紛争など起きるはずがなかった。この街の住人は充分に知的で、充分に冷静だから戦うはずがないと思ってた。でも、かならずしも愚かで野蛮な人間でなくても、愚かで野蛮な死に方はできる。いまぼくたちはそれを痛感してるよ。でも、紛争が始まって最初の数日のぼくたちの行動はちょっと浮ついてた。子供、いや、十代の若者がピクニック気分で、プラカードを持って、音楽をかけながら、反戦デモを行なった。十人ぐらいの若者が狙撃手に撃たれても、ぼくたちはまだその意味をきちんと理解しなかった。国際社会が止めてくれると思ってたんだ。ぼく自身もそう信じていた。ほんの何日か我慢していれば、片がつくと思ってた。そうすれば、そうだな……世界が一致団結して助けてくれるって」

オズレンの声はずいぶん小さかった。にぎやかな笑い声が響くレストランのなかで、かろうじて聞きとれる程度だった。「ぼくは主任学芸員で、博物館は砲弾を浴びた。ぼくたちはそれに備えていなかった。まったくの無防備だったんだ。博物館には並べれば二キロにもなる書物があって、博物館の建物はチェトニクの砲からわずか二十メートルしか離れていなかった。リンを含む爆弾が一発でも命中すればすべてが灰になってしまう。さもなければ、えっと……ボスニア語ではパプツィと言うんだけど、英語ではなんと言うのかな？」カラマンは片手を軽く丸めて、二本だけ指を伸ばしてテーブルにつけると、歩く仕草をして見せた。「動物の足のさきのほうはなんと言うんだっけ？　牛とか馬の足を」

「蹄《ひづめ》？」と私は言った。

「そう、それだ。ぼくたちは敵を〝蹄〟と呼んでた。人間以下の生き物という意味でね。いずれにしても、連中が博物館に乗りこんできたら、宝探し気分で漁るにちがいない。無知なあの連中は所蔵品の価値など考えもせずにすべてを破壊するはずだと思った。そこで、ぼくは砲火をくぐり抜けて警察へ行った。大半の警官はなんとか街を守ろうと出払ってた。デスクについてた警官に言われたよ。〝昔の遺物を救うために、誰がわざわざ命を賭けるか〟ってね。それでも、ぼくがひとりでも所蔵品を守るつもりでいることに、その警官は気づいたんだろう、ボランティアの助っ人をふたり用意してくれた。警官よりも埃《ほこり》まみれの学芸員のほうが勇敢だったなんて言われちゃたまらないからな、そんなふうに言って」

その結果、大きなものは博物館の中央寄りの部屋に移されて、こまごまとしたものは、物置や略奪者が見そうもない場所に隠された。オズレンは長い指で顔を扇ぎながら、自分が救った所蔵品について話した。ボスニアの大昔の王と女王の遺骨、博物学的に稀少な標本などについて。「それから、あのハガダーを探した」一九五〇年代に博物館の職員がハガダーの窃盗計画に関わったことから、以降、その本がおさめられた金庫の暗証番号を知っているのは館長だけだった。だが、館長の家がある川の対岸はとくに激しい交戦地帯で、館長が博物館に来られるわけがなかった。

オズレンは終始、簡潔に淡々と話を続けた。明かりのない真っ暗な部屋。割れるパイプ。あふれる水。壁を叩く砲弾。オズレンの口から語られない部分は、私が自分で埋めることになった。そのときのオズレンの状況を想像できるぐらいには、私も博物館の地下室で過ごしたことがあった。砲弾が弾《はじ》けるたびに、建物全体が大きく揺れて、剝がれた漆喰《しっくい》が所蔵品にもオズレンの体にも、その目にも降りそそいだにちがいない。漆黒の闇のなかでしゃがみこみ、自分がしていることを確かめようと、震える手で次々にマッチを擦るオズレンの上に。砲撃の合間を縫って耳を澄まし、金庫のダイヤルをまわしては、鍵が開く音がするかどうか確かめて、またべつの組み合わせを試す。といっても、耳のなかで自分の脈の音が大きく響いて、鍵の音など聞こえるはずもなかった。

「どうやって金庫を開けたの？」

オズレンは手のひらを上に向けて、肩をすくめた。「古い金庫で、さほど複雑なものじゃなかったからね」

「でも、金庫が開く確率は……」

「さっきも言ったはずだけど、ぼくは信心深い人間じゃない。でも、この世に奇跡があるとしたら、それは……あの本に手が届いたことだ。しかも、あんな状況で……」

「奇跡」と私は言った。「ということは、あなたは――」

オズレンは私に最後まで言わせなかった。「やめてくれ」私の話を遮ると、不快そうに眉間に皺を寄せた。「英雄だなんて言わないでくれよ。そんな気分じゃないんだから。正直なところ、自分の無力を痛感するよ、救えなかった多くの本を思うと……」オズレンは顔をそむけた。

それが気になるのだと私は思った。その表情が。その謙虚さが。なぜなら、私自身が勇敢な行為とは無縁だから。英雄なんてものはちょっと胡散《うさん》臭いと昔から思っていた。英雄と呼ばれる人たちは想像力が欠如しているにちがいない、そうでなければ、命知らずの行動が取れるはずがない。けれど、燃えてしまった本を思って喉を詰まらせているこのオズレンという男は、かなりしつこく尋ねなければ、自分の偉業を話そうとしない。もしかしたら、この人が少し好きかも、私はそう思いはじめていた。

料理が運ばれてきた。小さくジューシーな肉団子は胡椒《こしょう》とタイムが利いていた。空腹だった私は皿まで食べそうな勢いで、熱々のやわらかなトルコ風のパンで肉をすくっていった。食べるのに夢中で、オズレンが料理に手をつけずに、こっちを見つめているのに気づくまでやや時間がかかった。オズレンの目は緑色だった。銅色と青銅色の斑点が散った深い苔《こけ》色の瞳だった。

「ごめんなさい」私は謝った。「根掘り葉掘り訊《き》いたりして。あれこれ訊いたせいで食欲が失せたんでしょう」

オズレンはにやりとした。またもや気になる謎めいた笑みだった。「いや、そうじゃない」

「だったら、どうして？」

「今日、仕事をしているときのきみの顔を見てた。穏やかで一途な表情を見ていると、教会の聖母像を思いだした。そんな神々しい顔の人が、これほど食欲旺盛とはなんだか妙な気がするよ」

中学生のように頬を赤らめるなんて冗談じゃない。それでも、顔が火照《ほて》るのを止められず、私は誉めことばには気づかなかったふりをすることにした。「それって、私がブタみたいに食べてるって言いたいのよね」そう言って、笑った。

オズレンが片手を伸ばして、私の頬についた油を拭った。私はもう笑っていられなかった。オズレンが手を引っこめるまえに、その手を握って裏返した。きちんと手入れされた爪——まぎれもなく学者の手だった。けれど、たこもあった。街が包囲されて、薪《まき》が手に入らなければ、学者であろうと木を切らなければならなかったのだろう。指先が私の頬から拭った羊の油で光っていた。私はその指を口に持っていくと、ゆっくりと一本ずつ舐《な》めた。オズレンの緑色の目は相変わらず私を見ていた。そこには誰でも簡単に理解できる質問が浮かんでいた。

カラマンの住むアパートメントは近かった。スイート・コーナーと呼ばれる十字路に面したペストリー屋の上の屋根裏部屋だった。店の入口のガラスは曇っていて、店に入ったとたんに、温かい空気が押し寄せてきた。店主が粉だらけの手を上げて挨拶した。オズレンは手を振り返すと、私を連れて混雑したカフェ・エリアを通り、屋根裏部屋に通じる階段へ向かった。香ばしいペストリーと焦げた砂糖のにおいが追いかけてきた。

屋根裏部屋の傾斜した天井は、オズレンの頭すれすれだった。くしゃくしゃの巻き毛のさきっぽがいちばん低い梁《はり》に触れていた。オズレンは振り向くと、私のジャケットを脱がせた。

そうしながら、私の首にそっと触れた。髪が持ちあがり、うなじのわずかな窪《くぼ》みに中指を這《は》わせた。その指が肩の骨をたどって、セーター越しに下へ向かった。やがて、腰にたどり着くと、カシミアのセーターの下に滑りこんで、セーターをすばやく頭まで持ちあげて脱がせようとした。ヘアクリップが引っかかって、髪からはずれて床に落ちる音がした。ほどけた髪が裸の肩へとこぼれ落ちる。身震いする私をオズレンは胸に抱いた。

しばらく経って、私たちはもつれたシーツと服の上に横たわっていた。そこはまるで学生の部屋のようだった。薄いマットレスのベッドは壁際に置かれ、部屋の四隅に本や新聞がぞんざいに積まれていた。オズレンは競走馬のように痩せていた。長い骨と細い筋肉でできた体には余分な肉はひとつもついていなかった。オズレンは私の髪を指でもてあそびながら言った。「日本人みたいにまっすぐだな」

「そっち方面に詳しいの？」私はからかった。オズレンはにやりとして起きあがると、火のようなラキヤ（バルカン諸国のブランデー）をふたつのショットグラスに注いだ。部屋に入ってきたときに、オズレンは明かりをつけなかったが、いまようやく一対のキャンドルに火を灯《とも》した。炎の揺らめきが落ち着くと、奥の壁に飾られた一枚の大きな絵が見えた。執拗《しつよう》なほど絵の具を厚塗りして、女の人と赤ん坊が描かれていた。赤ん坊の体の一部は女の人の体に隠れていて、それはまるで女性が赤ん坊を守っているかのようだった。顔は赤ん坊のほうを向いているが、目だけは画家——つまり、私たちのほう——を見ていた。値踏みするような揺るぎない視線だが、それでいて美しく悲しげだった。

「すてきな絵ね」と私は言った。

「ああ、友達のダニロ――さっき話した親友が描いたんだ」

「この女の人は誰?」

カラマンは顔をしかめて、ため息をつくと、乾杯するようにグラスを掲げた。

「ぼくの妻だ」

Ⅳ

完璧に仕事をこなせば、そこには仕事をした痕跡はいっさい残らない。

それが師であるヴェルナー・ハインリヒの教えだ。「自分を芸術家だなどと勘ちがいしてはいけないよ、ミス・ヒース。きみの姿はつねに古書の陰に隠れていなければならない」

その週の終わりには、私が問題の古書をいったんばらして、もとに戻したと断言できる人はこの世に十人もいなくなった。次にすべきことは、古書から採取した小さなサンプルの意味を教えてくれそうな旧友を何人か訪ねることだった。国連からは、本を展示する際にカタログに載せる紹介文の執筆を頼まれた。私はいわゆる古いタイプの野心家ではない。豪邸も、高額な貯金もほしいとは思わない。そういうことにはまるで興味がなかった。何かを牛耳《ぎゅうじ》りたいとか、自分以外の誰かに指図したいとも思わない。とはいえ、頭の固い同僚たちが知らないことを発表して、彼らを驚かせるのは愉快だ。一冊の古書にまつわる偉大なる人類の軌跡を明らかにして、たとえ一ミリでも前進できれば満足だった。

私はテーブルを離れて、伸びをした。「では、敬愛する主任学芸員さま、やっとこのハガダーをあなたの庇護《ひご》のもとに返せそうだわ」

オズレンはにこりともしなかった。私のほうを見ようともせずに立ちあがり、私の指示どおりに作った新たな箱を取りにいった。稀少な書物をおさめるための箱にハガダーは守られて、その間に、博物館には国連の支援によって空調設備が整えられた展示室ができあがるはずだった。展示室は多くの民族が暮らすサラエボの文化遺産のための殿堂になるはずだ。ハガダーはこの街の宝にちがいないが、展示室の壁際にはイスラム教の書や正教会の聖像がずらりと並ぶ。そうすることで、さまざまな民族も、彼らが生みだした芸術も実は根は同じで、互いに影響しあい、鼓舞しあって今日に至ったことがわかるはずだった。

本を取ろうとオズレンが伸ばした手に、私は自分の手を重ねた。「展示のオープニング・セレモニーには私も招待されてるわ。その一週間前にテート美術館のセミナーに出ることになってる。もしロンドンからこっちへ早めに来られたら、また会える？」

オズレンは本を取り、その手から私の手がはずれた。「ああ、オープニング・セレモニーで」

「そのあとは？」

オズレンは肩をすくめた。

あのあと、私たちはスイート・コーナーのアパートメントで三晩過ごしたが、絵のなかから私たちを見つめている妻については、オズレンはひとことも話さなかった。そうして四日目、私は夜明けまえに目を覚ました。オーブンに火を入れるペストリー屋の主人の足音が階下で大きく響いていた。寝返りを打つと、オズレンが目を見開いて、絵を見つめていた。やつれて、いかにも悲しげなその顔に私はそっと触れた。

「話して」

オズレンは私のほうを向くと、私の頬を両手で包んだ。まもなくベッドを出て、ジーンズを穿《は》いて、私の服を投げて寄こした。私は服を着ると、オズレンについて階段を下りた。オズレンはしばらくペストリー屋の主人と話をして、車のキーを借りた。

狭い路地のつきあたりに、古ぼけたシトロエンが停《と》めてあった。ふたりで車に乗ると、無言のまま街を抜けて、山に入った。山の上からの眺めは絶景だった。昇ったばかりの朝日が雪を金と薄紅と朱色に変えていた。強い風が松の大枝を揺すり、その香りが不釣合いな記憶を呼び起こした。クリスマスツリーのつんとするにおい。十二月のシドニーは真夏の熱波のせいで樹液のにおいがいっそう強くなるのだ。

「ここはイグマン山だ」オズレンはようやく口を開いた。「冬季オリンピックではボブスレー会場になった。といってもそれは、セルビア人が強力なライフルと照準器を持ちこんで、ここを狙撃手用の塹壕《ざんごう》だらけにするまえの話だ」塹壕に近づこうとすると、オズレンの手が伸びてきて止められた。「このあたりにはまだ地雷が山ほど埋まってる。道からはずれないほうがいい」

山の上からはサラエボの街が一望できた。セルビア人の狙撃手はここから、息子を抱いて国連の給水の列に並んでいたオズレンの妻アイダを撃ったのだ。一発目が大腿《だいたい》動脈に命中したが、それでもアイダは這って、赤ん坊を引きずっていちばん近い壁の際まで行くと、幼い息子の上に覆いかぶさった。瀕死《ひんし》の状態で血を流している女を助けようとする者はいなかった。すぐそばに立っていた国連の兵士も、悲鳴をあげながら身を隠せそうな場所へとちりぢりに逃げていく怯《おび》えた市民も。

「サラエボの英雄たち」オズレンはうんざりしたように言った。風に向かって吐き捨てるように言ったことばは聞きとりづらかった。「CNNはこの街の住人をそんなふうに呼んだ。でも、大半は英雄なんかじゃない、ああ、そうだ、弾《たま》が飛んできたら、さきを争って逃げるだけだ」

怪我《けが》をして血を流しているアイダは、イグマン山の狙撃手の格好の標的だった。二発目が肩の骨に命中した。そうして、弾が砕け、小さな金属の破片がアイダの体を貫通して、赤ん坊の頭蓋骨を貫いた。赤ん坊の名前はアリア。オズレンはその名をため息とまちがえそうなほど小さな声でつぶやいた。

脳神経外科の専門用語を使えば、それが一次損傷だった。十代のころ、夕食の席で母と口論をしていると、ほぼ毎日のようにタイミングよく電話がかかってきて、私は電話の相手と母との会話を何気なく聞いていたものだった。救急救命室の若い研修医があせって電話をかけてくることもしばしばだった。そんなときには、頭を撃たれたり、頭蓋骨を刃渡り十センチの斧《おの》か何かで叩き割られたりしたら、それこそ〝損傷〟と言うしかないと私は思った。それ以上の損傷などありえないと。アリアの場合、一次損傷に脳神経外科医の不在という不幸が重なった。当時のサラエボには小児専門の脳神経外科医はもちろん、脳神経外科医そのものがいなかったのだ。いわゆる普通の外科医が手を尽くしたが、腫脹《しゅちょう》と感染症——二次損傷——を止められず、アリアは昏睡《こんすい》状態に陥った。数ヵ月後、ようやく街に脳神経外科医がやってきたが、そのときには手の施しようがないと言われただけだった。

山から下りると、オズレンは一緒に病院に行って息子に会うかと訊いてきた。私は行きたくなかった。そもそも病院が苦手なのだ。子供のころからそうだった。週末に家政婦が休みを取ると、ときどき母はいやがる私を回診につきあわせた。目を刺す光、軟泥のような緑色の壁、金属のぶつかる音、屍衣《しい》のように廊下を包むまさに血まみれの苦しみ。そういったもののすべてに怖気《おぞけ》が走った。病院にいると、心に住む臆病者が想像力を執拗にかきたてた。どのベッドに目をやっても、そこに横たわる自分の姿が見えた。牽引《けんいん》装置につながれているのも自分なら、意識不明でストレッチャーに寝かされて、排液バッグに血が滲《にじ》み、尿管カテーテルを挿入されているのも自分のような気がした。どの顔も自分の顔に見えた。顔は同じで、ページをめくるたびに体だけが変わる絵本を見ているようだった。情けない、われながらそう思う。それでも、その癖は変わらない。そして、母は私が医者になりたがらない理由がいまだに理解できずにいた。

けれど、オズレンは忠実な犬のような顔で私を見ていた。頭を傾げて、私の思いやりを期待して。そんなふうにされては行かないとは言えなかった。すると、オズレンは毎日、出勤前に病院に寄るのだと言った。私はそのときまで、オズレンのその行動にまったく気づいていなかった。この数日、朝になるとオズレンは徒歩で私をホテルまで送ってくれた。私がシャワーを浴びて――もし水が出ればの話だが――服を着替えられるように。そのあとオズレンが病院に行って、息子と一緒に一時間過ごしているとは、私は夢にも思っていなかった。

病棟の廊下を歩きながら、私はまっすぐまえを向いて、どの病室も見ないようにした。そうして、アリアの部屋に入ると、アリアだけを見た。やさしく穏やかな顔は、生命を維持するために注ぎこまれている液体のせいでわずかに腫れていた。小さな体から無数の管が出ていた。モニターつきの装置が発する音が、アリアの小さくはかない命の灯火がまだ消えていないことを表わしていた。オズレンから妻は一年前に亡くなったと聞かされていた。それから推測すると、アリアは二歳ぐらいのはずだった。けれど、年齢はよくわからなかった。発育不全の体はもっと小さな赤ん坊にも見えるが、顔によぎるかすかな表情には年老いた者の感情が表われているかに見えた。オズレンは息子の額《ひたい》にかかる茶色の髪を撫でつけると、ベッドに坐って、ボスニア語でそっと語りかけた。こわばった小さな手を取って、やさしく開いたり閉じたりしながら。

「オズレン」私は静かに声をかけた。「べつの医者の意見を聞こうと思ったことはない？　アリアの検査結果を私が持っていって――」

「いや」オズレンは私のことばを遮った。

「どうして？　医者だって人間よ。まちがえることはあるわ」母がそれなりに名の知れた医者の診断をくつがえしたという話なら、何度も聞いたことがあった。〝まったく！　たとえ足の指の巻き爪でも、私ならあんな医者には診せないわ！〟と母が言うのを。けれど、オズレンは肩をすくめただけで、返事はなかった。

「ＭＲＩは受けたの？　それとも、ＣＴだけ？　ＭＲＩのほうが詳しいことが――」

「ハンナ、やめてくれ、頼むよ。ぼくは断わってるんだから」

「そんなのへんよ。あなたがきれいごとばかり言ってる運命論者だとは知らなかったわ。〝アラーのおぼしめしのままに〟なんて言うような」

　オズレンは立ちあがると、一歩で私に歩み寄り、両手で私の頬を押さえて、目のまえに顔を突きだした。怒った表情がぼやけるほど、顔を近づけた。

「きみだよ」押し殺した低い声で言った。「きれいごとばかり並べてるのはきみのほうだ」

　私はふいに怒りだしたオズレンに驚いて、あとずさった。

「きみ――」オズレンは私の手首をつかんでさらに言った。「ああ、エアバッグといたずら防止機能つきのスーツケースと無脂肪のダイエット食がある安全な世界から来たきみたちのほうだ。きみたちこそ迷信を信じてる。自分だけは死を免れると思いこんでて、それができないとわかると真っ赤になって怒る。ぼくたちの戦争の一部始終を、快適な部屋でくつろいで観てる。テレビのニュースで流される血だらけのぼくたちの映像を。そして、言うんだ、〝まあ、恐ろしい！〟とかなんとか。そうして、テレビのまえを離れて、上等なコーヒーをもう一杯淹《い》れる」私はどきりとした。そのとおりだったからだ。けれど、オズレンの話はまだ終わらなかった。烈火のごとく怒って、唾を飛ばしてさらに言った。

「運が悪かった。ぼくに最悪の災難が降りかかった。けど、ぼくは大怪我をして苦しんでいる子供を持つこの街の無数の父親と何ひとつ変わらない。それを背負って生きていくんだよ。どの物語も最後はハッピーエンドだと思ったらおおまちがいだ。大人になれよ、ハンナ、悲運を受け入れることを憶えろよ」

オズレンは私の手を離した。私は震えていた。逃げだしたかった。いますぐにここを出ていきたかった。オズレンはアリアのほうを向くと、私にはもう目もくれず、またベッドに腰を下ろした。私はドアへ向かおうとオズレンのすぐわきを通った。その手にボスニア語の絵本が載っているのが見えた。見慣れた挿絵から、『クマのプーさん』のボスニア語版だとわかった。オズレンは絵本を置いて、両手で顔をこすった。顔を上げて私のほうを見たときには、その顔にはどんな表情も浮かんでいなかった。「本を読んで聞かせてる。毎日、そうしてる。こういう物語抜きの子供時代なんてありえないから」そう言うと、栞《しおり》をはさんだページを開いた。私はドアノブに手をかけた。けれど、オズレンが絵本を読みはじめると、私は動けなくなった。オズレンはときどき顔を上げては、アリアに語りかけていた。むずかしいことばを説明しているのだろう。さもなければ、ミルンのイギリス人特有の粋なユーモアを一緒に楽しんでいるのか……。これほど穏やかなときを過ごしている父と子を見たのは初めてだった。

そういう姿をもう一度目の当たりにすることに自分が堪えられないのはわかっていた。その日の夕方、仕事が終わると、オズレンは腹を立てたことを謝った。もしかしたら、それは今夜も一緒に過ごそうという誘いにつながる話だったのかもしれない。けれど、私はオズレンと距離を取ることを選んで、今夜はホテルに戻らなければならないと下手な言い訳をした。翌日も同じことをした。三日目には、オズレンももう何も言わなかった。いずれにしても、私がサラエボを去る日が来ていた。

かつて、とびきりハンサムな植物学者を本気で怒らせてしまったときに、こんなふうに言われたことがある。私のセックスに対する態度は、社会学の教科書に載っていた一九六〇年代の風潮に似ていると。女性解放運動隆盛期前の男に関する記述と、私の態度がそっくりだと言うのだ。気軽なセックスのパートナーを得て、ふたりのあいだになんらかの感情が入りこんだとたんに相手を切り捨てる。植物学者はご丁寧にもその原因は、私に父親がなく、精神的に母親も不在で、互いのことを思いやる健全な男女関係のモデルがなかったせいだと指摘してくれた。

私はその植物学者に、精神分析の御託《ごたく》を聞きたければ、健康保険がきく精神科医のところへ行くと言ってやった。なぜなら、私にとって気軽なセックスなどありえないからだ。そう、絶対に。実のところ、セックスの相手はかなり慎重に選んでいる。手当たりしだい誰とでもなどということはなく、吟味した相手としか寝ない。とはいえ、お涙ちょうだい的な身の上話に興味はなく、もし本気でパートナーがほしければ、弁護士になって法律事務所の共同経営者《パートナー》にでもなっていただろう。とにかく、私が相手を選ぶときの基準は、明るく楽しい関係でいられるかどうかだ。互いの心が傷つくようなこと、とくに、オズレンとのあいだにあったような悲劇的な事態にはこれっぽちも喜びを覚えない。たしかに、オズレンは勇敢で知的で、すべてをかねそなえたすばらしい人ではあるけれど。それに、髪を梳かさないことに目をつぶれば、ハンサムでもあった。いずれにしても、いま思えば、あの植物学者にも少々酷なことをしてしまった。けれど、よりによって彼は、子供と一緒にバックパックを背負って、ハイキング《ブッシュウォーク》をしたいなどとほのめかしたのだ。だから、別れるしかなかった。当時、私はまだ二十五にもなっておらず、子供を持つのは中年の贅沢だと考えていた。

人が言うところの私の〝健全な家族に関する意識の欠如〟については、その根本にある考え方が遺伝によるものであるのはほぼまちがいない。その考え方とはすなわち、精神的な支えを男に求めないこと。男以外に夢中になれるものを見つけること。つまり、つねに何かに没頭して、〝ああ、なんて惨めな人生〟などとくだらないことをしみじみ考える暇を作らないことだ。母は仕事を愛していて、私も仕事を愛している。それなのに、私と母が愛しあえないのは……いや、そんなことはいままでだって考えもしなかった。

箱が封印され、紐で縛られると、私はオズレンについて銀行の階段を下りた。そんなことをするのも、これが最後になるはずだった。ハガダーの展示のオープニング・セレモニーのためにふたたびサラエボを訪れるときには、古書は専用の場所——文句のつけようのない最新式の警備装置がついた展示ケースにおさまっているのだから。私はオズレンが本を金庫にしまうのを待ったが、それが終わって戻ってきたオズレンは、警備員とボスニア語で話しこんでいて、私のほうを見ようともしなかった。

警備員がオズレンのために正面玄関の鍵を開けた。

「おやすみなさい」と私は言った。「さようなら。ありがとう」

オズレンは凝《こ》ったデザインのドアノブに手をかけた。振り向いて私をちらりと見て、小さくうなずくと、ドアを開けて、暗い通りに出ていった。私は道具をまとめるためにひとりで階上へ戻った。

数枚のグラシン紙の小袋を手に取った。なかには綴じの部分から出てきた昆虫の羽と、白い毛と、ごく微小なサンプル――羊皮紙に付着した染みをメスの先端で薄く切りとった、ピリオドほどの大きさのサンプルなど――がいくつかおさまっていた。グラシン紙の小袋をそっとバッグに入れてから、忘れているものがないか確かめようと、最後にもう一度ノートを開いた。初日の装丁をはずしたときの記述にざっと目を通す。表紙に使われていた板の端についた溝と、なくなった留め金に関する疑問点がメモしてあった。

サラエボからロンドンへ行くには、ウィーンで飛行機を乗り継がなければならない。その不可避の乗り継ぎを利用して、私はふたつのことをするつもりだった。私には長いつきあいの昆虫学者がいて、彼女はウィーンの自然史博物館で研究員兼学芸員をしていた。彼女の力を借りれば、ハガダーから出てきた羽がどんな昆虫のものなのか突き止められるだろう。もうひとつは、かつての師を訪ねることだった。師であるヴェルナー・ハインリヒは愛すべき人物で、もし祖父がいたらこんなふうにやさしくて穏やかだったにちがいないと思わせてくれる人だった。ハインリヒはハガダーに関する私の報告を待ち望んでいるはずで、私も師からアドバイスを受けたかった。また、ハインリヒの協力があれば、ウィーンの博物館の煩雑な手続きをうまくすり抜けられるかもしれない。何しろ、一八九四年にハガダーの再装丁を行なったのはその博物館なのだ。ハインリヒの口利きで、博物館の公文書を見せてもらえれば、ハガダーがそこに持ちこまれたときの古い記録か何かが読めるにちがいない。私はノートをバッグにおさめた。そうして最後に、病院から持ってきた大きな茶封筒を滑りこませた。

私は母の名で依頼書を偽造して、あいまいな言いまわしを使った。〝……息子さんの状態について、カラマン博士の同僚からセカンド・オピニオンを頼まれて……〟この街の医師も母の名を知っていた。母は動脈瘤《どうみやくりゆう》に関する本を共同執筆していて、それはその分野でもっとも活用されている教本となっていた。私が母に頼みごとをするのはめったにないことだった。だが、折よく、母は年に一度アメリカで行なわれる脳神経外科学会で論文を発表するために、まもなくボストンに飛ぶ予定で、私はボストンに顧客がいた。想像を絶する大富豪で、かつ、写本のコレクターとしても有名なその人物は、ホートン図書館が売りにだしているある古書を買うかどうか検討中で、その鑑定を私に依頼してきたのだった。

押しなべてオーストラリア人は気軽に旅をする。あの国で育てば、いやでも長時間のフライトに慣らされる。十五時間、あるいは二十四時間の飛行機の旅は、オーストラリア人にとってごくあたりまえなのだ。ゆえに、大西洋を渡る八時間のフライトなど、ちょっとした散歩に等しい。また、件の大富豪はファーストクラスのチケットを用意すると言い、私はめずらしく、飛行機の先頭に近い席に坐ることになる。そういった状況を考慮すれば、スケジュールに大富豪から依頼された鑑定を詰めこんで、高額の報酬を得て、テート美術館でのセミナーに間に合うようにロンドンに戻ってこられそうだった。いつもなら、私は母とすれちがいになるように旅の計画を立て、そんなときには、電話でごく短い会話が交わされる。〝あら、残念！〟〝ほんと、こんなことってある？〟などと、お互いに心にもないことを言いあうのだ。いつもはそんな調子だったので、ゆうべ、母に電話をかけてボストンで会いたいと私が言うと、ゆうに一分間の沈黙ができた。サラエボとシドニー間の電話回線の雑音をたっぷり聞いてから、無感動な返事が返ってきた。「それはいいわね。時間を作るようにするわ」

なぜ私はわざわざこんなことをしているのか、そのわけをじっくり考えはしなかった。なぜ余計なことに首を突っこもうとしているのか。疑う余地もないほど明確に表明されたオズレンの気持ちを尊重せずに、他人のプライバシーに踏みこんでいるのか。それはたぶん、調べて何かがわかるなら、調べずにはいられない、そんな性格のせいかもしれない。ある意味で、アリアの脳の画像は私のグラシン紙の小袋に入っているちっぽけなサンプルと同じで、専門家であればそこに隠された暗号が解読できるかもしれないのだ。

V

ウィーンの街は社会主義の崩壊によって豊かになった――一見、そんなふうに見えた。整形手術を受けた金持ちの妻たち並みに、街のいたるところが改装中だった。私の乗ったタクシーがリングシュトラーセを走る車の流れに合流すると、あちこちに建設用のクレーンが見て取れた。その街特有の凝った建物のあいだから、うなだれたようなクレーンが無数に突きでていた。新たに金メッキが施されたホーフブルク宮殿の小壁は光り輝いて、立ち並ぶネオ・ルネサンス様式の建物の壁からは煤《すす》が払われて、何世紀分もの煤の下に隠れていたやわらかなクリーム色の石壁が姿を現わしていた。西側の資本主義者はハンガリーやチェコ共和国などの近隣諸国とともに立ちあげた合弁企業の本社ビルを、躍起になって磨いているらしい。同時に、彼らは東側の安い労働力も手に入れていた。

一九八〇年代に研究旅行奨学金を得て私がウィーンに来た当時、そこは灰色の薄汚れた街だった。どの建物も煤けていたが、そのときはそれに気づかなかった。最初から黒っぽい建物だと思いこんでいたのだ。なんとも暗い街で、少しぞっとしたのを憶えている。ヨーロッパにおけるその街の地理的状況――西ヨーロッパの最東端の街――から、冷戦時代のウィーンは敵国の情報収集都市だった。ブルジョアの自信を漂わせたでっぷりとした女たちや、厚手の純毛のコートを着た男たちが、稲妻が走ったあとの空気のように、つねにやや不安定でやや張りつめた雰囲気が漂う街を歩いていた。とはいえ、きらびやかなロココ様式のカフェや、いたるところで耳にするその街の脈拍や鼓動のような音楽は、当時の私も気に入った。ウィーンで楽器を持ち歩いていないのは、ピアニストかハープ奏者、さもなければ、外国のスパイだけ、というジョークがあるほどだった。

ウィーンが最先端科学の中心であるとはお世辞にも言えないとしても、それでもハイテク産業や最新設備の研究所はそれなりに進出している。私の旧友である昆虫学者アマーリエ・スッターはそういった研究所の責任者だった。私がアマーリエと出会ったのは十年以上もまえのことで、当時、博士号を取得したばかりだった彼女は、きらびやかなロココ様式のカフェからはほど遠いところに住んでいた。そう、私たちが偶然出会ったのは、北クイーンズランドの辺鄙《へんぴ》な山腹だった。アマーリエはなんと波形鉄板製のタンクをひっくり返して、そのなかで暮らしていた。いっぽう、私はバックパックを背負って旅していた。自由を手に入れる最初のチャンスを逃さずに、十六歳の私はべらぼうな学費を請求するエリート女子高を退学していた。それ以前にも、退学になろうと努力したのだが、どれほど校則を破っても、学校側は母を怒らすのが怖くて私を放りだせなかったのだ。学校を辞めると、私はすぐさま御殿のような家を出て、あてもなく移動する一団——ワーキングホリデーでやってきた健全なスカンジナビア人の若者数人と脱落サーファーとがりがりに痩せた麻薬中毒者——にくわわって、北へと流れていった。まずはバイロンベイへ、さらに海沿いを北上してケアンズを通り、クックタウンを過ぎて、ついには道が果てる場所まで行った。

　母から逃れるのに、二千キロほど旅したというわけだ。そうして、そこで出会ったのが、いくつかの点で母によく似た人だった。あるいは、パラレル・ワールドに生きる母と言うべきか。私の母から社会的な地位に対する欲求と物質的野心を剝ぎとったのがアマーリエだった。といっても、自分のやるべきこと――蟻《あり》と共生して捕食者から幼虫を守っている蝶《ちょう》の研究――にとり憑《つ》かれていた。彼女は私をタンクの家に泊めてくれて、堆肥製造機を兼ねたトイレや太陽光利用のシャワーなどさまざまなことを教えてくれた。当時は気づかなかったが、いまは、あの山で過ごした数週間が、その後の私の人生を決めたと思っている。アマーリエが昆虫の世界をあれほどつぶさに観察して、その世界がどのように作用しあっているのかを突き止めることに熱中しているのを目の当たりにしたせいで、たぶん私はあそこでUターンしたのだと思う。そうして、真の自分の人生を始めるためにシドニーに戻ったのだった。

　それから何年も経って、偶然にもアマーリエと再会したのは、私がウィーンでヴェルナー・ハインリヒの弟子になってからだった。私は古書の綴じの部分から採取したコナチャタテ（古書などの害虫）のDNAを分析するようヴェルナーに言われて、DNAの研究なら自然史博物館がウィーンでもっとも進んでいると誰かに教えられたのだった。そう教えられても、なんだか釈然としなかった。自然史博物館は幻想的とも言えるほど古くさい場所で、虫に食われた剝製《はくせい》や、十九世紀の紳士のあいだで流行した石のコレクションなどが並んでいた。私はその博物館をぶらぶらと見てまわるのが好きだった。なぜなら、予想もしなかったものが見つかるからだ。そこはまさに珍品の宝庫だった。真偽のほどは定かではないが、噂では、一六八三年のウィーン攻囲で敗北したトルコ軍の高官の生首もあるらしい。もしそれがほんとうなら、地下室に保管されているにちがいない。

とはいえ、アマーリエ・スッターの研究室には進化生物学研究のための最新設備が備わっている。初めてその場所を訪ねたときに、受付で聞いた一風変わった案内を私は忘れていなかった。エレベーターで三階に上がったら、ディプロドクス（ジュラ紀の恐竜）の骨格標本沿いに進み、顎骨まで行って、その左にあるのがスッター博士のオフィスのドアである。

今回、オフィスを訪ねると、ひとりの助手がスッター博士は標本室にいると言って、私を連れて廊下を歩きだした。標本室のドアを開けたとたんに防虫剤のにおいに襲われた。その部屋で、オーストラリアで出会った当時とまったく変わらないアマーリエが、銀色がかった青い光に照らされた引き出しを一心に覗《のぞ》きこんでいた。

アマーリエは私を見て喜んだが、私が持ってきたものを見てさらに喜んだ。「今度もまたコナチャタテを持ってきたのかと思ったわ」前回はDNAを取りだすためにサンプルを潰して、増幅させ、結果が出るまで数日待たされた。「でも、これは」グラシン紙の小袋をそっと持ちあげて、アマーリエは言った。「まずまちがいなく、前回よりはるかに簡単ね。今日、あなたが持ってきたのは私の旧友だろうから」

「蛾《が》？」

「いいえ、蛾じゃない」

「でも、蝶の羽ってことはないでしょう?」蝶の一部が本に入りこむことはめったにないが、蛾ならその可能性はおおいにある。蛾は本が置かれているような室内にも入ってくるからだ。いっぽう、蝶は戸外で生きる昆虫だ。

「いいえ、たぶん蝶よ」アマーリエは立ちあがると、標本の引き出しを閉めた。そうして、一緒にオフィスに戻ると、床から天井まである書棚に目を走らせて、翅脈相《しみゃくそう》の分厚い学術書を引っぱりだした。それから、背の高いドアを押しあけた。ドアには、マレーシアの熱帯雨林で長さ四メートルの虫捕り網を振りまわす大学院時代の彼女の等身大の写真が飾られていた。仕事に対する並々ならぬ熱意が、ある種の防腐剤のような役目を果たしているのか、驚いたことに、その写真の顔といまのアマーリエの顔はほとんど変わっていなかった。ドアの向こうは最新装置が並ぶ研究室で、博士号を得たばかりの研究員がピペットを使ったり、コンピュータのディスプレイに映るDNAのグラフを覗きこんだりしていた。アマーリエは私が持ってきた昆虫の小さな羽を慎重にスライドに載せて、高性能の顕微鏡に挿しいれた。

「ハロー、かわい子ちゃん、やっぱりあんただったのね」アマーリエはそう言うと、顔を上げて、満面の笑みで私を見た。翅脈相の学術書を確かめようともしなかった。「クロホシウスバシロチョウ。ヨーロッパに広く生息してるわ」

なんだ……。私はがっかりした。その気持ちは顔にも表われたはずだった。新たな情報は得られなかった。アマーリエはにっこり笑った。「役に立たなかった?」そう言うと、私を連れてまた廊下に出て、標本棚だらけの部屋に入った。そうして、ある棚のまえで立ち止まると、スチール製の大きな扉を開けて、なかにある木製の引き出しを開いた。羽を広げたウスバシロチョウ属の蝶がずらりと並んでいた。きれいな文字で記された名前の上で、ぴたりと動きを止めて永遠に浮かんでいた。

ひっそりと並んでいる蝶にははかなげな美があった。どの蝶もクリーム色がかった白い前《ぜん》翅《し》に、黒い斑点がついている。後翅《こうし》は半透明の鉛ガラスのようで、特徴的な黒い翅脈が複雑に走っていた。「お世辞にも、世界でもっともあでやかな蝶とは言えないわね」とアマーリエは言った。「でも、コレクターにはとても人気がある。その理由はもしかしたら、この蝶を採るには山に登らなければならないからかもね」アマーリエは引き出しを閉めて、私を見た。「そう、さっきも言ったとおり、ヨーロッパじゅうに生息してる。といっても、高山帯に限るけどね。標高およそ二千メートルあたり。ウスバシロチョウ属の幼虫は、切り立った岩壁なんかに生える高山種のヒエンソウしか食べないから。ハンナ、あなたの大切な古書くんは、アルプスを旅したの？」

蝶の羽　一九四〇年　サラエボ

ここに死者が眠る。
木々が耳を澄ますとき、しばしここに留まれよ。
帽子を取り、死に様を知る者たちに花を手向けよ。
――ボスニア　第二次世界大戦戦没者追悼碑

ミリャツカ川の川面《かわも》を越えて、頬を叩く強風が吹きつけていた。そんな風に吹かれては、ローラが着ている薄っぺらなコートなどたいして役に立たなかった。ポケットに両手を突っこんで、ローラは狭い橋の上を走った。川を渡ると、荒削りの石段に出た。そのさきには入り組んだ路地におんぼろアパートが並んでいる。ローラは石段を一段抜かしで上がると、二本目の路地に飛びこんで、吹きすさぶ風から逃れた。

　真夜中までにはまだ少し間があったので、自宅のあるアパートメントの外玄関の鍵はかかっていなかった。建物のなかに入っても、通りと同じぐらい寒かった。気持ちを落ち着かせて、束《つか》の間《ま》、息を整えた。茹《ゆ》でたキャベツと新たな猫の小便のにおいが立ちこめていた。忍び足で階段を上がって、家族が暮らすアパートメントの鍵をそっと開けた。なかに入るときに無意識に右手が伸びて、戸口にかかったメズーザー（ユダヤ教の申命記の数節を記した羊皮紙小片）に触れたが、なぜそんなことをしたのか自分でもわからなかった。コートを脱いで、ブーツの紐を解くと、その両方を手に持って、眠っている両親のそばをつま先立ちで通りすぎた。部屋はひとつきりで、両親と子供たちの寝場所を分けているのは一枚のカーテンだけだった。

妹のドラは上掛けに頭までもぐって眠っていた。ローラは上掛けを持ちあげて、妹の隣にもぐりこんだ。小さな動物のように丸まっているドラの体は、ほのかなぬくもりを発していた。ローラはその温かな背中に手をあてた。幼い妹は眠りながらも、不満げな小さな声をあげて、体を引っこめた。ローラは凍える手をわきの下にはさんだ。寒くてたまらないのに、顔はまだ火照っていた。ダンスのせいで額《ひたい》に汗をかいていて、もし父が起きていたら、それを見咎《みとが》められるはずだった。

ローラはダンスが大好きだった。ダンスが踊れるから〈若き守護者たち《ハショメル・ハツァイール》〉のメンバーになったようなものだ。いや、ハイキングも好きだった。険しい山道を何時間も歩いて、高所にある湖や大昔の要塞へ行くのだ。けれど、それ以外のことには興味がなかった。延々と続く政治的な議論は退屈なだけだ。それに、ヘブライ語。自国のことばでさえ読むのは苦手だというのに、奇妙にのたくった黒い線にしか見えないものを理解するなんて苦痛以外の何ものでもない。モルデハイはいつも熱心に教えてくれるけれど。

肩にまわされたモルデハイの腕を思いだした。野良仕事で鍛えたたくましい腕の心地いい重みならはっきり憶えていた。モルデハイが袖をまくると、ヘーゼルナッツのように茶色く引き締まった腕が見える。励ますように微笑みかけてくれるモルデハイが隣にいれば、ダンスのステップを知らなくてもみんなの動きにどうにかついていけた。ローラの家族のように貧しくても、サラエボ市民であれば、ボスニア人の農民には目もくれない。ボスニア人の農民がどれほど裕福だろうと、サラエボに暮らす者のほうが勝っているからだ。けれど、モルデハイは特別だ。モルデハイが育ったトラヴニクは、もちろんサラエボではないが、それでもすばらしい町であることに変わりはない。それに、モルデハイには教養もある。何しろ体育学校に通ったのだから。だが、二年前、十七歳のときに農場で働くためにパレスチナ行きの船に乗った。モルデハイの話によれば、そこも豊かな土地ではなかったという。汗水たらして必死に働かなければ何ひとつ作物が育たないような、乾いて埃《ほこり》っぽい痩《や》せた土地だった。そこまでしても利益は出ず、手に入るのは日々の食事と、身を覆う野良着だけだった。実際、小作人よりひどい暮らしだったらしい。それでも、モルデハイが話すと、用水路を掘って、ナツメヤシを収穫すること以上にすばらしい仕事、あるいは、高潔な仕事はこの世にないように思えた。

ローラはモルデハイが話す〝開拓者として身につけておくべき実用的な事柄〟を聞くのが楽しかった。たとえば、サソリに噛《か》まれたときの処置や深い切り傷の止血法、衛生的な便所の位置の決め方、手近な材料を使った小屋の建て方などを。もちろん、自分がこの国を離れて、開拓者としてパレスチナに行く日など絶対に来ないのはわかっていた。それでも、モルデハイが教える技術を必要とする未知の世界での人生を夢想するのはおもしろかった。さらには、モルデハイのことを考えるのも楽しかった。モルデハイの話し方は、幼いころに祖父が歌ってくれたラディノ語（バルカン諸国などのスペイン・ポルトガル系ユダヤ人の話すヘブライ語の要素が混じったスペイン語）の古い歌を思いださせた。祖父は露天の市場で種屋を開いていて、母が仕事をしているときなどに、ローラはよくそこに預けられたのだ。祖父は騎士やスペインの下級貴族の物語、遠い昔に祖先が住んでいたセパラデ（バビロン捕囚後に追放されたユダヤ人が植民した小アジアの地域。ユダヤ伝説ではスペインのこと）という不思議な町の詩をいくつも知っていた。モルデハイは彼の新しい祖国がまるでセパラデであるかのように話した。そうして、〈若き守護者たち〉のメンバーをまえにして、イスラエルの地に戻るのが待ちきれないと言った。「朝日が昇るたびにやきもきするよ。その地にいて、ヨルダン渓谷《けいこく》の白い岩が黄金に輝くのを見られずにいることに」

ローラは議論ではほとんど発言しなかった。ほかのメンバーに比べて自分には学がないと感じていたのだ。メンバーの大半はシュヴァーボ、つまり、十九世紀末のオーストリア＝ハンガリー帝国時代にこの街にやってきたイディッシュ語を話すドイツ系移民の子孫だった。ローラの一家のようにラディノ語を話す家族は、サラエボがオスマン帝国の一部で、キリスト教徒に迫害されたユダヤ教徒にイスラム教国の君主が避難場所を提供した一五六五年からこの街に住んでいる。そのときこの地へやってきた者の多くが、一四九二年にスペインを追放されて以来、安住の地を見つけられずに放浪を続けていた人々だった。そういった人々はサラエボで平穏な暮らしを得て、街の住人たちに受け入れられはしたが、豊かになった者はほんのひと握りだった。大半はローラの祖父のような儲《もう》けの薄い商人か、単純な技術を習得して職人になるしかなかった。いっぽう、シュヴァーボは教養があり、外見も東欧系の人々に近かったおかげで、まもなくいい仕事を得て、サラエボの上層階級の一員になった。そうして、その子供たちは体育学校に通い、ときには大学にまで進んだ。〈若き守護者たち〉でも自然と彼らがリーダーになった。

ひとりは評議員の娘で、もうひとりはローラの母が洗濯を請け負っている男やもめの薬剤師の息子。もうひとりの少女の父親は、ローラの父が用務員として働いている財務省の会計担当者だった。だが、モルデハイは全員を平等に扱って、ローラは徐々に自信をつけて質問するまでになった。

「でも、モルデハイ」とローラはためらいがちに言った。「自分のことばで話せる故郷に戻ってきて嬉《うれ》しくないの？　そんなに必死に働かなくてもすむんだから」

モルデハイは笑みを浮かべてローラを見ると、穏やかに言った。「ぼくにとってここは故郷じゃない。それに、きみにとってもそうじゃない。ユダヤ人のほんとうの故郷はイスラエルだ。だからこそ、いまぼくはここにいるんだよ。きみを待ち受けている生活について話して、きみの心の準備が整ったら、一緒にその地に戻るために。そうして、ユダヤ人の祖国を創るんだ」

モルデハイは両腕を上げた。まるでローラの体を抱くかのように。「〝意志を持ってことにあたれば、それはただの夢ではなくなる〟」モルデハイは口をつぐんで、そのことばの余韻を味わった。「偉大な人物のことばだ。ぼくはこのことばを信じている。きみはどうだい、ローラ？　行動して、夢を実現させる気があるかい？」注目されるのに不慣れなローラは顔が真っ赤になった。モルデハイはやさしく微笑むと、その場にいる全員を抱くように両腕を広げた。「だが、考えてほしい。きみたちは意志の力で何を成し遂げたいのか？　鳩《はと》のようにうろうろして、おこぼれをつついて生きるのか、あるいは、砂漠の鷹《たか》になって、自身の運命へと滑翔《かっしょう》するのか」

薬剤師の息子イサクは勉強好きで痩せぎすだった。ローラの母はしょっちゅう言っていた――薬剤師は学はあるくせに、わが子の成長に必要な食べ物について何ひとつ知らないと。それでも、その場に集まった若者のなかでイサクだけが、モルデハイのこの国から飛びたつという誇張された話を聞きながら、落ち着かない様子だった。モルデハイはそれに気づくと、この上なく穏やかな表情でイサクを見た。「どうしたんだ、イサク？ ぼくたちと同じ気持ちなのか？」

イサクは鼻梁《びりょう》に載った鉄縁の眼鏡を押しあげた。「ドイツのユダヤ人なら、きみの言うとおりにするべきだろう。あの国でのおぞましいニュースならここにいる誰もが知っている。でも、この街はちがう。反ユダヤ主義はサラエボに住むぼくたちには関係ない。シナゴーグがどこにあるか考えてみるといい。モスクと正教会にはさまれている。残念ながら、パレスチナはアラブ人の国だ。きみの国でもなければ、ぼくの国でもない。ぼくたちはヨーロッパ人だ。富と教育を与えてくれた国に背を向けて、ぼくたちを歓迎しない人たちのところへ行って、わざわざ農民になるなんて、どう考えてもへんだ」

「つまり、きみは鳩でいるのが幸せなわけだ？」モルデハイは笑顔で言ったが、イサクを軽蔑しているのは、ローラを含めて、誰の目にも明らかだった。

イサクは鼻梁をつまんで、頭を掻《か》いた。「そうかもしれない。でも、少なくとも鳩は無害だ。鷹は砂漠に棲《す》む生き物を犠牲にして生きている」

ローラはふたりの議論を聞いていたが、まもなく頭が痛くなった。どちらの意見が正しいのか見当もつかなかった。そうしていま、自宅の薄いマットレスの上で寝返りを打って、気を鎮《しず》めようとした。すぐにでも眠らなければ、明日は仕事中に居眠りをしてしまうかもしれない。そうなったら、父はその理由を知りたがるだろう。ローラは母のラシェラと一緒に洗濯場で働いていた。寝不足では、洗濯物の配達——重いバスケットを持って街を歩きまわり、洗濯したての糊《のり》の利いたシーツを客に届けて、汚れものを引き取ってくる——が辛《つら》くてたまらないはずだ。あるいは、湯気がもうもうと上がる銅釜の番をしながら、うつらうつらしてしまうかもしれない。作業場の隅で居眠りでもしたら、釜のなかの湯が冷えて、その表面を洗濯物から出た油脂がびっしり覆い、母に叱られるに決まっている。

父のルヨは乱暴ではなかったが、厳格で現実的だった。最初は、娘が仕事のあとで〈若き守護者たち〉の会合に参加するのを許した。父の友人でユダヤ人地区センターの管理人でもあるモサが、そのグループに賛同していて、キリスト教徒が行なっているボーイスカウトのような無害で健全な若者の組織だと言ったからだ。ところがある日、ローラは仕事中に居眠りをして、その間に銅釜を熱している火が消えてしまった。母はかんかんに怒り、父はその理由を尋ねた。そうして、〈若き守護者たち〉の会合では、男女一緒にダンス——ホラというフォークダンス——をしていると知ると、会合への参加を固く禁じたのだった。「おまえはまだ十五だ、ローラ。もう少し大人になったら、私と母さんがおまえにふさわしい立派な結婚相手を見つけてやる。そうしたら、亭主と好きなだけ踊ればいい」

ローラはダンスのときには踊らずに坐って見ているから行かせてほしいと父に頼んだ。「あそこではいろいろなことが学べるのよ」と言って。

「いろいろなこと！」と父はさも苦々しげに言った。「家族が食べるパンを手に入れるのに役立つことか？　ちがうだろう。そんなわけがない。野蛮な思想。聞いたところによれば、共産主義的な思想だというじゃないか。この国で禁じられてることを教わったって、不要な面倒に巻きこまれるだけだ。それに、いまじゃ誰も話さない廃れたことばも教えてるそうじゃないか。シナゴーグのなかのごくわずかな年寄りを除けば、誰もそんなことばを話さないというのに。まったくモサは何を考えてるんだか。私は娘の名誉を重んじる。誰もがそういうことの大切さを忘れてるとしてもな。日曜日のハイキング、ああ、それぐらいはかまわない。ただし、母さんに仕事を頼まれなければの話だ。だが、今日から夜の外出は禁止だ」

そのときからローラの綱渡りのような二重生活が始まった。〈若き守護者たち〉の会合は週に二回開かれていた。会合の夜には、ローラは幼い妹と一緒に早く床についた。昼間へとへとになるまで働いたときなどは、隣で眠るドラの規則的な寝息を聞きながら目を覚ましているのはそうとうな意志の力を要した。けれど、たいていは会合に出られると思うと嬉しくて、狸寝入《たぬきねい》りするのもさほど苦労はしなかった。やがて、両親のいびきが聞こえて、家を出ても気づかれないと確信できると、こっそり部屋を抜けだして、アパートメントの住人が物音に気づいてドアを開けたりしないように祈りながら、階段の踊り場でそそくさと服を着るのだった。

ある夜、モルデハイはメンバーに向かって、自身の旅立ちを宣言した。ローラはそれを聞いても、すぐには意味がわからなかった。「ぼくは故郷に帰る」モルデハイのそのことばを、ローラはトラヴニクに帰るという意味だろうと思った。けれど、まもなく、貨物船でパレスチナに戻るという意味で、そうなれば二度とモルデハイに会えないと気づいた。旅立ちの日には、ぜひとも駅に見送りにきてほしいとモルデハイは言った。さらには、印刷工見習いのアヴラムも一緒に行くことになったと。

「アヴラムが最初に名乗りを上げてくれた。きみたちの多くがそれに続くことを願ってる」モルデハイはローラを見た。ローラにはその視線がやけに長く自分に留まっている気がした。「きみたちが故郷に戻る気になったら、ぼくたちはその地できみたちを出迎える」

モルデハイとアヴラムの旅立ちの日、ローラはどうしても駅に見送りに行きたかった。だが、その日にかぎって洗濯物が山積みだった。母のラシェラは重いアイロンを何時間もかけつづけて、その間、ローラは銅釜とローラー式皺《しわ》伸ばし機というういつもの持ち場についた。モルデハイの乗る列車が海岸に向けて出発する時刻に、ローラは洗濯場の灰色の壁を見つめた。水蒸気が水滴になって冷たい石壁を滑り落ちるのを。カビのにおいが充満する洗濯場で、モルデハイが言っていた眩《まぶ》い陽光を思い描こうとした。エルサレムの石の塀に囲まれた庭の銀色に輝くオリーブの葉と、咲き乱れるオレンジの花の香りを。

モルデハイのあとを引き継いだリーダーは、ノビサド出身のサムエルという若者で、サバイバル術を教えるのはうまかったが、会合の夜にローラの目を覚ましておくだけのカリスマ性に欠けていた。ローラは疲れ果てた両親がいびきをかきはじめるまえに眠ってしまうことが多くなった。イスラム教徒に夜明けの祈りの時間を知らせるホジャの声で目を覚まして、会合に出られなかったことに気づいても、悔しいともなんとも思わなかった。

その後、多くの若者がアヴラムとモルデハイに倣《なら》ってパレスチナに渡り、そのたびに駅で盛大な見送りが行なわれた。そんなふうにして旅立った者たちからの手紙が、残ったメンバー宛にときどき送られてきた。中身はいつも同じだった。仕事は過酷だが、この地にはそれだけのことをする価値があり、ユダヤの国を創るユダヤ人になることがこの世で何よりも重要だと。ローラはときどき不思議になった。ひとりぐらいはホームシックになるのではないか？　その地に渡った者全員に、そこでの生活が性に合っているなんてことがあるだろうか？　けれど、旅立った者たちはまるでひとりの人間になってしまったかのように、同じ意見を同じ調子で繰り返すだけだった。

ドイツから伝わってくるニュースはますます悲惨になり、それに比例して、旅立つ者が増えていった。オーストリアの併合によって、ドイツは国境地帯に迫っていた。けれど、サラエボのユダヤ人地区センターの様子は相変わらずだった。年寄りが集まって、コーヒーを飲みながら噂話をして、敬虔《けいけん》な人々は金曜の夜にオネグシャバット（安息日を祝福して催されるユダヤ人の社交的集会）を行なっていた。政府が節穴だらけの目を、通りをうろつきはじめたファシストのギャング団に向けるようになっても、その街に住むユダヤ人に危機感はなかった。ギャング団はユダヤ人と見ればいやがらせをして、放浪者相手に殴りあいの喧嘩をしていた。「ああいうやつらはただの乱暴者だ」父のルヨは肩をすくめた。「どの社会にも乱暴者はいる。ここも例外じゃないということさ。いちいち騒ぎたてるほどのことじゃない」

ローラは街の裕福な地区にあるアパートメントに汚れた洗濯物を取りにいき、そこでイサクの姿を見かけることがあった。イサクはいつでも本が入った重い鞄を肩にかけていた。大学に通い、父親に倣って化学を勉強しているのだ。ローラはイサクに、父の言う〝乱暴者〟についてどう思うか尋ねたかった。さらにはフランスが陥落したのが不安ではないかと。けれど、酸っぱいにおいを放つ汚れ物を持っているのが恥ずかしく、そのうえ、自分の無知を露呈せずに質問する自信がなかった。

アパートメントの玄関で小さなノックが響くと、ステラ・カマルは頭に手をやって、レースのベールを下ろしてから、玄関へ向かった。サラエボに住んで一年以上になるが、いまだに故郷のプリシュティナの習慣を守っていた。イスラム教徒の女は知らない男に顔を見せてはならないという習慣を。

だが、その日の午後の訪問者は男ではなかった。夫が手配した洗濯女だった。ステラはその少女が哀れに思えた。少女が背負ったヤナギ細工の籠《かご》にはきちんとアイロンがかかった洗濯物がいくつも入っていた。籠の背負い紐の上に、汚れものでふくらんだ白い木綿の袋の肩紐をかけた少女は、疲れ果てて、寒そうだった。ステラはせめて温かい飲み物を出してあげようと思った。

ローラはステラのアルバニア訛《なま》りのことばが理解できなかった。すると、ステラは顔を隠している上等なレースを上げて、ジェズヴェ（トルコ式の長い柄がついたコーヒーポット）からコーヒーを注ぐ仕草をしながら、もう一度同じことを言った。ローラは喜んで応じた。外は寒く、歩き詰めだったのだ。ステラはローラを部屋に上げると、炭火がまだ熱を持っているコンロへ向かった。そうして、挽《ひ》いたコーヒー豆と水をジェズヴェに入れて、それを一度、二度と沸騰させた。コーヒーの芳香が部屋に広がって、ローラの口に唾があふれた。ローラは周囲を見まわした。これほどたくさんの本を見たのは初めてだった。壁はすべて本で埋まっている。さほど広い部屋ではなかったが、置かれているものすべてがしっくりなじんでいた。まるで昔からずっとそこにあるかのようだ。トルコ式の螺鈿《らでん》細工の低いテーブルの上にも、開いた本が何冊も置かれていた。落ち着いた色調のトルコ絨毯《じゅうたん》がワックスの利いた床に温かみを添えていた。コンロはかなり古く、磨きこまれた銅製で、半円球のカバーには三日月と星の模様がちりばめられていた。

　ステラは振り向くと、ローラに繊細な磁器の把手《とって》のないコーヒーカップを手渡した。カップの下のほうにも三日月と星の模様が描かれていた。ステラはジェズヴェを高く上げて、カップにコーヒーを注いだ。熱いコーヒーが一本の長く黒い糸に見えた。ローラはカップを両手で包んで、いい香りの湯気が頬を撫でるのを楽しんだ。濃いコーヒーをちびちびと飲みながら、カップの縁越しにイスラム教徒の若い妻を見た。家のなかでも、ステラは髪をきちんとまとめて真っ白な絹の布で覆い、その上に美しいレースのベールをかけていた。顔を隠さなければならないときに備えて、すぐにベールを下ろせるようにしているのだ。温かなこげ茶色の瞳と乳白色の肌は、息を呑《の》むほど美しかった。もしかしたら自分と同じぐらいの年かもしれない、ローラはそう思って驚いた。同時に、少し嫉妬した。あかぎれだらけの荒れた自分の手とちがい、ジェズヴェを持つステラの手は白く滑らかだった。面倒な仕事を人に任せて、こんなに立派な部屋で優雅に暮らせたらどんなにいいだろう、そう思わずにいられなかった。

ローラは銀の額縁におさまった写真に気づいた。目のまえにいる若い女性の結婚式に撮られたものだが、花嫁はちっとも嬉しそうではなかった。花嫁の隣には、トルコ帽《フェズ》をかぶって黒い礼服を着た背の高いハンサムな男の人がいた。とはいえ、年齢は花嫁の二倍はありそうだった。親が決めた結婚なのだろうとローラは思った。アルバニアでは結婚する日には、花嫁は夜明けから日暮れまでじっとしていなければならず、結婚式でも何もしてはいけない、そんな慣習があるとどこかで聞いたことがあった。微笑むことさえ不謹慎で、固く禁じられているらしい。ユダヤ人のにぎやかな結婚式——敬虔なユダヤ教徒でもそうだ——に慣れているローラには、花嫁がひたすらじっとしていなければならない結婚式など想像もつかなかった。でも、その噂はほんとうなのだろうか？　ふとそんな疑問が頭をよぎった。それとも、ある宗教の信者がべつの宗教に関してでっちあげた嘘なのだろうか？　写真を見つめていると、嫉妬心が消えていった。少なくとも、自分はたくましい若者と結婚できる。たとえば、モルデハイのような。

ステラはローラが写真を見ているのに気づいて言った。「夫のセリフよ。セリフ・カマル」

ステラは笑みを浮かべながら、頬を薄紅に染めた。「夫のことを知ってる？　サラエボの人はだいたい知ってるみたいだけど」ローラは首を振った。ローラの家族のように貧しく無学な一家と、カマル家のようにイスラム社会の学識者で、影響力を持つ一族に接点はなかった。カマル家はボスニアにおけるイスラムの法解釈の最高権威者を何人も世に出していた。

セリフ・カマルはイスタンブールの大学で神学を、パリのソルボンヌ大学で東洋の言語を学んだ。そうして、大学で教壇に立ち、宗教関係の省の上級職員を務めて、その後、国立博物館の主任学芸員になったのだった。十の言語に精通し、歴史や建築の学術書を書いているが、専門は古書の研究で、とくに、文化的な十字路であるサラエボで開花した文学を熱心に研究していた。ダルマティアの海岸にあったディオクレティアヌス（在位二八四年―三〇五年のローマ皇帝）の宮廷から内陸に伝わったイタリア式ソネットと、それをもとにイスラム教徒のスラブ人が古典アラビア語で書いた抒情詩《じよじようし》などを。

学問を追究して独身を貫いていたセリフが、ついに妻をめとることにしたのは、結婚しろという周囲のしつこい声を黙らせるためだった。当時、セリフはアルバニア語の師であるステラの父をしばしば訪ねていた。かつての師はセリフがなかなか結婚しないことに痺《しび》れを切らしていた。そんなとき、セリフはついうっかり、結婚してもいいが、それは友人のひとりがその娘を嫁にくれたらの話だと言ってしまった。そうして気づいたときには、傍らに妻がいた。それから一年以上が経つが、その若い妻がいることで幸せを実感するたびに、驚かずにいられなかった。妻から妊娠を告げられてからはなおさらだった。

ステラは汚れたシーツや服をあらかじめ丁寧にたたんでおいた。そうして、それを申し訳なさそうにローラに差しだした。これまで洗濯は自分でしていて、できることなら、これからもそうしたかった。だが、夫は頑として言い張った――おなかに赤ん坊がいるのだから、家事の負担はできるだけ軽くするべきだと。

ローラは籠を背負って、ステラにコーヒーの礼を言うと、来た道を戻っていった。

その年初の雪解け水が山から草の香りを運んできた四月の朝、ドイツ空軍は無数の急降下爆撃《スチューカ》機を飛ばして、ベオグラードを空襲した。そうして、四つの敵国の軍隊が国境を越えてなだれこんでくると、二週間もしないうちにユーゴスラビア軍は降伏した。それ以前に、ドイツはサラエボが新たな国の一部であると宣言していた。「ここはいまやウスタシャとクロアチア独立国のものである」ナチが定めたリーダーは宣言した。「セルビア人とユダヤ人を排除しなければならない。ここには連中の居場所はない。かつて連中が所有していたものは、たとえ石ころひとつでも排除する」

四月十六日、サラエボの街に入ってきたドイツ軍は、二日間にもわたりユダヤ人地区で暴挙の限りを尽くした。価値のあるものをすべて略奪して、伝統あるシナゴーグに火を放った。〝アーリア人の血とクロアチア国民の名誉を守る〟ための反ユダヤ主義の法律によって、ローラの父は財務省での仕事を失った。そうして、多くのユダヤ人の男たちとともに強制労働を課せられた。専門的な知識を有する薬剤師であるイサクの父も例外ではなかった。ユダヤ人は全員、黄色い星をつけさせられた。ローラの妹のドラは学校を退学になった。それでなくても貧しかった一家は、ローラとラシェラが稼ぐわずかな硬貨で生きるしかなくなった。

ステラ・カマルも厳しい現実に直面した。つねにやさしく、妻の体調を気遣っていた夫が、二日間で六つのことばも口にしなくなった。毎晩、夜遅くに博物館から帰ってきて、夕食にはほとんど手をつけずに、すぐに書斎に閉じこもってしまう。そうして翌日も、朝食の席で話すこともなく、早朝に出勤するようになっていた。ステラが掃除をしようと書斎に入ると、机の上には書類が散乱していた。書類の文章の多くが乱暴に棒線で消されていた。くしゃくしゃに丸めて、床に投げ捨てられた書類もあった。

普段のセリフは冷静に仕事をこなし、机の上はつねにきちんと片づいて、整理整頓されていた。良心が疼《うず》いたが、ステラは丸められた書類を広げてみた。〝ナチのドイツは収奪政治である〟と書かれていたが、そのことばの意味がよく理解できなかった。〝博物館は文化遺産の略奪に抵抗する義務がある。フランスとポーランドでの損失は、博物館の責任者がその能力と専門技術をドイツ人の略奪を容易にするために使わなければ、食い止められたであろう。しかし、遺憾《いかん》ながら、われわれの業務はヨーロッパでもっともナチに支配されたものになりつつある……〟——その書類で読める部分はそれだけだった。ステラはくしゃくしゃにして捨てられた紙をもう一枚拾った。見出しが太字で強調されていた。〝ボスニアとヘルツエゴビナのイスラム教徒は反ユダヤ主義を認めない〟——反ユダヤの法律の可決を非難する新聞記事か公開状のようだ。さきほどの書類より、さらに多くの文章が棒線で消されていたが、それでもかろうじて読める部分があった。〝……弱者を攻撃の矢面に立たせ、真の問題から人々の関心をそらそうとしているにすぎない……統計上の数より実ははるかに多いユダヤ人の貧民層を救済せよ〟

ステラはその紙をまた丸めて、ゴミ箱に投げ入れた。手で拳を作って、かすかに痛む腰を押した。夫は誰よりも賢い――いままでずっとそう信じてきて、いまもそれは変わらない。それでも、夫の沈黙やくしゃくしゃに丸めた書類、そして、過激なこの文章は……。夫と話しあわなければと思った。そうして、その日は一日じゅう、夫に言うべきことを心のなかで繰り返して過ごした。けれど、夫が帰宅すると、ジェズヴェで淹《い》れたコーヒーを出しただけで、結局は何も言わなかった。

数週間後、ユダヤ人の連行が始まった。初夏にローラの父のルヨは強制労働収容所への移動を命じられた。母のラシェラは泣きながら、命令には応じず、逃げてほしいと夫に訴えた。けれど、ルヨは体力には自信があり、しっかり働けるから心配はいらないと言った。妻の顎に手をあてて、さらに言った。「そのほうがいいんだよ。戦争だって永遠に続くわけじゃない。逃げたら、連中はおまえを捕まえにくる」ルヨは感情を表に出す性質《たち》ではなかったが、そのときだけは妻に愛情のこもった長いキスをした。そうして、トラックで運ばれていった。

トラックの行き先が実は強制労働収容所ではなく、飢餓と拷問だけが待つ場所であることをルヨは知らなかった。そうして、その年が終わるまえに、ヘルツェゴビナの虫食いだらけの石灰岩の山へと行進させられた。そこは川が地表から姿を消し、地下の洞穴《どうけつ》のなかを通って、何キロも離れたところでふいに地中から水が湧きだすような場所だった。傷ついて痩せさらばえた多くの男たち――ユダヤ人、セルビア人、ロマ――とともに、ルヨも深い穴の縁に立たされた。そして、ウスタシャの歩哨《ほしょう》に両脚の膝腱《しっけん》を切られて、奈落の底に突き落とされた。

ナチの兵士がラシェラを連行しにきたとき、ローラは洗濯物の配達中だった。兵士は夫や息子が強制連行されたユダヤ人の女の名簿を手にしていた。そうして、女たちを集めてトラックに乗せると、廃墟《はいきょ》と化したシナゴーグに連れていった。

帰宅したローラは母と妹がいなくなっているのを知った。玄関のドアは開けっ放しで、兵士が金目のものを持ち去ろうと家捜ししたらしく、家族のわずかな持ち物が散乱していた。ローラは数ブロックさきにある伯母《おば》の家へ走っていくと、拳が痛くなるまでドアを叩いた。隣に住むイスラム教徒の親切な夫人――やはり伝統的なチャドルを着ていた――が自宅のドアを開けて、ローラを招きいれた。そうして、ローラに水を飲ませてから、事情を説明した。

ローラは頭のなかが真っ白になった。大声で泣きそうになるのを必死にこらえた。いまこそ頭を使わなければならなかった。何をすればいいのか？　何ができるのか？　混乱した頭に浮かんだ唯一の考えは、家族を捜さなければということだった。家を出ようとすると、夫人が腕にそっと手をかけた。「外に出たら、ユダヤ人だとすぐにわかってしまう。これを着なさい」そう言ってチャドルを差しだした。ローラは頭からチャドルをかぶると、シナゴーグへ向かった。正面の扉が斧で破られて、壊れた蝶番《ちょうつがい》にぶらさがっていた。そこには見張りがいたので、忍び足で建物のわきにまわって、祈禱書《きとうしょ》がしまってある小部屋へ向かった。その部屋の窓も割れていた。チャドルを脱いで、手に巻きつけると、鉛の窓枠から鋭いガラスの破片を取り除いて、なかに手を入れて掛け金をはずした。ガラスがなくなった窓枠が外側に傾いた。窓の下枠に手をかけて、小さな部屋を覗いてみた。ひどいありさまだった。棚が倒されて、破られた祈禱書が床に散らばっていた。悪臭がした。祈禱書に小便までかけたらしい。

濡れた洗濯物を運んで鍛えた腕で、ローラは体を引きあげて腹を窓枠につけた。つま先で壁を蹴って足を上げ、窓枠に引っかけた。鉛の縁で服が破れたが、どうにか桟に上ると、できるだけ静かに床に下りた。そうして、その部屋の光沢のある重い木の扉をほんの少し開けてみた。汚された聖なる場所には、恐怖と汗、焦げた紙と鼻を刺す小便のにおいが立ちこめていた。何百年もまえにスペインから運ばれてきた聖櫃《せいひつ》——その街のユダヤ人のために古いトーラがおさめられた聖櫃——は蓋がはずされて、真っ黒に焦げていた。壊れた信徒席や灰の積もった身廊に、途方に暮れた女たちが押しこめられていた。老いた者もいれば、若い者もいた。石造りの高い丸天井に声を響かせて泣いている赤ん坊をあやしている母親もいた。けれど、多くはうつむいて、うずくまっているだけだった。ローラは人目を引かないように気をつけながら、そこにいる女たちのあいだをゆっくり進んでいった。隅のほうで母と妹と伯母が身を寄せあっていた。ローラはうしろから母に近づくと、肩にそっと手を置いた。ラシェラはローラも捕まったのだと思って、泣きだした。

ローラは母をなだめて、早口で言った。「抜け道がある。窓から外に出られるわ。あたしはそこから入ってきたの。みんなで逃げよう」

伯母のレナがあきらめたように肉のたっぷりついた腕を上げた。こんなに太っていてはどうにもならないと言いたいのだろう。「私は無理よ、ローラ。心臓の調子も悪くて、息をするのもたいへんなの。どこにも行けないわ」

ローラはあせった。愛する姉を母が置き去りにするはずがなかった。「あたしが手を貸すから」あわてて言った。「お願い、一緒に逃げて」

いつも眉間《みけん》に皺が寄り、やつれている母の顔に、ふいに老女のようなさらに深い皺ができた。母は首を横に振った。「ローラ、兵士は名簿を持ってるの。まもなくトラックに移されるだろうから、そのときには私たちが逃げたことに兵士はかならず気づく。そうでなくても、どこへ行くの？」

「山に逃げるのよ」とローラは言った。「道ならわかってる。山なら隠れられる洞穴がたくさんある。それから、イスラム教徒の村に行って、助けてもらうの。もし、助けてくれなければ……」

「ローラ、このシナゴーグにはイスラム教徒もいたのよ。イスラム教徒もここに火をつけて、壊して、略奪して、大喜びしたんだよ。ウスタシャのようにね」

「そんなのはほんのひと握りの人だけよ。乱暴者だけよ」

「ローラ、おまえの気持ちはよくわかる。でも、レナは病気で、ドラは小さすぎる」

「それでも逃げられる。ほんとうだよ、あたしは山を知ってるんだから。あたしは――」

母はローラの腕をしっかり押さえた。

「ああ、そうだろうとも。幾晩も〈若き守護者たち〉の会合に出てたんだから、あそこでおまえが何かを学んでくれたと信じてるよ」ローラは母を見つめた。「おまえはほんとうに私が眠ってたと思ってたのかい？ そんな馬鹿な。私はおまえを行かせたかったんだよ。娘に悪い噂が立つのを心配してた父さんとはちがってね。おまえはおとなしい子だ。でも、いまはここから逃げなきゃならない。ああ、そうだよ」首を振るローラに向かって、母はきっぱり言った。「私はおまえの母親だ、だから、この件では、おまえは私の言うとおりにしなくちゃならない。行きなさい。私は姉さんとドラと一緒にここに残る」

「だめだよ、母さん。だったら、せめてドラだけでも連れていく」

母は首を振った。涙を必死にこらえているせいで、顔が斑《まだら》に赤くなっていた。「ひとりで行くんだよ。そうすれば逃げられる、ああ、きっと。ドラがいたんじゃ足手まといになる」

「あたしが抱いていくから……」

母に抱きついているドラが、大好きな母と姉の顔を交互に見ると、ふたりの意見が一致することはないと気づいて、泣きだした。

ラシェラはドラの背中を撫でながら周囲の様子を窺《うかが》って、見張りの兵士がドラの泣き声を不審に思っていないことを祈った。「戦争が終われば、みんなでまた会える」そう言うと、両手でローラの顔を包んで、頬を撫でた。「さあ、行きなさい。かならず生きているんだよ」

ローラは髪に手を差しいれて、もつれた髪をぎゅっと引っぱった。母と妹の体に腕をまわして、強く抱きしめてから、伯母にもキスをした。そうして、くるりとうしろを向くと、手のひらで目をこすりながら、ぐったりと身を寄せあっている女たちのあいだをぎこちなく歩いていった。祈禱書の保管室の扉まで行くと、見張りの兵士がちがうほうを向くのを待って、小部屋に滑りこんだ。扉にぴたりと背をつけて、袖で鼻を拭った。腕を下ろしたとたんに、小さな白い手が伸びてきてつかまれた。それは大真面目なわんぱく坊主のような顔をした少女の手だった。分厚いレンズの眼鏡の奥の目を見開いて、人差し指を唇にぎゅっと押しあてていた。少女はローラを引っぱってしゃがませると、窓を指さした。割れた窓の向こうを、ドイツ兵のヘルメットと小銃の銃口が通りすぎていった。

「あんたのことを知ってるわ」十歳ぐらいとおぼしき少女が小声で言った。「兄さんのイサクと一緒に〈若き守護者たち〉の集会に行ってたでしょ。今年からあたしも行くつもりだった……」

「イサクはどこ？」イサクが大学を退学処分になったことは知っていた。「強制労働収容所に連れていかれたの？」

少女は首を横に振った。「父さんは連れていかれたけど、兄さんはパルチザンになった。〈若き守護者たち〉のメンバーからは、ほかにもパルチザンになった人がいるよ。マックス、ズラタ、オスカー……いまはもっと増えてるはず。あたしは小さすぎるからって、仲間に入れてもらえなかった。伝言を伝えたり偵察したりすごく役に立つって言ったのに、兄さんはだめだって言った。家族や近所の人と一緒にいたほうが安全だって。でも、それはまちがいだった。いまなら兄さんだって仲間に入れてくれるはず。だって、ここにいたって死ぬだけなんだから」

ローラは顔をしかめた。幼い子供がするような話ではなかった。だが、少女の言うとおりだ。たったいま、愛する人たちの顔に死を覚悟した表情が浮かんでいるのを見たばかりだった。

ローラはイサクの妹を見つめた。身なりはみすぼらしく、年はドラとたいして変わらない。けれど、顔には兄のイサク同様、祖国を憂《うれ》える気持ちが表われていた。「それはどうだろう」とローラは言った。「街を出るには長いこと歩かなくちゃならないし、危険だし……あんたの兄さんだって……」

「兄さんの居所《いどころ》を知りたいなら、あたしを連れていくしかないよ。そうでなけりゃ、あたしは絶対に教えないからね。それに、これも持ってる」

少女はエプロンドレスのなかに手を入れると、ドイツ製のルガーを取りだした。ローラは驚いた。

「銃なんてどこで手に入れたの?」

「盗んだんだ」

「どうやって？」

「兵士が来て、あたしたちを家から引きずりだした。でも、トラックに放りこもうとあたしを抱えあげたときにゲロをひっかけてやったんだ。魚の煮込みを食べてたから、ほんとにひどいにおいだった。兵士はあたしを落として、悪態をついたよ。服についたゲロを拭いてるときに、あたしはホルスターからこれを取って、逃げだしたんだ。そうして、あんたの伯母さんが住んでるアパートに隠れてた。それから、あんたのあとをついてここに来た。あたしは兄さんの居場所を知ってるけど、どうやったらそこにたどり着けるかわからない。さあ、連れてくの？　連れてかないの？」

頑固でずる賢いこの少女を騙《だま》したりすかしたりして、イサクやほかのメンバーの居場所を聞きだすのは無理だった。たとえ気が進まなくても、いまは互いが必要だった。陽光が薄れるのを待って、ローラはイサクの妹と一緒に窓から這いだすと、街の裏通りにまぎれた。

二日間、ローラとイサクの妹イナは洞穴で眠り、納屋《なや》に隠れて、盗んだ卵の殻に穴をあけて中身をすすり、やっとのことでパルチザンの協力者のもとにたどり着いた。イナはイサクから協力者である農夫の名を教わっていた。それは皺だらけのなめし革のような顔と筋張った大きな手をした老人だった。

農夫は何も尋ねずに、田舎家《いなかや》のドアを開けて、ふたりをなかに入れた。女房のほうは、ローラとイナの泥だらけの髪と汚れた顔に舌打ちをして、文句を言いながらも、大きな黒いやかんで湯を沸かし、洗面器に注いで、顔や髪を洗わせてくれた。それから、ふたりにとって街を離れて以来初めての食事とも言えるジャガイモとニンジン、羊肉のシチューをふるまってくれた。さらには、水ぶくれのできた足に薬を塗って、ベッドまで用意してくれた。そんなふうにして二日間が過ぎると、農夫はローラとイナを連れて、パルチザンの山の野営地へ向かった。

垂直に近い岩壁をよじ登りながら、ローラは食事と休息を与えられたことに感謝した。けれど、登るにつれて、徐々に厳しい現実を理解しはじめた。それまでは街から逃げだすことだけで頭がいっぱいだったが、よく考えてみれば、抵抗組織の兵士になるほどの勇気が自分にあるのだろうか？　そうでなくても、洗濯女がなんの役に立つというのか？　噂によれば、パルチザンは線路や橋を破壊しているという。さらには、ナチに捕まったパルチザンに待ち受ける身の毛もよだつ話もいくつも耳にしていた。負傷したパルチザンの男を道に寝そべらせて、その上をドイツ軍のトラックが往復すると誰かが言っていた。ローラはひび割れた岩をつかんで、体を引きあげた。そうしていても、頭のなかにはおぞましい話が次々に浮かんできた。

平らな地面をやわらかな草と苔が覆う広い尾根に着くと、疲れ果てて坐りこんだ。同時に、前方の低い木立から灰色の人影が現われた。ドイツ軍の制服だ。農夫はすぐさま地面に伏せて、猟銃を構えた。だが、まもなく声をあげて笑うと、立ちあがって、現われた若者と抱きあった。

「マックス」イナが叫んで、若者に駆けよった。若者はイナを軽々と抱きあげた。マックスはイサクの親友だった。イナはマックスが着ている軍服のナチの記章が剝《は》ぎとられた場所を指さした。そこには、レジスタンスの記章である五芒星《ごぼうせい》が雑に縫いつけられていた。

「やあ、イサクのかわいい妹。やあ、ローラ。ということは、きみたちはパルチザンの新メンバーだね？」マックスは、ローラとイナが農夫に礼を言い、別れの挨拶をするのを待った。それから、ふたりを連れて尾根づたいに歩いて、太い梁《はり》と薄い木片と漆喰でできた平屋の建物に向かった。温まった草の上で家の壁に寄りかかって坐っているオスカーがいた。オスカーの隣には、ローラの知らないふたりの若者が坐っていた。三人とも上着からせっせとシラミを取っていた。ふたりの上着はドイツ軍の軍服で、もうひとりの上着は灰色の毛布で作ったものだった。

マックスはローラとイナを連れて、三人のまえを通りすぎると、豚小屋に入った。平屋の建物へはそこを通って出入りするようになっていた。豚小屋の奥にあるドアを抜けると台所だった。建物の正面の長い草葺《くさぶき》屋根の内側には屋根裏部屋があり、そこに上る梯子《はしご》がかかっていた。「寝るにはもってこいだ」とマックスが言った。「暖かいからね。といっても、ちょっと煙《けむ》いけど」台所は踏み固められた土間で、一部に煉瓦《れんが》が敷かれて、そこで火種が燃えていた。まっすぐ立ちのぼった煙が垂木を舐《な》めて、草葺屋根から外へと染みでていた。煙突はなかった。火の上の太い鎖に鍋がいくつか吊《つ》るしてあった。ローラはドアのわきに目をやった。水の入った桶《おけ》が並んでいた。その向こうには板張りの部屋がふた間。片方の部屋には暖炉、いや、セメントで固めた炉があった。その上に物干し竿《ざお》が渡してあるのを見て、なるほどとうなずいた。それなら、雨や雪の日でも洗濯物が干せる。

「わが部隊の本部へようこそ」とマックスが言った。「メンバーは総勢十六人……いや、きみたちを入れれば十八人だ。もちろん、司令官がきみたちの入隊を認めたらだけど。そのうちの九人は、知ってのとおり〈若き守護者たち〉出身で、それ以外は地元の農民だ。有能な者ばかりだが、何しろまだ若い。といっても、きみほどじゃないけど」と言いながら、イナをくすぐった。イナが嬉しそうに笑った。ローラが初めて見たイナの笑顔だった。「兄さんはきっと驚くぞ。イサクはこの部隊の副司令官だ。司令官のブランコはベオグラード出身。そこでは共産党学生地下組織のリーダーを務めていた」

「司令官とイサクはどこにいるの?」とローラは尋ねた。マックスは気軽に言ったが、〝司令官がきみたちの入隊を認めたら〟ということばが気になってしかたなかった。パルチザンの一員になるのも恐ろしいが、それと同じぐらい、なれないのも恐ろしかった。入隊が許されなければ、恐怖の街に戻るしかない。

「ラバを引き取りにいってる。もうすぐ隊はここを出発するんだ。任務を遂行するには、ラバに物資を運ばせなければならない。前回は荷物を背負っていったから、爆薬と起爆装置ぐらいしか運べなかった。爆破する予定だった線路に向かう道なかばで食料が底をついた。あのときは、パン屑《くず》ひとつも口にせずに二日間過ごさなけりゃならなかった」

マックスの話を聞きながら、ローラの不安はますますふくらんでいった。爆薬や銃のことなどこれっぽっちも知らない。そんなことを思いながら台所を見まわすと、自分にもできそうなことがあるのに気づいた。

「この水、使ってもいい？」

「もちろん」とマックスが言った。「十ヤードもないところに泉があるから。好きなだけ使ってくれ」

ローラは煤で真っ黒のいちばん大きなやかんに水を入れると、火の上に吊るした。炎を煽《あお》って、薪を数本くべてから、外へ出た。

オスカーとふたりの若者のまえに立つと、ふいに人怖《ひとお》じしてつま先で草地をつついた。

「なんだよ、ローラ？」とオスカーが言った。

ローラは自分でも顔が真っ赤になるのがわかった。

「ねえ……その……上着とズボンを脱いでくれる？」

三人の若者は顔を見あわせて、大笑いした。

「サラエボの女は手が早いって噂はほんとだな！」とひとりが言った。

「一匹ずつつまんでたって、シラミは絶対にいなくならないわ」とローラはあわてて言った。「シラミは縫い目のなかにもぐりこむんだから。あたしがその服を煮れば、シラミは全滅する、そういうことよ」

痒《かゆ》み地獄から抜けだせるならなんでもする――そんな気分だった三人は、服を脱いで差しだすと、じゃれあいながら子犬のように身を寄せあった。

「パンツもローラに渡せ」

「死んでもやだね！」

「そうか、おれは渡すよ。上着はきれいになっても、タマのまわりをシラミに這《は》いまわられるなんてごめんだからな」

しばらくして、ローラが湯気の上がる服——上着、ズボン、靴下、下着——を低木に干していると、木立のなかから、ブランコとイサクが鞍嚢《あんのう》をつけた一頭のラバを連れて現われた。

ブランコは背の高い、険しい顔の若者だった。髪は黒く、目はつねに疑りぶかくすがめられていた。イサクの背はブランコの肩にも届かなかった。けれど、イサクが妹を抱きあげると、大学に通っていたころより腕や胸がはるかにたくましくなっているのがはっきり見て取れた。かつては室内で過ごしてばかりで青白かった顔が、いまはずいぶん日に焼けていた。イサクはイナに会えて喜んでいた。少し涙ぐんでいるようにも見えた。だが、すぐにイサクは妹を質問攻めにした。この場所を敵に明かすようなミスを犯さなかったかと。

そんな心配は無用だとわかると、ひと安心して、ローラを見た。「妹を連れてきてくれてありがとう。きみも来てくれて嬉しいよ」

ローラは返事に困って、肩をすくめた。ほかに行くあてがなかったから来たのだが、ここに留まれるか否かを決めるブランコのまえでは、そんなことは言いたくなかった。幼いイナは役に立つ。子供ならさほど人目を引かずに街をうろついて、敵の行動を偵察できるからだ。それにひきかえ、自分に何ができるのか……。司令官のブランコに役に立たないと判断されれば、たとえイサクの知り合いでも、入隊は許可されないかもしれない。

「ローラは〈若き守護者たち〉時代の仲間だ」とイサクはブランコに言った。「いつも会合に出ていた。いや、ほとんどの会合に。ローラは山歩きが得意で……」当時、ローラにまるで関心がなかったイサクは、司令官にローラを推薦することばが出てこなかった。

ブランコに鋭い目で見られて、ローラは顔が熱くなった。ブランコはローラが干した上着の端をつまんだ。「それに、優秀な洗濯女というわけか。残念ながら、われわれにはそんな悠長なことをしている暇はない」

「シラミ」ローラはやっとのことで声を絞りだした。「シラミがいると発疹《はっしん》チフスになるわ」気力が萎えるまえにいそいでことばを継いだ。「シラミがいる場合は……そう……少なくとも週に一度は着るものすべてを煮沸しなければならない……シラミの卵を殺すために……さもないと、この部隊の者全員が発疹チフスにかかるかもしれない」それを教えてくれたのはモルデハイだった。ローラが理解して、記憶に留めておけたのは、そういった身近な知識だけだった。

「なるほど」とブランコが言った。「おまえはものを知ってるというわけだ」

「あたしは……えっと……骨折したときの添え木のあて方や、止血法、虫刺されの処置の仕方を知ってます……それにこれからもいろんなことを憶えて……」

「衛生兵として使えるだろう」ブランコは相変わらずローラを睨《にら》んでいた。鋭い目で見ていればそれだけで、能力を判断できると思っているかのようだった。「いまはイサクが兼任してるが、イサクにはほかに重要な任務がある。イサクにおまえを教育させよう。有能なら、怪我人の処置を学ぶために極秘の病院で研修させてもいい。いずれ、それについても検討しよう」

ブランコの鋭い視線から解放されて、ローラはほっと息をついた。が、それも束《つか》の間《ま》、ブランコは考え直したように、青い目でまたローラを見た。「とりあえずいまは、ラバの世話係が必要だ。ラバの世話はできるか？」

ラバに関しては頭と尻尾《しっぽ》を区別するのがやっとだ、とはローラは言えなかった。それに、いずれ、学がなさすぎて衛生兵には不向きだとイサクが判断するのではないかと心配だった。そんなことを思いながら、草を食《は》んでいるラバを見た。ラバに近寄って、硬い皮に食いこんでいる革紐をつまんだ。ラバの皮膚が切れて、血が出ていた。

「こんなに重い荷を運ばせるなら、鞍敷《くらしき》をつける必要があるわ。ラバをきちんと働かせたいなら」ローラはそう言うと、鞍嚢を開けて、とくに重そうなものをいくつか取りだして、家のなかに運びこんだ。手助けをしようとやってきたオスカーに、ローラは首を振った。「ひとりで運べるわ」そう言って、恥ずかしそうに笑みを浮かべた。「うちでは、あたしがラバだったから」

その場の誰もが笑った。ブランコも例外ではなかった。誰も何も言わなかったが、ローラは部隊への入隊が許されたのだとわかった。

その夜、炉を囲んでブランコが今後の計画を話した。それを聞きながら、ローラの頭のなブランコは狂信的で、ベオグラードでは過激な政治活動を行なったことから、暴力的な尋問を受けていた。て語り、疑問など抱かずに、優秀なふたりのリーダーにしたがうのが自分たちの義務だと言った。「われわれの命はわれわれのものではない。これからの一日一日は、殺された家族のために命を捧《ささ》げるのだ。祖国が解放されるのをこの目で見るか、死ぬかのふたつにひとつだ。われわれのまえにはそれ以外の未来はない」

そんな話を聞かされた夜、ローラは打ちひしがれて、孤独をひしひしと感じながら、硬い寝床に横たわった。ドラの丸い小さな背中のぬくもりが恋しかった。家族は殺されたというブランコのことばが事実だとは認めたくなかった。けれど、がらんとした心のなかにはわずかな望みも残っていなかった。今日までは、街を出て、山に逃げることしか頭になかった。けれどいま、見知らぬ人たちのいびきを聞いていると、胸が鈍く痛んだ。これからは、何をしても、霧のなかをさまよっている気分なのだろう。

その後の数日間、ローラはラバをじっくり観察した。ラバのほうも態度を決めかねていて、ローラがラバにしてやれることはほとんどなかった。ラバを連れて供給物資の投下地点へ行き、荷物を回収するという初の指令を受けたときには、ラバは急傾斜の山道を嫌って、荷物をキイチゴの茂みに振り落とした。ブランコの毒のあることばを浴びながら、ローラは棘《とげ》のある茂みに入って、弾薬の箱を取ってこなければならなかった。

毎日、ローラはためらいがちにラバに近づいて、貴重な軟膏をラバの傷口に塗った。そのたびに、ラバは鞭《むち》打《う》たれたようにいなないた。それでも、赤剝《あかむ》けた傷は徐々に治っていった。また、ローラは鞍敷の裏にあて布を縫いつけた。さらに、軽いヤナギの枝で山形の枠を作り、積荷を両側に振りわけてラバに背負わせるようにした。長い行軍の途中でアニスやクローバーの茂みを通りかかるたびに、ラバに草を食ませたいと司令官に頼んだ。

傷に薬を塗っているあいだは、ラバは反抗的だった。けれど、やがて、何くれとなく世話を焼くローラになついて、湿った鼻を擦りつけて甘えるまでになった。ローラもラバのビロードのような耳を撫でるのが好きだった。そうして、ラバの毛色にちなんで、赤褐色という意味のリージという名前をつけた。それはパルチザンのテーマカラーでもあった。

ブランコはたいそうなことを言っていたが、ローラはまもなく部隊の戦闘能力の低さに気づいた。ブランコ以外にステンガン（イギリス製のサブマシンガン）を持っているのはイサクとマックスだけで、農家の息子や娘は家から持参した猟銃しか持っていなかった。連隊長は武器を支給すると約束したらしいが、物資投下のたびに、ほかの部隊に武器が優先的に流れているとしか思えなくなった。

そのことで、誰よりも不満を口にしていたのはオスカーだった。すると、ブランコはオスカーにそんなに銃がほしければ、敵から奪ってこいと言った。「イナはそうしたんだぞ、まだ十歳なのに」とオスカーを嘲った。

その夜、オスカーは野営地を抜けだした。翌日になってもオスカーが戻らないと、イサクがブランコを責めた。「あんなことを言うから、オスカーは向こう見ずなことをしたんだ。武器を持たずに、どうやって敵の武器を奪えるんだ?」

ブランコは肩をすくめた。「おまえの妹にはできたじゃないか」ブランコの腰にはイナから取りあげたルガーがこれ見よがしにぶらさがっていた。その夜、ローラがズラタを手伝って料理用の薪を集めていると、森の生い茂る木の枝をかきわけてオスカーが現われた。その顔にはピエロのような満面の笑みが浮かんでいた。肩にはドイツ製の小銃をかけて、ぶかぶかの灰色の軍服を着ていた。ズボンの裾を何度も折って、ウエストを紐で縛り、供給品が詰まったナチのリュックサックを担いでいた。

戦利品を手に入れたいきさつをオスカーはすぐには話したがらなかったが、ブランコやイサクを含めて部隊のメンバー全員が集まるとようやく話しだした。ドイツ製のソーセージを切り分けて仲間に配りながら、敵の目を盗んで占領された村に近づいて、道端の茂みに隠れたときのことを語った。「そこでほぼ丸一日腹ばいでいて、うろうろ歩きまわるドイツ兵を窺ってたんだ。ドイツ野郎はいつでも二、三人のグループで歩いてた。でも、ようやくひとりで歩いてるやつを見つけた。そいつがまえを通るのを待って、おれは茂みから飛びだすと、棒切れを背中の真ん中に押しつけて、ロシア語で〝止まれ〟と言ったんだ。その間抜けは銃を突きつけられたと思いこんで、両手を上げた。おれはそいつの銃を奪って、パンツ以外は全部脱げと命じたわけさ」

それを聞いて、その場にいる誰もが腹がよじれるほど大笑いした。が、ブランコだけはちがった。

「で、撃ち殺したんだな」ブランコの声は単調で冷たかった。

「いや、それは……そこまですることはないと思った……だって、そいつはもう銃を持ってないんだから……」

「明日、そいつはまた銃を手にして、あさってはおまえの同志を殺す。情けをかけるのは愚か者だ。オスカー、銃をズラタに渡せ。少なくとも、ズラタはその武器の使い方を知っている」あたりは暗く、ローラはオスカーの顔が見えなかったが、口をつぐんでいるオスカーの怒りがひしひしと伝わってきた。

翌晩、部隊は物資の投下地点の確保を命じられた。ローラの仕事はラバを静かにさせて、パラシュートつきの投下物——武器や無線や薬——を即座にラバに載せられるように備えておくことだった。ローラの部隊は森の際に隠れて、その間、森に囲まれた空き地では、外国人——噂ではイギリスのスパイらしい——の指揮で活動しているべつの部隊が木の枝を重ねて、パイロットが投下地点の目印とするのろしを準備した。ローラは恐怖と寒さに震えていた。少しでも体を温めようと、毛で覆われたリージの体に寄りかかった。持っている武器は、パルチザン全員がベルトにつけて携帯するのを義務づけられている手榴弾《しゅりゅうだん》だけで、ほかには何もなかった。「万一、捕まったら、手榴弾を使ってできるだけ多くの敵を道づれに自爆しろ」とブランコに言われていた。「捕虜になるのは許されない。だから、手榴弾を使え。そうすれば拷問されて口を割ることもない」

月はまだ出ていなかった。ローラは星を探して空を見た。けれど、森の木々の生い茂る葉はそれさえ見せてくれなかった。暗がりにドイツ兵がひしめいて、パルチザンを一掃しようと身構えているのではないか、そんな気がしてならなかった。夜がゆっくり更けていった。夜が明ける寸前に、ふいに風が強まって、松の大枝を揺すった。ブランコは物資の投下は中止になったと判断して、撤退の準備をするように合図を送ってよこした。疲れ果て、寒さでかじかんだ体に鞭打って、ローラは立ちあがると、リージの端綱《はづな》を調節した。

そのとき、遠くのほうで飛行機のかすかなエンジン音がした。ブランコはのろしを上げるように命じた。イサクは命令にしたがおうとしたが、うまくいかなかった。悪態をつきながら、必死になって火をつけようとした。ローラは自分が勇敢であるとは夢にも思っていなかった。そのとき自分を突き動かしたのが勇気だったのかどうかもよくわからない。だが、身を隠すものが何もない場所で、火をつけようとがんばっているイサクをひとりにしてはおけないと思った。そうして、森を飛びだして、空き地に出ると、すばやく地面に伏せて、たきつけを思い切り吹いた。プロペラ輸送機ダコタの巨大な黒い影が見えると同時に、たきつけに火がついた。偵察のために飛行機は一度飛び去ったが、すぐに急旋回して戻ってくると、小さなパラシュートがついた箱を次々に投下した。森から大勢のパルチザンが現われて、駆けずりまわって貴重な物資を集めた。ローラは箱からパラシュートを切りはなして丸めていった。包帯として使うためだった。

各部隊が大いそぎで物資を回収していると、東の空が白みはじめた。夜が明けるころには、ローラは狭い尾根を苦心して進んでいた。すぐ隣では、大量の荷を背負ったリージが従順に歩いていた。物資投下地点にドイツ兵が急行するまえに、できるだけ遠く離れていなければならなかった。行く手に小川が現われるたびに、ブランコはマックスに、小川に入って苔むした石を裏返すように命じた。部隊が小川を渡りきると、石はもとどおりに裏返される。苔むした石にブーツやラバの蹄の跡を残さないための工夫だった。

七ヵ月間、部隊は移動しつづけた。線路や小さな橋を爆破しながら移動して、三晩以上、同じ野営地に留まることはなかった。多くの夜は提供された農家の納屋で、家畜のぬくもりを得て藁《わら》のクッションの上で眠った。けれど、それ以外は森のなかで、過酷な寒さを少しでも凌ごうと松葉を毛布代わりにして野営した。敵の駐屯地から五マイル以上離れることはなかったが、ブランコ率いる部隊はほかの部隊を全滅させた待ち伏せ攻撃をかろうじて免れていた。それが指揮者である自分の手柄だと思っているのか、ブランコはますます得意になり、メンバーから将官のように扱われて全権をゆだねられてしかるべきだと考えた。一度など、苦しい行軍のあとに、日暮れまえの薄れゆく光を頼りに、誰もが足を引きずって薪にする乾いた木を集めているときに、自分だけ木陰で寝そべっていたことがあった。オスカーは寝ているブランコのわきに束ねた重い木の枝をドサリと落としながら、共産主義者はエリート的な特権意識を捨てるべきだというようなことをつぶやいた。

するとブランコはすっくと立ちあがり、オスカーの胸ぐらをつかんで木に叩きつけた。

「おまえのような洟垂《はなた》れ小僧が、おれが指揮する部隊にいられること自体、どれだけ幸運かわかってるのか？　いまも命があることを、毎日おれに感謝してもいいぐらいなんだぞ」

イサクがふたりのあいだに割ってはいって、ブランコをそっと押しやった。

「おれたちの命があるのは」とイサクは静かに言った。「運のおかげでもなければ、きみの類まれなる指導力のおかげでもない。普通の人たちの忠誠心のおかげだ。そういう人たちの協力がなければ、おれたちは五分だって生きられない」

一瞬、ブランコはイサクを殴りそうになった。だが、どうにか自制心を取り戻して、一歩下がると、忌々しそうに地面に唾を吐いた。

イサクがブランコの態度に痺れを切らしはじめているのは、ローラにもわかっていた。厳しい行軍のあとでブランコが深夜まで長たらしい演説をぶつことに、イサクが苛立っているのをローラは知っていた。疲れ果てた若者には、剰余価値や誤った自覚などといういまひとつ要領を得ない講釈より、睡眠が必要なのだ。イサクは政治的な熱弁をどうにかしてやめさせようとしたが、たいてい、ブランコはそ知らぬ顔で話を続けた。有能な部隊長だと自負しているにもかかわらず、その地域の連隊長からはあまり評価されていないのが実は不満でしかたないのだ。ブランコは性能のいい武器を入手すると約束したが、いつまでたってもそれは実現しなかった。また、ローラにも野戦病院で訓練を受けさせると言ったが、それも夢物語のままだった。

それでも、ローラはラバの世話係という役目を立派に果たして、人のことをめったによく言わないブランコからもときどき誉《ほ》められた。厳しい冬がやってくると、大半の者が病気にかかって、痰《たん》を伴う咳《せき》が起床の合図になった。ローラは農民に頼みこんでタマネギを分けてもらい、湿布を作った。また、イサクから去痰薬の配合法を教わって、病人に根気よく与えた。さらに、回復期にある者にとくに栄養を摂《と》らせようと、食料の分配方法を見直すように提案した。ブランコは冬の兵営へ向かうと約束したが、数週間が過ぎても、相変わらず部隊は過酷な山のなかで野営を続けていた。そうして、メンバーはひとりまたひとりと消えていった。何週間も強い胸の痛みを訴えていたズラタは、近くの農家に預けられて、そこで息を引き取った。温かなベッドのなかで最期を迎えられたのがせめてもの救いだった。苦役とブランコのしつこい敵意に堪えきれなくなったオスカーは、農民出身のスラバという娘と一緒に夜の闇にまぎれて逃亡した。

ローラはイナのことが心配だった。大半のメンバー同様、イナも咳が止まらず苦しそうだった。それなのに、冬のあいだイナが体を休められるように、どこかに預けたほうがいいとローラが言うたびに、イサクはそれを拒んだ。「ひとつには、イナは行きたがらないから。ひとつには、おれはイナに行けとは言えないから。おれは妹に二度と離れないと約束したんだ。だから、その話はなしだ」

三月初頭の吹雪《ふぶき》の日に、その地域の連隊長であるミロヴァンが残った部隊を召集して、会議を開いた。痩せこけて病に冒された十代の若者のまえで、ミロヴァンは演説を始めた。チトーは自身の軍隊に新たな展望を示したと。ドイツ軍と直接対決するために、より強力で専門的な部隊に再編制される。それによって、敵軍の前線を分断し、街へ押し戻して、パルチザンは山岳地帯をふたたび手中におさめるのだと。

頭をスカーフで覆い、さらに耳が隠れるほど帽子を目深にかぶっていたローラは、次に連隊長の口から出たことばを聞きまちがえたのかと思った。けれど、仲間の顔に浮かぶ落胆を見て、聞きまちがえではないと気づいた。ローラたちの部隊はいまこの場で解散されたのだった。「チトー最高司令官はおまえたちの働きに感謝している。おまえたちの行動は輝かしい勝利の日に永遠に記憶に刻まれるだろう。では、武装している者は武器を供出するように。そこのラバ遣いの女。ラバに武器を積め。われわれはただちに出発する。おまえたちは日が暮れるのを待って行動しろ」

何か言うのを期待して、誰もがブランコを見た。だが、ブランコは吹きすさぶ雪に頭《こうべ》を垂れているだけで、何も言わなかった。異議を申し立てたのはイサクだった。

「連隊長、おれたちにどこへ行けと言うんですか?」

「家に帰れ」

「家? どこの家です?」イサクの声は叫びに変わっていた。「おれたちには家なんてありません。家族は皆殺しにされたんだから。おれたちはみんな反逆者です。まさか本気で、武器も持たずに歩いて、ウスタシャの待つ街に行けなんて言ってるわけじゃないでしょう?」

イサクはブランコを見た。「ちくしょう、何か言えよ!」

ブランコが顔を上げて、イサクを冷ややかに見返した。「連隊長の話を聞いただろう。チトー最高司令官は棒切れを振りまわして、爆竹を鳴らす貧相なガキの群れなどもう必要としていない。われわれはいまやプロの軍隊だ」

「ああ、そうかい！」イサクはさも軽蔑したように言った。「おまえはおまえの銃を持ってるがいいさ――おれの妹、おまえの言う貧相なガキから巻きあげた銃をな。それでいて、仲間に死刑宣告を下すのか！」

「静かに！」ミロヴァンは手袋をはめた手を上げた。「命令にしたがうんだ、おまえたちの働きはいずれ報われる。命令に背けば、この場で銃殺だ」

　ローラは混乱して頭のなかが真っ白になったまま、命令どおり、リージに荷を負わせた。数挺《すうちょう》の小銃と袋いっぱいの手榴弾をラバの背に縛りつけると、やわらかな鼻先を両手で包んで、その目を覗きこんだ。「元気でね、あんたはあたしの親友よ」と囁いた。「彼らにとって、少なくともあんたは役に立つ。大切にしてもらえるように祈ってる。あたしたちに示した以上の思いやりを、あんたが得られますようにって」ミロヴァンの副官に端綱を渡して、ラバの一日分の餌である大切なカラスムギの入った袋も差しだした。副官が袋のなかを覗いた。その表情を見てローラは思った――よほどのツキがないかぎり、カラスムギは副官の腹におさまって、リージにまわってくることはないだろう。そこで、手袋をつけた手を袋のなかに突っこんで、両手いっぱいのカラスムギを取りだした。束の間、リージの湿った息が手を温めた。そうして、吹雪のなかを去っていくリージのうしろ姿を見つめた。その姿が見えなくなるまえに、擦りきれた羊毛の手袋についたリージの唾液が凍りついた。ブランコは振り向きもしなかった。

残されたメンバーはイサクのまわりに集まって、イサクがこれからの計画を示すのを待った。「ふたり組、あるいは、ごく少人数のグループで行動するのがいいだろう」とイサクは言った。イサク自身は解放された地方に向かうつもりだった。焚《た》き火を囲んで、メンバーがそれぞれの行き先を話しているあいだ、ローラは無言で坐っていた。南を目指して、イタリアの占領地に入ると言う者がいた。遠い親戚を訪ねる者もいた。けれど、ローラには親戚はなく、危険な旅をして知りもしない南の町へ向かうのは考えるだけでもぞっとした。だから、これからどうするのかと誰かに訊かれて、一緒に行こうと誘われるのを待った。だが、ひとりとして尋ねる者はいなかった。ローラがその場にいることなどすっかり忘れ去られているかのようだった。ローラは立ちあがって、みんなの輪を離れた。おやすみと声をかけてくる者もいなかった。

空き地の隅を寝床と決めて、横になった。落ち着かなかった。わずかな荷物はリュックサックに詰めて、足には包帯にするつもりだった布が何重にも巻いてあった。横になって目を閉じても眠れなかった。イナが茶色の目でこっちを見ているのがわかった。毛布にくるまったイナは繭《まゆ》のようだった。羊毛の帽子を眉まで引き下げて、見えるのは目だけだった。

それでも、ローラはいつのまにかうとうとして、次に気づいたときにはイナの小さな手に体を揺すられていた。まだ暗かったが、イナとイサクは起きていて、荷造りを終えていた。声を出さないようにとイナは唇に指をあててから、手を伸ばして、ローラを引っぱって立たせた。ローラはいそいで毛布を丸めると、わずかな供給品が入ったリュックサックにそれを押しこんで、イナとイサクのあとを追った。

それからの数日間の出来事を、その後もローラは幾度となく鮮明に夢に見ることになった。それでいて、目覚めているときには、その数日の記憶はぼやけ、はっきりと憶えているのは痛みと恐れだけだった。三人は夜に移動して、短い昼のあいだは隠れていた。納屋や干草の山など身を隠せる場所が見つかれば、不安を抱えながらも途切れ途切れに眠り、犬の鳴き声が聞こえるたびにびくっとして目を覚まし、ドイツ兵が見まわっているのではないかと生きた心地がしなかった。そうして、四日目の夜にイナが熱を出した。汗びっしょりでがたがた震えて、うわごとを繰り返す妹をイサクは背負った。五日目の夜には気温がぐんと下がった。イサクは妹の体の震えを止めようと、イナに自分の靴下を履かせて、自分の上着でその体を包んだ。けれど、夜の行進の中ほどに氷の張った川を渡った直後に、イサクは立ち止まって、凍った松葉の上にへたりこんだ。

「どうしたの？」とローラは小声で尋ねた。

「足の……感覚がない」とイサクは言った。「氷が薄くなってるところがあって、そこを踏んでしまった。足が濡れて、凍りついた。もう歩けない」

「ここで止まるわけにはいかないわ」とローラは言った。「どこか隠れられるところまで行かなくちゃ」

「ひとりで行ってくれ。もう歩けないから」

「足を見せて」ローラは懐中電灯で、破れて穴のあいたイサクの革のブーツを照らした。剥きだしになった指が凍傷で真っ黒になっていた。川で氷を踏み破るよりずっとまえに、凍傷になっていたのだ。どうにかして温めようと、ローラは手袋をはめた手でイサクの足を包んだ。けれど、そんなことをしてもどうにもならなかった。かちかちに凍ったつま先は小枝のように脆く、ちょっと押しただけでポキリと折れてしまいそうだった。ローラはコートを脱いで地面に広げると、イナをその上に寝かせた。イナの呼吸は浅く、不規則だった。脈を診たが、感じられなかった。

「ローラ」とイサクが言った。「おれはもう歩けないし、イナはまもなく死ぬ。きみはひとりで行ってくれ」

「あんたたちを置き去りになんてできない」とローラは言った。

「そんなことはない」とイサクは言った。「おれならきみを置いてくよ」

「そうかもしれないけど」ローラは立ちあがると、硬い地面から凍った棒切れを剝ぎとりはじめた。

「火を燃やすのは危険だ」とイサクが言った。「そうでなくても、凍った木じゃ火はつかない」

ローラは苛立った。いや、怒りとも言える感情が全身に湧きあがるのを感じた。

「あきらめちゃだめ」とイサクを叱った。

イサクは答えなかった。苦しげに手と膝を地面について、よろよろと立ちあがった。

「でも、足が……」とローラは言った。

「ああ、遠くまでは歩けない」

ローラは戸惑いながらも、手を伸ばしてイナを抱きあげようとした。イサクはその手をそっと押しのけた。

「いいんだ。妹はおれが連れていくから」

イサクは痩せこけて羽根のように軽くなったイナを抱きあげた。けれど、さっきまで向かっていた方向へは歩きださずに、くるりと背中を向けて、ふらふらと川へ引き返していった。

「イサク！」

イサクは戻らなかった。妹を抱いて、岸を下りると、凍りついた川に足を踏みだした。そうして、そのまま川の中ほどの氷が薄くなっているところへと歩いていった。イナの頭が兄の肩にぐったりと載っていた。イサクはしばらくその場に立っていた。やがて氷が軋《きし》み、ひびが入って、割れていった。

朝日が山の尾根に射して、雨に濡れた路地を輝かせるころ、ローラはサラエボの街に入った。解放された地方までひとりで行くのは無理だと考えて、進路を変えて街に向かったのだった。その結果、見慣れた通りを歩いていた。小ぬか雨と冷たい視線を少しでも避けようと、建物の際を静かに進んだ。濡れた舗道と腐ったゴミと石炭の燃えるいつもの街のにおいを感じた。空腹で、びしょ濡れで、失望して、あてもなくさまよって、気づくと、父が働いていた財務省の階段の下にいた。建物はひっそりとして、人の気配はなかった。ローラは広い階段を上った。正面玄関を縁取る黒っぽい浅浮彫りに手を這わせて、戸口にしゃがみこむと、階段を叩く雨粒を見つめた。雨粒は階段に落ちて、一瞬まん丸の円を描いたかと思うとすぐに消えていった。山にいるあいだは、家族の記憶を頭の奥に封じこめていた。悲しみの扉を開いたが最後、二度と閉じられなくなりそうで怖かったからだ。けれど、ここにいると、父の記憶がはっきりとよみがえってきた。もう一度、幼い子供に戻れたらどんなにいいだろう。両親に守られて、なんの心配もなかったあのころに。

ほんの数分うとうとしたらしい、重厚なドアの向こうで響く足音で目を覚まして、暗がりで身を縮めた。このままここにいるべきか、逃げるべきかわからなかった。油の切れた金属が軋む音がしてスライド錠が動き、作業着を着て口元までマフラーを巻いた男の人が建物から出てきた。

その人はすぐにはローラに気づかなかった。

ローラは昔ながらの挨拶のことばを口にした。「神のご加護がありますように」

男の人が驚いて、振り返った。暗がりで縮こまっているずぶ濡《ぬ》れの幽霊のような人影に気づいて、潤んだ青い目を見開いた。だが、それでもまだそれがローラだとは気づかなかった。山での過酷な数ヵ月間でローラは様変わりしていたのだ。いっぽう、ローラはその人を知っていた。父と一緒に働いていたサヴァというやさしい老人だった。ローラは老人の名を呼んでから、名乗った。

サヴァは暗がりにいるのがローラだとわかると抱きしめた。そのやさしさが嬉しくて、ローラは泣きだした。サヴァは通りに目をやって、誰にも見られていないのを確かめてから、震えるローラの肩を抱いて、建物のなかに入り、ドアを閉めて鍵をかけた。

サヴァは用務員室にローラを連れていくと、自分のコートを着せかけて、ジェズヴェで淹れたコーヒーをカップに注いだ。ローラはようやく口がきけるようになると、パルチザンの部隊を追いだされてからのことを話した。話がイナの死に差しかかると、ことばに詰まった。サヴァはローラの肩に腕をまわして、体をそっと揺すった。

「助けてくれますか？」話し終えたローラは尋ねた。「助けられないなら、どうぞいますぐウスタシャに引き渡してください。もう逃げられませんから」

サヴァはしばらく無言でローラを見つめていたが、やがて立ちあがると、ローラの手を取った。そうして、一緒に財務省の建物を出ると、静かにドアに鍵をかけた。無言で一ブロック歩き、さらに一ブロック歩いて、国立博物館に着くと、運搬用の出入口からなかに入った。サヴァはドアのそばの目立たない場所に置かれたベンチを指さして、待っているようにとローラに身ぶりで示してから立ち去った。

サヴァはなかなか戻ってこなかった。どこかさほど遠くないところで響く足音がローラの耳にも届いた。もしかしたら、置き去りにされたのだろうか、そんな思いがローラの頭をよぎった。けれど、疲れと悲しみでどんな感情も湧いてこなかった。もはや生きるために何かをする気力さえなく、じっと坐って、待っているしかなかった。

ようやく戻ってきたサヴァは背の高い男の人と一緒だった。りゅうとした身なりの中年の紳士で、白髪交じりの黒い髪にえんじ色のトルコ帽が載っていた。ローラは見覚えのある顔だと思ったが、実際にどこかで会ったことがあるとは思えなかった。サヴァはローラの手を取って、励ますようにぎゅっと握りしめると、帰っていった。背の高い男性がローラについてくるように手招きした。

博物館を出ると、男性は小型の車の後部座席にいそいでローラを乗せて、床に伏せているように合図した。エンジンをかけて、車が動きだすと、初めて口をきいた。品のある口調と穏やかな声で、いままでどこで何をしていたのかと尋ねた。

さほど長く走ることなく、男性は車を停めて、ローラに床に伏せたまま待っているようにと言って、車を離れた。数分後に戻ってくると、チャドルを差しだした。けれど、すぐにまた伏せろと身ぶりで示した。

「神のご加護がありますように、ミスター《エフィンディ》！」

男性は車のトランクのなかにある何かを探しているふりをしながら、通りがかった近所の人に挨拶した。そうして、その人が角を曲がるのを見届けてから、車のドアを開けて、ローラについてくるように合図した。ローラは敬虔なイスラム教徒の女性を真似《まね》て、チャドルで顔を隠して目を伏せた。建物に入ると、男性はドアを鋭くノックした。すぐにドアが開いた。

男性の妻が玄関に立っていた。ローラは顔を上げて、妻に気づいた。それは洗濯物を取りにきたときに、コーヒーを出してくれた若い妻だった。ステラはローラに気づかなかったが、ローラの変わりようを考えればそれも無理はなかった。この一年でローラはずいぶん年を取ったかのようだった。がりがりに瘦せて、筋ばって、髪は少年のように短かった。

ステラは不安そうに、ローラのやつれた顔を見て、それから夫の真剣な顔を見た。男性が妻にアルバニア語で話しかけた。何を言ったのかローラは理解できなかったが、ステラが目を大きく見開いたのがわかった。男性は静かに、けれど緊迫した口調でさらに何か言った。ステラは目を潤ませて、涙をレースのハンカチで拭うと、ローラを見た。

「よく来てくださったわ」とステラは言った。「セリフ――夫の話では、あなたはずいぶんたいへんな思いをしたそうね。さあ、入って、体を洗って、食事をして、休んでちょうだい。たっぷり眠ってから、これからどうするのがいちばんいいか相談しましょう」セリフは穏やかな瞳に愛情と誇りを浮かべて妻を見た。ローラはその眼差《まなざ》しと、それに応じてステラが頰を赤く染めたのに気づいた。こんなふうに誰かに愛されるのは大きな意義があることなのだろう、ふとそんな思いが頭をよぎった。

「私は博物館に戻らなければならない」とセリフが言った。「夜にまた会おう。妻がきちんと世話してくれるはずだ」

温かい湯と石鹼《せっけん》の香りがこの上なく贅沢に思えて、ローラは生まれ変わった気分だった。ステラは湯気の上がるスープと焼きたてのパンを用意してくれた。ローラはできるだけゆっくり食べようとしたが、あまりにも空腹で、スープ皿を両手で持って、一気に喉に流しこみそうになった。食事がすむと、奥まった小さな部屋に連れていかれた。部屋にはベビーベッドが置いてあり、そのなかで赤ん坊が眠っていた。「息子のハビブよ。去年の秋に生まれた

の」ステラはそう言うと、壁際の低いソファを指さした。「息子と一緒にこの部屋を使って

「ちょうだい」ローラはソファに横になった。ステラが上掛けを持って戻ってくるまえに、夢も見ない深い眠りに落ちていた。

目を覚ましたとき、ローラは深い水のなかを流れに逆らって泳いでいる気分だった。傍らのベビーベッドは空だった。気遣いながらも励ますようなやさしい声が聞こえた。赤ん坊が小さくぐずる声がしたが、それもすぐにおさまった。ベッドの上に服が一式用意されていた。いままで着ていたものとはまるでちがう服だった。アルバニアのイスラムの農民が穿きそうな長いスカートに、短い髪と顔の下半分を隠せる大きな白いスカーフ。これまで着ていた服――何ヵ月もまえに灰色の毛布で作ったパルチザンの作業服――は燃やして灰にしてしまわなければならなかった。

慣れないスカーフを巻くのにちょっと手間取りながらも、用意された服を着た。それから、書棚に囲まれた居間に行くと、そこではセリフとステラが並んで坐り、熱心に話していた。セリフは息子を抱いていた。ふわりとしたこげ茶色の髪の愛らしい男の子が、父の膝の上にちょこんと載っていた。セリフの反対の手は、妻の手としっかりつながれていた。セリフとステラは顔を上げて、ローラが部屋に入ってきたのに気づくと、すぐに手を引っこめた。たとえ夫婦であっても人前では体が触れあうような愛情表現は慎むべきだ――敬虔なイスラム教徒がそう考えているのはローラも知っていた。

セリフはローラに微笑みかけながら言った。「これはまた、立派な農婦だな！　話していたんだが、きみは赤ん坊の世話をするためにステラの家族が寄こしたメイドということにしてはどうだろう？　ボスニア語がわからないふりをすれば、誰とも話さずにすむ。人前では、ステラも私もきみにアルバニア語で話しかける。私たちが何を言おうが、きみはうなずくだけでいい。それに、何よりも外に出ないのがいちばんだ。そうすれば、きみがここにいるのを人に知られずにすむ。とはいえ、きみにもイスラムの名があったほうがいいだろう……レイラはどうかな？」

「こんなに親切にしてくれるなんて」とローラは小さな声で言った。「イスラム教徒のあなたたちが、ユダヤ人を助けてくれるなんて――」

「何を言ってるんだ」セリフは泣きそうになっているローラに言った。「ユダヤ教徒とイスラム教徒はいとこのようなものだ。どちらもアブラハムの子孫なんだから。きみの新しい名前はコーランに使われているアラビア語でも、きみたちのトーラに使われているヘブライ語でも〝夜〟という意味なんだよ。知っていたかな？」

「いえ……その……ヘブライ語は知らないので」ローラはおずおずと言った。「あたしの家族は敬虔なユダヤ教徒じゃなかったから」両親はユダヤ人地区の集会には出ていたが、シナゴーグには一度も行ったことがなかった。お金があれば、宮清め祭《ハヌカー》（マカベア戦争〔一六八―一四一B.C.〕でのエルサレム神殿の奪回を記念するユダヤの祭）には娘たちに新しい服を着せたが、それを除けば、ローラは自分の宗教についてほとんど知らなかった。

「ヘブライ語はとても美しくて魅力的なことばだ」とセリフは言った。「以前——そう、悪夢のような出来事がわれわれの身に降りかかるまえに、私はラビとともにいくつかの文献を翻訳したんだよ」そう言うと、片手で額をこすって、ため息をついた。「彼はすばらしい人物だった。驚くほど博学だった。実に惜しい人を亡くした……」

その後の数週間で、ローラはそれまでとは天と地ほどもちがう生活になじんでいった。ときが過ぎるにつれて、見つかるかもしれないという恐怖は薄れて、まもなく、カマル家の赤ん坊の乳母という穏やかな日常が、以前のパルチザンとしての生活よりはるかにほんものらしく思えてきた。ステラのためらいがちなやさしい声で、レイラという新しい名を呼ばれることにも慣れた。赤ん坊のことも、初めて胸に抱いた瞬間から愛《いと》しくてたまらなくなった。もちろん、ステラのこともさらに好きになった。敬虔なイスラム教徒の女性であるステラは、大半の時間を家のなかで静かに過ごしているかに思えるが、教養ある父と夫を持つステラの知的好奇心は旺盛だった。当初、ローラは父と同年代のセリフのことが少し怖かった。けれど、まもなく、セリフの穏やかで洗練された態度に安堵《あんど》感を抱くようになった。これまでに出会った人々とセリフのどこが大きくちがうのか、しばらくはうまくことばで表現できなかった。だが、ある日、セリフはいくつかの問題に関して辛抱強くローラの話を引きだして、考える価値があるかのようにローラの意見に耳を傾けて、物事の全体像がきちんと見えるようにそれとなくローラを導いた。そこで初めて、ローラはほかの人とセリフのちがいがはっきりわかった。セリフはいままで出会った人のなかでもっとも教養がありながら、ローラに自分が馬鹿だとは微塵《みじん》も感じさせないただひとりの人だった。

　カマル家の毎日は祈りと学習のふたつが軸になっていた。一日に五回、ステラは時間になると何をしていようと中断して、丁寧に体を清めて、香水をつける。そうして、祈禱用の小ぶりの絹の敷物を広げ、平伏して、彼女の神が求めることばを復誦《ふくしょう》する。ローラはことばの意味はわからなかったが、アラビア語の滑らかなリズムが心地よかった。

　ほぼ毎晩、ステラは刺繡《ししゅう》をして、そんな妻にセリフは本を読んで聞かせた。そんなときにはローラはハビブを連れて寝室へ下がったが、しばらくすると、カマル夫妻は朗読を聞きたければ、居間にいてもかまわないと言った。ローラはハビブを膝に抱いてやさしく揺らしながら、ランプが投げる黄色い明かりの輪のすぐ外に坐るようになった。セリフは手に汗を握る歴史物語や美しい詩を朗読して、ローラはそんな夜のひとときを楽しみにするようになった。ハビブがむずかって、部屋を出なければならなくなったときには、セリフはローラが戻るのを待つか、あるいは、聞き逃した部分をあとで要約して話した。

　ローラは夢を見て、真夜中に汗だくで目を覚ますことがあった。ドイツ軍の犬に追われている夢もあれば、一緒に深い森に迷いこんだ妹が助けを求めて泣いている夢もあった。また、イサクとイナがひび割れた氷に吞みこまれる場面ばかりが幾度となく繰り返される夢も見た。悪夢を見て目覚めたときには、ベビーベッドからハビブを抱きあげて、そっと抱きしめた。眠っている赤ん坊の小さいけれどずしりとした体の重みに心が休まった。

ある日、セリフはいつになく早く博物館から帰ってきた。普段とちがって、妻に声もかけなければ、幼い息子の様子を尋ねもせず、さらには、玄関でコートを脱ぐこともなく、まっすぐ書斎へ向かった。

数分後、セリフは妻とローラを呼んだ。ローラが書斎に入ることはめったになかった。そこだけはステラが掃除していたのだ。その日、ローラは書斎に入ると、壁一面の書棚に並ぶ本を見つめた。ほかの部屋のどの本よりも古くて立派な本がおさめられていた。型押しが施された艶やかな革装丁《かわそうてい》の本——六種類の古語と現代語で書かれた本があった。けれど、セリフの手袋をはめた手にしっかりとおさまっていたのは、ごく普通の装丁の小さな本だった。

セリフはその本を目のまえの机の上に置くと、息子を見つめるときの表情でそれを見た。

「今日、ファーバー将軍が博物館にやってきた」とセリフは言った。ステラが息を呑んで、片手で頭を押さえた。ファーバーといえば残忍な司令官で、数千人の命を奪った大虐殺を指示した人物と噂されていた。

「いや、ちがうんだ、悪いことが起きたわけじゃない。むしろいいことが起きたと言ってもいい。今日、館長の協力を得て、博物館の偉大な宝のひとつを救えたのだから」

セリフはその日の早い時刻に博物館で起きたことをすべて話すつもりはなかった。問題のハガダーを見せるつもりもなかった。だが、その本が自宅に、しかも自分が手にしていることに興奮して、分別をやや欠いてしまったのだった。本を開くと、妻とローラに美しい挿絵を見せて、館長からその本を託されたことを打ち明けた。

セリフの上司であるクロアチア人のヨシップ・ボスコヴィッチ博士は、心のなかでは自分はサラエボ人であると考えていたが、表向きはザグレブのウスタシャ政権と手を結んでいた。ボスコヴィッチは博物館の館長になるまえは、古銭を専門とする学芸員をしていて、サラエボではその名を知らぬ者がいないほど有名で、文化的な行事には欠かせない人物だった。黒い髪を香りのいいポマードでオールバックに整えて、儀式か何かのように週に一度はプロに爪の手入れをさせていた。

ファーバーが博物館に来るという連絡が入ると、ボスコヴィッチは自身の綱渡りがいよいよ命を賭けたものになると覚悟した。そもそもドイツ語は得意でなかったことから、セリフに通訳を頼んだ。ボスコヴィッチとセリフは経歴もちがえば、専門分野もちがうが、どちらもボスニアの歴史を尊重するという重責を担い、その歴史を形成している多様性を愛していた。さらには、どちらも声には出さなかったが、ファーバーが多様性根絶の象徴的人物であるという認識を抱いていた。

「ファーバーがここに来る目的は?」とセリフは尋ねた。

「わからない。だが、予想はつく。ザグレブの博物館員の話では、連中はあそこでユダヤに関する所蔵品を略奪したそうだ。きみも知ってのとおり、ザグレブよりここの博物館のほうがはるかに貴重なものがある。おそらくファーバーは例のハガダーを狙ってるにちがいない」

「ヨシップ、あれは絶対に渡せない。渡したら、ファーバーの部下がこの街でユダヤにまつわるものすべてを破壊したように、燃やされてしまう」

「セリフ、だが、われわれに何ができる？　ファーバーはハガダーを燃やさないかもしれない。噂では、ヒトラーは絶滅民族の博物館を作るらしい。ユダヤ人がひとり残らずこの世から消えたあとで、ユダヤに関する貴重なものを展示するという……」

セリフは上司の目のまえで、椅子の背を叩いた。「連中はいったい、どれほど残忍なことをすれば気がすむんだ！」

「しー、声が大きい」ボスコヴィッチは両手を上げて部下を制すると、囁くような声で話を続けた。「先月、ザグレブで連中はそれを冗談のネタにしていた。ユダヤ人抜きのユダヤの研究《ユーデンフオアシユング・オーネ・ユーデン》と言って」ボスコヴィッチは机を離れると、セリフの肩に手を置いた。「あの本を隠すつもりなら、きみは命を賭けることになるぞ」

セリフは厳しい顔で上司を見つめた。「私にほかにどんな選択肢がありますか？　私は学芸員です。あの本は五百年ものあいださまざまな危機をかいくぐってきた。それなのに、私がその本を任された時代に燃えてなくなる？　そんなことを私が許すと思っているなら、ヨシップ、あなたは私を見くびっている」

「では、自分の信念にしたがうんだな。だが、早急に頼む、いいな？」

セリフは文書館に戻ると、震える手で、〝カペタノヴィッチ家所有——トルコ語の保管文書〟とラベルが貼られた箱を取りだした。いちばん上に載っていた数枚の大昔のトルコの土地の権利書を取りだすと、その下にヘブライ語の写本が何冊か入っていた。セリフはそのなかでいちばん小さな本を手に取ると、ズボンのウエストにはさんで、上着を下ろした。一見しただけでは、不自然なふくらみはなかった。そうして、トルコの証書を箱に戻して、箱を閉じた。

ファーバーは貧相な男だった。華奢《きゃしゃ》で、背丈も人並みだった。口調は穏やかで、つねに囁くように話した。ゆえに、ファーバーがしゃべるときには誰もがその話に集中しなければならなかった。くすんだ瑪瑙《めのう》のような緑の目は冷たく、青白い顔は白身魚の身のようだった。ヨシップが博物館の館長という地位まで上りつめたのは、ときに嫌味にも感じられるほどの洗練された態度によるところが大きかった。そんな男でさえ、ナチの将軍をうやうやしく出迎えながら、人知れずうなじに冷や汗をかいていた。まずは、必要以上の謝罪のことばを口にして、ドイツ語が苦手であることを詫《わ》びた。そうして、ちょうど戸口に現われたセリフを紹介した。「私の部下でいくつものことばを操ります。この男のまえでは私も形無しです」

セリフは将軍に歩み寄ると、片手を差しだした。将軍の握手は思いがけずやわらかく、ぐにゃりとした感触が手に残った。ズボンのウエストにはさんだ本がかすかに動いたのがやけに気になった。

ファーバーは来館の目的を話そうとしなかった。気まずい沈黙を破って、ヨシップは館内を案内すると申しでた。アーチ形の天井の廊下を歩きながら、セリフはさまざまな展示品の由来を説明して、ファーバーはすぐうしろをついてきた。黒い手袋を真っ白な手のひらに軽く打ちつけているだけで、ひとこともことばを発しなかった。

やがて文書館に着くと、ファーバーは小さくうなずいて、初めて口を開いた。「ユダヤの本と、揺籃《ようらん》期本（ヨーロッパで一五〇一年以前に活版印刷された書物）を見せてもらおう」かすかに震えながら、セリフは書棚から本を取りだして、長いテーブルの上に置いた。エリア・ミズラヒの数学の教本と、一四八八年にナポリで発行されたヘブライ-アラビア-ラテン語の稀少な用語集と、ヴェネチアで印刷されたタルムードだった。

ファーバーの青白い手がその三冊にそっと触れて、本が慎重に開かれた。世界でもとくに稀少な本に触れて、あせたインクと筋のある繊細な紙を見つめながら、ファーバーは表情を変えて、唇を舐めた。恋人を見ているかのように、瞳孔《どうこう》が開いたのがセリフにもわかった。思わずセリフは顔をそむけた。胸のなかでは嫌悪感と冒瀆《ぼうとく》感が渦巻いていた。猥褻《わいせつ》なものを目にした気分だった。まもなく、ファーバーはヴェネチア製のタルムードを閉じて、顔を上げた。何かを問うように眉が上がっていた。

「では、例のハガダーを見せてもらおう」

セリフは熱い汗が背中を伝うのを感じた。それでも、手のひらを上に向けて、肩をすくめて言った。「残念ながら、将軍、それは不可能です」

紅潮していたヨシップの顔から血の気が引いた。

「どういう意味だね、不可能とは？」ファーバーの小さな声は冷ややかだった。

「それはつまり」とヨシップが言った。「昨日、ドイツ軍の士官がやってきて、ハガダーの提出を求めたという意味です。総督が計画されている件《くだん》の博物館に必要だと言われました。もちろん、そのような目的ならと、私たちは稀少な本を喜んで渡しました」

セリフはヨシップのことばを通訳しようとしたが、ファーバーに遮られた。

「どこの士官だ？　名前は？」ファーバーはヨシップに詰め寄った。貧相な体にもかかわらず、ふいに将軍の全身に危険な香りがみなぎった。ヨシップは一歩あとずさって、書棚に背をぶつけた。

「いや、士官は名前を言いませんでした。私としては……その……名を尋ねるのは失礼だと思ったもので。しかし、私のオフィスに来ていただければ、受領書として士官がサインした書類をお見せできます」

セリフがヨシップのことばを通訳すると、ファーバーは息を吸いこんだ。「よかろう」そう言うと、踵《きびす》を返してドアへ向かった。その瞬間、ヨシップはセリフに目配せした。それは何よりも能弁な視線だった。セリフはすぐさま、穏やかな日の湖のように落ち着いた声でファーバーに呼びかけた。「将軍、館長と一緒に行ってください。大階段にご案内しますので」

セリフはいそがなければならなかった。館長の意図を、自分が正しく理解しているのを祈りながら、ハガダーの目録番号が記された受領書をすばやく書きあげて、ペンを変えて、下のほうに判読できないサインをした。そうして、用務員を呼ぶと、受領書を館長のオフィスに届けるように指示した。「職員用の階段を使って、大至急頼む。館長がオフィスに入ってきたらすぐに目につくように、デスクの上に置いてくれ」

　それから、ゆっくり歩けと自分に言い聞かせながら、帽子掛けに向かうと、コートとフェズに手を伸ばした。文書館を出て、ぶらぶらと廊下を歩き、博物館の正面玄関へ行った。玄関で待っているファーバーの随行員と目が合うと、挨拶代わりに小さく会釈した。博物館の表階段の中ほどでちょっと立ち止まって、階段を上がってきた職員と話をした。それから、道に停まっている大きな黒塗りの高級車の傍らを歩いた。知人に笑顔で挨拶しながら、お気に入りのカフェに立ち寄ると、ゆっくりコーヒーを飲んだ。ボスニアっ子なら誰もがそうするように、最後の一滴までじっくり味わった。そうして、ようやく家へ向かった。


　セリフがハガダーを開くと、みごとな挿絵にローラは息を呑んだ。

「きみはこれを誇りに思わなければいけないよ」とセリフはローラに言った。「これはきみの同胞が世界に残した偉大な芸術だ」

　ステラは手を揉《も》みしだきながらアルバニア語で何か言った。セリフが妻を見た。セリフの顔は真剣だったが、それでいて思いやりに満ちていた。そうして、ボスニア語で答えた。

「ステラ、きみの気持ちはよくわかる。きみが心配するのも当然だ。すでにユダヤ人をかくまっているのに、今度はユダヤの本を持ってきたんだからね。どちらもナチの標的だ。若い命と文化遺産。どちらもかけがえのないものだ。もちろん、きみはわが身を危険にさらしてもかまわないと言うんだろう。そんな妻を私は称賛して、誇りに思う。それでも、きみはわが子の身を案じている。そして、その不安は的を射ている。私だって息子が心配だ。レイラに関して、私はすでに友人に相談して計画を立てた。明日、みんなで友人に会いにいく。その友人がイタリア領に住むある一家のもとにレイラを連れていくことになっている。レイラをかくまってくれる家族のもとに」

「でも、本は？」とステラが言った。「将軍はきっとあなたの嘘を見抜くわ。博物館を徹底的に調べたら、ここにも来るかもしれない」

「その点は心配ない」とセリフが落ち着いた口調で言った。「将軍が私たちに目をつけることは絶対にない。ボスコヴィッチ館長がファーバーに、彼の部下のひとりにこの本を渡したと言ったんだから。ナチは略奪者の集団だ。ファーバーは自分の部下がものを盗むように訓練されているのを知っている。ファーバーには、この本を盗んで私腹を肥やしかねない部下が半ダースはいるはずだ。それはともかく……」セリフは小ぶりの本を布で包んだ。「明日にはもう、これはここにない」

「どこへ持っていくの？」とステラが尋ねた。

「まだはっきりとは決めていない。だが、本を隠すのにもっとも適した場所は図書館かもしれない」その本を博物館の文書館に戻そうと考えたこともあった。無数にある蔵書の、ユダヤとは無関係の書棚にまぎれこませようかと。だが、そのときふと、親しい友人と机を並べて幸せなときを過ごした小さな図書館のことが頭に浮かんだ。セリフはステラを見て微笑んだ。「行き先が決まった。誰も目もくれない場所に持っていく」

翌日は金曜日で、イスラム教徒の安息日だった。セリフは普段どおりに出勤したが、地区の祈禱式に出るからと正午に早退した。そうして、ステラとハビブ、ローラを迎えに家に戻ってきた。車に乗った四人は地区のモスクには向かわずに、山に入った。車のなかで、ローラはずっとハビブを抱っこして、ハビブの大好きないないないばあや、手遊びをして、ことあるごとにハビブを抱きよせて、赤ん坊の髪のにおいを記憶に刻みつけようとした。刈ったばかりの芝の甘い香りにも似たにおいを。山道は狭く、曲がりくねっていた。真夏だったことから、陽光はバターのように濃厚で、急傾斜の山肌のわずかな平地を利用した麦やヒマワリの畑を黄金に染めていた。冬になればそのあたりの道には雪が積もり、春が来るまで通れなくなる。ローラはハビブのことだけに気持ちを集中して、車酔いやこれから待ち受けている不確かな人生については考えないようにした。見つかる危険が絶えずつきまとう街から出るのはいいことだとわかっていた。けれど、カマル家の人たちと離れたくなかった。悲しみはつねに胸にあり、恐怖から解放されることもなかったが、カマル家で過ごした四ヵ月は、それまでに味わったことがないほど穏やかな日々だった。

日が暮れるころにようやく、車は最後の狭い峠を越えて、小さな急斜面に張りつく花のような村に入った。ひとりの農民が畑から牛を引いて家に戻ろうとしていた。その牛の鳴き声に、晩の祈禱を呼びかける声が重なった。これほど高い山の上の人里離れた村では、戦争もそれによる喪失もはるかかなたの世界の出来事のようだった。

軒の低い石造りの家のまえでセリフは車を停めた。家の白い壁には、複雑なジグソーパズルのように緻密に石が並んでいた。分厚い壁に穿《うが》たれた縦長の窓には、いかにも頑丈そうな真っ青な鎧戸《よろいど》がついていた。冬の嵐の日には鎧戸はぴたりと閉ざされるのだろう。家のまわりには、鎧戸より一段濃い青色の野生のヒエンソウが咲き乱れていた。花のまわりを二匹の蝶がふわふわと飛んでいる。中庭にはクワの古木が大枝を広げていた。車が停まるやいなや、その木の艶《つや》やかな葉のあいだから半ダースの小さな顔が覗いた。何人もの子供が木に登っているのだ。元気な鳥のように子供が枝に並んでいた。

ひとり、またひとりと子供が木から下りてきて、土産《みやげ》にお菓子を持ってきたセリフのまわりに集まった。家のなかから、ステラと同じように顔を隠した少女——ほかの子供よりわずかに年上の少女——が出てきて、騒いでいる子供たちを叱った。「だって、セリフおじさんが来たんだよ」と子供たちが興奮して大きな声で言った。とたんに、年上の少女のベールの奥の目が笑った。

「いらっしゃい。来てくれてほんとうに嬉しいわ」と少女は言った。「父はまだモスクから戻ってないけれど、兄のムニブがいます。どうぞ入って、体を休めてください」ムニブは十九歳の学者風の青年で、テーブルのまえに坐って、片手に虫眼鏡を、反対の手にピンセットを持って、慎重に昆虫の標本を作っていた。テーブルの上では、いくつもの昆虫の羽の破片が光っていた。

ムニブは妹に呼ばれると、作業を邪魔されて不機嫌な顔で振り返った。だが、セリフに気づいたとたんに表情が一変した。「セリフおじさん！　いや、嬉しいな、まさか来てくれるとは」友人の息子が昆虫に並々ならぬ興味を抱いているのを知っていたセリフは、以前、学校が休みのあいだムニブに博物館の自然史部門の助手の仕事を紹介したことがあったのだ。

「苦しい時代にも、きみは研究を続けているんだね。それがわかってほっとしたよ」とセリフは言った。「お父さんはいつかきみを大学に通わせたいと思っているからね」

「アラーのおぼしめしのままに《インシャーラー》」とムニブは言った。

アーチ形の窓の下に置かれた低いソファにセリフは腰を下ろした。ムニブの妹はステラとローラを女性用の居間に案内した。同時に、小さな子供たちがいくつもの盆を運んできた。家族の畑で穫れたブドウで作ったジュース、いまや街ではまずお目にかかれないお茶、自家製のキュウリとペストリー。

そんなわけで、セリフが親友であり村の師《ホジャ》であるムニブの父にハガダーを隠してほしいと頼んだとき、ローラはその場にいなかった。ハガダーをテーブルに置こうと、息子の標本の材料をぞんざいにわきにどかすホジャの顔に浮かんだ驚嘆を、ローラは見られなかった。あるいは、ハガダーを開いたときにその目に浮かぶ興奮を。日が沈み、部屋は赤っぽい残照に照らされていた。薄れゆく光のなかに、蝶の羽の破片がきらきらと舞っていた。子供がお茶の盆を持って部屋に入ってくると、開いたドアから忍びこんだ微風に蝶の羽の破片が高く舞いあがって、ハガダーの開いたページに音もなく落ちたのに気づいた者はいなかった。

セリフとホジャはモスクの図書室にハガダーを持っていった。そうして、高い書棚に並ぶイスラムの法典のわずかな隙間にハガダーを押しこんだ。見てみようとは誰も思わないはずの場所に。

その夜遅く、セリフの運転する車は山を下り、街のすぐ外の高い石の塀に囲まれた立派な屋敷のまえで停まった。セリフはステラを見た。「さあ、別れの挨拶をしなさい。長居はできないからね」

ローラとステラは抱きあった。「さようなら、私の妹」とステラは言った。「また会える日まで、神のご加護がありますように」ローラは喉が詰まって何も言えなかった。赤ん坊の頭に口づけて、赤ん坊を母に渡すと、セリフについて闇のなかに消えていった。

ハンナ　一九九六年春　ウィーン

ウスバシロチョウ――学名パルナシウス（ギリシャ神話の太陽神アポロンが住むパルナソス山にちなんだ名前）。すばらしい名前の蝶《ちょう》だ。ある意味で高尚でもある。博物館の丁寧に刈りこまれた庭を歩いて、通りの激しいリングシュトラーセへ向かいながら、私は気持ちがますます高揚していた。古書から蝶の一部を発見したのは初めてだった。ヴェルナーを訪ねて、このことを報告したくてうずうずしていた。

　大学卒業後に得た研究旅行奨学金で私はウィーンに行ったが、実はその行き先は自由に選べた。もっとも理にかなった行き先はエルサレムやカイロのはずだった。それなのに、私はヴェルナー・マリア・ハインリヒ――あるいは、本人が所望するとおりに呼ぶなら、ヘル《ミスター》・ハインリヒ博士博士教授――のもとで学ぼうと決意した。オーストラリア人とは気質的に正反対と言えるオーストリア人は、得た学位をすべて敬称として名前につけるのを求めるのだ。それはともかく、ヴェルナーが書籍作りの伝統的な技術の第一人者であるのを私は知っていた。汚れも含めて、あらゆる点でほんもののそっくりの複製本を作らせたら、ヴェルナーの右に出る者はいない。なぜなら、古書が作られた当時の技術と材料を誰よりも熟知しているからだ。また、ドイツ・カトリックの家に生まれながら、ヘブライ語の写本の専門家でもあることにも、おおいに興味を引かれて、私はヴェルナーに弟子にしてほしいと頼んだのだった。

私が書いた一通目の手紙へのヴェルナーの返事は丁寧だったが、拒絶であることに変わりなかった。〝貴殿に興味を持ってもらったのは光栄だが、残念ながら弟子に空きはない〟とかなんとか。二通目の手紙への返事はもっと短く、いくらか苛立《いらだ》たしげな拒絶のことばが書かれていた。三通目への返事は、一行だけの、とりつくしまもないつっけんどんなことば――オーストラリア語に訳すなら〝とっとと失せろ〟ということになる。にもかかわらず、私はウィーンへ飛んだ。信じられないほどの厚かましさで、マリア・テレジア通りにあるヴェルナーのアパートメントに押しかけて、直談判《じかだんぱん》したのだ。季節は冬で、厳冬の地に初めて旅する大半のオーストラリア人にたがわず、私も過酷な寒さへの準備が不充分だった。当時の私は、おしゃれな短めの丈のジャケットが冬のコートだと思っていたのだ。実際、シドニーではそれで充分だったから、それが大きな勘ちがいだとは知りもしなかった。そんなわけで、ヴェルナーの玄関にたどり着いたときにはかなり哀れな姿だったにちがいない。歯の根も合わないほど震えて、頭に積もった雪が凍って小さなつららになり、頭を動かすたびにチリンと音をたてていたのだから。ヴェルナーの生来の騎士道精神が、そんな姿の若い女を無《む》下《げ》に追い払うのを許さなかったというわけだ。

ヴェルナーとともに過ごした数ヵ月――広々とした住居兼作業場で顔料《がんりょう》をすりつぶして、羊皮紙をこすった日々、あるいは、大学図書館に隣接する文書保存修復学科での日々で、おそらく私はそれまでに得た学位すべてを合わせた以上のことを学んだ。師との関係は、最初のひと月はずいぶん堅苦しかった。〝ミス・ヒース〟と〝ヘル博士博士〟というように、正確ではあるが、かなりよそよそしく呼びあった。それでも、私がウィーンを離れるころには、ヴェルナーから〝愛《リーブヒエン》しのハンナ〟と呼ばれるようになっていた。ひょっとしたら、私たちは人生に欠けているものを互いのなかに見つけたのかもしれない。私もヴェルナーも家族に恵まれていなかった。私は祖父母を知らず、ヴェルナーは第二次世界大戦末期のドレスデン大空襲で家族を亡くしていた。軍隊時代のヴェルナーはご多分に漏《も》れずベルリンにいたが、当時のことは決して口にしなかった。同じように、ドレスデンでの少年時代――戦争のせいでその時代は短かった――の話もしなかった。当時の私でも、人の過去を根掘り葉掘り聞かない程度の分別はあった。けれど、一緒にホーフブルク宮殿近辺を歩いているとかならず、ヴェルナーが英雄広場《ヘルデンプラッツ》を避けることには気づいていた。一九三八年三月に撮られたその広場の有名な写真を私が知ったのは、ウィーンを離れてずいぶん経《た》ってからのことだった。その写真では群集が広場を埋め尽くして、自身の生まれた国が第三帝国に併合されたことを宣言するヒトラーに声援を送っていた。独裁者の姿をひと目見ようと巨大な騎馬像に上っている者もいた。

ウィーンを離れ、博士号を取るためにハーバードに行って――ヴェルナーのすばらしい推薦状がなければその大学への入学は許可されなかったはずだ――からも、ヴェルナーは折に触れて手紙をくれて、自身が取りかかっている興味深いプロジェクトについて説明し、私がその道で身を立てられるようにアドバイスしてくれた。その後、ヴェルナーは何度かニューヨークを訪れて、そんなときには、私はボストンから列車に乗って会いにいった。とはいえ、それからすでに数年が過ぎたいま、アパートメントの大理石の階段の上で待っている師の老いた姿に、私はショックを受けた。

ヴェルナーは銀の握りの黒檀《こくたん》の杖をついていた。やや長めの髪はすっかり白くなり、額《ひたい》からオールバックに撫《な》でつけられていた。襟に淡いレモン色のパイピングが施された黒のベルベットの上着に、シャツの襟元には十九世紀風の蝶ネクタイ。縞柄《しまがら》の絹の大き目のタイがふんわりと結ばれて、胸元のボタンホールには小さな白い薔薇《ばら》の蕾《つぼみ》が差してあった。ヴェルナーが身だしなみにとくに気を遣うのを知っていたので、私はいつものパンツスタイルよりはきちんとした格好をしていた。実用一点張りのまとめ髪ではなくおしゃれな夜会巻き《フレンチツイスト》にして、黒髪に映える鮮やかな赤紫色のスーツを着ていた。

「愛しのハンナ！　今日はまたいちだんと美しい！　ああ、実に美しい！　会うたびにきれいになる」ヴェルナーは私の手を握って、キスをすると、あかぎれのできた肌を見て、小さく舌打ちした。「私たちの仕事の代償、そういうことだ」ヴェルナーの手も荒れて、節くれだっていたが、爪はきれいに手入れされていた。それにひきかえ私の爪は無残だった。

七十代半ばでヴェルナーは大学教授を引退したが、いまでも比類ない論文を書いて、ときに貴重な写本を鑑定していた。アパートメントに入ると同時に、私は目と鼻でヴェルナーがいまでも古書の材料の研究を続けているのを知った。ゴシック様式の窓のまえに置かれた大きなテーブル――かつて私が師の傍らで多くのことを学んだ場所――には、相変わらず瑪瑙《めのう》や強いにおいの没食子《もっしょくし》（ブナ科の植物の若芽に昆虫が寄生することでできる瘤）、昔ながらの金箔《きんぱく》師の道具、さまざまな段階の羊皮紙などが載《の》っていた。

ヴェルナーはメイドを雇っていた。私は書斎――私の大好きな部屋のひとつ。なぜならそこにある本のすべてに物語があるように思えるから――に案内され、メイドがコーヒーを持ってきた。

カルダモンの芳香に鼻をくすぐられて、私は二十歳の学生に戻った気分になった。ヴェルナーはかつてエルサレムのヘブライ大学に客員教授として招かれて、パレスチナ人に交じって旧市街のキリスト教徒地区で暮らしてからというもの、アラビア式のコーヒーを飲むのが習慣になっていた。そして、私はカルダモンの香りを嗅ぐたびに、ヴェルナーとこのアパートメントを思いだすようになった。長時間におよぶ細かい作業をするときにも目にやさしい、いかにもヨーロッパ的な青白いライトに照らされたこの部屋を。

「きみに会えて嬉《うれ》しいよ、ハンナ。貴重な時間を割いて、ひとりの老人を喜ばせるためにわざわざ来てくれてありがとう」

「ヴェルナー、私があなたに会いたくてたまらないのを知ってるでしょ。それに、意見も聞かせてほしいの」

ヴェルナーは顔を輝かせて、ウィングチェアーから身を乗りだした。「どんなことだね？」

私はノートを持参していた。それを見ながらサラエボでの作業をすべて話して聞かせた。

ヴェルナーは満足そうにうなずいた。「私も同じことをしたはずだ。きみは優秀な弟子だよ」

次に私はウスバシロチョウの羽について話して、ヴェルナーはそれにもおおいに興味を示した。それから、ほかの手がかり——白い毛と染みのサンプルと塩の結晶について、最後に、奇妙な溝が刻まれた装丁《そうてい》について話した。

「なるほど」とヴェルナーは言った。「留め金をつけるつもりだったと考えて、まずまちがいないだろう」ヴェルナーは私を見た。金縁眼鏡《めがね》の奥の青い目が潤んでいた。「それなのに、なぜ留め金がないのか？　実に興味深い。大きな謎だ」

「この街の博物館にサラエボ・ハガダーに関する資料が残ってるかしら？　一八九四年にハガダーがこの街にあったときの記録なんかが。といっても、それももう遠い昔のことだけど……」

「ウィーンではその程度では遠い昔とは言わないんだよ。ああ、博物館にはきっと何かある。その何かが役に立つかどうかはまたべつの話だが。きみも知ってのとおり、あのハガダーが見つかったときには、それはもう大騒ぎになった。この世で初の挿絵入りのハガダーがふたたび発見されたのだからね。当時のその道の第一人者がふたりもあの本を調べにウィーンにやってきた。少なくとも、そのときの記録は博物館に残っているはずだ。たしか、ひとりはオックスフォードからやってきたロスチャイルドだった……ああ、そうだ、まちがいない。もうひとりはソルボンヌのマーテル……きみはフランス語を読めたね？　製本と装丁を担当した者の記録があるとしても、それはドイツに渡ってしまっただろう。まあ、装丁師が記録を残したとは思えないが。きみがその目で見たとおり、そのときの装丁はずいぶんお粗末なもののようだからね」

「なぜ、そんな装丁になったんでしょう？　注目された本なのに」

「あの本をどの国が保有するかということで論争があったはずだ。もちろん、ウィーンはあの本を保持したがった。それはそうだろう。オーストリア＝ハンガリー帝国の首都で、ヨーロッパの芸術の中心なのだから。だが、忘れてはならない、あの本がウィーンで再装丁された当時、ボスニアはハプスブルク王朝に占領されてはいたが、一九〇八年まではオーストリア＝ハンガリー帝国に併合されてはいなかった。さらに、ハプスブルク王朝による占領はスラブの民族主義者の反感を買っていた」ヴェルナーは曲がった指を立てて、横に振った。とくに興味深い点を話すときの癖だった。

「偶然にも、第一次世界大戦のきっかけとなった男が、ハガダーがこの街にやってきたその年に生まれた。知っていたかね？」

「サラエボでハプスブルク王朝の皇太子を撃った学生のことですか？」

ヴェルナーはすました顔ににやりと笑みを浮かべて、顎を引いた。ヴェルナーは相手が知らないことを話すのが大好きなのだ。その意味では、私たちはよく似ていた。

「いずれにしても、あの本が最終的にボスニアの国立博物館に戻されたのは、民族主義者を刺激するのを恐れたからだろう。思うに、粗雑な装丁はウィーンの報復かもしれない。けちな俗物根性だ。本を占領地に返さなければならないなら、ちゃちな装丁で充分というわけだ。

あるいは、何かもっと陰湿な理由があったのか」ヴェルナーは声をいくらかひそめて、綾織《あやおり》物《もの》の肘掛けを指で弾いた。「きみは知らないかもしれないが、十九世紀末、この街に反ユダヤの大波が押し寄せた。ユダヤ人に関してヒトラーが言ったことすべて、したことの大半が、実はそもそもここで人の口に上り、行なわれたことだ。ヒトラーはこの国でそんな空気を吸いながら成長した。ここでハガダーが発見されたとき、ヒトラーはおそらく五歳ぐらいで、ブラウナウの幼稚園に通いはじめたころだったんだろう。そう考えると、実に数奇な巡り合わせだ……」ヴェルナーはことばを宙に漂わせた。私たちは踏みこんではならない領域に近づこうとしていた。ヴェルナーが顔を上げてこっちを見てまた話しはじめた。私はてっきり話題が変わるものと思った。

「なあ、ハンナ、きみはシュニッツラーを読んだことがあるか？　ない？　それはいかん！　現代でも、アルトゥル・シュニッツラーを読まずにウィーン市民を理解することはできないからな」

ヴェルナーは杖をつかむと、大儀そうに立ちあがって、足元に注意しながらゆっくり書棚へ向かった。そうして、初版や稀少《きしょう》なものばかりをおさめた書棚に並ぶ本の背に指を這《は》わせた。「ここにはドイツ語版しかない。きみは相変わらずドイツ語が読めないんだったね？　ちがうかい？　まったくもって残念だ。シュニッツラーはすばらしい作家だよ。女性のまえで言うのもなんだが、実にエロティックだ。星の数ほどもある自身の恋愛遍歴を包み隠さず作品に投影している。いっぽうで、ユーデンフレッサーズの高まりを題材にした作品も数多く残している。ユーデンフレッサーズとはユダヤ人を食いものにする連中という意味だ。シュニッツラーが幼いころはまだ、反ユダヤ主義ということばはなかったからね。もちろん、シュニッツラーはユダヤ人だ」

ヴェルナーは書棚から一冊の本を取りだした。「『ウィーンの青春』――これはひじょうに稀少な本だ。手沢本《しゆたく》だからね。シュニッツラーがラテン語の師であるヨハン・アウアーに〝アウアー主義に感謝する〟と書いて贈ったものだ。なんと、私はこれをザルツブルクの教会のバザーで見つけたんだよ。いやはや、それまでこの本に誰も目を留めなかったとは……」ヴェルナーは本を開いて、ページを繰《く》ると、目的の文を見つけた。「ここだ。シュニッツラーはいわゆるユダヤ問題について書きすぎているのを弁解している。同時に、どれほど同化しても、出自を忘れられるユダヤ人はいないとも言っている」ヴェルナーは眼鏡の位置を調節すると、翻訳して声に出して読みはじめた。「〝自分のすべてを律して、何ひとつ顔に出さないようにしたとしても、影響をまったく受けずにいることは不可能だ。たとえば、皮膚に麻酔をしたとしても、不潔なメスが皮膚に食いこみ、そこから血が出るのを目を見開いて見ていなければならない者が平静ではいられないように〟」ヴェルナーは本を閉じた。「一九〇〇年代初頭にシュニッツラーはこれを書いた。この比喩はぞっとすると思わんかね？　その後に起きたことを考えると……」

ヴェルナーは本を書棚に戻すと、皺《しわ》ひとつなく糊《のり》が利《き》いた白いハンカチをポケットから取りだして、目元を拭った。そうして、ウィングチェアーにぐったりと腰かけた。「というわけで、装丁師がシュニッツラーの言うユダヤ人を食いものにする者のひとりだったから、いいかげんな再装丁がなされたという推測も成りたつ」

ヴェルナーはコーヒーを飲み干した。「だが、もしかしたら、そういうこととはまるで無関係かもしれない。当時は、損傷がひどい装丁こそ多くの事柄を物語るという認識はなかった。ゆえに、古い装丁が剝《は》がされ、捨てられて、多くの情報が失われてしまった。そういう書物の仕事を任されるたびに、捨てられてしまったものを思って胸が痛むよ。ウィーンに持ちこまれたときに、ハガダーの古い装丁に留め金のようなものがついていたとしたら、それは最初の装丁だった可能性が高い……といっても、いまとなっては確かめようもないが……」

私は〝ドナウの波〟と名づけられたこってりしたケーキをひと口食べた。それはヴェルナーの好物だった。ヴェルナーは立ちあがって、上着についたケーキの屑《くず》を払うと、おぼつかない足取りで電話へ向かい、博物館の知人に連絡した。ドイツ語でひとしきり話してから、受話器を置いた。「明日、文献の責任者がきみに会うそうだ。問題の時代の書類は博物館から少し離れた倉庫に保管してあるそうだが、明日の昼までに取り寄せておくとのことだ。きみはいつまでにボストンに行かなければならないのかな？」

「まだあと一日二日はここにいられます」と私は答えた。

「よかった。ということは、電話をくれるね？　わかったことを知らせてくれ」

「ええ、もちろんです」私は帰ることにして、立ちあがった。玄関で身を屈《かが》めて――ヴェルナーはやや腰が曲がって、私より少し背が低くなっていた――師のかさついた頰にキスをした。

「ヴェルナー、こんなことを尋ねるのは失礼かもしれないけれど、元気なのよね?」

「愛しのハンナ、私は七十七だ。この年になると、すこぶる元気だとは言える者はまずいない。だが、どうにかやってるよ」

私が階段を下りるあいだ、ヴェルナーは戸口に立っていた。アパートメントの凝った装飾のエントランスホールで、私は振り返ると、師を見あげて投げキスをした。ヴェルナーにもう一度会える日は来るのだろうか、そんなことを思いながら。


その日の夕方、私はペーター教会にほど近い下宿屋の狭いベッドに腰かけていた。膝には電話が載っていた。ウスバシロチョウのことをオズレンに話したくてたまらなかった。だが、書類鞄《かばん》からノートを取りだした拍子に、アリアの脳の画像が入った封筒が落ちた。オズレンの気持ちを無視して、個人的な問題に首を突っこんでいることにふいに罪悪感を覚えた。これから私がしようとしていることを知ったら、オズレンはまたかんかんに怒るにちがいない。当然だ。私は余計なお節介をしようとしているのだから。蝶の羽について話したいと思いながらも、オズレンを欺《あざむ》いているという事実が濡《ぬ》れた麻袋のように肩にのしかかった。オズレンはまだ博物館にいるだろうか……。そんなことをうだうだと考えて、ようやく勇気を出して電話をかけた。オズレンは就業時間を過ぎても博物館にいて、古書に関して判明したことを話すと、さも嬉しそうに応じた。

「あのハガダーが第二次世界大戦中にどこにあったのか、どうしてもわからなかったんだ。ここの博物館の主任学芸員があの本をナチから守ったのはわかってるが、その方法については諸説あった。文書館のトルコ語の書物にまぎれこませたとか、山のなかの村に持っていって、モスクに隠したとかね。どうやら、きみが見つけた羽が山にあったという証拠になりそうだ。蝶の生息する高度と照らしあわせて、村を突き止めれば、そこの村人に主任学芸員とつながりのある人物がいたかどうか調べられる。ハガダーを第二次世界大戦のさなかに保護していた人を見つけて、礼が言えたら最高だよ。ハガダーを隠した主任学芸員が生きているあいだに誰も何も尋ねなかったのは、とても残念だ。でも、戦争が終わったときに、彼はずいぶんひどい目に遭ったらしい。ナチの協力者として共産党から糾弾《きゅうだん》されたんだ」

「でも、その人はハガダーを救ったんでしょ。そんな人がどうしてナチの協力者なの？」

「救ったのはあのハガダーだけじゃない。ユダヤ人も救ったんだ。でも、共産主義政府にとって、ナチの協力者という濡《ぬ》れ衣《ぎぬ》を着せるのは、賢すぎる人や信仰に熱心な人、はっきりとものを言いすぎる人を排除する格好の手段だった。彼はその三つすべてにあてはまった。それでも、断固として闘ったんだ。とくに、共産主義政府が旧市街を壊そうとしたときに。当時の政府はめちゃくちゃな都市再開発計画を推し進めようとしてた。馬鹿げた計画を中止させようと彼は奔走したが、その代償は大きかった。六年ものあいだ独房に監禁されたんだ。そこでの生活はかなり悲惨だったらしい。だが、ある日、彼は赦免《しゃめん》された。当時はそういう時代だった。そうして、博物館での仕事に復帰した。でも、何年も刑務所で過ごして、健康を害してしまったんだろう、長い闘病生活を経《へ》て、一九六〇年代にこの世を去った」

私は髪を手で梳《す》いて、留めてあったピンを抜いた。

「六年間の独房生活。どうしたらそんなものに堪《た》えられるの？」

オズレンはしばらく黙っていた。「さあ、ぼくにもわからない」

「だって、軍人でもなければ、政治活動家でもなかったわけでしょ……。そういう類《たぐい》の人なら自分のしたことのつけがどんな形でまわってくるか覚悟してるかもしれない。でも、彼は一介の学芸員だったんだから……」

そう言ったとたんに、そのことばがどうしようもなく間が抜けていることに気づいた。オズレンも、つまるところ一介の学芸員で、それでも、自分の使命をまっとうした。命が惜しいからやめようとは思わなかったのだ。

「いえ、いまのは……」

「きみの言いたいことはわかるよ、ハンナ。教えてくれないか、これからきみが何をするつもりなのか」

「明日はここの博物館に保管してある書類を見せてもらうことになってる。留め金に関する記述があるかどうか調べるつもり。それから、ボストンで二、三日過ごして、知り合いの研究所で染みを分析してもらうわ」

「それは楽しみだ。何かわかったらかならず知らせてくれ」

「ええ、わかった……。オズレン？」

「なんだい？」

「アリアの調子は？」

「あと少しで『クマのプーさん』を読み終える。そうしたら、ボスニアのおとぎ話をいくつか読んでやろうと思ってる」

私はもごもごと返事をしながら、どう考えても妙な口調になっているのに気づいて、自分の声を電話の雑音がかき消してくれるのを祈った。

ウィーン市立歴史博物館の文献部門の主任学芸員フラウ《ミセス》・ツヴァイクは、私の予想をみごとに裏切ってくれた。年は二十代後半で、羨ましいほどのスタイルが映える高いヒールの黒のブーツに、チェックのミニスカート、エレクトリック・ブルーのセーターといういでたちだった。ぎざぎざのボブにカットした黒っぽい髪には、赤や黄色のメッシュが入っていた。やや上向きの鼻のわきには銀のピアスがついていた。

「あなたがヴェルナーのお友達？」そう言って、私をさらに驚かせた。私が知るかぎり、ウィーンでヴェルナーをファーストネームで呼んだのは彼女だけだった。「彼ってほんとおもしろいと思わない？　ベルベットのスーツにしろなんにしろ、前世紀の遺物に執着してるんだから。それってすごいことよね？」

ツヴァイクは私を案内して、職員用の階段を下りると、地下室の迷路に入った。石の床にハイヒールの音が響いた。「湿っぽい場所で悪いわね」そう言いながら、保管室のドアを開けた。その部屋の機能重視の金属の棚には、展示用の見慣れた装備が詰まっていた。古い額縁、展示用のボード、はずされた展示ケース、防腐剤入りの瓶などなど。「私のオフィスで仕事をしてもらえればよかったんだけど、あそこではほぼ一日じゅう会議が行なわれているから。スタッフの再検討会がね。ああ、もううんざりよ」そう言うと、親に干渉されて反抗するティーンエイジャーのように目をぐるりとまわした。「オーストリアのろくでもない官僚主義ってやつね。私は以前ニューヨークで働いてたの。この国がこんなに形式にこだわると知ってたら、帰ってこなかったわ」ツヴァイクは小さな鼻に皺を寄せた。「どうせならオーストラリアに行きたいな。ニューヨークでは、会う人みんなにオーストリア人にまちがえられたんだから、信じられる？ 私がオーストリアから来ましたって言うと、誰もが〝あら、すてき！ カンガルーってかわいいよね！〟って。だからもう、そう思わせておくことにした。あなたの国の人たちは、私たちよりずっと受けがいいの。オーストラリア人は気さくで明るくて、オーストリア人は旧世界の堅苦しい人間、みんなそう思ってるのよ。ねえ、やっぱり私はオーストラリアに行くべきかしら？」私は彼女をがっかりさせたくなかった。だから、オーストラリアの文献の主任学芸員で、彼女ほど気さくな人には会ったことがないとは言わなかった。

部屋の中央のテーブルに昔の書類の箱が載っていた。ツヴァイクはカッターで封を切った。「うまくいくといいわね。何か必要なものがあったら言ってね。それから、ヴェルナーに私からの愛をこめたキスを贈っておいて」ツヴァイクはドアを閉めた。しばらくのあいだ、廊下を遠ざかるヒールの音が響いていた。

箱のなかにはファイルが三つ入っていた。百年間それに目を通した者はいなさそうだった。ファイルにはすべて、博物館の印と、K・u・K――皇帝および国王《カイザーリッヒ・ウント・ケーニクリッヒ》の略――が押印されていた。ハプスブルク家はオーストリアで〝皇帝〟の称号を、ハンガリーで〝国王〟の称号を持っていたのだ。私はひとつ目のファイルに息を吹きかけて埃を払った。中身は書類が二通だけで、どちらもボスニア語だった。そのうちの一通はコーヘンなる人物から博物館へ渡された領収書の写しだった。ふたつ目のファイルには美しい筆跡の手紙が入っていた。幸運にも手紙には英訳が添えてあった。客員研究員のために訳されたのだろう。私は英訳のほうにざっと目を通した。

手紙を書いた人物は自身を教師だと説明していた。なるほど、だから読みやすい文字なのだ。その人物はサラエボのマルダルでヘブライ語を教えていると書いていた。翻訳者の注釈によれば、マルダルとはセファルディ系（スペイン、ポルトガル、北アフリカ系のユダヤ人）のユダヤ人が運営する小学校を指すとのことだった。さらに手紙はこう続いていた。〝私の教え子であるコーヘン家の息子が、私のところへこのハガダーを持ってきた。最近、コーヘン家では稼ぎ手を失い、この本を売って何がしかの金を得て、切迫した家計の足しにしようと考え……その本の価値について私に意見を求め……。私はこれまで数多くのハガダーを見てきた。なかにはかなり古いものもあったが、こんなふうに挿絵が描かれたものは見たことがなく……。さらに詳しいことを訊こうと一家を訪ねたが、そのハガダーが何年ものあいだコーヘン家にあったということ以外に有益な情報はほとんど得られなかった。その家の寡婦が亡き夫の話として語ったところによれば、その本は祖父が過越《すぎこ》しの祭のセデルの際に使っていたもので、十八世紀半ばにサラエボに持ちこまれたらしいとのことだった……寡婦が語り、さらに、私自身も確認したが、コーヘン家の祖父はイタリアで修行を積んだカントル（ユダヤ教礼拝の先唱者）だった……〟

私は椅子の背にもたれた。イタリア。一六〇九年のヴェネチアでヴィストリニという人物がハガダーに記した〝私によって精査された〟という一文。コーヘン家の祖父はヴェネチアで修行したのだろうか？　ヴェネチアのユダヤ社会はボスニアのそれより大きく、栄えていた。さらには、その街では昔から音楽も盛んだった。コーヘン家の祖父はヴェネチアでハガダーを手に入れたのだろうか？

教養があって、国際感覚を持った家長のいる家族が、セデルのテーブルを囲んでいる場面が頭に浮かんだ。少年から大人になろうとしている息子は、やがて父がこの世を去ると、テーブルの上座に坐る。そして、父親になった彼自身に、おそらくふいに死が訪れて、家族は切迫した状況に陥る。残された寡婦のことを思って私は悲しくなった。女手ひとつで何人もの子供を養わなければならなかったのだろう。さらには、その子供たちの子供たちが非業《ひごう》の死を遂げたことに気づいて——第二次世界大戦後のサラエボにはコーヘンという名のユダヤ人はひとりもいなかった——もっと悲しくなった。

一七〇〇年代のアドリア海沿岸のユダヤ社会の交流について調べること。そう頭のなかにメモした。イタリアにはボスニア人のカントルが留学できたイェシバ（ラビ養成の神学校）があったにちがいない。ハガダーがどうやってサラエボにたどり着いたのか、事実に即した仮説が立てられると思うとわくわくした。

とはいえ、資料には留め金に関する記述はなく、私はそのファイルを下ろすと、次のファイルに手を伸ばした。オックスフォード大学のボドリーアン図書館に勤める近東の写本の専門家であるハーマン・ロスチャイルドは、残念ながら、件《くだん》のヘブライ語の教師よりはるかに読みづらい字を書いていた。ロスチャイルドの文字がびっしりと並ぶ十ページの報告書は、私にとってボスニア語の書類と同じぐらい解読しにくかった。だが、まもなくそこにも装丁に関する記述はないとわかった。ロスチャイルドはハガダーの挿絵にいたく感動して、報告書はむしろ美術史の論文のようだった。中世のキリスト教絵画と関連づけて、ハガダーの細密画を芸術的に評価していた。私は知的で美しい表現が並ぶ報告書に目を通して、自分の報告書に使えそうな文をいくつかメモした。とはいえ、留め金に関することはいっさいなかったので、私はロスチャイルドの報告書を下ろして、目をこすった。あとは、フランスの専門家がロスチャイルドより広い視野を持っているのを祈るしかなかった。

M・マーテルの報告書は、イギリス人の専門家が書いたものとは対照的だった。単刀直入で無駄がなく、あくまで実務的だった。ページを繰りながら、あくびが出た。各折丁《クワイア》と各一葉《フォリオ》について列挙しただけのよくある退屈な論文。とはいえ、それも最後のページを見るまでだった。とたんに、あくびが引っこんだ。マーテルは技術用語を駆使して、こすれや、染み、擦《す》りきれてぼろぼろになった子山羊《こやぎ》革の装丁の損傷について記述していた。麻糸が抜けるか切れるかして、大半の折丁が装丁と離れてしまっていると書いていた。それでいて、幸運にも、そして驚くべきことに、失われたページはないと。

短い文がいくつか棒線で消されていた。私はマーテルが考え直してどんな記述を削除したのか突き止めようと、デスクライトを下げた。けれど、うまくいかなかった。ページをめくってみた。予想どおり、裏から見ると、強い筆圧のおかげで、棒線で消された文の一部がどうにかわかった。読みとった文字を頭のなかで並べ替えるのに何分もかかった。不完全なフランス語を、しかもさかさまに読むのだから簡単にはいかなかった。それでも最後には、おおよその意味をつかむと、その部分が削除された理由がわかった。

〝機能しない酸化した銀の留め金、一対。磨耗《まもう》した留め金と受け口。希釈した炭酸水素ナトリウムで汚れを落とすと、翼に包まれた花の図柄が現われた。裏から打ちだして刻んだ模様。純分検証刻印なし〟一八九四年のこの博物館で、M・マーテルがやわらかな布と小さなブラシで真っ黒になった古い金属を拭うと、やがて、銀がかつての輝きを取り戻した。その瞬間、あくまで冷静な学者もわれを忘れた。

〝留め金は〟とマーテルは書いていた。〝目を見張るほど美しい〟

翼と薔薇《ばら》　一八九四年　ウィーン

ウィーンは世界没落の実験場である。

——カール・クラウス

「グロッグニッツのオペレーター嬢、すばらしい午後をお過ごしになることをお祈りいたします。また、これまでのところ満ちたりた一日を過ごされていることと存じます。この回線のこちら側より、ヘル・ドクトル・フランツ・ヒルシュフェルトがよろしくと申しております。この回線をつなぐあなたの手に心からの感謝のキスを捧《ささ》げるとのことです」

「そちらこそ麗しい午後を過ごされますように、ウィーンの敬愛するオペレーター嬢。お気遣いありがとうございます。私からも心よりの祝福のことばを差しあげます。私の一日がすばらしいものでありますようにというご親切なおことばをいただけて光栄です。こちらも同様に、あなたと先方の方が爽やかな夏の好天を楽しんでいらっしゃることをお祈りいたします。当方のふつつかな代理人として、不遜ながらお伝えいたします。男爵閣下はあなたのご多幸をお祈りする機会を楽しみにしていらっしゃいます……」

フランツ・ヒルシュフェルトは受話器を耳から離して、鉛筆で机を叩《たた》いた。長たらしい儀礼的な挨拶で時間を無駄にされるのが我慢ならなかった。ヒルシュフェルトの頭のなかにあることばは、いま耳にしているような丁寧なものではなかった。話を遮って、ふたりのオペレーターに言ってやりたかった——口を閉じて、さっさと回線をつなげと。鉛筆で机のニッケルの角をさらに強く叩くと、鉛筆がポキリと折れて、診察室のなかを飛んでいき、白いシーツのかかった診察台の上に落ちた。このふたりのオペレーターは、市外電話が最長でも十分しかつながらないのを知らないのか？　相手につながるまえに十分が過ぎてしまいそうだ、そんなふうに思えることもしょっちゅうだった。だが前回、オペレーターにつっけんどんな態度を取ったときに回線をぷつんと切られてしまったので、いまは口をつぐんでいるしかなかった。

それもまた小さな苛立ちのひとつだった。洗濯女に糊を利かせすぎないように指示したにもかかわらず、硬すぎるシャツの襟が首にこすれるような。この街はそんな些細《ささい》な苛立ちに満ちている。首を締めつけるファッションのようなちょっとした苦痛の連続だ。つねに腹を立てていなければならないのが腹立たしくてならなかった。ヒルシュフェルトは三十六歳。かわいいふたりの子供の父親で、愛する妻がいて、たっぷりと楽しませてくれる秘密の情婦が途切れたことはなかった。仕事は順調で、金もある。それに、まちがいなく世界でもっともすばらしい街のひとつウィーンの住人でもあった。

オペレーターが長い電話線を通じて飽きもせずにお世辞を並べているのを聞きながら、ヒルシュフェルトは机から目を上げた。この街は中世の要塞の壁を壊して、そこに美しい曲線を描く環状道路リングシュトラーセを造るほどの自信をつけた。産業化の波に乗じて実用主義になったのだ。その地平線は繁栄という靄《もや》でつねに霞《かす》んでいた。

それがヒルシュフェルトの街だった。チロル・アルプスからボヘミアの大山塊《マッシーフ》を経《へ》て広大なハンガリーの平原を横切り、ダルマティアの海岸とウクライナの遙かなる黄金の大地へと広がる帝国の壮麗な首都だ。高位の知識人と新進気鋭の芸術家を魅了してやまない文化の中心。ついゆうべも、妻のアンナに誘われて、マーラーという男の最新のとてつもなく奇妙な音楽を聴きにいったばかりだった。たしか、マーラーはボヘミアかどこかの出身ではなかったか？　さらには、ちらりと立ち寄ったクリムトの展覧会——なんともはや、呆《あき》れるほど珍妙だった。あれが芸術の自由というものなのか……いずれにしても、その画家は女の体の構造について突拍子もない概念を持っていた。

ウィーンでは変化しないものはないかに思える。いや、この街で生まれた偉大なワルツのほとばしるエネルギーで、街そのものが脈打っている。それでも……。

それでも、七世紀におよぶハプスブルク王朝による統治は、帝国の首都の表面を過剰なほどの壮麗さで固めた。何層もの漆喰《しっくい》で塗りこめて、分厚いクリームのなかに埋もれさせ、渦巻く金モールの重みでたわませた。なんと清掃人まで肩章をつけているのだ！　そうして、川の流れのように——いや、瀑布《ばくふ》のようにと言うべきか——延々と続くとりすました儀礼的な挨拶によって感覚を麻痺《まひ》させているとは。

「……ヘル・ドクトル・ヒルシュフェルトのために回線をおつなぎしてもよろしければ、男爵閣下も心からお喜びになられることでしょう……」

ああ、まちがいなくお喜びになるだろうよ、とヒルシュフェルトは思った。少なくともそれだけはオペレーターの言うとおりだった。男爵は天にも昇るほど喜ぶにちがいない。不幸にも炎症性の腫れ物ができたが、それが猛威をふるっている梅毒のせいではないと知ったらさぞ喜ぶだろう。かぎりなく毒に近い水銀を服用する必要もなければ、恐ろしい病原菌を死滅させるだけの高熱が出るようにマラリア病棟に出向く必要もないのだから。いくらかの運が味方して、男爵はいまのところ夫人に愚かな罪を告白していなかった。涙もろい妻だけを連れて山の別邸に行くように男爵に助言したのはヒルシュフェルトだった。その間に、男爵の情婦を診察するからと言って。

実際に会ってみれば、男爵の愛人は無垢《むく》な若い女で、すこぶる健康で、その話はヒルシュフェルトの鋭く厳しい質問にも齟齬《そご》をきたさなかった。若い女は少し泣き、そのせいで矢車《やぐるま》草《そう》色の目を赤くして、診察室を出ていったばかりだった。ああいう若い女はいつだって少し泣くものだ。絶望して病気になり、安堵《あんど》して健康を取り戻す。だが、あの娘が流した涙は屈辱によるものだった。診察台のシーツには若い女の細い体の跡がついていた。ヒルシュフェルトが脚を広げるように言ったとき、若い女の顔は蒼白《そうはく》で、体は小さく震えていた。あれは玄人《くろうと》の情婦ではなかった。ヒルシュフェルトにも女の感じている屈辱が伝わってきて、細やかに気を配りながら診察した。患者の性生活を詳しく聞く際には、真実を引きだすために脅さなければならないこともある。だが、そんなことをするまでもなく、あの繊細な娘はわずかな男性遍歴を自らすすんで話した。最初の相手は著述を生業《なりわい》にする紳士で、偶然にもその紳士をヒルシュフェルトは診たことがあり、医者も羨むほどの健康体と診断したのだった。

その紳士とのごく短いつきあいを経て、女は男爵の愛人になったのだった。

ヒルシュフェルトは自身の個人的な日記に若い女の住所を書きつけた。職権乱用だと非難されないだけの間を置いて、あの女と会ってみるのもいいだろう。この街では、それよりずっと悪質なことをする者もいるのだから。

オペレーターの鳥のさえずりのようなおしゃべりに代わって、ようやく男爵の低くぶっきらぼうなバリトンが電話線を通して聞こえてきた。それでも、ヒルシュフェルトはことばに気をつけるのを忘れなかった。オペレーターは悪名高い盗み聞きの名手なのだ。

「男爵、こんにちは。実は、できるだけ早くお伝えしたほうがいいと思いましてね。調べていたあの植物ですが、ご心配なさっていたような被害を及ぼす雑草ではなさそうです」

回線の向こうで、男爵が大きく息を吐いた。

「ヒルシュフェルト、ありがとう。これほど早く知らせてくれるとは恩に着るよ。これでひと安心だ」

「いいんですよ、閣下。とはいえ、あの植物は手入れが必要です」腫れ物を切開しなければならないという意味だ。「というわけで、また相談しましょう」

「街に戻ったら、すぐに会いにいく。きみの思慮深さにはいつも感謝しているよ」

ヒルシュフェルトは受話器を置いた。思慮深さ――患者はそれに金を払っているのだ。手のひらの発疹を子山羊革の手袋で隠している貴族にしろ、ゆったりしたズボンのなかで疼《うず》くただれに怯《おび》えているそれなりの地位にあるブルジョアにしろ。そういった人の多くが、自宅の居間をユダヤ人に汚されたくないと思っているのを、ヒルシュフェルトはよく心得ていた。あるいは、一杯のコーヒーさえユダヤ人とは飲まないようにしているのを。それでいて、秘所の処置に関してはユダヤ人の医師に全幅の信頼を置いて、秘密の性生活を打ち明けるのだ。ヒルシュフェルトは〝人には言えない病気〟にかかった患者のために、〝個別の〟待合室があることを売り物にしたこの街で最初の医者だった。とはいえ、それも診療所を開いた当時の話だ。そういうことをわざわざ謳《うた》いあげる必要がなくなってから、もう何年も経っていた。

思慮深さ。この街ではそれは大きな売りになる。スキャンダルと噂話が社会を動かす燃料となっている、世界屈指の肉欲の街では。ここでは噂話にはこと欠かない。この国の皇太子が愛人とともにマイヤーリンクの狩猟の館《やかた》で自殺したのはもう六年もまえのことだが、その悲劇、あるいは茶番劇——ロマンティストか皮肉屋かによってそれが決まる——にまつわる新たな噂はいまだに絶えなかった。もちろん、王室は噂の揉み消しに躍起だが、それも、かえって人々の興味をかきたてただけだった。揉み消そうとすればするほど、炎が大きくなるのは毎度のことだ。ハプスブルク家は、マリー・ヴェッツェラが四十時間前に死んだという事実を隠して、死体の背中に箒《ほうき》の柄を突っこんで真夜中に館から運びだすだけの力は持っていたらしい。だが、オーストリアの新聞からマリーの名を削除することに全力を注いでいるあいだに、外国の新聞が密《ひそ》かに国境を越えて、ウィーンのタクシーのシートの下にもぐりこむのを阻止できなかった。タクシー運転手が法外な金額をふっかけて、新聞を噂好きの客に売ることまでは止められなかった。

王室づきの医師のもとで修業したヒルシュフェルトは、自殺したルドルフ皇太子を知っていた。実際、皇太子のことが好きだった。ふたりは同い年で、同じく自由主義を尊重していた。顔を合わせたのは数回だけだが、ヒルシュフェルトは皇太子の苦しみを理解した。儀礼的なものでしかなかった自身の役割にどれほど苛立っていたかを。皇太子であるルドルフには、ひとりの大人の男としての人生はなかった。国事に口を出すのは許されず、晩餐会や舞踏会の正装した操り人形でいることだけを要求された。近づこうとするたびにゆらりと揺れてするりと逃げていく運命に身を任せるしかなかった。それでも、ヒルシュフェルトは滑稽《こっけい》な心中を許せなかった。聖座を放棄して一修道士になり、地獄での最下層を運命づけられたローマ教皇について、ダンテはなんと書いていたか？　世のために善行を積む偉大な機会に背を向ける者は罰せられるなり、とかなんとか……。そしてまた、皇太子の衝撃的な死以降、ウィーンは少しずつ衰退していた。どんなふうにとははっきり言えないが、衰退の雰囲気が漂っていた。ハプスブルク家のウィーンの宮殿から国民を見つめていた自由を重んじる人物が消えたことで、年々、ユダヤ人を食いものにする連中がのさばるようになっていた。

たったひとつの自殺——正確には、ふたりの人間の自殺——によって、ウィーンという街全体に不穏な空気が立ちこめるとは誰が予測しただろう？　ウィーン市民——物事をドラマティックにとらえる節のある者たち——は皇太子の心中を華々しい人生の幕引きだと考えた。たとえば、花嫁衣裳《いしょう》に身を包んだ若い女が疾走する汽車から身を投げたかのような。あるいは、サーカスの軽業師が曲芸のさいちゅうに手にしたポールを放り投げて、綱渡りの綱から死のダイブをしたかのような。観客は拍手喝采をする。なぜなら、軽業師の気迫のこもった跳躍を曲芸の一部だと思いこんでいるから。そうして、軽業師の無残にひしゃげた体の下に血溜《ちだ》まりが広がってようやく、喝采が息を呑《の》む音に変わり、女たちは顔をそむけるのだ。ヨーロッパでもっとも高いこの街の自殺率を、その男がさらに少し引き上げたことに気づいて。自殺と性病。そのふたつが何よりもウィーンの住人の命を奪っていた。高貴な生まれの者だろうと、社会の最下層に生まれた者だろうとそれは変わらなかった。

ヒルシュフェルトは男爵のカルテを書き終えると、秘書に次の患者を診察室に入れるように告げてから、日誌に目をやった。ああ、なるほど、次は装丁師のミトル——哀れな男だ。

「ヘル・ドクトル、ヒルシュフェルト大尉がいらっしゃってます。さきにお通ししますか？」

ヒルシュフェルトは苛立って、ほとんど聞きとれないほど小さな声で唸《うな》った。なぜ、ダヴィドは診療所にまで押しかけてくるのか？　患者同士が顔を合わさないように配慮された待合室に、無断で足を踏み入れないだけの気遣いが、自己中心的な弟にあればと願わずにいられなかった。ミトルは神経質で信じられないほど几帳面《きちょうめん》な小男で、遠い昔に若気の至りでしでかした一瞬の過ちに高い代償を払わされていた。患った病を心から恥じていたせいで、回復の見込みがある初期段階での治療を受けなかったのだ。そんなミトルは誰よりも、ホッホ・ウント・ドイチェマイスター連隊の士官と顔を合わせることに屈辱を感じるはずだった。

「いや、大尉には挨拶して、待つように言ってくれ。ヘル・ミトルはきちんと予約しているんだから、そっちが優先だ」

「それはそうですが、ヘル・ドクトル……」

「なんだ？」ヒルシュフェルトは襟の内側を指でこすった。やけに襟に糊が利いていた。

「大尉は出血されてます」

「なんてこった。大尉を診察室に入れてくれ」

背はヒルシュフェルトより一フィート高く、年は十三も若い腹ちがいの弟が、傷ついた頬に血の染みた布をあてて、大股で診察室に入ってきた。それを見て、ヒルシュフェルトはいかにも弟らしいと思った。金色の立派なひげに真っ赤な血の滴が光っていた。

「ダヴィド、いったい今度は何事だ？　また決闘か？　おまえももう若くないんだぞ。まったく、なんだってそうすぐに前後の見境がつかなくなるのか……。今度の相手は誰だ？」

机に向かっていたヒルシュフェルトは立ちあがると、弟を診察台に連れていこうとして、看護師にシーツを交換させなかったのを思いだした。思いやりより安全を優先させなければ。そう考えて、窓のそばの椅子に弟を坐らせると、血の染みた布——破れた上質のネクタイ——を傷からそっと離した。

「ダヴィド」非難の気持ちをこめて低い声で言うと、ヒルシュフェルトは弟の右眉のすぐ上の白い三日月形の古傷に触れた。「決闘の傷痕がひとつだけなら、私も大目に見よう。おまえの仲間内では、むしろそのぐらいの傷は勲章と見なされるのかもしれない。だが、ふたつとなるとそうはいかない。決闘でできた傷がふたつとはやりすぎだ」傷をアルコール消毒すると、弟が顔をしかめた。この傷も痕になりそうだった。決闘用の長剣による傷は小さいが、深いのだ。とはいえ、縫う必要はなく、傷口をテープで留めて、しっかり包帯を巻いておけばやがてふさがるはずだった。だが、見栄っ張りの弟が包帯を巻いておくだろうか？　まず無理だ。ヒルシュフェルトはうしろを向くと、縫合道具に手を伸ばした。

「さあ、言ってみろ。相手は誰なんだ？」

「兄貴の知らないやつだよ」

「それはどうかな？　案外、私も知ってるやつかもしれないぞ。梅毒は軍の階級になど敬意を払っちゃくれないからな」

「相手は軍人じゃない」

ヒルシュフェルトは光る縫合用の針の先端を傷の真上に構えて、手を止めると、弟の顔を自分のほうに向かせた。すがめたふたつの目──若い大尉の上等な上着と同じ濃い青色の目──が、ヒルシュフェルトを見返していた。

「一般人なのか？　まさか、おまえがそこまで落ちぶれたとは思わなかった。となると、今回はただじゃすまないかもしれない」

「そんなことはないさ。とにかく、名前をあんなふうに呼ばれて、我慢できるはずがない」

「名前？」

「とぼけるなよ、兄貴。一部の連中がユダヤ人の名をどんなふうに発音するか、兄貴だってよく知ってるだろう。間の抜けた喜劇のせりふみたいに、おかしな抑揚をつけるのを」

「ダヴィド、考えすぎだ。おまえはどうでもいいことを気にしすぎてる」

「その場にいなかったからそんなことが言えるんだ。兄貴だからって、このことじゃあおれを批判できないよ」

「ああ、たしかにその場にはいなかった。だが、似たような場面ならこれまでに何度も見たことがある」

「なるほど、おれが考えすぎだとしても、名前の件ではおれがまちがってるとしても、その次に起きたことがそうじゃないってことを証明してる。おれが呼び止めると、そいつは得意げに言ったんだ。〝人に謝れなんて言えた立場じゃないんだよ、おまえはユダヤ人なんだから〟って」

「どういう意味だ？」

「ヴァイトホーフェン決議のことに決まってるだろ」

「なんだって？」

「くそっ。ときどき不思議になるよ、いったい兄貴はどの街に住んでるんだって。この数週間、ウィーンじゅうのどのカフェも、その話で持ちきりだってのに。ドイツの愛国主義の党が過剰反応を起こしたんだよ。大学でも軍隊でも多くのユダヤ人が昇進して、力を持つようになってるからな。ユダヤ人にしてみれば、高まる反ユダヤ主義から身を守るためにそうせざるをえなかったわけだけど。とにかく、その決議によって、ユダヤ人は生まれたその日から人としての尊厳はないということになった。善と悪の区別もつかないんだとさ。人間以下の恥ずべき生きものなんだそうだ。ゆえに、どんなことをしてもユダヤ人を侮辱したことにはならず、どんなに侮辱されてもユダヤ人は名誉の回復を求められない」

フランツは長いため息をついた。「なんてこった」

「わかっただろ？」ダヴィドは声をあげて笑ったが、傷ついた頬が痛んで顔をしかめた。

「どんなに賢いおれの兄貴だって、そんなやつにはメスを突きたてるに決まってる」

皮肉なのは、フランツとちがってダヴィドはユダヤ教徒ではないことだった。フランツの母が肺病で亡くなって二年もしないうちに、父はバイエルン人のカトリック教徒に惚《ほ》れこんで、女を口説こうと、カトリックに改宗したのだった。そのふたりのあいだにできた息子ダヴィドは日曜日に焚《た》かれる香のにおいと、クリスマス用に切り倒されたモミの木のにおいを嗅ぎながら育ったのだ。バイエルン人とのハーフであるがゆえに、髪は金髪で目は青い。ウィーン軍の輝ける星であるダヴィドのユダヤ人的なものといえば、名前だけだった。

「それだけじゃない」

「ほかにもまだあるのか？」

「噂では、おれは〈シレジア〉に出入りできなくなるらしい」

「まさか！　そんな馬鹿なことがあるか。エリート養成の中等学校《ギムナジウム》時代から、おまえはずっと優秀な選手だった。そんな噂が立ったのは、今回の……無鉄砲な行ないのせいじゃないのか？」

「いいや、ちがう。〈シレジア〉にいる連中は、誰だって一度ぐらいは違法な決闘に関わったことがある。おれの場合は、バイエルン人の母ちゃん《ムティ》の清らかな血じゃ、父親の汚れた血を中和できないってことらしい」

フランツはかけることばが見つからなかった。万が一、そのフェンシング・クラブを追いだされたら、弟は荒れるにちがいない。それに、もっとも優秀な選手を失うクラブにとっても痛手なはずだ。もしダヴィドの言うとおりなら、弟が神経過敏になりすぎているわけではないなら、状況は思っていたよりはるかに悪いことになる。


その日の最後の患者が診察室に入ってきたが、ヒルシュフェルトは気持ちを集中できずにいた。「お待たせして申し訳ない、ヘル・ミトル、急患が入ったもので……」顔を上げると、ミトルの歩き方に目が留まった。それだけで、病状が悪化しているのがわかった。ミトルは股を広げてこわばった脚でぎこちなく歩くと、診察台の傍らで立ち止まって、手にした帽子を不安げに揉みしだいた。細い顔がさらにこけて、血の気が失せていた。シャツには染みがついていた。いつもならそれは考えられないことだった。ミトルはつねに身だしなみに気を遣っていたのだから。ヒルシュフェルトは穏やかに声をかけた。「お坐りください、ヘル・ミトル。具合はどうですか?」

「ありがとう、ヘル・ドクトル」ミトルは診察台にゆっくり腰かけた。「実はあまりよくないんですよ。いや、ちっともよくない」

病状はあらかた予想がついたが、ヒルシュフェルトは診察した。触診ではっきりとわかる関節の周囲のゴム腫、視力の減退、筋力の低下。

「まだ仕事をしてるんですか、ヘル・ミトル？　いまの状態では厳しいでしょう」

ミトルの目が悲しそうに光った。「そうだとしても、働かないわけにゃいかないから。ああ、働くしかない。それ以外に何ができます？　連中にどんなに邪険にされたってね。実入りのいい仕事は自分たちでやって、こっちにはカスみたいな仕事しかまわさなくたって――」

ミトルはあわてて口を閉じて、手で押さえた。「そうだった、ドクトルは――」

ヒルシュフェルトは気まずい雰囲気を和らげようと、すぐさま言った。「細かい仕事はどうしてるんです？　視力がだいぶ衰えてるようですが」

「針と糸を使う仕事は娘にやらせてますよ。頼りになるのは娘だけだ。ほかの弟子はどいつもこいつも結託して逆らってばかりいる。麻糸から何から何まで盗みやがって……」

ヒルシュフェルトはため息をついた。病状を考えれば、身体的な障害と同じように被害妄想も、第三期に入ったその病の典型的な症状だった。そうとう親切な依頼人がいるのだろう。ミトルが何かしらの仕事を得られているのが不思議なぐらいだった。

ミトルがふいに理性的な眼差しで見つめてきた。声は落ち着いて、いつもの高さに戻っていた。「少しずつ頭がおかしくなってるのはわかってるんですよ。ドクトルにももう何もできないんでしょう？」

ヒルシュフェルトは顔をそむけて、窓辺へ行った。患者にどこまで話すべきか迷った。ミトルはどこまで受け入れられるだろうか？　実験的な治療については、危険性と不確かな効果をきちんと理解できない患者には話したくなかった。同時に、あまりに荒っぽいその治療法に賭けるしかないのは、第三期あるいは末期の患者だけだ。第三期の患者であるミトルにこれといった治療をせずにいるのは、ただ衰えて、死を待つしかないと宣告するようなものだった。

「何もできないというわけでもない」ヒルシュフェルトは考えた末に言った。「知人の医師がベルリンで行なっている治療法があります。かなり有効な治療だが、辛《つら》く、激痛を伴い、残念ながら費用もそうとうかかる。一年間で約四十本の注射をしなければならないのでね。その医師が開発した薬は毒性のある砒素《ひそ》を用いたもので、それが体の健全な部分より病に冒された部分を強く攻撃して、その結果、しだいに治癒するということらしい。とはいえ、激しい副作用があって、当然のことながら、注射をした箇所が痛んで、胃の具合も悪くなる。だが、その医師は何人かの患者が劇的に回復したと発表しています。完治した者もいると。ただし、忘れないでください、その治療が誰に対しても効果があると結論づけるのは早すぎるというのが私の見解です」

ミトルの曇った目が好奇心で光った。「〝費用もそうとうかかる〟か……。ヘル・ドクトル、いくらぐらいですか?」

ヒルシュフェルトはため息をついて、金額を言った。ミトルは両手で頭を抱えた。「そんな金はとうてい払えない」ミトルはそう言うと、ヒルシュフェルトが困り果てるのもかまわずに、子供のようにめそめそと泣きだした。

完治の見込みのない患者で一日を締めくくるのがヒルシュフェルトは好きではなかった。暗い気分で診療所を出るのがいやだった。愛人の家に寄るつもりだったが、その家がある通りの曲がり角に着いたところで、気が変わって、通りには入らずに歩きつづけた。それはミトルのせいだけではなかった。ロザリンドとの関係はすでに十ヵ月になり、彼女の大きな尻――豊満な体――にも飽きがきていた。そろそろ潮時だろう。ほかの女を見つけるころかもしれない……。そう思ったとたんに、意外にも、矢車草色の目をして、細い体を震わせていた若い女のことが頭に浮かんだ。男爵はあとどれぐらいであの女に飽きるだろうか？　ぼんやりそんなことを思った。そう長くはかからないといいのだが……。

晩夏の夕刻で、沈みかけた太陽の斜めに射す光が、新築のアパートメントの柱の上に並ぶ冷たい石膏《せっこう》の裸婦像を温めていた。誰がこんなにけばけばしいアパートメントを買うのか？　ヒルシュフェルトは不思議だった。ハプスブルク家の宮殿であるホーフブルクに少しでも近づきたがっている新興資本家たちだろうか。そういう者が願えるのは、せいぜい近づくことぐらいだ。どれほど金持ちになっても、貴族には決してなれないのだから。

暖かい夜で、通りには多くの人が出ていた。ヒルシュフェルトはその多様性に安堵した。ひと組の家族が歩いていた。顔をベールで隠した妻とフェズをかぶった夫。自国を支配する帝国の中心を見物しに、はるばるボスニアからやってきたのだろう。ボヘミアから流れてきた女もいた。尻を振って歩くたびに、スカートの裾に縫いつけた小さな飾りがチャリチャリ鳴った。赤い頰の少年を肩車しているウクライナの農民もいた。ドイツの愛国主義者が外国からの影響をいっさい排除した街を創りあげるつもりなら、ユダヤ人に取りかかるまえに、まずは明らかに外国人だとわかるこういった人々を追いださなければならない。ダヴィドのようにこの国にすっかり同化した者を相手にするのではなく。それでも、頭のなかで響く小さな声はやまなかった。ボスニア人やウクライナ人は芸術界や金融界で高い地位にない。ひと握りの色とりどりの旅行者たち――そういう人々になら、ドイツの愛国主義者も好感を持つかもしれない。都市を美しく彩る一要素として。彼らが好まないのは、オーストリアのあらゆる分野でぬきんでているユダヤ人の存在だ。最近は軍隊でも高い地位を得ているのだから。

かつて、ヒルシュフェルトはリングシュトラーセの歩道に根づきはじめたライムやエジプトイチジクの若木をよく眺めたものだった。それがいまや成長して、足元に細い縞模様の影を投げていた。いずれ、大きな木陰を作ることだろう。そうして、ヒルシュフェルトの子供たちがその恩恵に与《あずか》るはずだった。

家へ帰ろう、とヒルシュフェルトは思った。そう、子供たちのところへ。それが自分のすべきことだ。家族でプラーター公園を散歩しようと妻を誘ってみよう。ダヴィドのことを話せば、この不安な気持ちを妻は理解するにちがいない。ところが、ヒルシュフェルトが家に帰ると、妻はいなかった。子供たちもいなかった。フラウ《ミセス》・ヒルシュフェルトはヘルツルの家に行っているとメイドは言った。子供たちは乳母に連れられて外の風にあたりに公園に出かけたとのことだった。フランツは苛立った。もちろん、腹を立てるのは理屈に合わないのはわかっていた。いつもなら、このぐらいの時間にはまだ診療所を出られないと妻に言っているのだから。それでも、いまは妻にそばにいてほしかった。さらには、昔からなんでも自分の思いどおりにしてきたことから、そうなるのが当然だと思っていた。妻はあの退屈なヘルツルの妻と一緒にいて何が楽しいんだ？　それを言うなら、ヘルツルはあんな妻と一緒にいて何が楽しいんだ？　心のなかでそう問いかけながらも、ヒルシュフェルトにはその答えがわかっていた。

ヘルツル夫人の美しい金髪と派手なマニキュアは、夫であるテオドールの黒っぽい髪とラビ風の厳粛な顔とは対照的だった。そんな妻の肩を抱いていると、いつもよりテオドールのユダヤ人的な雰囲気が薄れて、それが著述を生業とする友人にとって重要な点になりつつあるらしい。だが、ヘルツル夫人自身に関しては語るべきことはほとんどない。流行のものだけでできあがっている、それがヘルツル夫人なのだから。思慮深く教養のある自分の妻がそんな女に惹《ひ》かれるはずがなかった。妻が自宅にいるのを夫が望んでいるときに、妻のアンナが無意味な友情に無駄な時間を費やしていると思うと、また腹が立ってきた。ヒルシュフェルトは寝室に入ると、硬い襟のシャツを脱ぎ捨てて、自宅用の上着を着た。それでずいぶん楽になった。首の凝りをほぐそうと、頭を左右に傾けた。客間に入って、強い酒を持ってこさせると、その日の新聞を目のまえに広げて読みはじめた。

玄関のドアから家に入ったとき、アンナは夫に気づかなかった。うつむいて、帽子を留めているピンをはずすことに夢中だったからだ。そうして、大きな麦藁帽子を脱ぎながら、玄関の間にある鏡を見た。いっぽう、ヒルシュフェルトのほうは鏡に映る妻の顔が見えた。アンナは帽子を脱いだときにほつれた巻き毛に指を絡ませながら、何かおもしろい話を思いだしたかのように微笑《ほほえ》んだ。ヒルシュフェルトは静かにグラスを置くと、背後から妻に歩み寄り、ひと束の巻き毛をそっと手に取って、妻の首筋に手の甲を滑らせた。アンナが驚いて身震いした。

「フランツ！　驚かせないでちょうだい」振り向いて、夫を見たアンナの顔は赤くなっていた。だが、ヒルシュフェルトに想像すらしていなかった不愉快な疑念を抱かせたのは、妻のそんな態度だけではなかった。アンナが振り向くまえに、ドレスの背中に並ぶモスリンの小さなくるみボタンのひとつがかけちがえられているのに気づいたのだ。几帳面なメイドがそんなまちがいをするはずがなかった。些細なことが——ほんの小さなまちがいが、果てしなく大きな裏切りを物語っていた。

ヒルシュフェルトは両手を妻の頬にあてて、顔を見つめた。勘ちがいだろうか？　それとも、アンナの唇はほんとうにふっくらと腫れているのか？　とたんに、妻に触れているのが汚らわしく思えて、顔から手を離すと、ズボンのわきで両手をごしごしと拭った。不潔なものに触ってしまったかのように。

「ヘルツルなのか？」とヒルシュフェルトは搾りだすように言った。

「ヘルツル？」アンナの目が夫の顔を探った。「そうよ、フランツ、ヘルツル夫人に会いにいったの。でも、お留守だったから——」

「やめろ。嘘はつくな。私は長いこと、無防備なセックスや、妻を寝取られた夫や、自堕落な愛人をいやというほど見てきたんだぞ」ヒルシュフェルトは妻の唇に親指をあてた。唇が歯に食いこむほど強く押しあてた。「おまえはキスをした」妻の背中に手をまわすと、モスリンのドレスを思い切り引っぱった。繊細な布地のループからボタンが弾け飛んだ。「おまえは服を脱いだ」妻に詰め寄った。「男と寝た」

アンナは震えながら、一歩あとずさった。

「もう一度訊く。相手はヘルツルなのか？」

アンナの茶色の目に涙があふれた。「いいえ」か細い声だった。「ヘルツルじゃない。あなたの知らない人よ」

ヒルシュフェルトは気づくと、ほんの数時間前に弟に言ったことばを口にしていた。「案外、私も知ってるやつかもしれないぞ」頭にはいくつもの光景が浮かんでいた。男爵の発疹《はっしん》だらけのペニス、若い女の病に冒された陰唇から滲《にじ》みでる黄色い膿《うみ》、頭にまで異常をきたした哀れなミトルを蝕《むしば》む大きな腫瘍。苦しかった。新鮮な空気を吸いたかった。ヒルシュフェルトは妻に背を向けると、つかつかと玄関へ向かい、外に出て乱暴に扉を閉めた。

今夜はヒルシュフェルトは来ない――そう考えたロザリンドは演奏会に行こうと身支度を整えていた。ベーレンスドルフ・カルテットの第二バイオリン奏者はなかなかの美男子で、ゆうべ、個人の邸宅の客間で開かれた演奏会では、バイオリンの弓越しにずっとこっちを見ていた。やがて、演奏が終わると、そばにやってきて、明日の夜は〈ムジークフェライン〉で演奏すると教えてくれたのだった。耳のうしろに香水をつけて、レモン色の繊細な絹のドレスに小さなサファイアのブローチをつけようかどうしようか迷っていると、玄関でヒルシュフェルトの声がした。ロザリンドは苛立った。なぜ、いつもの時間に来なかったの？　ヒルシュフェルトが大股で部屋に入ってきた。身に着けた自宅用の上着にしろ、顔に浮かぶ表情にしろ、明らかに様子がおかしかった。

「フランツ！　どうしたの！　まさか、そんな格好で外を歩いてきたんじゃないわよね？」

ヒルシュフェルトは答えずに、じれったそうにボタンをはずすと、上着をベッドに放り投げた。そうして、ロザリンドに歩み寄ると、ドレスを肩からはずして、この数ヵ月間で初めて愛人の体に貪《むさぼ》るように口づけた。

それに続くひとりよがりのセックスを、ロザリンドは積極的に応じるというより、甘んじて受け入れた。それがすむと、肘をついて体を起こして、ヒルシュフェルトを見つめた。

「どういうことなのか話して」

「べつになんでもないさ」

ロザリンドはしばらく待ったが、ヒルシュフェルトが何も言わないと、立ちあがって、床に落ちたドレスを拾い、〈ムジークフェライン〉に行くためにまた身支度を始めた。いそげば最初の休憩までには着けるかもしれない。

「出かけるのか？」ヒルシュフェルトが傷ついたように言った。

「ええ、あなたがそんなふうに石みたいな顔をして、寝そべってるつもりなら、私は出かけるわ」ロザリンドはヒルシュフェルトを見た。無性に腹が立っていた。「フランツ、最後に一緒に出かけてからひと月が経つのに気づいてる？ 最後にプレゼントをくれてから。最後に私を笑わせてから。考えてみれば、私はそろそろ休みを取ったほうがいいかもしれない。バーデンの温泉にでも行って」

「ロザリンド、やめてくれ。いまはそんなことは言うなよ」ヒルシュフェルトは悔しかった。ふたりの関係をいつ終わらせるか決めるのはロザリンドではなく自分のはずだった。

　ロザリンドはブローチを手に取った。サファイアはレモン色のドレスに映えて、輝く瞳をさらに引きたてる。繊細な絹の布にブローチのピンを刺した。「だったら、あなたは私が留まる理由をはっきり示してくれなくちゃ」

　ロザリンドは立ちあがると、滑《なめ》らかな肩に軽いストールをふわりとかけて出ていった。


　夕刻の闇が下りるころ、フロリエン・ミトルはすらりと伸びたライムの幹に手をついて体を休めた。その間に、毛皮の帽子をかぶったハシド（一七五〇年ごろポーランドのユダヤ教徒に起こった神秘主義的信仰復興運動のメンバー）がシナゴーグからぞろぞろと現われて、彼らが話す片言のイディッシュ語が通りに響いた。ミトルの脚はあまりにも頼りなく、人波に逆らって進むのは危険だった。ゆえに、一団が去るまで待たなければならなかった。ミトルが育ったオーストリア北部の町では、キリスト教徒のために道をあけるのはユダヤ教徒と決まっていて、ゆえに、ミトルが道を歩けば、ユダヤ教徒はわきで待っていたものだった。ウィーンはあまりに自由だ。それはもう忌々しいほどに。この街のユダヤ人は己の身分を忘れている。これからますますそうなるのだろうか？今日は土曜日ではなかった。きっとユダヤ教の祭か何かだったのだろう。あれほど大勢のユダヤ人が、あれほどきちんとした身なりで集まったのだから。

もしかしたら、再装丁を任された本に書かれている祭かもしれない。とはいえ、よくわからなかった。それに、そんなことはどうでもよかった。たとえユダヤの本であっても、仕事がもらえたのが嬉しかった。田舎の博物館の片隅にしまいこまれるはずのユダヤの本の仕事をまわしてよこすとは、いかにも連中のやりそうなことだった。かつては帝国の至宝とも言える所蔵品を手がけた装丁師だというのに。ああ、そうだ、上等な詩篇集や、何よりも美しい時禱書《じとうしょ》をいくつも装丁した。とはいえ、博物館から仕事を任されたのは実に数ヵ月ぶりで、いまさら過去の栄光にすがっていてもどうしようもなかった。とにかく、頼まれた仕事に全力を尽くすだけだ。新たな装丁に使う板は用意してあった。切りそろえて、留め金のための溝をつけておいた。あの留め金から判断して、かつてあの本は、それはもうすばらしい装丁がされていたにちがいない。帝国の所蔵品にも負けないほど、手のこんだ留め金なのだから。つまりは、四百年前にも金持ちのユダヤ人がいたわけだ。連中は昔から金の稼ぎ方を知っていたということだ。なのに、自分はなぜそれを知らない？ 装丁をあの本が作られた当時の状態に戻す――それがミトルに課せられた課題だった。そうして、博物館の館長を驚かせるのだ。腕が錆《さ》びついていないことを証明する。そうすれば、もっと仕事がもらえる。なんとしても仕事をもらわなければならないのだ。ユダヤ人の医者が言っていた治療を受けられるだけの金を稼がなければ……。いや、あの治療代は嘘なのかもしれない。ユダヤ人が相手ならあんな法外な金額をふっかけるわけがない、ああ、そうに決まっている。まったく、吸血鬼みたいな連中だ。キリスト教徒の血を吸ってまるまると太った吸血鬼だ。
激痛に堪えながら、ミトルは通りを歩きだした。角を曲がって広場に入るのが怖かった。ミトルにとって、小さな広場はいまやサハラ砂漠並みの不毛の地で、そこを横断するにはかなりの困難が伴うはずだ。広場に入ると、縁沿いを歩いた。建物の壁際を決して離れなかった。突風が吹いて転びそうになったときにつかめるものが傍らにあることに感謝した。そうして、ようやく自宅のあるアパートメントにたどり着いた。渾身《こんしん》の力をこめて重い扉を開けると、疲れ果てて、階段の下の柱に寄りかかった。たっぷり休んで息を整えて、気力をかき集めてから、ゆっくり階段を上りはじめた。階段は恐ろしかった。階段から転げ落ちて死んでいる自分の姿が目に浮かぶからだ。頭がぱっくり割れて、脚が折れて奇妙にねじれた姿が。だから、手すりをしっかり握って、アルプスの登山家のように手をついては体を引きあげながら上っていった。

　家のなかは暗く、不快なにおいがした。汚れた服や腐りかけの肉のにおいが、嗅ぎなれた革と陶砂《どうさ》（絵の具などの滲み止めとするために紙などに塗る、ニカワとミョウバンを溶かした水）のにおいに勝ろうとしていた。ミトルはひとつきりのガスランプ――その燃料代を捻出するだけで精いっぱいだった――を灯《とも》すと、数日前に娘が置いていった薄切りの羊肉の包みを開いた。どうして、あの子は父をこれほどないがしろにするのか？　父にとっては娘がすべてだというのに。あの子の母が……リーゼがいなくなってからは……。

リーゼのことを考えると、後悔の念が押し寄せてきた。結婚の贈り物としてリーゼに渡したもの。それが何か娘は知っているのだろうか？　娘がそれを知っていると考えただけで、堪えられなかった。だが、知っているからこそ娘はあんなに冷たいのだろう。だから、父に対して、娘としての最低限の義務しか果たさないのだ。娘に愛想をつかされているのはまちがいない。それはそうだろう、自分自身も自分に愛想をつかしているのだから。この肉と同じだ。腐っている。芯まですっかり腐っている。目のまえにある羊肉は緑色がかって、触ると粘ついた。それでもミトルはそれを食べた。ほかに食べるものがなかったから。

そうして、仕事に取りかかることにした。ぼろ布で手を拭ってから、作業台に向かった。そこではひどく傷んだ装丁の本が処置を待っていた。誰かがその本を装丁してから、何年、いや、何百年も経っていた。自分の能力を証明する絶好の機会だった。すばやくしあげて、連中を驚かせてやれ。そうすれば、また仕事がまわってくる。ああ、連中をあっと言わせるんだ。なんとしても、そうしなければならなかった。けれど、明かりは乏しく、おまけに、ひっきりなしに両腕が痛んだ。椅子に坐って、ランプを手元に引きよせた。ナイフを手に取ったが、すぐにもとの場所に戻した。何をするつもりだったのか？　まずは何から始める？　古い装丁をはずすのか？　折丁をばらばらにするのか、あるいは、大きさをそろえるのか？　いままで数えきれないほど、高価で稀少な本の再装丁を手がけてきた。それなのに、ふいに手順が思いだせなくなった。以前は、息を吸うように、何も考えなくとも自然に体が動いたのに。

うなだれて、両手に顔を埋めた。昨日はお茶の淹《い》れ方が思いだせなかった。あんなに簡単なことを。これまで生きてきてほぼ毎日、考えもせずに何度もしてきたことなのに。それなのに、昨日はそれが果てしなく長い階段のように目のまえに立ちふさがった。カップにお茶の葉を入れて、ティーポットに砂糖を入れて、おまけに、湯で火傷《やけど》をした。

あのユダヤ人の医者が例の治療法を試すしかないと決断してくれさえすれば。そのためにも、せめていまの頭と体の状態を保っていなければならなかった。金以外に医者に渡せるものが何かしらあるはずだ。いや、そんなものはない。ユダヤ人は金にしか興味がないのだから。何か売れるものがあるかもしれない。女房の結婚指輪……。だが、それは娘が持っている。指輪を渡せと言ったところで、娘が素直に応じるはずがなかった。そうでなくても、あんな指輪ではスズメの涙ほどの金にしかならない。たいした指輪ではないのだから。かわいそうなリーゼ、もっと上等なものがふさわしい女だったのに。天国へ逝ってしまったかわいそうなリーゼ。

不安なことばかりでは、冷静に考えられるはずがなかった。仕事ができるはずがない。もしかしたら、しばらく横になったほうがいいのかもしれない。そうすれば具合もよくなるだろう。すべてを思いだして、仕事を始められるにちがいない。

服を着たまま眠って、目を覚ましたときには、午前半ばの陽光が埃まみれの窓から部屋に射しこもうとしていた。横になったまま、ミトルは目をしばたたかせて、ぼんやりした頭のなかを整理しようとした。まずは本のことを、それから、前夜の恐ろしい出来事を思いだした。憶《おぼ》えていないことを思いだすとは……そのくせ、とらえどころのない事実が、やはりとらえどころのないまま頭のなかに残っているとは。一生の仕事として身につけた知識を忘れてしまう者がいるだろうか？　その知識はどこに行ったのか？　いまや、思考は病気という敵に領土を明け渡しながら撤退する軍隊のようだった。いや、撤退ではない。最近はそうではなかった。そう、敗走だ。ミトルは固くなった首をまわした。射しこんだ一条の陽光が作業台に黄色いリボンとなって横たわっていた。それが哀れなほどぼろぼろの状態でそこに置かれている本の装丁を照らした。次の瞬間、陽光を浴びて、磨かれたばかりの銀の留め金がきらりと光った。

ヒルシュフェルトは贖罪《しょくざい》の日の断食をしなかった。民族的な団結はもちろん大切だ。だから、本分を守ってシナゴーグへ行き、会釈する必要がある人々には会釈して、そこを辞する最初の機会を逃さずにシナゴーグをあとにしていた。だが、不健康な食習慣となれば話はべつだ。その手の慣習は遠い昔の原始的な迷信でしかないと考えていた。総じて、アンナも同意見だった。ところが、今年にかぎってアンナは断食して、長い昼のあいだこめかみを押さえながら家のなかを歩きまわっていた。脱水症による頭痛——それがヒルシュフェルトが無言で下した診断だった。

夕暮れどきに、子供たちはバルコニーに集まって、空に三番星が出るのを待った。それが断食の終わりを告げる合図だった。子供たちは午後のおやつを食べてからはいっさい食べ物を口にしていなかった。ごく短い断食だが、それでも宗教的な儀式を行なっている気分で、楽しくてしかたないらしい。何度か黄色い歓声があがり、何度か三番星を見誤って、ようやく銀の盆に並ぶおいしいもの――ケシの実のケーキと三日月形の甘いパン――を口に入れるのを許された。

ヒルシュフェルトはアンナの好物の小さな四角いトルテを皿に取って、銀の水差しから冷たい水をカットグラスのコップに注ぐと、妻のところへ持っていった。妻に対する怒りはあっというまに鎮まっていた。あまりにもすぐに怒りがおさまったことにヒルシュフェルト自身も驚いて、自分の寛容さ、成熟度、洗練された行動にほれぼれしたほどだった。それまで、自分をこれほど世知に長《た》けていると思ったことはなかった。妻の浮気が発覚した翌朝に自宅に戻ると、妻が後悔して泣きながら何度も謝ったことも、怒りが鎮《しず》まるのにひと役買ったのはまちがいなかった。さらに、奇妙なことに、妻がほかの男に誘惑されたという事実が、妻に対するヒルシュフェルト自身の情欲を再燃させた。甘いトルテがついた妻のなまめかしい唇に口づけながら、性欲とはなんと魅惑的なものかとヒルシュフェルトはつくづく思った。近所に住むあのフロイトという男ともう少し親しくしてみるのもいいかもしれない。フロイトの論文のいくつかは鋭い洞察に満ちていた。いまのヒルシュフェルトは、バーデンにいるロザリンドのことも、矢車草色の目をした若い娘のことも頭になかった。

「いや、これはどうだろう、ヘル・ミトル。いままで、こういうものを治療代代わりに受けとったことは……」

「お願いだ、ヘル・ドクトル。これは先祖代々ミトル家に伝わる聖書についてたものなんですよ。ほら、見て、ずいぶん上等でしょう……」

「たしかに、ヘル・ミトル。立派なものだ。銀細工の知識はないが、それでも、手のこんだ細工には誰もが目を見張るはず……まさにほんものの職人技だ……いや、芸術と言ってもいいほどだ」

「純銀ですよ、ヘル・ドクトル、メッキじゃない」

「ああ、わかってますよ、ヘル・ミトル。でも、そういうことではなくて、つまり、私は……私たち……ユダヤ人は普通、家には聖書を置かない。トーラはシナゴーグにあって、おまけに巻物だから……」

ミトルは顔をしかめた。この留め金はユダヤの本についていたものだと言いたかったが、それを言ったら、自分が盗人《ぬすっと》だとばれてしまう。一対の留め金がなくなったところで、博物館の職員は気づかないだろう――そんなふうに自分に言い聞かせられたのは、それだけ頭がおかしくなっている証拠かもしれない。あるいは、それだけ切羽詰まっているということか……。留め金がないと博物館の職員に言われたら、本を受けとったときにはそもそもなかったと白《しら》を切って、外国の学者に濡れ衣を着せるつもりだった。

だが、これまでのところ、医者との交渉はうまくいっていなかった。椅子に坐ったまま、ミトルはもぞもぞと体を動かした。強欲な医者は、輝く金属にニワシドリのごとく飛びつくはずだと思っていたのに。

「ユダヤ人だって何か……祈禱書のようなものを持ってるでしょう?」

「ああ、それはもちろん。たとえば、日々の礼拝に使うスィドゥールや、過越しの祭に使うハガダーなんかを。だが、うちにあるのはどちらも銀の留め金をつけるほどのものではないんだよ。残念ながら、どこにでもある月並みな版で、どちらも新しいものだ。たしかに、もっと上等ものを持っていたほうがいいのかもしれない。以前から、よく――」

ヒルシュフェルトは話の途中で口をつぐんだ。まいった。この小男はまた泣きそうだ。女の涙ならかまわない。それには慣れているから、とくに気にならない。ある意味で魅力的でもある。女を慰めるのはそれなりに楽しいものだ。だが、男の涙は……。ヒルシュフェルトはぞっとした。ほんとうの意味で泣いた男を初めて見たのは、母が死んだ夜の父だった。それはもう痛ましかった。父はどんなことにも屈しない男だと信じていたヒルシュフェルトにとって、その夜は二重の喪失だった。父の抑えきれない悲しみは、息子の子供じみた涙を嗚《お》咽《えつ》に変えた。わけもわからず発作を起こしたように泣きつづけた。その夜以降、ヒルシュフェルトと父の関係が以前のものに戻ることはなかった。

そしていま、目のまえで泣いている男も痛ましかった。ヒルシュフェルトはその泣き声が聞こえないように、無意識のうちに両耳を押さえていた。ぞっとした。こんなふうに泣くとは、よほど切羽詰まっているにちがいない。先祖代々伝わる聖書を壊すほど切羽詰まっているのだ。

そう思ったとたんに、予想もしていなかったことに、ヒルシュフェルトは長年の鍛錬と経験によって築いた壁から一歩足を踏みだした。打ちひしがれて泣きじゃくる男をまえにして、ほんとうの自分を見せることにした。ひとりの医者として患者に対して冷静に共感するのではなく、ひとりの人間として他者の苦しみに心の底から同情した。

「さあ、ヘル・ミトル。もう泣く必要はありませんよ。ベルリンのエールリッヒ医師に手紙を書いて、治療に使う薬を送ってもらいます。来週の初めには治療を始められるでしょう。効果があるかどうかは断言できないが、望みは……」

「望み？」ミトルは顔を上げて、医師が差しだしたハンカチを受けとった。望み――それで充分だ。ああ、それさえあればほかには何もいらない。「ほんとうに？　ほんとうに望みがあるんですすね？」

「もちろんですとも」ミトルのネズミのような貧相な顔が明らかに変化するのを見ながら、ヒルシュフェルトは自分の心の広さに感動さえ覚えた。そうして、留め金を手に取ると、立ちあがった。机をまわって、椅子に坐って荒く息をしながら目を拭っているミトルの傍らへ行くと、留め金を差しだして、これをあるべき場所に戻すようにと言おうとした。

そのとき銀の留め金が光を反射した。そこに刻まれた繊細な薔薇《ローズ》が輝いた。ロザリンド。ロザリンドがバーデンから帰ってきたら、別れの贈り物が必要になる。男女の関係は品よく始まり、品よく終わらせなければならない。たとえ、つきあっているあいだは下品なことがあったとしても。ヒルシュフェルトは手のひらに留め金を載せて、じっくり眺めた。まちがいない、腕のいい銀細工職人——そういう男をひとり知っていた——なら、この薔薇の細工を生かしてイヤリングに作り変えられるだろう。耳たぶにぴたりと張りつく美しいイヤリング。変化に富む大輪の花のように美しいロザリンドは、こんなふうに繊細で小さな装飾品が好きだった。

それに、ミトル家の聖書にどんな義理がある？　少なくとも、聖書自体は現に存在しているのだから。ミトルの教会の命によって、何世紀にもわたって火に投じられてきた無数のタルムードやそのほかのユダヤの本とはちがって。留め金がないぐらいどうってことはない。エールリッヒは自身が開発した薬に法外な値を要求するにちがいない。留め金をロザリンドに贈るイヤリングにすれば、必要不可欠な出費をわずかながら抑えられる。そんなことを考えながら、ヒルシュフェルトはもう一度留め金を見た。すると、薔薇の模様を囲んでいる優美な羽——たたんだ翼を思わせる細工に気づいた。そこも使わなければもったいない。あの銀細工職人ならイヤリングをもうひと組作れるだろう。その瞬間、ヒルシュフェルトの頭に鳥のような細い体と矢車草色の目が浮かんだ。

ちがう。あの若い女のためではない。いまはまだ。いや、もしかしたら、これからもずっと。この十何年間で初めて、愛人がほしいとは思わなかった。妻のアンナがいるのだから。アンナのことしか頭になかった。見ず知らずの男の手が妻に触れるのを想像しただけで、欲望に火がついた。ヒルシュフェルトは笑みを浮かべた。ぴったりではないか――わが妻、堕天使の黒髪から覗く、輝く一対の翼とは。

ハンナ　一九九六年春　ウィーン

私は震える手で、報告書を下ろした。銀の留め金はどこに行ったの？　マーテルのような冷静沈着な堅物《かたぶつ》まで感動させるほど美しい留め金は。それに、誰がマーテルの文章を消したのか……。

頭のなかを無数の推論がぐるぐるとまわっていた。本がここに持ちこまれた時点で、すでに留め金は機能していなかった。黒く変色して、錆《さ》びついて、すぐにはその価値がわからなかった。なぜコーヘン家の人たちは留め金を磨いておかなかったのだろう？　黒い金具が実は銀だとは気づかなかったのかもしれない。〝機能しない〟〝磨耗《まもう》した〟とマーテルは書いている。ということは、羊皮紙を平らに保つというそもそもの目的を果たさなくなっていたわけだ。いずれにしても、留め金は洗浄のためにマーテルによってはずされ、本から離れた状態で装丁師《そうてい》に渡されて、新しい装丁に取りつけられるはずだった。とはいえ、それは留め金がきちんと装丁師に渡っていたらの話だ。もしかしたら、感動したマーテルが留め金をくすねたのかもしれない。いや、それはありえない。ハガダーの装丁の板には溝がついていた。装丁師は留め金をつける準備をしていたのだ。ゆえに、マーテルが犯人であるはずがない。

留め金は装丁師が持っていた。あるいは、そうではないのかもしれない。本来の役目を果たすように、修理のために銀細工師のところへ持ちこまれたのか。本が博物館に戻ってきたときは？　そうだ、それを調べよう。私は箱から最後のファイルを取りだした。

そのファイルには十通の書類が入っていた。すべてドイツ語で、一通は請求書か送り状のようだった。手書きの文字は乱雑で、サインもあった。だが、その名を解読するには、よほどの強運が味方してくれるのを祈るしかなかった。迷路の入口に立って、これをたどっていきなさいと長い糸の端っこを手渡されたようなものだ。請求書の余白には、異なる筆跡――いくらかわかりやすい文字――でメモ書きがしてあった。ほかの書類は、ウィーンの博物館とボスニアの博物館のあいだで交わされた書簡で、日づけを見ると、何年にもわたっていた。内容はハガダーの返却に関するもののようだが、詳しいことはわからなかった。

ミセス・ツヴァイクを探さなければならなかった。書類の入った箱を抱えて、勝手がわからない博物館のなかを歩きまわるのは賢いことではなかったが、警備員のいない場所に書類を置いておくわけにもいかず、かといってその場でじっとしているわけにもいかなかった。ツヴァイクのオフィスにたどり着くと、ツヴァイクは灰色の小男――髪も灰色なら、スーツも、さらにはネクタイまで灰色だった――と何やら真剣に話しこんでいた。廊下では、黒一色に身を包んだにきび面の若者が面会の順番を待っていた。ツヴァイクはまちがって鳩《はと》小屋に入れられたゴシキセイガイインコのようだった。私が廊下をうろついているのに気づくと、数分だけならと身ぶりで知らせてきた。

ツヴァイクは急用か何かを言いつけて灰色男をオフィスから追い払い、ミスター・ブラックには悪いがもう少し待ってほしいと頼んだ。そうして、私を連れてオフィスに入った。

私はドアを閉めた。「すごい！」とツヴァイクは言った。「ってことは、あなたは汚職事件を見つけたのね！　それなのよ、ここにはそれが必要なの」

「さあ、どうかしら」と私は言った。「でも、ハガダーがこの博物館に届いたときには、銀の留め金がついていたことははっきりした。そして、あらゆる書類に目を通した結果、わかったわ。ハガダーがここを出ていったとき、留め金は消えていた」

私は資料に書かれていたことを要約して伝えてから、ドイツ語の書類をツヴァイクに渡した。ツヴァイクはライムグリーンのフレームの眼鏡《めがね》を取りだして、スキーのジャンプ台のような鼻に載《の》せた。鼻ピアスのすぐ上に。案の定、請求書は装丁師からで、そこには名前が、正確には名前の一部が書かれていた。「なんたらかんたらミトル。ひどいサインね、ファーストネームが読めない。でも、ミトル……ミトルね……どっかで見た名前だわ。当時、博物館がよく使っていた装丁師じゃなかったかな……帝国の所蔵品に関連してこの名前を見たような……。簡単に調べられるはずよ。去年、すべての記録をコンピュータに入れたから」ツヴァイクはデスクの上のキーボードに向かうと、すばやくキーを叩いた。「なるほど。記録によれば、フロリエン・ミトル――ファーストネームはフロリエンね――はこの博物館から四十以上の仕事を依頼された。だけど、どういうこと？」ツヴァイクは芝居がかって口をつぐむと、コンピュータから体を離して、坐《すわ》っている椅子をくるりとまわした。「ミトルの仕事はあのハガダーが最後」そう言うと、請求書に目を戻した。「このメモ、ほら、余白におもしろいことが書いてある。文の調子から、ずいぶん偉い人が書いたみたいね。〝未解決の問題が解決するまではこの請求書の支払いを行なうな〟と指示してるわ」

ツヴァイクは今度は書簡に目を通した。「妙なものばかりね。この手紙には、ハガダーをすぐにボスニアに返却できない理由がくどくどと書きつらねてある。といっても、いかにも見えすいた言い訳ばかり……。まるでハガダーを返さずにすむようにあれこれ理由をつけてるみたい。それに対して、ボスニア側は……なんと言えばいいのかな？　苛立ってる《ビス》？　かんかんに怒ってる《ビスト》？」

「オーストラリア人なら〝はらわたが煮えくり返ってる《ビスオフ》〟と言うでしょうね。ピストは酔っ払ったという意味。ピスは酒。テイク・ザ・ピスは人をからかうという意味。馬鹿にするってことよ」なぜ、私はツヴァイクにこんな話をしているのか……。

「そう、そういうこと。ボスニアの担当者ははらわたが煮えくり返ってる。はっきりとは書かれてないけど、たぶんこういうことだと思う。ミトルは留め金を盗むかなくすかして、そのせいで、以降、博物館からの仕事の依頼はいっさいなくなった。博物館員はボスニア人を刺激しないように、留め金の件をひた隠しにした。でも、そのためにはハガダーの返却をできるだけ遅らせなければならなかった。そうして、いずれ返却するときには、新しい装丁に壊れて黒ずんだ古い留め金がないことに誰も気づかないことを祈った」

「だとしたら、彼らはついてたわね」私は思いをめぐらせた。「歴史が大きな味方をしてくれた。あのハガダーがようやくボスニアに返されたときには、何かを知っている人はみんなこの世を去っていたか、ほかのことで頭がいっぱいで、ハガダーどころじゃなかったんだから……」

「頭がいっぱいと言えば、私は昔のその怪しげな書類や報告書をどうにかしなければならないわ……。あなたはいつアメリカに行くの？　ミトルのことを詳しく調べてみたほうがいい？」

「ええ、お願い。そうしてくれるとすごく助かる」

「じゃあ、今夜は一緒にウィーンの街にくりだしましょう。ザッハトルテが出てこない店に案内するわ。ワルツなんか絶対にかかってない店に」

SMクラブに地下のジャズクラブ、観念芸術のショー――鶏のように縛りあげられた素っ裸の芸術家が天井からぶらさがって、見あげる客のひとりに小便をひっかけたのが、ショーのいちばんの見せ場だった。ミセス・ツヴァイクの真夜中のウィーンの観光案内のおかげで、私はボストンへ向かう機中をひたすら眠って過ごした。せっかくのファーストクラスのチケットをどぶに捨てたようなものだった。いつもどおりエコノミークラスに坐るのとなんの変わりもなかった。

ローガン空港からハーバード・スクエアまでは〝T〟を使った。ボストンで車を運転したくなかったからだ。その街で運転すると、私はひやひやしっぱなしになる。はっきり言って、ボストンの運転手のマナーは最悪だ。ほかのニューイングランドの人たちに言わせれば、マサチューセッツの運転手は〝あほう《アスホール》〟ならぬ〝どあほうども《マスホール》〟ということになる。とはいえ、私がボストンで車を運転しない理由はそれだけではなかった。トンネルがあるからだ。そこではトンネルはまず避けられず、ぽっかりと口をあけた穴のなかはつねに一方通行か左折禁止だ。その街以外では、トンネルなどとくにどうということもない。いくら臆病でもトンネルを怖がったりはしない。たとえば、シドニーのハーバー・トンネルで車を運転するのはなんの問題もない。明るくて、清潔で清々《すがすが》しくて、かえって気分が晴れるほどだ。それに比べて、ボストンのトンネルは身の毛もよだつ。薄暗く、壁は染みだらけで、アイルランドのマフィアが街の有力者を買収して建設を請け負ったのか、粗悪なコンクリートの壁に走るひびから、いまにもボストン湾の海水が染みでてきそうだ、そんな気分にさせられる。スピルバーグの映画さながらに、ひびがみるみる広がって、凍える水のうねりが聞こえたかと思うと、あっというまに水が押し寄せてきて一巻の終わり……。われながらすごい妄想だとは思うけれど。

〝T〟というのは、合衆国で最古の地下鉄で、それがこれほど長く持ちこたえているのは、そもそもがきちんと造られたからにちがいない。私が空港から乗った車両は徐々に学生でいっぱいになった。学生の大半がメッセージを書いたTシャツを着ていた。蛍のように仲間に合図を送っているのかもしれない。あるシャツの胸には〝オタクのプライド〟、背中には〝丸いやつはつまらない〟と書いてあった。さらには〝この世には十種類の人間しかいない。

バイナリ・システムを理解するやつと理解しないやつしか〟というメッセージもあった。どちらのTシャツの学生もマサチューセッツ工科大学の駅で降りた。

もし偉大なボストンの街からすべての大学とすべての病院を排除したら、残りはほんの六ブロックほどにおさまってしまう――ときどき、そんなことを思ったりする。ハーバード大学は川の両岸にまたがり、片岸ではマサチューセッツ大学のキャンパスに、対岸ではボストン大学のキャンパスに接している。三つのキャンパスはどれも広大だ。さらにはブランダイス、タフツ、ウェルズリーといった大学や、レズリーやエマーソン、ほかにも聞いたこともないようなカレッジが無数にある。石を投げれば博士にあたるということばもあながち嘘ではない。そして、そのひとりのために私はいまボストンにいた。ロンドンからの私のファーストクラス代を払った億万長者ならぬ兆億長者は、マサチューセッツ大学の数学の鬼才で、すべてのシリコンチップに使われているスイッチか何かに応用されているアルゴリズムを生みだした人物だった。よくわからないが、たぶんそのようなものを。その手のことを説明してもらっても、私は理解できたためしがなく、さらには、件《くだん》の鬼才とは顔を合わせたこともなかった。いずれにしても、その大富豪はホートン図書館の職員に話をつけて、購入を検討している写本を私が見られるように手配してくれた。私は図書館の開館時間にそこへ行き、ゆっくりと写本を鑑定してから、その日の午前中のもうひとつの予定をこなしに行った。母に会うという予定を。

数日前に、母は私のシドニーの自宅の留守番電話にごく短いメッセージを残していた。内容は、私がボストンに着く日の午前中のわずかな休憩時間しか空いている時間はないというものだった。そのメッセージから、私は母の心の声を明確に聞きとった。〝もしかしたら、あの子は自宅の留守番電話を確かめないかもしれない。そうすれば、顔を合わせずにすむ〟と。だが、私はウィーンを発《た》つまえに自宅の留守番電話をチェックした。そうして、ためらいがちながらも、ちょっと気がせいているような母の声を聞きながら、にやりとしてつぶやいた。「逃がさないわよ、カーク船長。あなたはボストンで私に会うの」

それでもやはり、母の居場所を探しあてるのに手間取った。大学同様、ボストンの大病院も複雑に入り組んでいる。マサチューセッツ総合病院にブリガム・アンド・ウィメンズ病院、ダナ・ファーバー癌《がん》研究所――病人のための巨大な工業団地のようだ。そういったいくつもの病院のいちばん端に、壮大な学会を行なうためのコンファレンス・センターがあった。私は四回も道を尋ねて、ようやく母に指定されたホールにたどり着いた。受付に置かれたプログラムを手に取ると、母が基調演説を行なう医師のひとりだとわかった。母はもちろん、ひとりで話す時間をきちんと割りあてられていたが、そこまでの実績がない医師たちは、数人ひと組で研究発表を行ない、ライバルの医師と注目度を競いあうことになる。さらに実績のない者たちは研究の成果をパネルにして、だだっ広いロビーに展示するだけだった。

母の基調演説は〝私の処置法――大動脈瘤《どうみゃくりゅう》〟という味もそっけもないタイトルだった。

私はホールの最後列に静かに腰を下ろした。演壇の上に母がいた。引き締まった体を誇示するように仕立てられたクリーム色のおしゃれなカシミアのスーツを着ていた。話しながらゆっくりと歩き、長い脚がいやでも目についた。聴衆の大半は、どぶねずみ色の皺《しわ》くちゃのスーツを着た頭髪が寂しくなりかけた男性で、母はそういった男たちを圧倒していた。呆《ほう》けたように見つめているか、必死にメモを取っているかどちらかの男たちのまえで、母はごく最近の研究の成果——自身が開発した技術——を発表していた。頭を開いて手術するのではなく、体の一部から挿入したカテーテルを使って金属の細いコイルを動脈瘤に挿入し、血液がそこに流れこまないようにして、動脈瘤の破裂を防ぐのだ。

母はいまだに研究室と臨床現場を行き来している貴重な医師のひとりだった。研究室で新たな技術を開発して、それを手術室で実践するのだ。私の個人的な見解としては、母は実際に患者を処置することより、科学の厳格さをこよなく愛しているのだと思う。母は患者のことを希望と愛情を胸に抱いているひとりの人間としてではなく、複雑なデータの集合体と問題点のリストと見なしがちなのだから。さらには、誰よりも優秀な外科医であること、いや、誰よりも優秀な女性の外科医であることを誇示するのも大好きだった。

「あなたはそれを私に言ってるの?」ある日、母は私に言った。そのとき私は気がめいっていたか何かで、母に対して、病院でみんなにちやほやされていい気になっていると指摘したのだった。母はさらに言った。「それは私に言うことじゃないでしょう。それは軽んじられて、見下され、お尻を触られたり、無能扱いされたりしても何も言わない看護師や女のインターンに言うことばだわ。それはあなたに言うことばよ、ハンナ。あなたの世代の女たち全員に。職場でいやがらせを受けたり、いやらしい目で見られることのない女たちに。そういう時代になったのは、私たちが必死に努力して、仕事を続けてきたおかげなの。そうして、私はいまやっと思いどおりに仕事ができるようになった。それを忘れてもらっちゃ困るわ」

利他主義のお決まりのせりふだ——母のことばが事実かどうか私にはわからない。けれど、母が本気でそう思っているのはまちがいなかった。それはともかく、こんなふうに演壇上で数々の質問に応じている母を見るのは気分がよかった。それでも、母のうしろの巨大なスクリーンに映っている粘つくどろりとしたものは見ないようにした。母はデータをすべて把握して、鋭い指摘や質問に淀《よど》みなく丁寧に答えていた。いっぽうで、生半可な指摘や、自身の結論に異議を唱える者を片っ端から切り捨てていった。そんなときにも、絶えずにこやかな笑みを浮かべているが、母の手にする架空のチェーンソーの回転数が上がるのが私にはわかった。憤りや傲慢さを微塵《みじん》も感じさせない口調で、邪魔者を切り倒していくのだ。これが学生相手ならとても見ていられないはずだが、その場に集まった男たちが相手なら話はべつだ。そこにいるのは母の同業者だから、公正なゲームということになる。母は聴衆を引きこむ術《すべ》を熟知していた。母の基調演説の最後に会場に響いた拍手は、医者の学会というよりロック・コンサートの喝采に近かった。

拍手が鳴りやまないうちに、私は静かにホールを出て、ロビーのベンチで待った。母が崇拝者に囲まれて出てくると、立ちあがって、母から見える場所に出た。私はすばらしい基調演説を称賛している人の輪にくわわるつもりでいたが、私に気づいたとたんに母の顔が曇ったのがわかった。やはり、娘が来ないことを本気で願っていたのだ。母がはっとして、すぐに表情を取り繕《つくろ》ったのが滑稽でさえあった。

「ハンナ、来たのね。よかった」母を囲んでいた医者たちがいなくなったとたんに、つけくわえた。「それにしても、なんて青白い顔をしてるの。たまには外で過ごすようにしなさい」

「でも、知ってるでしょ、仕事が……」

「ええ、そうでしょうとも」母は薄茶がかった青い目で、私のブーツから頭のてっぺんまで眺めて、またゆっくりとブーツへ視線を戻した。「誰だって仕事をしてるわ、そうでしょ？だからって、外に出て、体を動かせないわけじゃない。私にその時間が作れるなら、ハンナ、あなたにだって作れるはずよ。ところで、取りかかってるおんぼろの本はどんな具合なの？折れた角《かど》は直ったの？」

私は深く息を吸って、母のことばを受け流した。ここに来た目的を果たすまでは、母を怒らせたくなかった。母が時計を見て言った。「悪いけど、あまり時間がないの。カフェでお茶をするのが精いっぱい。会議の予定が詰まってて、夜は食前の酒席に顔を出さなければならないから。基調演説者としてウォリーなんたらっていう、ナイジェリア人の作家か何かを呼んだせいで。脳神経外科学会の会長がナイジェリア人だからってだけで、わけのわからないアフリカ人を招くはめになったというわけ。このあたりには少なくとも英語がしゃべれて、講演を頼めそうなそれなりの作家が一ダースはいるっていうのに」

「ウォーレ・ショインカはノーベル文学賞を受賞してるのよ、ママ。それに、ナイジェリアの公用語は英語よ」

「なるほど、うちのハンナはそういうことをよく知ってるものね」母は私のジャケットの背に手をやって、気づいたときには私は廊下を歩きだしていた。

「えっと、ちょっと考えたんだけど。フィルムを持ってきたの。サラエボで一緒に仕事をした人……その街の学芸員なんだけど、彼の子供が紛争中に撃たれたの。それで、頭のなかに腫れがあって……ひょっとしてママが――」

母はふいに立ち止まった。束《つか》の間《ま》、沈黙ができた。

「ああ、そういうことね。わざわざ会いにきてくれるなんて、何か理由があるにちがいないと思ったわ」

「やめてよ、ママ。フィルムを見てくれるの？　くれないの？」

母は私の手から茶封筒を取りあげると、廊下を引きかえした。医療センターへの連絡通路まで一マイルほど歩かなければならなかった。そうして、エレベーターに乗った。ドアが閉まりかけたところで、ガウンを着た老人がぎこちない足取りで歩いてくるのが見えた。以前、友人のひとりがこんなときに人が取る行動を示すことばを作った。エレベーターに向かってくる人に気づいて、実はその気もないのに、エレベーターのドアを押さえるふりをすることを、その友人は〝エレフェインする〟と呼んだ。けれど、母はエレフェインするそぶりもなく、ドアは老人の目のまえで閉まった。私たちは無言のままいくつもの階を通りすぎた。そうして、母がインターンにライトボックスはどこかと尋ねるあいだ、私はじっと待っていた。

母がライトボックスのスイッチを入れると、目も眩《くら》む白い壁が現われた。カシャ、カシャ、カシャ。ライトのまえにフィルムをはさんで、母は約二秒で三枚のフィルムを見た。

「終わってる」

「えっ？」

「この子はもう終わってる。あなたのお友達に言ってあげなさい、いますぐコンセントを抜いて、医療費の支払いから解放されなさいって」

激しい怒りがこみあげてきた。悔しくて、目に涙があふれた。私はライトボックスからフィルムを剝《は》がした。怒りで手までこわばっていたが、それでも、どうにかフィルムを封筒に戻した。「そんな言い方ってある？　患者への接し方の授業には出なかったの？」

「何を言ってるの、ハンナ。病院では毎日たくさんの人が死んでるのよ。手の施しようのない検査結果を見るたびに喉を詰まらせてたら……」母は大げさにため息をついた。「あなたが医者だったら、それぐらいわかるはずなのに」

私はあまりにも腹が立って言い返すこともできず、そっぽを向いて、涙を拭いた。母が片手を伸ばして、私を自分のほうに向かせると、まじまじと私の顔を見た。

「まさか、ちがうわよね」と母は言った。明らかに蔑んでいる口調だった。「この子の父親とつきあってるなんてことはないわよね。前時代的な東ヨーロッパに住む惨めな本の虫なんかと。それに、サラエボの住人はイスラム教徒か何かじゃなかった？　だから、あんなに戦争ばかりしてるのよね？　イスラム教徒とつきあってるなんてことはないわよね？　冗談じゃないわ、ハンナ、そのぐらいの分別がつく程度には、私はあなたをフェミニストに育てたはずよ」

「私を育てた？　ママが？」私は封筒を机に叩きつけた。「ママは私を育ててなんていない。家政婦に渡す小切手にサインしてただけじゃない」

子供のころ、毎朝、母は私が目を覚ますまえに仕事へ出かけて、夜はたいてい私が眠ってから帰宅した。母の思い出としてもっとも鮮明に私の記憶に刻まれているのは、真夜中のドライブウェイで光る車のテールライトだ。そのころ住んでいた家の車庫のリモコン式のシャッターは、開閉時に大きな音がして、私はその音でよく目を覚ましたものだった。そんなとき、私は起きあがって、窓の外を見て、車庫から出ていくＢＭＷに手を振った。ときには、眠れなくなって、泣きだすこともあった。すると、家政婦のグレタが眠そうな顔でやってきて、こう言った。「わかるでしょう？　お母さんは今夜も誰かの命を救っているのよ」と。そう言われると、私は母に家にいてほしいと願ったことに罪悪感を抱いた。ベッドで眠る母の傍らにいつでももぐりこめるように、隣の部屋にいてほしいと願ったことに。私より患者のほうが母を必要としている――グレタは決まってそう言ったものだった。

母は一本の乱れもなくアップにした髪を整えるかのように艶《つや》やかな髪に手をやった。ようやく母を言い負かした。そのことに、私は小さな満足感を覚えた。だが、母はすぐに気持を立て直した。たとえ一ポイントでも相手に得点を許すような人ではないのだ。「興奮して自己憐憫《れんびん》に浸る性質は、絶対に私から受け継いだものじゃないわね。この件にあなたがそこまで入れこんでると、どうして私にわかるの？　あなたはいつも言ってたじゃない、自分は科学者だって。どうやら、あなたを科学者として扱ったのがいけなかったみたいね。さあ、坐りなさい、まったくもう。睨《にら》むのはやめてちょうだい。誰かに見られたら、そのかわいそうな子供を撃ったのが私だと勘ちがいされそうだわ」

母は机のうしろから椅子を引きだすと、それを叩いた。私は警戒しながら腰を下ろした。母は机の端に坐って、きれいに日焼けした脚を組んだ。

「素人《しろうと》にも理解できる簡単なことばで、はっきり言うわね。現時点でその子供の脳の組織の大半が死んでいる。海綿状の塊でしかない。人工的な方法で体を生かしつづければ、四肢の拘縮《こうしゅく》がさらに進んで、床《とこ》ずれとの闘いになる。肺と泌尿器の疾患をいつ起こしてもおかしくない。この子が意識を取り戻すことはないわ」母は手のひらを上に向けて肩をすくめた。

「あなたは私の意見を求めて、いま、それを聞いた。もちろん、サラエボの医者もすでにこのことは父親に伝えてある、でしょ？」

「ええ、そうよ。でも、私は考えたの――」

「もしあなたが医者だったら、ハンナ、考えるまでもなかった。ひと目でわかるはずだから」

私たちはカフェに行って、お茶を飲んだ。なぜそんなことをしたのかわからない。私は上の空で母と話をした。基調演説を行なった論文について尋ねて、それはいつ出版されるのかと訊いた。母がなんと答えたのかは記憶にない。私の頭のなかはオズレンのことと、『クマのプーさん』のことでいっぱいだった。

ハーバードからシャトルバスに乗って川を渡っているときにも、私はまだそのことを考えていた。これからフォッグ美術館の保存修復部門の主任学芸員ラズマス・カナハに会いにいくところだった。ラズは博士課程修了後の研究期間時代の仲間で、その後、あっというまに昇進して、若くしてアメリカ合衆国でもっとも古い美術研究機関の責任者にまで上りつめていた。私同様、化学を駆使した保存修復を研究して、いまでもそれを専門としている。海洋環境における炭水化物と脂質の研究の第一人者で、その研究によって、難破船から回収された美術品の処置に関する画期的な方法を確立した。ラズはハワイ生まれで、もしかしたらそのせいで海にこだわっているのかもしれない。

フォッグ美術館の警備は厳重だった。それにはそれなりの理由があった。そこにはこの国のどの美術館にもひけを取らない印象派と後期印象派の名画がそろっていて、さらには、有名なピカソの作品もいくつか所蔵しているのだ。入館許可証にはコンピュータ・チップらしきものが埋めこまれて、訪問者の建物内での動きを追えるようになっていた。私をなかに入れるために、ラズはわざわざ階下まで下りてきて、サインをしなければならなかった。

ラズは民族を特定できない最先端の人類のひとりだ。みごとな雑種——これからの千年でさらに国際結婚が増えることを思えば、誰もがラズのようになると私は願いたい。肌はアフリカ系アメリカ人と生粋のハワイ人の血を引く父譲りの深みのあるピーカンナッツ色。艶やかでまっすぐな髪とアーモンド形の目は、日本人の祖母から受け継いだものだ。それでいて、瞳は透きとおった青で、スウェーデン人のウインドサーフィンのチャンピオンである母と同じ色だった。ラズと一緒に過ごした博士課程修了後の研究者時代、私は彼に夢中だった。とはいえ、その関係は、私がつねとしている気軽で、楽しく、束縛のないものだった。当時のラズは論文のための資料集めに、サルベージ船で長いこと海に出ていた。そうして、戻ってくると、互いの気分しだいで、またつきあいが始まることもあれば、始まらないこともあった。もしふたりのうちのどちらかが誰かとデートしたとしても、とくに恨みはしなかった。

ハーバードでの数年が過ぎると、ラズと会う機会はほとんどなくなったが、それでもときどき連絡を取っていた。ラズが詩人と結婚したときには、私は十九世紀の美しい小ぶりの本と、有名な難破船の木版画を贈った。お礼にラズが送ってよこした結婚式の写真はかなり印象的だった。ラズの妻は、イラン人とクルド人の血を引く母と、パキスタン人とアメリカ人の血を引く父のあいだに生まれていた。私はいつかラズたちの子供ができるのを楽しみにしている。その子供が元気よく跳びはねる姿がベネトンのポスターで見られるかもしれない。

私とラズは挨拶代わりに遠慮がちに抱きあった。職場での挨拶の抱擁はたいていそんなものだ。一度か二度、軽いキスをすべきか迷って、結局うまくいかず頭をぶつけて、握手だけにしておけばよかったと後悔したりする。それから、ラズに連れられて吹き抜けの明るいホールを歩いて、展示室のわきを通って石造りの階段を上がった。ラズとその部下が保存修復作業を行なっている最上階は鉄のゲートで仕切られ、部外者は立ち入り禁止だった。

シュトラウス保存修復センターは異質なものの融合だった。最先端の設備と、この美術館の創設者であるエドワード・フォーブスが集めた屋根裏部屋にありそうな所蔵品が混在していた。十九世紀の初頭、フォーブスは芸術作品に使われているあらゆる顔料《がんりょう》を手に入れるために世界じゅうを旅した。吹き抜けになった階段の壁にずらりと並ぶ棚には、フォーブスが集めたサンプルがおさめられていた。虹色のガラスの飾り棚は、瑠璃《ラピスラズリ》や孔雀石《マラカイト》の粉末や、いまや入手不可能な稀少《きしょう》なものが詰まっていた。たとえば、マンゴーの葉だけで育てた牛の尿から作るインディアンイエロー。やや緑がかった美しいその黄色の顔料はいまはもう作れない。インド統治時代のイギリス政府が、厳格な食餌《しょくじ》制限は牛への拷問に等しいとして、製造を禁じたからだ。

　細長いアトリエのいちばん奥で、ブロンズのトルソをまえに作業している者がいた。「彼女はある彫刻家が作った作品を比較して、一生のうちに作品がどのように変化しているかを調べているんだ」とラズが説明した。それとは反対側の奥には、分光分析装置が置かれた台があった。「で、何を持ってきてくれたんだい？」

「羊皮紙の染みのサンプルよ。たぶん、ワインの染みだと思う」私は自分で撮影した染みのあるページの写真――淡いクリーム色の羊皮紙に茶褐色の染みが広がった写真を取りだした。微量のサンプルを採った二ヵ所がわかるように、写真にはあらかじめ印をつけておいた。ごくわずかなサンプルでもきちんと分析できるのを祈りながら、グラシン紙の小袋をラズに渡した。ラズは湾曲したメスで、ひとつ目の染みのサンプルを丸みを帯びたスライドのようなものの上に置いた。スライドの中央にはダイヤモンド結晶がついていて、赤外光が透過するようにサンプルを加圧してダイヤモンドに密着させた。それから、スライドをレンズの下に入れた。

ラズが顕微鏡《けんびきょう》を覗いて、サンプルが中央に位置しているのを確かめてから、両側についたライトを調節して、光がきちんとサンプルにあたるようにした。シドニーの私の研究所も含めて、どんな研究所でも、十以上のスペクトルを検出するのに数時間はかかる。すべての分子はさまざまな色のスペクトルを発する。物質によって青みを帯びる傾向があるもの、赤みを帯びるものなどいろいろだ。分子のスペクトルはいわば指紋のようなもので、その物質が何であるかを突き止めるために利用できる。ラズの新しいおもちゃは最新型で、二百ものスペクトルを一分足らずで検出できた。傍らのコンピュータのディスプレイに吸光度を表わす緑色の線が現われて、マス目の上で跳びはねるのを見て、私はちょっと羨ましくなった。ラズはグラフを食い入るように見つめていた。

「妙だな」

「何が?」

「いや、まだなんとも言えない。もうひとつのサンプルを見てみよう」

ラズはグラシン紙の小袋からサンプルを取りだして、同じ手順でセットした。今度モニターに現われたのたくった線はさきほどのものとはちがっていた。異なる山岳地帯の地図を見ているかのようだった。

「ふーん」とラズが言った。

「どういう意味? 〝ふーん〟っていうのは」体から汗がじわりと滲《にじ》みでるのがわかった。

「ちょっと待って」ラズがサンプルを最初のものに変えた。すると、モニター上の線がまた跳びはねた。ラズがコンピュータに何やら入力すると、緑色の線のまわりに、黄色や赤やオレンジ、青の線が現われた。

「ふーん」とラズはまた言った。

「ラズ、いま見てるのがなんなのか教えてくれないなら、そのメスで切りつけるわよ」

「といっても、いま見ているものにはたいした意味はない。たしかヘブライ語の本だったね？　ハガダーだと言ってたよね？」

「そうよ」私は嚙《か》みつきそうな勢いで言った。

「ということはだ、その本にこぼれたのがどんなワインであれ、コーシェル・ワイン、つまりユダヤの戒律に即したワインだってことだけはまちがいない？」

「ええ、もちろんよ。過越《すぎこ》しの祭のために用意したコーシェル・ワイン。それはもう厳しい基準をパスしたものに決まってる」

ラズは椅子の背にもたれて、作業台から椅子を離すと、私のほうを向いた。

「きみはコーシェル・ワインに詳しいのかな？」

「いいえ、ほとんど知らない」と私は言った。「知ってるのは、甘くて、とてもじゃないけど飲めた代物じゃないってことぐらい」

「最近はそうでもない。かなりおいしいものも作られてる。とくにゴラン高原で作られてるのがそうだけど、それ以外のワイナリーでもおいしいコーシェル・ワインを作ってるよ」

「なんでそんなことを知ってるの？　あなたはユダヤ教徒じゃなかったでしょ？　ちがった？」ラズの祖先は複雑なので、どんな宗教に帰依《きえ》していても不思議はなかった。

「ああ、ユダヤ教徒じゃないよ。でも、ワインに関しては崇《あが》めてると言ってもいい。憶《おぼ》えてるかな、ぼくがイスラエルのテクニオン工科大学で半年ほど過ごして、地中海の沈没船から回収した工芸品の仕事をしたのを。で、そのときに親しくなった女友達の実家が、ゴラン高原でブドウ園をやってた。すごくいいところだよ、ゴラン高原は。とにかく、そこにはよく行った。とくにブドウの収穫期に。まあ、はっきり言えば、それがきみにとってついてたってわけだ」ラズは頭のうしろで両手を合わせると、椅子の背にもたれて、意味ありげににやりと笑った。

「ラズ、それってすごい。ほんと、興奮しちゃう話だけど、いったいぜんたい、それがこの染みとどんな関係があるの？」

「興奮したからってシャツを脱いだりしないでくれよ。これから説明するんだから」ラズはグラフに向き直ると、緑色の線の槍《やり》のように飛びでた部分を指さした。「ほら、これだ。ここで吸光度が跳びはねてるだろ？　これは蛋白質《たんぱくしつ》だ」

「だから？」

「コーシェル・ワインにはどんな蛋白質が入るのも許されない。昔ながらのワインの醸造過程では、たいていの場合、清澄剤として卵白を使うから、蛋白質の痕跡が得られるのは当然だ。でも、コーシェル・ワインは動物性のものの使用が禁じられている。そこで、昔から清澄剤として卵白の代わりに精製した粘土のようなものを使ってきた」ラズはキーボードを叩《たた》いて、ふたつ目のサンプルのグラフをディスプレイに呼びだした。

「こっちはきみの予想どおりだ」

「どういうことなの？　ひとつのページに二種類のワインをこぼしたの？　それって不自然な気がするけど」

「いや、ぼくが言ってるのは、ワインの一部に何かが混入したってことだ」ラズがまたキーボードを叩くと、ディスプレイにまたもや色とりどりの線が現われた。「これはいままでここで行なった分光測定で得られた結果だ。一致するものがないかと思って呼びだした。で、あった。見えるだろ、この青い線。この線は最初のサンプルの緑の線とほぼ一致してる。この青い線こそ、きみが古書のページから採取してきたもの、ワインに混ざっていたもの、羊皮紙に染みをつけたものだ」

「それで？」私は叫びそうになっていた。「それはなんなの？」

「この青い線かい？」ラズの口調はやけに思わせぶりだった。「血だよ」

ワインの染み　一六〇九年　ヴェネチア

私は、神の祭壇に上ろう《イントロイボ・アド・アルタレ・ディ》
——旧典礼のミサより

頭のなかで甲高い鐘の音が鳴りひびいていた。頭のなかの赤剝《あかむ》けた細胞を拍子木で叩かれているかのようだ。祭壇に置いた杯のなかで、葡萄酒《ぶどうしゅ》が揺れていた。床にひざまずいて、糊の利いた布に額《ひたい》をつけた。しばらくそのままじっとして、祭壇布《さいだんふ》越しに伝わってくる大理石の冷たさを感じていた。やがて立ちあがると、額を置いた祭壇布に小さな汗の染みができていた。

早朝のミサに参列している老いた母親たちは一心に祈りを捧げて、彼が立ちあがったときによろめいたことに気づかなかった。女たちは擦りきれたスカーフをかぶり、神のまえで頭《こうべ》を深く垂れていた。イモリのように目を光らせた侍者の少年だけが眉間《みけん》に皺を寄せた。世間知らずの生意気な子供に非難されようと気にするものか。彼は必死に——必死になっていることなど誰にもわかるまい——神聖な儀式に気持ちを集中しようとした。それでも、夜明けまえの自身の吐瀉物《としゃぶつ》のかすかなにおいが鼻にまとわりついていた。

口のなかがからからだった。燃やした書物の灰のように乾ききった舌にことばが引っかかった。灰——前回の焚書《ふんしょ》のあとに、生温い雨と一緒に降ってきた灰のように。あのとき、一片の灰が法衣《カソツク》に舞い落ちてきた。それを手で払おうとすると、文字が消えずに残っているのに気づいた。文字はまるで焦げた紙に浮かぶ薄れた亡霊のようだった。が、次の瞬間には、灰は塵《ちり》となって風に運ばれていった。

「キリストによって」そう言いながら、キリストの肉体を象徴するパン《ホスチア》を、血を象徴する葡萄酒の上に掲げて、十字を切った。「キリストとともに」体の震えを呪った。「キリストのうちに」神の肉体であるホスチアがマルハナバチのように杯の上で揺れていた。「全能の父なる神よ、聖霊との一致において、御身はすべての誉《ほまれ》と光栄とを受けたまう」主の祈り、嘆願、〝神の子羊〟で始まる祈り、そして、平和と聖化と恩恵の祈りを次々に唱えて、ほっとひと息つきながら、最後に杯を傾けて、尊い神の血——冷たくかぐわしい葡萄酒が、吐き気と不快感と体の震えを鎮めるのを感じた。聖体拝領を行なおうと侍者のほうを向いた。ありがたいことに少年の目は閉じられていた。その目に浮かぶ非難の気持ちは、濃い睫《まつげ》の奥に隠れていた。まもなく、聖体拝領台へ向かい、年老いて白っぽくなった六つの舌の上に真っ白なホスチアを載せていった。

ミサのあとの聖具室で、ジョヴァンニ・ドメニコ・ヴィストリニは、またもや少年の批判的な視線を感じた。震える手——頸垂帯《けいすい》を首からはずして、腰紐《チングルム》を解くのに手間取っている手——から少年の視線が離れることはなかった。

「何をぐずぐずしている、パオロ。さっさと着替えて、行きなさい。ミサにおまえのおばあさんが来ていたぞ。早くしなさい。おばあさんはおまえの助けが必要だろう」

「わかりました、神父さま」少年はいつもどおり丁寧に答えて、おまけに、小さくお辞儀までした。ヴィストリニはときどき、少年があからさまに横柄な態度を取ってくれたらと願うことがあった。だが、パオロは祭壇でも、それ以外の場所でもつねに控えめで、きちんと仕事をこなし、非の打ちどころがなかった。その少年の非難の気持ちが表われているのは、値踏みするような眼差しだけだった。少年は最後にもう一度、心に突き刺さる矢のような視線を司祭に送ってから、うしろを向いて着替えはじめた。きびきびとして無駄のない動作が、ヴィストリニの震える手を嘲笑《あざわら》っていた。まもなく、少年は無言で部屋を出ていった。

聖具室にひとりきりになると、ヴィストリニは聖体拝領用の葡萄酒が入った戸棚を開けた。コルクが湿った音をたてて瓶から抜けると、思わず舌なめずりした。冷えた瓶には水滴がびっしりついていた。震える手で慎重に瓶を持ちあげると、ごくりとひと口飲んだ。さらに、もうひと口。それでずいぶん気分がよくなった。

瓶に栓をしようとしたが、始まったばかりの午前中のことを考えた。畏《おそ》れ多くもローマ教皇の名代である異端審問官のヴェネチアでの執務室は、お世辞にも立派とは言えなかった。ヴェネチア共和国の総督から与えられた部屋は薄暗く、内装はお粗末で、おまけに、食料も乏しかった。ヴィストリニはそれが総督の明確な意思表示だと考えていた。総督と十人委員会（ヴェネチア共和国の公安組織）が重要な決定を下すこの国では、ローマの手先は低い地位に置かれることを示していた。いずれにしても、次に飲めるのは昼過ぎだろう。ヴィストリニは瓶を持ちあげると、ビロードのように滑らかな液体を喉に流しこんだ。

教会の裏口の扉を閉めて、ヴィストリニは乳白色の早朝の町に出た。足取りはおおむね軽快だった。陽光が狭い通り《カッレ》にもようやく射しこんで、運河のところどころに反射して、石壁を銀色に輝かせていた。ヴェネチアでいちばん大きく深く響きわたるサン・マルコ広場の鐘が鳴っていた。その鐘の音は職人に一日の仕事の始まりを告げ、さらには、近くのユダヤ人強制居住区《ゲットー》の門が開く合図でもある。教会のまえの小広場《カンピエッロ》でも、店主が商売を始めようと鎧戸《よろいど》を開けはじめた。

ヴィストリニは深々と息を吸った。ヴェネチアに暮らして三十年になるが、その光と空気を感じるたびにいまでも愛《いと》しさを覚えた。海水と苔《こけ》、カビと湿った漆喰《しっくい》の混ざったにおいを感じるたびに。ヴィストリニはわずか六歳でヴェネチアにやってきて、孤児院で助修士に育てられ、ことばの訛《なま》りや異国の習慣を直されて、過去の記憶も消し去られた。過去に思いを馳《は》せるのは無意味で恥ずべきことであり、現在の幸福に対する感謝の欠如だと教えられた。死んだ両親にしろ、両親との暮らしにしろ、そんなことを考えないように躾《しつ》けられた。それでもときどき、夢のなかで、あるいは、酔って感傷的になっているときに、過去の断片がふと頭をよぎる。その断片のなかの過去はいつでも、陽光がぎらぎらと照りつけて、熱風に運ばれてきた埃《ほこり》のにおいに満ちていた。

橋を渡ろうとすると、肉屋に商品を配達する船頭と、運河で仕事をする洗濯女たちの姿が見えた。何人かは教区民だった。ヴィストリニは挨拶した。ほがらかに声をかけて、家族は元気かと尋ねた。脚のない物ごいが、途中までしかない腕を使ってそばにやってきた。かわいそうに……。ヴィストリニはその男のために心のなかで祈った。その体は医師でさえひるみそうなほどだった。男の血の滲む寸断された腕に硬貨を一枚載せて、不快感をこらえながら汚い頭に手を置いて、神の祝福を与えた。男が獣のような唸《うな》りをあげた。それが感謝のことばなのだろう。

教区司祭として、ヴィストリニは教区民のなかでもことさら哀れな人々に心を砕くようにしていた。とはいえ、司祭の仕事にとくに魅力を感じているわけではなく、教会への第一の務めはべつのところにあった。孤児だったヴィストリニの才能を見いだしたのは、彼を育てた助修士だった。助修士たちはいくつもの言語をすばやく習得するヴィストリニに感心した。また、難解で抽象的な神学の人並みはずれた理解力にも驚いた。そうして、ギリシア語、アラム語、ヘブライ語、アラビア語を教え、ヴィストリニはそのすべてを吸収した。当時のヴィストリニは何よりも知識に飢えていたのだ。だが、どうしたことか、いまはそれとはべつの渇望に支配されていた。

一五八九年にローマ教皇シクストゥス五世がカトリックの教義に反することが記されたユダヤやイスラムの書物を禁ずると宣言すると、若き司祭ヴィストリニはなんの疑問も持たずに、異端を取り締まる検閲官《けんえつ》になった。司祭としての人生の大半にあたる十七年間、ヴィストリニは異邦人の教義を読んで、判断を下してきた。

学のある者として、ヴィストリニは書物に敬意を払っていた。ゆえに、本を燃やさなければならないときには、感情を押し殺す必要があった。ときには、優美で滑《なめ》らかなイスラムの文字に魅せられて、また、あるときには、博識なユダヤ人の品格に満ちたことばに驚嘆した。そういった本に判断を下すときは、ひたすら考えこむことになる。その結果、焚書に処すと決めたとしても、焦げていく羊皮紙を直視できなかった。いっぽうで、異端であることが明白であれば、仕事ははるかに楽だ。そんなときには、この世を浄化して、人を過ちから解放する焚書の炎を見つめながら満ちたりた気分になれた。

その朝、ヴィストリニは後者の本——異端であることが明確なユダヤの書物——を手にしていた。午前中の仕事は、ヴェネチアの町に出まわっているその本を、一冊残らず異端審問所に引き渡すようにという触書《ふれがき》を作ることだった。問題の本に書かれたことば——冒瀆《ぼうとく》的なことばが頭のなかで躍っていた。それはヴィストリニにとってラテン語と同じぐらい見慣れたヘブライの文字だった。

〝キリスト教徒のイエスへの崇拝は、イスラエル人の金の子牛の偶像崇拝より性質《たち》が悪い。キリスト教徒の過ちは、ある女の体に聖なる何かが宿ったと唱えている点である。穢《けが》れた場所……糞尿《ふんにょう》が溜まり、分泌物や血を放出し、男の子種を蓄える場所に〟

ヴィストリニは考えこまずにいられなかった。異端審問が始まって百年以上が経《た》つというのに、なぜこの手の文章がいまだに紙に書きつらねられるのか。多くのユダヤ人やアラブ人が、これよりもっと些細な冒瀆の罪で罰金を科せられ、投獄されて、ときには処刑されているというのに。もしかしたら、ヴェネチアに雨後の筍《たけのこ》のように現われた印刷所のせいかもしれない。正式には、ユダヤ人が印刷業を営むことはできないが、実際には、数枚の金貨と引き換えに名を貸すキリスト教徒があとを絶たず、ユダヤ人の一見粗末な家のなかで印刷が盛んに行なわれていた。

印刷職人として身を立てることを望む者すべてが、その職にふさわしいわけではない。なかには明らかに無知な者や、悪徳な者がいる。ヴィストリニはその件でラビのユダ・アリエと話しあうつもりだった。ユダヤ人が自らさらに厳しく取り締まるか、さもなければ、彼らに代わって異端審問官がその役を引き受けることになる。異端審問官の執務室はゲットーの壁の外にあるほうがいい。当然のことながら、ユダ・アリエほど賢くない男でも、それぐらいはわかるはずだった。

その考えが石壁から件のラビを呼びだしたかのように、ユダ・アリエの赤い帽子が見えた。目のまえのフレッツェリア通り――矢職人の通り――の人込みを、アリエが目立たないように歩いていた。ゲットーの外にいるときのいつもの様子で、うつむいて背を丸めていた。ヴィストリニは呼び止めようと片手を上げたものの、躊躇《ちゅうちょ》した。しばらく、アリエを見つめて、その胸の内を思いやった。小さな屈辱を何度味わわされて、アリエはあれほど身を縮めて歩くようになったのだろうか？　粗野な少年たちがふざけて吐く暴言。無知な者たちの嘲りや唾。あの頑固者がキリストの真理を胸に抱いていればそれだけで、あれほど自分を卑下する必要もなくなるのに……。

「ユダ・アリエ！」

ラビが顔をぱっと上げた。それはまるで、その通りの職人の矢が自分のほうに向けられたのを察知した鹿のようだった。だが、ヴィストリニに気づくと、ラビの顔から不安げな表情が消えて、満面の笑みが浮かんだ。

「ドメニコ・ヴィストリニ！　久しぶりだな、神父さん、私のシナゴーグに来てくれたとき以来だ」

「ああ、ラビ、自分の欠点をいやというほど思い知らせてくれる男に会えるとはな。あんたから学びたいと思うが、同時に、その雄弁さが妬ましくもなる」

「いやはや、からかうのはやめてくれ」

「私のまえで謙遜などしなくていいよ、ユダ」ユダ・アリエはユダヤ教徒の安息日に四つのシナゴーグで説教を行なっていた。そのみごとな聖書解説は有名で、修道士や司祭、貴族など多くのキリスト教徒が、アリエの説教を聞くためにゲットーに押しかけていた。「このあいだの説教を一緒に聞いたパドヴァの司教も、あれほどすばらしいヨブ記の解説は初めてだと言ってたよ」とヴィストリニは言った。その数週間後に、パドヴァの教会でその司教のヨブ記の説教を聞いたところ、それがアリエの知的な解説の焼き直しだったのは口にしなかった。アリエの話を盗むために、シナゴーグに説教を聞きにいく司祭は少なくない。ヴィストリニ自身は話の内容を盗む気はなかったが、洗練されて、かつ情熱的な話しぶりをぜひ見習いたいと思っていた。「私もあんたのように、聴く者の心を奪ってみたいものだ。母なる教会のために神のことばをできるだけうまく人々に伝えたくて、あんたからコツを学ぼうとはしているが、悲しいかな、会衆にはなかなか伝わらない」

「ある人間の思考や、それを表現する能力は神から与えられたものだ。もし私のことばが人人に受け入れられているとしたら、それは神のおかげだよ」ヴィストリニは苦笑いをこらえた。そんな月並みな文句をアリエは本心から言っているのだろうか？　アリエはヴィストリニの怪訝《けげん》そうな顔に気づくと、口調を変えた。「コツと言えば、そう、ひとつだけある。会衆が四十分の説教を望んでいるなら、説教は三十分にすること。三十分の説教を望んでいるなら、二十分にすることだ。ずいぶん長いことラビとして会衆のまえで話をしてきたが、説教が短すぎると文句を言われたことは一度もないからな」

それを聞いて、ヴィストリニはにやりとした。「からかうのはやめてくれというさっきのことばをそのまま返すよ。ところで、時間があるようなら少し一緒に散歩しよう。話したいことがある」

ヴィストリニに声をかけられてからは、アリエの背筋は伸びていた。そしていまは、高位の友人という強い味方を得て、胸を張り、頭を上げて歩いていた。深紅の帽子から飛びでた黒いバネのような巻き毛は、ひげと同じようにところどころ栗色が交じり、つやつやと輝いていた。ヴィストリニはユダの体が羨ましかった。背が高く、痩《や》せてはいるがたくましく、学者のトレードマークとも言える生白い肌とは無縁で、その肌は小麦色に輝いていた。とはいえ、どぎつい色の帽子が全体の印象を損ねていた。

「ユダ、なぜその帽子をかぶってるんだ？　赤ではなく、黒い帽子にしてもかまわないんだろう？」深紅はキリストの血を思わせる色で、ユダヤ人は赤い帽子をかぶるのを義務づけられているが、なかにはその義務が免除されている者がいるのをヴィストリニは知っていた。

「ドメニコ神父、私だってこのヴェネチアでは、友人と金があればたいていのことができるのは充分承知してる。ご存じのとおり、私に金はない。だが、友人は、そう、この不当な義務から私を救ってくれそうな者が何人かいる。そのうちの誰かにひとこと言って、黒い帽子をかぶれば、ああ、厄介ごとと縁が切れるかもしれない。でも、そうしてしまったら、私の話を聞きにくる人々が強いられている生活が理解できなくなる。私は仲間とともに生きたいんだよ。傲慢だとは知りながら、私は娘に表はビロードで裏地は絹の帽子を作らせている。だが、法は守る。人の価値は頭にかぶっているもので決まるわけではないからな。赤い帽子、黒い帽子、それがどうしたというのだ？　どっちをかぶったところで、心は隠せない」

「なるほど。あんたの考えは、ベネディクト修道会の庭に負けず劣らず整然としているんだったな」

「とはいえ、神父がこうして私と歩いているのは、帽子について話しあうためではないだろう？」

ヴィストリニは笑みを浮かべた。心のなかでさえ認めたくはなかったが、ときどき、自分と同じ階級のどの司祭より、機知に富むこの知的なユダヤ人に親近感を抱くことがあった。

「ああ、そのとおり。いいかな、ちょっと坐っても」ヴィストリニは運河の低い壁を指さした。「これを読んでほしい」そう言いながら、冒瀆的な文が書かれたページを開いて本を差しだした。

アリエはシナゴーグにいるときのようにわずかに体を揺すりながら、その文を読んだ。読み終えると、友人であるヴィストリニと目を合わせずに、運河の向こうを見つめた。「明らかに禁書の範疇《はんちゅう》だ」わざとらしいほど単調な口調で、どんな感情もこもっていなかった。アリエもヴィストリニ同様、ヴェネチアの出身ではなかった。それでいて、ヴェネチアっ子と同じ抑揚で話すのを聞くたびに、ヴィストリニは羨ましくなった。アリエはこの町のゲットーのあるカンナレージョ地区特有のやわらかく陽気なリズムで話すのだ。ヴィストリニも努めてヴェネチアの抑揚で説教するようにしていたが、幼いころを過ごした地のアクセントが完全に消えることはなかった。

「それよりもう少し深刻だ」とヴィストリニは言った。「こういった故意に挑発的な文は注目を集めて、異端審問を統括している検邪聖省《けんじゃせいしょう》の怒りがゲットー全体に向けられる。ユダ、この問題を処理してくれないだろうか？　われわれが処理せざるをえなくなるまえに。この手の印刷所を閉鎖してほしい」

アリエはヴィストリニを見た。「これを書いた者はキリスト教徒を挑発したくてこんなことをしたわけではない。ただ単に自分の考えを表明しただけだ。キリスト教徒の神学者たちはまさにこの点に関して事実を捻《ね》じ曲げて、教義を唱道している。処女生誕説とは、つまるところ、生物の不浄な部分をひた隠しにして、人の心をいたずらに惑わしているだけではないか？　私たちユダヤ人はその種のことに率直なだけだ」

ヴィストリ二は深く息を吸って、反論しようとした。だが、アリエは片手を上げて、それを制した。「これほど清々しい朝をきみと神学を議論して無駄にしたくはない。議論したところで何も得られないのは、お互いにとうの昔に学んだはずだ。議論することに意味があるかないかはともかく、それより、ヴェネチアにおける現在の異端審問所の現実に目を向けるべきではないかね？　異端審問官がここで裁判に持ちこめる事例は年を追うごとに減少している。さらには、裁判に持ちこんだ事例の多くも証拠不充分で却下されている。私たちは異端審問を軽視しているとは言わないが、以前ほどには恐れなくなっている。異端審問についてユダヤ人がなんと言っているか教えよう。毒は冷えて固まり効力を失い、おまけに、異端審問官はさらなる毒を作りだす術を失った」

ヴィストリニは傍らの石を覆う苔を指でつまんだ。いつものことながら、隣にいる友人の話には理があった。かつてのローマ教皇グレゴリウス十三世はアリエが指摘した大きな弱点を認めていた。「私はヴェネチアを除くあらゆる場所でローマ教皇である」と発言したのだ。

だが、ヴィストリニは新たなローマ教皇に不穏なものを感じていた。ヴェネチア共和国の総督や十人委員会には面と向かって対決しないとしても、ここのユダヤ人にはそういう態度であたるかもしれない。手負いの獣でも、追い詰められれば破れかぶれの一撃を試みるものだ。

「ラビ、頼む、真剣に言ってるんだ。恐怖の意味をふたたび思い知らされるような事柄は排除したほうがいい。ここに住むユダヤ人のなかにはスペインからの追放者の子孫がいる。そういった者たちは、祖父と祖母がヴェネチアへ流れてくることになった悲惨ないきさつを忘れてはいない、そうだろう？」

「もちろん忘れるはずがない。だが、ここはスペインではない。いまはあのころとはちがう。スペインの異端審問という悪夢からは、私たちはいまでも目覚めていない。とはいえ、あの悲惨な追放を経験した祖先を持つ西からやってきた同胞は、共通の過去を持つひとつのグループにすぎない。ほかにもオランダや、ドイツ、そして、東からやってきた者がいる。なぜ、ヴェネチアも安心できないと考えなければならない？　高貴な一族すべてにユダヤ人の親友がいて、異端審問官が私たちを強制的にキリスト教に帰依させるための説教を行なうのを総督が認めていないのに」

ヴィストリニはため息をついて言った。「そういった説教はすべきではないと、私も異端審問官を説得した。そういうやり方はユダヤ人の反感を買うだけで、教化することにはならないと」とはいえ、ほんとうの理由は、アリエの説教を聞いたことがある者に、自分の説教が劣っているのを知られたくないからだった。

アリエは立ちあがった。「さて、ドメニコ神父、用事があるからそろそろ失礼するよ」そう言うと、帽子の位置を直しながら、胸の内を明かしても大丈夫だろうかと考えた。この司祭には率直な意見を聞く権利があると判断した。「いずれにしても、こういった事柄では、キリスト教徒とユダヤ教徒の見解が一致することはない。書物が初めて印刷されたその日からそうだった。カトリック教会は聖書を普通の人々に持たせたがらなかった。だが、私たちはちがう。ユダヤ教徒にとって、印刷はアヴォダ・ハコデシュ——聖なる労働だ。ラビのなかには印刷を祭壇にたとえる者もいる。ユダヤ教徒は印刷を〝多くのペンで文字を書く〟と言い、シナイ山でモーセが始めた神のことばの伝道をさらに広げるものと見なしている。だから、ドメニコ神父、仕事場へ戻り、カトリック教会に課された使命にしたがって、その本を燃やす命を書くといい。私は、私の良心にしたがって、印刷所には何も言わない。事前検閲であれ、事後検閲であれ、結果は同じだ。いずれにしても、禁書となった本は燃やされる。無知の奴隷になって、カトリック教会のために私たちが自ら本を燃やすより、きみが燃やしてくれたほうがずっといい」

ヴィストリニは反論のことばが見つからず、そんな自分に苛立《いらだ》って、こめかみが鈍く痛みだした。ふたりはそっけない別れの挨拶を交わした。アリエは運河の傍らに坐っている司祭をその場に残して歩きだした。そうしながらも、心臓の鼓動が速まるのを感じた。ずけずけとものを言いすぎたのではないか、そんな思いが頭をよぎった。いまの会話を耳にした者がいたら、横柄《いぶか》なことばに驚いて、なぜヴィストリニはこのラビを〈鉛屋根の牢獄《ろうごく》〉に送らないのかと訝るかもしれない。とはいえ、その者はヴィストリニと自分の長いつきあいを知らない。ヴィストリニとは十年来の友人だ。そう、ヴィストリニは友人であると断言できる。それなのに……。アリエは自問した。なぜ心臓がこれほど大きな鼓動を刻んでいるのか？

運河沿いの道を折れて、ヴィストリニから見えない道に入ると、アリエはすぐさま壁にもたれて、浅い呼吸を繰り返した。息が苦しかった。何年もまえから胸が痛むようになっていた。異端審問所で初めてヴィストリニに会ったときに、どんなふうに胸が痛んだかはいまでもはっきり憶えていた。あれは大きな賭けだった。異端審問所にすすんで行く者などまずいないのに、話を聞いてもらうために自ら出向いたのだ。そうして、タルムードの禁止令を部分的にでも解いてもらおうと、流《りゅう》暢《ちょう》なラテン語で二時間以上話しつづけた。ふたつの部分から成るタルムードは、バビロン捕囚以来のユダヤ人の思想を昇華させたもので、それを奪われるのは何よりも辛かった。知識への渇望が飢えと同じ苦しみに変わろうとしていた。タルムードの主を成すミシュナに関しては、救出の望みはなかった。だが、もうひとつの部分、ゲマラは取り戻せるかもしれないと思った。ゲマラはミシュナにつけくわえられた律法学者たちによる解説で、さまざまな見解や異議がおさめられている。ゆえに、それは教会に害を及ぼすどころかむしろ役に立つ——異端審問官のまえでそう力説したのだった。ゲマラはユダヤ法の解釈に異議を唱えるラビがいることを示している。したがって、それはユダヤ教徒内部の分裂を示すものであり、カトリック教会の力を強めることにもなると。

いっぽう、ヴィストリニは異端審問官のうしろに立って、目をすがめていた。ヘブライ語で書かれたその書のことならよく知っていた。膨大な量のタルムードが没収されて、燃やされていたのだから。また、ある程度の学のあるラビなら誰でも、ゲマラさえあれば、それをもとに禁書となったミシュナを復元して、人々に伝えられるのも知っていた。けれど、異端審問官は雄弁なラビにすっかり言いくるめられて、不適当な箇所をすべて削除するという条件で、ユダヤ人がタルムードを手元に置くのを許したのだった。

それはつまり、ユダヤ人に機知で敗北を喫したという意味だが、それでも、ヴィストリニはアリエに感心せずにいられなかった。知識、勇気、そして、狡猾《こうかつ》さに。人の目を欺《あざむ》いて金を生みだす錬金術師を見たかのようだった。なんらかのからくりがあるのはわかっているが、どれほどじっと見ていても、いつどんな方法で金がくわえられたのかわからない、そんな気分だった。

ユダヤの書を取り戻して、喜び勇んで異端審問所を出ていこうとするアリエに、ヴィストリニは歩み寄り、耳元で「獅子《しし》のように勇敢なユダ。だが、あんたのことは狐《きつね》のユダと呼ばせてもらおう」と囁いた。ヴィストリニの目を見たアリエは、そこに怒りではなく、すぐれた敵に対する敗者の深い思いを読みとった。そうして、次に、異端審問所に出向いたときには、司祭のことばに応じるのを忘れず、助任司祭に向かって〝狐のラビ、ユダが来た〟とヴィストリニに伝えるように言ったのだった。

やがて、ヴィストリニは三ヵ国語を操るアリエと議論するのが楽しみになった。それまでヴィストリニは孤独な人生を歩んでいた。孤児院では強い訛りが自分の過去を物語っているように思えて、ほかの子供たちと打ち解けられなかった。神学校では勉強に励み、優秀だったことから、ほかの生徒とのあいだに溝が生じた。だが、アリエとなら同等の智者として議論できた。アリエが明らかな異端説や明らかな禁書を擁護して無益な時間を費やさないことにも感服していた。そうして、ときに、アリエに説き伏せられることもあった。禁書にするのではなく、本の内容を訂正するように指導して、一度か二度は、焚書になるはずの本を救うためにペンを取り、検閲官としてそのためのことばを最初のページに記したりもした。

アリエへの関心は、ついに長年にわたる嫌悪感まで打ち砕いて、ヴィストリニにゲットーに通じる橋を渡らせた。神学校時代には、多くの学生が定期的にゲットーに足を踏み入れているのを、ヴィストリニも知っていた。ユダヤ人をいじめるために行く者もいれば、キリスト教を伝道して、ユダヤ人を回心させるという真摯《しんし》な気持ちで行く者もいた。わずかだが、危険を承知で違法な娯楽を求めてそこへ行く者もいた。だが、学生時代のヴィストリニはゲットーは不快な場所だと信じて疑わなかった。ユダヤ人であふれる閉ざされた地区に入ってみたいとはこれっぽっちも思わなかった。そんなところへ行くと考えただけで、不愉快で気分が悪くなった。

一五一六年に初めてヴェネチアに移住してきたユダヤ人は、ドイツの金貸しだった。それに続いて多くのユダヤ人がやってきたが、彼らに許された仕事はたった三種類しかなかった。ヴェネチアの貧民にわずかな金を貸す質屋、中古品を売買する古物商、そして、レヴァント（東部地中海とその沿岸諸国）との密接なつながりを利用して、ヴェネチアを有数の交易の町に変えた貿易商。また、住む場所もごく狭い地域に限定された。壁に囲まれた灰の島――かつて鋳造工場があったことからゲットーと呼ばれている場所だ。その島と外の世界をつなぐのは二本の細い橋だけで、門には毎晩鍵がかけられた。

だが、長い年月が過ぎるうちに、ヴェネチア人のなかにもユダヤ人を歓迎する者が出てきた。そういった人々がユダヤ人を雇って印象深い音楽を演奏させて、医師や金融アドバイザーとして頼るようになった。ユダヤ人にしてみれば、財産の所有権を与えられ、法が守ってくれるヴェネチアが、約束の地に思えたことだろう。

ゆえに、ユダヤ人の移民は増えつづけた。西からやってきた者——すなわちカトリックの国であるスペインや、その後、ポルトガルから逃れてきた者たち。ドイツの多くの町での大虐殺を逃れてきた者。さらには、エジプトやシリアといった国々からつねに流れてくる者たち。ゲットーの住人は二千人近くにまでふくれあがり、住居は上へ上へと積み重ねられて、ひとつの建物に六、七家族が住むようになり、ついには、ヴェネチアで人口密度がもっとも高く、建物ももっとも高い地区になった。ゲットーに初めて入ったヴィストリニが、アリエのシナゴーグの場所を人に尋ねると、背高のっぽのアパートを示された。暗く急な階段を上りつめた屋根裏部屋にあるアリエの礼拝の場は、鳩小屋と鶏小屋を兼ねていた。

ヴィストリニがアリエに惹《ひ》かれたのはそもそも同等の智者だったからだが、ふたりを強く結びつけたのは、強さではなく弱さだった。ある日の午後、アリエはたまたまゲットーとヴィストリニの教会のあいだにある地区を歩いていた。往来の激しい大通りでのいやがらせを避けて、わざと狭い道や路地を通っていたのだ。すると、倒れた男の体をまさぐっている辻《つじ》強盗《ごうとう》に出くわした。辻強盗が逃げ去って初めて、倒れているのがヴィストリニだと気づいた。酔っ払って、殴られて頭から血を流し、法衣が小便で濡《ぬ》れていた。アリエはゲットーの門限を破るという大きな危険を冒してまで、清潔な布を手に入れると、酔っている司祭を介抱した。そのおかげで、ヴィストリニはカトリックの司祭としてあるまじき失態を上司に知られずにすんだのだった。

礼を言おうとしたヴィストリニに、アリエは自分にも弱い部分があり、ときどき悪魔に惑わされると言った。とはいえ、それ以上詳しく話すことはなかった。それでいて、その弱さが心を苛《さいな》んで、このところ日々の祈りも、夜の妻との穏やかな語らいにも気持ちが向けられなくなっていた。いまも狭い通りの壁にもたれながら、胸の痛みは司祭との無遠慮な会話のせいだけではないと感じていた。また、この朝の不当で危険な用事のせいだけで、心臓の鼓動が不規則になっているわけでもなかった。そのふたつが頭のなかでしつこく響く声に結びついていた。何をしても消えない悪魔の声に。数日後に迫ったカーニバルが始まるまえに、ヴェネチアを離れる手筈《てはず》を整えようと努力した。ああ、どれほど努力したかは神も知っているはずだ。罪業の手の届かないところに逃れたかった。仮面で顔を隠して、別人になりすまし、ユダヤ人には許されていないことをする――そんな誘惑にアリエは勝てなかった。昨年は、よその町で家庭教師の職を得られた。だが、年々カーニバルの期間は長くなり、その間ずっとヴェネチアを離れている用事を作るのがむずかしくなっていた。パドヴァに住む若者の家庭教師と、フェラーラで病気のラビに代わってトーラを朗読する仕事に志願したが、どちらも断わられた。

カーニバルが間近に迫ると、夫の悪癖を知るアリエの妻は、夫の服がしまってある行李《こうり》のなかを確かめた。そこに、ヴェネチアのキリスト教徒がつけるような仮面とマントが隠されていないかと。そうして、ついに、お針子をしている娘の裁縫道具や布地のなかにまぎれこませた仮面とマントを見つけた。妻はすぐさまそのふたつを古着屋に持ちこんで売り払った。

アリエはそれに感謝して、妻の額にそっとキスをした。その後、一日かそこらは、己の恥辱となる小道具が手の届かないところに行ったことに心底ほっとした。けれどまもなく、またもやカーニバルのことしか考えられなくなった。それがもたらす反道徳的な楽しみのことしか。

これから明晰《めいせき》な判断力が必要になるというのに、頭のなかでは邪悪な蛇がとぐろを巻いて、思慮と良心をからめとろうとしていた。それでも、待ち合わせの場所である大運河の大理石の橋のたもとの石段にたどり着いた。町中の目立つ場所で立っているのはいやだった。人の視線を痛いほど感じた。雑言をつぶやきながらすぐそばを通る人々に押しのけられた。けれど、ほどなく、ゴンドラの船頭が櫂《かい》を巧みに操って石段のほうへ向かってくるのが見えると、ほっと胸を撫でおろした。ゴンドラは例に洩《も》れず真っ黒だった。ヴェネチアの住人が自身の富をひけらかすことがないように、ゴンドラの色は法で定められているのだ。船頭の服の色も、彼らの伝説的な口の堅さ同様、密《ひそ》かに逢引《あいびき》する男女に加勢していた。

アリエは滑る石段を慎重に下りていった。ゴンドラに乗るユダヤ人というのがよくある光景ではないのはわかっていた。緊張して、さらには心臓が早鐘を打っているせいで、少し眩暈《めまい》がした。キリスト教徒なら乗船するときに船頭の肘をつかむなりして転ばないようにするが、ユダヤ教徒に触れられて船頭がどう思うのかアリエにはよくわからなかった。ユダヤ人は呪術を使い、体に触れるだけでキリスト教徒に悪辣《あくらつ》な魂を宿らせる――そんな迷信がはびこっているのだ。ゴンドラに足をかけたちょうどそのとき、すぐそばをもう一艘《いっそう》のゴンド

創元SF60周年記念

史上初の公式ガイドブック

創元SF文庫総解説

2023年12月25日発売

※発売日は地域・書店によって前後する場合がございます。

全国書店、ネット書店で予約受付中！

ISBN：978-4-488-00399-9　定価：2,420円　A5判並製

日本最古の現存する
文庫SFレーベルの歴史を
余すところなく解説した
史上初の公式ガイドブック

1963年9月に創刊した日本最古の現存する文庫SFレーベル、創元SF文庫。その60周年を記念した史上初の公式ガイドブック。フレドリック・ブラウン『未来世界から来た男』に始まる800冊近いその刊行物全点の書誌&レビューを始め、草創期の秘話や装幀を巡る対談、創元SF文庫史概説、創元SF文庫以外の東京創元社のSF作品にまつわるエッセイを収める。

収録内容

・作品総解説
・高橋良平 × 戸川安宣（対談）「草創期の創元SF」
・加藤直之 × 岩郷重力（対談）「創元SF文庫の装幀」
・大森望「創元SF文庫史概説」
・牧眞司「創元SF文庫以外のSF作品」

価格は消費税10%込の総額表示です

東京創元社
〒162-0814
東京都新宿区新小川町1-5
TEL 03-3268-8231
http://www.tsogen.co.jp/
創元SF60周年特設サイト▶

ラが通って、その波がアリエが乗りかけたゴンドラを揺らした。アリエはバランスを崩して、両腕を風車のようにまわしながら尻餅をついた。橋の上で意地の悪い笑い声があがった。運河の壁の向こうで誰かが唾を吐いて、それがアリエの帽子を汚した。

「おっと!」船頭が声をあげて、手を伸ばすと、アリエをつかんだ。毎日櫂を操っている腕の筋肉が盛りあがっていた。アリエが立ちあがると、船頭は気遣ってアリエの服の汚れを払ってから、運河を見おろして笑っている若者を一喝して口を閉じさせた。

アリエは船頭に先入観を抱いた自分を叱った。考えてみれば、レイナ・デ・セレナがユダヤ人を差別する者を雇うはずがなかった。レイナ嬢はゴンドラについた小さな船室《フェルゼ》のなかで、クッションの利いた椅子に坐ってアリエを待っていた。

「ずいぶんにぎやかな登場だこと、ラビ」とレイナ嬢は眉を上げて言った。「もっとも目立たない方法でゴンドラに乗ったとは言えないわね。でも、まあ、坐ってちょうだい」そう言って、向かいにある華やかな刺繍《ししゅう》の絹のクッションを指さした。フェルゼの外側は飾り気のない真っ黒な帆布だが、内側は贅沢《ぜいたく》を規制する法律を嘲笑うかのように金襴《きんらん》の布がふんだんに使われていた。

レイナ・デ・セレナがそれなりの事情を抱えてヴェネチアへ移り住んだのは十年ほどまえのことだった。ポルトガルを逃れたユダヤ教徒だったレイナ嬢は、改宗して敬虔《けいけん》なキリスト教徒となってここで暮らしはじめたのだ。同時に、名前も安住の地を与えてくれた場所への感謝の気持ちが窺《うかが》えるものにした。そうして、人のあふれるゲットーではなく、キリスト教徒として、ヴェネチアの貨幣鋳造所の隣に立つ豪邸で暮らしていた。その豪邸には隣の建物より金が詰まっている、そんな冗談を言うヴェネチアっ子もいるほどだった。何しろ、レイナ嬢はヨーロッパでも有数の銀行家のひとり娘なのだ。一家が有する銀行はイベリア半島を越えてかなたにまで勢力を伸ばしていたことから、スペインとポルトガル王室に略奪されて失った富はほんの一部だった。いまやレイナ嬢がユダヤ人の苗字《みょうじ》で呼ばれて返事をすることはなかったが、ユダヤの家族が築いた富をいまでも手にしているのは周知の事実だった。

いずれにしても、レイナ嬢は莫大な財産を金襴の室内装飾や、とくに高貴な者だけに許される娯楽に費やしているだけではなかった。アリエが行なっているゲットーの貧しい人々への支援の最大の出資者でもあった。さらに、家族が築いた銀行のネットワークを通じて、ほかの多くの町でもユダヤ人を支援しているのをアリエは知っていた。また、敬虔なキリスト教徒という表向きの顔が仮面であることも。それはカーニバルで仮面をつければ誰もが簡単に素性を隠せるのと同じだった。

「では、ラビ。用件を聞かせてちょうだい。同胞を助けるあなたのために、私に何ができるのか」

アリエはこれから自分がしようとしていることがいやだった。「お嬢さま、すでに数えきれないほどのユダヤの息子と娘が、あなたの寛大な翼に包まれて、追放の辛苦からその身を守られています。あなたは渇いた者の喉を潤す澄んだ泉です。あなたは――」

レイナ嬢は宝石で彩られた片手を上げると、不快なにおいを払うように顔のまえで手を振った。「そういうことは聞き飽きたわ。いくら必要なのかお言いなさい」

アリエは金額を言った。嘘が舌を焼いたかのように、口のなかがからからだった。レイナ嬢の真剣で美しい顔を見つめた。その顔に一瞬、考える表情が浮かんだが、それもほんの束《つか》の間《ま》で、レイナ嬢は傍らにあるいくつものクッションのあいだに手を入れると、分厚い財布をふたつ取りだした。

アリエは唇を舐《な》めて、息を呑《の》んだ。「お嬢さま、多くの家族があなたの名を褒《ほ》め称《たた》えるでしょう。彼らの苦境を詳しくお知りになりたければ……」

「彼らがユダヤ人であること、困窮していること、そして、私が援助するだけの価値がある人々だとあなたが判断したこと。その三つを知っていれば充分よ。私の秘密をあなたは守る、私はそう信じているの。それなのに、ラビ、わずかな金貨を託すのにあなたを信頼できないわけがない、そうでしょう?」

アリエは金貨の重みを感じながら、レイナ嬢が口にした〝わずかな〟ということばに戸惑った。同時に、〝信頼〟ということばに心臓が縮んだ。まるで心臓を鷲《わし》づかみにされたように。

「ところで、ラビ、お願いがあるの」

「なんなりと」心臓をつかむ手がほんの少し緩んだ気がした。自分の不正をわずかでも償えそうだと思うとほっとした。

「異端審問所の検閲官をしている友人がいるそうね」

「友人と言えるかどうか……」アリエは運河の傍らで、ヴィストリニを相手に豪胆な物言いをしてしまったことを思いだした。「とはいえ、互いによく知る仲ではあります。よく話をしますから。それなりに丁寧な物言いで。実は、ここへ来るまえにも会って、アブラハム・ピネルの印刷所を閉鎖するように言われました。ベルナドッティに名を借りている印刷所を」

「そうなの？　だったら、ルチオ・デ・ベルナドッティにひとこと言っておきましょう。ルチオも厄介ごとは避けたいでしょうから。もしかしたら、ルチオはその印刷所にローマ教皇を褒め称える仕事を頼むかもしれない、そうすれば、異端審問所としてもいきなり閉鎖させるだけの正当な理由を見つけにくくなるかもしれない、そうでしょ？」

アリエは笑みを浮かべた。追放によって多くの同胞が破滅したにもかかわらず、レイナ・デ・セレナがそれを乗り越えて、さらに豊かになっているのも不思議ではなかった。「で、検閲官の件で、私に手伝えることとは？」

「これよ……」レイナ嬢はまたもや傍らのクッションの下に手を入れて、小さな本を取りだした。そうして、子山羊《こやぎ》革の表紙に、凝った細工の銀の留め金がついたその本を差しだした。

アリエは両手で受けとった。

「ずいぶん古い本ですね」

「そうなの。作られてからゆうに百年は経ってるわ。もはや存在しない世界を生き延びてきた。その意味では私と同じね。さあ、開いてみて」

アリエは銀細工職人のすぐれた技術に感心しながら留め金をはずした。閉じた状態では、ふたつの留め金は一対の翼の形をしていた。作られてから百年以上が経っているというのに繊細な留め金は滑らかに開き、一対の翼の下に隠れていた薔薇《ばら》の花を模した細工が現われた。アリエはひと目でその本がハガダーであることに気づいたが、これまでに見たどんなハガダーともちがっていた。金箔《きんぱく》に上等な羊皮紙……。アリエはそこに描かれた細密画を食い入るように見つめながら、次々にページを繰《く》った。心が弾むと同時にかすかな当惑を覚えた。キリスト教徒の祈禱書《きとうしょ》のように、絵とともにユダヤの物語が綴《つづ》られているのが不思議でならなかった。

「これを作ったのは何者ですか？　誰がこの絵を描いたんです？」

レイナ嬢は肩をすくめた。「それがわかったらどんなに嬉しいか……。これは母に仕えていた老いた下男のものだったの。やさしい下男で、私が子供のころにすでにずいぶん年を取っていた。よくお話を聞かせてくれたわ。嵐の海や災いの大地、悪い兵士や海賊ばかりが出てくる恐ろしい話だったけれど、私はそれがおもしろくてしかたなかった。世の中のことを何も知らない子供だったから、現実とおとぎ話の区別もつかなかったのね。いまは、お話をしてとせがんだのを思いだしては後悔しているわ。あの話はすべて、老いた下男が経験した実話だったんでしょうから。下男はスペインからユダヤ人が追放された月に生まれたと言っていたわ。そして、息子を育てるために安住の地を求めた母親は、船が難破して亡くなった。でも、下男は私の家族の庇護のもとでどうにか生き延びた。何年ものあいだ、私の家族は多くの孤児の面倒をみてきたから。下男は若いころは、私の祖父の下で働いていた。銀行ではなく、ポルトガルから逃れてくるユダヤ人を援助する秘密の仕事を任されていたの。いずれにしても、この本はその下男のものだった。下男にとって何よりも古くて、何よりも大切なもの。そうして、亡くなる間際に私の母に託したの。やがて母が亡くなって、私が受け継いで、私の宝物になった。美しい本だから。でも、それ以上にこれを見るとあの老いた下男を思いだすから。あの下男のように苦しんだ多くの人たちを思いだすから。

ラビ、この本は検閲官に審査してもらって、検認を受けなければならない。でも、私にはそれはできない。検認が受けられるという確証がなければ、これを検閲官に見せるわけにはいかないわ。それにもちろん、これが私のものであることは絶対に人に知られてはならない。カトリックの女にハガダーなど必要ないのだから」

「レイナ嬢、これを持ちかえって、すべてに目を通してもよろしいですか？　どんなことばが使われていれば禁書になるのか、私は熟知しています。カトリック教会が異議を唱える事柄がひとつもないと確信できたら、あなたの希望どおりの結果が得られる方法でヴィストリニ神父のもとに持っていきます」

「ほんとうにそんなことができる？　これほど遠くから、これほどさまざまな困難を乗り越えて旅してきた本が火にくべられるなんてことは絶対にあってはならないのよ」

「だからこそ、そうならないようにこうしてお願いしているのです。あなたの望みどおりのものを検閲官から引きだす自信はありますが、でも、そもそもなぜ検認を受ける必要があるんです？　あなたが誰にも内緒でこの本を持っているなら、そんな必要はないでしょう。あなたの持ち物が調べられたり、検閲を受けたりするはずがないんですから。このヴェネチアでは誰もそんなことを――」

「ラビ、私はヴェネチアを離れるつもりなの――」

「なんですって？」

「そのときには、持ち物を詳しく調べられるかもしれない。それに備えて、万全を期しておきたいの」

「なんて悲しいことだ！　あなたがいなくなるとは残念でたまらない。ヴェネチアのユダヤ人はみな悲しがるはずです。とはいえ、寛大な支援者の名を彼らは知りませんが。あなたには想像もつかないでしょうね、あなたのおかげで私が多くの同胞に施しをして、どれほどの人に感謝されたか……本来なら感謝されるのは私ではないのに」

レイナ嬢はまた片手を上げて、ラビの誉《ほ》めことばを制した。

「ここでの暮らしはすばらしかった。けれど、ここで過ごした年月で、私は自分自身について少し学んだの。こんなふうに一生嘘をついて生きることなどできないと」

「ということは、偽りの改宗はやめると決めたんですね？　それがどれほど危険かは承知しているんでしょうね？　異端審問所の力が衰えているとはいえ、それでも――」

「ラビ、心配はいらないわ。安全な逃げ道を用意したから」

「でも、どこへ行くんです？　ユダヤ人として生きて、豊かに暮らせる幸福の地がどこにあるんです？」

「そう遠くはないわ。私たちと高き門――オスマントルコが統治している地を隔てている海を渡るだけ。オスマントルコの皇帝《スルタン》は昔から私たちを歓迎してくれている。私たちの技術と富を。若いときには行く気になれなかったけれど、いまはあらゆることが変わったわ。ユダヤ人社会は発達した。多くの町にユダヤ人の医者がいて、ヘブライ語を操る詩人がいる。スルタンは私に来るように言ってくれた。いまも、私の安全な通り道を手配するようにという手紙を携えたスルタンの使者が、ヴェネチアの総督のもとに向かっている。だから危険はないわ。長いこと抱いていた疑惑が明らかになるのだから、それはもう喜ぶ人が大勢いるでしょうね。ここで自由に暮らすために私がキリスト教徒のふりをしているんじゃないかと疑っていた人たちが。とにかく、ここにいるかぎり、私はひとりで生きなければならない。キリスト教徒と結婚して、夫にまで私の胸の奥にあるユダヤ人の魂を隠しつづけることはできないから。そうよ、結婚して、ひとりぐらい子供を産むにはまだ遅すぎない。そのときには、あなたも来て、その子の割礼《かつれい》の儀式を祝ってくれるでしょう？　ラグーザはとても美しいところだと聞いているわ。もちろん、ヴェネチアほどではないでしょうけど。それでも、自分を偽らずに生きていける。もう一度ほんとうの名を名乗れる。そう、そういうこと。さあ、私のために祈っててちょうだい。ヘブライ語の響きで私の耳が満たされるように」

まもなく、にぎやかで詮索好きな人々がいる橋から離れた小さな運河で、アリエはゴンドラを降りた。ポケットに入ったレイナ嬢の金貨が重かったが、小さな本を腹にしっかり抱えて、まっすぐ家に帰るつもりだった。うつむいて、石畳を見つめて歩いた。仮面職人の工房のまえを通ったが、そこにどんな仮面が飾られているのか目を上げて確かめようともしなかった。だが、曲がり角でふと足を止めた。ポケットのなかの金貨が碇《いかり》のようにアリエの足をその場に留めさせた。

いつもなら自分が何にとり憑かれているのか、冷静に判断できた。悪魔に誘惑されているのだと。だが、ときに豊富な知識と屁理屈《へりくつ》によって、歪曲《わいきょく》した判断を下すこともあった。イスラエルの民はそれぞれの土地をくじで決めたのではないのか？　ヘブライ人だってくじで最初の王を選んだのでは？　トーラがそれを認めているなら、悪魔のしわざではないのかもしれない……。そうだ、レイナ嬢を騙《だま》せと囁いたのは、悪魔ではないのだろう。この金貨をお与えになったのは、神の御手《みて》かもしれない。あらゆる危険を冒してでも勝って、ユダヤの民のためにより多くの金を得よという神の計らいかもしれない。何倍にもなった金を貧しい者たちに分け与えれば、ゲットー全体の暮らしが向上する。胸のなかで心臓が壊れそうなほど激しい鼓動を刻んでいたが、たったいま思いついたことにアリエは有頂天になった。そうして、くるりと踵《きびす》を返すと、仮面職人の工房へと戻っていった。

ヴィストリニは机を離れた。額を拭う布が必要だった。午前中を費やして、異端の書の没収命令を書きあげた。夏もとうに過ぎて、しかも午前中だというのに、これほど暑いとは異常だった。汗はひどく酸っぱいにおいがして、このところ風呂に入っていないのを思いだした。ラビと口論したせいで頭痛が始まり、それがいまや堪えがたい痛みになっていた。落ち着かない胃のなかで、怒りが小さな塊となった。侮辱されたのだとヴィストリニは自分に言い聞かせた。あのラビはふたりの友情を過信しすぎている。実は議論で勝てなかったのが腹立たしいのだとは認めたくなかった。はらわたがぎゅっと縮んだ。便所に行かなければ。病んだ老人のような足取りで、ヴィストリニは異端審問所の廊下を歩きだした。

それでも、廊下は涼しかった。いつもなら白カビのはびこる壁が迫ってくるような気がするが、今日はわずかな時間でも狭苦しい部屋から出られてほっとした。角を曲がったとたんに、司祭のわずかな昼食を運んできた下働きの少年とぶつかりそうになった。ヴィストリニは昼食の盆からナプキンを取ると、顔を拭いて、汗染みのついた布を少年に渡した。少年はいやな顔をして、ナプキンの端をつまんだ。小僧っ子が――ヴィストリニは便所へ向かいながら声に出さずに悪態をついた。小童《こわつぱ》どもが、どいつもこいつも人を見下してやがる。あの生意気な侍者のパオロ――学のあるいいとこのあの小僧だけでもうんざりだというのに、なんだって、下働きの坊主にまであんな目で見られなければならないんだ！

ヴィストリニの腸はその中身を悪臭を放つ下水溝に吐きだしたが、それでも腹の痛みは和らがなかった。潰瘍でもできて、それが大きくなっているのだろうか……。しかたなく、葡萄酒を求めて、食堂のテーブルへ向かった。料理人が作る水っぽいスープも、それに浸しながら食べるパンもほしくなかった。ヴィストリニの席には中身が半分にも満たない杯がひとつ置かれていた。もっと注がせようと下働きの少年を呼びつけると、すでに葡萄酒の棚には管理人が鍵をかけたと言われた。そう言う少年の顔に嘲りの笑みらしきものがちらりとよぎった――ヴィストリニはそんなふうに思えてならなかった。

さらに気分が悪くなって執務室に戻ると、いつものように書物の不適切な部分の削除作業に取りかかった。ペンに真っ黒なインクをたっぷりつけて、ページを繰り、キリスト教徒を示すヘブライ語を片っ端から消していった。〝割礼を受けていない者〟〝ユダヤ人を忌み嫌う者〟といった記述はもちろん、〝奇妙な儀式に立ち会う者〟という表現も、大昔の偶像崇拝を指していて、暗に教会を示唆するものではないと断言できないかぎりは削除した。キリスト教徒を指しているとも読める邪悪な王国やエドムやロマンといったことばも目についた。さらには、ユダヤ教が唯一の真の信仰であるという記述や、救い主はまだ現われていないという文、そして、ユダヤ人に対して使われている〝敬虔な〟や〝神聖な〟という表現すべてを削除した。

気分のいい日には、もっと寛容になれた。ときには、不適切な文章を塗りつぶすのではなく、修正をくわえて自身の務めを果たすこともあった。偶像崇拝者に触れている文章のあとに星を崇める者たちということばを書き添えれば、キリスト教の聖人の絵を崇めるのは偶像崇拝であると読めそうな箇所も、そういう意味には取れなくなる。

だが、今日は頭がずきずきと痛んで、口のなかには糞のようなにおいが広がっていた。ヴィストリニのペンは太い棒線で無数のことばを塗りつぶした。ときに、強く線を引きすぎて、ペン先が紙を破ることもあった。自分は病気なのかもしれない、ヴィストリニはそう感じた。

ページを繰りながら、不適切な記述が多すぎると思った。腹立ちまぎれに、その本を焚書としてわきに放った。これでユダ・アリエも思い知るだろう。あの傲慢な男も。すべて燃やして、さっさと仕事を終わらせてもいいではないか。そうすれば、家へ帰れる。家なら召使が飲み物を運んでくる。ヴィストリニは片腕で机の上にある本をなぎ倒して、まだ目を通していない六冊を焚書と書かれた箱のなかに落とした。

アリエは妻の目を覚まさないように闇のなかでゆっくり体を起こした。月光が妻の丸みを帯びた頰を照らしていた。昼はつねに隠している豊かな髪も、いまは解かれて枕の上で広がって、黒と銀に輝いていた。その髪に触れずにいるには、大きな意志の力が必要だった。結婚したころは、髪に手を差しいれて、もてあそんだものだった。若さゆえの激しく未熟な愛を交わしながら、妻の髪が胸に触れるたびに気持ちをかきたてられたものだった。

妻のサライはいまでも美しかった。結婚して二十年が経つが、能弁な瞳で見つめられるといまだに興奮せずにいられない。そんなことから、アリエはときどきヴィストリニのことを考えた。ベッドのなかに女のぬくもりのない人生をどうやって生きているのかと。あるいは、子供のいない人生を。愛らしい顔の赤ん坊が大きくなって、変化して、立派な大人へと成長していく——そんなわが子の姿を見られない人生とはどんなものなのだろうかと。もしかしたら、ヴィストリニがあれほど酒を飲むのは、そういった人生を求める気持ち——神が与えた人として自然な欲求——を鈍らせるためなのかもしれない。

とはいえ、アリエは信仰だけに生きる人生を軽蔑しているわけではなかった。それどころか、禁欲主義に美さえ感じていた。何しろ、自分もトーラの六百十三の戒律をつねに心に置いて生きているのだから。牛乳と牛の肉を一緒に食べないのも、安息日に労働をしないのも、夫婦の関係において家族の清浄の戒律を守るのもごく自然なことだった。毎月の禁欲の戒律は、かえって欲望をかきたて、夫婦の睦《むつ》み合いをより甘いものにしてくれる。だが、妻がない人生とは……。アリエにとってそれは大人の男にふさわしいものではなかった。

扉が軋《きし》みながら閉まった。その音で目を覚ました者がいないかと、アリエは階段の上に立って束の間様子を窺った。とはいえ、これほど遅い時間でも、多くの人が住む建物が静まりかえることはなかった。薄っぺらな木の壁の向こうから、隣に住む老人の空咳《からぜき》が聞こえた。上へ上へと建物を積みあげていかざるをえないとなれば、当然、壁は軽く薄いものになる。階下で、腹を減らした赤ん坊の甲高い泣き声がした。さらには、階上の若い雄鶏《おんどり》がひっきりなしに鳴き声をあげて時を告げている。ろくでもない雄鶏だ、夜明けと闇の区別もつかないとは。早いうちに、ショヘート（ユダヤ教で律法に則って食肉を処理する者）を呼んできて、はた迷惑な鶏を絞めてもらわなければ。そんなことを考えながら、アリエは闇のなかで軋む木の階段を慎重に下りていった。外に出ると、自分のアパートメントと隣の建物の隙間に向かった。膝をついて、ぬめる石のあいだに手を入れて、隠しておいた布袋を引っぱりだした。路地を忍び足で歩いて、濃い影のなかに入ると、袋を開いて、揺すって中身を取りだした。数分後、ゲットーの門へと向かった。

その夜のいちばんの難関が目のまえに迫っていた。門は数時間前に閉鎖されていた。ゲットーに用事があって、閉門後もこの地区に残っていたキリスト教徒であれば、門番に金を渡すだけであっさり外に出られる。だが、ユダヤ人が外に出るには、豪胆さと狡猾さだけが頼りだった。アリエは暗がりに身をひそめて待った。仮面をつけて、特徴のある栗色の巻き毛が、支配階級の人々がかぶる三角帽子から飛びでていた。貴人が身に着ける良質な羊毛の外《がい》套《とう》で完璧に変装していたが、その外套にも湿った空気が染みてきた。そうして、ほぼ一時間が過ぎた。凝りをほぐそうと肩をまわして、脚が痺《しび》れないように片方ずつ揺すった。この調子では今夜はあきらめて、次の機会を狙うしかないかもしれない。そんな考えが頭をよぎると同時に、心待ちにしていた音が聞こえた。耳障りな声と、騒々しい笑い声。それに続いて、キリスト教徒の若者の一団が千鳥足で小広場に入ってきた。カーニバルで浮かれた若者たちは、違法で異質な快楽を得たにちがいない。あまりにも貧しいユダヤ移民のなかには、娘や息子に客を取らせる者がいるのだ。

六、七人の若者が門番に出てこいと叫びながら、千鳥足で番小屋へ向かっていた。全員がカーニバル用の黒い外套をまとって、即興喜劇用《コンメディア・デラルテ》の仮面をつけていた。アリエの胸のなかで心臓がひとつ大きな鼓動を刻んだかと思うと、早鐘を打ちはじめた。すぐにでも行動を起こさなければならなかった。闇と酩酊《めいてい》を味方につけて、若者たちに気づかれないのを祈りながら、あの一団にまぎれこむのだ。仮面に触れて、紐がほどけていないかきちんと確かめた。この数分間でそれと同じことをもう十回も繰り返していた。仮面はありふれたものを選んだ。

大きな鉤鼻《かぎばな》の疫病医。今夜、町にはそれと似た姿の男たちがあふれているはずだ。だが、真っ暗な闇から広場に足を踏みだそうとしたそのとき、胸いっぱいに疑念が広がった。危険すぎる。不審に思った若者たちが騒ぎだすに決まっている。ここへやってきたときのように、闇にまぎれて家へ戻るんだ。途中でこの馬鹿げた仮面をどぶに捨てて……。

だが、次の瞬間、揺らめく蠟燭《ろうそく》の明かりに照らされた金貨の山が目に浮かんだ。さらには、カードが裏返されて、その秘密が明らかになる瞬間の恍惚《こうこつ》感がよみがえった。アリエはごくりと唾を飲みこんだ。目に浮かんだ光景はあまりに甘美で、喉の奥にその味が感じられるようだった。アリエは広場を歩いて、にぎやかな若者たちのうしろにぴたりとついた。ためうなと自分に言い聞かせると、すぐそばにいる若者の肩に腕をまわして、笑おうとした。とはいえ、口から出たのは裏返ったか細く奇妙な声だった。

「助けてくれ、若いの。飲みすぎてまともに歩けない。門番に見咎《みとが》められるなんてごめんだよ」アルレッキーノ（即興喜劇に登場する道化）の仮面の三日月形の目の穴から覗く若者の目は、牛の目のように愚鈍だった。「ああ、いいとも、おじさん。ほれ、行こう」若者はろれつがまわらず、息は火がつきそうなほど酒臭かった。

明かりの灯《とも》る門をくぐるのはほんの一瞬のことだったが、それでも、アリエは高鳴る心臓の鼓動——これほど激しい鼓動なら誰に気づかれても不思議はない——のせいで正体がばれるにちがいないと覚悟した。だが、次の瞬間には門を抜けて、狭い橋に足を踏みだしていた。三段上がり、三段下がると、もうキリスト教徒の町に入っていた。橋を離れながら、アリエは若者の肩から腕をはずして、垂れこめる闇にまぎれた。ごつごつした石壁に頭をつけて、呼吸を整えた。しばらくそのままじっとしていたが、やがてまた歩きだした。

細い運河沿いの道に入ると、そこには大勢の人がいた。カーニバルのヴェネチアは眠らない。日暮れと同時に、松明《たいまつ》やシャンデリアが灯されて、夜を徹して祭が続くのだ。このときばかりは、町にくりだした無数の人で、目抜き通りはゲットーより込みあう。貴族に扮した男たちに、カモを探すスリやペテン師が忍び寄り、ジャグラーや軽業師、熊いじめ（鎖につないだ熊に犬をけしかけていじめさせる見世物）が芸を披露する。カーニバルの夜は地位も身分も消えてなくなる。すぐ隣を歩いている鷲鼻のザンニ（即興喜劇に登場する召使）の仮面をつけた背の高い男が、扮装《ふんそう》どおりの召使や荷運び人であっても、十人委員会のメンバーであっても不思議はなかった。「こんばんは、ミスター・マスク」カーニバルのあいだは、それが挨拶だった。

アリエは帽子を押さえながら、背の高いザンニと並んで歩き、さらに人込みにまぎれて、橋からさほど遠くない賭博場《リドット》へ向かった。そうして、夜の町にあふれる仮面をつけた高貴な男のひとりとして、賭博場に入ると、まっすぐ二階へ上がって、ため息の間に入った。その広間はけばけばしく、いくつものシャンデリアが発する光は明るすぎるほどで、仮面をつけた女たち――賭けに負けてソファにぐったりと坐りこんでいる男を慰めている女たち――の首の皺がやけに目についた。そこには愛人を連れた夫や、チチズベオと一緒の妻がいた。チチズベオとは〝お伴の騎士〟という意味だが、実は多くの場合、妻の愛人だ。娼婦《しょうふ》やポン引き、警察の密偵もいた。誰もが身分を隠す仮面をつけている。とはいえ、胴元だけはちがった。賭博場を仕切る男たちは、ヴェネチアで唯一その役目を担うのを許された上流階級のバルナボット一門の者だ。彼らはそろって黒の長いローブをまとい、白い長髪の鬘《かつら》をつけて、隣の広間で賭けのテーブルの傍らに立っていた。仮面をつけていない顔は、そこに集うすべての人にその身分を知らしめていた。

賭博場では十以上の賭けのテーブルから好みのものを自由に選べるようになっていた。アリエはバセットやパンフィル（ともに、かつてヨーロッパで流行ったカード賭博）の持ち札を配る胴元を眺めた。葡萄酒を注文すると、ぶらぶらと歩いて、賭け金がつりあがっているトレーズを見にいった。そのテーブルについているのはひとりきりで、その男のツキは胴元と互角だった。ふたりのあいだで親の権利が何度か移り、やがて、男は金貨をかき集めて小さな袋におさめると、笑いながら友人たちのほうへ向かった。アリエはいままで男が坐っていた席に腰を下ろした。そこに、さらにふたりの男がくわわった。胴元は二本の長い蠟燭の中央に立って、カードを切った。その間に、三人のプレイヤーは金貨を積んだ。全員が胴元にツキはないと踏んでいた。それは単純な賭けだった。親はカードを表に返しながら、一から十三——エースからキング——までの数字を口にする。言ったとおりのカードが出たら、親は賭け金を回収して、親を続ける。言ったカードと出てきたカードが最後まで一致しなければ、親は賭け金を支払って、次は右側にいるプレイヤーが親になる。

カードを表に返す親の声は低く落ち着いていた。「一《ウノ》」テーブルに叩きつけられたカードはスペードの5だった。「二《ドゥエ》」今度はハートの9。「三《トレ》」ツキはなく、スペードの8。やがて「九《ノーヴェ》」それでもまだ、その数字と一致するカードは出なかった。残るは四枚。アリエは思った――どうやら、金貨が二倍になりそうだ。

「ジャック《ファンテ》」と胴元が言った。が、カードはダイヤの7だった。あと二枚。アリエは自分の金貨に目をやった。

「キング《レ》」最後のカードだ。だが、出てきたカードはエースだった。胴元は傍らに積まれた金貨に長く白い手を伸ばした。そうして、アリエのまえに金貨を一枚、獅子の仮面をつけた男のまえに四枚、さらに、小さくお辞儀しながら、ブリゲッラ（即興喜劇に登場する守銭奴）の仮面をつけた高い賭け金の男のまえに七枚置いた。胴元が負けたので、親はブリゲッラの仮面の男に移った。アリエは仮面の紐を少し緩めて、額の汗を拭った。レイナ嬢にもらった財布に手を入れると、テーブルの上に置いてあるそもそもの賭け金と、最初の賭けで得た金の隣に、さらに二枚の金貨を置いた。合計で金貨四枚。両隣の男が感心して小さくうなずくのがわかった。

「一」ブリゲッラの仮面の奥から低い声が響いた。表に返されたカードはクラブの9。「二」ジャック。親にしてみれば、そのカードが出るのは早すぎた。「三……四……五……六……ジャック……クイーン……」言ったカードと出てきたカードが一致せず、ブリゲッラの声はどんどん低くなっていた。アリエは胸のなかで心臓の鼓動が速まるのを感じた。もうすぐ、さらに四枚の金貨が手に入る。この調子なら、レイナ嬢からもらった財布の中身をあっというまに二倍にできる。「キング！」ブリゲッラがひときわ大きな声で言った。だが、出てきたカードはスペードの7だった。ブリゲッラが財布に手を入れて、それぞれのプレイヤーの賭け金に金貨をくわえた。仮面のふくれた頬の上の半月形の穴の奥で目がきらりと光った。

今度はアリエが親だった。アリエは獅子の仮面の男と、ブリゲッラの仮面の男、バルナボット一門の無表情な男が賭け金を積むのを見つめた。ブリゲッラは負けを取り戻そうと、テーブルに二十枚の金貨を置いた。バルナボット一門の男は控えめに二枚。獅子の仮面の男はそれまでと変わらず四枚だった。

アリエは落ち着いて手際よくカードを切った。二十六枚の金貨がかかっているのに、恐れより興奮のほうが大きかった。「一！」高らかに言った。すると、意志の力でカードを呼びだしたかのように、鮮やかな赤いダイヤの形が描かれたカードが蠟燭の光に輝いた。

アリエは男たちが賭けた金貨をかき集めた。続けてアリエが親だった。男たちがテーブルに金貨を置いた。ブリゲッラの仮面の男は今度もまた二十枚、バルナボット一門の男は二枚、獅子の仮面の男は四枚。

「一！」アリエの声は明るかった。だが、出てきたカードは9だった。「二！　三！　四！」やがて、ジャックと言うときになってようやく、負けるかもしれないという不安に喉が締めつけられた。とはいえ、癖になる博打《ばくち》の醍醐味はまさにその瞬間にあった。杯のなかの澄んだ水にインクを落としたように、恐怖が体じゅうに広がっていくその瞬間に。全身に鳥肌が立つ危機感がたまらなかった。敗北と勝利の瀬戸際で揺れている感覚が刺激的だった。これほど自分が生きていると実感する瞬間はなかった。いまこそ、のるかそるかの大勝負だ。

「クイーン!」とアリエは叫んだ。出てきたカードはダイヤのエース。さきほどの勝負で大金を手にすることになったカードが、今度は邪魔をした。残るチャンスは一度きり。肌まで張りつめていた。

「キング!」とアリエはさらに大きな声で言った。叫んだとおり、テーブルの上から、キングがこっちを見ていた。テーブルについた男たちが不安げに体を動かした。疫病医の仮面をつけたこの男は不気味なほどついている、誰もがそう思っているのだ。最初のカードで勝ったかと思えば、今度は最後のカードで勝った。とてもじゃないが、信じられないと。

アリエは蠟燭の揺れる明かりを反射するバルナボット一門の男のルビーの指輪を見つめた。男はゆっくりと二枚の金貨を取りだした。そして、またもやゆっくりとさらに二枚くわえた。その上流階級の男は疫病医のツキが変わることに賭けたのだ。

ブリゲッラの仮面の男が、ガラス玉のような目でアリエを見つめながら、四十枚の金貨をテーブルに置いた。獅子の仮面の男だけは、それまでと変わらず四枚だった。

それから一時間もしないうちに金はどんどん増えて、アリエは高く積みあがる金貨をまえに有頂天になった。レイナ嬢からもらった金はゆうに二倍になっていた。獅子の仮面の男がテーブルを離れて、ふらふらとため息の間へ向かった。そうして今度は、プルチネッラ(即興喜劇に登場する猫背の騙されやすい男)の仮面をつけた男がくわわった。その男はずいぶん酔っているようで、自分に不利なカードが出るたびに派手な身ぶりで大げさに叫んだ。高貴なバルナボット一門の男は冷静を装い、威厳を保っていたが、それでも、仮面をつけていない顔には緊張を示す皺が見て取れた。誰よりも負けているブリゲッラの仮面の男は指の関節が真っ白になるほどテーブルの端を握っていた。テーブルのまわりには、野次馬でちょっとした人垣ができていた。

ついに必然のときがやってきた。アリエの一からキングということばに、カードが一致することなく賭けが終わった。プルチネッラの男が甲高い歓喜の声をあげた。アリエはうなだれて、賭け金を払った。ブリゲッラの男に八十枚、プルチネッラの男に十枚、バルナボット一門の男に四枚。そうして、親がブリゲッラに移ると、いくら賭けるかじっくり考えた。

ここまでは奇跡の一時間だった。カーニバルのあいだ空に浮かんでいる色とりどりの風船のように気分は軽やかだった。実際、これだけ儲ければ、貧しい信徒たちにかなりのことができるはずだった。アリエは立ちあがった。金貨の上で片手が躊躇した。悪魔によってここに誘いだされたのだとしても、この瞬間の決断は神によるものだ。頭のなかで響いている思慮深い声に耳を傾けるつもりだった。この金を持って、賭博場を出よう。心に巣食う獣の腹は満たしてやった。恐れと興奮に血はたっぷりと沸きたった。もう充分だ。アリエは金貨をかき集めて財布の口に流しこもうとした。

その瞬間、手の上にブリゲッラの仮面の男の大きな手が置かれた。アリエは顔を上げて、驚いた。ブリゲッラの仮面の奥に見える目は黒く、瞳孔が広がっていた。「紳士は勝ち逃げなどしない」

「ああ、そのとおり」プルチネッラの仮面の男もろれつのまわらない口で加勢した。「そんなのは許されん、人の金を持ち逃げするなんて。楽しい時間を過ごすより、金のほうが大切なのか、ええ？　そんなのはカーニバルの精神に反する。紳士のすることじゃない。ああ、そうだ、ヴェネチアの男にあるまじき行為だ」

仮面の奥でアリエの顔が真っ赤になった。もしや、正体がばれたのか？　疑われているのか？　暗に〝よそ者〟を示唆した酔っ払いのプルチネッラのことばは、かぎりなく真実に近かった。アリエは押さえられている手を引き抜いて、胸に持っていった。そうして、テーブルから一歩離れると深々と頭を下げた。「紳士のみなさん」やわらかく軽快なヴェネチアっ子の抑揚で言った。「失礼しました。いまのは一瞬の気の迷い。実のところ、何を考えているのかわからずにいたというわけで。ああ、もちろんこのまま続けますよ」

それから一時間、賭けは続き、誰もがほぼ一様に勝ったり負けたりした。アリエはそろそろいい頃合だと考えて、テーブルを離れることにした。そうして、相変わらず高く積まれた金貨に手を伸ばすと、またもやブリゲッラの仮面の男に手を押さえられた。「なぜ、そんなにいそぐ？」とブリゲッラは低い声で訊いてきた。「逢引の約束でもあるのか？」そう言うと、さらに声をひそめて、丸みを帯びた仮面をアリエにぐっと近づけた。「それとも、守らなけりゃならない門限でもあるのか？」

ばれている！　そう思ったとたんに、外套を着たアリエの体に汗が噴きでた。

「もう一度だけ、ふさわしい賭け金でやろうじゃないか、ミスター疫病医。友情の印だ、いいだろう？」ブリゲッラの仮面の男は外套のなかに手を突っこんで、金を財布ごとテーブルに置いた。アリエは震える手で、積みあげられた金貨をそっくりそのままえへ押しだした。すべてを失うかもしれないという恐怖——激しく甘い恐怖が全身に広がった。

親はバルナボット一門の男だった。「一……二……三……」

アリエは頭がくらくらした。

「……八……九……」

仮面をつけたままで息をするのが辛くなっていた。心臓の鼓動が高まって、胸板を叩いた。勝利はまたもや目のまえだ。

「……ジャック……クイーン……」

甘美な恐怖と興奮がアリエを包んだ。が、次の瞬間、押し寄せてきたのは恐怖だけだった。親が表に返したカードがキングだと知った瞬間、息が詰まって、アリエの心は砕け散った。頭のなかで響いた悲鳴の向こうで、高貴な男の唇からゆっくりと発せられたことばがくぐもって聞こえた。「キング！」

バルナボット一門の男が積みあげられた金貨に手を伸ばして、それを引きよせながら、ブリゲッラの仮面の男に小さく会釈した。

「さて、愛すべきミスター疫病医、ずいぶん長くつきあわせてしまったな。そうとうお疲れのようだから、そろそろ帰ってはどうかな？」

アリエは首を振った。やめるわけにはいかなかった。こんな状態でやめられるはずがなかった。賭けで儲けた金を失ったばかりか、そもそもの手持ちの金の半分を失ったのだ。傍らには、レイナ嬢からもらった財布のひとつが空になり、ぐにゃりと横たわっていた。賭けに使うのは片方の財布の中身だけと心に決めていた。ふたつの財布のひとつは博打に、もうひとつは貧しい者たちのために使おうと自分に言い聞かせていた。だが、アリエはもうひとつの財布を取りだそうと、反対側の腰のあたりをまさぐった。ふくらんだ財布に手が届くと、勇気が湧いて、明るい光に包まれた気がした。その夜の賭博場での最初の一時間の奇跡のような強運がまためぐってくる、そう信じて疑わなかった。自分の手ではなく、神の手に導かれて、アリエはふたつ目の財布をテーブルに置くと、それをそっくりそのまま押しだした。

そのときばかりは、冷静なバルナボット一門の男の顔にも感情が覗いた。白い鬢にくっつきそうなほど眉を上げて、アリエに向かってかすかに頭を下げてから、カードを切りはじめた。

だが、何よりも甘い快楽の痛みを感じていられたのも束の間だった。レイナ嬢の財布ひとつを賭《と》した運命のカードは8だった。アリエには、〝八〟ということばがバルナボットの唇から滑らかにこぼれ落ちたように思えた。そうして、カードに書かれたその数字が同じ曲線を描く無限大の印へと変わって、それがどんどん大きくなって深い穴になり、魂がそのなかに吸いこまれていくような感覚を抱いた。

アリエは賭けた金貨が、胴元側のテーブルの上に輝く塔となって積みあげられるのを呆然《ぼうぜん》と見つめた。けれど、すぐに片手を上げて、羽根ペンを持ってくるように頼んだ。そうして、震えながら借用書を書いた。金貨百枚。バルナボット一門の男が二本の指で借用書をつまんで、ちらりとそれを見て、無言で首を振った。アリエは頭にかっと血が上った。火がつきそうなほど頭が熱くなった。

「なぜだ？　以前、負けた男に口約束で金貨一万枚を貸して賭けを続けさせたのを見たことがあるぞ」

「それはヴェネチアの男の口から出たことばだからだ。あんたの場合は、金がほしければユダヤの高利貸しに頼むがいい」バルナボット一門の男は借用書を床に落とした。

周囲のテーブルがふいに静まりかえった。仮面をつけた顔がいっせいにアリエのほうを向いた。まるで腐肉のにおいを嗅ぎつけたノスリの群れのようだった。

「ユダヤ人！」とプルチネッラの仮面の男がろれつのまわらない口で言った。「なるほど、そういうことか。ヴェネチアの男じゃないとは思ってたがな」

アリエはくるりとうしろを向いた。その拍子に葡萄酒の杯が倒れたが、そのままよろよろと大広間をあとにした。ため息の間に入ると、娼婦が肉づきのいい腕を伸ばして、腰かけているソファの隣にアリエを坐らせようとした。「そんなにあわてなくてもいいじゃない」と娼婦は男を惑わす低い声で言った。「誰だって負けることぐらいあるわ。さあ、ここにお坐りなさい、私が慰めてあげる」けれど、すぐに甲高い声で言った。「ずっとまえから、割礼した男を試してみたかったのよ」アリエは肩を揺すって娼婦の手を振りはらうと、ぎこちなく階段を下りて通りに出た。屈辱的な笑い声が背後から川の水のように押し寄せてきた。

聖なる場所の灰色の光のなかで、ユダ・アリエは肩衣《タリス》を頭まで引きあげて、神に深々と頭を下げた。「私は罪を犯しました。戒律に背いて、盗みを働きました……」体を前後に揺すりながら、これまでに幾度となく口にした償いの祈りを唱えると、頬を涙が伝った。「私はさもしいことをしました。邪悪なことをしました。傲慢になり、嘘をつき、人を騙し……不正なことをして罪を犯しました……神の戒めと正義から顔をそむけて、それによって私が得たものは何ひとつありませんでした。高みにおられる神の御前《みまえ》で私は何を言えばいいのでしょう？　天におられる神の御前で、私はどんなことばを口にできるでしょう？　神はすべてをお知りの上で、お隠れになり、やがてすべてを暴かれたのですか？　すべては神のご意志なのですか、ああ、主よ、わが神、父なる神よ、お赦《ゆる》しください。私の不正をお赦しになって、罪を償うことをお認めください……」

アリエは木の椅子に坐りこんだ。疲れ果て、悲嘆に暮れていた。戒律に背いた罪を神はお赦しになるだろう。だが、これまで幾度となくアリエ自身が人々に説いてきたように、神の赦しを得るには、罪深い行ないによって傷つけてしまった人々に謝って、償いをしなければならない。レイナ嬢を訪ねて、自身の腹黒い策略を話して、信徒たちのまえで、自身の恥をさらさなければならない。そう思うと目のまえが真っ暗になった。飢える者から何ヵ月分ものパンを、死に瀕した者から薬を奪ったのを認めなければならない。そうして、この愚かな男は盗んだものを弁償しなければならない。そのためには、いま以上に生活を切り詰める必要がある。所有する書物を質に入れて、もっと賃料の安い住まいに引っ越さなければならないだろう。六人が小さなふた間に暮らしているいまの住まいも、決して贅沢とは言えないが、それでも片方の部屋には窓がひとつあり、どちらの部屋の天井も高かった。アリエの頭に家賃の安い住まいが浮かんだ。以前見せてもらった、肉屋の作業場に隣接した部屋――肉屋がそれなりの家賃で貸そうとしていたのは、光の射さない、ひと間きりの住まいだった。そのとき、アリエは心のなかで、その部屋をマクペラの洞窟（アダムとイヴ、族長たちの墓があるとされる洞窟）と名づけたが、住むところのない信徒が借りるともかぎらないので、その呼び名は絶対に口にしないようにした。ゲットーでは住まいはつねに不足して、身の毛もよだつような部屋でもそれなりの家賃なら借りようという者が大勢いた。だが、あんなにおぞましい部屋に引っ越すとは、妻にはとてもじゃないが言えない。それに、娘のエステルは家で仕事をしている。ひと間きりの狭い部屋に、布や裁縫台を置けるのか？　日の光が入らない部屋で、どうして針仕事ができるのか……。罪を犯したのは自分で、家族ではない。家族を苦しめるわけにはいかなかった。

アリエは両手で頬をこすった。徐々に明るくなる日の光のなかで、その顔は青白くやつれていた。まもなく、正式な礼拝を行なえるだけの《ミニヤン》人がやってくる。こんな顔で彼らを出迎えるわけにはいかなかった。

アリエは聖なる場所を離れて、階下へ向かった。料理油のにおいが漂い、すでにサライが起きているのがわかった。妻が作る黄金色の香ばしい卵焼き《フリッタータ》はアリエの好物だった。いつもなら、三人の息子とかわいい娘とともに肩を寄せあってテーブルについて、子供たちのおしゃべりや他愛ない冗談に何気なく耳を傾けるところだが、今朝は熱した油のにおいがやけに鼻について、気分が悪くなった。

アリエは椅子に手をついて体を支えた。サライは背を向けて料理をしていた。慎み深く髪を覆っている上質な羊毛のスカーフが、うなじのあたりで美しく結ばれていた。「おはよう」とサライが言った。「一番鶏より早く起きたのね……」振り返って、肩越しに夫を見たとたんに、それまで笑みが浮かんでいた唇が不安そうに引き締まった。「具合が悪いの？　顔が真っ青よ……」

「サライ」アリエは妻の名を呼んだが、さきが続かなかった。部屋の片隅に年長のふたりの息子が立って、朝の祈りを捧げていた。末の息子はすでに祈りを終えて、娘と一緒にテーブルでフリッタータを食べていた。アリエは自身の恥ずべき行為を子供たちのまえで話せなかった。たとえ、まもなくゲットーに暮らす者全員の知るところとなるにしても。

「いや、なんでもない。眠れなかっただけだ」少なくとも最後のことばはほんとうだった。

「だったら、あとで休んだほうがいいわ。花嫁の安息日に向けて元気になっておかなければね」サライはにっこり笑った。夫婦が安息日に愛を交わすのは戒律で定められていて、敬虔なユダヤ教徒は夫も妻もそれに喜びを覚えるのを求められている。アリエは弱々しく笑みを返すと、妻に背を向けて、洗面器に水を注いだ。顔を洗って、髪を濡らすと、帽子をかぶりなおして、聖なる場所に通じる階段を上っていった。

薄暗い部屋のなかに、正式な礼拝が始められるだけの人数が集まっていた。このところは十人程度ならすぐに集まる、とアリエは思った。疫病が流行《はや》りはじめてまだ一年にもならないのに、多くの人が命を落とし、喪に服した各家の長男が毎日二十人以上やってきて、死者のための祈りを唱えていた。

アリエはトーラ朗読用の講壇《ビーマー》へ向かった。机には真夜中の色である青いベルベットの布がかかっていた。娘が幼いころに縫ったものだが、縫い目は細かく均等だった。だが、その布はいまではずいぶん傷んでいる。その小さな部屋にあるものの大半がそうだった。ベルベットの布はアリエが幾度となく手をついた部分が擦りきれていた。とはいえ、アリエはそんなことを気にしていなかった。同様に、ぐらつく木の椅子も、足元で不規則に波打っている床板も気にならなかった。すべては使いこんでいる証拠だからだ。この場所に人が集う証拠。多くの人が足しげくここを訪れて、神と対話している証なのだ。

「神の偉大な御名《みな》が崇められ、聖別されますように……」祈りの声は完璧にそろっていた。カディッシュは昔からアリエがとくに好きな祈りのひとつだった。死者に捧げる祈りでありながら、死や苦しみや喪失にはいっさい触れず、命や栄光や平安といったことばで祈るのだ。そのことばを口にする者は墓や土くれとなる亡骸《なきがら》から顔を上げて、天に目を据える。「天からの豊かな平和と命が、私たちと全イスラエルの上にありますように。さあ、唱えなさい、アーメン。いと高きところで平和をつくられる神が、私たちと全イスラエルに平和を与えてくださいますように。さあ、唱えなさい、アーメン」

朝の礼拝が終わると、アリエはその場に長居しなかった。聖なる場所をあとにしながら、信者たちと短いことばをふたことみこと交わしただけだった。家にも長くは留まらなかった。勘のいいサライの夫を慈しむ視線が怖かったからだ。ゆえに、相変わらず料理をしている妻を残して家を出た。妻は安息日に働かなくてすむように、その夜と翌日の家族の食事を作っていた。アリエが家を出るときには、ひたすらタマネギの皮を剝いていた。皮のあいだにひそんでいるどんな小さな虫も見逃さないように、丁寧に一枚ずつ皮を剝いていた。たとえ偶然にでも小さな虫が口に入ったら、地を這う生き物はいっさい食べてはならないという戒律を破ったことになるからだ。

アリエは古物商の家へ向かった。古物商は家に書斎を作れるほど豊かだった。以前、その家の息子の家庭教師をしていたアリエは、静かな場所で本を読みたいときに書斎を使わせてもらっていた。書斎に入ると、アリエはレイナ嬢のハガダーをしっかり包んでおいた麻布を慎重に開いた。レイナ嬢に自身の嘘と盗みを打ち明けるにしても、手ぶらで行くわけにはいかなかった。レイナ嬢のハガダーを異端審問所に持ちこんでも大丈夫かどうか判断するために、隅々までその本に目を通すつもりでいた。心配ないと確信できたら、その日のうちにヴィストリニのところへ持っていく。運がよければ、すんなりと検認のことばが記されて、手元に本が戻ってくる。そうして、安息日の翌日にレイナ嬢を訪ねるつもりだった。

アリエは銀の留め金をはずした。これほどの本を作れるユダヤ人が暮らすセパラデ（バビロン捕囚後に追放されたユダヤ人が植民した小アジアの地域。ユダヤ伝説ではスペインのこと）とはどんなところだったのだろう？　そこではユダヤ人が王のように暮らしていたのだろうか？　そうにちがいない。これだけの金箔や銀箔を使い、銀細工師はもちろん、これほどみごとな絵を描ける絵師を雇えるほど豊かだったのだから。だが、その末裔《まつえい》は貧困にあえぎながら大地をさまよい、安心して眠れる場所を求めている。きっと昔はこういった本、これほどすばらしい本が無数にあったのに、すべて灰となってしまったのだろう。燃えてなくなり、記憶から消し去られてしまったのだ。

だが、いまは嘆いている場合でも、うっとりと本を見つめている場合でもなかった。細密画家のことをあれこれ考えていてもしかたがない。とはいえ、それはもちろんキリスト教徒に決まっている。描かれている絵はキリスト教徒の画風で、ユダヤ教徒がそんな技術を習得しても意味をなさないのだから。あるいは、美しく流麗な文字を書いた記述者《ソフェル》に思いを馳せても、いまはなんの役にも立たなかった。

そういったことは実に興味深いが、いまは頭から追い払わなければならなかった。そうして、ジョヴァンニ・ドメニコ・ヴィストリニの頭で考えるのだ。異端の気配すら見逃さない残忍な狩人の気持ちで。邪推と、もしかしたら敵意も胸に抱いて。学識のあるヴィストリニがこの本の美しさと歴史に敬意を払ってくれればいいのだが、とアリエは思った。とはいえ、検閲官として、ヴィストリニはすでに無数の美しい本を火に投じていた。

アリエは絵だけが描かれたページを繰って、ヘブライ語が書かれた最初のページを開いた。〝これぞ苦しみのパン……〟——過越しの祭のなじみ深い物語を読みはじめた。まるでその物語を初めて読むかのように。

ヴィストリニは杯を唇につけた。ユダヤ人が持ってきた葡萄酒だが、悪くない。ユダヤの戒律に触れない葡萄酒――コーシェルの葡萄酒をこれまでに飲んだことがあるのか思いだせなかった。もうひと口飲んだ。まったくもって悪くない。

ヴィストリニが杯を置くやいなや、アリエは葡萄酒の入った皮袋に手を伸ばして、司祭の杯におかわりを注いだ。皮袋の大きさに気づいて、ヴィストリニは嬉しくなった。さらには、アリエの杯がほとんど手つかずのままで、午後の低い陽光に中身が赤く輝いていることも嬉しかった。できるだけ話を引き伸ばさなければ、ああ、それが賢いやり方だ。アリエは用件がすめば、さっさと帰ってしまうだろう。きっと葡萄酒の皮袋を持って。

「あんたが持ってきたこの本は、ゲットーの升の下に隠してある本の一冊かな?」

「いや、こういう本を見たのは初めてだ。実際、セパラデで作られたこの手の本は、いまはほとんど残っていないはずだ」

「だったら、これは誰の本なんだ?」

アリエはその質問を予期して、恐れてもいた。レイナ・デ・セレナの名を口にするわけにはいかなかった。「私の本だ」嘘をついた。わずかな友情にしろ、その幻影にしろ、司祭と自分をつなげているものが役に立つのを祈るしかなかった。

「あんたの?」ヴィストリニは訝しげに眉を上げた。

「アプーリアからやってきた商人から手に入れたんだよ」

ヴィストリニが短く笑った。「そうなのか？　いつも金に困っているくせに？　これほど立派な本を買えたのか？」

アリエは頭をすばやく働かせた。お礼としてもらったことにしようかと思ったが、それはいかにも白々しかった。なんの礼でこれほど貴重なものをもらえるというのか？　自分の犯した罪がつねに頭を離れずにいたせいなのか、気づくと、ふと頭に浮かんだことを口走っていた。「商人と運任せの勝負をして、それに勝ってもらったんだよ」

「この本を賭けるとはなんとも奇妙だ！　ユダ、あんたには驚かされるよ。いったい、どんな勝負をしたんだ？」

アリエの顔が赤くなった。思いがけず、話は触れてほしくない方向に向かっていた。「チェスだ」

「チェス？　だったら、運任せの勝負とは言えないだろう」

「たしかにそうだが、その商人は自分のチェスの腕前をいささか買いかぶっていたようだ。たいした腕でもないのに、この本を賭けたんだからな。だから、そう、まあ、あの男の場合、チェスは運任せの勝負だったということだ」

ヴィストリニはまた声をあげて笑った。今度はほんとうにおかしかった。「ことば。あんたにとってそれは口のなかでとろける砂糖菓子みたいなものだからな。あんたに会って、それを思いだしたよ」そう言うと、もうひと口葡萄酒を飲んだ。目のまえのラビに対する気持ちが少し和らいでいた。前回会ったときにあれほど腹が立ったのはなんだったのか？　その理由さえ、はっきりとは思いだせなかった。とはいえ、悪いが、アリエを落胆させなければならない。ああ、そうしなければ。

「なるほど、そんなふうにしてもらったものだとわかってほっとした。偶然手に入ったものなら、手放すのもそう惜しくはないだろう」

アリエは背筋をぴんと伸ばした。椅子のなかで体がこわばった。「まさか、そんな……。この本を承認しないというわけじゃないだろう？」

ヴィストリニは机越しに身を乗りだして、アリエの肩に手を置いた。ユダヤ人に自らすすんで触れるのはめったにないことだった。「残念だが、そのとおりだ。まさにそのことばどおりだよ」

アリエは肩に置かれた手を振り払って、立ちあがった。怒りと驚きでじっとしていられなかった。

「どんな根拠がある？　私はどのページにも目を通した。すべての詩篇、祈禱、歌に。だが、禁書にしなければならないようなものはひとつもなかった」

「そのとおり。そういう文はひとつもなかった」ヴィストリニの声は低く冷ややかだった。

「だったら、なぜ？」

「私はこの本の文章について話しているわけじゃない。あんたの言うとおり、文章のなかには教会が禁じているようなことはひとつも書かれていなかった」ヴィストリニはそこでことばを切った。束の間の静寂のなかに、アリエは自分の心臓の鼓動が響きわたっているように思えた。「残念ながら、細密画のなかにまぎれもない異端の思想が描かれていた」

アリエは手を上げて目を覆った。いまのいままで、本に描かれた絵をじっくり見ようとは思いもしなかった。うっとりと眺めはしたが、その絵が意味することを深く考えはしなかった。彫刻が施された椅子に、アリエは力なく坐りこんだ。

「どの絵が?」囁くような声で尋ねた。

「いや、はっきり言うが、ひとつの絵だけではない」ヴィストリニが本を取ろうと机越しに手を伸ばすと、その手が杯にあたった。アリエはすばやく片手を出して、揺れる杯を押さえた。それから、無駄だと知りながらも、司祭の気分が少しでも上向くようにと、皮袋を持ちあげて、杯の縁まで葡萄酒をたっぷり注いだ。

「さほど詳しく見るまでもない」ヴィストリニはそう言いながら、挿絵が描かれた最初のページを開いた。「この絵は? 創世記の物語を描いたものだ。光と闇が分かれる様子が描かれている。すばらしいできだ。白と黒の顔料の対比がみごとだ。単純だが、多くを物語っている。この絵には異端の要素はない。次は〝神の霊が水の面を動いていた〟という一節を描いている。聖なる神を金箔を使って表わすとはなんともすばらしい。そしてまた、ここにも異端の要素はない。だが、次、そしてその次、さらにその次。さあ、言ってくれ、何が見える?」

アリエはそのページを見た。眩暈がした。なぜ、気づかなかったのか……。全能の神が植物や動物を創造した大地——三ページすべてに描かれた大地——は球体だった。大地は平らではなく丸いというのは、いまや大多数の神学者の意見でもある。だが、その説を唱える者をキリスト教徒が火刑にしていた百年前に、この本の絵を描いた者が大地を球体に描いたとは驚きだった。とはいえ、それだけなら、この本が禁書にされることはないはずだった。絵師はさらに危険な領域に踏みこんでいた。問題の三ページすべての上のほうの右隅に――つまり、地球の上空に――金箔を貼った球体があり、それはどう見ても太陽だった。とはいえ、その配置はあいまいだった。

アリエは顔を上げて、ヴィストリニを見た。「これが太陽中心説をほのめかしているとでも？」

「〝ほのめかす〟とはな！　ラビ、ごまかすんじゃない。これはまぎれもなく、サラセン人の天文学者やコペルニクスが唱えた異端の説に基づいている。コペルニクスの著書は禁書目録に入っている。それに、パドヴァのガリレオという男の異端説にも即している。その男はまもなく異端審問官のまえに引きだされて、自身の過ちを申し開きすることになる」

「だが、この絵は……そんなふうに解釈する必要はないはずだ。球体、その美しい丸は単なる飾りかもしれない。先入観なしに見れば、異端説をほのめかしているようには見えないはず……」

「だが、私にはそう見えるんだよ」ヴィストリニは杯の中身を飲み干した。アリエは途方に暮れながらも、また杯を満たした。「ガリレオという男のせいで、教会はこの種の異端説の広まりにとくに神経を尖《とが》らせている」

「ドメニコ神父、お願いだ。いままでに私が何がしかの力になれたとしたなら、いや、長いつきあいのよしみで頼む。どうか、この本を救ってくれ。学識のある者として、審美眼を持つ者として、この本がどれほど美しいかはわかるだろう……」

「この本はなんとしても燃やさなければならない。いつの日か、図らずも美しい挿絵に魅了されたキリスト教徒が、あんたの不埒《ふらち》な信仰もまんざらではないと思うかもしれない」ヴィストリニは気持ちが沸きたつのを感じた。快感だった。目のまえにいるユダヤ人より優位に立った。アリエの声——いつも滑らかで美しい声が掠れていた。この本をアリエがなぜこれほど必死に守ろうとしているのか見当もつかなかったが、ふいにその午後のお楽しみをさらに長引かせる方法を思いついた。そうして、窓のほうを向くと、美しい曲線を愛《め》でるように空の杯を掲げた。

「もしかしたら……いや、だめだ。やはり、そんなことは——」

「ドメニコ神父？」アリエはすがるような目をして、身を乗りだすと、あわてて皮袋をつかんで、ヴィストリニの杯に葡萄酒を注いだ。

「正直なところ、検閲に引っかかるページに手をくわえられなくもない」ヴィストリニは羊皮紙に指を這《は》わせて、ページをめくり、また戻した。「四ページ。さほど多くはない。修正しても重要な絵はそのまま残る。出エジプトの場面、それがこの本の大切な部分だ……」

「四ページ」アリエは羊皮紙が切りとられる場面を想像した。それだけで、胸にナイフを突きたてられたように鋭い痛みが走った。

「こうしてはどうだろう」とヴィストリニは話を続けた。「あんたはこの本を運任せの勝負で手に入れたと言った。だったら、もう一度勝負して運を天に任せてみるというのは。あんたが勝てば、私はこの本に修正をくわえるだけで、焚書にはしない。私が勝てば、この本は火にくべられる」

「どんな勝負を？」とアリエは掠れ声で尋ねた。

「いや、チェスはやめておこう」ヴィストリニは椅子の背にもたれて、葡萄酒をすすりながら考えた。「チェスではあんたにかなわないかもしれないからな、どこぞから来た商人と同じように……。おっと、その商人はどこから来たと言ったかな？」

アリエはどきりとして、戸惑った。一瞬、自分のついた嘘が思いだせなかった。困惑を隠そうと咳きこんだふりをした。

「アプーリア」アリエはどうにか言った。

「そう、アプーリアだ。ああ、たしかにそうだった。私はその哀れな男と不運を競うつもりはない。トランプ？　いや、そんなものは持っていない。サイを振ろうにもサイコロもない」ヴィストリニは相変わらず意味もなく本のページをめくっていた。「よし、こうしよう。くじにしよう。といっても、賭けたものにふさわしいくじだ。検閲ずみであることを意味する〝私によって精査された《レヴィスト・ベル・ミ》〟ということばを、細長い紙切れに一語ずつ書く。あんたは目をつぶってその紙を引くんだ。正しい語順で引けたら、私はそのことばを本に書く。引いた語順がまちがっていたら、私はそのことばを書かず、あんたの負けだ」

「でも、となると、私は勝率三分の一の賭けを三度もしなければならないことになる。ドメニコ神父、それではあまりにも分が悪い」

「分が悪いだと？　まあ、そうかもしれない。だったら、こうしよう。最初に引いたことばが正しかったら、その紙を抜かして二番目の紙を引く。そうすれば勝率は二分の一になる。それなら充分に公平な勝負だ」


アリエは喉から手が出るほどほしいことばを、ヴィストリニが羊皮紙の切れ端に書きつけて、机の上にある箱のなかに一枚ずつ入れるのを見つめた。そのとき、葡萄酒をたっぷり飲んだ司祭が気づかなかったことに気づいて、胸がどきりとした。ヴィストリニが用意した三枚の羊皮紙のうちの一枚は、ほかの二枚より粗悪で、やや厚かった。その羊皮紙にヴィストリニは二番目のことば〝ペル〟と書きつけた。アリエは神に感謝した。これで勝率がずいぶん上がった。箱に手を入れながら、その手を神が導いてくれるのを祈った。指先が厚めの羊皮紙をすぐに探しあてて、わきによけた。それで確率は二分の一になった。正か負か。光か闇か。天国か地獄か。運命の決断だ。アリエは羊皮紙の切れ端を握ると、箱から取りだして、司祭に差しだした。

ヴィストリニの表情は変わらなかった。渡された羊皮紙を伏せて机の上に置いてから、ハガダーを手に取ると、ヘブライ語が書かれた最後のページを開き、羽根ペンをインクに浸して、流麗な文字をしたためた。〝レヴィスト〟

アリエは喜びを顔に出さないようにした。ハガダーは救われたも同然だった。あとは、厚めの羊皮紙を選ぶだけで、おぞましい勝負は終わる。心のなかで神に感謝しながら、箱に手を入れた。

厚めの羊皮紙をヴィストリニに差しだした。今度はヴィストリニも無表情ではいられなかった。口がへの字に曲がった。苛立たしげにハガダーを引きよせると、ふたつのことばを記した。〝ペル・ミ〟

そうして、嬉しそうに笑っているアリエを睨みつけた。「こんなものにはなんの意味もない。ああ、そうだ、私が署名して、日づけを書きこまないかぎりは」

「でも、さっき……でも、私たちは……ドメニコ神父、約束したはずだ」

「生意気なことを！」ヴィストリニは勢いよく立ちあがって、その拍子に硬いオーク材の机にぶつかった。杯のなかの葡萄酒が波打った。体にたっぷり取りこんだアルコールのせいで、有頂天があっというまに怒りに変わった。

「約束などとは、よく言えたものだ！　のこのこやってきて、とうてい信じられない作り話をしたくせに。ああ、図々《ずうずう》しくも、チェスに勝って本を手に入れたなどと見えすいた嘘をついたあげく、私に向かって約束を守れとはな！　人の親切心につけこんで、さらには、厚かましくも私たちは友達だなどと思いこんでいるとは。ユダヤ人の呪われた先祖をスペインからここへ運んできた船は、乾いた大地にはたどり着かなかった！　ヴェネチアはユダヤ人に安全な家を与えたというのに、あんたたちユダヤ人はこの町が定めたわずかな規則さえ守らない。法に反して印刷所を作り、私たちの聖なる救世主を非難することばを流布している。あんた、ユダ・アリエに、神は才覚と知力をお与えになった。それなのに、その神の真理に対してあんたは頑なに心を閉ざして、神の恩恵から顔をそむけている。ええい、出ていけ！　そうして、この本のほんとうの持ち主に、ユダ・アリエは賭けに負けて本を失ったと言うがいい。そうすれば、あんたの仲間は火に投じられるみごとな金箔のことをあれこれ思い悩まずにすむ。何しろユダヤ人は金に目がないからな、ああ、まちがいない」

「ドメニコ神父、お願いだ……言ってくれ、なんでもする……だから、頼む……」アリエは耳障りな甲高い声で言った。息が吸えなかった。

「出ていけ！　いますぐに。異端を広めたかどで、私に告発されるまえに。十年のあいだ、鎖につながれてガレー船を漕《こ》いでいたいのか？〈鉛屋根の牢獄〉の暗い独房に放りこまれたいのか？　とっとと出ていけ！」

アリエはひざまずいて、ヴィストリニの法衣に口づけた。「なんでも言うとおりにする」叫ぶように言った。「だから、その本だけは救ってくれ」ヴィストリニは返事の代わりにアリエを足蹴《あしげ》にした。アリエは床に倒れたが、やがてよろよろと立ちあがると、おぼつかない足取りで部屋を出て、廊下を歩いた。そうして、異端審問所をあとにすると、小さな運河沿いの道に出た。涙が止まらず、あえいで、死者を悼《いた》むようにひげをかきむしった。通りを歩く人々が振り返って、正気を失ったユダヤ人を見つめた。その視線に憎悪を感じて、アリエは走りだした。血が逆流して、行き場を失い、弱った心臓の心室の裂け目に溜まった。硬い石畳に足をつくと同時に、いくつもの拳《こぶし》――巨人の拳――で殴られたかのように胸に激痛が走った。

下働きの少年が細い蠟燭を持って現われたとき、ヴィストリニは皮袋に残った最後の葡萄酒を杯に注ぎ終えたところだった。部屋は薄暗く、酔ってもいたので、アリエが懇願しに戻ってきたのかと思って、怒鳴った。けれど、目の焦点が合って、やってきたのが少年だと気づくと、机の上の蠟燭に火を灯すように身ぶりで示した。

少年が部屋を出ていくと、光の輪のなかにハガダーを置いた。そうして、頭のなかで響く声に耳を傾けた。いつもはその声を聞かないようにしていた。だが、真夜中に、あるいは、夢のなかで、さもなければ、酒を飲みすぎたときだけはべつだった。

頭のなかで響く声。暗い部屋。羞恥心。胸を刺す恐怖。戸口の右手の壁龕《へきがん》におさめられた聖母像。大きな手に包まれた子供の手。ざらついた大きな手が子供の手を導いて、艶やかな木製の聖母像のつま先に触れさせた。「いつもこうするんだよ」荒涼とした町に吹きつける砂。声――アラビア語、ラディノ語、そして、ベルベル語だろうか？　もはや何語なのか区別がつかなかった。さらには、もうひとつのことば、決してしゃべってはならないことば……。

「ダイエーヌ！」ヴィストリニは叫んだ。「もうたくさんだ！」

頭のなかの記憶をつかんで、投げ捨てようとするかのように、脂ぎった髪に手を差しいれた。そうして、ようやく気づいた。いや、もしかしたらずっと気づいていたのかもしれない――決して考えてはならない、夢に見てもならない過去に隠された真実に。聖母像の折れた脚が見えた。開いた小さな巻紙が。悲鳴をあげる自分がいた。恐怖に駆られ、乱暴な手から逃れようと身をくねらせながらも、涙に霞む目でそれを見た。ヘブライ語の書。隠されていたメズーザー（ユダヤ教の申命記の数節を記した羊皮紙小片）。涙があふれる目に〝心を尽くし、主であるあなたの神を愛さなければならない……〟ということばが映った。そのヘブライ語の文字が、男の長靴に踏みつけられて泥にまみれた。男は両親を捕まえて、隠れユダヤ教徒として処刑するためにやってきたのだった。

そこにはハガダーもあった。その記憶がはっきりよみがえった。禁じられたことばを話すための秘密の小室に隠されていた。蠟燭に火を灯す母の顔。ゆらめく炎に照らされた顔には、無数の皺と、太陽と風にいたぶられた跡が見て取れた。それでも、微笑《ほほえ》むその目はあまりにもやさしかった。そして、声――蠟燭の明かりのなかで神の祝福を歌う声はひそやかで、どこまでも耳に心地よかった。

ちがう。そんなはずはない。断固としてそんなことはない。無数のヘブライ語の書物を扱ってきたせいで、頭が混乱しているのだ。それは夢だ。ただの悪夢だ。記憶ではない。ヴィストリニはラテン語で祈りはじめた。それ以外のことばの断片を頭から消し去ろうとした。杯を持ちあげた。手ががたがたと震えていた。ハガダーに葡萄酒が飛び散ったが、それにも気づかなかった。「私は唯一の神、全能の父を信じます……」杯を握りしめて、口元へ持っていくと、中身をひと息に飲み干した。「世々のさきに父から生まれた独り子、主イエス・キリストを信じます……造られず、生まれ……また、使徒たちからの唯一の聖なる公会を信じます。罪の赦しのための唯一の洗礼を信認し……」ヴィストリニの頬は涙で濡れていた。「ジョヴァンニ・ドメニコ・ヴィストリニ」何度も名前をつぶやいた。杯に手を伸ばした。空《から》だった。杯を握る手に力が入った。薄いヴェネチアン・グラスが砕けて、破片が親指に刺さった。けれど、ヴィストリニはそれにさえほとんど気づいていなかった。傷から血がぽとりと垂れた。ハガダーの開いたページの上にすでに広がっていた葡萄酒の染みにその血が混ざった。

ヴィストリニはハガダーを閉じた。赤褐色の染みが本に閉じこめられた。このハガダーを燃やすのだ、ジョヴァンニ・ドメニコ・ヴィストリニ。いますぐに燃やすのだ。焚書の日時を待つことなく、いますぐに。私は神の祭壇に上ろう。私、ジョヴァンニ・ドメニコ・ヴィストリニは。そこへ上る、なぜなら私だから。ジョヴァンニ・ドメニコ・ヴィスト……私は……ほんとうに……そうなのか……？　私はエリアフ・ハ＝コーヘンなのか？

ちがう！　断じてそんなことはない！

そのとき、傷ついた手にペンが握られているのに気づいた。ハガダーのページを繰って、目的の場所を開いた。そして、書いた。〝ジョヴァンニ・ドメニコ・ヴィストリニ〟――神の暦でこの〝一六〇九年〟、それが私である。

ペンを部屋の奥に投げつけて、机のうえに突っ伏した。ハガダーの表紙の上に。世界がまわっているのを感じながら、ヴィストリニは声をあげて泣きつづけた。

ハンナ　一九九六年春　ボストン

「悔しいな」とラズは言いながら、温かいパッパダム（豆粉で作るインドの揚げせんべい）のバスケットに手を伸ばした。「どんなことがあったのか、絶対にわからないなんて」

「そういうものよ」その夜はずっと、私はちょっとちがうことを考えていた。レストランの窓から一階分下にあるハーバード・スクエアを見おろした。いつもの戸口に坐《すわ》って物乞いをするホームレスたち。その傍らを、マフラーを巻いて帰宅する学生たちが歩いていた。四月の半ばに気温がまた一気に下がって、街角に残った灰色の雪が固く凍りついていた。それでも、ハーバード・スクエアには春の夜のパーティーの雰囲気が漂っていた。若いエネルギーと特権と保証された未来が感じられた。それでいて、地球上でもっとも寒々しい場所にも思えた。吹きさらしの凍える迷路に迷いこんだネズミのように、若者が華々しい経歴を競って愚かな引っ掻《か》きあいをして、若さを無駄にしているかのようだった。

血液が混ざった染みを発見した興奮がおさまると、気がめいった。私にとってそれは、まあ、いつものことだった。一種の職業病と言ってもいいかもしれない。古い本のなかに閉じこめられた精霊か何かに出くわした気分だった。運がよければ、精霊をあっさりと解き放ち、精霊は感謝の印として、不明瞭な過去をちらりと見せてくれることもある。さもなければ、古書に隠された意味をつかむまえに、精霊はすべてをひと息で消し去って、腕組みをして目のまえに立ちふさがる。はい、ここまで、これで終わりと言いたげに。

そんな私の気分を知りもしないラズは、傷口に塩を塗るようなことばかり言っていた。

「ひょっとすると血は劇的な出来事が起きた証拠かもしれない」そう言いながら、グラスに入ったワインをゆったり揺らした。

ラズの妻アフサナはブラウン大学で助教授の職を得て詩を教えていて、週のうち三晩はプロヴィデンスに泊まっていた。だから、その夜、私とラズはふたりで食事をして、好きなだけ仕事の話ができた。それなのに、どちらも黙って考えている時間がやたらに長く、そのことにも私は苛立《いらだ》っていた。

「インド料理で赤ワインを飲むとはね」話題を変えたくてそう言うと、自分のビールに口をつけた。

「かなり劇的なことかもしれない」それでもラズはハガダーの話を続けた。「激情型のスペイン人がその本をめぐって闘ったのかもしれない。サーベルを抜いて、短剣を――」

「どこかの家の主人が過越《すぎこ》しの祭の肉を切り分けていて手が滑った――その可能性のほうがずっと高そう」私はぶっきらぼうにラズの話を遮った。「シマウマを見るのはやめてよ」

「なんだって？」

「よく言うでしょう、〝四本足で、長い顔で、干草を食べるものと言われたら、シマウマじゃなくて、まずは馬を見ろって〟」実のところ、それは母の口癖だった。研修生を相手によく言っていた。どうやら未熟な医者というのは、すぐにめずらしい症例だと思いたがるものらしい。たとえ患者の症状がごく一般的な病気にあてはまるときでも。

「おやおや、ちょっと冷静すぎないか？　シマウマのほうがはるかに刺激的だ」ラズはワインのボトルに手を伸ばして、グラスにおかわりを注いだ。あのハガダーはラズの仕事ではない。だから、ラズは私のように苛立っていないのだ。「DNA鑑定をするって手もある……あの血の持ち主の民族的な起源がわかれば……」

「そういう手もあるかもね。でも、それは無理。DNA鑑定ができるだけのサンプルを採取するには、あの本に使われている羊皮紙を切りとらなければならないから。それに、もし私がそうしたいと思っても――そんな気はさらさらないけど――サラエボの担当者たちが許すはずがない」私はパッパダムをちぎった。平べったく、ぱりっとしたパッパダムは種なしパン《マッツォ》に似ていた。あのハガダーに描かれた絵のなかで、謎の黒人女性が手にしているパンに。それもまた、私には決して解けそうにない謎だった。

ラズは相変わらずハガダーの話を続けた。「もし時代をさかのぼって、本に血がついた瞬間に行けたら最高だろうな」

「ええ、そうね、きっと女房が亭主を怒鳴りつけてるわ。〝このぼんくら亭主！　うちの大切な本に何するの！〟って」

ラズはにやりとして、ついに私の不機嫌さに白旗を上げた。昔からラズにはロマンティックなところがあった。だからこそ、難破船に惹《ひ》かれたのだろう。ウエイターが熱くて辛いヴィンダルー（酢を使ったカレー）を運んできた。私は火を噴きそうなカレーをライスにかけると、フォークですくって口に入れた。とたんに涙目になった。この種のものは大好きだった。ハーバード時代はこれで生きていたと言ってもいい。刺激的な辛さは、いちばんの大好物を口にしたときの感覚にかぎりなく近かった。シドニーの自宅の近くにあるマレーシア料理のレストランで、クルマエビのサンバル（トウガラシ、トマト、塩、香辛料、香味野菜、ココナツ粉、塩辛などを合わせてペースト状にしたマレーシアの調味料）炒《いた》めを食べたときの感覚に。食べ物というのはときに元気をくれる。何口か食べるうちに、私の気分もいくらか上向いた。

「あなたの言うとおりよ」と私は言った。「その場に行けたら、ほんとに最高よ。ハガダーがどこかの家族の持ち物で、実際に使われているところを見られたら。鍵つきのガラスケースにおさめられて、展示されるよりまえの時代に行けたら……」

「いや、そうとは言いきれないかもしれない」ラズは胡散《うさん》臭そうにヴィンダルーをつついて、スプーンのさきについたカレーを舐《な》めてから、ライスの上に皿が見えなくなるほど豪快にかけた。「博物館に展示されれば、問題のハガダーはその役目を果たす。このさき永遠に。人に物事を伝えるために作られた本がこれからもずっと伝えつづけるんだ、出エジプト記の物語だけでなく、それ以上のことをね」

「どういう意味？」

「きみの話によれば、その本は人類の苦難を幾度となく乗り越えてきた。考えてもみろよ。

たとえば、コンビベンシア（七一一年―一四九二年のスペインでユダヤ教徒、イスラム教徒、キリスト教徒が比較的平穏に暮らした時代）のスペインのように、人が互いのちがいを認めあって、うまく生きていた時代もあった。建設的で、豊かな社会を築いていた。その後、恐怖や憎悪、他者を悪にしたてあげたいという欲望が――そう、どういうわけかそういったものが湧いてきて、社会全体が崩壊することになる。異端審問、ナチ、過激なセルビアの民族主義……歴史はつねに繰り返される。それを考えれば、問題のハガダーはいまも、そういった歴史すべてを如実に物語ってるんじゃないかな」

「これはまたずいぶん深遠な意見だこと、有機化学者にしてはね」私はからかわずにいられなかった。ラズはじろりと睨《にら》んだが、すぐに笑いだして、テート美術館で何を話すつもりなのかと訊いてきた。トルコの写本の構造的特徴と保存修復問題についてと私は答えた。トルコの写本の製本方法は壊れやすくて、信じられないことに、多くの保存修復技術者はその修復方法を知らずにいる。そんな話から、やがて会話は、私の大富豪の依頼人にまつわる噂や、大学の所蔵品の売却という賛否両論あって決着のつかない問題へと移っていった。ハーバードの所蔵品の保存修復という重要な仕事を一手に担っている研究所の長として、ラズはその問題についてかなり明確な意見を持っていた。

「一冊の写本が大学の図書館に置かれて、学者が閲覧できるのと、個人の蒐集家《しゅうしゅうか》の手に渡って、どこかの金庫にしまわれるのとではおおちがいだ……」

「たしかに。でも、あなたに例の大富豪の金庫室を見せてあげたいわ」大富豪の依頼人はブラトル・ストリートの歴史ある大豪邸に住み、地下に作らせた金庫室には最先端技術が駆使されていて、そこにはお宝がうなるほどおさめられているはずだった。突拍子もないものに毎日触れているラズは、めったなことでは驚かない。それでも、絶対に人には言わないと約束させてから、その依頼人が苦労して手に入れたいくつかのものを教えると、さすがのラズも目を丸くした。

そこから、話題はどこの博物館でも繰り広げられている地位争いのことになり、さらに、きわどい内輪話へと移っていった。書庫での密会、つまりは、学芸員の性生活に。その後はほぼその話題に終始した。話の途中で、私はなんの気なしに塩入れを手に取った。ワインの染みに血液が混じっているとわかって有頂天になったせいで、羊皮紙から検出した塩の結晶を調べるのをすっかり忘れていた。そこで、私はラズに、明日もまた協力してほしいと言った。なんとしてもあの結晶をラズの分光分析装置で調べてみたかった。

「ああ、喜んで。いつでも歓迎するよ。ぜひともきみにシュトラウス保存修復センターに来てほしいとぼくたちが願ってるのは知ってるだろ？　そう、永久に。きみが手を挙げさえすれば、いつでも仕事はあるんだから」

「ありがとう、お世辞だとしてもすごく嬉《うれ》しい。でも、シドニーを離れるなんて考えられないわ」

それから会話は、私たちの狭い世界の住人の誰がどうしたという噂話になりそうだった。そこで、レストランを出ようとすると、ラズの手が私の腰に触れた。私は振り返って、ラズを見た。

「ラズ？」

「アフサナはここにいない」とラズは言った。「だから、問題ない、だろ？　昔を懐かしむのもいいんじゃないか？」

私はラズの手に視線を移すと、その手を親指と人差し指でつまんで、私の下半身から離した。「あなたに新しい名前をあげる」

「えっ？」

「これからはラズじゃなくて、ネズミ《ラット》って呼ぶわ」

「やめてくれよ、ハンナ、いつからそんなにお高くとまるようになったんだ？」

「えっと、いつからだったかな……たしか二年前。そう、あなたが結婚したときからよ、たぶん」

「おいおい、ぼくだって、プロヴィデンスにいるアフサナが尼さんみたいに暮らしてるとは思っちゃいない。何しろ、あそこには彼女の脚を見て涎《よだれ》を垂らしそうになってる元気な学生がわんさといるんだから。それなら、こっちだって――」

私は両手で耳をふさいだ。「勘弁して。あなたとアフサナの結婚観なんて聞きたくない」

ラズに背を向けて、階段を駆けおりた。たしかに私はちょっとお高くとまっているように見えるのかもしれない。まあ、少なくとも、いくつかのことに関しては。それはともかく、私は誠実でありたいのだ。言い換えれば、独身であれば好きなことをしてもいいという意味だ。私は私、あなたはあなたでやっていく。私も誰かと寝て、あなたも誰かと寝る。だが、束縛されたくないのに、なぜわざわざ結婚したりするのか？

気まずく黙りこくったまま、私とラズはホテルまでの数ブロックを歩いて、ぎこちなくおやすみの挨拶をして別れた。私は苛立ちながらホテルの部屋へ向かった。同時に、少し侘《わび》しかった。もし心から愛せる人に出会えて結婚したら、私はラズのようないい加減なことはしない。

その夜、おかしなことにオズレンの夢を見た。私とオズレンは、彼のアパートメントの階下にいた。スイート・コーナーにあるペストリー屋に。ただし、そこに置かれたオーブンは、ボンダイビーチの私のフラットにあるデロンギ社製のオーブンだった。そして、よりによって、ふたりでマフィンを作っていた。私がオーブンからトレイを取りだしていると、オズレンがすぐうしろにやってきて、腕を伸ばして私の腕を支えた。こんがり焼けた香ばしいマフィンが型から飛びだすほどふくれていた。オズレンがマフィンをひとつ、私の口元に持っていった。マフィンがとろけて、甘く濃厚な味が口のなかに広がった。

とくにマフィンに思い入れがあるわけではない。けれど、その夢のなかではなぜかそうではなかった。

私はしつこい電話の音で目を覚ました。モーニングコールだと思って、寝返りを打つと、受話器を取って架台《かだい》に戻した。二分後、また電話が鳴った。今度は体を起こして、デジタル時計の赤い数字を見た。二時半。もしこれがモーニングコールなら、指定した時間より四時間も早く、ホテルの担当者はとんでもない代償を支払うことになる。私は不機嫌な声で電話に出た。「もしもし」

「ドクター・ヒース?」

「はあ」

「ドクター・フリオソル、マックス・フリオソルです。マウント・アーバン病院の。いまここにドクター・サラ・ヒースが……」

そんな電話がかかってきたら、多くの人は一気に目が覚めて、何事かと不安でたまらなくなるはずだ。けれど、母が真夜中に病院にいると言われても、私は眠くてぼんやりしたまま、とくに何も感じなかった。「はあ?」迷惑そうにそう言っただけだった。

「大怪我をされてます。あなたはもっとも近しい肉親ですよね?」

私は飛び起きて、明かりのスイッチを手探りした。慣れないホテルのベッドの上で混乱していた。「何があったんですか?」トイレブラシを飲みこんだように声ががさついていた。

「MVAです。現場では歩行可能で、触れると痛みがあることから肺機能――」

「ちょっと待って。ちゃんとしたことばで話してください」

「でも、あなたは……ドクター・ヒースですよね?」

「母のドクターは医者で、私のドクターは博士号を持っているという意味」

「ああ、なるほど。えっと、お母さまは交通事故に遭ったんです」

私の頭にまっさきに浮かんだのは、母の手だった。母は何よりも手を大切にしていた。

「母はどこにいるんです？　母と話せますか？」

「いや、こっちに来てください。ドクター・ヒース……その、はっきり言うと、少々むずかしい状態です。ドクター・ヒースはご自分でAMA……つまり、診療拒否の書類にサインして病院を出ようとしたところ、廊下で急性脳血流低下を……いや、その、意識を失ったんです。脾臓《ひぞう》が破裂して、多量の腹腔《ふくこう》内出血……腹部に血が溜まって、いま手術の準備をしています」

病院への行き方を詳しく教えてもらうあいだも、私の手は震えていた。そうして、私が病院に着いたときには、母はすでに救急処置室から手術室に移されていた。実際に顔を合わせてみると、ドクター・フリオソルが前期研修医だとわかった。朝剃《そ》ったひげが伸びて、げっそりとした顔。目のまわりにできたくまが明らかな睡眠不足を物語っていた。私が服を着て、タクシーを拾い、病院に駆けつけるまでのわずかな時間に、その医師は銃で撃たれた患者と、心臓発作の患者の処置をしていて、そのせいで、私が誰なのかすぐにはわからなかった。だが、フリオソルは記録に目を通して、母は八十一歳の女性が運転する車の助手席に乗っていたのだと教えてくれた。運転していた女性は病院に運ばれたときにはすでに死亡していたとのことだった。ふたりの乗った車はストロー・ドライブでガードレールに突っこんだ。ほかの車は関わっていない単独事故だった。「事故現場で警察はお母さまから証言を聞いてます」

「なんでそんなことを？　だって、これほどの重傷なのに、警察はなぜ話を聞いたりしたんですか？」

「現場に警察が到着したとき、お母さまに意識障害はまったくなく、運転手に心臓マッサージを行なっていたようです」フリオソルは記録に目を戻した。「救急救命士と口論したようですね。運転していた女性の処置に関して、救急処置室に運ぶと言う救急救命士に対して、事故現場で喉に挿管すべきだと反論したようです」

いかにも母らしい、と私は思った。そのときの母の声が聞こえるようだった。「でも、そんなに元気だったのに、なぜいまはこんなことになってるんですか?」

「それが脾臓なんです。すぐには症状が出ない。少し痛んだとしても、基本的には元気で、かなり時間が経《た》つまで出血していることに気づかない。血圧が一気に低下するまで。お母さまは自分の容態を自分で判断して、その直後に意識を失ったんです……」その時点で私の顔はやや青ざめていたのだろう、フリオソルは血まみれの内臓の話をやめて、私に椅子を勧めた。

「運転していたおばあさん……名前はわかりますか?」

フリオソルは手にしたクリップボードの上の書類をめくった。「デライラ・シャランスキー」

その名を聞いても、誰のことやら見当もつかなかった。フリオソルに教えられた廊下をたどって、母がいる病棟へ向かったが、あまりにも意外な事故のことで頭がいっぱいで、目的の場所にたどり着くまでに、曲がり角を六回もまちがえた。そうして、硬いプラスティックの椅子に腰を下ろした。キンポウゲと同じ黄色の椅子は、何もかもが泥のような灰色の病院のなかで、吐き気を覚えるほど鮮やかだった。私にできることは何もなかった。待つこと以外何も。

手術を終えてストレッチャーに寝かされて出てきた母の姿は悲惨だった。腕には園芸用のホースほどもありそうな太い管が何本も挿してあり、車のサイドガラスか何かにぶつけたのか、片方の頰が紫色に腫れあがっていた。意識はぼんやりしていたはずだが、それでもすぐに私に気づいて、ゆがんだ笑みを浮かべた。それはそれまでに母が私に見せたもっとも愛情深い笑みだったかもしれない。私は太い管が刺さっていないほうの手を取った。

「こっちの手に五本」と私は言った。「反対の手にも五本。ヒース外科医、まだまだ健在よ」

母が小さく唸《うな》った。「そうね、でも病院で働く医者には脾臓が必要よ」と小さな声で言った。「脾臓がないと感染症に勝てない……」声が掠《かす》れた。母の目が潤んで、大粒の涙が傷ついた頰を伝った。三十年生きてきて、母が泣くのを見たのは初めてだった。私は母の手を取ると、キスをして、一緒に泣きだした。

病院の職員は母の病室にリクライニング機能と収納式のフットレストがついたソファを用意して、私が泊まれるようにしてくれた。鎮静剤と痛み止めが効いて、母は十五分もしないうちに眠りについた。母がかなり動転していたことを思えば、それは適切な処置だった。私は用意されたソファに坐ったものの、眠れるはずもなく、ぼうっとしながら、白みはじめた空を見つめて、徐々に大きくなっていく廊下の物音を聞いていた。朝の交代時刻に備える医師や薬剤師の声、予約した手術のためにやってきた哀れな患者たちに準備処置を施す音が響いていた。私はこれからすべきことを頭のなかに並べてみた。テート美術館に連絡して、セミナーでの講義を中止にする。母の秘書のジャニーンに電話をかけて、シドニーで母を待ち受けているスケジュールを変更してもらう。警察に電話して、母になんらかの法律上の責務があるのか尋ねる。シドニーであれば、死亡事故の場合には審問がある。そういうもののためにボストンで足留めを食うことになれば、母はさぞかし苛立つにちがいない。

そんなことを考えていると、落ち着かなくなり、病室を出て、公衆電話を見つけて、何本も電話をかけた。ロンドンはそろそろ就業時間だった。シドニーは夜だが、病院には誰かしら人がいるはずだ。そうして、病室に戻ると、母が目を覚ましていた。だいぶ元気になったようだ。その証拠に、世界でも有数の脳神経外科医ドクター・ヒースのいつもの口調で、点滴を交換しようと套管《カニューレ》の挿入に手間取っている看護師に指示していた。私が部屋に入ると同時に、母が目を上げてこっちを見た。

「もう帰ったのかと思った」と母は言った。

「まさか。私からはそう簡単に逃れられないわよ。ジャニーンにメッセージを残してきたわ。彼女には知らせないわけにはいかないでしょ。気分はどう?」

「胸糞悪いわ、ああもう、むかつく」母がそんな乱暴なことばを口にしたのは初めてだった。といっても、ときどき、棍棒《こんぼう》代わりに四文字からなる不快なことばを口にすることはあったけれど。オーストラリア人が日常的に何気なく口にする悪態は、母には似合わなかった。

「何かほしいものは？」

「有能な看護師」

母の非礼を詫びるつもりで私は看護師を見たが、看護師に気にしているそぶりはなかった。ぐるりと目をまわして、肩をすくめただけで、平然と母の脈を診ていた。正直なところ、看護師にやつあたりするとは、ちょっと母らしくなかった。なるほど、母はほんとうは痛くてたまらないのだ。不本意ながら、母にもいくつか美点があると認めなければならない。そのひとつが、勤務先の病院の看護師全員に尊敬されていることだった。以前、母の病院の看護師のひとり――学校に通いなおして、さらに上級の看護師として研修していた女性――が、オフィスでの私と母の口喧嘩をたまたま耳にして、あとで、私を人目につかない場所に呼んだことがあった。うるさいことを言うなら、こっちだって黙っていない、そのときの私はそんな気分だったはずだ。いずれにしても、その看護師は母には私の知らない一面があるとか、母にあんなひどいことを言ってはいけないと注意した。看護師が口にする疑問点にきちんと耳を傾けて、看護師により専門的な仕事を任せる外科医は母だけなのだからと。「たいていの医者は看護師が診療方針に口をはさむと怒るものなの。いい気になってるとか、そんなふうに思うものなのよ。でも、あなたのお母さまはちがう。私が社会人枠でメディカル・スクールに入学できるように推薦状まで書いてくださったんだから」

そのとき私はかなり失礼な態度を取った。人のことに口出ししないで、あなたは自分の仕事だけをしていればいいとかなんとか言ったはずだ。だが、その看護師の話を聞いて、実は心のどこかで誇りを感じていたのだ。とはいえ、その看護師にとって喜ばしいことが、私にとっては不愉快なことなのが問題だった。こと医学に関しては、母は熱心な唱道者で、対して、私は成長して背教者になった牧師の娘のようなものだった。

看護師が部屋を出ていくと、母は力なく言った。「ええ、冗談じゃなくあなたに持ってきてほしいものがある。紙とペンを持ってきて、いまから言う住所を書いて」

私は母が口にした通りの名を紙に書きつけた。ブルックリンにある通りの名だった。

「そこに行ってきてちょうだい」

「どうして？」

「その住所はデライラ・シャランスキーの家よ。今夜、そこではシヴァが行なわれる。簡単に言えば、ユダヤ教の葬儀ね」

「シヴァがどんなものかは知ってるわ」私はちょっとぶっきらぼうに言った。「私は聖書に使われてる聖書ヘブライ語のろくでもない学位を持ってるんだから」できれば、〝それがどんなものかママが知ってたら、びっくりして腰を抜かしちゃうけど〟とつけくわえたかった。

私は以前から、もしかしたら母はやや反ユダヤ主義なのではないかと思っていた。母の偏狭な信念は実に明確にふたつに分かれていた。患者となれば、母は肌の色など気にも留めない。だが、テレビのニュースを観ているときには、さまざまな民族を中傷するようなことを平気で言う。〝ぐうたらなアボリジニ〟とか〝残酷なアラブ人〟などと。また、研修医として預かったユダヤ人が優秀であれば、本人が望む仕事を任せるが、私の記憶にあるかぎり、そのうちの誰かひとりでも自宅に食事に招いたことはなかった。

「この人たち……このシャランスキー家の人たちは、私のことを知りもしないのよ。見ず知らずの人に参列してほしくはないでしょう」

「いいえ」母はベッドの上で体を動かすと、辛そうに顔をしかめた。「あなたに来てほしいと思ってるはずよ」

「どうして？　そもそも、デライラ・シャランスキーって誰なの？」

母は大きく息を吸って、目を閉じた。

「いまさらどうしようもないわね。審問ですべてが明らかになる、ここで行なわれる審問だかなんだかくだらないことで」

「なんなの？　何を言ってるの？」

母は目を開けて、私をまっすぐ見た。「デライラ・シャランスキーはあなたのおばあさんよ」


赤煉瓦《れんが》の縦長の家に通じる階段の上で私は長いこと立ち尽くして、ドアをノックする勇気を奮い起こそうとした。そこはブルックリンでもとくに私が好きな地域だった。なんとなく統一感を欠く一帯で、隣接する地区ではブリトーの売店がまばらになり、ユダヤ教徒用の食料品店が増えて、美術学校の学生風の黒い服に黒いメイクの人々に交じって正統派ユダヤ教徒が歩いていた。

そのとき会葬者の一団が到着して、彼らに押されるようにして家のなかに入っていなければ、私はノックせずにいつまでも突っ立っていたはずだ。ドアが開いたとたんに、十人以上のにぎやかな声に出迎えられた。誰もが同時に話しているかのようだった。ウォッカの入ったショットグラスを手渡された。想像していたシヴァとは似ても似つかなかった。たぶんロシア系ユダヤ人のロシア的な儀式なのだろう。

家のなかも想像していたのとはまるでちがった。古びた外観や、八十一歳の女性が暮らす家ということから私が勝手に思い描いていたものとは似ても似つかず、仕切りがほとんどない流行の間取りで、壁は白く、適所に配された天窓から光が射していた。すらりとした陶器の花瓶には曲がった枝が生けてあり、ミース・ファン・デル・ローエ（ドイツ生まれのアメリカの建築家）がデザインした椅子と、ほかにもヴィンテージ・モダンのバウハウス的な家具がそろっていた。

奥の壁に大きな絵がかけてあり、それを見たとたんに、思わず息を呑《の》んだ。オーストラリアのどこまでも続く眩《まばゆ》い空。キャンバスの下のほうの四分の一のあたりのところに数本の線を引いて表現した灼熱の赤い砂漠。あくまでもシンプルで、あくまでも力強い。それは一九六〇年代初頭にその画家の名を世に知らしめた絵の一枚だった。その一連の作品は、オーストラリアの芸術を展示している大きな美術館ならどこでも観ることができた。とはいえ、この家にあるのは、なかでもとくに傑作と言われるものだった。私がいままで目にしたもののなかで最高傑作と言ってもよかった。ベルヴュー・ヒルの家に、私たちも——正確には、母もということだが——同じ画家の絵を一枚持っている。とはいえ、その絵についてとくにじっくり考えたことはなかった。母は有名な画家の絵を何枚も持っていた。ブレット・ホワイトリー、シドニー・ノーラン、アーサー・ボイド。どれも名の知れた巨匠ばかり。ゆえに、母がアーロン・シャランスキーの絵を持っていても不思議はなかった。

その朝、私は母と長いこと話をした。母を疲れさせてしまったことに気づくと、看護師に頼んで薬を与えてもらい、母が眠ったのを確かめてから、アーロン・シャランスキーのことを調べにワイドナー記念図書館へ向かったのだった。資料はそろっていて、簡単に調べられた。アーロン・シャランスキーは一九三七年生まれ。父親はウクライナの強制収容所を解放されたのちに、ボストン大学でロシア語およびロシア文学の教授となった。一九五五年にニューサウスウェールズ大学に初のロシア語学科が開設される際に招かれて、家族を連れてオーストラリアに渡った。アーロンはイースト・シドニー・テクニカル・カレッジの芸術科に入学して、カウボーイをしながらノーザンテリトリーを転々とし、その名を世に知らしめることになる絵を描きはじめ、まもなく、オーストラリアの芸術界の異端児となる。歯に衣着《きぬき》せない発言と、過激な行動で一躍有名になったのだ。砂漠を取り巻く状況と、鉱業による自然破壊問題に関しては、政治活動にものめりこんだ。かつてその画家が坐りこみか何かをして逮捕される古いニュース映像を、私もテレビで見たことがあった。たしか、ボーキサイトの採掘への反対行動だったはずだ。アーロンは黒い髪を長く伸ばしていて、当時、ずいぶん乱暴だった警官は、髪をつかんでアーロンを引きずりまわした。それが大きな物議をかもしたのは、私も知っている。逮捕されたアーロンは採掘現場には戻らないという条件つきの保釈を拒んで、刑務所のなかで十人以上のアボリジニの男たちとともに一ヵ月間坐りこみを続けた。出所すると、今度は刑務所内でのアボリジニに対する非人道的な扱いに抗議する発言を繰り返した。その結果、いくつかの社会で英雄になった。保守的な人々でさえ、アーロンの話に耳を傾けざるをえなくなった。その画家の絵を手に入れたければ、話を聞くしかないというわけだ。個展が開かれるたびに、どれほど値がつりあがろうと絵を買いたいという人が殺到して、ちょっとした騒動になったとのことだった。

ところが、二十八歳のときに人生が急変する。視力が衰えはじめたのだ。検査の結果、頭に腫瘍ができて、視神経を圧迫しているとわかった。まもなく、腫瘍を取り除くために、困難な手術を受けた。その数日後、術後の合併症でアーロンはこの世を去った。

手術を行なった脳神経外科医の名前は、どんな資料にも、数ある死亡記事にも出ていなかった。当時の医学界の倫理規定か何かで、オーストラリアではマスコミが医師の名を公表するのを禁じていたのだ。真実は私にもわからないが、当時、三十代前半だった母は、自己不信というものとはすでに無縁だったにちがいない。むずかしい腫瘍の手術も自分ならできると考えていたはずだ。で、手術をした？　だとしたら、医者が長いこと守ってきた慣例を破ったことになる。医者は感情的に結びついた患者の手術はしないという慣例を。

サラ・ヒースとアーロン・シャランスキーは恋人だったのだ。アーロンが手術を受けたとき、サラは妊娠四ヵ月だった。

「私があなたの父親を愛していなかった、そう思ってたの？」

母は心底驚いた顔をした。まるで洗面器のなかにカバがいると言われたかのようだった。

午後には、私はワイドナー記念図書館から病院に戻っていた。病室に着くと、母はまだ眠っていて、私は母を揺り起こしたいという衝動をどうにか抑えた。やがて、母が目を覚ますと、のしかかりそうな勢いで傍らに立った。尋ねたいことが山ほどあった。いくつもの質問、いくつもの返事、そして、長い沈黙。口論にならずにこれほど長く母と話をしたのは初めてだった。

「だって、ママが私の父親を愛してたなんて考えろってほうが無理よ。父親について、ママは何も言わなかったんだから。ひとことも。一度も。私が思い切って尋ねるたびに、ママはいやな顔をして何も言わずに立ち去った」そのときのことを思いだすと、いまでも胸が痛んだ。「そういうことよ。だから、私は何年も考えて、自分はレイプか何かでできた子供なんだと思った……」

「ハンナ……」

「それに、ママは私のことを見るのも堪《た》えられないみたいだった」

「まさか、そんなことないわ」

「きっと……私を見ると、私の父親とか、いやなことを思いだすからだと思ってた……」

「たしかに、アーロンを思いだすわ。生まれたときから、あんたは父親にそっくりだった。赤ちゃんのときからあるそのえくぼ、頭の形、目。それに、大きくなってからは髪。色も質もそっくり。集中したときの表情。それも、絵を描いているアーロンそのもの。そして、私は自分に言い聞かせた。ええ、そう、ハンナはアーロンにそっくり、でも、私にも似てる。私と一緒に暮らしてるんだからって。私が育ててるんだからって。だけど、私には似なかった。アーロンが愛したものにばかり興味を持った。いつもそう。笑い方も父親譲りなら、怒り方も……。たしかに、あんたを見るたびに、アーロンを思いだしたわ……。そうして、十代になると、ハンナ、あんたは私のことをほんとうに嫌ってるようだった……まるで、そうやって私を罰しているかのようだった」

「罰する？　どういうこと？　なぜ罰するの？」

「父親を殺したから」母の声がふいに聞きとれないほど小さくなった。

「やめてよ、ママ。自分を悲劇のヒロインだと思うなっていつも言ってるのはママでしょ。患者の命を救えなかったからって、殺したことにはならないわ」

「アーロンは私の患者じゃなかった。ハンナ、しっかりしてよ。長いこと私と暮らしてきたのに、医者について何も知らないの？　心から愛している人の手術をしたとしたら、私はいったいどんな医者なの？　もちろん、私はアーロンの手術を担当しなかった。検査をして、診断は下したけど。目が霞《かす》むとアーロンが何度も言うのを聞いてたから。アーロンの頭には腫瘍ができてた。良性で、急激に大きくなるわけでもなく、命に関わるものでもなかった。だから、放射線治療を勧めたわ。アーロンはその治療を受けたけど、視力は衰えるばかりだった。だから、手術を望んだ。危険な手術だってことは承知の上で。そして、私はすべてをアンダーソン医師に託した」

伝説の脳神経外科医アンダーソン。その名なら、物心ついたときから幾度となく聞かされていた。母が崇拝する医者だった。

「最高の医者に任せたってことね。だったら、自分を責める必要なんてないでしょ？」

母はため息をついた。「わかってないのね」

「わかりたくても、そのチャンスさえ与えてくれなかったくせに――」

「ハンナ、チャンスならあったわ。ずいぶんまえに」母はそう言うと目を閉じた。私はその場で身悶《みもだ》えした。この期に及んで、いままでいやというほど繰り返してきた状況に陥るとは信じられなかった。まさかこんなときに、知りたいことが山ほどあるというのに……。

外は暗くなりはじめているはずだが、病院の建物の奥にいては、それを知る術《すべ》はなかった。静まりかえった病室に、廊下を通るストレッチャーや、ポケットベルの音がやけに大きく響いた。薬のせいで母は眠ってしまったのだろうか？　そう思ったとたんに、母が体を動かして、また話しはじめた。目は閉じたままだった。

「知ってるでしょう、私が大学を卒業して一年目の研修を終えて、脳神経外科での研修を希望したとき、女だからというだけで弾かれそうになったのを。ふたりの評価担当者にはっきり言われたわ、研修を受けさせたところで時間の無駄だって。女は結婚して、子供でもできれば、働かないんだからって」

母の声は大きく、冷ややかになっていた。母は当時そう言われたその部屋に戻って、自分が心に決めた未来を否定しようとしている男たちと相対している気分なのだろう。「でも、もうひとりの評価担当者が脳神経外科長で、私が大学を最優等で卒業して、一年目の研修でもつねにトップを走っていたのを知っていた。そして、私にこう言った。〝ドクター・ヒース、ひとつだけ訊かせてくれ。きみは脳神経外科医以外の職業に就いている自分が想像できるかね？　もし答えがイエスなら、この科を志願するのはやめるように強く勧めるよ〟と」

母は目を開けて、私を見た。「ハンナ、私はこれっぽっちもためらわなかった。私には脳神経外科医以外の人生なんて考えられなかった。絶対に。結婚もしたくなかった。子供もほしくなかった。女が抱くごく普通の欲求はすべて捨てていた。ハンナ、そのことをあんたにも理解してほしかった。何よりも困難な手術を成功させるのがどれほど驚異的ですばらしいかを。脳神経外科の手術がどれほど重要かを。人のさまざまな思いや個性が、この指先と技術にかかってるんだってことを知ってほしかった。私は単に人の命を救ってるだけじゃない。ハンナ、私は人が人たる所以《ゆえん》を救ってるのよ。魂を救っている。でも、あんたは決して……」

母はため息をつき、私は椅子のなかで体をもぞもぞと動かした。熱心な唱道者としての母が演壇に戻っていた。いままでにもこの手の話はさんざん聞かされて、これから話がどこへ向かうのかはわかっていた。そして、自分がそこに行きたくないことも。けれど、ふいに母の口調が変わった。

「思いがけず妊娠したときには、自分自身にものすごく腹が立った。子供を持つなんて一度も考えたことがなかったんだから。でも、アーロンは大喜びして、そんな彼を見ていると、私も嬉しくてたまらなくなった」さきほどから、母の青い目は私にまっすぐ向けられていた。いま、その目に涙があふれていた。

「ハンナ、ある意味で、私たちはこの世でいちばん不釣合いなカップルだった。アーロンはトマトを投げつけて抗議するような左寄りの革新派で、私は――」母は口ごもった。母の手がぎこちなくシーツの上を這って、寄ってもいない皺《しわ》を伸ばした。「アーロンに出会うまで、私は何も見ていなかった。医者になるため、そして、医者になってからは、よりよい医者になるためだけに生きてきて、それ以外のことには一分たりとも時間を費やそうとしなかった。政治、自然、芸術、それを教えてくれたのはアーロンだった。ひと目惚《ぼ》れなんてくだらないと思うけど、私たちはまさにそうだった。あんな気持ちは初めてだった。あれが最初で最後だった。アーロンが私の診察室に入ってきたとたんに、私は――」

看護助手がお茶を載《の》せたワゴンを押して、病室に入ってきた。母の手が震えていたので、私が代わりにティーカップを持ってお茶を飲ませた。母は何口か飲むと、もういいと手を振った。「アメリカ人はお茶もろくに淹《い》れられないのね」私が枕を叩《たた》いてふくらませると、母は辛そうに顔をしかめながら枕にもたれた。

「薬をもらったほうがいい？」

母は首を振った。「薬の飲みすぎで充分すぎるほどぼうっとしてるわ」そう言って、深く息をして力をかき集めると、また話しはじめた。「その日、家に帰ると、一枚の絵が私を待っていた。ダイニングルームのサイドボードの上にかかってるあの絵よ」

私は口笛を吹いた。当時でさえ、あの絵は十万ドルはしたはずだ。「私がいままで恋人志願者からもらったものと言えば、だいたいが萎《しお》れた花束よ」

母はもの言いたげににやりとした。「そう、あれはほんとうに気持ちが伝わってきた。絵にはメモが添えられてたわ。いまでも肌身離さず持ってる。財布のなかに入れてあるわ。見たい？」

私は戸棚へ向かうと、母のバッグを取りだした。

「財布はファスナーつきのポケットのなか。そう、そこよ」

私は財布を取りだした。「免許のうしろ」と母が言った。

一枚の紙に二行だけの短い文章がしたためられていた。デッサン用の鉛筆で書かれた文字は大きく、勢いがあった。

〝私のなすことが私である。私はそのために生まれてきたのだ〟

そのことばなら知っていた。ジェラード・マンリー・ホプキンズの詩の一節だ。その下にアーロンのことばがあった。

〝サラ、きみしかいない。ぼくがなすべきことに手を貸してくれ〟

私はそのことばを見つめて、それを書いた手を思い描こうとした。父の手を。一度も握ったことのない手を。

「私はアーロンに電話して、絵のお礼を言ったわ。すると、アトリエに来てほしいと言われた。それからは……そう、かたときも離れずに一緒に過ごした。最後まで。長くはなかったわ。ほんの数ヵ月だった。もしアーロンが生きてたら、私たちがそのとき共有していたものが永遠に続いたんだろうか、そんなことをよく考えたわ……。いつか、私はアーロンに嫌われていたかもしれないって。娘に嫌われたようにね」

「ママ、そんな――」

「ハンナ、いいのよ。いまさら言っても始まらない。あんたが小さいころ、私は二十四時間、週七日いつも母親だったわけじゃない――その事実は何をしても変えられない。そうして、思春期を迎えたあんたは、少なくとも私に対してはサボテンのようだった。私を近づけようとしなかった。家に帰るとよく、グレタと一緒に笑っていたわね。でも、私がそばに行くと、ぴたりと笑うのをやめた。何がそんなにおかしかったのかと尋ねると、冷ややかな顔で〝ママにはわからない〟と言うだけだった」

それはほんとうだった。十代の私はまさにそのとおりのことをした。母へのささやかな抵抗だった。私は膝の上に載せていた手を広げて、降参のポーズをした。「遠い昔の話よ」

母はうなずいた。「すべてそう。すべては遠い昔の話」

「それで、手術はどうしたの？」

「アーロンのことをアンダーソン医師に任せたとき、私はアーロンとの関係を黙っていた。妊娠してたことも誰も知らなかった。白衣の下に何が隠せるか知ったら、みんな驚くでしょうね。いずれにしても、アンダーソン医師から手術にくわわるように勧められたけど、私は断わった。なんともへたな言い訳をしてね。そのときのアンダーソン医師の顔はいまでも忘れられない。脳神経外科の名医である彼の手術に参加できるなら、いつもの私なら真っ赤に焼けた炭の上だって歩いたはずなのに。頭蓋底《ずがいてい》にメスを入れる腫瘍の手術に参加できるなら。頭皮を切って、めくって――」

母は口をつぐんだ。グロテスクな話に、私はいつのまにか耳をふさいでいた。

母が悲しげな顔で見ているのに気づくと、私は悪いことをした子供のように耳から手を離した。

「とにかく、手術にはくわわらなかった。それでも、アンダーソン医師が手術室から出てくるときには、何か理由をつけて手術室のまえをうろついていた。手袋をはずしながら、顔を上げて私を見たときのアンダーソン医師の表情は、このさきもずっと忘れられないはず。てっきりアーロンは手術台で死んだものと思った。その場でまっすぐ立っているのがやっとだった。すると、〝きみの診断どおり、良性の髄膜腫《ずいまくしゅ》だった。だが、視神経が広範囲にわたって絡みついていた〟と言われたわ。アンダーソン医師は腫瘍を切除して、視神経に血流を戻そうとした。でも、それはものすごくむずかしい手術だった。アンダーソン医師からアーロンは失明するかもしれないと言われると、私はすぐさま思った――目が見えなくなったら、アーロンは自分が生きているとは考えないだろうって。でも、結局、アーロンが意識を取り戻して、失明しているのに気づくことはなかった。手術の夜に出血して、アンダーソン医師はそれを見落とした。血塊を取り除くために、アーロンがもう一度手術室に運びこまれたときには――」

そのとき、病室に看護師が入ってきて、母の様子を見た。母が興奮しているのはひと目でわかったはずだ。看護師が私のほうを見て言った。「しばらくお母さんを休ませてあげて」

「そうね。もう行きなさい」母の声は張りつめていた。そのふたことを口にするだけでも、果てしない努力を要するかのようだった。「時間よ。シャランスキーの家に行きなさい」

「ハンナ・ヒースだね?」デライラ・シャランスキーの家の壁にかかった絵から目を離して、私は振り返った。目のまえにどこかで見た顔があった。私の顔だ。私を男にして、年を取らせた顔だった。

「デライラの息子だ。アーロンの弟のジョナだ」

私は片手を差しだした。けれど、ジョナの腕が肩にまわされて、抱きよせられた。私はすっかりどぎまぎして、どうすればいいのかわからなかった。子供のころは、家族というものに憧れていた。母はひとりっ子で、両親とはそもそも親しく行き来していなかった。私の祖父は保険業でひと財産を築いて、私が生まれるまえに夫婦でヌーサの引退者が多く暮らす町に引っ越して、テニスとゴルフ三昧《ざんまい》の日々を送っていた。祖母には私も一度だけ会っているはずだが、その後、心臓発作で急逝した。妻の死後、祖父はあっというまに再婚した。相手はたしかテニスコーチだったはずだ。母は再婚に反対だったので、以降、私たちが祖父を訪ねることはなかった。

それなのに、私は思いもかけず、血のつながりのある人たちに囲まれていた。そこにはかなりの数の人がいた。いとこが三人、叔母《おば》がひとり。ほかにも、ウクライナのヤルタで貿易商をしているもうひとりの叔母。そして、建築家のジョナ叔父《おじ》。デライラのためにこの家をリフォームしたのがその叔父だった。

「きみのお母さんが快方に向かってると知ってほっとしたよ」ジョナがそう言いながら、顔にかかるまっすぐな黒い髪をせわしげにうしろに払った。私にもそれと同じ癖があった。

「八十歳を過ぎてからは、車を運転するなとおふくろにみんなで言ってたんだが、なにしろ頑固なばあさんでね」ジョナの話によれば、デライラは十五年前に夫を亡くして、それ以降、自分のことは自分で決めるという姿勢を崩さずにいたらしい。「十年前には大学に通いなおして、博士号を取った。あれは、自分の行動を子供たちに指図されるいわれはないという意思表示だったのかもしれないな。とにかく、うちの家族はみんな、きみのお母さんにはすごく申し訳ないことをしたと思ってる。何かできることがあれば……」

母は充分な治療を受けているからと私は言った。母が交通事故に遭ったことが脳神経外科学会に知れわたるやいなや、多くの医師が即座に行動を起こした。仲間のためにできるだけのことをしていた。おそらく母はボストンでもっとも手厚い看護を受けている患者にちがいない。

「悲しい事故だったが、おれたちがやっときみに会えたのをおふくろも喜んでるはずだ」

「あなた方やあなたのお母さんがオーストラリアに住んでいなかったのはすごく残念です。子供のころにおばあちゃんがいたらどんなによかったたか」

「いや、そのころ、おれたちはオーストラリアで暮らしてたんだよ。おふくろはおれがあっちで大学の建築学科を卒業できるようにしてくれた。おれは工科大学の夜学に通いながら、昼間はニューサウスウェールズ州の建設局で働いて、タロンガ動物公園のトイレを設計した。もし、あそこでトイレに行ったら……」ジョナ叔父は眼鏡《めがね》をはずすと、にやりとした。「とにかく、トイレとしちゃ、あれは最高傑作だ……」ジョナ叔父は私を見た。話そうかどうしようか迷っているようだった。「やっぱり話しておいたほうがいいだろう。おふくろはサラに、きみとうちの家族を会わせたいと頼んでたんだ。きみを家族の一員にしたいって。でも、サラは断わった。いっさい連絡はしないでくれって」

「でも、さっき言ってましたよね、あなたのお母さんは誰の指図も受けなかったって。なぜ私の母の言うことは聞いたんですか?」

「おふくろも悩んでたんだろうな。いずれ家族でアメリカに戻ると決まってたから、きみの人生が一変するようなことをして、すぐにいなくなるんじゃ申し訳ないと思ったんだろう。でも、おふくろはきみの通う幼稚園を突き止めてた。で、ある日の午後、そこに行ってきみを見た。家政婦が迎えにきて、きみが帰っていくところをね。ずいぶん心配してたよ、寂しそうだったと言ってね……」

「ええ、そのとおりです」と私は言った。ばつの悪いことに、声が掠れて、唇の震えが止まらなかった。なんて悲しい話だろう。デライラがかわいそうでならなかった。息子の唯一の忘れ形見である孫を抱きたかったはずだ。そして、私もかわいそう……。こんな家族に囲まれていたら、いまとはちがう人間になっていたかもしれない。

「それなのに、なぜ私の母と連絡を取りあってたんですか？　つまり、なぜゆうべは一緒にいたんですか？」

「遺産の問題があってね。アーロンの信託財産——著作権でシャランスキー基金を設立してほしいという遺言をアーロンは残したんだ」

「なるほど」と私は言った。たしかに、その基金は母が役員を務める団体のひとつだった。実のところ、母は企業や慈善団体など、さまざまな組織の役員を務めている。そうして、役員報酬と名声を得ているが、実はそういった組織のどれにもたいした思い入れがないのではないか、私はそんなふうに感じていたのだった。とくにシャランスキー基金はどう考えても似つかわしくなかった。その基金と母の関心事は一致していなかった。

「アーロンは手術の直前に、基金を設立するという遺書を書いた。デライラとサラを管財人に指名してね。そうやって、ふたりを結びつけようとしたのかもしれないな」

ちょうどそのとき誰かがやってきて、ジョナ叔父は振り返ると、その女性に話しかけた。私は書棚の上に並ぶ写真を眺めた。数枚の写真がシンプルな銀のフォトフレームにおさまっていた。一枚は若かりしころのデライラの写真。襟に銀のスパンコールがついた白のオーガンザのドレスを着ている。どんな行事のために華やかに着飾っているのかはわからないが、嬉しそうに黒く大きな瞳を輝かせていた。そして、アーロンの写真。絵の具が飛び散ったアトリエで、カメラマンなどいないかのように、目のまえのキャンバスを一心に見つめている。

家族の集合写真もあった。バル・ミツヴァ（ユダヤ教の成人式）だろうか、あるいは、もしかしたら割《かつ》礼《れい》の儀式かも……。善良そうな人たちが肩を組んで、笑みを浮かべている。その様子を見ただけで、誰もが家族と一緒にいられる幸せを感じているのがわかった。

デライラの家に集まっているのは、温かな人ばかりだった。私に食べ物を勧めて、抱きしめさえした。私はといえば、抱きしめられるのに慣れていなかった。それでも、この場にふさわしい人間になろうとした。半分はロシアのユダヤ人の血が流れていて、ひょっとしたらハンナ・シャランスキーという人生を生きていたかもしれない人間に。

ガラステーブルの上に置かれたウォッカのボトルに、私はひっきりなしに手を伸ばした。何杯飲んだかは記憶にない。小さなグラスに入ったウォッカを幾度となく一気にあおり、酔っ払って、他愛ない話を楽しんだ。誰もがデライラの話をした。ジョナの奥さんは、結婚した当時、ジョナからマッツォーボール（種なしパン用の粉で作った団子）が母親の味とはちがうと何度も言われたと話した。「卵白をべつにして泡立ててから、ほかの材料をくわえて、手でそっと混ぜて、ふわふわのマッツォーボールを作っても、ちがう、デライラの味じゃないと言われたの。で、ある日、もうやめたと思って、材料をいっぺんにミキサーにぶちこんだ。そしたら、ゴルフボールみたいなマッツォーボールになっちゃった。それはもうかちかちよ。すると、ジョナはなんて言ったと思う？　おお、これぞおふくろの味！　ですって」

似たような話が山ほどあった。デライラはどこにでもいそうなユダヤ人の母親ではなかった。さらには、どこにでもいる祖母でもなかった。私よりいくつか年下のジョナの息子は、両親が初めて息子を残して週末に外出したときのことを話してくれた。その夜、彼は祖母であるデライラの家に泊まることになっていた。「おばあちゃんは玄関でぼくを出迎えた。手にはどこかで買ってきたフライドチキンを包んだアルミホイルを持ってた。そうして、それをぼくにぐいと差しだして言ったんだ。〝さあ、とっとと帰って、友達と楽しい週末をお過ごし。ただし、おまえさん自身も、この私も、厄介ごとに巻きこむんじゃないよ〟って。あれは、いつでも親が目を光らせてた十四歳の少年には夢みたいな一夜だったよ、ほんとうに」

ジョナとその妻がぞっとしたように両手に顔を埋めた。「まさか、そんなことがあったとは……」

それからまもなく、私は帰らなければならないと言った。その気もないのに、母に会いにいかなければならないと言った。とにかく、その家をいったん出なければならなかった。頭がくらくらしていたからだ。立てつづけに飲んだウォッカのせいでもあったが、それだけではなかった。いままで知らずにいた三十年分の出来事を頭に入れるのは、ひと晩では無理だった。いままで知らずにいた愛を知るには。

ホテルに戻るころには、母が交通事故に遭って以降、私が感じることになった新たな複雑な感情すべてが、これまでの人生の大半を占めてきた苛立ちへと変わっていた。母が心から誰かを愛せる人だったとわかっても、苛立ちはおさまらなかった。もちろん、母はそうとう苦しんだはずだ。最愛の人を失ったばかりか、その死は自分のせいだと大きな罪悪感を抱いてきたのだから。おまけに、私はあらゆる意味で理想の娘ではなかった。自分勝手で執念深い、悪夢のような娘だった。でも、それでもまだ私の苛立ちはおさまらなかった。なぜなら、母がすべてを決めて、私はその代償を払わされたから。

バスルームへ行って、吐いた。飲みすぎて吐いたのは大学生のとき以来だった。濡らしたタオルを顔にあてて、ベッドに横になり、部屋がまわっていることに気づかないふりをした。頭痛が始まるころには、テート美術館での講義は絶対にキャンセルしないと心に決めた。母の面倒は仲間の医者がみてくれる。それはまちがいない。それに、母だっていつも仕事を最優先させてきたのだから……。

〝アーロンもそうだった〟——頭のなかで母の声がした。〝愛よりも仕事を選ぶ人だった〟と母は言った。普通に考えれば、父は命を賭けてまで危険な手術を受ける必要などなかった。すでにあらゆるものを手に入れていたのだから。恋人、家族、まもなく生まれてくる子供。だが、どれも、仕事以上に大切なものにはなりえなかったのだ。

なるほど、だったら、そんな両親にたっぷり敬意を払ってやろうじゃないの。ふたりがいかにもしそうなことを、私がしたって文句は言われないはずだ。

ひどい二日酔いだった。七時間の飛行にはとても堪えられそうにない二日酔いだった。それでも、大富豪の厚意でまたもや飛行機の先端の席に坐れたのがせめてもの救いだった。そうして、キャビン・アテンダントが持ってきた干からびたサーモンをつまみながら、うしろのほうでボール紙みたいな鶏肉と生ゴムみたいなパスタを嚙《か》んでいる哀れな人たちのことを思った。とはいえ、たとえファーストクラスだろうと機内食がおいしいわけがない。魚は乾ききっている。が、それもしかたがない。調理したときには完璧だったとしても、その後、保温庫のなかに一時間半も放置されていたのだから。いずれにしても、ほしいのは水だけだった。目のまえのトレイを早く片づけてほしいと願いながら、私は塩が入ったビニールの小袋を取りあげて、手のひらに少量の塩を振りだした。母の事故のせいで、ラズの研究所にもう一度行ってみようとは思いもしなかった。ラズは私がまだ怒っていて行かなかったと思ったのだろう、機嫌を取ろうと、ひとりで塩の結晶の分析をして、ホテルのフロントに手書きのメッセージを残していった。私はそのメッセージを取りだすと、目のまえの小さなテーブルのランチマットの上に置いた。

きみの言うとおりだった。塩化ナトリウム。でも、岩ではなく海。要確認——十五世紀、あるいは十六世紀に、コーシェルの塩は何から作られていたのか。あるいは、これはテーブルで使われた塩ではない？　海を渡ったときのもの？　すでにわかってる場所にあてはまる？？　スペインやヴェネチアに？？？　ゆうべの愚行を反省してる。ロンドンでのこと知らせてくれ。

きみの友人、ネズミ《ラット》科のラズより

私はにやりとした。いかにもラズらしい。またシマウマを見ている。もちろん、あれほど難破船にとり憑《つ》かれていれば、海で何かがあったと考えるのも無理はない。とにかく、私はラズのアドバイスどおり、調べてみるつもりだった。コーシェルの塩は何から作られていたのか？　見当もつかなかった。それはこれまでとは路線が異なる疑問だった。たどっていく価値のあるもう一本の糸。もしかしたら、あのハガダーの精霊がおぼろげなヒントをくれたのかもしれない。

私は手のひらの塩を、しなびて端が茶色になったレタスの上に落とした。数千フィート下では、闇にまぎれた海の塩辛い波がうねっていた。

海水　一四九二年　スペイン、タラゴナ

ＹＨＶＨという名は純化される。
銀や金が純化されるように。
この四文字は現われると同時に、純化される。
正確に刻まれ、光を放ち、輝く。
全イスラエルがその文字を見る。
その文字はあらゆる方向の空間を飛び、
数々の石板にその名を刻みこむ。

——ゾーハル

ダヴィド・ベン・ショーシャンは無礼な男ではない。ただ、より崇高なものに気持ちが向いているだけだ。ダヴィドの女房のミリアムはそのことで夫にしょっちゅう文句を言っていた。市場で義妹とすれちがっても、会釈もしなかったとか、サバを半値で売っている魚売りの声を聞き逃したといったことで。

そんなわけで、なぜその若者に気づいたのかは、ダヴィド自身もよくわからなかった。ほかの物ごいや行商人とちがって、若者は大声をあげてはいなかった。無言で坐って、行き交う人々の顔を見つめているだけだった。もしかしたら、その静けさがダヴィドの注意を引いたのかもしれない。これほどの喧騒《けんそう》と雑踏のなかで、音もたてずにじっとしているのはその若者ひとりだった。いや、もしかしたらそういうこととはまるで無関係だったのかもしれない。一条の冬の弱い陽光が金に反射したから、ただそれだけのことかもしれない。

若者は町の防壁沿いの市場の片隅にいた。この時期、じめじめとして、風が吹きすさぶ場所だ。客が寄りつかない寂しい場所だから、地元の商人は店を出さず、そこで商売をするのは、各地を転々とする行商人や、戦争を逃れてこの町に流れてきたぼろをまとったアンダルシア人ぐらいのものだった。南方での度重なる戦争によって、多くの者が放浪を余儀なくされていた。その結果、これほど遠くの町にたどり着くころには、放浪の民はそもそもわずかな所持品のうち、価値のあるものをすべて売り払っていた。市場の隅に陣取る難民の大半は、なんの価値もないものを売ろうとしていた。擦《す》りきれたマントや外衣、使い古した家財道具などを。ところが、その若者はその場所になめし革を広げて、羊皮紙に描かれたひときわ鮮やかな小ぶりの絵を何枚も並べていた。

ダヴィドは足を止めると、絵をよく見ようと人込みをかきわけて若者のほうへ向かった。そうして、しゃがみこむと、尻餅をつかないように冷たい地面に手をついた。思ったとおり、みごとな絵だった。キリスト教徒の祈禱書《きとうしょ》に描かれた絵なら見たことがあるが、それとは趣《おもむき》がちがっていた。すぐにはわが目が信じられず、身を乗りだして、じっくり眺めた。ミドラシュ（古代ユダヤの聖書注解書）に精通した者か、あるいは、少なくともそういう者が絵師に指示して描かせたのだろう。ダヴィドの頭にひとつの考えがひらめいた。胸が高鳴るほどすばらしい思いつきだった。

「誰がこれを描いたんだね？」とダヴィドは尋ねた。若者は答えずに、見返してくるだけだった。理解できなかったのか、明るい茶色の目には何も浮かんでいなかった。若者はこのあたりのことばがわからないのかもしれない。そう考えて、ダヴィドは今度はアラビア語で尋ねた。次に、ヘブライ語で。だが、若者の目には相変わらず何も浮かばなかった。

「こいつは耳も聞こえなけりゃ、口もきけないんだ」そう言ったのは、修理痕だらけのこね鉢ひとつと、木の匙《さじ》二本を売っている片腕の小作人だった。「旅の途中で、こいつと、こいつの黒人の奴隷に会った」ダヴィドはじっくりと若者を見た。若者の服は放浪の旅で染みだらけになっていたが、そもそもは上等なものだった。

「この若者は何者だ？」

小作人は肩をすくめた。「奴隷は法螺《ほら》話ばかりしてたがな。こいつはさきの総督《アミール》に仕えてた医者の息子だとかなんだとか。といっても、旦那だってよく知ってるはずだ、奴隷ってのは法螺話が大好きだってことは」

「この若者はユダヤ教徒なのか？」

「割礼してるからな、キリスト教徒のはずがない。それに、イスラム教徒にも見えない」

「奴隷はどこへ行った？　この絵についてもっと詳しく知りたい」

「アリカンテ（スペイン南東部の港町）の海岸に着いてまもなく、夜の闇にまぎれて逃げちまったよ。故郷のイフリキア（現在のチュニジア、リビア、アルジェリアにまたがる地域）に帰ろうとでも思ったんだろう、ああ、まちがいない。女房がこいつを気に入っちまってな。まあ、こいつはなかなか意志が強いし、女房に無駄口は絶対に叩かない。でも、この町に着いたときに、何かしら売って食いぶちを自分で稼がなけりゃならないってことをわからせた。といっても、こいつが持ってたのはこの絵だけだ。でも、ほんものの金が使ってある。一枚持ってくかい？」

「全部もらおう」とダヴィドは言った。

ミリアムはダヴィドの固焼きパンの上に調理した肉を乱暴に置いた。固焼きパンが割れて、肉汁がテーブルに滴った。

「なんてこったろうね、まったく能無し亭主だよ！」

「ミリアム……」女房が怒っているのは、パンが割れたせいではないのはダヴィドにもよくわかっていた。娘のルティが弾かれたように立ちあがって、こぼれた肉汁をあわてて拭こうとした。女房は相変わらず怒鳴りつづけ、ダヴィドは娘が身をすくめるのに気づいた。ルティは怒鳴り声が大嫌いなのだ。スズメ——ダヴィドは娘をそう呼んでいた。いつもびくびくしている小鳥を思わせるからだ。その呼び名のとおり、ルティはどこを取ってもさえない茶色をしていた。くすんだ色の目、黒っぽい肌。おまけに、ダヴィドが仕事に使う墨作りを手伝って、没食子《もっしょくし》と樹脂と硫酸銅を煮ている釜の世話をしているせいで、体にいやなにおいが染みついていた。かわいそうなスズメ、とダヴィドは思った。やさしくて、働き者で、もう十五になる娘なのだから、どこかの気のいい若者と結婚させて、母親の小言の聞こえないところに住まわせてやりたかった。だが、ルティには財産もなければ、美しい顔もなかった。そういったことを重視しない人々——トーラを遵守する家族——からは、兄の不名誉な行ないのせいで、見向きもされなかった。

女房のミリアムは使いこんだ鞍のように頑丈で、気の小さな娘が癪《しゃく》に障ってならなかった。いまも娘をぞんざいに押しやって、その手からぼろきれを奪いとると、わざとごしごしとテーブルを拭いた。「仕事がないことは、あたしなんかよりよっぽどよく知ってるくせに。それなのに、市場をふらついて、ふた月分の稼ぎを絵に使っちまうなんて！　おまけに、ラチェラが言うには、子供相手に値切りもしなかったそうじゃないか」

ダヴィドはラチェラに対する隣人らしからぬ思いを口にしたくなるのをぐっとこらえた。ラチェラは共同体《カハル》での出来事すべてを、いつでも瞬時に把握しているかのようだった。

「ミリアム……」

「あんたの甥《おい》っ子が結婚するのに、これじゃあ、なんの祝いもできやしない」

「ミリアム」とダヴィドは言った。その声はいつになく大きくなっていた。「あの絵はその結婚のためだ。ホセップの息子とその嫁のために、私が過越しの祭に使うハガダーを作るつもりでいるのは、おまえだって知ってるだろう。さあ、これでわかったか？　私が羊皮紙に文章を書き、あの絵と合わせて一冊の本にすれば、立派な贈り物ができる」

ミリアムは口を尖《とが》らせると、頭に巻いた麻布にほつれた巻き毛を押しこめた。「そうだったのかい、そういうことなら……」ミリアムは口喧嘩に負けるよりは、苦い薬を舐めるほうがましといった性質《たち》だったが、いまの亭主の話を聞いて、足を締めつける靴を脱いだかのようにほっとした。結婚祝いの贈り物が、実は悩みの種だったのだ。ドン・ホセップの長男とサンス家の娘の結婚式につまらないものを持っていけるわけがない。あれほど高名な一家に贈るには、ダヴィドが書いたなんの変哲もないハガダーではみすぼらしすぎると心配していたのだった。金や瑠璃《るり》色や黄緑色が使われたあの絵は、すばらしいと認めないわけにいかなかった。

ダヴィド・ベン・ショーシャンは金にはもちろん、地位にも興味がなかった。ゆえに、ベン・ショーシャン一族でもっとも貧しいこともまるで意に介していなかった。だが、わが家の平穏となれば話はべつだ。気の強い女房が喜ぶのを見て、心底ほっとした。あの絵を使うという考えにも満足していた。十年前なら、たとえあんなふうに宗教的な絵であっても、それをハガダーにしていいものか躊躇《ちゅうちょ》したはずだ。だが、兄のホセップは廷臣で、宴《うたげ》を開いて、音楽を楽しんでいる。もちろん、面と向かって言ったことはないが、その点では兄はキリスト教徒と大差ない。だったら、その息子がキリスト教徒の詩篇にあるような美しい絵が描かれた本を持っていて、何が悪いのか？　考えてみれば、かの偉大なラビのデュランだって、数々の美しい本を使って信徒に教えを説いているではないか。そういった本は魂を強化するとラビは言った。「それぞれの時代で財と名を成した人々が美しい書物を作ろうとした、それがわが民族の美徳のひとつだ」と。

とはいえ、ダヴィドは財も名も成していなかった。だが、全能なる神のご加護で、偶然にも美しい絵を手に入れた。手——流麗な文字を書く才を与えられた手に、美しい絵が舞いこんできた。なんとしても、誰もが息を呑むほどすばらしい本にしあげなければ、とダヴィドは思った。いつもは、ソフェル——神の聖なる御《み》ことばの記述者——という仕事ではわずかなマラベーディ（イスラム時代のスペイン・モロッコのディナール金貨）しか稼げず、その仕事がいかに心を豊かにするものかを女房にはなかなかわかってもらえなかった。だが、いまこうして、かすかな笑みを浮かべながらテーブルを拭いている女房を見ていると、今度ばかりはわかってもらえたようで、ダヴィドは嬉しかった。

翌朝、空が白みはじめると同時に仕事に取りかかった。朝食を持ってきたミリアムのことも手を振って追い払った。一家の住まいは、ユダヤ人が暮らすその界隈《かいわい》に立ち並ぶ、傾いた狭い長屋だった。一階にひと部屋、その上にもうひと部屋というふた間きりの住まいだ。ゆえに、寒い冬の朝だろうと、ダヴィドの仕事場は外と決まっていた。通りに面した門から家までは十歩もなかったが、猫の額《ひたい》ほどのその庭に皮を浸した石灰水入りの大桶《おおおけ》と、伸ばして枠にはめた皮が並んでいた。やがて青白い朝日が庭に射せば、干した皮がじわじわと乾きはじめる。また、ダヴィドの三日月形のナイフで丁寧に削られるのを待っている、脂肪や血管がついたままの厚い皮もあった。さらに、すでに磨きをかけて滑《なめ》らかにした皮もひと束あり、ダヴィドはそのなかから、絵が描かれた羊皮紙と同じ種類の山羊《やぎ》の皮を慎重に選り分けていった。やがて、適したものを選びだすと、ルティに石灰の粉を振って、軽石でこするように言いつけた。自分は中庭の井戸の凍える水で手を洗い、机のまえにどっかりと腰を下ろすと、骨製の尖筆《せんぴつ》で、用意のできた羊皮紙に慎重に線を引いていった。その薄い線に沿って文字を書くのだ。すべての線を引き終えると、冷たい手で顔を覆った。

「パサハの式次第《ハガダー・シェル・ペサハ》」そうつぶやくと、七面鳥の羽根ペンを手に取って、インクに浸した。

"ハ・ラフマ・アヌヤ……これぞ苦しみのパン……"

הא לחמא עניא

深紅の文字が羊皮紙の上で燃えているかのようだった。

"……これぞエジプトの地にて私たちの先祖が食べた苦しみのパン。すべての飢えたる者よ、来て食べよ"

ダヴィドの腹が鳴り、朝食を抜いたことに異を唱えた。

"すべての乏しき者よ、来て過越しの祭を祝え"

今年は乏しき者が大勢いる。南方でのいつ終わるとも知れない戦争のために、王と女王が民に課した税のせいだ。ダヴィドは頭に浮かぶさまざまな思いを消し去ろうとした。記述者《ソフェル》の心は聖なることばだけで満たされなければならない。雑念に気を取られてはならないのだ。「ハガダー・シェル・ペサハ」心を鎮《しず》めようと、もう一度つぶやいた。そうして、〝理由〟を意味する文字を書いた。イスラム教徒との終わりないこの戦争にどんな理由があるのか？ そこでは、何百年ものあいだイスラム教徒とユダヤ教徒、そして、キリスト教徒が共生してきたのではなかったか？ たしか 諺《ことわざ》 もあったはずだ――キリスト教徒は軍隊を生み、イスラム教徒は建物を生み、ユダヤ教徒は金を生む。

〝今年はここにいるが、来るべき年はイスラエルの地にあるべし〟

今年はここで、セネオルさまとアブラヴァネルさまの栄光ある名が人々の心に刻みつけられるだろう。フェルナンド王のまえに目も眩《くら》む金貨を積んで、その高貴な耳が嫉妬深い民の憎しみの声を聞くことがないように力を尽くしたのだから。

〝今年は奴隷の身……〟

口のきけない若者に仕えていた奴隷のことが頭に浮かんだ。その奴隷と話ができたらどんなにいいだろう。そして、このすばらしい絵がどんなふうに描かれたのかがわかったら。手をインク壺《つぼ》から羊皮紙へと動かしながら、痩《や》せた黒い人影を思い浮かべた。杖を手に、砂埃《すなぼこり》舞う黄色い道を行き、泥煉瓦の家が並ぶ集落へと向かうその姿が。奴隷にされた男はとうに死んだものとあきらめていた家族が待つ家に。いや、いまごろは、ほんとうに死んでいるにちがいない。さもなければ、鎖につながれて、背中を血まみれにしてガレー船を漕《こ》いでいるか……。

ダヴィドは気を散らせるさまざまな思いと闘いながら、日の光が薄れるまで丁寧に文字をしたためていった。そうして、日暮れどきに、愛娘《まなむすめ》のスズメに洗濯をすませた服を持ってこさせて、沐浴場《ミクヴァ》へ向かった。神聖な水で雑念を洗い流して、神のことばを記すことだけに集中する心の準備を整えた。身を清めて家に戻ると、夜にも仕事ができるように、かわいいスズメにランプを灯《とも》すように命じた。火がついた灯心の強いにおいを嗅ぎつけたミリアムが、スズメバチのごとく家から飛びだしてきて、油がもったいないと文句を言った。だが、ダヴィドがいつになく強い口調で諭すと、ミリアムはぶつぶつ言いながらも家のなかに引っこんだ。

黒い空に星が瞬く、まだ夜も覚めやらぬ早朝にそれは起こった。断食と冷えとランプの眩《まぶ》しい炎のせいなのか、ふいに文字が目のまえに浮かびあがり、光を放ちながらくるくるとまわりはじめた。ダヴィドの手は羊皮紙の上を飛ぶように動いていた。すべての文字が燃えたっていた。あらゆる文字に命が宿り、宙に舞った。まもなく、文字が溶けあってひとつの大きな炎となり、そこから四つの文字が現われた。全能の神の聖なる名がまばゆく輝いていた。その迫力と美にダヴィドは圧倒され、やがて、気を失った。

夜が明けて、ルティが庭に出てくると、ダヴィドは机の足元に倒れていた。ひげにうっすらと霜が下りて白くなっていた。だが、ダヴィドの書いたもの――すべての文字とことばにはひとつの乱れもなかった。ひとりの記述者が一週間、夜を徹して仕事をしても書ききれないほどの文字が、何枚もの羊皮紙を埋めていた。

ルティは父を床に運んだ。けれど、午後になると、ダヴィドは起きだして、仕事をすると言い張った。ダヴィドの手はいつもどおりのごく普通の記述者の手に戻っていた。また、頭のなかもいつもどおり消し去れない雑念が渦巻いていた。それでも、心には前夜の不可思議な至福の瞬間が残っていた。その感覚は一日じゅう続き、美しい文字を着々としたためていった。

数週間分の仕事がほぼ終わりかけた四日目に、門を叩く小さな音がした。ダヴィドは苛立って唸った。ルティは散らかった中庭を父がつけた呼び名どおり鳥のように音もなく駆け抜けると、閂《かんぬき》を引いて、門を開けた。門の外に立っている女を見るなり、背筋をぴんと伸ばして、髪を隠す布を手で直した。振り返って父を見たルティの目は、驚きに大きく見開かれていた。

女が門を抜けて中庭に入ってくると、ダヴィドは激怒して羽根ペンを振りおろした。なんと図々しい女だ。こっちはその名を口にする気にもなれないというのに、厚かましくも訪ねてくるとは。怒りが空っぽの胃に酸のように広がって、腹に鋭い痛みが走った。父の顔を見てますます驚いたルティが、門を離れて、飛ぶように家へ向かった。

その女は見てくれどおり、甘く男を惑わせる声で話した。

女の話など聞くまいと心に決めて、ダヴィドはヘブライ語でつぶやいた。「異人の女の唇は蜜の雫《しずく》でも、尻はニガヨモギのように苦い」それは、以前、この門を出て、教会の聖水盤と祭壇へ向かう息子に、ダヴィドが最後に投げつけたことばだった。わが息子、失った息子、目に入れても痛くないほどかわいがり、心のよりどころだった息子に。ダヴィドはその日、息子の上着を引き裂いた。それから二年という月日が流れたが、庭にふと目をやればいつでも息子のことを思いだした。あせることなく鮮明に。そしていま、その庭にあの女がいた。ダヴィドの苦しみのもとを作った女が。この家では決してその名が呼ばれることのない女が。

「うちには息子などおらん！」ダヴィドは怒鳴ると、くるりと背を向けて、ルティがたったいま入っていった玄関の扉に向かった。

だが、二歩歩いたところで、立ち止まった。女はなんと言ったか？

「ゆうべ、治安官が廷吏を連れて来たんです。夫は抵抗すると、袋叩きにされて、叫ぶと、鉄のかませものを口に突っこまれました。ひとりが夫を押さえつけて、もうひとりがねじをまわしてかませものを広げて……それはもう、顎がはずれてしまうぐらい」女は泣いていた。

その声はもう甘くはなく、掠れていた。それでも、ダヴィドは女を見ようとはしなかった。

「夫は〈聖なる家〉に連れていかれました。夫がどんな罪を犯したのか、誰が夫を告発したのかと尋ねながら、私はそこまで追っていきました。すると、治安官は私を見て言いました。キリスト教徒のふりをした異端者の子供を身ごもった私も、神聖な血を汚す罪を犯したと。それで、怖くなって、走って逃げてきたんです。異端審問所の地下牢でわが子を産むなんて、考えただけでも恐ろしくて。ここへ来たのは、ほかにどこに行けばいいのかわからなかったからです。私の父は免罪金を払うだけのお金がないんです」そうやって嘘をつく女の声は、子供のようにか細く甲高かった。

ダヴィドはようやく女を見た。ふくれたその腹を。まもなく赤ん坊が生まれるのだとわかった。その瞬間、息子への愛情と喪失感が、骨の髄まで染みわたり、全身の力が抜けていった。ユダヤ教徒ではない私の孫……。葡萄酒《ぶどうしゅ》を飲みすぎたように頭がくらくらした。ダヴィドは狭い中庭を歩いて玄関へ向かうと、女の涙に濡れた顔のまえで重い木の扉を閉めた。

若者はうまくしゃべれなかった。治安官がかませもののねじを緩めて、口から取りだすと、一緒に四本の折れた歯が飛びだした。唇の両端が裂けて、しゃべろうと口を開いたとたんに、真っ赤な血があふれでて、顎を伝い、染みだらけの寝巻きに滴り落ちた。手で口を拭こうとしたが、手枷《てかせ》がそれを許さなかった。

「何を認めろと言うんです、神父さま？　告発された理由も教えてもらえないのに」

寝巻きのまま連れてこられたせいで、体が震えていた。〈聖なる家〉のなかにあるその部屋に窓はなく、壁は黒布で覆われていた。テーブルにも黒い布がかかっていて、明かりは、磔《はりつけ》にされたキリストの絵の両わきに灯された六本の蠟燭《ろうそく》だけだった。

異端審問官の顔は頭巾に隠れて見えなかった。見えるのは、蠟燭の明かりに照らされた青白い手――見えない顎の下で指先をぴたりと合わせている手だけだった。

「ルーベン・ベン・ショーシャン……」

「レナートです、神父さま。洗礼を受けてレナートになったんです。だから、名前はレナート・デル・サルバドールです」

「ルーベン・ベン・ショーシャン」司祭は何も聞こえなかったかのように、同じことばを繰り返した。「おまえの不死の魂のためにも、さっさと白状したほうがいい。それに、死すべきその体のためにも」指先を軽く打ちつけながら、司祭はちょっと間を置いた。「それに……」たとえ、ここで私にすべての罪を告白しなかったとしても、〈やすらぎの部屋〉ではかならずそうすることになる」

レナートは腸の中身が緩くなるのを感じた。手枷をはめられた手を腹にぐっと押しつけた。唾を飲もうとしたが、口のなかはからからだった。声も掠れていた。

「いったいおれが何をしたと言うんです！」

部屋の隅で、筆記者がペンを走らせて、レナートの口から出たことばを一字一句書きつけていた。その音にレナートは父の家に戻ったような錯覚を抱いた。ユダヤ人街の家の中庭で、父の尖筆が羊皮紙にこすれる音を聞いているかのようだった。とはいえ、父が書くのは神を讃えることばだけだ。だが、この部屋にいる男はちがった。その男の仕事は、告発された者の口から出たうめき声や悲鳴、命を賭した懇願すべてを書きつけることだった。

頭巾のなかから大げさなため息が漏《も》れた。「なぜ自分から言わない？　認めて、罪を償えばいい。多くの者がそうして、ここを出ていった。一度か二度季節が変わるあいだ、悔悛者《かいしゅんしゃ》の囚衣を着て過ごしたほうがよっぽどましなはずだ。火あぶりになって死ぬよりは。ちがうか？」

レナートはうめいた。前回の異端者の火刑の鼻をつく煙のにおいが、いままた感じられるようだった。あの日は湿気が多く、えぐいにおいが町に垂れこめた。六人が処刑される予定だったが、三人は最後の最後に異端であることを認めて、火あぶりになるまえに首を絞められて息絶えた。残りの三人は生きたまま焼かれた。その日以降、レナートはその三人の悲鳴が響く夢を何度も見てはうなされていた。

またもや、頭巾のなかから大げさなため息が漏れた。白い手がひらひらと揺れた。すると、物陰から黒い革の仮面をつけた大男が現われた。

「水」異端審問官のことばに仮面の男がうなずいた。異端審問官は立ちあがると、部屋を出ていった。大男がレナートに手を伸ばして、寝巻きを引き裂いた。かつてのルーベン・ベン・ショーシャンは読み書きを習い、日々、机にへばりついて、父の仕事を継ぐべく修練した。だが、レナートとなってからの二年間は、戸外での肉体労働に明け暮れていた。ロサの父の果樹園で重労働をこなすか、オリーブの圧搾作業をするかのどちらかだった。背は高いほうではなかったが、いまや腕っぷしは強くなり、筋肉が盛りあがって、小麦色に日焼けしていた。それでも、裸にされて、仮面をつけた大男に見おろされると、頼りなかった。治安官に殴られた肩は痣《あざ》だらけだった。

仮面の大男に小突かれながら、レナートは歩いた。黒い部屋を出て、階段を下りて、〈やすらぎの部屋〉へ向かった。石でできた大きな桶にかかる梯子《はしご》や、前回ここで悶え苦しんだ囚人の血がついた拘束具や、鼻に詰められる木栓を目にすると、レナートはもう括約筋に力をこめていられなくなった。とたんに、すさまじい異臭が部屋に広がった。

ダヴィド・ベン・ショーシャンは細心の注意を払って身支度を整えた。数着のチュニックのなかからいちばん擦《す》りきれていないものを選んで、それに重ねて裾とわきの下にスリットが入ったガウンを着て、大きなフードを両肩にゆったりと垂らした。ルティは涙を拭いながら、父の一足きりの長靴下にあいた小さな穴を懸命に繕《つくろ》おうとした。

「いいから、あたしにお貸し、まったく愚図なんだから」ミリアムは娘から靴下を取りあげた。皮をなめして荒れたルティの手では、母親のようには細かい作業ができなかった。ミリアムは見えないほど細かい縫い目で、あっというまに穴をふさいだ。「とにかく、いそいでおくれ！」そう言いながら、亭主に靴下を放った。「あそこの連中はあたしの息子に何をするかわかったもんじゃないんだから！」

「おまえには息子はいない」とダヴィドが大きな声で言った。「それを忘れるな。わが家は息子の喪に服しているんだからな。私は命に関わる災難に見舞われた赤の他人のためにできることをしにいくだけだ」

「そう思ったほうが気が楽になるなら、好きなように思えばいいさ、ぼんくら亭主が。とにかく、しゃれてる暇があるなら、とっととお行きよ、ああ、後生だから！」

ダヴィドは吐き気が喉までこみあげてくるのを感じながら、狭い路地を歩いて兄の家へ向かった。貧しさがこれほど身に染みたことはなかった。ユダヤ教徒にしろ、ユダヤ教を捨ててキリスト教に改宗した者にしろ、異端審問がスペインの教会を純化するのと同じぐらい、王の財布を潤していることをよく知っていた。高額な免罪金を払えば、捕らえられた者の大半が、〈聖なる家〉から歩いて、さもなければ足を引きずって、さもなければ担架で運ばれて――いずれになるかは、どのぐらいのあいだその場所にいたかで決まる――出てこられるのだ。だが、背教者である甥のために、兄のホセップは金を払おうとするだろうか？　父親自ら死んだと公言している男のために。

ダヴィドは恥辱と悲しみで胸がいっぱいで、兄の屋敷の門のまえに立つまで、その立派な屋敷のなかが騒がしいことに気づかなかった。洗練を自負するホセップは、平穏な暮らしをつねとしていた。使用人は口を慎んで、控えめだった。ところが、その日は中庭に大勢の声が響いていた。ダヴィドは頭のなかで日にちを確かめた。結婚式は来月だ。ゆえに、その騒ぎが祝い事の準備のためであるはずがなかった。門番が主人の弟の姿を認めて、門を通した。中庭にはホセップのいちばん上等な去勢馬が連れてこられていた。ほかにも、衛兵と召使の馬の旅支度が整えられていた。

そのとき、ホセップが家から出てきた。長旅に向けて身支度を整えて、どこからか旅してきたとおぼしき汚れて疲れきった様子の男と話しこんでいた。一瞬の間があって、ダヴィドは旅人がドン・イサク・アブラヴァネルの事務官だと気づいた。ホセップは話に夢中だった。そのせいでその視線は、せわしなく走りまわる召使のなかで突っ立っている弟を素通りした。だが、すぐに、背を丸めて静かに立っている弟に気づくと、表情を和らげた。社会的な地位が兄弟を隔てているとはいえ、ホセップは信心深い弟を愛していた。そうして、弟に手を差しだして引きよせると、力強く抱きしめた。

「弟よ！　葬式のような顔をして訪ねてくるとはどうした？」

ダヴィドはここへ来る道中で兄に言うことばを幾度となく頭のなかで繰り返していた。ところが、ふいに口がきけなくなった。兄は明らかに自身の難問で頭がいっぱいで、眉間《みけん》に皺が寄っていた。

「実は、うちの……いや、ある若者が苦しんでいて……その、ある若者に災難が降りかかり……」ダヴィドは口ごもった。

一瞬、ホセップはじれた顔をしたが、すぐに表情を和らげた。

「災難はわれわれ誰もに四方から押し寄せている」とホセップは言った。「だが、来なさい。旅のまえに腹ごしらえをするところだ。簡単な食事をしながら、私に何ができるか考えよう」

兄の言う〝簡単な食事〟とは、わが家の貧しい食卓ではご馳走《ちそう》と呼ぶものにちがいない、とダヴィドは思った。案の定、塩漬けではない新鮮な肉と、冬にはめったに手に入らない果物と、ふんわりしたパンが供された。けれど、ダヴィドはどれひとつ味わえなかった。

ダヴィドが苦しい胸の内を打ち明けると、ホセップは頭を振って、ため息をついた。「今日でなければ、免罪金を払って若者を助けられたのだが。その若者は最悪の日に災難に見舞われた。今日は、ユダヤの民を第一に考えなければならない、すまない、弟よ。われわれの信仰を離れた者は、自身の選択によって降りかかった運命に身を任せるしかない。私はすぐにでも、かき集められるだけの金を持ってグラナダへ行く。一刻の猶予もない。ドン・アブラヴァネルの事務官がいらしておる」ホセップはうなずきながら、疲れ果ててクッションにぐったりともたれている男に目をやった。「馬を駆って、重大な知らせを届けてくれたのだ。王と女王がユダヤ教徒の追放令を出すつもりだという――」

ダヴィドは息を呑んだ。

「ああ、恐れていたことが起きた。王と女王は、条件つき降伏によってグラナダを得たのを、スペインがキリスト教徒の国だという神の意志の表われとお考えになった。そして、その勝利に対する神への感謝の印として、スペインからユダヤ教徒を一掃すると決め、近いうちにそれが宣言される。ユダヤ教徒に残された選択肢は改宗か、旅立ちかのどちらかだ。王と女王はその計画を秘密裏に進めていたが、ついに女王が旧友であるドン・セネオルに打ち明けたのだ」

「でも、どうして王と女王はそんなことができるんです？　イスラム教徒との戦いを勝利に導いたのは、ユダヤ教徒の金――ユダヤ教徒が生んだ金――があったからなのに」

「われわれは搾取されてきた。そしていまや、乳が出なくなった牛のように処分されようとしている。ドン・セネオルとドン・アブラヴァネルは最後の申し出――はっきり言ってしまえば、賄賂《わいろ》を贈って、それが功を奏すかどうか試すつもりでいる。とはいえ、それもさして期待はできないが」ホセップは部屋の隅でぐったりしている男に向かって、子羊のすね肉を振った。「弟に教えてやってくれ、女王陛下がドン・アブラヴァネルになんと言ったか」

男は片手で顔をこすった。「ご主人さまは女王陛下に、ユダヤ人を滅ぼす者が神によって滅ぼされるのは歴史が証明しているとおっしゃった。すると、女王陛下は、この決定はご自身や夫君から私たちに下されたものではないと答えた。これは神が王の心にお植えつけになったのだと申された。王の心は神の手中にある。川の水のように、その心は神のご意志の向くところならどこへでも向かうのだと」

「王ご自身は」とホセップが口をはさんだ。「この苦しい決断をすべて女王陛下に任せている。だが、側近たちは、女王陛下の口から出ることばは、女王陛下の聴罪《ちょうざい》司祭が言ったことをそっくりそのまま繰り返しているだけだと知っている。その司祭の名は言わずに」

「これまでに私たちは多くのものを差しだしてきた。いままた、それ以上の何を差しだすというんです？」

「三十万ダカット（当時の通貨）」

ダヴィドは両手に顔を埋めた。

「ああ、わかってる。法外な額だ。ひとりの王の身代金以上の額だ。ひとつの民の免罪金だ。だが、ほかに何ができる？」ホセップは立ちあがると、弟に手を差しだした。「これでわかっただろう、なぜ今日はおまえに金を用立ててやれないか」

ダヴィドはうなずいた。そして、兄と一緒に騒々しい中庭へ向かった。武器を持った騎馬従者と召使が早くも馬にまたがっていた。ダヴィドは兄の馬まで行った。ホセップは馬にまたがると、鞍の上から身を乗りだして、弟に耳打ちした。「言うまでもないとは思うが、さきほどの話は他言無用だぞ。この話が広まったら大騒ぎになる。私たちが君主をふたたび振り向かせることができるかどうか、心配して泣き叫んだりするんじゃないぞ」兄の乗った馬は血気盛んで落ち着かず、その場で足踏みをして、いまにも走りだしそうだった。ホセップは手綱をぐいと引くと、弟に片手を差しだした。「おまえの息子にはすまないことをした」

「私には息子などいません」ダヴィドは言ったが、声は震えて弱々しく、門を駆け抜けていく一団の石を踏む蹄鉄《ていてつ》の音にかき消された。

四日間、レナートは気を失いかけては、目覚めるということを繰り返していた。意識が戻るとかならず、小便の染みた藁《わら》とネズミの糞が散らばる石の床に頰を押しつけていた。咳きこむと、口を押さえた手には血の塊《かたまり》ばかりか、長いリボンのような薄布が吐きだされた。それはまるで体内の組織が剝《は》がれているかのようだった。内側から体が壊れているかのようだ。喉が渇いていたが、すぐには水差しに手が届かなかった。しばらくして、震える手でやっとのことで水差しをつかんで、口のなかに水を垂らしたが、それを飲みこむと同時に激痛が走って、ふたたび気を失った。傾斜する梯子に縛りつけられている夢を見た。水が口にどっと流れこみ、否《いや》が応でも飲みこむと、一緒に細長い布が腹の奥へ奥へと入りこんでいった。レナートはこの世にこれほどの苦痛があるとは知らなかった。話すこともままならず、心のなかで死を祈った。けれど、祈りは聞き届けられず、目を覚ますとやはり同じ場所に横たわって、闇のなかで光るネズミの赤い目に見つめられていた。五日目には、気を失っている時間より目覚めている時間が多くなり、六日目には、どうにか体を起こして、壁にもたれて坐れるようになった。レナートに課せられたのは待つことと、そして、思いだすことだけだった。

異端審問官が〈やすらぎの部屋〉に入ってきたのは、水差し五杯分の水を飲まされて、薄布が喉の奥深くに達したときだった。レナートが口をふさがれて、息もできずに悶え苦しんでいるのもかまわずに、梯子がまっすぐに起こされた。それと同時に、レナートはついに自分を有罪とする証拠を見た。どんな罪を告白しなければならないのかようやくわかった。異端審問官は茶色の長い革紐がついた小さな四角い箱を、まるで排泄物《はいせつぶつ》か何かかのように二本の指でつまんでいた。その箱に入っているのは、父の流麗な手書きの文字で記された神のことばだった。

「おまえの偽の改宗は道徳的腐敗だ。教会の根源を揺るがすものだ」と異端審問官は言った。「おまえは陰で忌まわしい祈りを唱えて、偽りの姿で私たちにまぎれこんで教会を汚した」

レナートは答えられなかった。罪を認めることも、いわれのない非難を否定することもできなかった。喉に布が詰まっていては、声が出せるわけがなかった。異端審問官がその場に立って見つめるなかで、梯子が倒され、大きな水差し一杯分の水を飲まされて、次の瞬間には、胃にまで達していた薄布が一気に引き抜かれた。まるで喉からはらわたが引っぱりだされたようで、レナートは気を失った。次に気づいたときには、またひとりきりになっていた。

〝シン。フェー。カフ。
どうかあなたを知らない異邦人と、あなたの名を呼ばない国々の上に、あなたの怒りを注ぎたまえ〟

途方に暮れて、ダヴィド・ベン・ショーシャンは仕事場に戻った。机について、祈りのことばを最後まで書き記そうとした。けれど、心は悪臭を放ちながら煮えたつインクの大釜のようだった。手が震えて、記された文字は見苦しかった。家のなかでは、悲しみと怒りをぶちまけるミリアムの怒声が響いていた。思いつくかぎりのことばで義兄を罵《のの》り、おそらくはおろおろしながらも母をなだめようとしている哀れなスズメを怒鳴りつけていた。兄の重大な任務や、ユダヤ人の頭上に立ちこめる暗雲については、ダヴィドはひとことも言わなかった。思いは抑圧の家のなかにいるルーベンのことから、敵に囲まれたユダヤ教徒の苦境へ、そして、哀れでかわいいスズメへと移っていった。〝愛《いと》しい人よ、美しい人よ、さあ立って出ておいで〟……あの子にはすぐにでも亭主を見つけてやらなければならない。万が一にも、追放されて、行くあてもなく放浪することになれば、父親以上の庇護が必要になるのだから。婿候補を頭のなかに並べてみた。割礼を執りおこなうモヘルのアヴラムにはちょうどいい年頃の息子がいる。吃音《きつおん》があり、斜視だが、なかなかいい性格の青年だ。だが、アヴラムはルティの汚点――キリスト教徒になった兄がいること――に目をつぶったりはしないだろう。律法に則《のっと》って動物をほふるショヘートのモイズはたくましい男で、同じようにたくましい息子が何人もいる。あの息子たちなら女房をしっかり守れそうだが、そろいもそろって頑固で短気ときている。おまけにモイズは金に目がなく、ルティには持参金などなかった。

結婚について、いや、それを言うなら、どんなことについても、ダヴィドはルティ本人に気持ちを尋ねてみようとは思いもしなかった。もし尋ねていたら、その結果に腰を抜かしていたはずだ。ダヴィド自身まるで気づいていなかったが、娘を愛しながらも、同時に、ある意味で蔑んでもいたのだ。ルティはやさしく従順だが、惨めでもあると思っていた。たいていの人と同じように、ダヴィドも〝おとなしさ〟と〝弱さ〟を混同していた。

実はルティには、父親が想像も及ばない秘密があった。もう三年以上、ゾーハルを読んでいたのだ。誰にも知られずに独学で、ルティはユダヤの神秘思想カバラの研究家になっていた。年齢、あるいは性別のどちらを取ってみても、ルティにとってそれは禁じられた研究だった。神秘主義という危険な領域に踏みこめるのは、四十歳以上のユダヤの男と定められていて、女にはふさわしくないとされているのだ。だが、ベン・ショーシャン家はこれまでにも著名なカバラ研究者を何人も世に出していて、ルティは幼いころから、精神を重んじる父の生き方のなかにゾーハルの力と重要性を見いだしていた。父を交えて有能な学者たちが、研究のために自宅に集まるときには、寝たふりをして、難解な書に関する議論をこっそり聞いたものだった。

ルティの精神世界に秘密があるとしたら、ずんぐりした体にも秘密があった。ルティは父の本を借りて研究するわけにはいかなかった。そんなことを父が許すはずがなかった。けれど、父に頼まれて、文字を書きつけた羊皮紙を製本所に届けると、そこに研究したい本がそろっているのに気づいた。製本師のミハは年は若いが見た目はずいぶん老けていた。顎は青白く、髪は薄く、女房が作業場に入ってくるたびに、苛立たしげに薄い髪を引っぱっていた。華奢《きゃしゃ》で生気のない女房は病弱で、たてつづけの妊娠と出産に疲れ果てていた。女房のまわりにはいつでも、泣き叫ぶ子供たちがまとわりついているかのようだった。

ルティは自分の望みを話したときに、ミハにそれまでとはちがう目で見られたのを憶《おぼ》えていた。初めは問題の本を借りてくるように父に頼まれたと言ったが、それはあまりにも見えすいた嘘だった。そのあたりに住む者ならみな、ダヴィド・ベン・ショーシャンが貧しい男でありながら、立派な書物を持っているのを知っていた。ミハはルティの真の目的を見抜いた。同時に、ルティが侵《おか》そうとしているタブーがいかに重大かもわかっていた。そんな重大な禁則を破る気でいるなら、それとはまったく性質のちがう、もうひとつのタブーも破れるはずだとミハは考えた。そして、本を貸すのと引き換えに、作業台から落ちた革や紙の切れ端のやわらかな山の上にルティを押し倒したのだった。ルティは上等な革の香りに包まれながら、製本師の器用な手が秘所に触れるのを感じた。製本師との取引に同意した初めてのときは怖かった。羊毛の茶色いスモックをめくられて、肉づきのいい脚を広げられたときには体が震えた。けれど、ミハの指の動きは繊細で、すぐにうっとりして、まもなく、想像すらしたことのない愉楽に夢中になった。脚のあいだにミハが舌を差しいれて、猫のように舐めまわすと、肉体的な快感によって忘我の境地にまで押しあげられた。その感覚は、真夜中に洞穴《どうけつ》に行って、本を読んでいるときに、ごくたまに得られる精神的な快感による忘我の境地とよく似ていた。

ふたつの禁じられた恍惚感は深くつながっている——なぜか、ルティはそう確信した。神秘主義の研究を禁じられている女であるからこそ、両方の恍惚感が得られるのだ。いまや自ら望んで体を差しだすことで、魂の喜びを得ていた。また、欲望の力と、肉体的な快楽を知ったことで、家族と信仰に背を向けた兄のことが理解できるようになっていた。もちろん、許すとまではいかなかったが。父があれほど厳格で、頑なではなく、もっと早く兄にゾーハルの神秘と美をそれとなく伝えていれば、兄だってほかの信仰に魅せられたりはしなかったはずだ。そう、魅せられるはずがなかった。

だが、ルーベンは厳格な規律に則って育てられた。毎日、あら捜しばかりする父のもとで、机について背を丸めて決まりきった仕事をさせられた。ルティの耳にはいまでもそのころの父の声——怒鳴るわけでもなく、つねに冷ややかにまちがいを指摘する声が残っていた。

「ベートという文字の中央の空間は縦横が同じでなければならない。ほらこの行を見てみろ、わかるだろう？　これでは間隔が狭すぎる。羊皮紙を削って文字を消して、最初から書き直せ。ルーベン、本来ならおまえはもう、テットの左下は角があり、右下は丸みを帯びているのを知っていなければならないんだぞ。ほら、この文字は逆だ。最初からやり直しだ」〝やり直し〟ということばを何度聞かされたことだろう。

父は黒いインクが生みだす栄光の扉を、ルーベンのために開いてみせたことは一度もなかった。だが、ルティの心はその虜《とりこ》になった。どんな小さな文字もすべて、ひとつの詩であり、ひとつの祈りであり、神の光輝へと通じる道だった。あらゆる文字に特有の道があり、特別な謎があるのだ。なぜ、父はそのいくつかでも兄に教えようとしなかったのか……。

ルティがベートという文字を思い浮かべるとき、そこには線の太さや、空間の正確さなどなかった。大切なのは、その文字が持つ神秘だ。数字の二、二から成るもの。さらに、家という意味もある。地上の神の家。〝彼らが私のために聖所を造るなら、私は彼らのなかに住む〟――聖所のなかにではなく、彼らのなかに神は住むのだ。神はルティのなかにも住む。ルティは神の家になる。すべてを超越した神の家に。たったひとつの小さな文字に、これほどまでに歓喜へと通じるものがあるのだ。

ときが経つうちに、ルティは製本師に心を開いて、ふたりのあいだに愛が芽生えていった。相手の体に触れたいときに使う暗号のようなものを作ろうと製本師が言いだすと、ルティはベートという文字がいいと提案した。父への請求書の隅に殴り書きされたその文字を見れば、ミハの女房が外出しているのがわかった。また、ルティのほうも、製本所に客がいるときには、口では何も言わず、父が製本師への指示を書いた紙の片隅にその文字を記した。それは、まだしばらくそこに留まっていても、家族に怪しまれないことを意味していた。兄のルーベンも愛する人と暗号を使っていたのだろうか？　木に印をつけたり、布を置いたりして。たぶん、そのような合図だったはずだ。ロサは多くのキリスト教徒同様、文字が読めないのだから。

当時のルーベンは一日の終わりに、ようやく机から解放されて、用事を頼まれて外出できるのを何よりも楽しみにしていた。ルティは兄がぱっと立ちあがり、ふいに生き生きするのを毎日見ていた。そして、ある用事を頼まれるたびに兄の顔がいっそう輝いて、足取りがとくに軽くなるのに気づいた。

ロサの父の店にオリーブや油を買いにいかされて、熟れた果実のようなその娘に兄が気づかないはずがなかった。ルティはふたりがどんなふうにして親密な関係になったのかほぼ見当がついたが、妹を世間知らずの無垢《むく》な娘だと信じて疑わない兄は、自身の身体的な欲望を打ち明けてルティの耳を汚そうとはしなかった。

兄が改宗し、結婚して、絶縁状態になったあとで、ルティは偶然にも市場で兄と出くわした。無視しなければならないのはわかっていた。見ず知らずのキリスト教徒であるかのように、うつむいてすれちがわなければならなかった。だが、ルティの心はそれを許さなかった。人込みにまぎれて近寄り、密かに手を伸ばして、兄の手を握った。手の感触は以前とはまったくちがっていた。ペンを刈り込み鎌に持ち替えた手は固くがさついていた。ルティは兄の手をぎゅっと握りしめて、思いのすべてを注ぎこむと、そそくさとその場を離れた。

その二週間後、今度はルーベンも妹に会う準備をしていた。そして、〝ふたりで会おう〟と書いた紙切れをルティの手に押しつけた。ルーベンは落ちあう場所として町の南のエスプルーガスを指定した。エスプルーガスとは洞穴という意味で、そのあたりの乾燥した白茶けた山の斜面は洞穴だらけだった。そのなかのひとつはとくに深くて、人目につかず、子供のころに兄妹でよくそこに入って遊んだものだった。そこはまた、のちに、ルーベンがロサと密会した場所でもあった。とはいえ、ルティがそこを秘密の勉強部屋にしていることは誰も知らなかった。兄妹が初めてそこで落ちあうと、ふたりのあいだに緊迫した空気が流れた。兄を愛しているからこそ、ルティは兄が家族にもたらした苦しみと汚名を責めずにいられなかった。それでも、心の奥では兄のやさしさをわかっていた。幼いころに真の愛情を示してくれたのは、不満ばかり言っている母でもなければ、どこか浮世離れした父でもなく、兄ひとりだった。まもなく、ふたりは週に一度、その場所で会うようになった。ルーベンが嬉し涙を流しながら、春には赤ん坊が生まれることをルティに話したのもその場所だった。

「子供ができて初めて、父親の気持ちがわかると言うよね」ルーベンの声は小さかった。ルティは兄の頭を膝に引きよせると、髪を撫《な》でた。ルーベンの声は掠れていた。「父さんはぼくのことを絶対に口にしないんだろう?」

「ええ、一度も」ルティは精いっぱい穏やかな口調で言った。「でも、父さんの頭からはいっときだって兄さんのことが離れたことはないわ」そう言って、白くなった穴だらけの石を撫でた。その場所は一見、無数の骨が散らばっているかのようだった。そこにいると、誰からも忘れ去られた死者の骨をおさめた納骨堂にいる気分になった。荒れて赤剝《あかむ》けたこの手も、いずれは消えてなくなる、とルティは思った。人はみな死から逃れられず、その骨はあっというまに乾燥して、レースのように穴だらけになる。そうなったときに、かつて兄が司祭の垂らす水を額に受けて、ラテン語の短い祈りを唱えたからどうだというのだ？　ルティは洞穴のなかに神の存在を感じた。異教の聖なる水を涸《か》らし、司祭の口から出たことばを凌駕《りょうが》する神を感じておののいた。

その瞬間、ある考えがひらめいた。父と息子が並んで神のまえに立って、一緒に過ごした時間の証《あかし》を兄に持たせるぐらいなら問題ないはずだと。

「兄さんに渡したいものがあるの」ルティはそう言うと、翌週、そのことばどおり、あるものを持っていった。

ダヴィドは娘を捜して苛立たしげにあたりを見まわした。「スズメ！　頼みたいことがある。さっさと来なさい、いますぐに。のらくらするんじゃない」

ルティは手桶《ておけ》にたわしを投げこんで、手と膝をついて体を起こすと、タイルの床にこすれた膝を手でさすりながら、静かに言った。「でも、床掃除が終わってないのよ、父さん」

「そんなのはどうでもいい。いそぎの用事がある」

「でも、母さんが――」

「母さんのことは私がどうにかする」父の態度には秘密めかしたところがあり、そんな父を見るのは、ルティは初めてだった。父はそわそわと通りに面した門に目をやっていた。「これを製本所に届けてくれ。製本師にはまえもって指示してあるから、どうすればいいかは知っている。ドン・ホセップが戻るまでには、本がしあがっていなければならない。ドン・ホセップは安息日までに戻る予定だ。さあ、行け、いますぐに。ぐうたら製本師に仕事が遅れた言い訳などさせたくないからな」

ルティは井戸へ向かった。すばやく、けれどきれいに手を洗い、きちんと拭ってから、布で包んだ荷物を受けとった。普段とちがって、父の手が震えていた。布に包まれた硬いものの形から、ルティはすぐにそれがなんなのかわかった。いままでに幾度となく、精緻なその銀細工を落としたり壊したりしないように、細心の注意を払いながら磨いていたのだから。それは家族の持ち物で唯一価値のあるものだった。ルティは驚いて目を見開いた。

「何を見ている？　おまえが心配するようなことではない」

「でも、これは母さんの結婚契約書《ケトゥバー》の箱でしょう」ルティは思いがけず大きな声で言った。ケトゥバー自体も、いままでルティが見たなかでもっとも美しいものだった。それはダヴィドが自らしたためたものだった。若き記述者はほとんど会ったこともない花嫁のために、自分でケトゥバーを作ろうと考えたのだ。愛しあい、一生をともにする女性――当時はそう信じて疑わなかった――のために、結婚契約書を一字一句自分の手で記したら、最高の贈り物になると思った。ダヴィドの父はできあがったケトゥバーを見ると、息子を心から誇りに思って、それをおさめるために、当初考えていたより高価な箱を用意したのだった。

「父さん」とルティは甲高い声で言った。「まさか、これを製本師への支払いにするんじゃないでしょうね？」

「製本代として渡すわけではない！」ダヴィドは罪悪感と不安のせいで、ぶっきらぼうに言った。「あのハガダーにはそれなりの装丁《そうてい》をしなければならない。ハガダーを飾る銀をほかにどこから手に入れるというのだ？　サンス家に職人としての腕前を示せる仕事なら、ただでもするという銀細工師を、あの製本師が近くの村で見つけてきた。いま、その銀細工師が製本所で待っているのだ。だから早く行け。ぐずぐずするんじゃないぞ」

ダヴィドは初めはケトゥバーの箱を売って、その一部を息子の免罪金にあてようかと考えた。だが、箱には神のことばが刻まれていて、それを溶かして銀貨にしてしまうはずのキリスト教徒に売るのは屈辱で、かつ、罪深い行為だった。とはいえ、信心深いダヴィドの心の中心には、根本となる教理があった。あらゆる戒律、あるいは掟《おきて》のなかで、人命を何よりも優先させるべきだという。すると、道が開けた。その銀でハガダーを飾れば、神聖なものが神聖なまま残る。同時に、それほどすばらしい贈り物をすれば、兄の気前もよくなるはずだ。ああ、そうでないわけがない。ダヴィドはかならずそうなると自分に言い聞かせた。そんな一縷《いちる》の望みにすがるしかなかったのだ。そしていま、ルティが目のまえに突っ立って、受けとったものを押し返そうとするかのように手を伸ばしたまま包みを持っているのを見ると、無性に腹が立った。

「でも、母さんが許すはずがない……そう……きっと……また怒られる」

「ああ、そうだな、スズメ、母さんは怒るだろう。だが、怒られるのはおまえではない。さっきも言ったとおり、これはおまえが心配するようなことではないんだよ。さあ、いそぐんだ。届けるのが遅かったから、その後の仕事も遅れたと、あのろくでなしに言わせないように」

結局、その点ではダヴィドの心配は無用だった。ミハがどんな男であれ、誇り高い職人であることにまちがいなく、ダヴィドから渡された挿絵と文章を類まれな美しい本にしあげなければならないのは、ミハも承知していた。それによって、このあたりに住む裕福なユダヤ人に、製本師としてのすぐれた技量が知れわたるのだ。そんな好機はめったにやってくるものではなく、ミハはほかの仕事をあとまわしにしてハガダーに取り組んでいた。

そのハガダーが作業台の上に置かれていた。やわらかな子山羊《こやぎ》革の表紙に、複雑な型押しがなされて、中央のあたりは細工をせずに空けてあった。

銀細工師は若い男で、独り立ちしたばかりだったが、意匠《いしょう》を考える才能に恵まれていた。待ちわびていた銀細工師はルティから包みを受けとると、さっそくそれを開いて、ケトゥバーの箱を見つめた。「すばらしい。こんな上等な箱を溶かしてしまうのは残念だ。でも、お母さんに伝えてください、犠牲にしたものに負けないだけの価値のあるものを作ると」銀細工師は持参した小さな羊皮紙を作業台の上に広げた。そこには、表紙の中央につけるメダイヨンの意匠が描かれていた。サンス家の紋章である翼とベン・ショーシャン家の紋章である薔薇《ばら》を絡みあわせたものだった。さらに、一対の美しい留め金の意匠も描かれ、それにもまた翼と薔薇が精巧に組みあわされていた。

「なんなら徹夜でだって働きます。あなたのお父さんの望みどおり、安息日の前日までに本ができあがるように」銀細工師はそう言うと、本とケトゥバーの箱を丁寧に包んで、それを持って製本所を出ていった。夜の仕事を始めた山賊に出くわさないように、明るいうちに数マイル離れた村に戻るつもりだった。

ルティは製本途中の本の縫い目に指を這わせた。そんなふうに縫い目を確かめているふりをして、銀細工師が製本所を出ていくのを待った。ミハとの秘密の逢瀬《おうせ》の暗号であるベートの文字が、作業台の上の羊皮紙の切れ端に書いてあった。

ミハが戸口からルティへと視線を移して、唇を舐めた。ミハの手を背中の窪みに感じながら、ルティは作業場の奥まった場所へ向かった。そこにこもる嗅ぎなれた革の香りに気持ちが高揚して、ミハのほうを向いた。肉づきのいい腕を男の細い腰にまわすと、ミハの前掛けをほどいて、服を脱がせていった。男の体に舌を這わせると、舌を刺す塩っぽい味が口のなかに広がった。

自宅のまえの道に立っても、まだルティの口のなかにはミハの味が残っていた。すでに夕食に遅れていたが、家に入るのが怖かった。ケトゥバーの箱がなくなったことで両親は大喧嘩しているにちがいない。けれど、ぐずぐずしていてもどうしようもないと、勇気を出して家に入ると、母はいつものように父の些細《ささい》な難点をねちねちと責めているだけだった。怒りに任せて怒鳴るのではなく、毎度おなじみの仏頂面で文句を言っていた。ルティはパンをじっと見つめて、どれほど父を見たくても、そちらには目をやらなかった。どんな嘘をついたのか父に訊きたくてたまらなかった。とはいえ、この世にはできることとできないことがある。ルティはそれをきちんと心得ていた。

三度目の尋問では、ルーベンは立てないほど弱っていた。ふたりの治安官に両側から支えられて、引きずられていくしかなかった。黒い幕がかかる部屋に坐ると、蠟燭のにおいと、自分の体が発する恐怖のにおいが鼻をついた。

「ルーベン・ベン・ショーシャン、おまえは自身の所持品としてユダヤの男が祈りに使うものを有していたのを認めるか？」

ルーベンは答えようとしたが、擦りむけた喉から出るのはひどく掠れて声にならない声だけだった。聖句箱を必要とするようなユダヤの祈りは捧げていないと言いたかった。父の家を出たときに、ヘブライ語の祈りにも背を向けたのだ。ロサの教会を愛するようになるまえに、ロサを愛したのは事実だった。だが、洗礼を行なった司祭は、神はしばしばそのようにして自身の意をお伝えになると言った。ルーベンが抱いているロサへの愛は、神の愛の一部であり、それによって救済の甘味をまえもってお与えになったのだと。イエス・キリストがユダヤ人が待ち望んでいる救い主だと信じるまでには、大きな葛藤があった。けれど、司祭が口にする希望に満ちた天国の話には心惹かれた。とはいえ、何よりも惹かれたのは、夫が妻の体をほぼいつでも自由にできることだったのかもしれない。それとは対照的に、ユダヤ教徒として結婚したら、ひと月の半分を厳しい禁欲の戒律にしたがって過ごさなければならないのだから。

聖句箱を持っていたのはユダヤの祈りを懐かしむためではなく、息子を心から愛してくれた父が恋しかったからだ。目覚めたとき、そして夜寝るまえにも、革紐を留めて聖句箱を身に着けた。といっても、祈るためではなく、束《つか》の間《ま》、父や、文字をしたためた羊皮紙にこめられた父のまごころに思いを馳せるためだ。だが、ユダヤ人とその仕事を愛することだけでも、異端審問官は罪と見なすのだろう。

だから、ルーベンはうなずいた。

「ユダヤ人のルーベン・ベン・ショーシャンはユダヤ教徒であることを自白したと記録される。では、これらのものによって妻をも堕落させたことを認めよ。通報者はおまえが妻とともに祈っていたのを見たと言っている」

ルーベンは新たな恐怖に襲われた。妻。世間知らずで、純粋なロサ。妻まで苦しめるようなことがあってはならない。ルーベンは持てるかぎりの力を振りしぼって大きく首を振った。

「認めるんだ。おまえは妻に堕落した祈りを教えて、一緒に祈るように仕向けた。それを見た者がいるんだぞ」

「ちがう！」ルーベンはついに掠れた声で叫んだ。「それは嘘だ！」傷ついた喉からことばを絞りだした。「妻とは主の祈りとアベマリアを捧げただけ。それだけだ。おれがユダヤのものを持っていたのをロサは知りもしない」

「婚姻の秘蹟《ひせき》を行なうときにも、それを持っていたのか？」

ルーベンは首を横に振った。

「だったら、いつからまたユダヤ教に改宗した？」

ルーベンはひび割れた唇を開いて、小声で言った。「ひと月前」

「ユダヤ教徒に戻ってから、ほんのひと月しか経っていないと言うのか？」

ルーベンはうなずいた。

「だったら、誰がこれを持ってきた？」

ルーベンは顔をこわばらせた。その質問を予期していなかった。

「誰が持ってきたんだ？　名を言え！」

目がまわりはじめて、ルーベンは椅子を握りしめた。

「さあ、言え！　言わぬなら、もう一度だけ考える時間を与えてやろう」

異端審問官が合図して、仮面をつけた大男がまえに歩みでた。治安官がルーベンをつかんで、椅子から立たせた。部屋を出て、薄暗い階段を引きずりおろされても、ルーベンは口をつぐんでいた。梯子にくくりつけられて、大桶の上で横にされても黙っていた。井戸水が水差しに注がれる音を聞きながら、涙のない嘆きに体を揺らした。それでも、何も言わなかった。けれど、布を手にした男に無理やり口をこじあけられると、ついに叫んだ。痛みとともに発したひとことが喉を焦がした。

「スズメ！」

キリスト教徒の居住区内での異端者の拘束は、念のために真夜中に行なわれた。そうすれば、拘束される者は寝ぼけていて、比較的おとなしく、さほど抵抗もしない。また、近所の住民まで巻きこんだ大騒動になることもなく、すみやかに目的を果たせるからだ。だが、異端審問所の審問官は自身の兵をユダヤ人居住区に送ることはなかった。審問官の仕事は改宗したふりをしてキリスト教徒にまぎれこんだ異端者を根こそぎにすることで、古くさい誤った信仰に固執している者などどうでもよかった。いっぽうで、キリスト教徒にちょっかいを出して、真の信仰を惑わそうとするユダヤ人の取り締まりは町の司法機関の仕事で、いつでも必要なときに兵士を送って、容疑者を拘束した。

ゆえに、静かなベン・ショーシャン家の門が荒々しく叩かれたのは、午後のまだ明るい時刻だった。家にいたのはダヴィドひとりだった。ミリアムは沐浴場に、ルティは約束の時間までに本がしあがるか確かめに製本所へ行っていた。晩までに本ができれば、ダヴィドが製本所に本を取りにいって、その足で、今夜帰ってくるはずの兄のもとに届けるつもりだった。いずれにしても、ダヴィドは苛立っていた。毎度のこととはいえ、娘は製本所からなかなか戻ってこなかった。

ダヴィドはゆっくりと門へ向かった。返事をしながら、わが家の門をこれほど激しく叩く粗野な訪問者にひとこと言ってやるつもりでいた。だが、門を引いて、そこに立っている者を見たとたんに、喉まで出かかった悪態が引っこんだ。思わず一歩あとずさった。

男たちはずかずかと中庭に入ってきた。ひとりが井戸に唾を吐いた。もうひとりがゆっくりと何かを探すようにその場を見まわしながら、剣の鞘《さや》の先端をこまごまとした筆記用具が載った台の端に引っかけた。インク壺が倒れて地面に落ちた。

「ルス・ベン・ショーシャンを引き渡せ」剣を手にした男たちのなかでいちばんの大男が言った。

「ルティを?」ダヴィドはあまりにも驚いて、目を大きく見開いてつぶやいた。てっきり自分が捕まるものと思っていたのだ。「何かのまちがいだ。ルティを引き渡せなんて」

「ルス・ベン・ショーシャンだ。さっさとしろ!」男はさも面倒くさそうに長靴を履いた足を持ちあげると、ダヴィドの机を蹴とばした。

「娘は……いません」とダヴィドは言った。ぞっとして鳥肌が立っていた。「用事で出かけています。でも、なんにも知らないあんな娘を捕まえてどうするんです?」

返事代わりに、兵士は拳《こぶし》を引くと、それをダヴィドの顔に叩きこんだ。ダヴィドは目のまえに星が飛び、バランスを崩して、思い切り尻餅をついた。激痛に叫びそうになったが、倒れた拍子に肺のなかの空気がすべて叩きだされて、口を開けても、どんな声も出てこなかった。

兵士は手を伸ばすと、ダヴィドの帽子を剝ぎとって、白髪をぐいとつかんで立たせた。

「娘はどこに行った？」

ダヴィドは顔をしかめながら、知らないと叫んだ。女房が娘に用事を頼んで――」

最後まで言う間もなく、兵士にまた髪をつかまれて、地面に投げ飛ばされた。次の瞬間には、耳の上を硬い長靴で踏みつけられていた。

大きな耳鳴りがした。踏みつけられたところが焼けるように熱く、まもなくそこがぬるりとするのに気づいた。

今度は顎を蹴られた。顎の関節が折れる鈍い音がした。

「娘はどこにいる？」

返事をしようにも、折れた顎は開かず、ことばを発することができなかった。腕を上げて傷ついた頭を守ろうとしたが、腕は鉛のように重かった。左半身が動かなかった。なす術もなく地面に倒れて、蹴られているしかなかった。頭のなかに染みだした血がどんどん広がって、ダヴィドの世界は真っ暗な闇に閉ざされた。

ロサ・デル・サルバドールは何日もろくに眠れずにいた。どんな姿勢で横になっても、大きなおなかが邪魔だった。その晩に、怒った父に殴られた顔がずきずきと痛んでいた。疲れ果ててうとうとすると、かならず恐ろしい夢を見た。今夜は子供のころに飼っていた老いた馬――鼻面に白い星形の模様がある黒の去勢馬――の夢だった。昔、その馬は目隠しされて搾油機につながれて、重たい足取りで同じ場所を延々とまわっていた。ある日、馬が歩けなくなると、父は廃馬業者を呼びつけた。馬の鼻面の星の模様の上に鉄釘《てつくぎ》が置かれて、大きな槌《つち》が叩きこまれる場面が、ロサの記憶にいまでも焼きついていた。幼かったロサは馬が死んだのが悲しくて、いつまでも泣いていた。けれど、夢のなかでは、馬は死なず、鼻面に釘を打ちこまれたまままうしろ足で立って、いなないていた。たてがみを振り乱し、血を飛び散らせて。

ロサは汗をびっしょりかいて、目を覚ました。闇のなかで体を起こして、家族で暮らす大きな農場の家の夜の音に耳を澄ました。家が静まりかえることはなかった。梁《はり》の軋《きし》む音や、葡萄酒で酔っ払って眠っている父の大いびき、穀物を入れた壺のあいだを走りまわるネズミの足音、そんな音がいつでも聞こえていた。普段ならそれを聞いて心が安らぐはずなのに、今夜はちがった。両手で大きなおなかをさすった。おなかのなかの赤ん坊の成長に欠かせない血が、ひっきりなしの悪夢のせいで凍ったにちがいない。赤ん坊の体に異常が出るのではないかと心配だった。

なぜ、よりによってユダヤ人を愛してしまったのか？　父に注意されていたのに。「あいつを信用するな。おまえのために信仰を捨てたと言ってるが、あいつらは絶対にそんなことはしない。最後にはおまえを責めて、憎み、結局、おまえは苦しむことになる」と。

そういうことであれば、しかたがないとあきらめられる。年を取って夫婦仲が悪くなるというのはよく聞く話だ。けれど、いまはふたりとも年を取るまで生きていられるかどうかもわからない。免罪金がなければ――父は払わないと言った――夫は火あぶりになる。夫の命を買ってほしいと父に頼んで、そのせいでロサは殴られたのだった。あの男と結婚すると頑なに言い張った娘のせいで、家族にまで危険が及んでいる——それが父の言い分だった。いまや家族全員が隠れユダヤ教徒だと疑われていると。オリーブ油市場で競争相手がひとりでも減るのを望んでいる嫉妬深い人々や、豊かなオリーブ畑に目をつけている強欲な男たちの誰が、ロサの一家を異端として告発してもおかしくなかった。どんな些細なこともその引鉄《ひきがね》になりかねなかった。ロサの母が塩漬け豚肉のかけらにむせたり、父が金曜日にシャツを着替えたり、あるいは、ロサが金曜日の夜の早い時間に蠟燭に火を灯しただけでも。父が告発を恐れているのは、傍目《はため》にもはっきりわかった。父は毎晩、商売敵や客のなかで苦情を言いそうな者、あるいは、生活に困ったときに充分な金を工面してやらなかった親戚などを数えあげては、頭を悩ましていた。ずいぶんまえのことだが、母が一度だけ、キリスト教徒の肉屋より安かったからとユダヤ教徒用の肉を買ってきたことがあり、父は母を怒鳴りつけた。そんなときには、ロサは家族で住む大きな家のなかで、父の目の届かないところに逃げこんだ。以前、父に殴られて、おなかの子供など流れてしまえと言われたからだ。ユダヤの穢《けが》れた血が混ざった赤ん坊など死んで生まれてくればいいと。ロサの最大の罪は、父に殴られながら、自分もまたそう願うようになったことだった。

じっとしていられず、ロサはベッドから出ると、マントに手を伸ばした。どうしても外の空気が吸いたかった。力をこめて押すと、農家の重い扉は軋みながら開いた。穏やかな夜だった。肥沃な土のにおいに春の兆しが漂っていた。毛布を肩に巻いてきたが、ランプは持ってこなかった。生まれてこのかた幾度となくたどったオリーブ畑への道なら、足の裏の感触でわかった。ロサはオリーブの木が大好きだった。節くれだった木の力強さが。稲妻に打たれ、やぶ火事に焦げて、枯れてしまったように見えても、やがて古い幹から青い若枝を伸ばして、何があっても生きつづける強さが。自分もオリーブの木にならなければ――ロサは固い樹皮をさすりながら、そう心に誓った。

そんなふうにしてロサがオリーブ畑にいると、馬に乗った治安官と廷吏が町からの道をやってきた。ロサは木の陰に隠れて、家のなかで揺れるランプの明かりを見つめた。母の悲鳴が聞こえた。家のなかにあるものすべてを紙に書きつける廷吏に、父が抵抗する声がした。一家に対する告発が事実だと証明されたら、家財道具から一切合財を没収されて王のものとされるのだ。ロサはしゃがみこむと、白い寝巻きが隠れるようにくすんだ茶色の毛布で体をくるんだ。そうやって地面や散乱した落ち葉に溶けこむと、ランプの明かりがオリーブ畑のほうへ来ないことを祈った。娘の居所を訊かれた父が嘘をついたのだろう、治安官は家の周囲をおざなりにも調べなかった。ロサはなす術もなく、家から連れだされる両親を見ているしかなかった。それから、走りだした。張りだしたおなかのせいで、足取りがぎこちなくゆっくりとしか走れなかったが、オリーブ畑を抜けて、隣家の畑も突っ切った。隣人に助けを求めるわけにはいかなかった。異端審問官に密告したのは隣人かもしれないのだ。隣の畑が途切れると、そこからは急な上り坂になって、エスプルーガスへと続いている。そこへ行けば、レナートとの秘密の逢瀬に使った洞穴に身を隠せるはずだった。なぜ、レナートを愛してしまったのか？　なぜ、家族にこんな災難をもたらしてしまったのか？　丘を上ると、大きなおなかが肺を押して、息苦しくてたまらなかった。尖った小石が素足に刺さった。寒かった。けれど、恐怖が体を動かしていた。

洞穴の入口に着くと、へたりこんであえいだ。最初の痛みを感じたときには、ただのさしこみだと思った。けれど、まもなく二度目の痛みが襲ってきた。激痛ではないが、明らかな痛み――帯を締めつけすぎたような圧迫感だった。ロサは叫んだ。締めつける痛みのせいではなく、望まない子供――どこかしら異常な姿でこの世に現われるかもしれない子供を、ひとりきりで産まなければならなかったからだ。それが何よりも恐ろしかった。

製本所の扉が開く音がしたとき、ルティとミハは物置にいた。「ここで静かにしてるんだ、いいな」ミハは物置を出て、重い扉を閉めると、革の前掛けを引っぱって、股間のふくらみをどうにか隠した。苛立ちながらも、気持ちを入れ替えて、客を出迎えようといそいで表情を取り繕った。

製本所に入ってきたのが、客ではなく兵士だと気づくと、ミハの表情は一変した。輝く留め金と磨きこんだメダイヨンをつけてみごとに完成したハガダーが、作業台の上――互いを欲する気持ちが湧きあがり、抑えきれなくなるまで、ルティと一緒にそのすばらしいできばえを眺めていた場所――に置いてあった。ミハは丁寧に挨拶して、兵士と作業台のあいだに歩みでながら、積まれている羊皮紙のあいだにハガダーをそっと押しこんだ。

とはいえ、兵士は本にしろなんにしろ周囲にあるものにはまるで無頓着だった。作業台に置いてある太い針をつまみあげると、それで爪の掃除を始めた。できあがった羊皮紙の束の上に、粘つく爪垢《つめあか》がぼろぼろと落ちるのを見て、ミハは舌打ちしたくなった。

「ルス・ベン・ショーシャン」兵士が唐突に言った。

ミハは息を呑んだだけで、答えなかった。内心の動揺が無表情となって顔に表われると、兵士はそれを製本師の愚鈍さと勘ちがいした。

「答えろ、うすのろが！　隣の葡萄酒屋がその娘がここに入ったのを見たと言ってる」

否定してもどうしようもなかった。「記述者の娘のことですか？　ああ、そうだ、兵隊さんはたったいまそう言ったよね。ええ、来ましたよ、父親に用を頼まれて。でも、もう帰りました……えっと、その……銀細工師と一緒に……たしか、ペレロから来たと言ってたんじゃなかったかな。記述者の家族がその銀細工師に用があるみたいで」

「ペレロ？　だったら、娘はそこへ行ったのか？」

ミハは迷った。ルティを裏切りたくなかったが、自分が勇敢ではないのもわかっていた。もし、兵士に嘘をついて、それがばれたら……。とはいえ、万が一、ルティがこの店の物置にいるのを見つかったら、それだけで自分も告発されるはずだった。

「いや……どこへ行くのかは言ってなかったな。おわかりでしょう、兵隊さん、未婚のユダヤの女は家族以外の男とはほとんど口をきかないんですよ。ここでだって、仕事の用件以外はひとことも話さない」

「ユダヤの女が何をするかなど、知ったことか！」そう言いながらも、兵士は戸口のほうを見た。

「余計なお世話だってことはわかってますけど……いったいどういうことなんです？　偉いお役人さんが、わざわざユダヤの記述者の卑しい娘を捜してるなんて」

ごろつきと大差ない若い兵士が人を脅かす機会を逃すはずがなく、下卑た笑い声をあげながら製本師のほうに向き直った。「卑しい娘？　ああ、そのとおり。といっても、もう記述者の娘とは言えないがな。娘の親父《おやじ》はいまごろ、ユダヤの仲間と一緒に地獄に向かってるころだ。娘もすぐにそうなるさ。火あぶりになる兄貴と一緒に焼かれるんだろうよ。何しろ、その兄貴が白状したんだから。妹にユダヤ教徒になれとそそのかされたと」

ミリアムは沐浴場から戻ってきた。夜に夫を迎えいれる準備は整っていた。この一年間で、清めの儀式が必要になる月がこのさきさほど多くは残されていないという予兆があった。いずれ、禁欲生活とその後の夫婦の営みが懐かしく思えるはずだった。

月のものが始まってから十日あまり、家族の純潔に関する古くからの戒律にしたがって、ダヴィドとミリアムは手も触れなかった。今夜、ふたりは愛を交わす。性格的にはまるで嚙みあわない夫婦だが、体は年老いても、肉体的な結合にはどちらも心から満足していた。

ミリアムは自宅の中庭の敷石に広がる血溜まりのなかで死んでいる夫の姿を見ずにすんだ。その通りの住人の誰もが荒々しい声を耳にして、それが何を意味するのかはっきり気づいていた。ユダヤ人街から兵士が立ち去ると、みなすぐさまダヴィドの家へやってきて、できるかぎりのことをしたのだった。

服喪《シヴァ》の準備がすっかり整ったわが家を見て、ミリアムの頭にまっさきに浮かんだのは息子のルーベンのことだった。その界隈に住むユダヤ人は、ルーベンがキリスト教の洗礼を受けた直後に七日間の喪に服した。自分たちにとってルーベンは死んだも同然だという意味だった。だが、ミリアムは今度こそ息子がほんとうに死んだのだと思うと、胸が張り裂けそうだった。夫もようやく心を開いて、息子をユダヤの教義に則って葬ることにしたにちがいない――ミリアムはそんなことを思いながらも、立っていられず戸口の柱にしがみついた。

隣人たちがミリアムを支えて、家のなかに連れていき、少しずつ真実を伝えた。ダヴィドの亡骸は清められて、純白の屍衣《しい》に包まれていた。まもなく、隣人たちは亡骸《なきがら》を麻布でくるんで、墓地へ運んでいった。安息日が近づいているからには、死者をすみやかに葬らなければならなかった。

夫の埋葬を終えると、ミリアムは家族の命日に灯す蠟燭に火をつけた。わが身に降りかかった不幸を嘆きたかった。夫は死に、息子は有罪とされて、〈聖なる家〉で死を宣告された。そして、娘は……？　娘はいったいどこにいるのだろう？　非情な兵士は墓地にまでやってきて、無作法にも故人の娘の行方《ゆくえ》について会葬者に訊いてまわった。ミリアムは冷静になって考えようとした。ダヴィドの死という第一の悲劇には、悲しむことしかできない。息子の拘禁という第二の悲劇には、祈ることしかできない。だが、三番目のルティに関してだけはべつだ。まだ手遅れではないかもしれない。娘の居所がわかれば、隠れているようにと言える。あるいは、こっそり町を出るようにと。

ミリアムがそんなことを考えていると、集まっていた隣人たちがふたつに分かれて、ホセップ・ベン・ショーシャンに道をあけた。旅支度のままのホセップは、悔やみを言いに義理の妹に歩み寄った。旅の疲れと悲しみからホセップの目は真っ赤だった。

「家に着くと召使から悲報を聞かされて、飛んできた。悲しみが幾重にも重なっていくとは。まさかダヴィドが……私の弟が……弟の願いどおり息子の免罪金を払っていれば、こんなことには……」ホセップの声が掠れた。

ミリアムが苦しげに、けれど即座に応じた。そのことばが悲嘆に暮れるホセップを驚かせた。「でも、義兄《にい》さんはそうはしなかった。起きるべきことは起きる、そして、義兄さんはいずれ神に裁かれる。でも、お願い、いまはルティを助けて――」

「ミリアム」ホセップは義妹のことばを遮った。「私の家へ行こう。私がおまえを守ろう」

ミリアムはうつろな目をして、呆然としていた。義兄の話に気持ちを集中できなかった。シヴァ――七日間の服喪期間――に家を離れられないのは、もちろんホセップだって知っているはずだ。それに、これほど打ちひしがれていては、義理の兄の慈悲にすがるためでも、わが家を離れる気にはなれなかった。愛しいわが家と、そこに詰まった思い出を捨てられると、義兄は本気で思っているのだろうか？　ミリアムはいつものような不満げな口調で反論しかけた。

「ミリアム」とホセップは穏やかに言った。「もうすぐ、そう、まもなく、私たちはみなわが家と思い出を捨てて、人の慈悲にすがらなければならなくなる。このさきもわが家で一緒に暮らそうと言えたらどんなにいいか。だが、私がおまえにしてやれるのは、これから歩むことになる不確かな道でそばにいてやることだけだ」

ホセップはゆっくりと辛そうに、この数週間の出来事をその場に集まった人々に話した。人前では決して互いの体に触れることのない夫婦が、体を寄せあって涙を流した。その小さな家のまえを通りかかった者は、多くの人の悲嘆に暮れる声を聞いて、ダヴィド・ベン・シヨーシャンは善良で高潔な男だったにちがいないと思ったはずだ。それでも、ひとりの男の死にこれほどの人が号泣するのはめずらしいと首を傾《かし》げもしただろう。

ホセップはミリアムの隣人――魚屋や羊毛の梳《す》き手といった人たち――に、王の気持ちを変えるために、ひと月のあいだ行なわれた話し合いや、めぐらした策略のすべてを話しはしなかった。ただ、ユダヤの指導者たちはあらゆる手を尽くしたと言っただけだった。ユダヤ人の代表として王に請願したのはラビのアブラハム・セネオルだった。齢《よわい》八十になるその翁《おきな》は女王の友人で、かつて女王とフェルナンド王との極秘の結婚に際して、交渉に手を貸した人物だった。女王はセネオルを〈聖なる兄弟愛〉と名づけた自警団の財務担当官と、カスティリャの収税吏に任命していた。セネオルは裕福で地位も高かったことから、今回の旅に際して随行団のために三十頭ものラバを用意した。そんなセネオルに付き添ったのは、宮廷の財政顧問であり、トーラの研究者として名高いイサク・アブラヴァネルだった。アブラヴァネルが王室でその地位を得たのは一四八三年、くしくも、女王の聴罪司祭トマス・デ・トルケマダが、キリスト教徒の心を惑わす異端者を取り締まる異端審問所の長官に任命された年だった。

ユダヤ人の追放を強く推し進めているのが、そのトルケマダだった。トルケマダはレコンキスタのあいだは憎むべき異端者を厳しく取り締まれなかった。王室はユダヤ人の金や税を、イスラム教徒との戦いの軍資金にあてていたからだ。また、ユダヤの商人たちが何マイルにもおよぶ険しい山岳地帯で兵士に物資を供給して、アラビア語に精通したユダヤの通事たちがキリスト教とイスラム教の王国間の交渉を容易にしていた。だが、グラナダの征服によって戦争が終わると、アラビア語を話す支配者たちを相手にする必要がなくなり、キリスト教に改宗したユダヤ人が有する外国語、科学、医学といった特殊な知識も、職人が有する技術も不要になった。

王がユダヤ人追放の勅令に署名した日から、それが公布されるまでに四週間の間があった。その間、王はその件に関して箝口令《かんこうれい》を敷き、セネオルとアブラヴァネルはそれを王の心が固まっていない証拠と考えた。ゆえに、的を射た説得をすれば、勅令がくつがえるという希望を抱いて、日々、資金と後援者集めに奔走した。そうしてついに、アルハンブラ宮殿の謁見の間でふたりは王と女王のまえにひざまずいたのだった。玉座の背後の高所にある格子《こうし》窓から射しこむやわらかな光が、疲れて苦渋に満ちたふたりの男の顔を照らしていた。ふたりはかわるがわる王の説得にあたった。「どうぞ、われわれの願いをお聞きいれください、国王陛下の民にそんな無慈悲なことをなさらぬように。陛下の民になぜこのようなことをされるのです？　こんなことをする代わりに、どうぞ、この国に残りたければ、金も銀も、いや、イスラエルの民が持つすべてを差しだせと私たちに命じてください」そう言うと、アブラヴァネルは三十万ダカットを献上すると申しでた。フェルナンド王とイサベル女王は顔を見あわせた。気持ちが揺らいだかのようだった。

そのとき、控えの間につながる隠し扉が勢いよく開いた。王室に対するユダヤ人の忠誠と申し出すべてを聞いて、激怒したトルケマダがつかつかと謁見の間に入ってきた。トルケマダが体のまえに構えた金の十字架が、高窓から射しこむ光を受けてきらりと光った。「ユダ・イスカリオテに銀三十枚で売り渡されて、磔になったキリストを見るがいい！」トルケマダが声を張りあげた。「両陛下はまたもやキリストをお売りになるのか？　主はここにおられる、さあ、持っていくがいい」そう言うと、ふたつの玉座のまえのテーブルに十字架を置いた。「さあ、つまらないものと引き換えに売り渡すがいい」トルケマダは黒の法衣を翻《ひるがえ》してくるりとうしろを向くと、国王に辞去を求めることもなく謁見の間を出ていった。

アブラヴァネルは旧友であるセネオルを見やった。老いた顔に敗北が見て取れた。しばらくのちに、両陛下のいない場所で、アブラヴァネルは怒りを爆発させた。「あれではまるで、耳に塵《ちり》が詰まって蛇遣いの声が聞こえなくなった毒蛇だ。王ともあろうお方が、悪徳異端審問官にあんなことを言われただけで、私たちに心を閉ざしてしまうとは」

ダヴィド・ベン・ショーシャンの近しい知人のなかで、喪に服した家をいちばん最後に訪れたのは製本師だった。安息日が近づいて、ほかの会葬者が家に帰る時間を狙って、やってきたのだ。それはミリアムとふたりきりで話をするためだった。

そして、製本師の思惑どおりになった。ホセップの熱心な説得にもかかわらず、ミリアムは義兄の屋敷に行くのを最後まで拒んだ。そうして、家にはミリアムと、ホセップが義妹のそばについているようにと置いていった召使がひとり残された。召使からミハが来たと知らされると、ミリアムは苛立った。考えたいことが山ほどあったのだ。自分が知る唯一の世界、このユダヤ人街をどうして離れられるというのか？　ミリアムはここで生まれた。両親もここで生きて、死んでいった。両親も、いまや夫も、この町のユダヤ人墓地に眠っている。死者を捨てて、旅立てるわけがなかった。ましてや、ここにはキリスト教徒がいるというのに。このあたりからユダヤ人がいなくなったら、キリスト教徒はユダヤ人墓地を掘り返して畑にするに決まっている。亡骸となった愛する者たちの安らかな眠りを妨げるにちがいない。それに、旅などできない年寄りや病人、お産が近い女はどうするのだ？　ミリアムの頭に有罪を宣告された息子の女房のことが浮かんだ。大丈夫、少なくともあの女は心配ない。世話をしてくれる家族がいる家でお産ができる。そうして、孫が生まれるが、その孫の顔を見る日は自分には永遠にやってこない……。ミリアムの頰をまた涙が伝った。こんなときに、ろくでなしの製本師が訪ねてくるとは……。ミリアムはどうにかして気持ちを落ち着かせなければならなかった。

ミハはありきたりな悔やみのことばを言うと、礼儀に反するほどミリアムに身を寄せて、口を耳元に近づけた。「あんたの娘」ミハがそう言っただけで、ミリアムは身を固めた。さらに悪い知らせを聞かされると思ったのだ。だが、すぐに、ミハは店に兵士がやってきたことを話した。こんな状況でなければ、ミリアムの回転の速い頭にひとつの疑問が浮かんだはずだった。ルティは父親に頼まれてハガダーがいつできあがるか訊きにいっただけなのに、なぜそれほど長く製本所に留まっていたのか。また、製本所の作業場の奥の物置に、ルティがどんな用事があったのかと、製本師を問い詰めているはずだった。けれど、悲しみと不安のせいでミリアムの頭は鈍っていた。さらに、次に製本師から聞かされたことで頭のなかがいっぱいになった。

「〝行った〟？　いったいどういう意味だい？　まさか、夜になって安息日が始まるってのに、若い娘がひとりきりで南へ行ったと言うんじゃないだろうね？　そんな馬鹿げたことをするなんてどうなってるんだい？」

「あんたの娘は言ってたよ、安息日になるまえにたどり着ける安全な隠れがを知ってるって。どうやら、しばらくそこに隠れて様子を見て、いずれあんたに連絡するつもりでいるらしい。パンと水を持たせてやった。隠れがには食べ物があると言ってたよ」

それだけ言うと、ミハはすぐに出ていった。ユダヤ人街の狭い路地を足早に通り抜けて家へ向かった。ミリアムは思った、ルティの言う隠れがとはどんな場所なのか……。娘が心配でたまらず、ハガダーのことを製本師に尋ねようとは思いつきもしなかった。

ハガダーはルティが持っていた。ルティがそうすると言って聞かず、ミハとしては渡すしかなかったのだ。ミハは家路をいそぎながら、果たしてそれでよかったのだろうかと考えた。家に着くと同時に、安息日の始まりを告げる音がした。戸口をくぐり抜けると、雄羊の角笛のかすかな音に家のなかにいる赤ん坊の泣き声が重なった。ミハはルティとルティに降りかかった災難のことを頭から追い払った。ミハ自身もまちがいなく、山ほどの問題を抱えていた。

ルティは洞穴を目指して、通いなれた道を歩いていた。すると、弱々しい泣き声が聞こえた。暗闇でもルティの足取りは確かだった。深夜の禁じられた外出——誰にも知られず何時間か勉強しようと、両親が眠っているあいだに、家をこっそり抜けだすということを幾度となく繰り返してきたのだから。けれど、不可思議な泣き声を耳にして、急坂を歩くルティの足がぴたりと止まった。足元に散らばる丸い小石が転がって、斜面の下の乾いた岩にパラパラと落ちていった。

ふいに泣き声がやんだ。「誰かいるの?」か細い声がした。「慈悲深いイエスさまに免じて、お願い、助けて!」

ルティはそれがロサの声だとかろうじてわかった。ロサは一滴の水も口にせずにいたせいで、舌がからからに乾いて、おまけに、恐怖と痛みに疲れ果てていた。二十時間というもの、波のように襲ってくる産みの苦しみに悶えながら、ひとり堪えていたのだ。ルティは洞穴に駆けこむと、ロサにやさしく声をかけながら、隠してあるランプと火打石を手探りで取りだした。

ランプの光が傷だらけの哀れな人影を照らしだした。ロサは岩壁に寄りかかって、両膝を胸に抱いて坐っていた。寝巻きは血と何やらわからないもので染みだらけだった。ひび割れた唇が〝水〟と言うように動いたのを見ると、ルティはすぐさま水の入った皮袋をロサの口に近づけた。ロサは貪るように飲んだかと思うと、身を屈めて、吐いた。そうしているあいだにも、また陣痛の波がやってきた。

ルティは恐ろしくてたまらなかったが、必死に落ち着こうとした。赤ん坊がどうやって生まれるのか、詳しくは知らなかった。母は結婚が決まるまでは娘に女の体について教える必要はないと決めていて、そういうことをひとことも口にしなかったのだ。とはいえ、あれほど家が密集したユダヤ人街に住んでいれば、お産のときの女の悲鳴ぐらいはルティも耳にしていて、お産が苦しいもので、ときに命を脅かすことぐらいは知っていた。それでも、これほどまでに血や汚物にまみれたものだとは想像もしていなかった。

ロサの汚れた顔を何かで拭えないかと、あたりを見まわした。布切れを見つけたが、それは長い夜の勉強の合間に食べるためのチーズを包んでいた布で、いやなにおいが染みついていた。布をロサの顔に近づけたとたんに、またもやロサが吐いた。けれど、胃のなかには吐くものすら残っていなかった。

そんなふうにして夜が更けていった。陣痛の間隔がどんどん狭まって、ついに絶え間がなくなった。叫びつづけたロサの喉は嗄《しゃが》れて、しまいには掠れた悲鳴しか出なくなった。ルティにできたのはロサの額を冷やして、痛みに体を引きつらせるロサの肩を抱いていることだけだった。赤ん坊は永遠に生まれないのではないか、そんな恐ろしい疑念が頭をよぎった。ロサの脚のあいだでどんなことが起きているのか知るのは怖かったが、ロサが叫んで、さらなる痛みに体をぶるぶると震わせると、ルティはしかたなくそれまでいた場所を離れて、ロサのまえで膝をついてしゃがみこんだ。兄が本気で愛した女のまえで……。兄のことが頭に浮かび、いまこのときも兄は死の苦しみを味わっているのかもしれないと思うと、自分もがんばらなければと勇気が湧いてきた。ゆっくりロサの膝を開いた。とたんに、驚きと恐怖に息を呑んだ。赤ん坊の黒い頭が、張りつめた皮膚を押し開いて出てこようとしていた。次の陣痛に合わせて、ルティは恐れながらも小さな頭に触れて、赤ん坊が少しでも楽に出てこられるように手助けした。けれど、ロサには赤ん坊を押しだすだけの力がなかった。数分が経ち、一時間が経ってもそのままだった。三人ともなす術もなくそのままでいるしかなかった。赤ん坊は硬い産道に引っかかり、ロサは悶え苦しんで、ルティはひたすら恐れているだけだった。

ルティは這《は》ってロサの苦痛にゆがんだ顔のそばに行くと、囁くように声をかけた。「疲れてるのはわかってる、苦しいのもわかってる」ロサが唸った。「でも、今夜の結末はふたつしかない。力を振りしぼって赤ん坊を産むか、ここで赤ん坊と一緒に死ぬかのどちらかしか」

ロサはわめくと、力なく片手を上げてルティを叩こうとした。それでも、ルティのことばが功を奏した。次に子宮が収縮すると、ロサは弱った体にわずかに残った力をかき集めた。ルティの目のまえで、赤ん坊の頭がぎゅっと締めつけられたかと思うと、ロサの皮膚が裂けた。ルティが赤ん坊の頭に両手を添えると同時に、頭がするりと出てきた。続いて肩が。そうして、次の瞬間には手のひらに赤ん坊が載っていた。

男の子だった。だが、長いこと産道に閉じこめられていたせいだろう、小さな腕も脚もルティの手からだらりとぶらさがっていた。顔もぴくりとも動かず、産声もあげなかった。ルティは持っていた小さなナイフで恐る恐るへその緒を切ると、自分のマントを引きちぎった布で赤ん坊をくるんだ。

「赤ちゃんは……死んでるの？」とロサが小さな声で尋ねた。

「たぶん」ルティは暗澹《あんたん》とした気持ちで答えた。

「よかった」ロサが安堵《あんど》のため息をついた。

ルティは立ちあがると、赤ん坊を抱いて洞穴の奥に向かった。硬い岩の上で長いことしゃがんでいて膝が痛んだが、そのせいで涙があふれているのではなかった。わが子が死んで喜ぶ母親が、この世のどこにいるのだろう……。

「助けて！」とロサが叫んだ。「何かが――」悲鳴が響いた。「化け物が！　化け物が出てきた！」

ルティは振り返った。ロサが岩壁を這いあがろうとするようにもがいていた。そうやって、自分の子宮から吐きだされた後産《あとざん》から逃れようとしていた。ルティは黒光りするその塊を見て、身震いした。だが、すぐに庭の隅で猫が子を産んだときのことを思いだした。子猫が生まれるとまもなく、不気味な後産が出てきたことを。キリスト教徒のこの女はなんて愚かで迷信深いのか——ロサへの怒りや嫉妬を吐きだすように、心のなかでつぶやいた。布にくるまれたままぴくりとも動かない小さな赤ん坊を地面に下ろして、ロサに一歩近づいた。叩こうとしたが、薄暗い明かりのなかでも、ロサの顔が傷だらけなのが見えて、かわいそうになった。

「あんたは農場で育ったのに、後産を見たことがないの？」

ルティはあまりにも腹が立って、悲しくて、それ以上、ロサに話しかける気になれなかった。無言のまま、わずかな食べ物——チーズと、ミハからもらったパンと水——をふたつに分けて、片方をロサのわきに置いた。

「あんたは自分の息子のことなんてどうでもいいみたいだから、あたしが赤ん坊をユダヤのしきたりに則って埋めても気にしないはずよね。あたしが赤ん坊を連れてって、安息日が終わったらすぐに埋められそうな場所を探すわ」

ロサは大きなため息をついた。「赤ん坊は洗礼を受けてないんだから、どうやって埋めようとかまわないわ」

ルティは食べ物をマントの残りで包むと、肩にかけた。反対の肩には麻袋をかけた。そのなかには、なめし革で幾重にも包んで革紐をかけた小さな荷物が入っていた。それから、死産の赤ん坊を抱きあげた。そのとき、手のなかで何かが動いた。赤ん坊を見た。兄そっくりのやさしく温かく澄んだ目をした赤ん坊が、眩しそうにこっちを見ていた。疲れ果てて体を丸めて眠りに落ちようとしているロサには何も言わず、ルティはすぐさま洞穴をあとにした。道に出ると、荷物を落とさないように注意しながら、すばやく坂道を下っていった。赤ん坊が泣きだしたりしないように。ロサにわが子が生きていると気づかれないように。

日曜日の正午の鐘が鳴りやむと、スペインじゅうで王の伝令官がラッパを吹き鳴らし、街の広場はアラゴン王とカスティリャ女王の勅令を聞くために集まった人々であふれかえった。ルティはロサの寝室の衣装箱からくすねた寸法の合わない服を着てキリスト教徒の女を装い、とある漁村の村人に交じって中央広場を歩き、伝令官の声が届くところまで行った。伝令官は長たらしい勅令を読みあげた。まずは、ユダヤ人の背信行為と、ユダヤ教徒がキリスト教徒の信仰を惑わすのをもはや止める手立てがないことが述べられた。

「よって、ここに命じる……男女、年齢のいかんを問わず、当王国、領地に居住、あるいは滞留するすべてのユダヤ教徒は……本年一四九二年の来る七月末までに当王国を離れるものとし……その後も、当王国に戻る、あるいは住むことは許されず、それに反する者は死刑に処す」ユダヤ教徒は金も銀も宝石も持って出てはならず、すべての借金を支払わなければならないが、貸した金はいかなるものであっても回収する立場にはないとのことだった。ルティはいつもとは勝手のちがうベールで髪を隠していた。そうして、ベールにあたる初夏の強い日射しを感じながら、その場に立ち尽くして、世界がまっぷたつに割れていくような感覚を抱いた。歓喜の声をあげて、フェルナンド王とイサベル女王の名を叫ぶ人々に囲まれながら、これまで生きてきていちばんの孤独を感じていた。

村にはユダヤ人はひとりもいなかった。だからこそ、ルティはここへ来ることにしたのだ。といっても、そのまえにサルバドール家——ロサの一家——が住む農場の大きな家に立ち寄った。そこでは盗みを働いたという感覚はなかった。その家から持ちだしたものは、サルバドール家の息子を育てるために必要なのだから。小さな漁村に着くと、ルティは姉が海で溺れ死んだという見えすいた嘘をついて、赤ん坊の乳母を見つけた。幸いにも、乳母になった女は無知で頭の回転が鈍く、ルティの作り話に疑問を呈することはもちろん、なぜ赤ん坊を産んだばかりの女が海に入ったのかということさえ尋ねなかった。

人々が歌い、ユダヤ教徒の悪口を叫びながら広場から散っていくと、ルティはとぼとぼと広場の噴水へ向かって、石の縁に坐りこんだ。どの道をたどろうとそのさきは真っ暗な闇だった。母のいる家へ帰ったら、異端審問官に捕まることになる。かといって、いつまでもキリスト教徒のふりをしているのは無理だ。頭の鈍い世間知らずの女は騙《だま》せても、いずれ住むところを探して、食べ物を買うことになれば、いいかげんな作り話など簡単に見破られてしまう。国王はすべてのユダヤ教徒にキリスト教への改宗を奨励しているが、ルティは自分にそんなことができるとは夢にも思わなかった。

夕暮れが近づいて日射しが弱まるまで、その場に坐りこんでいた。ずんぐりしたその若い娘をじっと見た者がいるとすれば、体が前後にゆっくり揺れているのに気づいたはずだ。そうやってルティは神の導きを祈っていたのだ。とはいえ、ルティは人目を引くような若い娘ではなかった。

いよいよ太陽が傾いて、夕焼けが白い石を朱色に変えると、ついに立ちあがった。キリスト教徒を装うためにかぶったベールを頭から剝ぎとって、噴水に投げこんだ。傍らの布袋から自分のスカーフと、ユダヤ教徒だとひと目でわかる黄色のボタンがついた上着を取りだした。そうして、このときばかりは、うつむくこともなく、広場を歩きだした。キリスト教徒たちの視線を痛いほど感じながらも、それに屈せず、怒りと決意に満ちた目で見返して、乳母と一緒に赤ん坊が待つ波止場のあばら家へ向かった。

太陽が沈み、あたりが闇に包まれて、好奇の目にさらされなくなるのを待って、ルティは名もない赤ん坊を胸に抱いて海に入った。海の水が腰のあたりまで来たところで立ち止まった。赤ん坊を包んでいた布を取り払い、思い切り放り投げた。赤ん坊は茶色い目をぱちくりさせてルティを見あげると、ふいに自由になった両の拳で空《くう》を叩いた。「ごめんね、赤ちゃん」ルティは囁くと、暗い海の水にそっと赤ん坊を差しだした。

海の水が赤ん坊に押し寄せて、その体を包んだ。ルティはつかんでいた細い腕を離して、海に赤ん坊を預けた。

ルティは涙を流しながらも決意の表情を浮かべて、もがく小さな体を見つめた。波が押し寄せて、体を叩いた。引いていく波が赤ん坊を連れ去ろうとしたその瞬間、両手を伸ばして、赤ん坊をしっかり捕まえた。そして、抱きあげた。海水が輝く飛沫《しぶき》となって赤ん坊の艶《つや》やかな肌を滑り落ちていった。天に向かって赤ん坊を掲げた。頭のなかで響いている音は、いまや波の音をかき消していた。ルティは風に向かって叫んだ。両手で掲げた赤ん坊のために祈りを唱えた。「イスラエルよ聞け《シェマー・イスラエル》。私たちの神である主は《アドナイ・エロヘーヌ》、唯一の主である《アドナイ・エハッド》」
頭からスカーフをはずして、赤ん坊をくるんだ。その夜、アラゴンじゅうでユダヤ人が追放から逃れるために改宗を余儀なくされて、キリスト教の洗礼盤のまえにいた。そんなときに、ルティは大胆不敵にも非ユダヤ教徒の男子をユダヤの道に招きいれた。赤ん坊の母親がユダヤ教徒でない以上、洗礼の儀式が必要だった。そして、それは終わった。胸のなかに感慨がこみあげるのを感じながら、ルティは日にちを計算した。のんびりしてはいられなかった。あと八日のうちに、赤ん坊に割礼を行なう人を見つけなければならなかった。すべてが順調に運べば、そこから赤ん坊との新しい人生が始まる。そしたら、その日に赤ん坊に名を授けよう。

　赤ん坊を胸にかき抱いて、ルティは浜へ戻った。なめし革でしっかり包んで、麻袋に入れた本のことを思いだした。押し寄せる波に濡れないように、包みを結わえた革紐をあわてて持ちあげた。けれど、きっちり包んだなめし革のなかにまでわずかな海水が染みていた。やがて、本に使われている羊皮紙が乾くと、染みができて、ひと粒の塩の結晶が五百年のあいだそこに留まることになった。

夜が明けたら、船を探そう——ルティはそう決めた。ハガダーの表紙から銀のメダイヨンを剝ぎとって、自分と赤ん坊の船賃にする。そうして、たどり着いた場所——きっと、どこかにたどり着く——が神の手のなかにある安住の地になる。

けれど、今夜は父の墓へ行って哀悼の祈りを捧げ、亡き父にユダヤ教徒の孫を紹介しよう。その孫は祖父の名を受け継いで海を渡り、母親代わりの叔母《おば》とともに神が授ける未来へ歩みだすのだ。

ハンナ　一九九六年春　ロンドン

私はテート美術館が大好きだ。嘘ではない。とはいえ、その美術館が所蔵するオーストラリア人作家の作品はかなりお粗末だ。たとえば、アーサー・ボイドの絵が一枚もなく、それには私も少し苛立《いらだ》っている。当然のことながら、今回、その美術館に行くと、私はまっさきにシャランスキーの作品が展示された部屋へ向かった。シャランスキーの絵をすべて見なければならない――そんな強迫観念に近いものを抱いていた。テート美術館にシャランスキーの作品があることは知っていたし、以前それを見たはずだが、どんな絵だったかまったく思いだせなかった。そうして、ふたたびその絵を見て、理由がわかった。それは記憶に残るようなものではなかった。初期の小さな作品で、のちに描かれる絵が持つパワーは感じられなかった。いかにもテート美術館らしい。オーストラリア芸術は安物でかまわないというわけだ。それでも、シャランスキーの作品であることに変わりはなく、私はその絵をまえにして思った。これを描いたのは私の父なのだと。

なぜ母はもっと早く話してくれなかったのか？　父の絵を見ながら成長していたら、何かしらちがったはずだ。父が遺した美を理解していたにちがいない。父のことを思うたびに屈辱を感じるのではなく、誇りを抱いていたはずだ。絵を見つめながら、セーターの袖口で目を拭ったが、どうにもならなかった。大粒の涙がぽろぽろとこぼれて止まらなかった。ブレザーにタータンチェックの制服を着たイギリスの小学生たちに囲まれて、私はその場に立ち尽くし、気持ちを抑えきれなくなった。いつのまにか泣きじゃくっていた。そんなことは生まれて初めてだった。どうすればいいのかわからず、あせるばかりで、さらに事態は悪化した。泣きじゃくりながらも、恥ずかしくてたまらなかった。壁際まであとずさり、壁に寄りかかって、なんとか気を鎮《しず》めようとしたが、それもうまくいかなかった。立っていることもできずに、ずるずると床にしゃがみこむと、背を丸めて、肩を震わせて泣いた。放射能に汚染された物質か何かのように、イギリス人が私を遠巻きに見ていた。

数分後、警備員がやってきて、具合が悪いのか、助けが必要かと尋ねた。私は顔を上げると、首を横に振って、唾を飲みこんで涙を止めようとした。それでも涙は止まらなかった。警備員は隣にしゃがんで、背中を撫《な》でた。「誰かが亡くなったのかい？」心から気遣っている口調だった。強い訛《なま》りがあった。たぶんヨークシャーあたりだろう。私はうなずいた。

「父が……」

「なるほど。それは辛いね、お嬢さん」

しばらくすると、警備員が手を差しだして、私はそれを頼りにゆっくり立ちあがった。ぎこちなく礼を言うと、手を離して、よろよろと歩きながら出口を探した。

気づくと、フランシス・ベーコンの展示室に入っていた。私は以前から大好きだった絵のまえで立ち止まった。それはその画家の代表作でもなく、つねに展示されている作品でもなかった。風に逆らうように前屈みになって去ろうとしているひとりの男と、その手前で黒い犬が自分の尾を追ってくるくるまわっている絵だ。なんとなく不吉で、それでいて無邪気さを感じさせる作品だった。ベーコンは犬を描くのがうまい。実にみごとに犬を描写する。けれど、そのとき涙に霞《かす》む目で私が見ていたのは――私の心に響いたのは――犬ではなかった。去っていく男。私はいつまでもそれを見つめていた。

翌朝、ブルームズベリーのホテルの部屋で目を覚ましたときには、気分は爽快で、心が洗われたようだった。それまでは、思い切り泣くのがいちばんの薬だなどと言う人たちを、胡《う》散臭《さん》いと思っていた。けれど、気分ははるかにすっきりしていた。その結果、テート美術館でのセミナーに集中できた。人を小馬鹿にするようなことば遣いさえ気にしなければ、いくつかかなり役に立つ講義も聴けた。イギリスの美術界は落ちぶれ貴族の次男や、アナベル・なんたら・ハイフン・かんたらという名で、黒いレギンスに派手なオレンジ色のカシミアのセーターを着て、濡《ぬ》れたラブラドール犬のにおいを漂わせている女たちを引きよせる傾向がある。そういう人たちに囲まれていると決まって、気づくと自分まで旧石器時代のことばを使っている。〝友垣《ともがき》〟や〝豪儀《ごうぎ》〟など、いつもなら絶対に言わないことばを口にしているのだ。いっぽう、アメリカではそれとは正反対の現象が起きる。いつもどおりに話そうとどれほど努力してみても、言語の順応というものに陥っている。〝水《ウオーター》〟からTの音が抜けて、むしろDの音に近くなる。あるいは、〝歩道《フットパス》〟を〝サイドウォーク〟、〝懐中電灯《トーチ》〟を〝フラッシュライト〟と言うようになる。考えてみれば、私は自分が話すことばにもっと固執するべきなのだろう。なぜなら、母が貴族気取りのわざとらしい発音で話すたびに、さもしい俗物根性だと感じていたのだから。子供のころに母に話しかけると、母はしかめ面で言ったものだった。「やめなさい、ハンナ。なんなのその母音の発音は！　タンクローリーに轢《ひ》かれたみたいな音じゃないの。そんなんじゃ、娘を西の未開の地の保育園に通わせてると思われるわ。毎朝、ダブルベイでいちばん高級な保育園に送っていってるのに」

自己憐憫《れんびん》に浸るのをやめて、ハガダーの鑑定報告書に気持ちを集中させることにした。ボストンでの事件のせいで、執筆が大幅に遅れて、締め切りが迫っていた。ちょうどオーストラリアに帰省しているジャーナリストの友人メアリアンが、ハムステッドにある家を貸してくれたので、テート美術館でのセミナーが終わると、私は数日間そこにこもった。おとぎ話に出てくるような木造りの家は、起伏の激しい墓地の隣にあって、庭には青紫の花をつけるソリチャが生え、苔《こけ》むした塀をツルバラが覆っていた。あちこちが軋《きし》む古いその家は、小人の妖精ホビットが快適に暮らせそうなサイズで、戸口も低ければ、波形の梁《はり》もうっかりすると頭をぶつけるほど低かった。メアリアンは私とちがって小柄なのだ。身長が百七十五センチ——キッチンの天井の高さ——以上の者には辛い家だった。以前、そこで開かれたパーティーに出たときには、長身の客はひと晩じゅう、醜い老人の妖精ノームのように猫背でいなければならなかった。

　オズレンに報告書の進捗状況を知らせておこうと、サラエボの博物館に電話をかけた。けれど、返ってきたのは助手の学芸員のそっけないことばだった。「いません」

「いつ、戻られますか？」

「わかりません。もしかしたら明日か、あるいは、もっとさきになるか」オズレンのアパートメントにもかけてみたが、主《あるじ》のいない部屋でいつまでも電話が鳴りつづけるだけだった。あきらめて、報告書を書くことにした。屋根裏にあるメアリアンの小さな書斎はものを書くのに最適だった。光が燦々《さんさん》と降りそそぎ、ロンドンじゅうが見わたせるのだ。ごくまれに、雨も降らず、霧もなく、空気もさほど汚れていない日には、サウスダウンズの丘陵の輪郭まで見えた。

　すぐれた報告書を書く自信があった。心の片隅でつねに期待しているドラムロールが鳴りひびくような大発見はなかったが、ウスバシロチョウとなくなった留め金に関する考察によって、これまでとはちがうものが書けると確信していた。もちろん、報告書が完成するのは、綴《と》じに近い部分から採取した白い毛の分析結果が出てからだ。白い毛についてアマーリエ・スッターに相談すると、それを調べられる動物学者なら博物館に大勢いると言われた。「でも、動物の毛にしろ、人間の毛にしろ、いちばん詳しいのは警察よ」とも。つまり、科学捜査の研究施設に頼むのがいちばんというわけだ。Ｐ・Ｄ・ジェイムズの小説の大ファンだった私は、毛の分析はロンドンで頼むことにした。小説の世界と現実が一致するのか知りたかったのだ。

幸運にも、メアリアンがロンドン警視庁に強力なコネを持っていた。メアリアンは《ロンドン・レヴュー・オヴ・ブックス》に寄稿していて、イラン政府が作家のサルマン・ラシュディに死刑判決を下した直後に、その作家について数々の記事を書いていた。メアリアンはラシュディが悪夢の数年間に信頼して定期的に顔を合わせていた数少ない者のひとりで、それがきっかけで、ラシュディの警護にあたっていたロンドン警視庁の警官のひとりと深くつきあうようになったのだった。その警官には、メアリアンの自宅で開かれたパーティーで私も一度だけ会っていた。百八十五センチという長身で、キッチンではつねに背を丸めていなければならなかったが、そんな姿でも目を見張るほどいい男だった。その警官が私のためにロンドン警視庁の毛髪・繊維研究所に連絡してくれた。「警察の規則に反するんだからね」とメアリアンは私に言った。「だから、このことは絶対に内緒よ。でも、研究員がハガダーの話にすごく興味を持って、就業時間外に毛を分析したいと言ってくれたの」

また、オズレンがウスバシロチョウの線をたどって、第二次世界大戦中にハガダーが隠されていた山村を突き止められたか知りたかった。オズレンが何かしらの情報を得ていたら、それも報告書にくわえるつもりだった。多くの場合、この手の報告書は干からびた湖並みに無味乾燥だ。ウィーンの博物館に残されていたフランス人のマーテルによる報告書のように、数字の羅列になりかねない。折丁《フォリオ》の数、ひとつの折丁に使われた羊皮紙の枚数、綴じ糸の状態、綴じ穴の数など、おもしろくもなんともないものが書きつらねてあるだけだ。私はそれとは一線を画す報告書を書くつもりだった。ハガダーに関わった人々が感じられるものにしたかった。ハガダーを作り、使い、守った多くの人の手のぬくもりが伝わってくるような。その本にまつわる過酷な物語――手に汗握る冒険物語――を報告書に織りこみたかった。ハガダーの現在の状態をきちんと押さえながらも、要所要所に味つけとして歴史的背景を書きこんでは書き直すという作業を続けた。スペインで宗教の異なる人々が共存したコンビベンシアと呼ばれる時代の雰囲気を盛りこもうとした。夏の夜に美しく手入れされた庭で開かれる詩の朗読会や、アラビア語を話すユダヤ人がイスラム教徒やキリスト教徒の隣人と親しくつきあっているさまを。ハガダーを書いた能書家や、細密画家に関しては何ひとつわからなかったが、その技術や中世の写本工房の様子、こういった本を作る人々が社会でどんな位置を占めていたかを詳細に記して、サラエボ・ハガダーのふたりの作者に少しでも人間味を持たせようとした。さらに、異端審問と追放という悲劇を緊迫感のあるものにしたかった。炎や難破などの恐怖が伝わるようにしたかった。

執筆に行き詰まると、近隣のラビに電話して、塩について尋ねた。ユダヤ教徒が口にするコーシェルの塩は何から作られているのかと。「何人の人からそれを訊かれたか知ったら、きみはさぞ驚くだろうね」ラビはちょっとうんざりしたように言った。「一般には塩の種類に規定はないが、コーシェル用の肉には塩が欠かせない。血抜きのために。つまり、肉を塩漬けにして血を完全に抜くんだ。敬虔《けいけん》なユダヤ教徒は血を口にするわけにはいかないから」

「ということは、どんな塩も使えるんですか？　岩塩でも、海水から作った塩でも？」

「そのとおり。とはいえ、添加物が入っていてはならない。たとえば、ヨードとともにブトウ糖がくわえられている塩は、過越《すぎこ》しの祭の食卓では問題になる。ブドウ糖はトウモロコシから作られている場合があるからね」

過越しの祭の食事でなぜトウモロコシが禁じられているのかを尋ねたりはしなかった。何しろ、問題のハガダーのすぐそばで使われた塩にブドウ糖をくわえた者がいるはずがなかったから。いずれにしても、塩の結晶が海水の塩だと判明したからには、ユダヤ教徒が国外追放になったときに、ハガダーもともに海を渡ったと考えても不自然ではなくなった。その時代にユダヤ教徒が強いられた悲惨な旅の生々しい記録の引用とともに、報告書に書きくわえられそうだった。

これで、ヴェネチアまではたどり着いた。そこにはゲットーと呼ばれた場所にユダヤ人居住区があった。そこでは厳しい検閲《けんえつ》――ユダヤの書に対してはとりわけ厳しい検閲が行なわれていた。また、イタリアのユダヤ人社会とアドリア海沿岸に住むユダヤ人は、商業的にも文化的にも深く結びついていて、イタリアで修行を積んだコーヘンという名の先唱者が、ハガダーをボスニアに持ちこんだ可能性はきわめて高かった。報告書を書くのに夢中だった。ウサギの穴に閉じこもって、周囲の世界が見えなくなると、調子のいい日にはそんなふうになれる。だから、インターホンが鳴ると、飛びあがるほど驚いた。

窓を覗くと、家のまえに宅配業者の車が停まっていた。せっかく仕事に集中していたのに、メアリアン宛の小包だか何かに邪魔されたことに苛立ちながら――もちろん、身勝手な怒りだが――階下に向かい、玄関のドアを開けた。宅配業者が持ってきたのは私宛の封筒だった。差出人はテート美術館。なんだろうと不思議に思いながら、サインをして受けとると、すぐさま封筒を開いた。中身は速達の手紙で、いったんボストンに送られて、そこからテート美術館に転送されたものだった。私を追ってその手紙は大西洋を往復したのだ。

怪訝《けげん》に思いながら、速達の封を切った。なかにはアンブロタイプ（ガラス板のネガに黒い紙などを敷いて見る写真）が一枚と、ミセス・ツヴァイクの勢いのある手書きの手紙が入っていた。写真はかしこまったポーズのひと組の男女を写したもの――女性が椅子に坐《すわ》り、うしろに男性が立って女性の肩に手を置いている――で、斜め横を向いた女性の顔には、ミセス・ツヴァイクが描いたとおぼしき丸がついていて、さらに、女性のイヤリングに矢印がしてあった。

手紙には前置きも、挨拶もなく、ミセス・ツヴァイクの叫び声が聞こえそうな文が書きつけてあった。

見て！！！

この人が着けているのは私たちが探していた留め金の一部じゃない？？？　マーテルの報告書にあった翼の記述を憶えてる？？？　ハガダーの装丁《そうてい》を終えた直後に、ミトルが砒素《ひそ》中毒で死んでいたことが判明。ミトルは梅毒――当時のウィーンの住人の半分がそう！――で、写真の女性の夫フランツ・ヒルシュフェルトはミトルの主治医だった。そういったことがわかったのは、ヒルシュフェルトがミトル殺害容疑で裁判にかけられていたから。ヒルシュフェルトは患者の命を救おうとしただけだということで無罪になったけど、最近になってその裁判がときどき新聞の記事になった。長いこと目をそむけてきたオーストリア人の心に巣食う反ユダヤ主義を暴くものとしてね。これを受けとったら、すぐに電話をちょうだい！

もちろん、私はすぐに電話をかけた。

「電話をくれないのかと思ってた！　オーストラリア人がのんびりしてるのは知ってたけど、こんなに無感動だったなんてって、ちょっとがっかりしてたとこ」

私は数分前に手紙を受けとったことを話すと、ミセス・ツヴァイクは言った。「あとは留め金の片割れ、薔薇《ばら》を模《かたど》ったほうを見つけるだけね。実はもう調査を始めてるわ。ここでのどんな仕事より、そっちのほうがはるかにおもしろいから……」

私は腕時計をちらりと見た。すぐに話を切りあげないと、ロンドン警視庁での約束の時間に遅れそうだった。ミセス・ツヴァイクにありったけのお礼を言うと、ジャケットを着ながら、タクシーの電話番号を探した。地下鉄では間に合いそうになかった。タクシーが来るまでのあいだに、オズレンに電話してみた。留め金に関する発見を知らせて、報告書が思った以上にはかどっていることも少し自慢したかった。けれど、前回同様、助手の学芸員はぶっきらぼうだった。「いません。またかけなおしてください」

呼んだのはもぐりのタクシーだった。ロンドンの正規の黒いタクシーは目玉が飛びでるほど料金が高いからだ。イギリスに着いたときに、ヒースロー空港で正規のタクシーを拾い、三十分も走らないうちにメーターに百オーストラリアドル相当の金額が表示されたときには、気を失いそうになった。ようやくもぐりのタクシーがやってくると、それは灰色のバンだった。ハンドルを握っているのは西インド諸島出身で、みごとなドレッドヘアのとびきりハンサムな運転手だった。バンのなかがかすかにマリファナ臭かった。私が行き先を告げると、運転手はしげしげと私を見た。

「もしかしてその筋の人?」

「えっ?」

「サツなのかい?」

「ああ、警官かってことね。とんでもない。ちょっと警察に用があるだけ」

それでも、目的地の数ブロック手前で運転手はバンを停めた。「悪いけど、あそこには警察犬がいるんでね」正規のタクシーなら六十ポンドのところを、運転手は十ポンドしか取らなかったので、私も文句を言わなかった。雨が降っているのはわかっていたけれど。ロンドンの雨はシドニーの雨とは似ても似つかない。シドニーでは雨が降る日はさほど多くないが、降るとなればはっきりしている。大粒の雨が一気に落ちてきて、あっというまに道路が水浸しになる。いっぽう、ロンドンではひっきりなしに霧雨が降って、細かすぎる雨は傘を差してもほとんど用をなさない。私はロンドンからオーストラリアに来た人をカモにして、何杯も酒をせしめたものだった。どっちの街が降水量が多いかという賭けをして。

正面玄関の内側でひとりの女性が待っていて、私が階段を上りはじめるとすぐに外に出てきた。

「ヒースさんですか？」

私はうなずいた。ツイードのスーツを着た六十歳ぐらいとおぼしきその女性は、煉瓦《れんが》造りの小屋のようにがっちりしていた。一見、科学者というより、映画に出てくる女看守のようだ。女性は私としっかり握手すると、手を離さずに、階段の上で私をくるりとUターンさせて、道のほうへ逆戻りさせた。

「クラリッサ・モンタギュー＝モーガンです」またもや、なんたら・ハイフン・かんたらさんだ。といっても、その女性には淑女ぶったところはなく、ラブラドール犬《ラブ》ではなく、研究所《ラボ》の薬品のにおいがした。「ごめんなさいね、部屋にお招きできなくて」とクラリッサは言った。私が午後のお茶か何かで彼女のフラットを訪ねてきたかのような口ぶりだった。「研究所は規則が厳しいの、証拠なんかを守るために。非職員の入館許可はなかなか取れないの。とくに、警察や裁判所の関係者でない場合は」

白い毛をどんな方法で調べるのかと楽しみにしていた私はがっかりして、正直にそう言った。

「ああ、それなら詳しく説明するわ」とクラリッサは言った。「でも、まずはここに入りましょう。雨のあたらないところに。いまは休憩時間だから、十五分ぐらい話ができるわ」

私たちは合成樹脂のテーブルが並ぶサンドイッチ店のまえにいた。店には客はひとりもなく、私たちはどちらも紅茶を注文した。ロンドンではどれほど寂れた店でも、おおむねきちんとした紅茶が飲める。アメリカの高級店でたびたびお目にかかる生温い湯が入ったカップにティーバッグが添えてあるなんてことはなく、きちんとティーポットで出てくるのだ。

熱く濃いお茶が運ばれてくるとすぐに、クラリッサは毛の分析方法を話しはじめた。歯切れがよく、明確で、ことば遣いも的確だった。法廷で相手どる証人には絶対にしたくないタイプだ。

「犯罪現場で採取した毛であれば、まずは人間のものか、動物のものかが問題になる。それを確定するのは造作ない。毛表皮《もうひょうひ》を調べれば一発でわかるから。うろこ状の毛表皮は、人間の毛の場合、どちらかと言えば滑らかで、簡単に識別できる。ところが、動物の毛は、うろこの形にも、突起にも、種によってさまざまなものがある。だから、より詳しく調べるためにうろこの型を取る。稀《まれ》にうろこで種が特定できないときには、毛髄質《もうずいしつ》、つまり毛の芯を分析する。毛髄細胞は、動物の場合、並びが規則的で、いっぽう、人間の場合は不規則。さらに、色素も調べられる。動物の毛の色素顆粒《かりゅう》は毛髄質に向かって並び、人間の場合は毛表皮に向かって並んでいる。サンプルは持ってきたのよね？」

私は問題の白い毛を渡した。クラリッサは眼鏡をかけると、グラシン紙の小袋を蛍光灯にかざして、なかを透かしてみた。

「残念」

「何がですか？」

「毛根がない。顕微鏡《けんびきょう》の下では毛根は情報の宝庫よ。それに、もちろん毛根があればDNA鑑定ができる。その点では運がなかったということね。自然に抜け落ちた毛であれば毛根の組織が採取できる。ご存じのとおり、哺乳類の毛の約三分の一はつねに抜けている。でも、この毛は切られたものね。自然に抜け落ちたり、引っぱられて抜けたわけではなく。研究所に戻ったら、すぐに分析してみるわ」

「一本の毛で犯人を突き止めたことがありますか？」

「ええ、それはもう数えきれないほど。被害者の体に人の毛が付着していて、それが容疑者のものかどうかDNA鑑定するのは、さほどむずかしい作業ではないから。それによって、容疑者が犯行現場にいたという証拠になる。私が好きなのはもう少し複雑なケースね。ある男が別れた妻を絞殺した事件があった。男のほうは離婚後にスコットランドに移り、もと妻のほうはロンドンに住んでいて、男には鉄壁のアリバイがあった。事件があった日は、一日じゅうケントの両親の家にいたと言うの。そう、たしかにその日の一部はそこにいた。ある捜査員がうるさく吠えつくペキニーズ犬を両親が飼っているのに気づいた。その犬の毛が被害者の服に付着していた毛と一致したというわけ。それだけでは決定的な証拠にはならないけれど、捜査員の関心を引くには充分だった。そうして、グラスゴーにある男の家を捜索すると、掘り返されたばかりの花壇があった。そこを掘ってみると、殺害時に男が着ていた服が見つかって、それにペキニーズの毛がびっしりついていたというわけ」

クラリッサは腕時計を見て、そろそろ仕事に戻らなければならないと言った。「今夜、この毛を調べてみるわ。夜の九時ごろに自宅のほうに電話してちょうだい。電話番号を渡しておくわね。そのときに分析結果を報告するわ」

いそぐ必要もなかったので、私は地下鉄でハムステッドに戻り、荒野《ヒース》をぶらぶらと歩いた。それから、メアリアンの家に戻ると、報告書を見直そうと、温めなおしたスープを注いだカップを持って屋根裏部屋へ向かった。ふと、オズレンが自宅に戻っているか、電話をかけて確かめてみようと思った。

一回目の呼び出し音で、誰かが受話器を取った。オズレンではない男性が、小さな声で応じた。「もしもし《モーリム》」

「すみません、ボスニア語は話せないんです。えっと——オズレンさんはいますか?」

男性はあっさりと英語に切り替えたが、相変わらず小さな声で聞きとりにくかった。「いるけど、いまは電話に出られません。どちらさまですか?」

「ハンナ・ヒースです。オズレンさんとは一緒に仕事をして……えっと、先月、何日か一緒に仕事をしたんですけど——」

「ミス・ヒース」男性は私の話を遮った。「仕事の話なら博物館のほかの職員にしてもらえませんか? いまは都合が悪いんです。ぼくはオズレンの友人ですけど、オズレンは仕事のことを考えられる状況じゃないんで」

質問をしようとしているのに、すでに答えがわかっていて、同時に、その答えを聞きたくない——私はそんな気分になった。

「どうしたんですか？　アリアに何かあったんですか？」

受話器の向こうで男性が長いため息をついた。「残念ながら、そうです。おととい の夜に、病院からアリアが高熱を出したという連絡が入りました。重い感染症を起こして、今朝、息を引き取りました。これから埋葬します」

私は大きく息を呑《の》んだ。なんと言えばいいのかわからなかった。アラブ社会ではこんなとき〝すべての悲しみが過ぎ去りますように〟と言う。けれど、ボスニアのイスラム教徒にどんなお悔やみのことばをかけるべきなのか見当もつかなかった。

「オズレンさんは大丈夫ですか？　その――」

またもや私のことばは遮られた。どうやら、サラエボの住人はよそ者の呑気《のんき》な感傷につきあっている暇などないらしい。「オズレンはひとり息子を亡くしたんです。だから、大丈夫なわけがない。でも、ミリャツカ川へ飛びこんだりしないかという意味で訊いてるなら、ええ、そんなことはしないでしょう」

私は暗澹《あんたん》たる気持ちで、おまけに吐き気もしたが、オズレンの友人のいわれない皮肉に、胸のなかにある感情が怒りに変わった。「そんな言い方はないでしょう、私はただ――」

「ミス・ヒース、いや、ヒース博士。たしか古書の専門家があなたのことをヒース博士と言っていた、ああ、そうだ、いま思いだしましたよ。ちょっとことばが過ぎました、すみません。でも、ぼくたちは疲れてるんです。それでなくても、葬儀の手配で忙しいのに、あなたのお仲間はずいぶん長く居坐《いすわ》って――」

「私の仲間？」今度は私のほうがぶっきらぼうな物言いになった。

「イスラエルから来たヨムトヴ博士です」

「そこに行ったんですか？」

「あなたもご存じだとばかり思ってました。ハガダーの仕事を一緒にしたと聞かされましたから」

「ええ、まあ、そうと言えなくもありませんけど」もしかしたらアミタイは、私のシドニーの研究所にサラエボへ行くという伝言を残して、研究所の職員がそれを私に伝えるのを忘れたのかもしれない。けれど、どう考えてもそんなことはありそうになかった。アミタイがサラエボへ行くこと自体不自然だ。ましてや、オズレンの自宅へ行く理由など見当もつかない。息子の死を嘆く男に付き添うとは不可解としか言いようがなかった。といっても、オズレンの友人からそれ以上の話が聞けないことだけははっきりしていた。心からお悔やみを申しあげるとオズレンに伝えてほしいと私が言っているさいちゅうに、オズレンの友人が握っている受話器が架台《かだい》に戻された。

すぐにでもロンドンからサラエボに飛ぼうか迷って、その答えが出るよりさきに、チケットを取るために航空会社に電話していた。サラエボに行くのは、アミタイがなんのためにそこに行ったのかを知るためだと自分に言い聞かせた。何しろ、私はティッシュペーパーを握りしめておいおい泣くタイプではないのだから。悲しみに暮れる父親を相手にするのは得意ではなく、こんな状況でオズレンと再会することなど考えられなかった。

ずいぶん長く待たされて、ようやく乗り継ぎ便も決まり、飛行機の予約が取れて、電話を切ったとたんにまた電話が鳴りだした。

「ヒース博士? ロンドン警視庁、毛髪・繊維研究所のクラリッサ・モンタギュー＝モーガンです」

「ああ、どうも。九時に電話しようと思ってたんですけど……」メアリアンの自宅の電話番号を教えなかったのに、どうして番号がわかったのか不思議だった。けれど、すぐに気づいた——ロンドン警視庁で働いていれば、その手のことを調べるのは造作もない。

「ああ、そんなことといいの。ちょっとおもしろいことがわかったから、どうしても話したくてね。猫の毛だったわ、まちがいなく。毛表皮のうろこが鋭く尖っていたから。でも、あなたのサンプルには不可解なことがある」

「なんですか?」

「毛表皮から、猫の毛にあるはずのない粒子が検出されたわ。黄色のとくに強い染料に含まれる粒子が。髪を染めている人の髪からなら、そういった粒子が検出される。でも、猫の毛で見つかったのは初めてよ。あなたも同感だと思うけど、普通は猫が毛染をすることはない、そうよね?」

白い毛　一四八〇年　セビリア

わが目は悲しみに濡れ、穴だらけの皮袋となる。
——アビド・イブン・アル・アブラス

ここでは陽光は感じられない。ここに来てすでに何年も経《た》っているというのに、私にとってそれはいまだに堪《た》えがたいことだった。故郷では、私は明るい光のなかで生きていた。そこでは、強い日射しが黄色い大地を焦がし、草葺《くさぶき》の屋根をぱりぱりに乾かした。

ここでは、日中でも石も瓦もひんやりしている。光はまるで敵のようにこっそりと忍び寄る。格子《こうし》戸の狭い隙間からその触手を伸ばす。あるいは、エメラルドやルビーのくすんだ破片となって高窓のガラスから注ぐのだ。

そんな光を頼りに仕事をするのは困難で、明るい小さな四角い日溜まりを求めて、しょっちゅう紙を動かさなければならず、そのたびに集中力が途切れてしまう。私は筆を置くと、こわばった両手を広げた。傍らの少年がすっくと立ちあがって、冷たい果汁を運んでくる若い女を呼びにいった。その女はこのネタネル・ハ－レヴィの家の新参者だった。その女がこの家で仕えることになった理由に、私は思いをめぐらせた。もしかしたら、私同様、患者が感謝の印としてこの家の主人に贈ったのかもしれない。そうだとすれば、ずいぶん気前のいい患者だ。若い女は有能な召使で、絹の布のように音もなく歩くのだから。私がうなずくと、女はひざまずいて、見たこともない錆《さび》色の液体を注いだ。「ザクロです」そう言う女のことばには耳慣れない抑揚があった。女の目は海のような緑色だが、艶《つや》やかな肌は南の大地の色だった。女が杯のまえで身を屈めると、首筋を隠す布が開いて、その肌が熟れすぎた桃に似た褐色であることに私は気づいた。どんな色を混ぜればそんな色が出せるのか……私にはわからなかった。冷たい果汁はおいしかった。その若い女が作る果汁は、甘味の向こうにザクロの酸味がほのかに漂っていた。

「その手に神の祝福がありますように」立ちあがりかけた女に、私は言った。

「あなたにも神の祝福が雨のようにたっぷりと降りそそぎますように」と女は小さな声で応じた。けれど、女は私の描いた絵をちらりと見ると、目を大きく見開いた。そして、私に背を向けながら、唇を動かした。耳慣れない抑揚のことばを聞きとるのはむずかしかったが、女がつぶやいたのは異国の祈りにちがいなかった。私は画板に目を落として、自分が描いた絵をいまの女の視点で見ようとした。医師がこっちを見ていた。頭を傾《かし》げ、片手を上げて、何かに興味を引かれたときのいつもの癖で、巻きひげを指でしごいていた。私は医師の姿を写しとっていたのだ、それは誰の目にも明らかだった。そこにはみごとな肖像が描かれていた。絵のなかの医師は生きているかのようだった。

　若い女が驚いたのも無理はなかった。偶像破壊主義者《イコノクラスト》を怒らせるほどの肖像画をホーマンに初めて見せられたときには、私も驚いたものだ。だが、いまの私を見たら、今度はホーマンが驚くにちがいない。イスラム教徒である私がユダヤ教徒に仕えているのだから。そんな宿命を負わせるために、ホーマンは私に画法を伝授したとは思ってもいないはずだった。そして、私はといえば、この境遇にずいぶんなじんでいた。ここへ来た当初は、ユダヤ人の奴隷になったことを恥じていた。だが、いま感じている屈辱は自分が奴隷であること、その一点だけだ。そんなふうに思えるようになったのも、この家の主人であるユダヤ人のおかげだった。

私の世界が一変したのは十四のときだった。位の高い男の子供として大切に育てられた私は、まさか自分が奴隷として売られることになるとは夢にも思っていなかった。奴隷商人によってホーマンのもとに連れていかれた日は、既知の世界で取引されるあらゆる品物が作られている作業場を通ったような気がした。逃げられないように頭に袋をかぶせられていたが、麻布を通して感じるにおいや聞こえる音で、どんな職人街を歩いているのかわかった。皮なめし屋から立ちのぼるつんとするにおいなら、いまもはっきり憶えている。アフリカハヤガネの茎で靴を編む靴屋街に立ちこめるほのかに甘く青臭いにおい。武具師の店の鉄を叩《たた》く音。絨毯《じゅうたん》織りの律動的なくぐもった音。売り物を試す楽器屋のふいに響く調子はずれの鳴物の音。

そうして最後に、私は書物の館に連れてこられた。目隠しをはずされると、そこは陽光が燦々と降りそそぐ館の南側の最上階を占める能書家の工房だった。階下には絵師の工房があった。ずらりと並んで仕事をしている能書家たちのあいだを、奴隷商人に連れられて歩いたが、顔を上げて私を見ようとする者はひとりとしていなかった。ホーマンの工房で働く者はみな、親方が弟子に集中力を求め、それができなかった者にどれほど厳しい罰が下されるかよく知っていた。

　ホーマンが坐る絹の絨毯の片隅で、二匹の猫が体を丸めて眠っていた。ホーマンは片手を振って猫を追い払うと、その場所にひざまずくよう私に身ぶりで示した。そして、私を連れてきた奴隷商人の護衛に冷ややかに命じた。護衛は身を屈めて、私の手首を縛っている汚れた縄を切った。ホーマンは手を伸ばして、私の手を取ると、ひっくり返して、荒縄が食いこんでできた傷を確かめた。それから、護衛を厳しく叱責して帰すと、私を見た。

「さて、おまえはイスラムの絵師《ムサッウィル》だと言うんだな」ようやく私に話しかけたホーマンの声は小さく、滑《なめ》らかな紙の上で筆を滑らせたかのようだった。

「子供のころから絵を描いています」と私は答えた。

「そんなに長く？」ホーマンの目のまわりの皺《しわ》がぎゅっと縮まった。私の返事をおもしろがっているようだった。

「私はラマダンが終わるまでに十五になります」

「なるほど」ホーマンは手を伸ばすと、長い指で私のひげのないつるりとした顎を撫でた。私が身をすくめると、ホーマンは殴ろうとするかのようにぱっと手を上げた。けれど、殴りはせずに、体のわきに下ろした手をローブのポケットに入れた。そうして、無言で私を見つめた。私は顔が熱くなって、うつむくと、沈黙を埋めるために言った。「植物を描くのが得意です」

ホーマンはポケットから手を出した。親指と人差し指で、刺繡《ししゅう》がされた絹の小さな袋を持っていた。その袋から、ペルシア人が珍重する細長い米を取りだすと、私に差しだした。

「さあ、言ってみろ、イスラムの絵師、何が見える?」

私は米粒を見つめた。そうしながら、うすのろのように口をぽかんと開けていたにちがいない。米粒にはポロの試合が描かれていた。競技者のひとりが馬を疾走させて、みごとな錬鉄製のゴールに迫ろうとしていた。男の乗った馬の尾が大きく翻《ひるがえ》っていた。もうひとり馬にまたがった男が、召使から鞭《むち》を受けとろうとしていた。馬のたてがみにつけた房飾りの本数までわかるほど緻密に描かれて、騎乗の男が身に着けたきらびやかな上着の手触りが感じられるようだった。けれど、それだけでは驚くに値しないとでも言うように、文字まで書きつけられていた。

ひと粒の実りのなかに百の収穫の結果があり
ひとつの心のなかにあらゆる世界が存在する

ホーマンは米粒を取りあげると、べつの米粒を私の手のひらに載《の》せた。それはどこにでもあるごく普通の米粒だった。「植物を描くのが得意と言ったな。では、ここに庭の絵を描きなさい。絵の腕前をもっとも発揮できる葉や花を描いて私に見せなさい。そのために二日間やろう。ほかの者に交じって、適当な場所に坐るといい」

それだけ言うと、ホーマンは私に背を向けて、筆を手にした。ホーマンが部屋のなかをさっと見やっただけで、炎のように鮮やかな顔料《がんりょう》を混ぜて緋《ひ》色《いろ》を作っている少年が、弾かれたように立ちあがった。少年が大切に抱えている鉢の外側を緋色がわずかに舐《な》めた。

ホーマンの試験に落第したと私が言っても、目を丸くして驚く者がいるとは思えない。私は捕まって奴隷にされるまで、父が知る薬草の絵を毎日描いていた。絵にすれば、父とは遠く離れたところに住んで、話すことばもちがう治療師に、さまざまな薬草の効能を正確に伝えられるからだ。絵であれば、場所によって植物の呼び名がちがっていても問題ない。それは正確さを要する作業で、その仕事に向いていると父から認められたのを私は誇りに思っていた。

父のイブラヒム・アル＝タレクは、私が生まれたときにはすでに年老いていた。子供であふれる家に生まれた私は、そもそも父に気にかけてもらえるとは思っていなかった。六人いる兄弟の長男ムハンマドは、私の父親と言ってもおかしくないほどの年で、実際に、私より二年早く生まれた息子がいた。子供のころは、ムハンマドの息子から何かにつけて目の敵にされたものだった。

父はやや腰が曲がっていたが、それでも背が高かった。頬がこけ、深い皺が刻まれていても、その顔は美しかった。夕べの祈禱《きとう》のあとに、父は中庭に出て、ギョリュウの木の下に敷いた織物に坐り、妻たちからその日の報告を聞いたものだった。妻たちが織った織物を誉《ほ》めて、私たち――幼い子供たち――がどんなふうに過ごしたかを穏やかに尋ねた。母が生きていたころには、大勢の妻たちのなかで母がいちばん長く父のそばに坐っていた。私はよくわからないながらも、父にとって母は特別な存在なのだろうと考えて、密かな喜びを覚えた。父が木の下に坐ると子供たちは自然と声が小さくなり、遊びを続けていても、もう夢中にはなれなかった。母親たちのもの言いたげなしかめ面や、あっちへお行きと振られる手を無視して、遊びながら徐々に父に近づいた。そうして最後には、父は長い腕を伸ばして、子供のひとりを抱きよせて、幸運なその子を隣に坐らせて穏やかに話しかける。あるいは、私たちがかくれんぼうをしているときには、ひとりかふたりを長くゆったりしたローブのなかにもぐりこませて、その子たちが鬼に見つかって歓声をあげるのを眺めて、笑っていた。

父の部屋――飾り気のない寝室、書物や巻物が詰まった書斎、繊細な広口の碗《わん》や壺《つぼ》がところ狭しと並んだ作業場――に子供が入るのは禁じられていた。ある午後、私の密かな親友のトカゲがポケットから逃げだした。私が手を伸ばすたびに、トカゲは踏みならされた土間をちょろちょろと逃げていった。そんなことがなければ、もちろん、私は父の部屋に入ろうとはしなかったはずだ。そのとき私は七歳で、母が亡くなってからほぼ一年が過ぎていた。女たちはみなやさしかった。父のほかの妻たちより私の母に年が近かったムハンマドの妻はとくにやさしくしてくれた。それでも、母がいない寂しさで私の心にはぽっかりと穴があき、その穴を満たそうと私はさまざまなことをしたのだった。思えば、そのひとつが小さなトカゲを飼うことだったのかもしれない。

やっとのことで、トカゲを捕まえたのは父の書斎のまえだった。私はつやつやと光るトカゲを撫でた。トカゲの小さな心臓が大きな鼓動を刻んでいた。けれど、手を下ろした拍子に、トカゲは水のように私の指をするりと抜けて、どうしたことか硬貨のように平らになり、書斎の扉の下にもぐりこんだ。父は出かけていた。いや、少なくとも私はそう思っていた。一瞬、ためらったが、私は扉を押し開けて、書斎に入った。

父は几帳面《きちょうめん》だが、その几帳面さは書物には適応されなかった。のちに、父の傍らで働くようになってから、その午後の書斎で目にした混沌《こんとん》の理由がよくわかるようになった。ひとつの壁際に床から天井まで巻物がびっしり積みあげられていて、丸いはずの巻物が少し押しつぶされて、大きな蜂《はち》の巣のように見えた。巻物の置き方には、父にしかわからない法則があるようで、父は必要な巻物を瞬時に抜き取ると、作業台に広げて、その上に両腕を置いて食い入るように見つめたものだった。長いこと、あるいはわずかなあいだ、そうしていたかと思うと、ふいに背筋をぴんと伸ばす。とたんに、巻物はまたくるりと丸まる。父はそれをわきに押しやると、何冊もの書物が置かれた壁際へと向かう。そこから一冊を選んで、ぱらぱらとめくり、ぶつぶつ言って、さらに何歩か歩き、本をわきに置いて、筆記具を手に取る。そうして、羊皮紙に何行か書きつけて、筆を置くと、最初からまた同じことを繰り返すのだ。それが終わるころには、作業台はもとより、床の上にものが散乱しているというわけだ。

トカゲは私から逃れる絶好の場所を選んだ――紙や本をかきわけて作業台の下にもぐりな

がら、私はそう思った。父のサンダルを履いた足が現われたのはそのときだった。私はトカゲを追うのをやめて、身じろぎもせずにじっとして、父が巻物を探しにきただけで、すぐに部屋を出ていくのを祈った。そして、誰にも見つからずに書斎を出られることを。

ところが、父は出ていかなかった。その手には鮮やかな緑色の葉がついた枝が握られていた。その枝を置くと、いつものようにせわしない作業に入った。三十分が経ち、一時間が経った。私は体が痛くなった。しゃがんでいるせいで足が痺《しび》れてぴりぴりした。それでも、動くわけにはいかなかった。父は仕事を続け、何枚もの紙にものを書きつけては、それをわきに押しやった。その紙が、父が持ってきた枝と一緒に作業台から床に落ちた。まもなく、父の筆が傍らに落ちてくると、退屈でたまらず、さらには少し気が緩んでいた私は、それに手を伸ばした。次に、枝についた葉を見つめた。葉脈の模様が気に入った。均整の取れた、理にかなった模様で、父や兄たちが客をもてなす部屋の壁に並ぶモザイクのようだった。父が落とした紙の片隅に、私は葉を描いた。鳥の羽根の軸に数本の細い毛をはさみこんだ筆は申し分なかった。手が震えず、気持ちを集中できさえすれば、その筆で繊細な葉をそっくり写しとれるはずだった。インクが乾くと、父がせわしなく動かしている筆記具から垂れた大粒のインクを筆のさきに足した。

私のそんな動きが父の目に留まったのだろう。父の大きな手が伸びてきて、手首をつかまれた。心臓が破裂しそうになった。父は作業台の下から私を引っぱりだすと、目のまえに立たせた。私はずっとうつむいていた。大好きな父の顔に浮かぶ怒りを見るのが怖かった。すると、父が私の名を口にした。怒りなど微塵《みじん》も感じさせない穏やかな口調だった。

「ここに入ってはならないのは知っているだろう」

震える声で私はトカゲのことを話して、必死に謝った。「トカゲが猫に食べられてしまうと思ったから」

私の話を聞くと、手首をつかむ父の手が緩んだ。父は大きな手で私の手を包むと、手をそっと撫でながら言った。「そのトカゲにはそのトカゲなりの運命がある。私たちもそうであるように。だが、これはなんだ？」父は私の反対の手を取った。その手には描きかけの絵が握られていた。父は無言でしばらく絵を見つめていたが、やがて、私を部屋から追いだした。

その日の夕刻の中庭では、私はできるだけ目立たないようにして、父に気づかれないようにした。禁じられた場所に私が無断で入ったことを、父が口にしないのを祈った。しばらくして、罰せられることもなく、ほかの子供たちと一緒に自分の敷物へ向かうころには、願ったとおりにことが運んだのが嬉《うれ》しくてたまらなかった。

翌日、父にしたがって家族全員が朝の祈りを終えると、私は父に呼ばれた。胃がぎゅっと縮んだ。ついに罰が下されるのだ。ところが、父は上等なペンと、インクと、わずかに走り書きがしてあるだけの古い巻紙を持っていた。「練習しなさい」と父は言った。「おまえの絵の才能、それを伸ばせば、私の仕事を手伝えるだろう」

私は絵の練習に精進した。毎朝、父が子供全員に課している聖なるコーランの御《み》ことばの書写をこなして、そのために向かっていた木の厚板を片づけると、遊びにくわわらず、また、雑用をすることもなく、羊皮紙を取りだして、手が痺れるまで絵を描いた。父に目をかけてもらったのが嬉しかった。何よりも、父の役に立ちたかった。十二歳になるころには、それなりの技術を身につけていた。それからはほぼ毎日、父と長い時間を一緒に過ごして、父の仕事——さまざまな国の見知らぬ人たちの病を治すための本の作成——を手伝った。

ホーマンの工房で過ごした最初の日の夕刻が迫るころには、父との懐かしい日々も、そのころに習得した技術も、すっかり消えてなくなってしまったように感じていた。陽光が薄れて、見ている者には止まっているとしか思えないほど筆を小さく動かしつづけたことから、手の震えが止まらなくなると、工房の片隅で敷物の上に横たわった。自分が役立たずに思えて、同時に不安でならなかった。疲れた目に涙があふれて、口から泣き声が漏《も》れた。隣にいた男に低い声で慰められた。「製本工房に送られなかったのを喜んだほうがいい」と男は言った。「あそこじゃ、見習いはケシの種にあけた穴に通せるほど金を薄く細く伸ばすことを学ばされるんだから」

「でも、この仕事ができなければ親方に追いだされる。私には絵を描くことしかできないのに」捕まって奴隷となってここへ来るまでのあいだに、私は大勢の同じ年頃の異国の若者に会った。荒海で怯《おび》えて帆柱にしがみついていた者、灼熱の採石場で岩を割っていた者、暗い鉱坑の穴から出てきた、背が曲がり真っ黒になった者たちに。

「落第するのはおまえが初めてじゃない、ああ、ほんとうだ。親方は何かべつの仕事をあてがってくれるさ」

ホーマンはそのとおりにした。私が絵を描いた米粒をちらりと見ただけで、放り投げ、私を下地作りの作業場に送った。そこは、視力が衰えたり、手の震えが止まらなくなったりした絵師や能書家が行きつく場所だった。私は一日じゅう、不機嫌な男たちに交じって、おそらく千回以上も羊皮紙を真珠貝でこすり、その表面を滑らかにした。わずか数日で手が皺だらけになり、皮がぼろぼろ剝《む》けて、あっというまに絵筆の持てない手になった。そこで初めて、私は捕まって以来胸の奥底に押しこめてきた絶望に屈したのだった。

それまでは、故郷を思い返すことはしなかった。故郷を離れたときのこと――声をあげて嬉し泣きをする父の妻たちをあとに残して、にぎやかな太鼓とシンバルの音に送られてメッカ巡礼団として旅立ったときのことを思ったりはしなかった。そしてまた、最後に見た父の姿も頭の奥に封印していた。だが、絶望した私は、そのときの父の姿を思いださずにいられなかった。血と薄灰色の脳みそにまみれた父の銀色の髪。最期の祈りを唱えようとした父の口からあふれた真っ赤な泡。父の目――ベルベル人に捕まった私の顔を必死に捜す父の目。私の首には、大枝のように硬く太いベルベル人の腕がまわされていた。それでももがいて、その腕を逃れ、父のために叫んだ。父の息絶えた口からは決して発せられることのないことばを。「神は何よりも偉大である！　神のほかに神はいない！」殴られて、膝をついても、父のために叫んだ。「私は神だけを頼る！」

また殴られた。二度目はものすごい力だった。次に気づいたときには、口のなかに鉄の味が広がっていた。私は北へ向かう荷車のなかで、略奪品に埋もれてうつ伏せに倒れていた。ずきずきと痛む頭を持ちあげて、薄板の隙間から外を見た。遠くのほうに父が倒れているのが見えた。熱い砂漠の風に藍色の服がはためいていた。そのずっと上のほうで、最初のハゲワシの黒い翼が光っていた。

三ヵ月間、私は下地作りをして過ごした。そして、いまようやく、そのころのこと――悲しい思い出を胸に、来る日も来る日も革を叩き、こすって、一生を終えるのだと思っていたころのこと――を冷静に振り返れるようになった。そしてまた、その作業から多くのことを学んだと思えるようになった。とくに、ファリスから学んだことは多かった。ファリスは私と同じように、海の向こうのイフリキアで生まれた。けれど、私とちがって、芸術を学ぶために自ら望んで旅をして、アル・アンダルスをわがものにした強大なイスラム帝国の落日とともにこの地にやってきたのだった。ほかの者とちがって、ファリスはかつて自分がどれほどすばらしい絵師であったかを自慢することはなかった。また、死肉にたかるクロバエのようにしつこく小言を言いもしなかった。

ファリスの目は冬の空のように濁っていた。ずいぶん若くして、病気で視力を失ったのだ。ファリスをよく知るようになると、私はなぜ町の有能な医者に診せなかったのかと尋ねた。濁った目の視力を回復させる手術が行なわれていることなら、私も知っていた。といっても、実際にその手術を見たわけではなかった。父は探り針ではなく、植物で病を治したが、優秀な医者によるその種の手術方法が詳細に描かれた数枚の絵を見せてくれたのだ。それは、眼球に小さな切れ目を入れて、濁った部分を押し開き、背後の空間におさまるように裏返すというものだった。

「手術なら受けたさ」とファリスは言った。「王族の外科医が二度も手術をしてくれた。だが、見てのとおり、視力は戻らなかった」

「神はファリスを霧のなかに置き、そこに閉じこめることで己が描いた絵の罪を償わせた」かつて能書家だった古老のハキームが震える声で言った。コーランを二十回書写して、聖なることばが心に刻まれているというのがその老人の自慢だった。それが事実なら、聖なることばも心に平穏をもたらしはしないらしい。老人の尖《とが》らせた口から穏やかなことばが出るのは、自身のために祈るときだけで、あとは悪態ばかりついていた。ついさきほどまで骨の折れる作業をこっそりサボって居眠りをしていた敷物の上で、老人は立ちあがると、杖をついて、坐って仕事をしている私たちのそばへよろよろとやってきた。そして、杖を上げてファリスをつついた。「神が創造されたように、おまえも創造しようとした。だから、罰が下ったんじゃ」

私は問うようにファリスの腕にそっと触れたが、ファリスは首を振って、小声で言った。「無知と迷信。神の創造物を褒《ほ》め称《たた》えることと、創り主と競いあうことはちがう」

ハキームが声を荒らげた。「人の姿を描く者は人として最低である」朗々としたそのことばは、華麗なアラビア語の祈りに変わった。「預言者のことばを疑うほど、おまえは傲慢なのか？」

「預言者に平穏あれ、私はそう祈り、そのことばを疑ったことは一度もない」ファリスはため息をついた。どうやら、この種の議論をこれまでにもいやというほど重ねてきたらしい。

「とはいえ、そのことばをあたかも自分がほんものの預言者のように公言している輩《やから》のことは疑っている。疑念の余地など微塵もないコーランは、その点に関して沈黙を守っているが」

「沈黙などしておらん！」ハキームはいまや金切り声をあげながら身を乗りだして、黄色いひげがファリスの垂れた頭に触れそうになっていた。「神がどのようにして土の塵から人を創られたかを説明するために、コーランではサッワラ――形づくる――ということばが使われているのではなかったか？　ゆえに神はアル＝ムサッウィル――造形者――なのだ。自身をそう呼ぶことは、われわれを形づくった神を冒瀆《ぼうとく》しているのじゃ！」

「いいかげんにしろ！」ファリスも声を荒らげた。「あんたがなぜここにいるのか、ほんとうの理由をこの坊主に話してやったらどうだ？　わかるだろ、坊主、この年寄りの手は震えていない。目だってタカのようによく見える。この老人は絵師の描いた絵をめちゃくちゃにしたせいで、ここへ送られてきたんだ」

「いや、神に代わって仕事をしたせいで、ここに送られてきたのだ！」と老人は叫んだ。

「わしは絵に描かれた人間の喉を掻《か》っ切ってやった！　首を片っ端から刎《は》ねてやった！　総督の魂を救うために、この世から抹殺してやったんじゃよ！」自分にだけわかる冗談を言ったかのように、老人は高笑いした。

私はわけがわからず、ファリスを見た。ファリスの全身がわなないていた。額《ひたい》には汗が噴きだして、目のまえにある磨きあげた羊皮紙に汗が垂れ、今朝の辛《つら》い作業が水泡に帰していた。私が腕に手を置くと、ファリスはそれを振り払った。持っていた真珠貝を投げ捨てると、立ちあがり、老人を乱暴に押しのけて、部屋を出ていった。

二日後、私はホーマンに呼ばれた。初めてここに来たときの恐怖はすでに薄れていたことから、工房のなかを歩きながら、さまざまなものに目をやる余裕があった。すりつぶされて青い顔料となる鮮やかな瑠璃《ラピスラズリ》、銀箔《ぎんぱく》に反射する光。わずかな風も入らないように帳《とばり》の下りた一画では、ひとりの老人が、無数の蝶《ちょう》の羽から鮮やかな色の斑点を切りとっていた。ホーマンは坐っている絨毯の隅に今度もまたひざまずくように私に身ぶりで示した。腕に抱いた一匹の猫を持ちあげると、しばらくその密な毛に顔を埋めてから、ふいに猫を私に差しだした。

「受けとりなさい」とホーマンは言った。「おまえは猫など怖くない、そうだろう？」私はうなずいて、猫を受けとった。過酷な作業に荒れて硬くなり、たこのできた手が、やわらかな猫の毛に埋もれた。一見、猫は大きく見えたが、実はふわふわの毛に覆われているだけで体は小さかった。赤ん坊のような声で、ニャアとひと声鳴いたかと思うと、猫は私の膝の上で丸くなった。ホーマンが鋭い小刀の柄を差しだした。私は身をすくめた。猫を殺せということなのか？　私の顔に表われた狼狽《ろうばい》を見て、一瞬、ホーマンの目のまわりの皺が深くなった。

「ここで使う筆を作るのに、上質な毛をどこで手に入れていると思う?」とホーマンは尋ねた。「ここの猫たちはありがたいことに上質な毛をたっぷりくれる」そう言うと、もう一匹の猫を膝の上に載せて、猫の喉を撫ではじめた。まもなく、猫は腹を見せて、喉を伸ばした。ホーマンは喉のあたりの長めの毛を五、六本つまむと、小刀で切りとった。

ホーマンが私に目を戻すと、ちょうど私の膝の上で猫が伸びをした。その拍子に袖がまくれて、猫の白い前肢が私の腕に載った。

「その肌」とホーマンは静かに言うと、私を見つめた。私が袖を下ろそうとすると、ホーマンは手を伸ばして、制止した。そのままじっと見つめていたが、その目は私を見ているわけではなかった。そういう目つきなら私も知っていた。父が腫瘍を見るときの目――腫瘍ができている人のことをすっかり忘れて、腫瘍だけを見ているときの目だった。やがてホーマンは口を開いたが、私にではなく、自分自身に話していた。「青みを帯びた煙の色……いや……やわらかな繊毛で覆われた熟したスモモの色か……」私は見つめられるのがいやで、もじもじと体を動かした。「動くんじゃない」とホーマンは鋭く言った。「その色を描かなければならない」

そんなことから、私は光が薄れるまでその場でじっとしていることになった。夕刻になると、ふいにホーマンから放免されて、工房の隅にある空いた寝床へ向かった。そもそもなんのために呼びだされたのかはわからなかった。

翌日、ホーマンは羽根の軸と猫の毛で作らせた新しい筆をひとそろい私に手渡した。さまざまな太さの筆があった。なかには、極細の線を描くための一本だけの毛の筆もあった。さらに、ホーマンは磨きあげられた羊皮紙を一枚差しだして言った。「肖像画を描いて私に見せなさい。工房のなかの誰を描いてもかまわない」

私は金箔師見習いの少年を描くことにした。滑らかな肌やアーモンド形の目が、上等な書物によく描かれている見目麗しい若者そのものだったからだ。ホーマンはその肖像画をちらりと見ただけで放りだして、立ちあがると、私についてくるように合図した。

工房を離れて、高い丸天井の廊下を歩いたさきにホーマンの居室があった。広々とした部屋には、クッションが山と積まれた金襴《きんらん》の長椅子が置かれていた。一角には小ぶりの貴重品箱がいくつかあり、そこに書物がおさまっていた。ホーマンはなかでもとくに貴重なものを入れてある箱のまえに膝をついて、彫刻が施された蓋を開けると、うやうやしく小ぶりの本を取りだして書見台に載せた。「これは私の師匠――この世の宝、細筆遣いのマウラーナーの作品だ」ホーマンはそう言うと、本を開いた。

そこに描かれた絵は光り輝いていた。そんな絵を見るのは初めてだった。綴じられた小さな羊皮紙のなかに、絵師は生命力と躍動感に満ちた世界を創りあげていた。文字はペルシア語で、私には読めなかったが、彩色されたみごとな絵そのものがすべてを物語っていた。描かれているのは王侯の結婚式だった。無数の人の姿が描かれているのに、ふたりとして同じ人物はいなかった。ターバンひとつを取っても、素材もちがえば結び方もちがう。ローブのデザインもすべて異なり、さまざまなアラベスク模様の刺繍やアップリケが施されていた。その絵を見ているだけで、新郎である王子のまわりで動きまわる人々が身に着けた絹やダマスク織の衣擦《きぬず》れの音が聞こえるようだった。これまでにも、正面の顔や横顔の絵はいくつも見てきたが、この絵師はそういった構図に固執せず、あらゆる角度の顔をとらえていた。斜め横向きの顔があるかと思えば、うつむいた顔や顎を上げた顔もある。ある男は絵師に完全に背を向けて、耳のうしろしか見えなかった。けれど、それ以上に驚かされたのは、ほんものの人間と同じように、すべての顔が異なっていることだった。描かれた人々の気持ちが読みとれるほど、目に表情があった。祝宴に招かれたことを誇って満面の笑みを浮かべている者もいれば、傲慢なほど得意げににやりと笑っている者もいる。また、かしこまって王子を見つめている者、さらには、新しい飾り帯が肌に食いこんでいるのか、顔をかすかにゆがめている者もいた。

「わかっただろう、名匠とはどんなものか?」ホーマンはようやく口を開くと、言った。

私はうなずいた。絵から目が離せなかった。「これは……まるで……」私は興奮していた。息を呑んで、考えをまとめようとした。「ほんものの人のような立体感があります。この絵に描かれたどの人も、いまにも本から飛びだして、歩きまわりそうです」

ホーマンも大きく息を吸った。「そのとおり。そしてこれから、私はおまえに私がこの本を持っている理由を教える。なぜ、いまこの本が、これを作らせた王の宝物庫におさめられていないのかを」

ホーマンは手を伸ばして、ページを繰《く》った。次のページにも鮮やかで、目も眩《くら》むほどの絵が描かれていた。新婦の家へ向かう新郎の行進の絵だった。だが、さきほど美しさに息を呑んだ私は、今度は落胆に胸が詰まった。まえのページとはちがって、祝宴に参列している人人の首すべてに、ぞんざいに赤い線が引かれていた。

「こんなことをした者たちは自らをイコノクラスト——偶像破壊主義者と名乗り、神に代わって仕事をしていると信じていた」ホーマンは本を閉じた。無残に汚された絵を見ていられないらしい。「見てのとおり、連中は喉を掻っ切るという意味で赤い線を描いた。そうやって絵に描かれた人々の命を奪えば、万物を創造した神を人は真似できないというわけだ。五年前、狂信的な一団がこの書物の館《やかた》に押しいって、すぐれた書物を片っ端から破壊した。ゆえに、ここでは二度と肖像画は描かれない。だが、いま、断われない依頼が来た。そのために、もう一度おまえの手を試そうと思っている」ホーマンは声をひそめた。「生き写しの絵が必要なのだ。わかるか？」

二度目の試験に落第するわけにはいかないと心に決めて、私は工房に並ぶ顔を見た。そうして、蝶の羽をまえに坐っている老人を選んだ。一心に仕事に打ちこむ表情を写しとるつもりだった。同時に、その落ち着きと無駄のない動きも表現するのだ。

絵を描くのに三日を要した。初めて見る植物を観察するように、私は老人を見つめた。これまでに描いたすべての植物ばかりか、植物というものの概念——茎があり、そこから葉がこんなふうに、あるいは、あんなふうに伸びて、葉はもちろん緑色をしている――をすべて心から捨て去って観察するときのように。そんなふうに、私は蝶の羽の作業にあたる老人の顔を見た。その顔を光と影、空《くう》と塊《かたまり》として見ようとした。頭のなかの紙に方眼を引いて、老人の顔をそれぞれの方眼に分けて考え、すべてのマスのなかに貴重な情報をおさめた。

満足のいく絵が描けるまでに、さらに数枚の羊皮紙をもらわなければならなかった。そうやってしあげた作品を、震える手でホーマンに差しだした。ホーマンは何も言わず、表情も変えなかったが、絵を放り投げることもなかった。ただ、顔を上げて私を見つめると、初めて会ったときのように私の顎に触れた。

「思いがけない好機は自ら飛びこんでくるものだ。おまえが適任だ。総督《アミール》はイスラムの絵師《ムサッウィル》をハーレムに寄こせと命じられた。当然、その者は去勢しなければならず、そのためには一人前の男になるまえの若者のほうがいい。まさにおまえのような」

私は顔から血の気が引くのがわかった。絵師の工房に戻されてからというもの、緊張のためにわずかな食事しか喉を通らずにいた。そしていま、頭のなかでは、打ち寄せる波に似た音が響いていた。その向こうにホーマンの声が聞こえた。「……何よりも安楽な生活だ。行く末がどうなるかは誰にもわからない……長い目で見ればわずかな代償だ……それでなくても明日のことなど不確かだ……ここにいる、おまえと同等の絵の才を持つ者の多くは……」

私は立ちあがろうとしたはずだ。いや、たぶん立ちあがった。いずれにしても、気を失うまえに、自分の腕がホーマンのテーブルの上をなぎ払い、碗がひっくり返って、瑠璃《るり》色が床にこぼれるのが見えた。

気がついたときには、ホーマンの居室の金襴の長椅子に寝かされていた。私を覗きこむようにして立っているホーマンの目のまわりには、揉みくしゃにした羊皮紙のような皺が寄っていた。「どうやら、去勢術師を呼ぶ手間が省けるようだ」とホーマンは言った。「なんとさいさきのいいことか。ああ、実に運がいい、おまえにまんまと騙《だま》されていたとは」

私は口のなかがからからだった。話そうとしても、乾いた口からはひとつのことばも出なかった。ホーマンが杯を差しだした。なかには葡萄酒《ぶどうしゅ》が入っていた。私はひと息に飲み干した。

「そうあわてるな。イフリキアのイスラム教徒の娘なら、貪《むさぼ》るように葡萄酒を飲んだりはしないはずだ。それとも、信ずる神でも私たちを欺《あざむ》いていたのか？」

「神のほかに神はなく、ムハンマドは神の使者です」と私は小さな声で言った。「私は今日まで葡萄酒を飲んだことがありませんでした。いまこうして飲んだのは、葡萄酒は勇気をくれると何かに書いてあったのを思いだしたからです」

「おまえに勇気が欠けているとは思わないがな。肝が太いからこそ、私たちを騙してここで暮らしてこられたのだろう。なぜ、男の服を着てここへやってきた？」

私がメッカ巡礼のキャラバンを襲ったバヌ・マリンに捕まって、奴隷として売られたことは、ホーマンもすでに知っていた。「故郷を離れるときに、父は私に男装させたのです」と私は言った。「砂漠を渡るときに、父の隣に坐っていられるほうがいいと考えたんでしょう。風の入らない輿《こし》のなかに一日じゅう閉じこめられているより。それに、少年のふりをしていたほうが安全だとも言ってました。その後の出来事を思えば、父の言うとおりでした……」ふいにいくつもの記憶がよみがえり、さらに、空の胃に流しこんだ葡萄酒のせいで、頭がくらくらした。ホーマンは私の肩に片手を置くと、長椅子のクッションにそっと寄りかからせた。そして、私を見つめて、首を振った。「これまで私は誰よりも眼力があると自負してきた。だが、真実を知ったいま、それに気づかないふりなどできそうにない。ああ、私も年を取ったということだろう」

ホーマンは手を伸ばして、またもや私の顔に触れた。が、その触れ方は霧のように軽く滑らかだった。そうして、長椅子の私の隣に身を横たえた。私の服はすでに緩んでいて、ホーマンの手はいとも簡単に私の胸を探しあてた。

しばらく経って、いくらか冷静に考えられるようになると、私は自分を慰めた。もっとひどい方法で犯されていてもおかしくなかったのだからと。実のところ、砂山のてっぺんにベルベル人の略奪者たちが現われた瞬間から、いずれはそうなることを覚悟していたのだ。ホーマンの名高い手は私の体に傷ひとつ残さなかった。逃れようと、私が身をよじり、手足をばたつかせると、ホーマンは理にかなった方法で、苦痛を与えることなくやすやすと私を押さえつけた。荒々しくはなかった。痛みより、驚きのほうがはるかに大きかった。なかに入ってきたときでさえ、初夜のベッドでの花嫁の多くより、苦痛は少なかったはずだ。

それでも、すべてが終わって、立ちあがったとたんに、腿《もも》の内側を何かが流れるのを感じると、膝から力が抜けて、私はホーマンの長椅子のわきにしゃがみこみ、上等な絨毯の上に酸っぱい葡萄酒を吐いた。体が空っぽになるほど吐きつづけた。ホーマンは大きなため息をついて、乱れたローブを直すと、部屋を出ていった。

ホーマンの居室にひとり残されると、私は泣きながら、人生で失ったものを数えあげた。死んだ母、殺された父、奴隷になった自分。そしていま、初めて知った自分のなかにある秘した部分が、もっとも原始的な方法で奪われた。その瞬間、ある思いが頭をよぎってほっとした。父はすでにこの世になく、娘のこの屈辱を知ることはない。けれど、すぐに気づいた。父はこうなることを覚悟して死んでいったにちがいない。また吐き気がこみあげた。けれど、吐きだすものは何も残っていなかった。

ホーマンが私のところへ寄こした宦官《かんがん》は、子供と言っても通るほど年若かった。その姿を見て、いまの自分以上のものを失って苦しんでいる者が大勢いることを思いだした。すると、自己憐憫の潮が引いていった。宦官はペルシア人で、アラビア語を話せなかった。だからこそ、ホーマンはわざわざその宦官を私のもとへ寄こしたのだろう。宦官は汚れた絨毯をてきぱきと片づけると、銀の水差しと、温かい薔薇水が入った桶を運んできた。入浴を手伝うと身ぶりで伝えてきたが、私は宦官を帰した。誰かにまた体を触られると思っただけで、怖気《おぞけ》だった。宦官は着替えのローブを持ってくると、代わりにそれまで私が着ていた服を持ち去った。臭くてたまらないとでも言いたげに、できるだけ腕を伸ばして捧《ささ》げ持つように運んでいった。そう、たしかに臭かったはずだ。

その夜はほとんど眠れなかった。それでも、夜明けが近づいて、空が白みはじめると、ホーマンはもう来ないとわかって、ようやく安心できた。疲れ果てていた私はうとうととして夢を見た。夢のなかで、私は故郷の藁《わら》の敷物に坐り、機《はた》を織る母のハミングを聞いていた。けれど、話しかけようと母のローブを引っぱると、こっちを向いたのは、笑みを浮かべた穏やかな母の顔ではなく、死者のおぞましい顔だった。冷たいその視線が私の心を貫いた。

新たな服を持ってきた少年に私は起こされた。これからどうなるのか見当もつかなかった。ハーレムに送られるのだから、そこに仕える女奴隷の服を身に着けさせられるのだろうか？ けれど、少年が持ってきたのは、高貴な女がまとう服だった。私の肌の色に映える薄薔薇色の飾り気のない絹のガウンだった。それより濃い薔薇色のチュニジアのシフォンも何枚かあった。その布はあまりに薄くて、ふたつに折って髪を隠すのに手間取った。もうひとつ、濃い藍色の長方形の布《ハイク》もあった。驚くほど軽い羊毛のそのハイクを身に着ければ、頭のてっぺんからつま先まですっぽり隠せるはずだった。

身支度を終えると、長椅子に腰を下ろした。またもや、胸に絶望感が湧いてきた。けれど、私の泣き声はホーマンの声に遮られた。ホーマンが部屋の外に立って、入室の許可を求めていた。そのことに仰天して、私は答えなかった。すると、ホーマンはさらに大きな声でもう一度尋ねた。私は声を出すこともできず、黙っているしかなかった。

「入るぞ」ホーマンはそう言うと、帳を押し分けた。私は動転してあとずさった。

「落ち着きなさい。私とおまえが顔を合わせるのは、おそらくこれが最後だ。道具にしろ、技術にしろ絵に関してわからないことがあれば、手紙にしたためて私のもとへ送りなさい。おまえはたしか字が書けたはずだな？　若い娘にしてはなんとも妙なことだ。とはいえ、それも、私たちがまんまと騙された理由でもあるが。とにかく、折に触れて、試作を私のところへ送りなさい。それを見て、私はできるかぎりの指導をしよう。手直しが必要な箇所があれば、その旨を書いておまえに送る。おまえは巨匠と呼ばれる絵師の域にはとうてい達していないが、巨匠にのみ与えられる地位が用意されている。私に対してどんな気持ちを抱いているにせよ、私の技術、あるいは、おまえ自身の技術に疑問を抱くな。ここで私たちが創っているものは、ここにいる人間の誰よりも長く世に残る。それを忘れるんじゃないぞ。どんな……個人的な感情より、それがはるかに重要なのだから」

泣き声が私の口から漏れた。ホーマンは顔をしかめると、冷ややかに言った。

「捕まって、絶望してここに連れてこられたのは自分だけだと思っているのか？　総督のいまの妃《アミーラ》も鎖につながれ、槍で脅されて、夫となる男が乗る軍馬のまえを歩かされて、この町の門をくぐったのだぞ」

その話はホーマンに聞かされるまでもなかった。総督の美貌の捕虜の話は、下地作りの作業場でも下卑た噂の種になっていた。作業場で絶望の数ヵ月を過ごしていた私は、その話に興味を引かれて、捕虜として連れてこられて妃《きさき》となった女と自分の境遇とを重ねあわせた。どうやら、その出来事に関しては、誰もが何かしら意見を持っているようだった。

治世の当初、総督は町にかけられる慣習的な税をカスティリャに支払うのを堂々と拒んだ。「これからは」と総督は言った。「王立の貨幣鋳造所は剣の刃《やいば》を作る」その結果が絶え間ない小戦闘だった。そんな戦闘のひとつで、総督はキリスト教徒の村に馬で乗りこんで、収税吏の娘をさらってきた。総督が戦利品を得ることをとやかく言う者はいなかった。預言者のムハンマドも、自身の軍がユダヤ教徒やキリスト教徒を打ち負かしたときに、そのなかから複数の妻をめとったのだから。捕虜もハーレムにくわえられ、強姦《ごうかん》も結婚であると見なされるのもそうめずらしいことではなかった。だが、何よりも人々を驚かせたのは、総督がその捕虜を、高貴な生まれのセビリア人で、総督のいとこであり、世継ぎの母親でもある后《きさき》の上に据えたことだった。后は宮殿を追われて、城壁の外の家を与えられた。噂によれば、后はそこで、信仰に関しては容赦ないことで有名なアブ・シラジを味方につけようと画策しているらしい。その不和はハーレムの壁をすり抜けて、さらには町の外にまで広まって、カスティリャの王はそれを利用する方法を模索していると言われていた。

そのとき、ペルシアの宦官が冷たい果汁が入った杯をふたつ運んできた。ホーマンは私に杯をひとつ取るよう身ぶりで示した。「総督はこのたびの件に関して、私にいくつか指示を出した。誤解のないように、いまからおまえにそれを話して聞かせる。おまえも知ってのとおり、総督は戦《いくさ》のためにしばしば町を離れる。そんなときに、妃の顔が無性に見たくなると真情を吐露した。そういうときに眺められる肖像画がほしいのだと。

ゆえに、おまえはたったひとりの鑑賞者のために絵を描くことになる。おまえが描いた絵は、総督がひとりきりのときに、ひとりで眺める。だから、偶像破壊主義者にその絵が知られることはなく、おまえが異端の罪に問われる心配もない」

ホーマンが話しているあいだ、私は杯を包む自分の手を見つめていた。ホーマンの顔を見るのに堪えられそうになかったからだ。けれど、いま、私はその顔をまっすぐ見た。ホーマンも何か言ってみろと挑発するかのように見返してきた。私が黙っていると、ホーマンはハイクを取りあげて、差しだした。

「これを着なさい。おまえを宮殿に連れていくときが来た」

私は母から長衣をまとったときの歩き方を教わっていた。歩くというより、水鳥が水面を泳ぐように、足を滑らせて移動するのだ。けれど、男として過ごした月日のあいだに、私はその歩き方をすっかり忘れていた。ゆえに、人でごったがえす旧《ふる》く狭い通りで、何度もつまずきそうになった。隊商宿の中庭にいる夏の装いの商人たちは、野に咲き乱れる花のように色鮮やかだった。ペルシアの縞模様の麻のローブをまとった男たち、サフランやインディゴで染めた民族衣装をまとったイフリキア人。あちこちで、黄色い短いズボンを穿《は》いたユダヤ人が静かに歩いていた。真昼の陽光が降りそそいでいるというのに、戒律にあるとおり、頭にはターバンも何も巻いていなかった。

太陽が容赦なく照りつけるころ、ようやく宮殿の入口に着いた。百年ほどまえは白かったはずの城壁は、土に含まれる鉄分が化粧漆喰《しっくい》から染みだして、明るい茜《あかね》色に変わっていた。私は顔を上げて、ハイクの隙間から片目を覗かせると、大きなアーチ形の戸口に刻まれた文字を見た。そこには無数のことばが刻まれていた。それはまるで、天国へ向かおうとする神を信じる者たちの声――〝唯一の勝利者は神である〟という叫びが、目も眩む石造物のなかに捕らえられているかのようだった。

そこから出る日は永遠にやってこないと知りながら、私は大きな木の扉を抜けて宮殿に入った。アフリカの干上がった川底そっくりの顔をした老女が、私を女の館に連れていこうと待っていた。

「これがムーア人《アル・モーラ》の女か?」と皺だらけの老女が尋ねた。ムーア人の女――今日から私には名前さえないのだ。

「そうです」とホーマンが答えた。「この女は誠実に仕えるでしょう」それだけで、私は手工具と大差なくあっさりと受け渡された。別れの挨拶を返すこともなく、ホーマンと離れることになった。それでも、すぐわきにある扉を老女が閉めようとした瞬間、私はくるりとうしろを向いて、扉から外に飛びだしたくなった。そうして、私を汚したホーマンの手にすがりついて、宮殿から出してほしいと懇願したくてたまらなかった。この城砦《じょうさい》がふいに、そびえたつ壁に囲まれた牢獄のように思えた。

奴隷になってからというもの、私はあらゆる恐怖を感じてきた。嗅いだこともないような悪臭がたちこめる場所で、これ以上ない過酷な作業に就いている自分の姿を想像してきた。殴られて、精根尽きるまで働かされる自分の姿を。けれど、いま、老女はハイクを受けとろうと手を差しだしていた。そうして、私から受けとったハイクを、うしろに控える七、八歳とおぼしき、美しい顔立ちの少年に渡した。さらに、老女はサンダルも脱ぐように身ぶりで示した。扉の内側に、刺繡入りの室内履きが用意されていた。老女はついてくるように合図した。私は老女のあとについて、玄関の間を抜けると、詩人の口からもことばを奪うほど壮麗な部屋に入った。

とたんに、壁が動いて、天井が舞い降りてくるような錯覚を抱いた。気を鎮めようと私は片手を上げた。頭がくらくらして目を閉じた。次に目を開けたときには、部屋の一角だけを見るようにした。青緑や茶、黒や藤色の艶やかなモザイクが巧妙に配されたその一角に目を向けると、壁の下の三分の一あたりが光を発しながらぐるぐるまわっているように見えた。やがて、どうにか顔を上げた。舞い降りてくるかに思えた天井は、実は驚くほど高い円蓋で、そこに漆喰で描かれた逆さ向きの森が下に向かって伸びていた。隣りあう形がみごとに調和して、共鳴していた。

私たちは歩きだした。趣《おもむき》は異なるがあらゆる意味で荘厳な部屋をいくつも通りすぎて、それが永遠に続くかのようだった。一度か二度、宮廷に仕える若い女が老女にうやうやしくお辞儀して、好奇の眼差しでちらりと私を見た。やわらかな室内履きに包まれた足で、私たちは音もたてずに、すらりと伸びた柱の迷宮を通り抜けた。柱の傍らには細長い池があった。水は鏡のように動かず、天井に無数に記された凝った書体の銘文を映していた。

やがて、石造りの階段の下に着いて、徐々に狭まっていく宮殿の上階へと向かった。階段を上りつめると、老女は息を荒らげて、壁に寄りかかり、衣の襞《ひだ》を手探りして、大きな真《しん》鍮《ちゅう》の鍵を取りだした。鍵を鍵穴に差しこんで、扉を開けた。部屋は円形だった。壁は純白で、奥のほうの壁のやや高いところにアーチ形の一対の窓があり、その上部の石造りの三角小間《スパンドレル》にだけ、華やかな彫刻と彩色が施されていた。家具はわずかだった。ずいぶん上等なものだとわかる祈禱用の小ぶりの絹のペルシア絨毯。色鮮やかなクッションが載った華奢《きゃしゃ》な長椅子、螺鈿《らでん》細工の低いテーブル、書棚、みごとな彫刻の白檀《びゃくだん》の茶簞笥《ちゃだんす》。私は窓に歩み寄ると、両手を窓枠にかけて、つま先立って外を見た。実をつけた木々が生える庭が見えた。イチジク、モモ、アーモンド、スミノミザクラ。太い枝に果実がたわわに実って、地面を覆い隠していた。

「ここでいいだろう?」老女が初めて口をきいた。声はしわがれていたが、口調には教養が感じられた。私は窓枠から手を離して振り返った。どうすればいいのかわからなかった。

「おまえの役目は聞かされている。だから、ひとりで静かに過ごせて、務めに集中できる部屋をあてがう必要があると思ってね。この部屋は以前の后が宮殿を出てからというもの、誰も使っていなかった」

「ええ、充分です」と私は言った。

「下女が軽食を運んでくる。必要なものがあったら、下女に言うように。ここではたいていのものは用意できる」

老女は下男についてくるように身ぶりで示しながら、踵《きびす》を返して、部屋を出ていこうとした。「すみません」私はあわてて声をかけた。頭のなかは尋ねたいことでいっぱいだった。

「訊いてもいいでしょうか？　なぜ女の住まいにはほとんど人がいないんです？」

老女はため息をついて、片手のつけ根でこめかみを押さえた。

「腰を下ろしても？」尋ねながらも、すでに長椅子にぐったりと腰かけていた。「おまえはこの町に来てそう長くはないというわけだ」

それは質問ではなかった。きっぱりした口調だった。

「厄介なときにここへやってきたものだね。いま、総督は心にふたつの思いを抱いている。カスティリャとの戦争と、総督がヌラと呼んでいる女への欲望を」皺だらけの顔に埋まった二個の光る小石のような目が、私を値踏みするように見た。「愚かにも、総督は后で、いとこでもあるサハルとその家族を宮殿から追いだした。総督は誰も信じられずにいる。サハルのことならよくわかっている。そう、陰謀を好むことも。さらに、総督は大勢いたハーレムの女たちを、急遽《きゅうきょ》、お気に入りの武官たちに分け与えた。女たちの誰が、復讐《ふくしゅう》を企《たくら》むサハルとその息子の手先になるかわからないからね。さらに、息子のアブ・アブド・アッラーは母の屈辱をわがことのように感じている。

ヌラは誰もが知るとおり、身にまとった破れたローブのほかには何も持たずにここへ来た。いま、ヌラにはわずかな侍女がいる。私と、この町に忠誠を誓う義務のないヌラと同族の侍女見習いの若い女たちが」

老女があけすけにすべてを話したことに私は驚いた。不安に思いながら、壁際に立っているターバンを巻いた少年をちらりと見た。「その子なら心配ない」と老女は言った。「ヌラの弟だ。男色家の相手にするために連れてこられたが、姉の願いを聞きいれて、総督はいまのところその手のことに使わずにいる。一人前の小姓にしようと、私が躾《しつ》けているところだよ」

老女はまたため息をついたが、目にはかすかな笑みが浮かんだ。

「私を無礼だと思うかい？　君主が実は柔弱で、犬のようにあえいでいるのを見れば、尊敬などできなくなるものだ。私はいまの総督の祖父のハーレムにいた。私を床に迎えたときには、あのスケベ爺《じじい》からはすでに死のにおいがぷんぷんしてた。その孫――」老女はそう言いながら、玉座のある部屋のほうに頭を傾けた。「いまの総督に私は乳を飲ませて、以来、ずっとそばについてきた。あのちびは生まれたときから、手のつけようのない暴君だった。いつかはこの町の王の座を狙うかもしれない高貴な生まれの若者の首を片っ端から刎ねてきた。そうして、王座につくと、いまはそれをないがしろにして、町を危険にさらしてる。むずむずする股を掻くことばかりに夢中になって」

老女は頭をのけぞらせて、耳障りな声で笑った。「驚かせてしまったようだね。年寄りの無作法なことばなど気にするでないよ。これ以上お辞儀もできないほど腰が曲がった年寄りの言うことなど」老女は立ちあがった。口で言うほど老いているとは思えない身軽な動作だった。「どういうことか、おまえにもすぐにわかる。妃には明日謁見することになるはずだ。そのときには下女を迎えによこす」

すべてを話してくれたことに礼を言おうと、私は口を開けたが、そこで戸惑った。老女をなんと呼べばいいのかわからなかった。「えっと、お名前は？」

老女はにっこり笑って、さらにまた高笑いした。「名前？　たくさんある。さて、どれをおまえに教えようかね。ムナ、そう呼ばれていたこともあった。しなびた一物が毎晩私に使えるぐらい硬ければと、あのスケベ爺が願っていたころに。〝望んで馬が手に入るなら、物ごいだって馬に乗る〟というわけさ」老女の高笑いがやんで、その顔がまた皺だらけになった。「それから、元気な男子を産んだときは、私はウッム・ハルブと呼ばれていた。多くの勇敢な若者同様、息子は殺されてしまったがね。たいして年の変わらない甥《おい》の剣の露となって消えてしまった。いまじゃ、そのころの名は喉につかえるような気がするよ。だから、みんなは私をケビラと呼ぶだけだ」

ケビラ――老人。そう、老女は老人で、私はムーアの女。肌が皺だらけであるとか、肌が黒いということ以外には、私たちはどちらも人としての意味はない。そのとき、この贅沢《ぜいたく》な牢獄に暮らす自分の行く末が垣間見《かいまみ》えた気がした。名前もないまま苦しんで、卑しい務めにくたびれ果てている自分の姿が。その苦い思いが顔に出たのだろう、老女はふいに私に歩み寄って、骨ばった腕で私を抱いた。「用心するんだよ」老女は囁くと、すばやくその場を離れた。少年が影となってあとをついていった。

翌朝、私は陽光のように部屋を満たす薔薇の香りで目を覚ました。といっても、頑丈な城壁に照りつける日の光を感じることはなかった。いまでも、そのときと同じ薔薇の香りを嗅ぐと、当時の失望がよみがえる。その朝、私は重い体を長椅子から起こして、顔を洗い、服を着て、朝の祈りをあげると、待った。年若い下女が身じまい用の湯を持ってきて、べつの下女が食事を運んできた。盆の上には杏《あんず》の果汁と、湯気の上がる平たい丸パンと、滑らかなヨーグルト、六つの熟したイチジクが載っていた。私は食べられるだけ食べて、また待った。部屋を離れるわけにはいかなかった。いつ妃に呼ばれるのかと気が気ではなかった。

けれど、昼の祈禱をすませて、やがて夕刻の祈禱の時間になり、ついに夜の祈禱の時間が来た。私は平伏して祈ると、立ちあがって、寝床へ向かった。結局、その日も翌日も謁見はなかった。そしてついに三日目の午後、ケビラと小姓見習いが私を呼びにきた。ケビラの老いた顔は暗く、やつれていた。ケビラは扉を閉めると、そこに寄りかかった。「総督は正気を失われた」しゃがれ声をひそめてひと息に言った。宮殿にはほとんど人がいないのだから、誰に盗み聞きされると思っているのか私には見当もつかなかった。「ゆうべ、遅くに総督は城に戻られて、夜明けの祈りが終わるまで妃とともに過ごされた。その後、貴人たちと話し合いを持った。総督はそれがすむと、その者たちに向かって、城に残って中庭での余興にくわわるように勧めた。余興とは……」老女は口元を引き締めて、さらに苦々しげに囁いた。

「なんと、妃の入浴を眺めることだった」

「そんなことを神が許すはずがない！」私は老女のことばがにわかには信じられなかった。普通なら、ベールを取った妻の姿をよその男にちらりと見られただけでも大騒動になるというのに、自分の妻の裸体をわざわざ人に見せるなどとは、考えられない恥辱だった。「どんなイスラム教徒ならそんなことができるんです？」

「どんな男ならそんなことができるのか？　粗野で傲慢な男だ」とケビラが言った。「貴人たちは仰天した。総督の甘い誘いに乗ったが最後、結局は処刑されるのではないかと大半の者が考えた。そして、首をさすりながら帰っていった。いっぽう、妃は……。まあ、妃の様子はおまえが自分の目で見ればいい。総督はおまえがここにいるのを知っていて、明日、夜明けの祈りのあとに旅立つときには、妃の肖像がほしいと申している」

「まさか、それは無理です！」と私は大きな声をあげた。

「無理だろうとそうでなかろうと、おまえはそうするように命じられたんだよ。明日、城を発《た》つときまでに絵がしあがっていなければ、総督は激怒する。だから、すぐについてきなさい」扉の外で、端整な顔立ちの小姓見習いが、ホーマンから私に贈られた顔料の箱を持って待っていた。

広間のまえに着くと、ケビラが扉を叩いて言った。「連れてまいりました」

侍女が扉を開いて、広間から走りでてきた。ふいに飛びでてきたので、私とぶつかりそうになった。侍女の片頬は叩かれたばかりなのか、赤くなっていた。ケビラが私をまえに押しやった。小姓見習いが音もなく私のうしろに続いて、顔料の箱を置くと、やはり音もなく出ていった。ケビラが部屋に入らないとわかると、私は動揺した。ケビラは妃に私を紹介するつもりもなければ、初対面の気まずさを和らげる気もないのだ。背後で扉が静かに閉まる音がした。

妃は背を向けて立っていた。すらりとして背が高く、身にまとった刺繍のガウンが肩から足元の床へと優美に広がっていた。乾ききっていない髪は結われることもなく、背中へと垂れていた。その色に私は目を奪われた。髪はさまざまな色を帯びていた。落ち着いた金色に温かみのある褐色が溶けあって、その下にふいに燃えあがった炎のような赤い筋が覗いている。緊張しているにもかかわらず、私はそれをどうやって写しとろうか考えていた。そのとき妃が振り向いた。その顔を見たとたんに、私の頭からすべての考えが消し飛んだ。

瞳の色に私の目は釘づけになった。蜂蜜に似た深い金色。妃が泣いていたのがわかった。目のまわりの赤みと、白い肌が斑《まだら》に色づいているのがそれを物語っていた。だが、さきほどまで涙に濡れていたはずの顔には悲しみではなく、怒りが浮かんでいた。鉄の旗ざおで体を支えているかのように、背筋をぴんと伸ばしていた。そうしていても、あるいは、そうやって妃にふさわしい姿でいようとしているせいなのか、全身がかすかに震えていた。

深々としたお辞儀や平伏を妃が望んでいるのか、それもわからないままに、私はイスラムの挨拶をした。返事はなかったが、妃は私から目を離さず、さも見下したようにほっそりとした片手を上げた。「総督に命じられたのだから、さっさと取りかかりなさい」

「でも、お坐りになられたほうがよろしいかと。時間がかかりますので……」

「立っているわ」そう言うなり、妃の目に涙があふれた。それでも、そのことばどおり、妃は長いその午後を立ったままで過ごした。私はといえば、妃の鋭く悲しげな視線を痛いほど感じながら、震える手で箱を開け、道具を用意して、次から次へと浮かんでくる思いを必死に頭から追い払おうとした。目を上げて、妃をしっかり見なければならないことにも、さらなる努力が必要だった。

妃の美しさは私が口にするまでもないはずだ。誰もが知る詩や歌で褒め称えられているのだから。その日、私は休みなく描きつづけて、妃は動きもしなければ、私から目をそらすこともなかった。モスクの光塔から定めの礼拝の時刻を知らせる声が、厚い城壁越しにかすかに聞こえると、私は小休止して、祈りますかと尋ねた。けれど、妃は長く豊かな髪を振って、睨《にら》みつけてきただけだった。ついに、ランプが必要な時刻になって、私はようやく絵が妃の姿を映していると思えるようになった。あとは自分の部屋で描けばいい。細かい味つけは最低限にせざるをえないだろうが、総督が所望しているのが妃の姿——美しい顔と妃らしい気品——であるならば、それは満たされるはずだった。

私は立ちあがって、妃に絵を見せた。妃は相変わらず怒りに燃える目でそれを見つめた。かすかにでも何かが変化したとすれば、一瞬その目が誇らしげに光ったことだけだった。私が道具を片づけているあいだも、妃は同じ場所に身じろぎもせずに立っていた。けれど、小姓見習いが部屋に入ってくると、初めて体を動かした。「ペドロ」小姓見習いを傍らに呼んで、身を屈めると、少年の眉にそっと口づけた。次の瞬間には、私と小姓見習いに背を向けて、部屋を出ていく私たちには見向きもしなかった。

私は遅ればせながら祈りをあげて、食事をすませると、新たな目と心でもう一度絵を眺めた。そこで初めて、妃が意図したことにははっきり気づいた。妃は胸を張って立ち、総督の粗野で常軌を逸した行為に屈していないのを示して見せたのだ。戦地に向かう総督が携えるのは、何にも屈しない妃、決して割ることのできない岩にも似た妃の姿だった。そしてまた、その絵を見つめて、私はもうひとつのことにも気づいた。そこには、妃の強さの裏に隠れた苦悩を明かす、涙や震えは微塵も表われていなかった。そういったものを妃が総督に見せたがっていないことに私は気づき、それを描かないことで妃の味方をしたのだった。

私は夜を徹して、新たな主人のための初めての絵をしあげた。夜明けの祈禱の直前に、ケビラが部屋の扉を叩いて、私は絵を渡した。疲れ果てて、ケビラの反応を見る余裕もなかった。だが、余裕があろうとなかろうと、その反応を見逃すはずがなかった。

「〝天使は犬と肖像のある家には入らない〟――これは預言者のことばだったね？　総督が神の機嫌を損ねたがっているとしたら、おまえを召抱えたのは正解だった。とはいえ、総督がこれほどそっくりな肖像画を願っていたかどうかは疑問だがね」老女はにやりとした。さも満足そうに皮肉っぽい笑みを浮かべると、部屋を出ていった。侮辱されたのか誉められたのか、疲れ果てた私はそれすらわからなかった。祈禱の時刻を告げる声を待たずに祈りを捧げると、寝椅子に倒れこんで長く深い眠りに落ちた。

その後の数週間は、ときにはっきりと目覚めていないような感覚を抱いた。てっきり妃の居室にまた呼ばれて、大いそぎでしあげたあの一枚より、もっと慎重に構図を決めて、対象を深く理解したうえで、肖像画を描く機会を与えられるものと思っていた。けれど、妃のまえに呼ばれることなく、日々が過ぎていった。

総督が向かったのは小戦闘ではなく、丘の上にあるキリスト教徒の町に通じる主要な道を封じて兵糧攻めにするという長期にわたる戦いだった。総督が不在の最初の数週間、私は与えられた新しい世界を知るための探索に没頭した。ハーレムのなかを歩いて、敷石や噴水、石に刻まれた銘文などを素描した。そんなふうに楽しく過ごしはしたものの、仕事もなく話し相手もいなくては時間をもてあますばかりだった。

これといった目的もなく、美しく静かな部屋から部屋へと歩きまわって、父と過ごした意義ある時間を懐かしんだ。泥壁の家のにぎやかさが恋しかった。下地作りの作業場の男たちの辛辣《しんらつ》なことばがもう一度聞きたくてため息をついたりもした。少なくとも、あのころは辛い仕事を山ほど抱えて、怠惰の苦味など感じる暇はなかった。その後の数日は一日じゅう部屋にこもって、何もせずに、どんな感慨も得られない薔薇の香りを吸っているだけのこともあった。そうして、日の光が薄れると、疲れてもいない体を寝床に横たわらせた。

そんな日が何週間も続いたころ、私は冷えた果汁を運んできた下女にケビラを呼びにいかせた。そして、ケビラにもう一度肖像画を描かせてもらいたいと妃に頼んでほしいと言った。けれど、その願いはあっけなく退けられた。

「だったら、あなたか小姓見習いの絵を描かせてほしい」と私は老女に頼んだ。小姓見習いのペドロは以前、彫刻が施された三角小間を素描していた私のうしろに立って、子供にしてはめずらしく何時間も私の手を見つめていたことがあった。けれど、ケビラは描かれることを拒み、私が少年を描くことも許さなかった。

「総督は人の姿を描く罪を気にしていなくても、私までわざわざそんなことをするつもりはない」とケビラは言った。そのことばは非難ではなく、決然とした意思から発せられたものだった。虐げられて生きてきたというのに、これほど強い信仰心を持っているとは意外だった。イスラムの国のキリスト教徒に仕えていることを、ケビラがどう感じているのか知りたかった。

それを尋ねると、ケビラは笑い飛ばした。「誰もが知っているが、妃はもうキリスト教徒ではない。総督は公言している、妃はイスラム教に帰依《きえ》して、万能の神を褒め称えていると。とはいえ、私は実はそうではないのを知っている。妃が異教の祈りを捧げているのを聞いたことがあるからね。イエスや聖ヤコブといった自身が信じる神や聖人の名を口にしているのを。といっても、どちらも妃の祈りを聞きいれてはいないようだがね……」ケビラはまた高笑いすると、部屋を出ていった。

その夜、私は寝床に横たわると、自分が異教についてほとんど知らないことに気づいた。キリスト教徒やユダヤ教徒がムハンマドのことばである〝預言者の封印〟——最後の預言者——を頑ななまでに信じようとしないのはなぜなのかと考えた。さらに、妃がどんな家からさらわれてきたのか、幼いころから慣れ親しんできた儀式が恋しいのだろうかと考えた。

薔薇の香りが弱まって、花びらが散るころ、総督が戻ってきた。夜に門をくぐったために、戦いで負傷した血だらけの姿が人々の目に触れることはなかった。朝になると、ケビラが私を呼びにきて、総督は矢じりで眉のあたりを負傷したと教えてくれた。矢じりが不潔だったらしく、瞼《まぶた》に負った深い傷がいやなにおいを発して、膿《う》んでいた。にもかかわらず、総督は傷の手当をすることも、汗臭い戦闘服を脱ぐこともなく、まっすぐに妃のところへ行った。ケビラはそう話しながら、まるで総督の放つ悪臭が鼻について離れないかのように、皺だらけの顔をしかめた。

私は妃の部屋に呼ばれて、愚かにも喜んだ。何かがしたくてうずうずしていたのだ。すべきことを命じられると思うと嬉しくて、大広間を駆け抜けて石の階段を上がった。そうして、妃を見ると同時に、自分の愚かさに気づいた。そこにいたのは、激しい怒りに松明《たいまつ》のように燃えあがりそうになっている妃だった。髪には艶やかな赤みに映える真珠や輝く宝石がついていたが、体には飾り気のないハイクをまとっているだけだった。私の道具箱を持ってきた小姓見習いが音もなく現われると、私は怒りに燃える妃の視線から逃れたくてうつむいた。妃は肩からハイクをはずした。ハイクが足元に落ちて、私が顔を上げたときには、目のまえに一糸まとわぬ妃が立っていた。

私は恥ずかしくてたまらず、すぐに目をそらした。

「これが」妃の声は威嚇する蛇がたてる音のようだった。「私のご主人さまが今日、あんたに描かせるもの。さっさと仕事を始めなさい！」

私は床に膝をつくと、筆に手を伸ばした。けれど、そんなことをしてもどうにもならなかった。これほど手が震えて、心が沈んでいては、筆など持てるはずがなかった。コーランのことばが胸を焦がした。〝神を信じる女たちに言え、視線を低くし、貞節を守れと。外に現われるもののほかは、その美を目立たせてはならず、胸には覆いを垂れよ〟――それなのに、どうして私に女の裸が描けるのか？　描けば、その女を汚したことになるのに。

「始めなさいと言ってるのよ！」妃はさらに大きな声で言った。

「いやです」と私は消えいりそうな声で言った。

「いや？」妃が嚙《か》みつくように言った。

「そうです」

「自分の肌の色も考えずに、なんて傲慢なことを。〝いや〟とはどういうことなの」その声は甲高く、やや鼻にかかっていて、追い詰められたキツネの鳴き声にも似ていた。私は
「いやです」と私はもう一度言った。声が掠れていた。「できません。私は強姦がどんなも強姦がどんなものか知っています。強姦者に手を貸せなどとは言わないでください」

　妃は私に歩み寄ると、道具箱の重い蓋を手に取った。妃がそれを振りあげると、私の耳元でヒュンと音がした。それでも、わたしは身を守ろうと手を上げることもなく、蓋が頭に叩きつけられるのを待った。妃は蓋を投げた。蓋が石の床にぶつかって割れた。次に顔料の壺を手に取ると、それも投げつけた。壺が壁にあたって、線虫から作った緋色が壁を伝い落ちた。妃は正気を失ったように、次に投げつけるものを探してまわりを見た。私は立ちあがると、妃の手首をつかんだ。妃は私より背が高く、力も強かったが、私が体に触れたとたんに、しなだれかかってきた。私は身を屈めてハイクを拾うと、妃に着せた。体を抱いて、一緒に長椅子に横たわり、そのままじっとしていた。ふたり分の涙でクッションが濡れていった。

その朝から、私は一日じゅう妃のそばで過ごして、美しい肖像画を何枚も描いた。それは妃のためでもあり、私のためでもあった。さらに、描くのが楽しいからでもあった。総督の命令にしたがって、きわめて不利な形勢になりつつある攻囲作戦に総督がふたたび赴くときに携える絵も描いたが、それは妃の絵ではなかった。そこに描かれた女は顔がはっきりと見えない姿勢で横たわっていた。淫らな太腿も乳房も妃のものとは似ても似つかなかったが、愚かな総督はその絵がいたく気に入ったようだった。

闇のなかで妃の声がした。「おまえは眠りながら泣いていたわ」妃はすらりとした手を私の胸にそっとあてた。「心臓がこんなにどきどきしている」

「父の夢を見たから……ハゲワシが父の体を……いいえ、ことばにできない……」

妃は私を抱きよせて、耳元で静かにハミングした。やさしい母を思いださせる声だった。

またべつの夜に、私は夜中に目を覚まして、妃を見た。月明かりの下で、妃の見開かれた目が闇を見つめていた。私がそっと手に触れると、妃はこちらに顔を向けた。その目が光っていた。こぼれることのない涙で濡れていた。妃はゆっくりと話しはじめた。

兵士は妃の父を家の鉄の門柱に突き刺した。そうして、苦しむ父の目のまえで母を殺した。姉と弟と三人で床下に隠れていた妃は、痛みと悲しみに叫ぶ父の声を聞いていた。が、まもなく、家に火が放たれた。妃は弟の手を引いて逃げだしたが、母の血で足を滑らせた。姉はそのまま走りつづけて、いっぽう、弟は妃を助けようと立ち止まった。兵士が姉をつかんで、馬上に引きあげるのが見えた。その後、姉がどうなったのかはわからない。

妃は弟を連れて逃げなければとそれだけで頭がいっぱいで、不注意にも一頭の大きな軍馬のまえに飛びだしてしまった。「踏みつぶされると思った」と妃は言った。けれど、騎手は馬の向きを変えた。「顔を上げて馬上の男の目を見ると、兜《かぶと》にあいた細い切れ目からその目がこっちを見おろしていた。男はマントをはずすと、それで私を捕らえようと投げてきた」

周囲にいた兵士たちは、その行動によってそれが自分の捕虜であると主人が表明したことに気づいた。誰かが弟を引きはがそうとすると、妃は弟にしがみついて、総督に助けを請うた。

「総督は私の願いを聞きいれて、その代償に、私は罪深いと知りながら、総督を愛しているふりをした。総督がそばに来ると吐き気がして、胃がぎゅっと縮むけれど、総督はそれに気づいていない。総督がなかに入ってきても、私が感じるのは父を動物のように串刺しにしたことへの怒りだけ……」

私は妃の唇に手を置くと、囁いた。「もうやめましょう」そう言って、心をこめてそっと妃の体を撫でた。闇のなかで、黒い影にしか見えない自分の手が妃の白い肌の上で揺れていた。そう、私は影となって、どこまでもやさしく妃を撫でていたかった。ずいぶん長いことそうしていたが、やがて妃は私の手を取って、口づけた。「総督が……いいえ、私が総督を受け入れてからは、人に体を触れられて幸せを感じる日が来るとは思わなかった」妃は片肘をついて上体を起こすと、見つめてきた。私が奴隷の身分を忘れたのは、おそらくその瞬間だったのだろう。けれど、いま思えばわかる——それはまちがいだったと。

その月のあいだに、宮殿のどこかで行なわれた緊急会議と、そこでの激しい口論の噂が私たちの耳にも入るようになった。敵は総督の攻囲を打ち破り、丘を奪還したという。総督の軍は丘を囲む平原へと撤退を余儀なくされて、そこで主要な補給路を奪いあっているらしい。この時期にそれ以上の撤退は許されなかった。万が一にも、収穫の季節のまえに道を失えば、今度は総督の町がひと冬を飢えと闘うことになるのだから。

高窓のすぐ外で野薔薇の実が熟していた。窓の下に置かれた長椅子にゆったりと坐る妃を私は描いた。艶やかな野薔薇の赤い実にも負けないほどの髪の輝きを再現しようとした。妃は悲しみをたたえながらも、穏やかな表情で、首にかかる真珠を指でもてあそんでいた。

「それだけの絵の才があるのだから、あんたはきっと幸せになれるわ。少なくともあんたは征服者がほしがるものを持っている、たとえこの町が陥落しても」

私は筆を落とした。筆が床の上に落ちて、美しいサフラン色の顔料が飛び散った。

「そんなに驚くことはないでしょう」と妃は私をたしなめた。「城壁は厚いけれど、どんなに厚い壁でも裏切りによって破られるのだから」

「そんなことを言うからには、それなりの理由があるのですか?」私はやっとのことで尋ねた。

妃は頭をのけぞらせて、短く笑った。「ええ、もちろん。総督の息子アブ・アブド・アッラーが宮殿に足しげく通っている。父の未来に翳《かげ》りが見えて、息子のほうにつく者が増えているというわけ」

長身の妃は高窓にもやすやすと手が届いた。妃は立ちあがると、窓枠にかかる野薔薇の小枝をつかんだ。手を伸ばした拍子に、丸みを帯びた腹が見えた。妃の機もまた熟そうとしていた。けれど、それについて妃は何も言おうとせず、ゆえに、私も何も言わなかった。赤ん坊を授かることになった行為同様、妃は腹のなかの赤ん坊も忌み嫌っているのだろうか？それに関する妃の気持ちがわかるまでは、私も口を閉ざしていたほうがよさそうだった。

妃は手のひらの上で野薔薇の実を転がした。「この野薔薇の蕾《つぼみ》を次の春にここでまた見ることはないでしょうね」その口調には悲しみも恐怖もなく、冷静に事実を語っているだけだった。

それでも、私はぞっとした顔をしたのだろう、妃が歩み寄ってきて、私を抱くと、囁いた。

「このさきどんなことがあるのか私たちにはわからない。未来を変える力もない。だから、現実をしっかり見つめるの。それでも、私たちにも時間は与えられているわ。ならば、それを大切にしなくては」

私はそのことばにしたがうことにした。すると、数時間、ときには数日間、恐怖を忘れられた。以前は、この宮殿で老いることを恐れた私が、いつのまにか、ここで老いることだけを願っていた。

夜が一段と冷えるようになった。私は夜明けに震えながら目を覚ました。床には私ひとりだった。妃は窓辺でひざまずいて、アラビア語ではないことばで祈っていた。その手には小さな書物が握られていた。

「ヌラ？」

妃が驚いてびくんと震えて、書物を隠すそぶりをした。振り返った妃の顔には真剣な表情が浮かんでいた。

「その名で呼ぶのはやめて」強い口調に、私がたじろぐと、妃は声を和らげた。「その名で呼ばれると、総督の不快なにおいを思いだすから」

「だったら、なんと呼びましょう？」

「昔、私はイサベラという名だった。それがキリスト教徒としての私の名前」

「イサベラ……」私はなじみのない音を舌で確かめながらその名を呼ぶと、両腕を差しだした。妃がやってきた。私は書物を見せてほしいと頼んだ。さきほど妃があわててそれを閉じたときに、鮮やかな色がちらりと見えたのだ。そうして、ふたりで華やかな彩色画が描かれた美しい書物を眺めた。描かれている絵は実物をそっくり写しとったものでもなければ、形式化した観念的なものでもなく、両方を巧みに融合させていた。聖人や天使はどれも似たり寄ったりだが、それ以外のこまごましたもの——子犬や木のテーブルや麦の束などは写実的だった。

「これは時禱書と言うの。イスラム教徒が日の出にファジルを、日没にマグリブの祈りを捧げるように、キリスト教徒にも朝課という朝の祈りや、晩課という夕刻の祈りがある。礼拝によって一日が区切られているのよ」

「この絵師はすばらしい」と私は言った。「ここに書いてある字は読めますか？」

「いいえ。ラテン語は読めない。でも、祈りのことばはほとんど憶えているし、ここに描かれている絵が礼拝を助けてくれる。この本は医者がくれたの。あの医者はほんとうに親切よ」

「でも、あの医者は……ユダヤ教徒でしたよね？」

「ええ、そう、ネタネル・ハ－レヴィは敬虔なユダヤ教徒。でも、すべての信仰を尊重していて、信じている神に関係なく誰にでも治療を施している。そうでなければ、総督の治療をするはずがない。この書は、亡くなったキリスト教徒の家族からもらったものなんですって」

「でも、危険ではないですか？　あなたがキリスト教の神に祈っているのをその医者が知っているとしたら？」

「いいえ、私はあの医者を信じているから。あの医者は私が信じられるただひとりの人。そう、あんたを除いて」

金色の目が私の目にまっすぐ向けられた。妃は私の頬にそっと触れて、たまにしか見せない笑みで顔を輝かせた。私は妃の肩に額をつけた。妃の体のぬくもりを永遠に感じていたいと願いながら。

馬にまたがった男たちが無数にいた。外側の壁を打ち破った男たちが、ギンバイカの中庭声で言った。「また、お父さんの夢を見たの？」

「いいえ」と私は言った。「今夜の夢はちがいました」

しばらくのあいだ、私たちは闇のなかで身じろぎもせずに横たわっていた。

「あんたがどんな夢を見たのかわかるような気がする」妃がようやく口を開いた。「私の頭からもそのことが離れないから。もう口をつぐんではいられない。決断しなければ。どうするのが最良か、心のなかでずっと考えていたの」

「神は偉大なり《アッラー・アクバル》」と私はつぶやいた。「あるがままに。流れに任せましょう」

妃は私を見て、手を取った。

「だめよ」口調は決然として、張りつめていた。「私は自分の運命を神にゆだねることはできないし、あんただってそう。私は自分の命を守るために準備しなければならない。弟の命と、それに、この子の命も守るために」妃は大きなおなかに手を置いて、そこに赤ん坊がいることをついに認めた。「私は自分の身を守らなければならない。もし、この町が敗れたら、アブ・アブド・アッラーに殺される、ええ、まちがいなく。戦闘の混乱に乗じて、総督の息子は反撃に出るはず。この子が生まれるのを望んではいないのだから」

妃はじっとしていられず立ちあがると、部屋のなかを歩きだした。「ペドロのことがなければ……。家族で暮らしていた家の近くに修道院があったの。そこの修道女たちにはずいぶ

を踏み荒らしていた。石の床に馬の蹄《ひづめ》があたり、金具がぶつかる音と怒声が響いていた。

私の熱を持った肩に妃の冷えた手が置かれた。「眠りながら叫んでいたわ」と妃は小さな

んやさしくしてもらった。修道女……外の世界に煩わされずに、ひとところにこもって暮らしている女たちはなんて幸せなんだろうと、私は憧れたものだった。幼くして結婚させられることも、高熱や出血で命を落とすまで次々に子供を産まされることもないんだから。私はずっと修道院で暮らしたいと思っていた」妃は美しい頭《こうべ》を垂れた。「私はイエスさまの花嫁になりたかった、それなのに――」そう言うと、おなかをそっとさすった。「とにかく、修道女は私とあんたを受け入れてくれるはず。あそこにいれば安全だわ。カスティリャの君主であるカトリック両王は修道女たちの話を聞いてくれる」

私は驚いて体を起こすと、妃を見つめた。異教徒の修道院に閉じこもって、私が一生を過ごせるはずがなかった。それなのに、妃はなぜそんなことを言うのか？

「そこへ行ったら、私たちは一緒にいられない。いまのようには一緒にいられなくなってしまう」と私は言った。

「ええ、わかってる」と妃は言った。「でも、顔は見られる。それに、ふたりとも生きていられる」

けれど、そこでどんなふうに生きるというのか？　信じる神を偽って、像に祈りを捧げなければならない。真実の祈りも、絵画も、人間的な触れ合いもなしに生きていくとは。けれど、私が言ったのはひとことだけだった。「あなたの弟は一緒には行けません」

「そう」と妃は言った。「ペドロは行けない」

妃の懐妊を知ると、総督は妃のために医者を呼んだ。イフリキアにいたころにも、私はネタネル・ハ－レヴィというその医者の噂を耳にしたことがあった。その医者の病を癒《いや》す腕前は、その男が何よりも美しいアラビア語で書く詩と同じぐらい有名だった。とはいえ、噂を聞いたときには、私たちの詩——聖なるコーランに使われていることばを用いた詩がユダヤ人に作れるとは思えなかった。だが、ユダヤ人とアラブ人が肩を並べて働くアル・アンダルスでは、そういうこともめずらしくないようだった。噂を耳にしたあとで、私はその医者の書いた詩を手に取り、懐疑的な目で眺めて、最後には目に涙があふれた。それほど綴《つづ》られていたことばは美しく、情感に満ちていたのだ。宮廷内でのハ－レヴィの助言は医術だけに留まらず、ケビラに言わせれば、もしあの医者が知恵と巧みな話術で、総督の残忍な衝動を和らげていなければ、この地の統治者はとうの昔に君主の座を失っていたにちがいないとのことだった。

医者が来たとき、私はペドロの肖像画のしあげに入っていた。妃はしばらくのあいだ自身の肖像画は描かせないと言った。おなかのなかの赤ん坊の成長に伴って体形が変化したのを気にしてのことだろう。私の目には、妃の丸い顔も、豊かな乳房も輝くほど美しく映ったが、それでも、妃は肖像画を描かせようとはしなかった。そんなある日、妃は役目を終えた大きな銀の皿を磨いて、壁に立てかけた。そして、そのまえに私を立たせて、そこに映る私の姿を見つめた。「自画像を描いてごらんなさい。そうすれば、あんたにもわかるはず。人にずっと見られているのがどれほど苦痛かが」妃は声をあげて笑った。けれど、そのことばは真剣で、私はためらいながらも言われたとおりにした。最初の一枚を妃は気に入らなかった。「自分をもっと好意的に見なさい。温かな心で見るのよ。私にあんたみたいな絵の才があれば、この手で絵筆を取ってあんたを描くのに」そこで、私は自分の顔を見つめながらも、喪失感や不安によって刻まれた皺には目を向けないようにして、イフリキアにいたころの幼い自分を描いた。恐怖や流浪など知らず、両親の愛に守られていた少女だったころの自分を。奴隷ではなかった自分を。すると、その自画像を妃は絶賛した。「この少女が気に入ったわ。この子にムナ・アル－エミラ——妃の欲望——という名をつけましょう。いいでしょう？」

私はゆがんだ笑みを浮かべて、喜んでいるふりをした。ふいに高窓の外をツバメの一群が飛び去って、陽光が遮られた。私は寒気がした。そのときはなぜなのかわからなかったが、しばらくのちにその理由に思いあたった。宮殿にやってきた日——遠い昔のように思えるが、実はさほど遠くないその日に、ケビラはかつて自分はムナ——欲望——と呼ばれていたと言っていた。権力を持つ者の願いや欲望は変わりやすい。私はそれを知っていた。けれど、それを知りながらも、自分にとって不都合な事実、あるいは辛すぎて認められないものを胸の奥深くに閉じこめていたのだった。

普段なら、医者が来ると、私は妃の部屋を出るが、その日はなぜか、画材を片づけている私に医者はその場にいるようにと身ぶりで示した。そして、そばへやってきてペドロの肖像画を眺めると、称賛して、どこで絵の勉強をしたのかと尋ねた。ホーマンのところで働いていたと答えると、医者は驚いた顔をした。女でありながらあそこで絵を描いていたのが不思議だったのだろう。詳しいことははぶいて、私は男のふりをしていたほうが安全だったから、しばらくそうしていたのだと話した。医者はその点をさらに尋ねようとはしなかったが、私を解放しようともしなかった。「いや」と医者は言った。「この絵はイスラム帝国の書物の館で身につけたものではない。それだけではないものが絵のなかにある。何か……もっと荒削りで、洗練されていないものが。いや、なんと言えばいいのか、もっと素朴なものが感じられる」そこで私は誇らしげに父のことと、父の医学書の挿絵を描いて絵の技術を磨いたことを話した。

「なるほど、どうりで見覚えがあるはずだ」医者の口調から本気で驚いているのがわかった。「あれはすばらしい。イブラヒム・アル-タレクの薬用植物誌に匹敵するものはこの世にない」私は嬉しくて顔が真っ赤になった。「だが、おまえの父上はどうしたんだ？　なぜ、おまえはここにいる？」

私はこれまでのいきさつを手短に話した。埋葬されることもなく置き去りにされた父の無念の最期を話すと、医者は頭を垂れ、目の上に手をかざして、短い祈りのことばをつぶやいた。「おまえの父は偉大だった。その偉業によって多くの命が救われた。早すぎる死が残念でならない」そう言うと、いかにも医者らしく観察するように私を見た。目には真の同情があふれて、私にもなぜその医者が多くの患者から尊敬されているのかわかった。「おまえの父はこんな子を持って幸せだったな。仕事を手助けする優秀な子を持って。私にも子がひとりいるが、その子は……」医者はことばを濁した。「いずれにしても、私にもおまえのように優秀な助手がいるといいのだが」

ふいに妃が口を開いた。そのことばに私の体を流れる血が凍りついた。

「だったら、連れていってかまわない。このムーア人の女を、私を診てくれたお礼としてあなたに差しあげます。ケビラも納得するでしょう。そう、今日連れて帰ってください」

私は妃を見た。懇願するように見たが、妃の顔は冷ややかだった。こめかみでかすかに拍動する脈だけが、妃の胸に秘めた思いを明かしていた。たとえ、私を着古したローブのように捨てようとしているにしても。

「さあ、早く荷物をまとめなさい」と妃は私に言った。「絵の道具と金箔と銀箔の綴りは持っていってよろしい。お医者さまには最高の贈り物をしたいから」ふいに思いついたようにつけくわえた。「お医者さま、よろしければ、このムーアの女と一緒に私の弟のペドロも差しあげます。あなたがおっしゃるとおり、この女がそれほど有能なら、この女の仕事をペドロに手伝わせてください」妃は私に背を向けると、かすかに喉を詰まらせながら言った。「私のためにも、ペドロをきちんと躾けるのよ」

いとも簡単に話は決まった。またもや私は単なる道具になった。使い古されて、人の手から手へと渡っていく道具に。今回は妃の弟を守る楯《たて》、それが私だった。妃は私に背を向けて、医者の丁寧なお礼のことばに耳を傾けた。医者は私のことを〝何よりも気前のいい贈り物〟と言った。思いやりのあることで有名な偉大な医者。その医者も奴隷の心までは思いやれないらしい。

妃と医者が話しているあいだ、私は震えながら立ち尽くしていた。妃は私をまともに見ようとしなかった。クロバエを追い払うように、私に手を振っただけだった。

「行きなさい。いますぐに。おまえはもういらないわ」

それでも、私はその場に立っていた。

「早く行きなさい。生きていたいなら」

妃は私の命を救おうとしていた。私と愛する弟の命を。闇のなかで横たわって、考えていたのだ。そして、私に相談することなく、すべての計画を立てた。でも、いつ？　どれぐらいまえから？　医師であるユダヤ人と一緒なら、この町が陥落しようと私たちは生き残れると妃は考えた。なぜなら、アブド・アッラーとその家臣たちもハ－レヴィの能力を高く評価していて、助言を求めるはずだから。道具をしまう私の手は震えていた。ペドロの肖像画を手にすると、妃がちょうど傍らを通って、それを取りあげた。「これは私が持ってるわ。それに、もう一枚も置いていきなさい。ムナ・アル－エミラの肖像画も」そう言う妃の目は潤んでいた。

こんなことはやめてください、と私は言いたかった。せめて、あと数日、あと数晩おそばに置いてくださいと。けれど、妃は私に背を向けて、私はその意志の強さを知った。妃は二度と振り向かなかった。

そんなふうにして、私はここへやってきた。ここで暮らし、働いてそろそろ二年が過ぎようとしていた。妃があんなふうに私を送りだしたのは正しかったのだろう。それでも、あれでよかったと私が心の底から思える日は永遠に来ないはずだ。妃が恐れていたことは現実になった。総督の負った傷が命を脅かすものになると、アブド・アッラーはその機に乗じて君主の座を奪った。そのころには妃は準備万端整えて、すぐさま修道院に逃げこんだ。そうして、出産を迎えると、医者が修道院に出向いて元気な女の赤ん坊を取りあげた。赤ん坊が女である以上、アブド・アッラーに命を脅かされることはなかった。いずれにしても、アブド・アッラーが後継者を必要とするほど長く権力を握っているとも思えなかった。カスティリャ人は勢力をますます伸ばしていた。そうして、いよいよというときが来たら、私たちがどうなるのかは誰にもわからない。医者はそのことを口にせず、この町にいられなくなったときのために密かに備えている様子もなかった。誰が権力を握ろうと、自分は必要とされる、そう信じているのかもしれない。けれど、カスティリャ人が医者の能力を見極められるほどの分別があるのか、私にはわからなかった。

いずれにしても、いまの私に不満はない。ここではもうムーアの女とは呼ばれていなかった。医者は私を連れて自分の屋敷に戻ると、妻に紹介しようと、私に名を尋ねた。〝ムーアの女〟と私が答えると、医者は首を振った。「そうではない。父上がおまえに授けた名だ」「ザーラ」と私は言った。そのとき初めて、父に最後に名を呼ばれてからというもの、一度もその名を耳にしていなかったことに気づいた。略奪者に狙われていることを私に知らせようと父が叫んだとき以来。「私の名はザーラ・ビント・イブラヒム・アル-タレク」

医者は名前はもちろん、それ以外にも多くのものを私に取り戻させてくれた。医者から意義のある仕事を任され、それを介して、私は父とつながっているような気がした。植物や図を描くたびに、私は亡き父に神の栄光あれと祈った。医者は敬虔《けいけん》なユダヤ教徒だったが、私の信仰を尊重して、祈禱と断食を認めてくれた。医者の家の図書室の何も敷いていない床に私が平伏して祈りを捧げていると、祈禱用の敷物を用意してくれた。宮殿で使っていたものより上等な敷物だった。医者の妻も親切で、大勢の使用人に静かな口調で指示を与え、屋敷のなかはつねに穏やかで幸福だった。

春の満月の日に、医者の妻は家族の祝いの席に私を招いてくれた。思いもかけないことに驚きながらも、私は敬意を表して招待を受けた。といっても、その祝い事で重要な役割を果たす葡萄酒には口をつけなかった。儀式はヘブライ語で行なわれ、もちろん私にはことばの意味が理解できなかった。だが、医者はそこで話されることばや行なわれることすべての意味をきちんと説明してくれた。それはミツライムと呼ばれる国で奴隷になっていたヘブライ人の解放を祝う行事で、私は心から感動した。

あるとき、医者はいちばん心を痛めていることを私に話した。その儀式を父親から息子に伝えるのが遠い昔からの何よりも大切な定めなのに、医者のひとり息子であるベンヤミンは聾唖《ろうあ》で、父のことばが聞こえなかった。ベンヤミンは頭が鈍いわけではなく、また、やさしい少年で、ペドロと一緒に過ごすのが大好きだった。実のところ、ペドロが私の助手というのは名ばかりで、ベンヤミンの身のまわりの世話をする召使になっていた。手のかかる幼い少年の面倒をみるのは、ペドロにとってもいいことだった。結局のところ、私のような仕事にペドロは向いておらず、その手伝いをするよりも、ベンヤミンの世話のほうにやりがいを感じていた。姉を失ったペドロはベンヤミンを弟のように愛して、その少年の手助けができるのが嬉しくてしかたがないのだろう。もちろん、私もペドロの姉代わりになろうと精いっぱい努力したが、私もペドロも家族を失って心にあいた大きな穴がそう簡単には埋まらないのを知っていた。

私は自分の喪失感をベンヤミンのために内緒で絵を描いて埋めることにした。ユダヤ人がかならず得られると信じている約束の地の物語を、絵を通してベンヤミンに伝えようと考えた。医者の家にはユダヤ教の書物が山ほどあったが、そこに並んでいるのは文字ばかりだった。キリスト教徒が持っているような本――文字が読めなくても祈りの意味が理解できるように絵が描かれた本は一冊もなかった。ユダヤ教もイスラム教同様、肖像を嫌っているらしい。けれど、自身の信仰の美しく感動的な儀式を理解できずに、押し黙っているベンヤミンのことを考えていると、私はイサベラの時禱書《じとうしょ》とそこに描かれた絵を思いだした。絵が祈りにおおいに役立つとイサベラが言っていたのを。そんなことから、ユダヤの儀式を絵にすればベンヤミンも理解できると思いついたのだった。そういう理由であれば、絵を描いたとしても医者やその神が怒るとは思えなかった。

私は折に触れて、医者やその妻にユダヤ教徒の考えを尋ねた。そのたびにふたりとも喜んで説明してくれた。私はふたりの話をじっくり考えて、それをどうやったら幼い少年にもわかる絵にできるか研究した。そうするうちに、神による天地創造についてのユダヤ教の解釈が、私たちの聖なるコーランに記された正確無比な教えとあまり差がないと思っている自分に驚くことになった。

私は神が闇から光を分ける場面、さらには、地と水を創る場面を描いた。さらに、神が創った地を球体にした。父がそう考えていたこともあり、また、それについて医者とも話をしたからだ。そういったことを理解するのはむずかしい、と医者は前置きしてから、イスラム教徒の天文学者が行なった計算は、まちがいなくもっとも進歩していると言った。イスラム教徒の天文学者の意見か、カトリックの司祭の教義のどちらかを選ばなければならないとしたら、司祭のほうを選ぶことはないというのが医者の意見だった。そういったことにくわえて、私は円や曲線を使うのが好きだった。調和が取れた形で、描いていて楽しいからだ。わくわくするような絵を描いて、少年が楽しめる本を作ろうと私は心に決めていた。そのために、楽園の庭を子供のころに目にした動物――斑点のあるヒョウや、鋭い牙のライオンなど――で埋めつくした。それを見れば、ベンヤミンは喜ぶにちがいない。

ユダヤ人へのこの贈り物のために、ホーマンからもらった上等な顔料をすべて使いきってしまいそうだった。それを知ったらホーマンはどう思うだろうか、私はそんなことを考えた。まもなく、市場に顔料を買いにいかなければならなくなるはずだが、医者の書物のために描く絵に必要なのはごく限られた顔料だけで、瑠璃やサフランはもとより、金も不要だった。だから、そういった顔料を使えるのもこれが最後だと考えて、描くのを楽しんだ。ホーマンの猫の上質な白い毛で作った筆はまだ二本残っていたが、どちらもずいぶん使いこんで、毛が抜けはじめていた。

医者の話を聞いていると、神をたびたび失望させて罰せられる高慢な人々の物語にいつのまにか引きこまれた。私はノアの洪水や、ロトの住む町が焼けて、ロトの妻が塩の柱になった物語を描いた。ユダヤの春の祝い事で語られる物語のすべてを明確に描こうと努力したが、うまくいかないこともあった。たとえば、ミツライムの王が最後にはモーセに屈した理由をどう描けばいいのかわからなかった。物語のなかの恐怖——天災や長子の死をどう表現すればいいのかわからなかった。子供たちがひとり残らず死んでいるのをベンヤミンが理解できるようにしたかったが、最初に描いた絵のなかの子供たちは眠っているようにしか見えなかった。そして、昨日、ようやく妙案を思いついた。偶像破壊主義者たちが、書物のなかの肖像を破壊するのに、人の首に赤い線を引いたのを思いだしたのだ。そこで、私は眠っているように見える子供たちの口のまわりに黒い影を描いた。そうやって人の息の根を止める死の天使の邪悪な力を表現した。われながらずいぶん不穏な絵だと思った。これでベンヤミンは理解してくれるだろうか？

私はまもなくやってくる春の祝い事の日に、絵を医者に贈るつもりだった。いま、私が描いているのは、その祝い事の場面だ。食卓の上座に医者が坐り、隣にベンヤミン、美しく着飾った医者の妻、さらには、屋敷で一緒に暮らしている妻の姉妹も描いた。ふと、私の姿も描いてみようと思った。そこで、大好きな色であるサフラン色の外衣をまとった自分を描いた。そのせいで、サフラン色の顔料を使い果たした。これまで描いた絵のなかで、私はその絵がいちばん気に入った。すると、医者が取り戻してくれた名前を書き添えたくなった。最後の一本となった上等な筆を使って、私は自分の名を書いた。毛が一本だけ残った最後の筆で。

絵のなかの私は首をやや傾げて、医者の話に聞きいっていた。モーセがミツライムの王に公然と反論して、奴隷となっている自身の民に魔法の杖で自由を与える話に。

もし、ここにもそんな杖があれば、私も自由になれる。いまここで、立派な仕事を与えられて、安楽に暮らしている私に欠けているのは、まさにその自由だった。とはいえ、ここは私の祖国ではない。自由と祖国。そのふたつこそユダヤ人が切望していたもので、彼らの神がモーセの杖を通して、ユダヤ人に与えたものでもあった。

私は猫の毛で作られた筆を置いて、そんな杖を手にしたらどんな気分だろうと空想した。海岸を歩いている自分の姿が目に浮かんだ。大海がふたつに分かれて、私は歩みだす。故郷へ通じる乾いた果てしない道を悠然と。

ハンナ　一九九六年春　サラエボ

サラエボの空港に国連の出迎えはなかった。理由は単純明快、ここへ来ることを私は誰にも言わなかったのだ。

到着が予定より遅くなった。ウィーンで乗り継ぎ便が二時間半も遅れたからだ。巨大で華やかなショッピングモールにも見えるウィーンの空港を飛びたって三十分足らずで、武装した兵士がいる殺風景な灰色のサラエボの空港に降りたつと、なんとなく落ち着かない気分になった。ターミナルの外でタクシーを拾った。タクシーは空港のゲートを出て、相変わらず不気味なほど暗い通りを走りだした。暗いのは多くの街灯が修理されていないせいだが、考えてみれば、空港周辺は住む人もほとんどいない爆撃の跡だらけの地区で、あたりの様子が見えないのはかえってありがたかった。初めてこの街に来たときほどの恐怖は感じなかったが、それでも、ホテルの部屋に入ってドアの鍵を閉めると、心底ほっとした。

翌朝、国連の事務局にいるハミッシュ・サジャンに電話をかけて、博物館の新しい展示室を見せてもらいたいと頼んだ。オープニング・セレモニーまでにはまだ丸一日あったが、招待された要人たちが博物館に詰めかけるまえに私が展示品を見ることぐらいは館長も許可するだろうとサジャンは言った。

博物館がある大通り――かつて〝スナイパー通り〟と呼ばれていた道は、私がこの街を去ってからの二週間で、不都合な事実をあわてて隠したかのように、こぎれいに整備されていた。瓦礫《がれき》の山は片づけられて、爆撃で道路にぽっかりとあいていた大きな穴は埋められた。路面電車も営業を再開して、通りは正常に機能しているかに見えた。私は博物館の通いなれた階段を上り、お決まりのトルココーヒーにつきあうために、館長のオフィスへ通された。そこには笑顔のハミッシュ・サジャンもいた。ボスニアでは国連も有意義なことをしたと、その功績が認められようとしていた。儀礼的な挨拶をたっぷり交わしてから、サジャンと館長に連れられて廊下を歩いて、ふたりの警備員が見張っている新しい展示室へ行った。館長が入室の暗証番号を入力すると、新しい錠が滑《なめ》らかにはずれる音がした。

展示室は非の打ちどころがなかった。採光は完璧。均一で明るすぎることもない。最新式のセンサーが温度と湿度を感知して、測定結果がつねに記録されていた。私はそれに目をやった。セ氏十八度のプラスマイナス一度以内。理想的な温度だ。湿度は五十三パーセント。それも適正。壁は塗りかえられて、新しい漆喰《しっくい》のつんとするにおいを放っていた。博物館の外の無残な街とは雲泥の差で、この展示室に入ればそれだけで、多くのサラエボ市民が明るい気分になるにちがいない。

中央に特製の展示ケースが鎮座していた。ピラミッド型のガラスカバーのなかにハガダーがおさめられて、埃《ほこり》や汚染物質、さらには、人から守られていた。壁際には関連する展示品

――正教会の聖画やイスラム教の書物、カトリックの詩篇集などが飾られていた。私はそういったものをゆっくり見ていった。考え抜かれたいくつもの展示品は文句のつけようがなかった。オズレンの造詣の深さが感じられた。使われている材料や芸術様式など、あらゆる展示品にハガダーとの接点があった。それを見ただけで、さまざまな文化が影響しあって、質を高めあっているのがわかった。

　最後に、ハガダーに目を向けた。ケースの下部は木目の美しいクルミ材で、名人と呼ばれる職人が手がけたものだ。ハガダーの開いたページには天地創造の絵が描かれていた。定期的にページが繰《く》られて、ひとつのページだけが長いあいだ光にさらされることのないようになっていた。

　私はガラス越しにハガダーを見おろしながら、それを描いた人物に思いを馳せた。筆がサフランの顔料《がんりょう》に浸される場面を。クラリッサ・モンタギュー＝モーガンが突き止めた猫の毛――両端が切りそろえられて、黄色の顔料が付着した毛――は絵師の筆からはずれたものにちがいない。当時のスペインの絵筆の多くは、リスやオコジョの毛で作られた。筆を作るためだけに育てられた生後二ヵ月のペルシャ猫の喉のあたりの毛を使うのは、イランの細密画家だ。イランの筆《イラニ・カラム》。そのことばは筆そのものというより、画法を指す。だが、ハガダーの細密画は様式も画法もイランのものではなかった。なぜ、この細密画家はスペインでユダヤ人のために、キリスト教的な画風で、イランの筆を使って絵を描いたのか？　クラリッサの白い毛の分析のおかげで、ずいぶん充実した報告書が書けた。本筋からはややはずれているとはいえ、スペインで異なる宗教の信者たちが共存したコンビベンシアという時代に、知識がいかに遠くまで伝わったか——スペインの画家や知識人とバグダッド、カイロ、イスファハンの画家や知識人が、定着した経路で結ばれていたことを報告書に盛りこめた。

私はハガダーを見つめながら、旅をしたのは筆なのか、筆を作った職人なのかと考えた。スペインの工房でイランの上等な筆を初めて使った人物はどれほど興奮したことだろう。手間をかけて作られた羊皮紙に、しなやかな白い毛の筆をそっと滑らせる感触が伝わってくるようだった。

羊皮紙。

私はまばたきして、展示ケースに顔を近づけた。自分の目が信じられなかった。その瞬間、足元の床が崩れ落ちたかに思えた。

背筋をぴんと伸ばすと、サジャンのほうを向いた。私の顔を見たとたんに、サジャンの顔から満面の笑みが消えた。私の顔は塗りたての漆喰にも負けず白かったはずだ。それでも、必死に冷静に話そうとした。

「カラマン博士はどこですか？　彼と話をしなくてはなりません」

「どうかしましたか？　展示ケースや温度に不備でも？」

「いえ。そんなことは……展示室は問題ありません」周囲の人を巻きこんで大騒ぎしたくなかった。できるだけ穏便にすませたほうが、問題を解決しやすいと思った。「カラマン博士に話があるんです。報告書の件で。修正しなければならない点があるのを思いだしたので」

「ヒース博士、カタログはもうできあがってるんですよ。いまさら修正なんて――」

「ああ、その点は大丈夫です。ただ、話しておきたいことがあるだけで……」

「カラマン博士ならたしか資料室にいたはずです。誰かに呼びにいかせましょう」

「いえ、資料室なら知ってますから、私が行きます」

私たちは展示室を出た。真新しいドアが閉まって、背後で静かに鍵がかかる音がした。サジャンが館長に長たらしい丁寧な別れの挨拶を始めると、私は不遜にも挨拶もせずに、あとずさってふたりから離れた。走りだしたくなる衝動を必死にこらえた。資料室に着くと、大きなオーク材のドアから部屋に飛びこんで、山積みの資料を棚に戻している学芸員助手にぶつかりそうになりながらも、両側に資料が並ぶ狭い通路を足早に進んだ。オズレンは自分のオフィスでデスクについていた。ドアに背を向けて坐《すわ》っている人物と話をしていた。

私はノックもせずに、ドアを開いた。ふいに人が入ってきたことに驚いて、オズレンが立ちあがった。青白い顔はやつれて、目の下に黒いくまができていた。それを見てようやく、私はオズレンが二日前に息子を埋葬したばかりなのを思いだした。同時に、それまで抱いていた不安が、オズレンに対する同情の念に取って代わった。私は部屋に入ると、オズレンを抱きしめた。

オズレンは石のように身を固くすると、一歩下がって、私の腕から逃れた。

「オズレン、アリアのことはほんとうに気の毒だったわね。それなのに、こんなふうに突然やってきて悪いと思ってる。でも――」

「こんにちは、ヒース博士」私の話を遮ったオズレンの声は無感情でよそよそしかった。

「やあ、愛しのハンナ《リープヒエン》」名前を呼ばれて私は振り向いた。同時に、椅子に坐っていた男性がゆっくり立ちあがった。

「ヴェルナー！　知らなかった……あなたも来てたなんて」私の師ヴェルナー・ハインリヒは、稀少本《きしよう》の贋作《がんさく》を即座に見破ることで有名だった。彼がいれば百人力だ。

「ああ、もちろん来るに決まっているさ、愛しのハンナ。明日のオープニング・セレモニーを見逃すわけにはいかないからな。だが、きみも来るとは知らなかった。いまごろは、自宅に戻っているとばかり思っていたよ。オープニング・セレモニーにきみも出席するとはすばらしい」

「でも、いそいで行動しないと、セレモニーを中止しなければならなくなるわ。誰かがハガダーをすりかえたの。もしかしたら、アミタイのしわざかも。そんなことができるのはアミタイぐらいしか――」

「ハンナ、まあ、落ち着きなさい……」話しながら激しく振りまわしていた私の手をヴェルナーは握った。「順序だてて話しなさい――」

「そんなことはありえない」オズレンがヴェルナーのことばを遮った。「ハガダーは鍵つきの展示ケースに入ってる。それに、ぼくがこの手で鍵をかけたんだから」

「オズレン、あれは贋物《にせもの》よ、展示ケースのなかにあるのは。ものすごくよくできた贋物。酸化した銀、染み、顔料の滲《にじ》み。もちろん、私たちが見れば贋物だとわかるけど、かなり巧妙に作られてる。完璧な複製品よ。たった一点を除いて完璧な。その一点が複製できなかったのは、この五百年というものそれがこの世に存在していないから」私はそこでことばを切った。息もろくに吸えなかった。ヒステリーを起こした子供を相手にするように、ヴェルナーが私の手をさすった。名匠と言われるヴェルナーの硬い手の爪は、いつものようにきちんと磨かれていた。私はほったらかしの醜い手を引っこめると、髪をかきあげた。

　オズレンはさらに血の気が引いた顔をして、その場に立っていた。

「いったい、何を言ってるんだ？」

「羊皮紙よ。ハガダーに使われた羊の皮は——オヴィス・アリエス・アラゴノサ・オルナタという羊のもので、その羊はスペインに生息していたけど、十五世紀に絶滅してる。いま、展示ケースのなかにあるものは毛穴がまったくちがう……大きさも、ばらつき方も……あの羊皮紙はちがう種類の羊の皮で作ったものよ……」

「ひとつのページを見ただけでは、そうとは断言できないだろう」オズレンは緊張した様子で、口元を引き締めて冷ややかに言った。

「いいえ、断言できるわ」私は興奮してつい荒くなる息を、深呼吸して鎮《しず》めた。「たしかに判別しづらいかもしれない、毎日のように大昔のさまざまな羊皮紙を見ていない者にとっては。つまり、私にはひと目でわかるという意味。ヴェルナー、あなただってすぐにわかるわ。ええ、絶対に」ヴェルナーは不安そうに眉間《みけん》に皺《しわ》を寄せていた。「アミタイはどこ？」と私は頑として言った。「もうこの国を離れたの？　だとしたら、とんでもなく厄介なことに

「――」

「ハンナ。やめなさい」ヴェルナーの穏やかな声に刺々《とげとげ》しさが混じっていた。ヴェルナーの顔に浮かんでいるのは不安だとばかり思っていたが、実は苛立《いらだ》ちだったことに私はようやく気づいた。ヴェルナーは私の話を信じていないのだ。ヴェルナーにしてみれば、私はいままも地球の裏側からやってきたひよっこ――学ぶことが山ほどある未熟者にすぎないのだ。私はオズレンに目を向けた。オズレンなら話を聞いてくれるはずだった。

「ヨムトヴ博士ならサラエボにいる」とオズレンは言った。「明日のオープニング・セレモニーに、ユダヤ社会の代表として出席するからね。でも、彼はハガダーには近づいていない。ハガダーは先月きみがここを離れた日から中央銀行の金庫に入っていて、昨日初めて、厳重な警備のもとでここに移された。昨日までは、きみの指示どおりに作った箱に入ってた。その箱にぼくが封印をするのをきみも見たはずだ。そうして、ぼくが封印と紐をはずして、展示ケースにおさめた。その間、一瞬たりともぼくの手を離れなかった。展示ケースには最新式の鍵がついていて、展示室にはセンサーが張りめぐらしてある。監視カメラと警備員が二十四時間見張ってるんだ。くだらないことを言って大騒ぎすると、きみが笑いものになるだけだ」

「私が？　オズレン、わからないの？　イスラエル人は昔からあの本をほしがってた……戦争中に、あなただってさまざまな噂を聞いたはず。それに、アミタイは特殊な部隊にいたのよ、知ってるでしょう？」

ヴェルナーが銀色の頭を振った。「まったく、きみは何を考えてるんだか……」オズレンは無表情のまま私を見た。なぜオズレンが何もしようとしないのか、私には理解できなかった。私はオズレンの腕をつかんで揺さぶりたかった。もしかしたら、アリアを亡くしたショックでまだ頭がきちんと働かないのかもしれない。ふと、オズレンのアパートメントに電話をしたときの、不可解な会話が頭に浮かんだ。

「アミタイはあなたのアパートメントで何をしていたの？　私が電話をした夜に」

「ハンナ」オズレンの声はそれまでも充分に冷ややかだったが、さらに氷のように冷たくなった。「ぼくはあのハガダーを救うために命を賭けた。もし、きみがぼくを疑ってるなら……」

ヴェルナーが片手を上げた。「いやいや、ヒース博士はきみのことは微塵《みじん》も疑ってなどいない。だが、どうやら一緒に確かめたほうがよさそうだ」ヴェルナーは眉をひそめた。その手が震えていた。私がアミタイのことを持ちだしたせいで、ヴェルナーは不安になったらしい。「行こう、ハンナ。何をそんなに気にしているのか、教えてもらおう」

ヴェルナーはぎこちなく私の腕を握った。私はふいにヴェルナーが心配になった。贋物のハガダーを見たら、それこそショックを受けるにちがいない。

オズレンがデスクを離れて、長い廊下を歩きはじめた。ガラス職人が作業をしている展示室を通った。博物館の割れた窓の多くはいまだにビニールシートが張られたままで、それをガラスに取り替える作業が始まっていた。ハガダーの展示室のまえまで行くと、オズレンは警備員に小さく会釈してから、キーパッドに暗証番号を打ちこんだ。

「ハガダーを取りだせるの？」

「警報システムをすべて解除しなければ取りだせない」とオズレンは言った。「とにかく、きみが何を大騒ぎしているのか見せてもらおう」

私はそれを示した。

ヴェルナーは腰を屈めて、展示ケースを覗きこんだ。私が示した箇所を数分間見つめてから、背筋を伸ばした。

「ほっとしたよ、ハンナ、きみの意見には同意できないと言えて。ハガダーに使われているものと同じ羊皮紙をこれまでに何度も見てきたが、毛穴の散在状態はこれとまったく変わらない。いずれにしても、修復作業を始めるまえにきみが撮った写真が報告書に添えてあるだろうから、それと見比べればいい。そうすればきみの気もおさまるだろう」

「でも、写真のネガはアミタイに送ったのよ。それを利用して、アミタイはこの贋物を作って、そのあとで、私が撮った写真をこれに使った羊皮紙の写真とすりかえたということだってありえるわ。すぐに警察に通報しましょう。国境警備隊に緊急事態を伝えて、国連にも……」

「ハンナ。きみはまちがっている。それに、尊敬すべき仲間にそんな侮辱的な言いがかりをつけることには、もっと慎重になるべきだ」

ヴェルナーの声は低く、なだめすかす口調で、相変わらず私のことを頑固な駄々っ子のように扱っていた。そして、私の腕に手を置いた。「私はアミタイ・ヨムトヴをよく知っている。三十年以上一緒に仕事をしてきたからね。アミタイの評判は非の打ちどころがない。きみだってそれは知ってるはずだ」今度はオズレンのほうを向いて言った。「だが、カラマン博士、警報システムを解除して、この本を隅々まで調べれば、ヒース博士も納得するだろう」

オズレンはうなずいた。「ええ、そうしましょう。そうしなければならないようですね。でも、それにはこのことを館長に話さなければなりません。警報システムを解除するには、私と館長の両方が暗証番号を入力しなければなりませんから」

それからの一時間は、私がこの仕事に就いて以来、もっとも奇妙で、もっとも苛立つものだった。ヴェルナーとオズレンと私は、問題の写本を仔細《しさい》に見ていった。私がおかしなところを指摘するたびに、ふたりは口をそろえて異常は見あたらないと言った。もちろん、写真も取り寄せたが、それは目のまえにある本の羊皮紙にぴたりと一致した。確かめるまえから、私にはそうなることがわかっていた。いずれにしても、ヴェルナーの見解は揺るぎなく、彼の意見のまえでは私のことばなどなんの価値もなかった。さきほど自分で言ったとおり、命がけでハガダーを守ったオズレンは、いかなる方法でも警報システムを破るのは不可能だと主張した。やがて、私の心は自己疑念に蝕《むしば》まれていった。全身に熱い汗の粒が噴きだした。この数日でさまざまなことがあったせいかもしれない。母の事故、父を知ったショック、アリアの死。それに、もうひとつ、オズレンに再会したときに、彼の悲しみに沈んだ目と疲れ果てた顔を見て、私は何かを感じた。なじみのない感覚だったが、それがなんなのかようやくわかった。私がサラエボに戻ってきたのは、ハガダーのためだけではなく、オズレンのためでもあったのだ。オズレンに会いたくてたまらなかったのだ。恋は盲目と言う。もしかしたら、私の目は幻を見たのだろうか……。

確認作業の最後に、オズレンとヴェルナーは私を見た。

「さあ、ほかに何がしたい？」とオズレンは言った。

「何がしたいか？　私が何をしたいかといえば、令状を取って、下着からハンカチまで、アミタイのスーツケースの中身を隅々まで調べたいわ。もしかしたら、アミタイはもう仲間にほんもののハガダーを渡してるかもしれない。だから、国境も封鎖してほしい」

「ハンナ」オズレンの声は低かった。「そんなことをしたら、誰もが認める古書界の第一人者であるハインリヒ博士とこのぼくが、根拠もないのにこれを贋物だと主張したことになって、国際問題になる。この国はいまでも特殊な緊張関係の上に成りたってるんだ。もしそんな主張がなされたとなったら、一部の人はたとえ証拠がなくても、それを信じることにするだろう。多民族国家の存続を象徴するこのハガダーのことで、きみは紛争の種を撒《ま》き散らそうとしてるんだよ。おまけに、古書界におけるきみの評判は地に堕《お》ちて、物笑いの種になる。ヴェルナー・ハインリヒ博士より自分のほうが有能だと本気で思ってるなら、どうぞご自由に。国連にでもどこにでも電話するといい。だが、この博物館は絶対にきみの味方をしない」オズレンはいったんことばを切ると、最後の鉄槌《てっつい》を振りおろした。「ぼくもきみの味方をしない」

私はもう何も言えなかった。目のまえにいる男を見て、次にもうひとりを見て、最後に本を見た。表紙の修復箇所を触ってみた。古い革と新しい革の継ぎ目のわずかな段差が感じられた。

私はくるりとうしろを向くと、部屋を出ていった。

ローラ　二〇〇二年　エルサレム

そして、わたしはわが家のうちで、
わが垣のうちで、記念の印と名を与えよう。
——イザヤ書

すっかり年老いた私にとって、朝は辛い。このごろはやたらと早く目が覚めてしまう。寒さのせいで、骨の芯が痛むせいだろう。ここの冬がどれほど寒いかはあまり知られていない。サラエボの山ほどではないにしても、寒いことに変わりはない。私が暮らしているのは、一九四八年までアラブ人の家族が住んでいた家の一部を改装して作ったアパートで、古びた石壁のひびに冷たい外気が忍びこんでくる。けれど、私には充分に部屋を暖める余裕などない。いや、もしかしたら、早く目が覚めてしまうのは、長いあいだ眠っているのが怖いからかもしれない。いつか……そう遠くないいつの日か、石壁から忍びこんだ冷気が、狭いベッドに横たわる私の体にも入りこむのだろう。そうなれば、私は二度と目覚めることはない。

でも、だからどうだというのか？　もう充分だった。私は与えられた以上の時間を生きたのだから。私と同時代に、私と同じ場所で、同じような境遇で生まれた者はみな、定められたときに訪れる死――そう、私にも死はやってくる――に文句など言わない。

年金はもらっているが、雀《すずめ》の涙ほどだから、いまでも私は週に何時間か働いている。働くのはたいていユダヤ教の安息日だ。戒律さえ気にしなければ、その日には簡単に仕事が見つかる。敬虔《けいけん》な人々は働かず、家族のある者は休みたがるからだ。何年かまえまでは、安息日の仕事をアラブ人と奪いあっていたが、インティファーダ（一九八七年に始まったイスラエル占領地でのパレスチナ住民の抗議運動）以来、頻繁に夜間外出禁止令が出されて、いたるところに検問所ができたせいで、アラブ人はしょっちゅう仕事に遅刻するか、休むかして、雇い主は彼らを使いたがらなくなった。アラブ人には心から同情している。そんなふうに苦しめられるのはほんとうに辛《つら》いものだ。いずれにしても、いまの私の仕事をアラブ人はやりたがらない。それを言うなら、そもそもやりたがる人はそうはいない。けれど、私は死者と仲良くやっている。自分の墓穴の縁に立たされた女たちの写真。人の皮膚で作ったランプの笠《かさ》。そういうものにはもう慣れっこだ。私は展示ケースを拭い、額縁の埃を払いながら、写真の女たちのことを思う。彼女たちのことを考えるのは大切だ。彼女たちを忘れずにいるのは。写真のなかでは裸にされて恐怖に身を縮めているが、私はそれとはちがう彼女たちの姿を想像する。家で愛する家族に囲まれて、ごく普通に暮らし、ごく普通のことをしている姿を。

同じように、皮膚をなめされてランプの笠になった人についても考える。その笠は博物館に入ると誰もがまっさきに目にするものだ。数人の来館者がそれがなんであるかに気づいたとたんに、くるりとUターンして、博物館を出ていったのを見たことがある。あまりにもびっくりして、それ以上見る気になれなかったのだろう。けれど、私はその笠を初めて見たとき、愛《いと》しさとさえ言えそうなものが胸にこみあげてきた。もしかしたら、それは私の母の皮膚かもしれないのだ。あるいは、もし何かがほんの少しでもちがっていたら、私の皮膚だったかもしれない。

そういうものが並んだ部屋を掃除できるのは、名誉なことだと思っている。たしかに、年を取って動きは鈍ったが、完璧に掃除していると胸を張って言える。私が掃除をしたあとには、わずかな埃もなければ、床に傷がついていることもなく、何かに指痕が残っていることもない。それが、そこに展示された人々のために私ができるすべてだから。

博物館の仕事を得るまえから、私はここへ足しげく通っていた。展示室ではなく、その庭に。なぜなら、そこにはセリフ・カマルと妻ステラの名があるからだ。〝正義の人の庭〟に、非ユダヤ教徒でありながら、わが身の危険を顧みず、私のようなユダヤ人を救った人たちのひとりとしてその名が刻まれていた。

サラエボ郊外の山のなかでの、あの夏の夜以来、私がカマル夫妻に会うことはなかった。あのとき、私はあまりにも怯《おび》えていて、別れの挨拶さえできなかった。お礼さえ言えなかった。

あの夜、カマル夫妻に私が連れていかれたのは、よりによってウスタシャの役人のところだった。だが、その役人は内密でユダヤ人と結婚していて、できるかぎり私のような者を救おうとしていた。私のためにすべてを手配するのは、その役人にとって造作もないことだった。私はきちんとした書類を携えて南へ向かい、イタリアの領土で戦争が終わるまで無事に過ごした。その後、チトーが権力を握ると、一生に一度だけ私は重要人物になった。私たち――チトーの指揮のもとで、山のなかでパルチザンとして戦った若者――は、数ヵ月のあいだ、偉大なる社会主義の英雄とまつりたてられたのだ。チトーが私たちを裏切って、山のなかで死ぬとわかっていながら見捨てたことは、いっさい忘れ去られて、誰の口にも上らなかった。そう、当の本人である私たちの口にも。そうして、私は新たな軍隊で仕事を与えられた。それは、スプリトという港町の海に面した古いビルのなかに作られた、負傷したパルチザンたちの家での看護助手という仕事だった。そこで私は、かつて在籍していたパルチザンのリーダーで、私たちを見殺しにしたブランコに再会した。ブランコは腹と尻を撃たれて重傷を負っていた。歩くこともままならず、何度も感染症を起こしていた。

私はブランコと結婚した。なぜ結婚したのか？　そんなことは訊かないでほしい。当時の私は愚かな若い娘だったのだ。この世にひとり残されて、知り合いもいない者にとって、過去を分かちあえる人が現われたら、それはもう特別な存在に思えるものだ。たとえ、ブランコみたいな男であっても。

結婚して一年も経たないうちに、私は失敗したことにはっきり気づいた。戦争で負った怪我はブランコの男としての能力にも後遺症を残し、なぜかブランコはそれが私のせいであるかのように責めた。自分の気持ちを満たすために、ブランコは私に思いつくかぎりの奇妙なことをさせたがった。淑女ぶるつもりなど毛頭ない。当時の私は夫の願いをかなえようと精いっぱいのことをしたが、まだ若く、少なくともある意味では純粋だった。いずれにしても、ブランコが望むことのいくつかは、私にとって苦痛以外の何ものでもなかった。もし、ブランコにやさしさのかけらでもあったなら、あれほど辛いとは感じなかったかもしれない。けれど、夫は病気で寝こんでいてもあくまでも意地悪く、私は自分が酷使されているとしか思えなかった。

セリフ・カマルがナチの協力者として裁判にかけられるという記事を新聞で見つけたとき、私はサラエボに行って、カマルのために証言したいとブランコに言った。それを聞いたブランコの顔はいまでも忘れられない。そのとき、ブランコは窓辺に置いた肘掛け椅子にだらしなく腰かけていた。当時、私が軍の仕事に就いていて、なおかつブランコが負傷した英雄だったことから、私たちは既婚者用の兵舎で暮らしていた。私の話を聞いたブランコは体を起こして、杖で床板を叩《たた》いた。真夏のうだるように暑い日だった。港が見える狭い窓から、強い陽光が射しこんでいた。

「いいや」とブランコは言った。藍色の海が光を反射して、私は片手を目の上にかざした。

「どういう意味？　〝いいや〟というのは？」

「おまえはサラエボには行かないってことだ。おまえもおれもユーゴスラビア軍の兵士だ。党の意向に逆らったら、その地位が危うくなる。その男を告発するのが妥当だと党が決めたのなら、それにはそれなりの理由があるんだろう。おまえのような女が党の決定に異議を唱えるなんてとんでもないことだ」

「でも、ミスター・カマルはナチの協力者なんかじゃない！　彼はナチを心から嫌ってたんだから。そして、私を助けてくれた。ブランコ、あんたが私を見捨てたあとでね。いま、私がこうして生きてるのだって、あの人があれほどの危険を冒して——」

ブランコは私の話を遮った。私が言うことを聞かないといつでも大声で怒鳴るのだ。靴を磨くか磨かないか、そんな些細《ささい》なことでもすぐに怒鳴った。兵舎の壁は薄く、夫の罵詈雑言《ばりぞうごん》を隣の住人に聞かれるのを私がいやがっているのを、ブランコはよく知っていた。いつもならブランコが声を荒らげただけで、私は素直にしたがった。けれど、そのときだけは頑として引かなかった。私は言ってやった——気がすむまで罵《のの》しればいい、でも、私は正しいと思ったことをすると。ブランコは悪態をついた。思いつくかぎりのことばで私を罵ったが、それでも、私が考えを曲げないと、杖を投げつけた。体が弱っているくせに狙いは正確で、杖の金属の先端が私の顎に刺さった。

結局、ブランコは裁判のあいだ私に見張りをつけた。つねに監視の目が光っていて、私は仕事場と兵舎を往復する以外のことはできなかった。あれは屈辱だった。ブランコがどんな理由をつけて仲間に私を見張らせたのかは見当もつかない。いずれにしても、私をスプリトから出さないことに成功した。そんな状態では私はサラエボへ行く手立てがなかった。

当時の私はひと粒の涙も残っていないと思っていた。戦時中に幾度となく涙を流して、その後、両親と妹と伯母《おば》を襲った運命を知ると、涙が涸《か》れるまで泣いたのだから。そもそも具合が悪かった伯母の心臓は短期収容所へ向かうトラックのなかで停止した。二ヵ月後、その収容所で飢えて痩《や》せさらばえたドラが息を引き取った。母は過酷な状況のなかで、戦争が終わる直前まで生き延びた。だが、ナチは母をアウシュビッツへ送った。それを知ったときに、私は一生分の涙を使い果たした。だから、もう涙はひと粒も残っていないと思っていたのに、裁判の一週間を、私はセリフを思って泣いて過ごした。絞首刑になるか、銃の的にされるはずのセリフと、愛らしい息子とふたりきりであとに残されるステラを思って。さらに、私自身を思って。悔しくてたまらなかった。人でなしと結婚したせいで、命の恩人を裏切ってしまった自分が情けなかった。

ブランコは一九五一年に胃の疾患による合併症を起こして死んだ。私は悲しいとも思わなかった。そうして、チトーがユダヤ人のイスラエルへの移住を許可したのを知ると、祖国――私にはもう何も残っていない場所――を離れて、新しい人生を歩む決意をした。いま思えば、〈若き守護者たち〉の一員だった数年間に、さまざまなことを教えてくれたモルデハイに再会できるかもしれないと、心のどこかで期待していたのかもしれない。当時の私はまだ若かったということだ。相変わらず愚かな若い娘だったのだ。

たしかに、私はモルデハイと再会した。ヘルツェルの丘にある兵士が眠る国立墓地で。モルデハイは一九四八年に戦死していた。ナハル（イスラエル軍の開拓も行なう戦闘部隊）の隊長だったモルデハイは、キブツ（イスラエル共和国の農業共同体）の若者たちとともにエルサレムの路上で命を落としたのだった。

そんなこんなで、私はこの国で生きることになり、ここでの暮らしはさほど悪いものではなかった。過酷ではないのかと訊かれれば、たしかにと答えるだろう。必死に働いても、つねに貧しいのだから。だが、悪い暮らしではない。再婚はしなかったが、一時は恋人もいた。ポーランドから移住してネゲヴのキブツにくわわった、体格のいいよく笑うトラック運転手だった。市場のその人のいる店で買い物をしたときに、彼が私をからかったのがきっかけだった。当時の私はヘブライ語が下手で、それを恥じていたが、彼はそれをいつまでもからかって、結局は私も笑うしかなかった。まもなく、キブツの収穫物を載せたトラックを運転して町に来るたびに、彼は私を訪ねてくるようになった。自分が育てたナツメヤシの実やオレンジを土産《みやげ》にくれて、窓から光が射す午後を私たちはひとつのベッドで過ごした。肌からは柑橘油《かんきつゆ》の香りが漂い、キスは熟れてねっとりとしたナツメヤシの実の甘い味がした。

プロポーズされていたら、結婚していただろう。けれど、彼にはポーランドに妻がいた。ワルシャワのゲットーから連れさられた妻が。妻の身に何が起きたのかは決してわからないと彼は言っていた。生きているのか、死んでいるのかさえわからないと。それで一線を画したつもりだったのかもしれない。私と一定の距離を置くためにそんなことを言ったのかもしれない。いずれにしても、ほんとうのところはわからない。たぶん、彼は自分が生きていることに罪悪感を抱いていたのだろう。希望を捨てずに、かつ、妻との思い出を尊重していた。だからこそ私は彼のことが好きだったのだ。いずれにしても、最後にはキブツのべつのメンバーがトラックの運転の仕事を引き継ぐことになり、彼が町へ来る回数は徐々に減って、最後にはまったく来なくなった。私は彼が恋しかった。いまでもときどき、ふたりで過ごした午後を思いだす。

私には友達はあまりいない。いまだにヘブライ語が下手なのだ。それでも、それなりにうまくやっている。この国の人は外国語訛《なま》りが強かろうと、文法をまちがえようと、鷹揚《おうよう》に受け止めて理解してくれる。何しろ、大半の国民が外国からの移民なのだから。とはいえ、胸の内を誰かに打ち明けるとなると話はべつだ。私の知るヘブライ語にはそのためのことばがない。

長いことこの国で暮らすうちに、暑く乾燥した夏にも慣れて、ぽってりした白い実をつけた綿畑や、眩しい陽光、木の育たない岩だらけの斜面も見慣れたものになった。エルサレムの連なる丘は、故郷の山々とはちがうが、冬にはときどき雪が降って、目をぎゅっと閉じると、サラエボに戻ったような気分になる。大半の友人から頭のいかれたばあさんと思われても、私はときどき旧市街のアラブ人居住区に行って、故郷と同じ香りのコーヒーを出すカフェで過ごしている。

ユーゴスラビア紛争中は、この街にもボスニア人がいた。イスラエルはかなりの数の難民を受け入れたのだ。大半がイスラム教徒だったが、なかにはユダヤ教徒もいた。その間は私も母国語で話ができて、ずいぶん気が休まったものだった。難民の定住センターでボランティアをして、簡単な書類――この国は書類が大好きだ――を書くのを手伝ったり、バスの時刻表を読みあげたり、難民の子供たちのために歯医者の予約をしたりした。そんなとき、誰かが置いていった昔の雑誌を偶然目にした。そこにはミスター・カマルの死亡記事が載《の》っていて、私はカマルが一九六〇年代まで生きていたのを知った。

そのときは、胸から重石《おもし》が取れたような気がした。第二次世界大戦後にナチの協力者はひとり残らず死刑を宣告されたので、てっきりカマルもそのときに処刑されたものと思いこんでいたのだ。だが、雑誌の死亡記事には、カマルは長患いの末に亡くなったと書いてあった。

さらには、亡くなる直前まで、私と会ったとき同様、国立博物館の資料室の主任学芸員を務めていたとのことだった。

カマルが処刑を免れたように、私も自身の処刑宣告を撤回された気分だった。正しいことをするチャンス——亡きカマルのために証言するチャンスがまためぐってきたと思った。カマルがしてくれたことすべてをきちんと文章にするのにふた晩かかった。そうして、それをヤドヴァシェム、つまりホロコースト博物館へ送った。しばらくすると、ステラからの手紙が届いた。ステラはサラエボのアパートメントがセルビア人の迫撃砲で破壊されると、パリに移って、以降、息子と一緒にそこで暮らしていた。ステラの手紙には、パリのイスラエル大使館で亡きカマルの功績を称えるすばらしい式典が行なわれたと書いてあった。さらには、戦後に私が彼らの力になれなかった理由はよくわかる、それに、私が生きていて、元気に暮らしているとわかって嬉《うれ》しいとも書かれていた。また、ユダヤ人に真の友人がいないときに、夫がユダヤ人の親友であったのを世界に伝えてくれたことに感謝すると。

博物館の庭にカマル夫妻の名が記された銘板がおさめられると、私はそこに通うようになった。そこに行くと幸せな気分になれたからだ。私はそこでイトスギの木立の下に生える雑草を抜いたり、枯れた花を摘《つ》んだりした。ある日、そんなことをしている私に博物館の館長が気づいて、清掃作業員として働かないかと言ってくれたのだった。

安息日の博物館はとても静かだ。気味が悪いほど静かだと言う者もいる。けれど、私はそんなことは気にならない。自分が操る床磨き機がたてる音も邪魔なぐらいだ。雑巾を手に、部屋から部屋へと歩いて静かに掃除をしているのが好きなのだ。とくに時間がかかるのは資料室だ。一度、学芸員助手に尋ねると、資料室には十万冊以上の本と、六千万枚以上の書類があると言われた。ものすごい数だ。亡くなった人ひとりにつき十ページということになる。墓のない人のための、紙でできた記念碑だ。

膨大な蔵書を思えば、そこにまぎれたたった一冊の小さな本に起きたことは奇跡としか思えない。いや、まちがいなく奇跡が起きたのだ。私はそう信じている。もちろん、私はすでに一年以上、資料室の棚の埃を払っていた。毎週、一部の棚から本をすべて取りだして、棚の埃を奥のほうまでしっかり拭い、さらに、本に積もった埃も払うということを繰り返していた。それは、カマル夫妻のアパートメントの壁際にずらりと並んだ本棚を掃除するときに、ステラから教わった方法だった。だから、その方法で掃除をしているとかならず――もちろん、そのときも――カマル夫妻のことが頭に浮かんだ。だからこそ、私は一冊の本に気づいたのかもしれない。

その日、私は資料室に入ると、先週掃除した場所に行って、その隣の棚から本を下ろしはじめた。そこに並んでいるのはずいぶん古い本ばかりで、とくに慎重に扱わなければならなかった。そのとき、たまたま手にした本がそれだった。私はその本を見た。そして、開いた。とたんに、サラエボに戻ったような錯覚を抱いた。私はミスター・カマルの書斎にいて、隣ではステラが震えていた。ミスター・カマルが妻を心から怯えさせるようなことをしているらしいと私は思っていた――当時は何がどうなっているのかよくわかっていなかったのだ。

そのとき、ミスター・カマルの声が耳に響いた。「本を隠すのにもっとも適した場所は図書館かもしれない」

私はどうすればいいのかわからなかった。わかっていたのは、その本がわざとその棚に入れられたのだということだけだった。とはいえ、これほど有名で稀少な本がそんなふうにぞんざいに書棚に押しこまれているのは妙だった。

それが、尋ねられたときに私が言ったことだ。尋ねたのは、主任学芸員と博物館の館長ともうひとり、見たことのない男――その本とセリフ・カマルのことをよく知っている軍人風の男――だった。三人とも私の話を信じていないのではないか、そんな偶然があるわけがないと思っているのではないか、私はそんなふうに感じて、ひどく緊張していた。そうして、そんなときには決まって、頭のなかにあるヘブライ語に羽が生えて飛んでいってしまう。だから、〝奇跡〟という意味のヘブライ語〝ペレ〟が思いつかず、〝前兆〟という意味に近い〝スィマン〟ということばを口にしてしまった。

それでも最後には、軍人風の男が私の言わんとしていることを理解してくれた。そして、私ににっこり微笑みかけてから、ふたりの男のほうを向いて言った。ああ、それはそうだろう。この本が今日まで生き延びたのは、幾度となく奇跡が起きたからだ。だったら、もう一度奇跡が起きたところで不思議はないんじゃないのかね？

ハンナ　二〇〇二年　グヌメレン　オーストラリア、アーネムランド

彼らからの連絡が私のもとにたどり着いたのは、私がいちばん近い電話から百キロ離れた、六百メートルの断崖の上にある洞穴《どうけつ》のなかにいるときだった。

アボリジニの少年が伝えたそのメッセージは奇妙で、私は何が何やらわからなかった。その少年は賢く、ちょっといたずらっ子でもあったことから、最初は冗談かと思った。

「ちがうよ、おばさん。今度は冗談じゃない。キャンベラから男の人が何度も電話をかけてきた。そのたんびに、おばさんは今週はずっとブッシュにいるって答えたし、しまいにはブッチャーも怒鳴ったのに、それでもしつこく電話してきたんだ」

ブッチャーとは少年の叔父《おじ》で、牛の牧場ジャビル・ステーションの主《あるじ》だ。私たちはフィールドワークの合間にその牧場に滞在していた。

「どんな用事か言ってた?」

少年は頭を傾《かし》げた。それは〝いいえ〟あるいは〝わからない〟、さもなければ〝自分の口からは言えない〟の、どの意味にも取れる仕草だった。

「牧場に帰ろうよ。でないと、ぼくがブッチャーに怒られる」

私は洞穴から出ると、眩しい光に目をしばたたかせた。鮮やかな茜《あかね》色の大きな太陽が、黒と黄土色の切りたった岩肌に走る鉱石の筋を赤く染めていた。はるか下のまっ平らな大地は、生えたばかりのイネ科の植物で一面、萌黄《もえぎ》色だった。昨夜の豪雨の置き土産——大きな水溜まり——が光を受けて銀色に輝いていた。白人は単純に一年を乾季と雨季のふたつに分けるが、アボリジニは六つに分ける。ここはいま、そのひとつであるグヌメレンだった。グヌメレンは最初の嵐を連れてくる。あとひと月もすれば平原は水浸しになって、いわゆる道路——実際は地面に轍《わだち》があるところ——は通行不可能になる。本格的な雨季になるまえに、このあたりの洞穴の調査を終えて、最低限の保存処理を施しておきたかった。ゆえに、キャンベラに住むどこの馬の骨だかわからない男と話すために、骨の髄まで響くような二時間半のドライブをして牧場に戻るつもりなどさらさらなかった。けれど、はるかかなたの道の先端で、ブッチャーの愛車のトヨタの風防ガラスがきらりと光った。よほど重要な用件でないかぎり、ブッチャーがその車を甥《おい》に運転させるはずがなかった。

「わかったわ、ロフティ。さきに帰って、叔父さんに私とジムはお茶の時間までに戻ると伝えてちょうだい。ここであと何本かシリコンの線を引いたら、すぐに帰るから」

少年はくるりとうしろを向くと、手足を巧みに使って断崖を下りていった。少年ロフティは瘦《や》せていて、十六歳にしてはずいぶん背が低い。それで、〝のっぽ《ロフティ》〟などという皮肉なあだ名がついたのだ。とはいえ、ロフティは急《きゅうしゅん》峻な岩壁を私の二十倍の速さで上り下りした。

私は洞穴に戻った。そこでは一緒に作業にあたっている考古学者のジム・バルダヤルが待っていた。

「ってことは、少なくとも今夜はベッドで眠れるわけだ」ジムは私にシリコンのカートリッジを差しだしながら言った。

「あら、あなたらしくもない。ずいぶんやわなことを言ってくれるじゃないの。シドニーにいるときは、自然に囲まれていたいって騒いでるくせに。なのに、ひと晩小雨に降られて、温かい部屋と寝床を目のまえにちらつかされただけで、すぐにそれに飛びつくとはね」

ジムはにやりとした。「意地の悪い白人《バランダ》だ」実のところ、ゆうべは大嵐だった。ストロボのような稲光が走ると、漆黒の闇のなかに曲がったゴムの木が真っ白に浮かびあがり、強風が私たちの寝床であるテントを吹き飛ばしそうになった。

「雨のせいじゃない」とジムは言った。「血に飢えた蚊のせいだ」

それには私も反論できなかった。ここでは鮮やかな夕焼けを心静かに鑑賞するのは不可能だ。夕暮れは無数にいる蚊のディナータイムの始まりで、人はその日のごちそうなのだ。それを考えただけで、全身が痒《かゆ》くなった。私は雨水が流れこみそうな岩肌にシリコンで線を引いた。それは一見、粘つくチューインガムを伸ばして貼りつけたかのようだった。そうやって絵に使われている溶けやすい黄土に防水加工を施すのだ。断崖にあるこの洞穴は芸術の宝庫だった。アボリジニの精霊ミミの絵――狩りをするしなやかで躍動的な人の姿がみごとに描かれている。ジムが属するミラル・グンジェイミ氏族は、その絵をミミが描いたと信じている。もういっぽうのジムの仲間である考古学者たちは、最古の岩絵は三万年前に描かれたと結論づけた。その長い年月のあいだ、必要に応じて特別に見識のある長老たちが儀式的な修復を行なってきた。だが、ヨーロッパ人が入ってくると、ミラル・グンジェイミ氏族はそれまで暮らしていた岩地の洞穴を徐々に放棄して、バランダ——白人の入植者——の牧場で働くか、町で生活するようになった。私たちの仕事は、そういったアボリジニがあとに残していったものを守ることだった。

まさか自分がそんな仕事をするとは夢にも思っていなかった。だが、サラエボでの出来事が私の自信を打ち砕いた。まちがっているのはオズレンとヴェルナーのほうだという思いが頭の片隅から消えることはなかったが、そもそも臆病な私は自己疑念の海に呑みこまれてしまった。屈辱と無力感を抱えてオーストラリアに戻ると、ふいに自分の能力に自信が持てなくなった。そうして、一ヵ月間、職場であるシドニーの研究所でのらりくらりと過ごした。どんなに簡単な仕事もすべて断わった。サラエボであれほどくだらないミスを犯したのだから、何かを鑑定する資格など自分にはない、そう思って。

ジョナ・シャランスキーから連絡があったのはそんなときだった。ジョナは私にふたつの話があった。ひとつは、デライラが高額な遺産を私に残したということ。もうひとつは、アーロンの基金で私の母が担っていた役目を私に引き継がせたいと、シャランスキー家の人々が考えていること。家族以外の委員の賛成もすでに取りつけてあった。しばらく研究所を離れたほうがいいかもしれない、そんなふうに感じていた私は、相続した財産で生活しながら、シャランスキー基金による活動がどんなものなのか、その活動に自分も役に立つのか確かめてみることにした。

母は自分が弾きだされたと知ると、悲しむと同時に憤慨した。最初は私も母に同情した。母はその基金をアーロンとの最後の絆《きずな》だと思っていたにちがいない。それなのに、アーロンの家族から拒絶されて、ずいぶん傷ついたはずだった。

私より数週間遅れて、母はシドニーに帰ってきた。退院後に休暇を取って、カリフォルニアの高級スパで過ごして傷を癒《いや》したのだ。「シドニーに戻ったときには、いつもの私でなければならないから」と母は電話で言った。「病院のハゲワシたちが手ぐすね引いて待ってるんだから」シドニーの空港に迎えにいくと、母は驚くほど元気だった。それでも、家に着くころには、疲れから口元に皺《しわ》が寄り、目の下にくまができていた。それまでは気力で疲れを抑えこんでいたのだ。

「もう少し仕事を休んだほうがいいんじゃない？　体調がもとどおりになって、復帰しても大丈夫だと思えるまで」

母は私に荷ほどきを任せて、ベッドに坐《すわ》っていた。マノロ・ブラニクだかジミー・チューだかのハイヒール——なぜそんな拷問みたいな靴を履きたがるのか私には理解できない——をぞんざいに脱ぎ捨てて、枕に寄りかかった。「あさっては第八脳神経の腫瘍手術が入ってる。どういう手術かわかる？　いいえ、わかるわけないわね。たとえるなら、豆腐のなかから濡《ぬ》れたティッシュペーパーの切れ端を取りだすようなもの……」

「やめて」私は吐き気がした。「豆腐が食べられなくなる」

「まったく、あんたって子は、せめて五分だけでも客観的になれないの？　こっちは素人《しろうと》にもわかるようにたとえたのに」それでこそいつもの母だった。きらびやかな光を放つシャンデリアのなかで、ひとつだけ薄ぼんやりしている電球、それが私――娘をそんな気分にさせるチャンスを母は決して見逃さなかった。「とにかく、何時間もかかるむずかしい手術なの。私はわざとその手術を予定に入れたのよ。ハゲワシどもにドクター・ヒースはまだ死んでないってことをわからせるためにね」そう言うと、母は目を閉じた。「ちょっと眠るわ。そこにある上掛けをちょうだい。荷物は放っといていいわ。それに、もう帰っていい……あとはハウスキーパーにやらせるから」

シャランスキー基金での役員の座を私に引き継がせたいと、シャランスキーから母に連絡があったのは、その数日後だった。私は母に呼びだされて、またもやベルヴュー・ヒルの家へ行った。母はベランダにいた。ガーデンテーブルに置かれた栓を抜いたヒル・オブ・グレイスのボトルから芳香が漂っていた。母の場合、ワインの質が話の重大さと比例する。私はそのワインを見て、これからとんでもないことが始まるのだろうと気を引き締めた。

ボストンの病院に入院しているときに、私は母から父のことは誰にも言わないようにと念を押された。私はほとほと呆《あき》れた。何十年もまえに母がどんな男と寝たかなんてことを、誰が気にするというのか。だが、母は社会的な立場を考えれば理解できるはずだと言い、私は言われたとおりに考えてみた。母の立場を真剣に考えた。基金の話が持ちあがったときにも、まだそれを考えていた。

「あなたが役員になったら、ハンナ、さまざまな疑問が生じるわ」咲き乱れるシコンノボタンの花びらを通して地面に射した陽光が紫色に輝いていた。きれいに刈りこまれた芝生にプルメリアの花が散り、強い芳香を放っていた。私は上等なワインに口をつけただけで何も言わなかった。「私にとってかなり答えづらい疑問が。交通事故のせいで、病院での私の地位がすでに少し揺らいでいる。デーヴィスとハリントンは私が感染症にかかりやすくなってるのを問題にしたくてうずうずしてるし、ほかにも、私が脳神経外科長という地位にあるのを愉快に思わない人が大勢いる。私はその地位を譲るつもりはないってことをみんなにわからせるために、人の二倍は働いてきた。それなのに、こんなときにさらに問題が持ちあがったら……」母は最後まで言わなかった。

「でも、私にはシャランスキー基金のために使える能力があるのは事実よ」

「能力？　いったい、どんな能力があるの？　非営利団体の運営について、何ひとつ知らない。それに、投資でとくにすぐれた能力を発揮したこともない、そうでしょ？」

私はグラスの脚を握って、ワインを見つめた。ひと口飲んで、ワインの風味が口のなかに広がるのを楽しんだ。母の挑発に乗って、かっとしたりしないと自分に言い聞かせた。

「芸術の分野の能力よ、ママ。芸術の保護活動で、私は自分の力を生かせるはず」

母は大理石のテーブルに乱暴にワイングラスを置いた。グラスが割れなかったのが不思議なほどだった。

「ハンナ、何年も糊《のり》と紙切れをいじくって過ごしてきただけでも最悪だった。でも、本なら文化的と言えなくもない。それなのに、今度は文字どおりなんにもない場所に出かけていって、原始人が泥を塗りたくっただけの無意味なものを保護するって言うの?」

私は母を見た。私の口はぽかんと開いていたはずだ。

「信じられない」考えるまえに私は言っていた。「アーロン・シャランスキーともあろう人が、そんなことを言う人を愛するなんて」

あとはもう止まらなかった。容赦なく、洗いざらい、とことんぶちまけた。胸に溜めこんでいた不満や恨みをすべて吐きだして、それを注いだグラスを相手の目のまえに差しだして、無理やり飲ませる——そんな喧嘩に発展した。私はまたもや、いままで母をどれほど落胆させたかを聞くはめになった。母が担当する危篤状態の患者より、擦りむいた自分の膝小僧のほうが手当を受ける資格があると思っている自分勝手な性格。幼いころは我慢を知らないわがままな子供で、少し大人になってからは怠けてばかりの無精者。必死になってシャランスキー家の人々に取り入ったのは、大人になりきれずに、子供じみた恨みばかりを抱いているから。さらには、おなじみの痛烈な批判。私はほんものの仕事を得るチャンスをみすみす逃して、職人としてのらりくらりと生きている——母に言わせればそういうことだった。

幼いころからひとりの相手と喧嘩しつづけていれば、相手の弱点がわかるようになる。私はいよいよ仕返しに使えそうな武器を見繕《みつくろ》って、母の急所を突くことにした。「だったら、何よりも意義があると考えてる医者になって、ママにはどんないいことがあったの? 愛した男も救えなかったくせに」

母は平手打ちを喰らったような顔をした。私は調子に乗って、さらに攻めた。「すべてはそのせいよね？　私はいままでそのつけを払わされてきた。父親はいないし、父親の名前さえ教えてもらえずにいた。それもこれも、この世でいちばん大切な手術で尻ごみしたのをママがひとりで後悔しているせいで」

「ハンナ、自分が何を言ってるかわかってるの？」

「だって、そういうことでしょう？　ママは愛する人を全能のアンダーソン医師に託して、アンダーソン医師は失敗した。自分ならもっとうまくできたはずだ――そう思ってるんでしょ？　ものすごい自信家のくせに、一度だけ、自分の腕を信じなければならなかったときに――」

「ハンナ、黙りなさい。何もわかってないくせに――」

「自分なら愛する人を救えた、ねえ、そう思ってるのよね？　もし、自分が手術をしてたら、出血にだって気づいたはずだって」

「ええ、気づいてたわ」

私は母に勝ったと思って、いい気になっていたので、母のことばを理解するのにちょっと間があいた。

「ママは……なんですって？」

「もちろん気づいてたわ。ひと晩じゅう付き添ってたんだから。出血してるのを知りながら、そのままにしておいたのよ。手術が成功しても、目が見えなくなっていたらなんの意味もないとアーロンは思うはずだから」

私はあまりにも驚いて、しばらく口がきけなかった。ねぐらに帰る途中のゴシキセイガイインコの群れが庭に舞い降りて、甲高い鳴き声をあげた。私はそっちを見た。ふいにこみあげてきた涙で、その鳥の鮮やかな色——紺青色と鮮緑色と緋色《ひいろ》——が霞《かす》んでいった。自分が母に何を言ったのか、詳しく思いだすつもりはない。一語一句たがわずに思いだせるはずもない。けれど、最後に母に言ったことははっきり憶《おぼ》えている。苗字をシャランスキーに変えると私は母に言ったのだった。

それ以来、母には会っていない。母も私も会おうとするふりさえしなかった。オズレンの言ったことは、少なくともひとつは正しかった。どの物語も最後はハッピーエンドだと思ったらおおまちがいだ。

完全にひとりぼっちになったからには、ますますよるべない気持ちになるのだろうと思っていた。けれど、もし私の人生に空洞があるとしたら、その大きさは以前とほぼ変わっていない。ある事柄がなぜ私にとって大切なのか、なぜ私がそれを愛しているのかを、母はいままでも一度として理解したことはなかった。そう、そういうことを理解できるかどうかが重要なのだ。それが根底になければ、私たちの会話はただの雑音でしかない。

シドニーを離れたのはよかった。それですっかり縁が切れたというわけだ。シャランスキー基金の活動は、オーストラリアで生まれ育った私でさえ聞いたことがないような場所で行なわれていた。オエンペリやバーアップといった、美しい自然と太古の文化遺産を、採鉱会社が巨大ないくつもの穴に変えたがっているような場所で。シャランスキー基金は調査費を供出し、必要に応じて、大昔からのその土地の所有者であるアボリジニが、採鉱会社を相手取って訴訟を起こせるように援助していた。

父が描いた景色のなかで過ごすようになると、私はまもなく、自分がこの国をどれほど愛していたかに気づいた。それまでは、そんなことはほとんど考えもしなかった。移民の文化としての芸術を学ぶことだけに長い年月を費やして、この国に太古の昔から存在した芸術には見向きもせずにいたのだ。古典アラビア語や聖書に使われているヘブライ語を必死に勉強していながら、ここで話されている五百のアボリジニのことばのうちの五つも知らなかった。そこで私は速成特訓コースに身を置いて、新たな分野のパイオニアになった。がむしゃらな保護活動という分野で。太古のアボリジニの岩絵を、ウランやボーキサイトの採鉱会社が瓦《が》礫《れき》に変えてしまうまえに、調査して記録し、保護する――それが私の新しい仕事だった。

多くの場合、人里離れた奥地に徒歩で向かうのだから、肉体的にはそうとうきつい。しかも、何キロもの道具を担いで、たいていはうだるような暑さのなかを。ときには、岩絵を保護する最良の方法が、絡みつく木の根をつるはしで叩き切ることだったりもする。手先の器用さを要する細かい仕事とはおおちがいだ。とはいえ、意外にも、そういったことが好きだと気づいた。その結果、生まれて初めて、日焼けしてたくましくなった。カシミアや絹の服を丈夫な作業着に取り替えた。そうして、ある日、暑くて汗だくで、おしゃれにまとめた髪がしょっちゅう落ちてきて邪魔だったことから、長い髪をばっさり切り落とした。新しい名前。新しい外見。新しい人生。絶滅したスペインの羊や羊皮紙の毛穴の散在状態を思いださせるものとは無縁の生活だった。

ジャビル・ステーションに向かうトラックのなかで私は眠った。それぐらい疲れていたのだ。何しろ道中はお世辞にも快適なドライブとは言えないのだから。道は巨大な蟻《あり》地獄か、さもなければ、百キロ続く洗濯板だ。さらには、暗がりからいきなりカンガルーの大群が飛びだしてくる。急ハンドルを切って群れをよければ、今度は車が沼にはまってにっちもさっちもいかなくなる。

とはいえ、ジムはハンドルの上に顔が出て、まえを見られるようになったときから、その手の道を運転していた。したがって、私たちはきちんと目的地に着いた。ブッチャーはその日捕らえたバラムンダという淡水魚を丸焼きにしておいてくれた。味つけはミラル・グンジエイミ氏族の必需食である甘酸っぱい乾燥木の実だ。私がみずみずしい魚の最後のひと口をフォークに載《の》せて口に入れると同時に、牧場の電話が鳴りだした。

「ああ、いるよ」ブッチャーはそう言って、私に受話器を差しだした。

「シャランスキー博士？　DFATのキース・ローリーです」

「えっ？　どこのですか？」

「DFAT。外務貿易省です。あなたを捕まえるのには苦労しましたよ」

「ええ、そうでしょうね」

「シャランスキー博士、ぜひともこっちに、キャンベラに来ていただきたいんです。いえ、シドニーのほうがよければそれでもかまいません。ちょっと問題が起きまして、誰かに協力を願えないかと検討していたところ、あなたの名前が挙がったんです」

「たぶん、二、三週間後にはシドニーに戻りますけど。グジューグ——いえ、その、本格的な雨季になったら……」

「なるほど。でも、ぜひとも明日にはこっちに来ていただきたいんです」

「ミスター・ローリー、いまちょうど取りかかっている仕事があるんです。採鉱会社がつねに隙を狙っていて、それに、あと二週間もしたら岩壁に近づけなくなるんです。だから、いまはどこかにのんびり旅してる気分じゃないんです。それにしても、いったいどんな用件なんですか？」

「すみませんが、電話では話せません」

「卑劣な採鉱会社が手をまわしたんですか？　だとしたら、最悪です。ああいった連中のなかには蛇よりも始末に負えないやつがいるから……。でも、あなたの仲間がそんな汚いやり方に手を貸してるなら……」

「いや、そういうことじゃありません。たしかに貿易省の担当者はシャランスキー基金が鉱業の輸出収入にときどきわずかな打撃を与えているのを嘆いているかもしれませんが、私のいる近東局はそういう問題とは無関係です。お電話したのは、あなたのいまの仕事に関することではなく、六年前のヨーロッパで世間の注目を集めた仕事に関してです」

ふいに、たったいま食べた魚が胃にもたれた。

「それは、サラエ――」

「実際に会って、お話ししましょう」

近東局……。胸やけがした。「イスラエルの担当なんですか?」

「いま言ったとおり、シャランスキー博士、ぜひお会いしましょう。ダーウィン発キャンベラ行きの飛行機を予約しておきます。それとも、シドニーにしますか?」


シドニーの外務貿易省の窓の外に広がる景色は、たとえ外交官であろうと海外赴任を断わりたくなるほど壮観だった。十階のロビーでキース・ローリーを待ちながら、私は陽光にきらめく港をヨットが滑《なめ》らかに進んでいくのを見つめた。穏やかな風を受けてかすかに傾いたヨットは、オペラハウスのそそり立つ白い帆に敬意を表しているかのようだった。

インテリアも豪華だった。外務省は国宝級の芸術品からインテリアを選んでいるらしく、ロビーの片方の壁にはシドニー・ノーランが描いた〈ネッド・ケリー〉が、向かいの壁には伝説の画家ローヴァー・トーマスの〈ローズ・クロス〉が飾られていた。

ローヴァーの絵に使われた深みのある黄土色に見とれていると、背後にローリーがやってきた。

「すばらしい画家であるお父さまの絵がなくてすみません。でも、キャンベラのオフィスにはそれはもう美しい作品が一枚あるんですよ」

ローリーは砂色の髪をした大柄な男で、少し尊大な雰囲気が漂い、かなり本格的にラグビーをやっていたらしく、やや潰れた顔をしていた。それも不思議はない。ラグビーはエリート私立校では必須とも言えるスポーツで、この国には平等主義の神話があるにもかかわらず、外交官はそういった学校の卒業生でほぼ占められているのだ。

「来てくださって助かりました、シャランスキー博士。無理なお願いをしてすみません」

「ええ、まあ。妙なものですね、ロンドンやニューヨークからなら一日もあればシドニーに来られるのに、国内のノーザンテリトリーには、ここまで来るのにその二倍ぐらいかかる場所があるなんて」

「そうなんですか？　いや、私はそっちには一度も行ったことがないんです」

典型的なオーストラリア人だ。フィレンツェの美術館をすべて観てまわったのに、ノーランジーロックの〈雷男〉の絵を見たことがないというのは。

「普段はキャンベラで仕事をしているので、話ができるようにこのビルの一室を借りておきました。マーガレット……マーガレットだったね？」ローリーは受付係のほうを向いた。「これからミスター・ケンジントンのオフィスを使う。人を入れないようにしてくれ」

私たちは金属探知機を通り抜けると、廊下を歩いて、角にある広いオフィスへ向かった。ローリーがキーパッドに暗証番号を打ちこむと、ドアが開いた。同時に、私の目は窓に釘づけになった。そこには、ロビーの窓から見える景色より一段とみごとな大パノラマが広がっていた。王立植物園《ボタニックガーデン》からハーバーブリッジまでが一望できた。

「あなたのお仲間のミスター・ケンジントンはかなりの大物なんですね」私はそう言いながら、ローリーのほうを見た。景色にばかり気を取られていて、部屋のなかにもうひとり人がいることに気づいていなかった。その人はソファに坐っていたが、すぐに立ちあがって、片手を差しだしながら歩いてきた。

「シャローム、ハンナ」ハンナの〝ハ〟が喉の奥から出す摩擦音だった。

髪が少し薄くなっていたが、かつての私の同業者たちとは一線を画するように、相変わらず日に焼けてたくましかった。

私は一歩あとずさると、両手を背中に隠した。

「これはまた、ご機嫌斜めだな。まだ怒ってるのかい？　あれからもう六年も経《た》つのに」

私はちらりとローリーを見て、どこまで知っているのかと考えた。

「六年？」私は精いっぱい冷ややかな声で言った。「六年なんてどうってことない、五百年に比べればね。あれをどうしたの？」

「どうもしないよ。あれに関して私は何もしてないんだから」彼は一瞬口をつぐむと、ヒューオンパイン製の立派なデスクへ向かった。その上には古書の保管箱が置いてあり、彼は箱の留め金をはずした。

「自分の目で確かめるといい」

私はデスクに歩み寄ると、目をしばたたかせた。箱の上でちょっと手を止めたが、すぐに蓋を開けた。あった。一瞬、ためらった。手袋も緩衝材もなかった。触れるのは不適切だとわかっていたが、触れずにいられなかった。細心の注意を払って、箱から取りだすと、デスクの上に置いた。天地創造が描かれたページを開いた。はっきりと見て取れた。ほんものと贋物《にせもの》のちがいが。私が手がけたものと、そうでないものの差が。

まばたきして涙を押し戻した。涙があふれたのは安堵《あんど》したせいでもあり、六年ものあいだ自分がミスを犯したと惨めな思いを抱えて生きてきたのが悔しかったせいでもあった。顔を上げてアミタイを見ると、すべての疑念と自己不信が消えて、いままで感じたことがないほどの怒りがこみあげてきた。

「いったい何をしたの?」

私の激しい怒りに気づきながらも、アミタイは笑みを浮かべて応じた。「何も」

私は思い切りデスクを叩《たた》いた。手のひらがひりひりした。

「ごまかさないで!」怒鳴った。「あなたは泥棒で詐欺師で大嘘つきよ」それでも、アミタイは怒りもせずに、薄ら笑いを浮かべているだけだった。人の神経を逆撫《さかな》でするようににやついていた。私としては、できることならひっぱたいてやりたいぐらいだった。「あなたは自分の仕事を貶《おとし》めてるのよ」

「シャランスキー博士」ローリーが口をはさんだ。有能な外交官らしく人を懐柔するつもりらしい。ローリーは一歩近づいてくると、私の肩に手を置いた。私はそれを振り払って、ローリーから離れた。

「なぜ、この人がここにいるの？　この人は重大な窃盗の犯人なのよ。刑務所に放りこんでやらなくちゃ。まさかこの国の政府がこの……窃盗……この陰謀に一枚嚙《か》んでたなんてことは……」

「シャランスキー博士、まあ、坐ってください」

「坐るなんて冗談じゃない！　私はこの件では何もしないわよ。それに、どうしてこの本がここにあるの？　いったいぜんたい、どんな権利があって、五百年前の本を地球の裏側まで持ってきたの？　倫理違反よ、犯罪よ。いますぐここを出て、インターポールに電話するわ。あなたはきっと、外交免責だとかなんだとかたわけたことを言って、この本を隠しておけると思ってるんでしょう」

私はドアへ向かった。ドアにはノブはもとより、つかめるようなものはひとつもなかった。あるのはキーパッドだけで、もちろん私は暗証番号を知らなかった。

「私をここから出しなさい。さもないと――」

「シャランスキー博士！」ローリーが声を荒らげた。ふいに、その顔が人あたりのいい外交官から、ラグビーのフォワードの選手のそれに変わった。「ちょっと口を閉じて、ひとことぐらいはヨムトヴ博士にしゃべらせたらどうなんです？」

アミタイは薄ら笑いをやめると、あきらめたように両手を広げた。「私ではなかったんだよ。贋物だと気づいたときに、きみが私のところへ来ていれば、一緒に彼らを止められただろう」

「止められた？　誰を？」

アミタイの声は小さかった。囁き声に近かった。「ハインリヒ博士」

「ヴェルナー？」体から空気が抜けていくようで、私はソファに坐りこんだ。「ヴェルナー・ハインリヒのこと？」知らず知らずのうちにそう言っていた。「ほかには？　彼らと言ったわよね」

「オズレン・カラマン、きみにその名を伝えるのは辛《つら》い。だが、彼以外には考えられない」かつての私の師と恋人。あのとき、そのふたりは展示ケースのまえに立って、私が意味不明なことを口走っていると言った。私は完全に裏切られたのだ。

「でも、なぜ？　それに、なぜ、あなたがこれを持ってるの？　しかも、ここで」

「話せば長くなる」アミタイは私の隣に腰を下ろすと、コーヒーテーブルに置かれた水差しからグラスに水を注いだ。それを私に渡すと、ローリーのためにもうひとつのグラスに水を注いだが、ローリーは手を振って断わった。アミタイはその水で口を湿らせると、話しはじめた。

「長い話は一九三四年の冬に始まる。ヴェルナーは当時まだ十四歳で徴兵された。あの時代は、若かろうが年寄りだろうが男はみな徴兵されたんだ。そして、大半が高射砲を受けもつことになった。そういうものだった。だが、ヴェルナーはそれとはちがう任務に就かされた。ローゼンベルク特捜隊に配属された。それが何をするところかは知ってるね？」

第三帝国の悪名高きその部隊のことなら、もちろん知っていた。美術史におけるもっとも能率的で組織的な略奪集団だ。それはヒトラーの側近であり、戦前にドイツの抽象表現主義は〝梅毒〟だと著書のなかで言い放ったアルフレート・ローゼンベルクに率いられていた。ローゼンベルクは〝ドイツ文化闘争同盟〟なるものを組織して、あらゆる〝堕落〟の根絶を目指した。当然のことながら、そのなかにはユダヤ人によって書かれたもの、描かれたものすべてが含まれていた。

「第三帝国によるユダヤ人絶滅計画がいよいよ本格化すると、ローゼンベルクの部隊はシナゴーグやヨーロッパじゅうの博物館から押収したユダヤ人にまつわるものすべてを、この世から消滅させる作業に取りかかった。ヴェルナーの仕事はトーラと初期刊本（ヨーロッパで一五〇一年以前に活版印刷された書物）を焼却施設に運んで燃やすことだった。ヴェルナーが火に投じたもののひとつに、サラエボ手帳《ピンカス》が――」アミタイはローリーを見た。「つまり、ユダヤ社会の完全な記録がある。かけがえのないものだ。サラエボ・ピンカスはずいぶん古かった。なんと一五六五年からの記録がおさめられていた」

「なるほど」と私は言った。「だから、ヴェルナーはヘブライ語の稀少《きしよう》本のスペシャリストだったのね」

アミタイはうなずいた。「そのとおり。そして、彼はこれ以上、ユダヤの書物を失わせてはならないと真剣に考えていた。ボスニア紛争が始まったころに、彼は私に何度も連絡してきた。サラエボ東洋研究所や国立博物館、大学の図書館への攻撃は、彼が過去に行なったことの再現にほかならなかったからだ。とりわけ、イスラエル政府が問題のハガダーの救出作戦に乗りだすのを望んでいた。しかし、私は彼にハガダーの所在については何ひとつ情報がないと言った。実際、それがまだこの世に存在しているのかどうかさえわからないと。だが、ヴェルナーは私が真実を隠しているのではないかと疑っていた。その後、紛争が終わり、国連がハガダーを修復して、公開すると決めると、それは危険だと考えた。彼は平和というものを信じていなかったんだ。そして、私に言った。北大西洋条約機構《NATO》と国連があの国に興味を失ったら、ボスニアが狂信的なイスラム主義者に牛耳《ぎゅうじ》られる可能性はおおいにあるとね。ヴェルナーはサウジアラビアの影響を懸念していた。誰もが知っているとおり、その国にはアラビア半島のユダヤの遺跡を破壊したという前科がある。ハガダーがいつなんどき危機にさらされるかと思うと、ヴェルナーは心配でたまらなかったらしい」

　アミタイはまた水に口をつけた。「ヴェルナーの話をもっと注意して聞くべきだった。過去の出来事が彼にあれほど過激な考え方を植えつけたとは思いもしなかった。私ぐらいの年齢のイスラエル人なら、過激な考え方を持つ者について知っていて当然だ。それなのに、私は気づかなかった」

「でも、オズレンは？　紛争後のボスニアでそんなことが起きるとは、オズレンは思ってもいなかったはずでしょう？」

「そうとも言えないだろう？　ボスニアは彼の妻を守ってくれなかった。幼い息子も救ってくれなかった。オズレンはさまざまなことを見せつけられてきた。燃える博物館から本を運びだそうとしている人々が、狙撃手に撃たれるのを目の当たりにした。そして、命がけでハガダーを守り、九死に一生を得るとはどういうことなのか身をもって体験した。ヴェルナーにしてみれば、自分の意見をオズレンがもっとも受け入れそうなときを選ぶのはたやすかったはずだ」

まさかオズレンがそんなことを考えていたとは、私にはどうしても信じられなかった。オズレンはサラエボの街を愛していた。その街が象徴するものを愛していたのだ。それをあっさり捨てるとは信じられなかった。

シドニーの強い陽光が大きな窓から射しこんで、ハガダーの開いたページを照らしていた。私はデスクに歩み寄ると、ハガダーを手に取って、安全な保管箱にそっとおさめた。蓋を閉めようとして、手を止めた。手に触れた表紙の端の感触で、私がフロリエン・ミトルの古い装丁《そうてい》に溶けこませた革の繊維の段差がわかった。私は振り返ってアミタイを見た。

「写真のネガを持っていたのはあなたよね」

「ヴェルナーにうまく言いくるめられたんだ。ドイツ政府の支援を取りつけたから、当初、私たちが作る予定だった複製品より、すぐれたものが作れることになったと言われたよ。ヴェルナーは実に口がうまかった。ドイツ政府は私たちの予算の六倍の金を出して、羊皮紙で複製品を作るつもりだ。そうやって新生ドイツは謝罪の気持ちを示すつもりでいるとね。そんな話を聞かされて、私に何が言える？　私はヴェルナーの話を鵜呑《うの》みにして、ネガやら何やらをそっくり渡した。もちろん、ヴェルナーはそれを利用して、きみの修復作業の跡も含めて、すべてがそっくりの複製品を作ったんだ。彼はきみの師匠だから、その方法を熟知していた」

「でも、あなたはなぜあそこにいたの？　あの夜、オズレンのアパートに？」

アミタイはため息をついた。「私があそこにいたのは、ハンナ、私も子供を亡くしたからだ。娘をね。まだ三歳だった」

「アミタイ」それは初耳だった。アミタイが離婚しているのは知っていたが、子供がいたとは思いもしなかった。「お気の毒に。自爆テロに巻きこまれたの？」

アミタイは首を振ると、悲しげな笑みを浮かべた。「誰もがイスラエル人は戦争や爆弾で死ぬと思ってる。でも、なかにはベッドの上で死ねる者もいるんだよ。娘は生まれつき心臓が悪かった。子供を亡くすのは……どんな状況であれ、辛いものだ。あのとき私がサラエボにいたのは、博物館の修復活動の一環として、イスラエル政府が寄贈したものを持っていったからだ。そして、オズレンの息子が亡くなったのを知った。ひとりの父親として、私は彼の気持ちが痛いほどわかったんだ」

束《つか》の間《ま》、ぎこちない沈黙ができた。「私を疑ったからといって、きみを責めはしないよ、ハンナ。その点は心配しなくていい」

それから、アミタイはほんもののハガダーが見つかった経緯を話して、すぐに犯人はヴェルナーだと思ったと言った。理由は、サラエボで展示されている贋物の質の高さだった。

「でも、なぜヴェルナーはヤドヴァシェム——イスラエルのホロコースト博物館を選んだの？」

「そこをよく知っていたからだ。ヴェルナーは何十年にもわたって幾度となく研究者として招かれて、その博物館で仕事をした。あそこにハガダーを置くのは、彼にとっては造作もなかった。ああ、貴重なハガダーがそこにあるのを誰も知らなかろうが、それを研究したり、鑑賞したりする者がいなかろうが、ヴェルナーはいっこうにかまわなかった。気にしていたのはただひとつ、その本が安全かどうかだけだ。ヴェルナーは私のまえで白状したよ、世界でもっとも安全な場所はヤドヴァシェムだと思ったと。そして、万が一のことが起きても、まあ、実際にイスラエルは紛争が絶えないが、国民は何をおいてもその博物館を守るはずだとヴェルナーは考えた」アミタイは下を見た。「たしかに、少なくとも、それについてはヴェルナーの言うとおりだ」

「ヴェルナーに会ったの？　彼は逮捕されたの？」

「ああ、会った。いいや、逮捕はされていない」

「どうして？」

「ヴェルナーはいま、ウィーンのホスピスにいる。ハンナ、彼はもう年寄りだ。体もずいぶん弱っているし、頭もはっきりしない。いまきみに話したことをヴェルナーから聞きだすのに何時間もかかったよ」

「だったら、オズレンは？　逮捕されたのよね？」

「いいや。それどころか、昇進しているよ。いまや、国立博物館の館長だ」

「どうして責任を追及しないの？　なぜ、オズレンを裁判にかけないの？」

アミタイはちらりとローリーを見た。

「イスラエルはこの件を公《おおやけ》にすべきではないと考えてるんですよ」とローリーが言った。

「この本がイスラエルで発見されたというだけでも……いずれにしても……ハインリヒはぼけてしまって、参考人として話が聞けるような状態ではない。となれば、わざわざ反感をかきたてるようなことをしても意味はない。専門的な外交上のことばで言えばハチャメチャな事件というわけです」

「それでも、やっぱり理解できない。イスラエル政府はこれをサラエボに返還するつもりでいる、そういうことでしょう？　だったら、そうすればいいじゃない。極秘で外交的な駆け引きをするなり、外交文書送達用の封筒にまぎれこませるなり、いくらでも手はあるはずよ」

アミタイはうつむいて自分の手を見た。「きみはこんな諺《ことわざ》を知ってるかな、ハンナ？　ユダヤ人がふたりいれば、意見は三つある、というのを？　今回の件を決議にかけたら、私の国の政府にはこの本をイスラエルに置いておくべきだと主張しそうな一派がいる。この件を一生分の宮清め祭《ハヌカー》が一度に来たようなものだと考える者たちが」アミタイは咳《せき》をして、水の入ったグラスに手を伸ばした。「さきほどミスター・ローリーが言った〝イスラエル〟とは、政府を指しているわけではない」

私はローリーを見た。「だったら、外務省はいったい何をしてるの？　こんな厄介ごとに首を突っこんでるなんて。この件で、オーストラリアにどんな利益があるの？」

ローリーは咳払いをした。「首相はイスラエルの大統領と個人的に親しくて、その大統領の軍時代の友人がここにいるアミタイ氏というわけです。そこで、われわれは彼らにあなたを説得するチャンスを提供した、まあ、友情を示す贈り物のようなものです」そう言うと、弱々しい笑みを浮かべた。「どうやらあなたは現首相の大ファンというわけではなさそうだが、あなたがこの話を理解して、首相に協力してもかまわないと言ってくれると、たいへんありがたい」

アミタイが言った。「私がハガダーをこっそりサラエボに持ちこむこともできる。ああ、まちがいなく。だが、それからどうする？　わかるだろう？　私はきちんとした理由もなく、この稀少な本をわざわざここまで持ってきたわけじゃない。充分に話しあった結果、きみがいるからこそハガダーをここへ持ってくることにしたんだ。なぜなら、これをあるべき場所に戻すようにオズレンを説得するのは、ほかでもないきみが適任だと考えたからだ」アミタイがことばを切った。私は仰天しながらも、頭のなかを整理しようとした。たぶん、ずいぶん困った顔をしていたはずだ。

「あなたとオズレンの過去の関係を鑑《かんが》みて」とローリーがだめ押しした。

冗談じゃない！「いったいぜんたいどうしてあなたたちは私の過去の関係を知ってるんですか？　ご丁寧に、私の私生活まですべて覗いてたんですか？　知らなかった、この国では個人のプライバシーが尊重されないなんて」

アミタイが片手を上げた。「いや、きみだけじゃないんだよ、ハンナ。きみは微妙な時期にサラエボにいた。CIA、モサド、フランスの対外治安総局《DGSE》……」

「それに、オーストラリア保安情報機構《ASIO》」とローリーがすかさず言った。「当時のユーゴスラビアにいた外国人はみな、スパイか、スパイされているかのどちらかだった。あるいは、その両方か。あなただけが監視されていたわけじゃないんですよ」

私は立ちあがった。苛立《いらだ》って、じっと坐ってなどいられなかった。口ではなんとでも言える。でも、もし私がローリーをまっすぐ見て、六年前に彼が誰と寝たかを指摘したら、ローリーはどんな気分になるのか？　いや、彼の仕事の性質上、そのぐらいのことは予測しているのかもしれない。でも、私は全身に悪寒《おかん》が走った。私は本の虫で、外交官でもなければスパイでもない。それに、まちがいなく、イスラエルのために動いている特殊部隊か何かの調整役でもない。それを言うなら、どこの国のためであろうと。

私はデスクに歩み寄ると、ハガダーを見おろした。ハガダーはこれまでにも無数の危険な旅を重ねてきた。その本がいま、それを作った人の大半が知りもしない国のデスクの上に載っている。そして、本がそこにあるのは、私がここにいるからだった。

六年前、私はサラエボから戻るとすぐに、国立美術館の文書館へ行って、何時間にもおよぶ父のインタビューのテープを聞いた。ゆえに、私は父の声を知っている。それは何層もの重なりを感じさせる声だった。いちばん上の層はやや威圧的で、奥地《アウトバック》特有のぶっきらぼうな調子が漂っていた。自分の愛するものと、すべきことに気づいた若者ならではの声だった。けれど、その奥にそれとはちがうものがちらついていた。少年時代を過ごしたボストンで話していたことばのなごり。かすかなロシア語訛《なま》り。ときおり顔を覗かせるイディッシュ語の抑揚。

〝私のなすことが私である。私はそのために生まれてきたのだ〟

ホプキンズの詩の一節を、父がどんな声で、どんな口調で言うのか、私にはわかっていた。父が言うそのことばが、私の頭のなかで響いていた。

〝私のなすことが私である〟

父は芸術を生みだして、私は芸術を保護する。それが私の一生を賭けた仕事だ。〝私のなすこと〟だ。けれど、危険を冒すことは？　大きな危険を。それはまちがいなく、私のなすことではない。どう考えても、私には似合わない。

私はうしろを向いてデスクに腰をつけた。全身がかすかにわなないているのがわかった。

ふたりの男の視線を痛いほど感じた。

「もし私が捕まったら？　ざっと見積もっても五、六千万ドルぐらいの価値がある盗品を所持していたという容疑で。そうしたら、どうなるんですか？」

アミタイはふいにまた自分の手が気になってしかたなくなったようだった。かたやローリーは、王立植物園の芝生に坐って、日向《ひなた》ぼっこをしながら昼食を取っている会社員たちを見つめていた。ふたりとも何も言わなかった。

「私はあなたたちに訊いてるんですけど？　もし、この本を持っているところを逮捕されて、とんでもなく貴重な文化遺産の窃盗の罪に問われたらどうなるんですか？」

窓の外の光景に目が釘づけになっているローリーに、アミタイがちらりと視線を送った。

「答えてください」

すると、アミタイとローリーが同時に言った。

「オーストラリア政府は……」

「イスラエル政府は……」

ふたりは口をつぐんで、顔を見あわせた。どちらの顔にも〝お先にどうぞ〟と言いたげな表情が浮かんでいた。その様子は滑稽《こっけい》でさえあった。しかたなくローリーがしゃべりだした。

「見てください。モートン湾のイチジクの木立」そう言うと、港を囲む海岸の草の生えた小高い場所を指さした。「いや、偶然にもあそこで〈ミッション・インポッシブル２〉のラストシーンの撮影が行なわれたんです」


サラエボには新しい空港ができていた。どこを見てもしゃれていて、こぎれいなカフェとギフトショップが並ぶ民営の空港だった。つまりはごく普通の空港だ。

私はといえば、ごく普通の心情どころではなかった。入国審査の列に並びながら、一時間前のウィーンでの別れ際に、アミタイがくれたベータ遮断薬に心から感謝していた。「これを飲めば不安によるさまざまな症状が緩和される」とアミタイは言った。「手に汗をかくことも、呼吸が浅くなることもない。税関の職員の九十九パーセントが、そういった症状を見抜くと言われている。もちろん、それでもきみは不安を感じるだろう。そこまでは薬も効かないからね」

アミタイの言うとおりだった。私は不安でたまらず、ベータ遮断薬を二度も飲むはめになった。一度目は吐いてしまったのだ。

さらに、アミタイからスーツケースももらった。ハガダーをイスラエルからオーストラリアに運ぶときに使ったものだ。ナイロン製の黒いキャリーバッグで、一見したところ、機内持ちこみ可能なサイズのなんの変哲もないバッグだが、奥のほうに、X線を遮断する超極秘素材でできた隠しパネルが仕込まれていた。「現在のX線検査の技術ではその部分は検知されない」とアミタイは請けあった。

「ほんとうにそんなバッグが必要だと思う?」と私は尋ねた。「だって、X線検査で私の荷物のなかに本が見つかったってどうってことないでしょ? よほどの専門家でないかぎり、それがどんな本なのか気づかない。それより、密輸業者が使う道具を持ってたほうがよっぽど……」

「いや、いかなる危険も排除すべきだ。きみはサラエボへ行くんだからね。あの街にはユダヤ人でなくたって、テーブルに載せる食べ物が買えなくてもそのハガダーの複製品なら買うという人が大勢いる。あそこではそのハガダーは何よりも人々に愛されてるんだ。税関の職員だろうと、入国審査の列できみのうしろに並ぶ人だろうと、誰がハガダーに気づいてもおかしくない。そのバッグは私たちが講じられる最善策だ。大丈夫、きみは捕まったりしないよ」

私の乗った飛行機には六人ほどのイラン人がいて、結果的には、それが思ってもみない幸運を私にもたらした。入国審査場では全員の視線が、イランからやってきたいかにもみすぼらしい男たちに集まった。サラエボはヨーロッパへの出稼ぎ者の絶好の玄関口なのだ。ボスニアの国境はいまだに穴だらけで、EUはそこから外国人が他国へもぐりこむのを阻止するようにボスニア政府に求めていた。入国審査の列で私のまえに並んだイラン人は、スーツケースを開けられて、パスポートも仔細《しさい》に調べられた。そのイラン人がベータ遮断薬の恩恵に与《あずか》っていないのは一目瞭然だった。全身汗まみれだった。

私の順番がやってくると、審査官は笑みを浮かべて「ボスニアにようこそ」と言った。それだけで、次の瞬間には、私はもう空港を出てタクシーに乗って、ペルシア湾岸諸国の裕福なアラブ人の支援によって建てられた新しい巨大なモスクを通りすぎ、ポルノショップと〝世界各国の二十種のビール〟があるというアイリッシュパブのまえを通った。砲火を浴びた〈ホリディ・イン〉は修理されて、鮮やかなレゴブロックの塔のようだった。サラエボ包囲時には燃料にするためにあらゆる木が切り倒されたが、あとに植えられたスズカケノキの若木が大通りを縁取っていた。旧市街《バシチャルシア》の狭い通りに入ると、そこは明るい服を着た女性や、きちんとしたスーツに身を包んだ男性でにぎわっていた。氷点下の寒さにも負けず、風船売りや花売りのあいだをそぞろ歩いていた。

私はベルベットのドレスを着た少女の一団を指さして、タクシーの運転手に催し物でもあるのかと尋ねた。

「バイラム！」運転手は満面の笑みで答えた。なるほど。言われるまですっかり忘れていた。ちょうどラマダンが明けたところで、街はいまイスラムの大きな祭のまっさいちゅうなのだ。スイート・コーナーのペストリー屋も大盛況で、キャリーバッグを引いてカウンターまで行くのにひと苦労だった。ペストリー屋の主人は私を憶えていなかった。当然だ。あれからもう六年も経つのだから。私は屋根裏部屋への階段を指さして言った。

「オズレン・カラマン？」

主人はうなずくと、まずは自分の腕時計を、次にドアを指さした。オズレンはもうすぐ帰ってくるという意味だろう。私は込みあった騒々しい店のなかで、椅子が空くのを待った。そうして、壁際の温かな席に腰を下ろすと、ドアを見つめながら、こんがりと焼けた甘いペストリーをちびちびかじった。

一時間が経った。さらに、また一時間。ペストリー屋の主人に怪訝《けげん》な顔で見られるようになると、最初のペストリーも食べ終えていないのに、蜂蜜たっぷりのペストリーをもうひとつ注文した。

十一時をまわったころ、結露で曇るドアからようやくオズレンが入ってきた。入ってくる客の顔すべてをじっくり見ていなければ、たとえば、道ですれちがっただけなら、私はそれがオズレンだとは気づかなかったはずだ。髪は相変わらず長くて、くしゃくしゃだったが、真っ白になっていた。太って二重顎が目立つなどということはなかった——以前と変わらず痩せていて、余分な肉はひとつもついていない——が、頬や額《ひたい》に深い皺が刻まれていた。オズレンがコート――六年前に着ていたのと同じ擦《す》りきれたコート――を脱ぐと、その下はスーツだった。博物館の館長になったからにはそういう服を着なければならないのだろう。オズレンが望んで着ているとは思えなかった。上等なスーツだった。生地は上質で、仕立てもよかったが、それを着たまま寝ているかのように皺くちゃだった。

私が椅子とテーブルのあいだを縫ってそばへ行くころには、オズレンは屋根裏部屋への階段を半分ほど上っていた。

「オズレン」オズレンが振り返って、私を見た。きょとんとした目をしていた。どうやら、私のことがわからないらしい。胸がずきんと痛んだが、それでも、虚栄心が囁いた。薄暗い明かりのせいだ。さもなければ、髪を短くしたせい。六年間で人が変わってしまうほど老けたとは思いたくなかった。

「私よ。ハンナ・シャラン――ハンナ・ヒース」

「なんでまた」オズレンはそう言っただけで、やはりきょとんとしたまま突っ立っていた。

「上がってもいい？　話があるの」

「いや、ここは、ちょっと……今夜はもう遅いから。明日にしてくれないかな？　博物館で会おう。明日は休日だけど、午前中は博物館にいる」オズレンは私に会った驚きから立ち直ると、どうにか言った。丁寧で、冷淡で、よそよそしい口調だった。

「いますぐに話さなければならないの、オズレン。どんな話かはあなたもわかってるはずよ」

「いや、さあ、なんのことか――」

「オズレン、私はあるものを持ってきたの。いまここに。このなかにある」私はキャリーバッグのほうへ頭を傾《かし》げた。「ほんとうなら、あなたの博物館にあるはずのものを」

「なんでまた」オズレンの口からさきほどと同じことばが漏れた。オズレンは汗をかいていたが、それは店のなかが暑いからではなかった。そうして、片手を差しだした。「おさきにどうぞ」

私はキャリーバッグを持って、狭い階段に立っているオズレンを追い越した。オズレンはキャリーバッグを受けとろうとしたが、私は指の関節が白くなるほど把手を握りしめて離さなかった。痴話喧嘩でも始まるのかと、数人の客と店主が私たちのほうを見た。キャリーバッグが階段にぶつかって大きな音をたてるのもかまわずに、私は階上へ向かった。オズレンがあとからついてきた。店のなかがまた騒がしくなった。見世物は始まらないと思った客たちが、コーヒーを片手に休日の楽しい会話に戻った。

オズレンは私を屋根裏部屋へ入れた。ドアを閉めると、古い鉄のボルト錠をかけて、ドアに寄りかかった。真っ白な髪が低い天井に触れると、六年前のことがいやでも思いだされた。心乱れる思い出が。

小さな暖炉にはいつでも火をつけられるようにたきつけが置かれていた。以前ここに来たときは、サラエボでは薪《まき》が不足していて、火をつけて暖まるなどという贅沢《ぜいたく》はできなかった。オズレンは暖炉のまえにしゃがみこんだ。たきつけに火がつくと、その上に薪をひとつ置いた。そうして、棚からラキヤのボトルを取って、ふたつのグラスに中身を注ぐと、にこりともせずに、片方のグラスを私に差しだした。

「すばらしい再会に」オズレンは冷ややかに言うと、グラスの中身をひと息に飲み干した。

私は自分のグラスに少しだけ口をつけた。

「きみはぼくを鉄格子《てつごうし》のなかに放りこむために来たんだろう」とオズレンは言った。

「何を馬鹿なことを」

「どうして？　ぼくはそうなって当然だ。この六年のあいだ毎日、そうなるのを覚悟してた。ああ、きみにそうされるならなおいい。誰よりもきみにはその権利があるんだから」

「どういう意味？」

「ぼくたちはきみに対して取り返しのつかないほどひどいことをした。あんなふうにして、きみが自分の能力に疑問を抱くように仕向けたんだから。ああ、きみに嘘をついて」オズレンはグラスにラキヤを注いだ。「きみに見破られたときに、ぼくたちはあきらめるべきだった。あのとき即座にやめておくべきだったんだ。でも、当時のぼくは自分を見失ってた。それに、ヴェルナーは——あれがヴェルナーの計画だったってことは知ってるね？」

私はうなずいた。

「ヴェルナーはとり憑《つ》かれてた」ふいにオズレンの顔から力が抜けて、皺が浅くなった。「ハンナ、あの本がこの国を離れて以来、ぼくは一日たりとも後悔しない日はなかった。何ヵ月か経つと、本を戻すようにヴェルナーを説得した。ほんとうのことを当局に話すとぼくが言うと、ヴェルナーはそんなことをしても、すべてを否定すると言った。そして、誰にもわからない場所にハガダーを移すとも。そのころには、ぼくもようやく目が覚めていた。そういうことを本気でするほど、ヴェルナーは異常なんだってことに気づいた。ハンナ……」

オズレンはそばにやってきた。私の手からグラスを取りあげて、それを置くと、私の手を握った。「きみに会いたかった、どうしても。きみを捜して、ほんとうのことを話したかった……謝りたかった……」

私は喉が詰まった。サラエボの屋根裏部屋で、その部屋の思い出とともに、オズレンに対するあらゆる思い――ほかの誰でもない彼だけに抱いた思い――に呑《の》みこまれそうになった。それでも、オズレンのせいで苦しめられたことへの怒りのほうが大きかった。私はオズレンから離れた。

オズレンは手のひらを私のほうへ向けて、両手を上げた。やりすぎたと気づいて謝るかのように。

「知ってる？ 私がこの六年、本にほとんど触れていないのを。そう、あなたのせいで。あなたのついた嘘のせいで。私は本に関わるのをあきらめたのよ。私はまちがっているとあなたに言われたせいで」

オズレンは小さな空と街が見える屋根窓に歩み寄った、窓の外では明かりが瞬いていた。生きている街の明かり――六年前にはひとつもなかった明かりが。

「ぼくがしたことは言い訳のしようもない。でも、アリアが死んだとき、この街に腹が立ってしかたがなかった。そして、自暴自棄になってた。そんなとき、ヴェルナーが現われて、耳元で囁いたんだ。ユダヤ人から奪ったものすべての罪滅ぼしとして、ハガダーをユダヤ人に返すべきだと。あの本はユダヤ人のもので、彼らなら守れる。できたばかりの未熟な国——その国の名を聞けば誰もが、敵意ばかりで無能な殺戮《さつりく》集団を思い浮かべる国——では、ハガダーを守れるはずがないと」

「なぜ、そんなことを言われて納得したの、オズレン？　あなた——サラエボに住むイスラム教徒であるあなたが、あの本を救ったのに。もうひとりの学芸員セリフ・カマルだってあの本に命を賭けたのに」オズレンは答えなかった。「あなたはいまでもそんなふうに思ってるの？」

「いや。いまはちがう。きみも知ってるとおり、ぼくは信心深いほうじゃない。でも、ハンナ、この部屋でベッドに横たわって幾晩も考えたよ、あのハガダーは理由があってサラエボにやってきたんじゃないかって。あれがここにあったのは、ぼくたちを試すためなんじゃないかって。この街の住人が、自分たちを隔てているものじゃなく、結びつけているものに気づけるかどうかを試すために。ユダヤ教徒であるとか、イスラム教徒であるとか、あるいはカトリックや正教会の信者かってことより、まずはひとりの人間であることを優先できるかどうかを」

階下の店で大きな笑い声が響いた。暖炉のなかで薪が転がった。

「だったら教えて」と私は言った。「私たちはどうやってハガダーをもとに戻すの？」

数週間後、私はアミタイと会った。そうして、どうやってハガダーを戻したかを話すと、アミタイはにやりとした。

「たいていはそういうものだ。私が部隊でやったことの九十九パーセントはそんなようなことだ。だが、スパイ映画や小説のファンは、そういう話を信じたがらない。忍者に扮したスパイが、空調設備のダクトからワイヤーを伝い降りて、プラスティック爆弾……パイナップルか何かに似せて作った爆弾で、すべてを吹き飛ばすと思いたがる。だが、そんなことよりはるかに頻繁に使われているのは、きみたちが取ったような方法だ。ツキとタイミングとちょっとした常識の組み合わせ。それに、作戦を成功に導くありがたいイスラムの祭の日がくわわれば申し分ない」

私とオズレンが行動を起こしたのが、ちょうどバイラムだったことから、深夜の博物館には警備員がひとりしかいなかった。早番の警備員との交代時間は午前五時で、私たちは午前四時過ぎまで待つことにした。オズレンは夜勤の警備員に、どんちゃん騒ぎをしすぎて眠れなくなったから仕事をすることにしたと言った。そうして、バイラムだからとその警備員を家に帰した。早く帰って少し眠れば、その日の午後には家族と一緒に祝えるだろう、代わりに必要な見まわりはしておくからと言って。

私は博物館の外で震えながら待っていた。そうして、警備員が帰るのを確かめてから、オズレンになかに入れてもらった。ふたりでまずは地下室に向かった。そこには、ハガダーの展示室に張りめぐらされたセンサーの操作パネルがあった。館長であるオズレンが暗証番号を打ちこむと、センサーが一時的に解除された。とはいえ、監視カメラはそう簡単にはいかなかった。警報装置を作動させずに解除することはできないのだ。けれど、オズレンはその処理はきちんと考えてあると言った。私たちは廊下を歩いて、有史前の舟と古代の所蔵品の展示室を通って、ハガダーの展示室のドアのまえに立った。

暗証番号を入力するオズレンの手は小刻みに震えていて、番号のひとつを押しまちがえた。

「入力ミスは一度しか許されない。二度まちがえると警報が作動する」オズレンは深く息を吸ってから、もう一度暗証番号を入力した。キーパッドが光って、〝入室許可〟の文字が現われた。けれど、ドアは開かなかった。「いまは定時以外の設定になってるから、ふたりの暗証番号が必要なんだ。つまり、ぼくと主任学芸員の暗証番号が。きみが代わりに入力してくれ。手の震えが止まらないから」

「でも、暗証番号を知らないわ」

「二五、五、一八、九二」オズレンはすらすらと言った。私は問うようにその顔を見たが、オズレンはうなずいて、入力するようにせかしただけだった。私はそのとおりにした。ドアが静かに開いた。

「主任学芸員の暗証番号をどうして知ってるの？」

オズレンはにやりとした。「彼女は九年もぼくの下で働いてたからね。学芸員としては優秀だが、数字にはめちゃくちゃ弱い。憶えられる数字といえば、チトーの誕生日だけで、なんにでもそれを使うのさ」

私たちはかなり薄暗い展示室に入った。監視カメラがかろうじて機能する明るさだった。カメラのレンズが私たちをとらえて、その行動を逐一記録していた。オズレンは明かりをつけずにすむように、懐中電灯を持ってきていた。懐中電灯には光を弱めるために赤い布が巻かれていた。展示ケースのカードキーを取りだそうとオズレンがポケットを探ると、壁にあたる懐中電灯の光が大きく揺れた。

オズレンはカードキーを読みとり機に通して、ガラスカバーを開いた。ヴェルナーの手による贋作《がんさく》のハガダーは、スペインの家族のセデルを描いたページが開いていた。裕福な家族と、ユダヤの服を着た謎の黒人女性。ほんもののハガダーで白い毛を発見したページだ。オズレンはヴェルナーの複製品を閉じると、展示ケースから取りだして、床に置いた。

一瞬、私とオズレンのあいだで六年前とは正反対のことが行なわれた。私がオズレンにサラエボ・ハガダーを手渡した。

オズレンは両手でハガダーを受けとると、一瞬、それを額のまえに捧《ささ》げてつぶやいた。

「おかえりなさい」

そうして、緩衝材の上にハガダーをそっと載せて、細心の注意を払ってセデルの絵が描かれたページを開いた。

とくに何かがあったわけでもないのに、私は息を呑んだ。オズレンがガラスカバーを閉めようと手を伸ばした。

「待って。もう少し見せて」ハガダーが永遠に自分の手を離れてしまうまえに、少しでいいからその本と一緒にいたかった。

薄暗い場所で、いままでは見えずにいたものがなぜ見えたのか、その理由がわかったのはもっとあとになってからだった。懐中電灯が放つ赤い光がそれを可能にしたのだ。黒人女性が着ているガウンの裾に沿って、うっすらと文字が見えた。絵を描いた人物がサフラン色の服よりほんの少し濃い色を使ったのだ。ずいぶん細い文字だった。驚くほど細い文字は、たった一本の毛でできた筆で書いたにちがいない。昼間の光や、蛍光灯の冷たい光の下で見たときには、その細い線は陰影にしか見えなかった。巧妙な絵師が布の襞《ひだ》を表現したとしか。

ところが、赤い布で光を弱めた懐中電灯で照らすと、毛のように細い線が文字だとわかった。それはアラビア語だった。

「早く、オズレン、いそいで。虫眼鏡《めがね》をちょうだい」

「なんだって？　冗談じゃない。そんなことをしてる暇はない。いったい――」

私はオズレンの顔から眼鏡をはずすと、左目のレンズを極細の文字に近づけて、目をすがめた。そうして、声に出して読んだ。

「〝私は形成した〟……いいえ、〝作った〟とか〝描いた〟という意味かもしれない」声がかなりうわずっていた。私は展示ケースに片手をついて、さらに身を屈めた。「〝私はこれらの絵をベンヤミン・ベン・ネタネル・ハ－レヴィのために描いた〟……それに名前もある。オズレン、名前が書いてあるわ！　ザナ――いえ、ザナじゃない、ザーラだわ。〝ザーラ・ビント・イブラヒム・アル－タレク、セビリアではアル－モーラと呼ばれた〟……アル－モーラとはムーア人の女という意味よ。オズレン、この人よ、このサフラン色の服を着てる女の人。彼女がこの絵を描いたのよ」

オズレンは私の手から眼鏡を取り返すと、文字を覗きこんだ。私は懐中電灯で文字をしっかり照らした。「アフリカ人のイスラム教徒で、しかも、女。それがサラエボ・ハガダーの謎の細密画家なのか。おまけに、五百年ものあいだその自画像を多くの人が見てたなんて……」

私は新たな発見に興奮して、泥棒とは逆のことをするためにここに忍びこんでいるのを忘れていた。ゆっくりと首を振る監視カメラの低く小さな音が、私を現実に引き戻した。オズレンがガラスカバーを閉めると、カチャリと音がして展示ケースに鍵がかかった。

「あれはどうするの?」私は監視カメラを指さした。

オズレンはついてくるように合図した。オズレンのオフィスの鍵つきの戸棚には、監視カメラのビデオテープが日づけ順に並んでいた。オズレンはそこから一本のビデオテープを取りだすと、デスクの上に置いた。今日の日づけのラベルがあらかじめ用意されていた。オズレンはそのラベルを、机の上にある一週間前の同時刻のビデオテープに貼った。

「さてと、警備員が来るまえにきみにお引き取り願わなければならない」出口に向かう途中で警備室に寄った。オズレンは警備日誌をつけた。午前四時三十分の巡回は異常なし。次に監視ビデオ装置のエジェクトボタンを押して、ビデオテープを取り替えた。

手早く何度か引っぱって、オズレンはプラスティックケースから証拠となるテープを引き抜いた。

「スイート・コーナーに戻る途中で捨ててくれ。いまごろはもう、あのあたりはゴミだらけだろうから、捨てる場所には困らない。ぼくは展示室のセンサーのスイッチを入れて、まもなくやってくる早番の警備員を待つ。それから、アパートに戻るから、そこで待っててくれ。贋物のハガダーをどうやって処分するか――」

そのとき、ふたり同時に気づいた。贋物――私たちが展示室に忍びこんだという動かぬ証拠になりかねないほんものそっくりの贋物を、展示室の床の上に置き忘れたことを。

時刻は五時十分前。早番の警備員が早めにやってきたら一巻の終わり……古くさいことばで表現するならそういうことになる。それからの数分間は、一生のうちでいちばん忘れたい数分と言ってもよかった。心臓が早鐘を打っていたどころではない。絶対に動脈瘤《どうみゃくりゅう》ができると思った。私は全速力でオズレンのオフィスに取って返し、がたがたと震える手で戸棚の鍵を開けて、入れ替えるビデオテープをつかむと、オズレンの秘書のデスクの引き出しを引っかきまわしてラベルを探した。が、見つからなかった。

「どこなの、どこにあるの!」この期に及んで、ビデオテープのラベルがなかったせいで、現行犯逮捕されるなんてごめんだった。

「ここだ」オズレンが小さな木の箱を開けながら言った。そのとき、オズレンはちょうどハガダーの展示室から戻ってきたところだった。展示室に行って暗証番号を打ちこんで、贋物を持ってきたのだ。すぐさまふたりで警備室へ走った。大理石の廊下で私は足を滑らせて転んで、膝をしたたか打ちつけた。落としたビデオテープが廊下を滑った。すかさず、オズレンが身を翻《ひるがえ》して手を伸ばして、ビデオテープを拾うと、肩がはずれそうなほど乱暴に私を立たせた。私の目に涙があふれた。「こういうことには不向きなのよ」私は涙声で言った。

「いまはそんなことを考えてる暇はない、だろ？　とにかく行って、早く。これを持って」オズレンは私にヴェルナーの作った贋物を押しつけた。「スイート・コーナーのアパートで会おう」そう言うと、博物館のドアから私を押しだした。

博物館から一ブロック離れたところで、警備員の灰色の制服を着た男があくびをしながらぶらぶらと歩いてくるのが見えた。すれちがうときには、どうにか普通に歩くようにした。膝がかなり痛むわりにはどうにか普通に。スイート・コーナーに戻ると、ペストリー屋の主人は早くもオーブンに火を入れて、仕事を始めていた。私が足を引きずって、ひとりで屋根裏部屋の階段を上っていくのを胡散《うさん》臭そうに見つめていた。オズレンの部屋に入ると、私は暖炉に火をつけて、ザーラ・アルｰタレク――ハガダーの絵を描いた女性――に思いを馳せた。どうやって絵を学んだのか。どうやって字を憶えたのか。あの時代の女にとって、それは驚くべき快挙と言ってもいい。当時は、すばらしい絵を描きながら、表舞台に立つのを許されず、称賛されることもなかった無名の女絵師が大勢いたのかもしれない。だが、まもなく、ハガダーの絵を描いたひとりの女絵師がその名声を轟《とどろ》かせることになる。世界じゅうになんとしても、その女絵師の名を世に知らしめなければ。

とはいえ、それは単なる序章にすぎない。もうひとつの名前であるハｰレヴィ。それにセビリアという地名。もし絵師とハーレヴィ一家がセビリアにいたなら、あのハガダーにある文章より絵のほうがさきに描かれたことになる。あの短いことばから得られる無数の手がかりが、山ほどの発見につながるはずだ。山ほどの知識に。私はオズレンの枕をふたつ壁に立てかけた。これからオーストラリアのノーザンテリトリーは二、三ヵ月間の雨季に入る。私は枕に寄りかかって、スペインへの旅の計画を練りはじめた。

まもなく、オズレンが帰ってきた。階段を一段抜かしで駆けあがりながら、私の名を呼んだ。古い階段が苦しげに軋《きし》んでいた。今回の発見にオズレンは私と同じぐらい興奮していた。この発見が意味することを理解していた。だから、協力を惜しまないはずだった。ふたりで力を合わせて、ザーラ・アルータレクの真実を突き止める。ふたりで力を合わせて、その女絵師をよみがえらせるのだ。

とはいえ、まずはすまさなければならないことがあった。

オズレンはヴェルナーの作ったハガダーを手に、暖炉のまえに立っていた。身じろぎひとつしなかった。

「何を考えてるの?」

「ひとつだけ願いがかなうとしたら、これがこの街で燃やされる最後の本になってほしい」

夜明けまえのいちばん冷える時刻だった。私は暖炉の火を見つめながら、中世の宗教裁判によって燃やされた羊皮紙を想像した。さらには、焚書《ふんしょ》の燃えあがる炎に照らされたナチの若者たちの顔を、また、ほんの数ブロックさきで、爆撃を受けて無残な姿になったサラエボの博物館を。燃えあがる本。幾度となく似たようなことが繰り返されてきた。火刑になった人々、ユダヤ人が焼かれた焼却炉、大量虐殺。

「〝焼くのはあいつの本だけでいい……〟」と私は言った。プロスペローへの陰謀を企むキャリバン。それ以外のせりふは思いだせなかった。けれど、オズレンは憶えていた。

〝忘れずにまずは本を取りあげろ、本がなけりゃ、あいつもただの阿呆《あほう》だ、おれと変わりはありゃしない……〟

屋根窓の霜で曇るガラスの向こうで、徐々に明るさを増す空が深い青色《ウルトラマリン》に変わって、星が薄れていった。ウルトラとは〝何かを越えた向こう側〟、マリンとは〝海の〟という意味。海路で瑠璃《るり》が運ばれてきたことにちなんで、その色は名づけられたのだ。その色ははるか海の向こうからザーラ・アル‐タレクのパレットへと旅した。その豊かな青色を作るためにヴェルナーがすりつぶした石は、まもなく黒い灰になる。

オズレンは手にした本を見つめて、それから、火を見た。「ぼくにはできない」

私は贋物のハガダーを見た。複製品としては最高傑作《マスターピース》の、私の師の作品《マスターズ・ピース》。あらゆる意味でほんものそっくりにできている。昔の職人がしていたことと同じことができるぐらい、昔の技術を身につけなければならないと、かつてヴェルナーは私に教えた。そして、ヴェルナーは長い人生でそのすべてを身につけたのだった。もしかしたら、贋物のハガダーをキャリーバッグに入れて運べるかもしれないと私は思った。そうして、アミタイに渡す。しかるのちに、ヴェルナー・ハインリヒからイスラエル国民への贈り物として公表する。こうなってみれば、複製品もほんもののハガダーの歴史の一部なのだ。といっても、その歴史はとうぶん秘密にしておかなければならない。けれど、いずれ、誰かが謎を解くかもしれない。来世紀の、あるいは、その次の世紀の稀少本の保存修復家が、私がほんもののハガダーの一ページ目と二ページ目のあいだに落とした種を見つけるかもしれない。モートン湾のイチジクの種――シドニー港を囲むイチジクの木立の一本についた実から採取した種だ。シドニーを離れる日に、ふと思いついたのだった。私の印。未来の稀少本の保存修復家がそれを見つけて、思いをめぐらすことだろう……。

「その贋物のハガダーは犯罪の証拠よ」と私は言った。「あなたを窮地に立たせるかもしれない」

「わかってる。でも、この街では多くの本が灰になった」

「世界ではもっと多くの本が灰になっている」

すぐそばで火が燃えているのに、私は身震いした。オズレンは暖炉の炉棚の上に本を置くと、私に手を伸ばした。私はもうその手から逃げなかった。

あとがき

この小説はサラエボ・ハガダーとして知られるヘブライ語の実在の書物に着想を得たフィクションである。そのハガダーの現時点で明らかになっている歴史に基づく部分もいくつか含まれているが、大半の筋と登場人物は架空のものである。

そのハガダーを私が初めて知ったのは、《ウォールストリート・ジャーナル》の記者としてサラエボでボスニア紛争の取材をしているときだった。当時、その街は国立図書館が破壊されて、セルビア人の激しい爆撃で燃えた本の煙が立ちこめていた。東洋研究所も傑出した蔵書とともに灰と化し、国立博物館は度重なる砲撃によってめちゃくちゃになった。ボスニアが有する宝であるサラエボ・ハガダーの所在はわからず、マスメディアのさまざまな憶測の的となった。

やがて紛争が終わると、イスラム教徒の学芸員エンヴェル・イマモヴィッチが砲撃からその本を救って、銀行の金庫室に隠したことが明らかになった。イスラム教徒によってそのユダヤの書物が救われたのは、それが初めてではなかった。一九四一年、イスラム社会の高名な学者デルヴィシュ・コルクトは、のちに戦犯として絞首刑になったナチスドイツの将官ヨハン・ハンス・フォルトナーの目と鼻のさきで、博物館からその本をこっそり持ちだして、山のなかのモスクに持っていき、第二次世界大戦が終わるまでそこに隠しておいた。英雄的なその行為が、私がこの本を物するそもそものきっかけになったが、本書の登場人物の行動はすべてフィクションである。

そのハガダーが初めて学者たちの注目を集めたのは、一八九四年のサラエボで困窮したユダヤ人一家がそれを売りにだしたときだった。多くの美術史学者がサラエボ・ハガダーの発見に興奮した。現存する中世の彩色画が描かれたヘブライ語の最古の本のひとつだったからだ。その発見によって、宗教的な理由で中世のユダヤ教が絵画的な表現を禁じていたというそれまでの定説が揺らいだ。とはいえ、その本がどのようにして作られたのかは学者たちにもほとんど突き止められなかった。わかったのは、十四世紀半ばからコンビベンシアと呼ばれる時代――ユダヤ教徒、キリスト教徒、イスラム教徒が比較的平和に共生していた時代――にかけて、スペインで作られたということだけだった。

実在のサラエボ・ハガダーが、スペインでの異端審問や一四九二年のユダヤ人追放などの過酷な運命をどのように乗り越えて現在に至ったのかは見当もつかない。本書の〝海水〟や〝白い毛〟の章はすべて架空の物語である。しかしながら、ハガダーのあるページに描かれた絵――サフラン色のローブをまとってセデルのテーブルについている謎の黒人女性が描かれた絵に創造力をかきたてられたのは事実である。

一六〇九年にハガダーがヴェネチアへ渡っていたのはほぼまちがいない。〝ヴィストリニ〟

というカトリックの司祭の署名があることから、それによってローマ教皇の命による異端排除の焚書を免れたと考えられる。だが、その一点を除いて、ヴィストリニなる司祭に関してはまったくわかっていない。とはいえ、当時のカトリックのヘブライ学者の多くがユダヤ教からの改宗者であったのは事実で、それを〝ワインの染み〟の章に盛りこんだ。また、同章に登場するユダ・アリエという人物には、*The Autobiography of a Seventeenth-Century Venetian Rabbi*（Mark R. Cohen 訳・編）に記されたレオン・モデナの人生を投影させた。十七世紀のヴェネチアの賭博に関する貴重な資料はリチャード・ザックスが提供してくれた。

一八九四年にそのハガダーがボスニアで発見されたとき、そこはオーストリア＝ハンガリー帝国の領地であり、その本が研究と修復のために文化と学問の中心であるウィーンに送られたのはしごく当然のことだった。当時のウィーンの街の雰囲気――とりわけ電話交換手のおつにすました態度などは、卓越した歴史小説『ルドルフ――ザ・ラスト・キス』（フレデリック・モートン著）に負うところが大きい。同様に *The Dreamers* と *The Impossible Country*（ともに Brian Hall 著）から不可欠な知識を得た。ハガダーがウィーンで粗雑に再装丁されたのは事実だが、消えた留め金にまつわる逸話はすべて作家の空想によるものである。

〝蝶《ちょう》の羽〟の章を書くにあたっては、デルヴィシュ・コルクトの家族に幾度となく何時間も話を聞いた。セルウェト・コルクト――サラエボがファシストに占領されていたときにも夫の傍らで、夫の数々の英雄的な行為を支えたコルクト夫人――にはとくにお世話になった。

私が生みだしたカマル家の人道的な行為の物語が、コルクト家の人々の共感を得られることを祈りたい。ユダヤ人の若きパルチザンの行動や彼らに襲いかかった運命に関しては、ミラ・パポが物した過酷な記録を頼りにした。その記録はヤドヴァシェム――実に有能な学芸員がいる博物館――が所蔵している。

サラエボの学芸員は卓越している。そのひとりアイーダ・ブトゥロヴィッチはサラエボの燃えあがる図書館から命がけで蔵書を救った。また、カマル・バカルシッチは危険を顧みず、危機に瀕した蔵書を幾晩もかけて安全な場所に移した。エンヴェル・イマモヴィッチは最初に記したとおり、激しい砲撃のさなかにサラエボ・ハガダーを救った。そのときの様子を話してくれたふたりには心から感謝している。また、サンヤ・バラナツ、ヤコブ・フィンツィ、ミルサダ・ムスキッ、デナナ・ブトゥロヴィッチ、ベルナルド・セプティムス、ベザレル・ナルキス、B・ネズィロヴィッチ、彼らの協力と洞察力に謝意を送りたい。

調査と翻訳を手伝ってくれたアンドリュー・クロッカー、ネイダ・アリク、ハリマ・コルクト、パメラ・J・マッツ。そして、ハーバード大学自然史博物館でウスバシロチョウを見せてくれたナオミ・ピアス。ありがとう。

ハーバード大学図書館のパメラ・J・スピッツミューラーとシア・バーンズは書籍の保存修復作業における経験談を惜しみなく話してくれた。二〇〇一年十二月、アンドレア・パタキは親切にも、厳重な警備のもと、銀行内の人であふれかえる一室で行なわれたほんもののサラエボ・ハガダーの保存修復作業に著者を招いてくれた。国連のフレッド・エクハードとジャック・クラインの協力がなければ、彼女の緻密な作業を見ることはできなかったはずだ。シュトラウス保存修復センターのナラヤン・カンデカーは、古い羊皮紙にコーシェル・ワインをこぼして、分光分析装置で詳細な解説をしてくれて、また、オーストラリア人の主人公のハンナに私が付した職業に信憑性《しんぴょうせい》を持たせてくれた。古書の保全修復という仕事、そして、その具体的な作業についてはアンドレア・パタキとナラヤン・カンデカーのふたりに詳しく教わったが、架空の人物であるハンナ・ヒースとラズマス・カナハがそのふたりのいずれかに似ているということはない。

〈ラドクリフ・インスティトゥート・フォー・アドバンスト・スタディ〉の会員の協力がなければ、ハーバード大学図書館や博物館の貴重な所蔵品を見られなかったはずだ。ゆえに、ドルー・ギルピン・ファウストには心から感謝している。ジュディー・ヴィクニアクはその研究所の頼れる職員だ。同会員、とくに火曜日の執筆者の会のメンバーのおかげで、著者はあらゆる角度から物事を考えて、さまざまな書き方ができるようになった。

草稿に目を通してくださった方々にもたいへん助けられた。とくに、グラハム・ソーバーン、〈ホーウィッツ会〉のジョシュア、エレノア、ノーマン、トニー、〈マーサズ・ヴィンヤード・ヘブリュー・センター〉のラビ、キャリン・ブロイトマン、ユダヤ教の律法学者ジェイ・グリーンスパン、クリスティン・ファーマー、リンダ・ファンネル、クレア・リーヒル、マリー・アンダーソン、ゲイル・モーガン。

編集者のモリー・スターンとエージェントのクリス・ダールにもお礼を言わなければなら

ない。私にとって不可欠で、かつ、出版界でもっとも有能な人物である。

最後に誰よりもトニーとナサニエルに。着想の源とすばらしい気晴らしをくれてありがとう。あなたたちがいなければ何もできなかったはず。

訳者あとがき

小説の翻訳に携《たずさ》わって二十年あまりが過ぎた。その間に数々の名作に出会い、思い出深い作品を数多く訳してきた。本書『古書の来歴』もそのひとつだ。いや、中でも一、二を争う作品と言っても過言ではない。かねてからそう感じていたが、このたびの創元推理文庫版刊行を前に、全編をじっくり読み返し、その思いをあらたにした。

読む者の心に深く刺さる作品であることはまちがいない。それなりに長いこの小説をひとことで言い表わすなら、そういうことになる。

なぜ、これほど心に響くのか？　それは異なる時代に生きたさまざまな人物が、ありありと描かれているからだ。五百年前に作られた本に関わった人たち、時代に翻弄《ほんろう》された人々の生き様や心情が手に取るようにわかる。それゆえに、本書を読めば、一冊の古書に隠された手がかりをたどりながら、百年前……四百年前、五百年前にタイムスリップして、そこに生きた人々を間近で眺めているような感覚を味わえる。

『古書の来歴』を訳して、初めて刊行された当時のことを打ち明けるのは、かなり気恥ずかしい。当初からこの本にのめり込んでいた私は、刊行直後のいわゆるエゴサーチに余念がなかった。いっときなど、毎日のように「古書の来歴　感想」と検索エンジンに打ちこんで、新しい感想があがっていないかと調べたものだった。

その結果は、おおよそ九十パーセントが「良い」という感想で、それを読んでは、嬉しくて飛びあがった。私が気づいていなかった本書のすばらしさを教えられることもしばしばで、感激すると同時に脱帽《だつぼう》したのをよく覚えている。

残りの十パーセントの中には手厳しい意見もあった。それを読んでは凹《へこ》んで、凹むとわかっていながらもエゴサーチをやめられない日々だった。今、思い返すと呆れるが、それほど夢中にさせてくれる小説に出会えたのは、翻訳者として最高に幸せなことだと思う。

たとえば、「ユダヤ教に詳しくない読者にとってはむずかしい」といった意見をいただいた。たしかに、ユダヤ教の教義や儀式を知っていれば、さらに深く理解できる部分もあるかもしれない。ただ、それは本書のごくごく一部にすぎない。世界にはキリスト教、イスラム教、ユダヤ教という宗教があって、その三つの宗教の信者が仲良く暮らしていた時代も（わずかながら）あれば、反目《はんもく》していた時代もある、ということがわかっていれば、本書を充分に読みこなせる。だから、大丈夫。尻込みせずに読んでほしい。

また、「残酷すぎる」という意見もいただいた。たしかにそのとおりかもしれない。ユダヤ教徒が迫害されていた時代に焦点を当てている以上、拷問などの残酷なシーンが出てくるのはいたしかたない。けれど、いたずらに残酷な場面を登場させているわけではない。そういったシーンがあるからこそ、苦しむ人に手を差し伸べる善意の人たちの存在感が際立っている。本書を読み終えたとき、最後に心に残るのは「苦しみ」ではない。「人の温かみ」そして「どれほど過酷な状況でも、希望を捨てない人間の強さ」だ。だから、心配はいらない。勇気を出して、読んでいただきたい。

最後に、この本の中で、特に私の心に残った場面をいくつかご紹介したい。

日が暮れるころにようやく、車は最後の狭い峠を越えて、小さな急斜面に張りつく花のような村に入った。ひとりの農民が畑から牛を引いて家に戻ろうとしていた。（中略）これほど高い山の上の人里離れた村では、戦争もそれによる喪失もはるかかなたの世界の出来事のようだった。

（何気ない情景描写だが、家族が強制収容所に送られ、ユダヤ人狩りが行なわれている街に取り残された少女が、イスラム教徒の夫婦に助けられ、山へ行く場面ゆえにことさら胸を打つ。）

黒い空に星が瞬く、まだ夜も覚めやらぬ早朝にそれは起こった。（中略）ふいに文字が目のまえに浮かびあがり、光を放ちながらくるくるとまわりはじめた。ダヴィドの手は羊皮紙の上を飛ぶように動いていた。すべての文字が燃えたっていた。あらゆる文字に命が宿り、宙に舞った。

(能書家のダヴィドが仕事に没頭して、一心不乱に筆を走らせている様子。翻訳家仲間のあいだではこういう状態を「翻訳の神様が降りてきた」と言い、気づいたときには仕事が終わっていたなどということもあるらしい。一度でいいから私も体験してみたい。)

ルティは涙を流しながらも決意の表情を浮かべて、もがく小さな体を見つめた。波が押し寄せて、体を叩いた。引いていく波が赤ん坊を連れ去ろうとしたその瞬間、両手を伸ばして、赤ん坊をしっかり捕まえた。そして、抱きあげた。海水が輝く飛沫《しぶき》となって赤ん坊の艶《つや》やかな肌を滑り落ちていった。天に向かって赤ん坊を掲げた。

(望まれずに生まれた赤ん坊を海に捨てるのかと思いきや……圧巻のシーン。)

他にも心に残ったシーンはいくつもある。

本書を読んだあなたの心にどんなシーンが深く刻まれるのか、私は今、それを知りたくてうずうずしている。

解説

千街晶之

この本を手に取るような読者は、恐らくかなりの読書家だろう。読書家イコール蔵書家ではないとしても、両者が重なるケースは極《きわ》めて多いと考えるならば、紙の本を書庫に夥《おびただ》しく収蔵しているか、大量の電子書籍をデジタルデバイスに詰め込んでいると想像される。

そうした人々は、死後も自分の蔵書がなんらかのかたちで誰かに受け継がれ、読まれ続けることを夢見ているかも知れないが、残念ながら、書物の多くは時の流れの中で失われてゆく。紙の本は破損しやすいし、電子書籍はそれを読むための端末が失われればおしまいである。大量の書物を収集するアーカイヴも、それ自体が常に消滅の危機に晒《さら》されてきたことは、いつ破壊されたのかも文献上はっきりしない古代エジプトのアレクサンドリア図書館や、応《おう》仁《にん》の乱で失われた一条兼良《かねよし》の桃華《とうか》坊《ぼう》文庫などの運命を引くまでもなく明らかだ。

それを思えば、一冊の本が、数世紀の歳月に揉《も》まれながらも失われずに残り続けるということは、僥倖《ぎょうこう》の極みであり、ある種の奇跡とも言えるだろう。本書――ジェラルディン・ブルックスの長篇小説『古書の来歴』（原題 *People of the Book*。二〇〇八年）は、そんな奇跡の成立の過程を辿《たど》る物語である。

一九五五年にオーストラリアに生まれた著者は、シドニー大学を卒業後、「シドニー・モーニング・ヘラルド」紙で環境問題などを担当した。奨学金を得てニューヨークのコロンビア大学に留学した後、「ウォールストリート・ジャーナル」紙でボスニア、ソマリア、中東地域の特派員として活躍し、その取材をもとにノンフィクションを発表した。二〇〇一年、十七世紀のペスト禍《か》をめぐる人間模様を描いた歴史小説『灰色の季節をこえて』で小説家デビューし、ルイーザ・メイ・オルコットの『若草物語』に登場する父親を主人公とする第二作『マーチ家の父　もうひとつの若草物語』（二〇〇五年）でピューリッツァー賞フィクション部門を受賞した。現時点での最新作 ***Horse***（二〇二二年）はアニスフィールド・ウルフ図書賞を受賞している。本書は、著者の小説としては第三作にあたる。

本書は幾《いく》つもの時代や場所を舞台とするエピソードが、現代（といっても二十世紀末だが）を舞台とする物語の合間に挟み込まれた構成となっているが、その現代パートの主人公は、オーストラリアのシドニーに住むハンナ・ヒースという古書の鑑定家である。一九九六年春、彼女がシドニーからボスニア・ヘルツェゴビナの首都サラエボに到着したところから、この波瀾万丈《はらんばんじよう》の物語は開幕する。彼女をサラエボに呼び寄せたのは、イスラエル人の同業者アミタイ・ヨムトヴからの、一九九二年のボスニア・ヘルツェゴビナ紛争勃発《ぼつぱつ》以降行方不明になっていた貴重な古書「サラエボ・ハガダー」が発見されたという電話だった。何故、オーストラリア人でまだ若い彼女がわざわざ遠いヨーロッパまで呼ばれ、サラエボ・ハガダーの調査と修復という重要な仕事を任されたのかといえば、多民族国家ボスニア・ヘルツェゴビナと複雑な対立関係にあるイスラエル、ドイツ、アメリカなどの専門家を除外した結果である（そのため、イスラエル人であるアミタイも、ハンナの師でオーストリア人のヴェルナー・ハインリヒもこの仕事には関われない）。ここで既に、この仕事が単なる稀覯本《きこうぼん》の調査や修復にとどまらない「政治」の領域であることが示されている。そして、ハンナはサラエボ・ハガダーを激しい砲撃のさなかで守り抜いた国立博物館の主任学芸員オズレン・カラマンと対面する。彼はイスラム教徒でありながら、ユダヤ教の書物を命がけで救ったのだ。「どこかに狙撃手がひそんでいる国に行ったとしたら、そのライフルの照準のど真ん中にいるのは自分に決まっている」と考え、「世界一の臆病者」を自認するハンナの運命は、サラエボ・ハガダー、そしてオズレンとの出会いによって意外な方向へと動きはじめる——。

ハガダーとは、ユダヤ教の信者が「過越《すぎこ》しの祭り」で読む祈りや詩篇《しへん》をヘブライ語で記した書物のことである。だが、サラエボ・ハガダーには幾つもの謎があった。ハガダーはそもそも家庭で読まれるための本なのに、サラエボ・ハガダーにはまるで宮廷や教会で使用する本のように高価な顔料《がんりょう》が惜しげもなく用いられている。また、ユダヤ教徒が偶像崇拝《ぐうぞうすうはい》を禁じる教えに従って宗教画を描かなかった時代の産物にもかかわらず、数多くの細密画《さいみつが》でふんだんに飾られているのだ。この書物は、誰が、どんな理由で造ったものなのか。歴史ミステリの冒頭に提示される謎としてこの上なく魅力的である。

古書を扱ったミステリは数多いけれども、本書の場合、サラエボ・ハガダーはれっきとした実在の書物であり、現在はサラエボの国立博物館が所蔵している（どのような細密画で飾られているかは、インターネットで「Sarajevo Haggadah」で画像検索すれば大量にヒットする）。十四世紀半ば頃にスペインで作られ、その後ヴェネチアに渡り、一八九四年にボスニアで発見され、第二次世界大戦やボスニア・ヘルツェゴビナ紛争を無事に潜《くぐ》り抜けるという数奇《すうき》な運命を辿ったが、著者のあとがきにもあるように、この書物のそれ以外の詳しい来歴は判明していない。研究者の立場ならば、記録に残っているごく僅《わず》かな事実をもとに仮説を立てるしかないだろう。しかし、著者はいかようにも空想の翼を拡げることが可能な小説家である。研究者には埋められない、事実と事実のあいだの巨大な空白を、著者はヴァラエティ豊かな幾つもの物語によって色鮮やかに埋めてみせる。

一九九六年が舞台の現代パートに挟まるそれらの物語は、一九四〇年のサラエボ、一八九四年のウィーン、一六〇九年のヴェネチア……といった具合にどんどん時を遡《さかのぼ》ってゆく。それらの時代はいずれも戦乱や異民族への迫害《はくがい》、ユダヤ教・イスラム教・キリスト教といった諸宗教の対立などの不穏な出来事の節目であり、そのたびにサラエボ・ハガダーは危機に見舞われる――例えば一九四〇年にはナチス・ドイツの軍人に略奪されそうになり、一六〇九年には異端《いたん》の書として焚書《ふんしょ》の対象になる、といった具合に。

そんな苛酷《かこく》な運命に晒されるサラエボ・ハガダーは、まるで嵐の海で翻弄《ほんろう》される小舟《こぶね》のようである。ならば、どうしてこの本は現代まで残り得たのか。本書において、サラエボ・ハガダーの運命に関わる人々は必ずしも皆が人格高潔なわけではないし、異なる文化や宗教に寛容なわけでもない。例えば、「翼と薔薇《ばら》　一八九四年　ウィーン」の章に登場する医師のヒルシュフェルトは俗物的な人物であり、「ワインの染み　一六〇九年　ヴェネチア」に登場するヴィストリニは本来なら異教の書物を抹殺《まっさつ》する立場にあるカトリックの異端審問官だ。だが、そんな彼らの中に、他者への共感や自省といった、それまでの生き方をほんの一瞬だけ変えさせるような心境が訪れる。そうした奇跡のような一瞬のおかげで、サラエボ・ハガダーは消滅を危うく免れ、次の持ち主の手へと渡ってゆく。

それを思えば、現代パートの一九九六年という時代設定にも意味がありそうだ。第二次世界大戦後、間もなく生まれたユーゴスラビア連邦人民共和国の構成共和国の一つだったのがボスニア・ヘルツェゴビナであり、その首都がサラエボである。この地域にはボシュニャク人・セルビア人・クロアチア人といった民族が混在していたが、一九九二年にボスニア・ヘルツェゴビナが独立した際、それに不満を抱くセルビア人と他の民族との対立が激しい内戦に発展、大量虐殺やレイプが全土で繰り広げられ、第二次世界大戦後のヨーロッパでは最悪の紛争となった。もちろんその期間には、人命だけでなく膨大な書物も失われた（代表的なところでは、一九九二年五月のサラエボ大学東洋研究所の破壊、同年八月のボスニア・ヘルツェゴビナ国立大学図書館の破壊が挙げられる）。本書で描かれる一九九六年の時点では紛争は前年に終結していたものの、冒頭でサラエボに到着したハンナが国連の護衛により防弾車で目的地まで運ばれたり、破壊された町並みを目にしたり……といった描写により、戦禍《せんか》の記憶がまだ生々しいことが表現されている。サラエボ・ハガダーが生まれた時代から現代まで人類は愚かな争いを繰り広げ続けているが、オズレン・カラマンのように宗教や民族の壁を越え、ひとりの人間として貴重な人類の遺産を守ろうとする者も絶えず存在する……ということが、この冒頭で示されているのだ。

本書の構成が巧《たく》みなのは、現代パートの各章の最後に、科学調査によって判明した意外な事実を次章への「引き」となるように提示し、次の過去パートの章でそれを解き明かす物語が展開されている点だ。例えば最初の章である「ハンナ　一九九六年春　サラエボ」のラストでは、ハンナが旧友の昆虫学者にサラエボ・ハガダーに挟まっていた昆虫の羽を鑑定してもらったところ、標高およそ二千メートルあたりの高山帯にしか生息していない蝶の羽であることが判明する……という謎が提示されるのだが、続く「蝶の羽　一九四〇年　サラエボ」ではその理由が説明される。ひとつひとつが短篇小説としても読めるそれらの章の中で、サラエボ・ハガダーにまつわる数々の謎が紐解《ひもと》かれてゆく。また、それと並行して、オズレンへの愛情や母との確執《かくしつ》といったハンナ個人をめぐる物語も展開される。そして終盤では、ハンナがある危機に直面し、陰謀に巻き込まれてゆくのだ（このあたりからラストにかけてのスリリングなエスピオナージュ仕立てには、ナイジェリアで政治家の汚職を取材中にスパイ容疑で刑務所に収監されたこともあるという著者自身の記者時代の、さまざまな体験や見聞も投影されているのかも知れない）。その果てにハンナはどんな真実を見出すのか、是非《ぜひ》ラストまで見届けてほしい。

最後に、本書のタイトルについて言及しておく。原題の *People of the Book* は一見素《そ》っ気《け》ないタイトルと思えるかも知れないが、これは、ある古書をめぐる人々という意味にとどまらず、別の意味も込められたダブル・ミーニングとなっている。というのも、この言葉はイスラム教では「啓典《けいてん》の民《たみ》」、つまり同じ神に由来する啓示の書を持つユダヤ教徒やキリスト教徒など他宗教の信者たちを指す語なのだ。本書ではイスラム教・ユダヤ教・キリスト教が互いに迫害し合う一方、宗教の壁を越えて共感し、助け合う姿も描かれる。*People of the Book* という言葉の、宗教は違っても同一の神を信じる同胞には融和《ゆうわ》的に接するべきだ……という寛容の教訓が、時には踏みにじられ、時にはひとを救うさまを本書は描いているのだ。

なお本書の邦訳は、まず二〇一〇年一月にランダムハウス講談社から単行本として刊行され（第二回翻訳ミステリー大賞を受賞）、二〇一二年四月にRHブックス・プラス（ランダムハウス講談社改め武田ランダムハウスジャパンが出していた文庫）から上下巻で文庫化された。版元の倒産（二〇一二年十二月）により入手困難になっていたこの小説が、今回の再文庫化によって蘇《よみがえ》ったことは、まるで作中のサラエボ・ハガダーの数奇な運命のようだ……とまで言っては流石《さすが》に大袈裟《おおげさ》かも知れないが、書物というものがこうして寿命を保《たも》ち、新たな読者のもとに届けられるのだと思えば感慨も無量ではないだろうか。本書がこれからも時を越えて、多くの人々に感銘を与え続けることを期待したい。

本作品は二〇一〇年にランダムハウス講談社より単行本が刊行され、
二〇一二年にＲＨブックス・プラスに収録された。

訳者紹介　東京都生まれ、武蔵野美術大学短期大学部デザイン学科卒。英米文学翻訳家。主な訳書にモス「ラビリンス」「悪魔の調べ」、キャンベル「囚われの愛ゆえに」、ユウ「南国ビュッフェの危ない招待」、カマル「喪失のブルース」などがある。

検印
廃止

古書の来歴

2023年11月10日　初版

著　者　ジェラルディン・
ブルックス

訳　者　森　嶋　マ　リ

発行所　(株)東京創元社
代表者　渋谷健太郎

162-0814/東京都新宿区新小川町1-5
電　話　03・3268・8231-営業部
03・3268・8204-編集部
URL　http://www.tsogen.co.jp
暁印刷・本間製本

乱丁・落丁本は、ご面倒ですが小社までご送付ください。送料小社負担にてお取替えいたします。

©森嶋マリ　2010　Printed in Japan

ISBN978-4-488-21607-8　C0197

創元推理文庫

小説を武器として、ソ連と戦う女性たち！

THE SECRETS WE KEPT◆Lala Prescott

あの本は読まれているか

ラーラ・プレスコット　吉澤康子 訳

◆

冷戦下のアメリカ。ロシア移民の娘であるイリーナは、CIAにタイピストとして雇われる。だが実際はスパイの才能を見こまれており、訓練を受けて、ある特殊作戦に抜擢された。その作戦の目的は、共産圏で禁書とされた小説『ドクトル・ジバゴ』をソ連国民の手に渡し、言論統制や検閲で人々を迫害するソ連の現状を知らしめること。危険な極秘任務に挑む女性たちを描いた傑作長編！

コスタ賞大賞・児童文学部門賞W受賞！

嘘の木

フランシス・ハーディング　児玉敦子 訳　創元推理文庫

世紀の発見、翼ある人類の化石が捏造だとの噂が流れ、発見者である博物学者サンダリー一家は世間の目を逃れて島へ移住する。だがサンダリーが不審死を遂げ、殺人を疑った娘のフェイスは密かに真相を調べ始める。遺された手記。嘘を養分に育ち真実を見せる実をつける不思議な木。19世紀英国を舞台に、時代に反発し真実を追う少女を描く、コスタ賞大賞・児童書部門W受賞の傑作。

千年を超える謎はいかにして解かれたのか?

ヒエログリフを解け

ロゼッタストーンに挑んだ英仏ふたりの天才と究極の解読レース

The Writing of the Gods The Race to Decode the Rosetta Stone

エドワード・ドルニック

杉田七重 訳

四六判上製

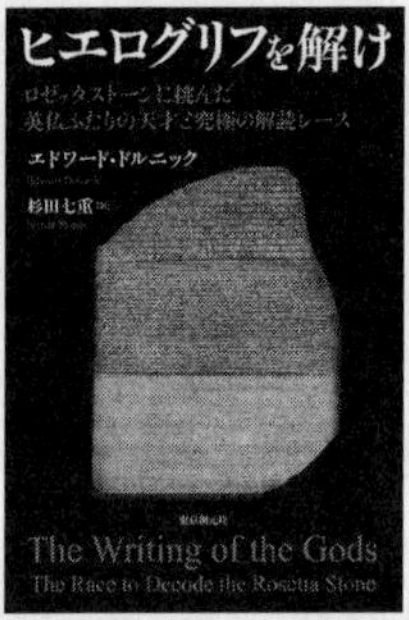

長年にわたって誰も読めなかった古代エジプトの謎の文字“ヒエログリフ”。性格も思考方法も正反対のライバルは、“神々の文字”とも呼ばれたこの謎の言語にいかにして挑んだのか? アメリカ探偵作家クラブ賞受賞作家が、壮大な解読劇を新たな視点から描く、傑作ノンフィクション!